तीरे-तीरे नर्मदा

(यात्रा-वृत्तान्त)

तीरे-तीरे नर्मदा

अमृतलाल वेगड़

वाणी प्रकाशन ग्रुप
भारतीय ज्ञानपीठ

वाणी प्रकाशन : भारतीय ज्ञानपीठ की पुस्तकों के एकमात्र प्रकाशक एवं वितरक

पहला संस्करण : 2026

वाणी प्रकाशन : भारतीय ज्ञानपीठ की पुस्तकों के एकमात्र प्रकाशक एवं वितरक

वाणी प्रकाशन

4695, 21-ए, दरियागंज, नयी दिल्ली-110 002

दूरभाष : 011-23273167, 23275710

ईमेल : sales@vaniprakashan.in

www.vaniprakashan.com

ISBN : 978-93-7348-542-3

मूल्य : ₹ 595

तीरे-तीरे नर्मदा

(यात्रा-वृत्तान्त)

अमृतलाल वेगड़

TEERE-TEERE NARMADA

(Travelogue)

by Amritlal Vegad

आवरण चित्र व रेखांकन : अमृतलाल वेगड़

मुद्रक : आर. टेक ऑफ़सेट प्रिंटर्स, दिल्ली-110 032

अर्पण

अपनी पढ़ाई पूरी करके शान्तिनिकेतन से चलने लगा तो

गुरु आचार्य नन्दलाल बसु

के आशीर्वाद लेने गया। चरण स्पर्श करके बैठा तो उन्होंने कहा—
बेटा, जीवन में सफल मत होना। अपना जीवन सार्थक करना।

गुरुवर!

सौन्दर्य को देखने की दृष्टि आपने दी
प्रकृति के प्रति विस्मय का भाव आपने जगाया
परिक्रमा के लिए पाथेय भी आपसे ही मिला।

आपकी आज्ञा का पालन ढंग से न कर सका
फिर भी, जैसी भी है, अपनी यह परिक्रमा पुस्तक
आपकी पावन स्मृति को अर्पण करता हूँ
और अपने को कृतार्थ अनुभव करता हूँ।

लेखकीय

जन्म लेते ही पृथ्वी ने और तमाम ग्रहों-उपग्रहों ने जो पहला काम किया, वह था सूर्य की या अपने-अपने ग्रहों की परिक्रमा करना। सौरमंडल का वैभव और उसकी आन-बान इन परिक्रमाओं में है। उसी प्रकार जड़ हो या चेतन, प्रत्येक पदार्थ के अणु-अणु में परिक्रमाएँ चल रही हैं। (एक प्रकार से ये परमाणु-चालित परिक्रमाएँ हैं।) अणु-परमाणुओं का संसार यानी परकम्मावासियों का संसार।

विराट से विराट और सूक्ष्म से सूक्ष्म परिक्रमाएँ अनादि काल से चल रही हैं। ये न हों तो सृष्टि का अस्तित्व ही समाप्त हो जाए। किन्तु ये सजग परिक्रमाएँ नहीं, अपने आप से हो रही स्वयं परिक्रमाएँ हैं।

इनसे हटकर एक परिक्रमा और है—एक बैरागी नदी की परिक्रमा।

पता नहीं कब और किसने नर्मदा की पहली परिक्रमा की और एक परम्परा का सूत्रपात किया। इस प्रकार परिक्रमा अस्तित्व में आई और आज भी चल रही है। इसका अर्थ यह हुआ कि समाज को इसकी आवश्यकता है। वह निरर्थकता सदियों तक जारी नहीं रह सकती।

शुरू के वर्षों में इनमें कितना जोखिम रहा होगा। घने जंगला, हिंसक पशु, कठिन डगर। यह ख़तरा अब कम हो गया है लेकिन आज भी खतरों और मुश्किलों से खाली नहीं। 3 वर्ष, 3 महीने और 13 दिन तक भिक्षा माँगते हुए नंगे पाँव चलना कोई कम तपस्या नहीं। यह अभियान आस्था, अपरिग्रह, धीरज और कष्ट झेलने की अपार क्षमता की माँग करता है। परिवार का मोह छोड़ना पड़ता है और मृत्यु के वरण के लिए भी तैयार रहना पड़ता है। और परकम्मावासी यह अत्यन्त कठिन यात्रा करता है अपने मन की खुशी के लिए, अपनी आत्मा की सन्तुष्टि के लिए। परिक्रमा के लिए उसे पदक नहीं दिया जाएगा। फिर भी हर साल हजारों श्रद्धालु बड़े ही आनन्द के साथ यह कठिन कार्य करते हैं। कई तो दो-दो, तीन-तीन बार करते हैं।

मैंने भी यह परिक्रमा की है, नियमानुसार तो नहीं लेकिन नर्मदा और उसकी

सहायक नदियों के किनारे 4000 किलोमीटर पैदल चला। कान्ता सव हजार किलोमीटर चली।

कभी-कभी मैं अपने आप से पूछता हूँ, यह जोखिम भरी यात्रा मैंने क्यों की? और हर बार मेरा उत्तर होता, ''अगर मैं यह यात्रा न करता, तो मेरा जीवन व्यर्थ जाता।'' जो जिस काम के लिए बना हो, उसे वह काम करना ही चाहिए। और मैं नर्मदा की पदयात्राओं के लिए बना हूँ।

किन्तु, जब तक इस सत्य का पता मुझे चलता, मैं 50 के करीब पहुँच चुका था। प्रथम पदयात्रा मैंने 1977 में की और अन्तिम 2009 में। इन तैंतीस वर्षों के दौरान की गयी कोई 4000 कि.मी. से भी अधिक की पदयात्राओं का वृत्तान्त है इस पुस्तक में। साथ ही कुछ रेखांकन भी हैं, जो मैंने इन यात्राओं के दौरान किए थे।

नर्मदा तट का भूगोल तेजी से बदल रहा है। बरगी बाँध, इन्दिरा सागर बाँध और सरदार सरोवर बाँध तथा अन्य बाँधों के कारण अनेक गाँवों का तथा नर्मदा के सैकड़ों किलोमीटर लम्बे किनारों का अस्तित्त्व समाप्त हो गया। जब मैंने ये यात्राएँ की थीं, तब नर्मदा बहुत कुछ वैसी ही थी, जैसी हजारों वर्ष पूर्व थी। मुझे इस बात का सन्तोष रहेगा कि नर्मदा के उस विलुप्त होते सौन्दर्य को मैंने सदा के लिए इन पृष्ठों पर संजोकर रख दिया है। इसमें जो कुछ अच्छा है, वह नर्मदा का है। सौन्दर्य उसका, भूल-चूक मेरी।

अमृतलाल वेगड़

1836, राइट टाउन, जबलपुर-2 म.प्र.

फोन: 0761-2410434

नयन न तिरपित भेल

नर्मदा की जन्मकथा पुराणों की मोहमयी कुहेलिका से उभरकर हमारे सामने आती है। नर्मदा शिव-तनया है। किसी अनादि-काल में भगवान शंकर पर्वत-शिखर पर ध्यान में मग्न थे। उनके अनजाने ही किसी समय उनके नीलकंठ से नर्मदा निःसृत हुई। जन्म लेते ही वे शिव की तपस्या में लीन हो गयीं। शिव ने नयन खोले तो इस असाधारण तपस्विनी को देखकर चकित हुए। यौवनदीप्त स्निग्ध-श्यामल ऋजु देह को तप के अनुशासन की स्वर्णकठिन आभा ने जैसे कसकर बाँध दिया हो। नेत्रों में बिजली कौंध रही है। देखकर शिव प्रसन्न हुए। वर दिया ''तुम अमृतमयी होगी। जो फल तीर्थवारि में अवगाहन से होता है—वह तुम्हारे दर्शनों से ही सुलभ होगा। तुम अपनी आकांक्षा के अनुरूप चिरकुमारी होगी। मुझे तुम निरन्तर अपने निकट पाओगी। कलिकाल में तुम पतितपावनी गंगा के समग्र माहात्म्य की अधिकारिणी होगी।''

विचित्र नहीं यदि ऐसी अद्वितीया, पुण्यतोया, शिव की आनन्दविधायिनी, सार्थकनाम्ना स्रोतस्विनी की परिक्रमा करने के लिए युग-युग से पुण्यार्थी लालायित रहे हैं। और तो किसी नदी की परिक्रमा नहीं की जाती। नर्मदा-तटवासी अमृतलाल भी एक दिन अपनी चिर-संचित साध मिटाने परकम्मावासी बनकर निकल पड़े। 'सौन्दर्य की नदी नर्मदा' उनकी इसी परिक्रमा का आलेख है।

किन्तु यह कौन-सी अदम्य प्रेरणा है जो निपट घरेलू स्वभाव के अमृतलाल को घर में स्थिर नहीं रहने देती, बार-बार घर से बाहर खींच लाती है? यह तो कोई शौकिया तफरीह नहीं, सरासर कष्ट-संकुल, पाँव-पैदल, आपदाओं को आमन्त्रित करने वाला, भ्रमण से अधिक भटकना है। समय-सुयोग-सुविधा पाते ही अमृतलाल घर से निकल पड़ते हैं और जहाँ छोड़ते हैं, वहीं से अगली बार फिर शुरू कर देते हैं। कहते हैं, ''लो माँ नर्मदे, लगाम तुड़ाकर मैं फिर आ गया।''

रवीन्द्रनाथ ने अपने एक गीत में एक ही विशेष्य के लिए तीन विशेषणों का

प्रयोग किया है: साधक, प्रेमिक और पागल। इनमें शेष दो को तो सदा ही समानार्थी माना गया है पर तीसरा भी अपांक्तेय नहीं। तीनों ही एक-दूसरे का हाथ थामकर ऐसे अन्तरंग भाव से चलते हैं मानो तीन नहीं, एक हों। अमृतलाल ऐसे ही अर्थ में नर्मदा के साधक हैं और उनकी इस साधना का मूलमन्त्र वही शाश्वत ढाई अक्षर का शब्द है जिसकी बात कहते कबीरदास कभी थकते नहीं। ऐसी ही सबसे ऊँची सगाई अमृतलाल को नर्मदा से बाँधे हुए है। वे भरसक नर्मदा की 'उँगली पकड़कर' चलते हैं, वियोग उन्हें सहन नहीं, भले ही इससे ढाई कोस का सफर नौ दिनों में तय हो। नर्मदा को वे देखते हैं, सुनते हैं, दिन में, रात में, सुबह-साँझ और साँझ-सवेरे। नर्मदा-जैसी बहुरूपिणी नदी हमारे देश में दूजी कहाँ? अभी सुगभीर प्रशान्ता, दूजे क्षण चपल मुखरा; अभी सलज्जा तो अभी सप्रतिभ। क्रीड़ा-कौतुक से तो उसे विरत ही नहीं किया जा सकता। प्रपातों की सृष्टि करना तो नदियाँ नर्मदा से सीखें। अमृतलाल करें भी तो क्या? वे जब घर लौटते हैं तब अगली परिक्रमा का स्वप्न देखते हैं, घर मानो रैन-बसेरा हो। उनके मन की गढ़न शिल्पी की है और शिल्पी दरअसल बेघर होता है; सम्भवत: इसीलिए परम-शिल्पी को अनिकेत कहा गया है। फिर अमृतलाल ने तो शिल्प की शिक्षा शान्तिनिकेतन के कलाभवन में विधिवत् आचार्य नन्दलाल बसु से पायी है।

शिल्प की साधना करते-करते अमृतलाल ने भाषा को किस प्रकार साध लिया, यह एक रहस्य है। अवश्य ही वे कोई भारी-भरकम भ्रमण-वृत्तान्त लिखने नहीं बैठे; उनकी गायकी ध्रुपद की नहीं, लोकगीति की है, जिसमें मनुज के सुख-दुख, चढ़ाव-उतार, धूप-छाँह कब आते और चले जाते हैं—आहट ही नहीं मिलती। यह सहज भाषा की सिद्धि है, जिसे सजने-सँवरने का न आग्रह होता, न प्रयोजन। वे कहते हैं, "जब कोलाहल नहीं रहता, कलरव तभी सुनायी देता है।" उनका विश्वास है कि "हर भाषा में कुछ शब्द अश्वमेध यज्ञ के घोड़े की तरह होते हैं। सीमाओं को वे नहीं मानते, उन्हें रोकना आसान नहीं।" रूपक, उत्प्रेक्षा, अतिशयोक्ति आदि अमृतलाल के निकट बिन-बुलाये चले आते हैं। जिसने आदिवासी नारी को देखा है, वह तुरन्त समझ लेगा कि बैगा स्त्रियों के शरीर किस प्रकार गुदनों से 'छलक' रहे थे। कृष्णपक्ष की चौदस का चाँद कैसा दिखायी दे रहा था? अमृतलाल कहते हैं, "घिस जाने पर बचे हुए चन्दन के टुकड़े की तरह" अथवा "शिलाओं से मंडित और झाड़ियों से आच्छादित इस विशाल किनारे से सटकर बहती नर्मदा ऐसी लग रही थी मानो शिव की गोद में पार्वती सो रही हों।" नदी के अर्द्धचन्द्राकार घुमाव में अवस्थित नगरी को देखकर अमृतलाल कहते हैं, "मंडला मानो नर्मदा के कर्ण-कुंडल में बसा है।" और यह रही अत्युक्ति: "हवा इतनी गर्म हो गयी कि

लगता है अगर छोटी-सी चिनगारी डाल दें तो हवा आग पकड़ लेगी।'' उक्ति को सूक्ति बनते भी देर नहीं लगती: ''प्रेम का दीप मुश्किल से जलता है, ईर्ष्या की आग आसानी से सुलगती है।'' अमृतलाल स्वभाव से विनोदी हैं पर विनोद को कभी-कभी व्यंग्य का बाना पहनाना पड़ता है। जब गुमान को खेद होता है कि परकम्मावासी अपनी जमीन-जायदाद के तुच्छ झगड़े यहाँ समुद्र तक ले आते हैं, तब अमृतलाल चकित नहीं होते; कहते हैं, ''तुम समुद्र की कहते हो, आदमी जल्द ही अपने झगड़े अन्तरिक्ष में ले जाएगा। झगड़ों के लिए धरती अब उसे छोटी पड़ रही है।'' और एक छोटा-सा उपहार डाक-सेवा-विभाग के लिए रहा : ''श्रद्धालु जब नर्मदा में दीप प्रवाहित करते हैं, तब उनमें से कुछ दूर तक जाते हैं तो कुछ थोड़ी दूर जाकर ही डूब जाते या बुझ जाते हैं। डाक में पत्र छोड़ते समय मेरे मन में भी थोड़ा-बहुत यही भाव रहता है। पता नहीं इनमें से कितने मंजिल तक पहुँचेंगे और कितने बीच में ही दम तोड़ देंगे। इसलिए पत्र छोड़ते समय मैं यह प्रार्थना अवश्य करता हूँ—जाओ वत्स, तुम्हारी यात्रा शुभ हो। तुम अपने गन्तव्य तक पहुँचो। रास्ते में अनावश्यक विलम्ब न हो। डाक के देवता तुम्हारी रक्षा करें।'' नदी-नाव संजोग से न जाने कितने लोगों के साथ अमृतलाल का परिचय होता है, जिनके अविस्मरणीय शब्दचित्र उन्होंने अपनी सधी हुई कलम से आँक दिये हैं।

अमृतलाल के शब्दचित्र और रेखाचित्र बहुत घनिष्ठ सजातीय हैं। रेखाचित्र पुस्तक की सज्जा नहीं,सम्पद हैं; वे अनुभव और अनुभूति के क्षणों को जीती-जागती धरोहर के रूप में संरक्षित किए हुए हैं। समय जैसे उनमें रुक गया है, पर अपने हृदय की धड़कन के साथ। नर्मदा के घाटों के चित्र देखें, उनमें चढ़ने-उतरने वालों की पद-ध्वनि-सी सुनायी देती है। कूटने वाली के हाथ का मूसल ऊपर उठकर बस अब अगले क्षण ही नीचे उतर आने वाला है। यही बात ढोलक पर पड़ने वाली थापों की है। नृत्य के दृश्यों का तो कहना ही क्या; उनमें देह का बाँकपन, हाथों की मुद्रा और पाँवों की थिरकन एक-दूसरे में घुल-मिल गये हैं। और तनिक बोझ सिर पर सँभाले हुए चलने वाली उन दो नारियों को देखें कि किस भाँति वे अपनी देह को, सिर के बोझ को और लपककर चलने की गति को सन्तुलित किए हुए हैं। ऐसे ही सन्तुलन का दृश्य आप नदिया पार करने वाली टोली के रेखाचित्र में पाएँगे, जिसमें कुछ के पाँव ठीक सधे हुए हैं तो कुछ के पाँव भय से डगमगा रहे हैं और शायद दिल धड़क रहा है। दही या मठा भाने वाली नारी, आग तापते हुए तीन वृद्ध अथवा भजन-कीर्तन सुनने में मग्न पाँच परकम्मावासी-ये सब ऐसे ही सुपरिचित दृश्य हैं जो मन को बरबस मुदित करते हैं। नर्मदा के नाते ये सभी मानो अमृतलाल के बहुत अपने हैं—''नाते सबै राम के मनियत सुहृद सुसेव्य जहाँ लों।'' वस्तुत:

सभी चित्रों में यह विशेषता बनी हुई है।

पथ-प्रान्तर और वन-वनान्तर की लगभग अठारह सौ (बाद की यात्राओं को मिलाकर चार हजार से भी अधिक) किलोमीटर लम्बी पदयात्रा अमृतलाल कर चुके हैं पर उन्हें खेद है कि नर्मदा के समग्र रूप के दर्शन उन्होंने नहीं किए; न चातुर्मास किया और न परिक्रमा के सारे नियमों का पालन किया। तथापि उन्होंने जो कुछ देखा-सुना और जाना-बूझा, अतुलनीय है। उनकी पदयात्रा के साथ एक अन्तर्यात्रा भी चलती रही है, जो भले ही समाप्त न हुई हो पर अपने-आप में पूरी है। उस पर पूर्णता की अदृश्य मुहर लगी हुई है। ओस के कण में जितना भी आकाश प्रतिबिम्बित होता है, वह आकाश ही है—आकाश-छोड़ दूजा कुछ नहीं; इसलिए अपने-आप में पूरा है। तथापि यदि अमृतलाल के अन्तर के किसी कोने में अतृप्ति बनी हुई है तो उसे वहाँ बने रहने का अधिकार है :

''जनम अवधि हम रूप निहारिल नयन न तिरपित भेल।''

—मोहन लाल वाजपेयी

नर्मदा की बात

यात्रावृत्त साहित्य का एक महत्त्वपूर्ण अंग है। हिन्दी में कुछ उच्च कोटि का यात्रा-साहित्य लिखा गया है। किन्तु परिमाण और वैविध्य की दृष्टि से उसमें अभी बहुत कुछ और वृद्धि की गुंजाइश है।

श्री अमृतलाल वेगड़ की 'यात्रा' को अपनी मानसिक यात्रा बनाना लाखों हिन्दी भाषियों और साहित्य-प्रेमियों के लिए एक सर्वथा नया और अनूठा अनुभव होगा। वह सच्चे अर्थों में एक सांस्कृतिक यात्रा है; एक कलाकार, तपस्वी और भारतीय श्रद्धा-बुद्धि के साथ अद्‌भुत ढंग से समरस व्यक्ति की यात्रा, जिसका हर अध्याय एक अक्षय ताजगी और संवेदनात्मक समृद्धि से परिपूर्ण है। कई-कई बरसों के आरपार सम्पन्न की गयी यह यात्रा एक अन्यन्त रोचक शृंखलाबद्ध कथा बन गयी है, जिसमें औपन्यासिकता भी है और कवित्व भी। एक ऐसी गाथा जिसका केन्द्रीय चरित्र स्वयं सौन्दर्य की नदी नर्मदा हैं। सचमुच यह नर्मदा लेखक की तरह हमारी भी स्मृति का अविच्छेद्य अंग बन जाती है। लेखक और उसके सहयात्री तो इस अद्‌भुत उपन्यास के सदाजाग्रत, सदासजीव पात्र हैं ही, साथ ही जनजीवन के जो अविस्मरणीय चलचित्र इस वृत्तान्त में यहाँ से वहाँ तक गुँथे पड़े हैं, उनमें बीसियों ऐसे 'चरित्र' हैं जो भले थोड़ी देर के लिए आये हों, किन्तु ऐसी जीवन्त नाटकीयता में वे प्रस्तुत होते हैं कि ओझल होकर भी नहीं होते-सदा-सदा के लिए हमारी स्मृति में बस जाते हैं।

मैंने इस 'महायात्रा' को धारावाहिक रूप में पढ़ा था। ऐसी रसवन्ती और जीवन-लीला के अपार वैविध्य से छलकती 'यात्रा' मन को चाहे जितना तृप्त करे, मन उससे कभी अघा नहीं सकता। इसलिए समापन किस्त पढ़ते हुए जहाँ सचमुच एक 'वृत्त' की-सी सम्पूर्णता का सन्तोष मिला, वहीं एक अजीब-सी उदासी भी मन पर छा गयी कि अब यह कहानी आगे नहीं बढ़ेगी। वैसे तो नर्मदा की कहानी अनादि और अनन्त है : उसका क्या आरम्भ और क्या अन्त! वह तो स्वयं मनुष्य और उसकी आदिम विस्मयानुभूति की तरह, सृष्टि-प्रवाह की तरह अक्षय जान पड़ती है। किन्तु यह उदासी केवल भावुक उदासी नहीं है: इसके पीछे कहीं एक

विकराल वास्तविकता भी है। लेखक ने स्वयं इसे व्यक्त किया है और बड़े बेलाग ढंग से, निर्मम यथातथ्यता के साथ व्यक्त किया है—

"मेरी इस यात्रा के सौ साल बाद तो क्या, पचीस साल बाद भी कोई इसकी पुनरावृत्ति न कर सकेगा। पचीस साल में नर्मदा पर कई बाँध बन जाएँगे और इसका सैकड़ों मील लम्बा तट जलमग्न हो जाएगा। न वे गाँव रहेंगे, न पगडंडियाँ। पिछले 25000 वर्षों में नर्मदा-तट का भूगोल जितना नहीं बदला है, उतना आनेवाले 25 वर्षों में बद जाएगा।"

इस विकराल वास्तविकता को देखते हुए अमृतलाल वेगड़ का यह यात्रा-वृत्तान्त अपना एक दूसरा महत्त्वपूर्ण पहलू उद्घाटित करने लगता है: इसका दुर्लभ दस्तावेजी महत्त्व, जिसे अनदेखा करना अनर्थकारी होगा। भले हम इस श्रद्धावान लेखक के साथ यह सोचकर अपने मन को सांत्वना दे लें कि "नर्मदा तो बस नर्मदा ही है। जैसा भव्य उसका अतीत है, वैसा ही उज्ज्वल उसका भविष्य है।"

जरा सोचिये, ऐसा दुर्लभ और मणिकांचन संयोग भी कब और कहाँ जुटता है कि एक ही लेखक में भरा-पूरा आदर्श-बोध भी हो, और यथातथ्य यथार्थ-बोध भी। उसमें प्रकृति से तादात्म्य स्थापित करने की, तन्मय होने की, प्रतिभा भी हो और सटीक-सजीव वर्णन-सामर्थ्य भी। ऐसा लेखक, जो भाषा के साथ उतना ही सहज और निश्छल हो, जितना जनजीवन के साथ; जिसमें करुणा के साथ हास्योद्रेक क्षमता हो और श्रद्धा के साथ तटस्थ बौद्धिक विश्लेषणवृत्ति भी। और, ऐसा सुयोग भी कब-कब सधता है कि जीवन-लीला और प्रकृति-सौन्दर्य के इस अखूट विस्तार और वैविध्य को आप शब्दों के साथ-साथ रेखाओं में भी-आकारों में भी बोलते सुन सकें। कहना कठिन है कि अमृतलालजी के शब्द अधिक मुखर-सजीव हैं कि रेखाचित्र? मेरा बस चले तो मैं इस पुस्तक के दो संस्करण कराऊँ : एक अपेक्षाकृत नयनाभिराम साज-सज्जा वाला डीलक्स संस्करण, जिसे रसिकजन खासा मोल चुका कर ही सहेज सकें; और दूसरा सर्वजन सुलभ जेबी—हालाँकि सुरुचिपूर्ण संस्करण—जिसे स्कूल का छात्र, प्राइमरी का शिक्षक, दफ्तर का चपरासी, नया-नया प्रौढ़ साक्षर, हर कोई दस-पन्द्रह रुपये में अपनी सम्पत्ति बन सके।

क्या यह एक असम्भव सपना है? मेरा मन कहता है, कतई नहीं। इससे अधिक सहज स्वाभाविक आचरण और क्या हो सकता है इस रचना के साथ, जो जितनी सौन्दर्य शालिनी है, उतनी ही जनमनरंजनी भी। मेरा बस चले तो मैं इसे स्कूल के पाठ्यक्रम में लगा दूँ। क्योंकि यह सौन्दर्य का ही नहीं, संस्कृति का भी उत्तम पाठ है। इस नदी के पास कितना कुछ कहने बताने को है कि वह इस 'तुमुल कोलाहल कलह' के बीच हमें अपने हृदय की बात लगने लगती है। मेरी कामना है कि हिन्दी जगत में इस रचना का भरपूर स्वागत हो।

—रमेशचन्द्र शाह

प्रस्तावना

बहुत साल पहले मैंने एक मराठी लेखक की पर्यटन-कथा पढ़ी थी—उपन्यास और यात्रा-वृत्त का अद्‌भुत सम्मिश्रण—जिसमें नदी का प्रवाह और मनुष्य की नियति, दोनों कुछ इस प्रकार जुड़े थे कि एक को दूसरे से अलग करना असम्भव था। कुछ ऐसा ही अविस्मरणीय अनुभव शोलोखोव के अमर उपन्यास "और चुपचाप डॉन बहती रही" पढ़ कर हुआ था। इन पुस्तकों को पढ़ते हुए मैं सोचा करता था कि क्या अपनी हिन्दी में इस तरह की "नदी गाथा" पढ़ने को नहीं मिलेगी, जो उपन्यास की तरह लोगों के जीवन को अपने चिरन्तन प्रवाह में प्रतिबिम्बित कर सके?

तब मुझे क्या मालूम था कि मेरी यह प्रच्छन्न आकांक्षा भोपाल की एक उनींदी दुपहर में अचानक पूरी हो जाएगी। याद नहीं आता कौन मुझे यह छोटी-सी, दुबली-पतली किताब दे गया था, जिनके पन्नों पर कहीं-कहीं रेखाचित्र भी थे, किन्तु जो चीज आज भी याद रह गयी है, वह था पुस्तक का प्रांजल, विनोद-भरा, स्वच्छ, प्रवाह में बहता गद्य, मानो जिस नदी का जादू-भरा विवरण उसमें था, स्वयं उसका स्पर्श लेखक की कलम को एक अजीब-सी प्रभुता प्रदान कर गया हो।

हिन्दी में यात्रावृत्त पहले भी पढ़े थे, पर अमृतलाल वेगड़ की नर्मदा-गाथा की रसमयता का स्वाद कुछ अनोखा ही था। उसके बाद जब कभी पत्र-पत्रिकाओं में किसी यात्रावृत्त या संस्मरण पर वेगड़जी का नाम दिखाई दे जाता, मैं उसे "एक साँस में" आद्योपान्त पढ़कर ही दम लेता; एक अदृश्य तट-यात्री की तरह चुपचाप उनके साथ हो जाता। क्या वह विश्वास करेंगे कि जब वह नदी के कगारों पर गिरते-पड़ते चल रहे थे, दुर्गम पहाड़ों को पार कर रहे थे, ठंडी रातों में किसी मन्दिर के आँगन में लेटे हुए आकाश में टिमटिमाते हुए तारों को निहार रहे थे—मैं उनके साथ था?

एक अच्छी यात्रा-पुस्तक का यह लक्षण है—उसका जादुई चमत्कार—कि लेखक के साथ सिर्फ उसके सहयात्री ही नहीं, पाठकों का एक लम्बा काफिला भी

साथ हो लेता है और रास्ता दिखाने वाला वेगड़जी जैसा गाइड हो, तब तो सोने में सुहागा है, क्योंकि तब वह नर्मदा के अतुल सौन्दर्य को एक निपट नयी निगाह से देखने लगता है। क्या कभी हमने सोचा था कि—

"प्रवाह नदी का प्रयोजन है। अपने अस्तित्व के लिए उसे बहना ही चाहिए। बहना उसकी अनिवार्यता है। लेकिन प्रपात उसका ऐश्वर्य है, उसका अतिरिक्त प्रदान है। यह अतिरिक्त प्रदान ही किसी चीज को सौन्दर्य प्रदान करता है। जहाँ प्रयोजन समाप्त होता है, वहाँ सौन्दर्य शुरू होता है।"

यह प्रपात के अनुपम सौन्दर्य का बखान तो है ही, स्वयं सौन्दर्य की अवधारणा के बारे में एक उज्ज्वल अन्तर्दृष्टि देता है, जो बखान हमारे साहित्य के प्रयोजनवादी आलोचकों को कुछ सिखा सके! वेगड़जी के यात्रा संस्मरणों में सहज ज्ञान और समझदारी के इस तरह के अनमोल रत्न हर जगह बिखरे दिखाई दे जाते हैं और तब पता चलता है कि नर्मदा हो या हिमालय, जो लोग प्रकृति के सान्निध्य में रहते हैं, उन्हें जीवन के गहन सत्य बूझने के लिए किसी कॉलेज या विश्वविद्यालय में जाने की जरूरत नहीं। उन्हें पत्थरों में पारस, सर्मन्स ऑन द स्टोन मिल ही जाते हैं।

नदी, पहाड़, झरने अपने में ही सुन्दर नहीं होते, वे अपने "होने" से आसपास की दुनिया को भी एक अलौकिक आभा में आलोकित कर देते हैं। दिन भर की यात्रा के बाद जब वेगड़जी थके-माँदे किसी धर्मशाला या मन्दिर के बरामदे में लेट पाते थे, तो भी प्रकृति का सम्मोहन उनका पीछा नहीं छोड़ता था। मुझे वे स्थल विशेष रूप से प्रिय लगते हैं, जब वेगड़जी की नींद भरी आँखों पर आकाश अपनी सौन्दर्य छटा लेकर उतर आता था।

"वैसे तो सर्वव्यापी चाँदनी में सब कुछ दिखाई दे रहा था, नदी का प्रवाह, सामने का किनारा, कुंड में गिरते प्रपात, पर धवल कुंड की बात कुछ और थी, वह किसी प्रकाश-पुंज की तरह चमक रहा था। धावड़ीकुंड में पूर्णिमा की रात को चाँद डोली से उतरता है और सबेरा होते ही चला जाता है।"

वेगड़जी का यात्रावृत्त पढ़ते हुए एक और बात मन में आती है—केवल भारतीय परम्परा में रसा-पगा व्यक्ति ही प्रकृति की नैसर्गिक सत्ता को इतने आत्मीय सगेपन और श्रद्धा से देख सकता है। नदी, पहाड़ वन सिर्फ भूगोल के उपादान मात्र नहीं हैं, वे मनुष्य के समूचे मिथक-संस्कारों को अपने में प्रतिबिम्बित करते हैं। दुनिया में किस नदी को यह सौभाग्य प्राप्त है, जिसकी परिक्रमा करने में यात्री स्वयं अपने भीतर एक तरह की अटल पवित्रता का स्पर्श पा लेते हैं। रामकृष्ण परमहंस कहा करते थे, हिमालय अटल रहता है ताकि उससे निकली हुई नदियाँ प्रवहमान

रह सकें। एक की शाश्वत अटलता, दूसरे की चिरन्तन प्रवाहमयता, दोनों ही एक भारतीय के लिए ''पवित्रता की ऐसी स्पेस'' निर्मित करते हैं, जिन्हें हम ''तीर्थ-स्थल'' कहते हैं—पृथ्वी पर ''परम'' का आवास-स्थल।

इसीलिए वेगड़जी की नर्मदा यात्रा सिर्फ एक नदी की परिक्रमा नहीं है, वह एक पुरातन संस्कृति की अटलता को उसकी सतत प्रवाहमयता में आँकने का ''आँखों देखा'' वृत्तान्त है। पुस्तक पढ़ते हुए मुझे गाँधीजी की बात याद आ रही कि पश्चिमी सभ्यता ने सिर्फ भारत के नागरी कगारों को ही कलुषित किया है उसके अन्दरूनी हृतस्थल को नहीं, जहाँ उसकी आत्मा निवास करती है। हमें बार-बार इस आत्मा के दर्शन उन सैंकड़ों परकम्मावासियों में होते हैं, घर-बार की सुविधाओं को त्याग कर आए वानप्रस्थी गृहस्थ, साधु, भिक्षुक, देश के सुदूर कोनों की भाषाओं को बोलते हुए गरीब-अमीर तीर्थयात्री, नदी की धारा के साथ बहता हुआ एक लम्बा जुलूस, जिसके अलग-अलग चेहरों, विभिन्न भंगिमाओं, आचार-व्यवहारों को वेगड़जी ने अपनी औपन्यासिक उत्सुकता और कलात्मक सुघड़ता से उकेरा है। एक चलती-फिरती पूरी पोर्ट्रेट गैलरी सामने से गुजरती दिखाई देती है। कभी-कभी तो लगता है कि वेगड़जी पुस्तक में अपने रेखांकन न भी दें, तो भी कुछ खास नहीं बिगड़ेगा, क्योंकि जो वे दिखाना चाहते हैं, वह तो अपनी हाड़-मांस की जीवन्तता में इतनी सजीव उच्छलता के साथ उनके शब्द-चित्रों में ही उतर आया है। उनकी अन्तर्भेदी संवेदनशील दृष्टि के उजाले में हम घर बैठे न जाने कितनी विचित्र विभूतियों के सम्पर्क में आते हैं। आधी रात का वह पागल, गाय और उसके बछड़े को भी अपने साथ ले जाने वाला परकम्मावासी, स्कैन्डिनेवियन मूल की अँग्रेज़ महिला जिसके पैसे और पासपोर्ट लेकर एक धूर्त साधु गायब हो गया, लेकिन जो जरा भी विचलित न हुई, पुतलीखोह के प्रागैतिहासिक चित्र, नर्मदा के घाटों पर भजनों, लोकगीतों, कथा कहानियों का अन्तहीन, अविस्मरणीय खजाना। वेगड़जी से गहरी ईर्ष्या होती है कि उन्होंने एक नदी की यात्रा में भारत की कितनी छवियाँ, दृश्य, लोग—एक समूची संस्कृति की रासलीला का अमृत रस छक लिया है। किन्तु आदमी भरपूर छक सके, उसके लिए सच्ची प्यास होनी चाहिए—ऐसी अकथ प्यास जो वेगड़जी को बार-बार नर्मदा की ओर खींच ले जाती थी। नर्मदा के कगारों, उत्ताल तरंगों, बीहड़ मोड़ों और पहाड़ी परिवेश को देखकर जिस तरह वेगड़जी की काव्य चेतना जाग जाती थी, वैसे ही नर्मदा-तट के ग्रामीणों, परकम्मावासियों, साधु-संन्यासियों को देखकर उनका कहानीकार आँखें खोल देता था। दोनों का अद्‌भुत मिलन ही वेगड़जी को न केवल हिन्दी का अनूठा पर्यटक और यात्रा-लेख्क बना देता है, बल्कि भारतीय लोक-संस्कृति का घूमता-फिरता सन्देश-वाहक भी।

एक तीर्थयात्री को नर्मदा इससे अधिक सुन्दर उपहार और क्या दे सकती है?

अमृतलाल वेगड़ ने नर्मदा परिक्रमा का अन्तिम चरण सत्तर वर्ष की आयु में पूरा किया था। 2624 किमी. लम्बी यात्रा पूरी करने के बाद वेगड़जी को शायद वैसी ही कुछ अनिर्वचनीय अनुभूति हुई होगी, जैसी उस जर्मन पर्वतारोही को अन्नपूर्णा के शिखर पर पहुँचकर हुई थी, ''मुझे लगा, जैसे मैं और पर्वत अलग नहीं हैं, मैं ही अन्नपूर्णा हूँ, जैसे अन्नपूर्णा मुझमें है।'' ऐसा अलौकिक अनुभव यदि एक विदेशी को हो सकता है, तो वेगड़जी के लिए तो वह सहज सुलभ ही होगा—क्या हम वेगड़जी को नर्मदा से और नर्मदा को वेगड़जी से अलग करके देख सकते हैं।

वेगड़जी की पुस्तक पढ़कर मुझे लगा, जैसे मैं भी एक अदृश्य और अनिमन्त्रित यात्री की तरह बराबर, बिना उनके जाने, उनके साथ नदी, नाले, टीले, चट्टानें पार करने का सुख उठाता रहा हूँ। मैंने भी उनके साथ किसी धर्मशाला के खुले आँगन में आकाश के नक्षत्रों की अद्‌भुत क्रीड़ा देखी है। यदि गणेशजी अपने माता-पिता के इर्द-गिर्द घूम कर धरती की परिक्रमा कर सकते हैं, तो क्या हम वेगड़जी की पुस्तक के पन्नों पर ''चलते'' हुए, घर की चौखट से बाहर कदम रखे बिना, नर्मदा माई की परिक्रमा करने का पुण्य-लाभ नहीं उठा सकते?

और साथ का यह पत्र—

दिल्ली-92
20 जून, 2000

प्रिय वेगड़जी,

आखिर इतने विलम्ब के बाद ''अमृतस्य नर्मदा'' की प्रस्तावना भेज रहा हूँ।

मेरे पास अपना टाइपराइटर नहीं है, इसलिए अपने हाथ से लिखे बेढंगे अक्षरों में जो कुछ जल्दी में लिख पाया, उसे भेज रहा हूँ। काश, मेरी लिखाई आप जैसे मोती के अक्षरों में न सही, कम से कम पढ़ने लायक बन पाती। इस पुस्तक ने मुझे कितना आनन्द और प्रेरणा दी है, शायद आप कल्पना नहीं कर सकेंगे।

मेरी प्रस्तावना आपकी पुस्तक की विपुल सम्पदा का एक अंश भी दिखा सके, यह बड़ी बात होगी। मेरे विचार में यह हिन्दी में ही नहीं, समूचे भारत के यात्रा-साहित्य में एक विशिष्ट स्थान रखती है।

आपका
निर्मल वर्मा

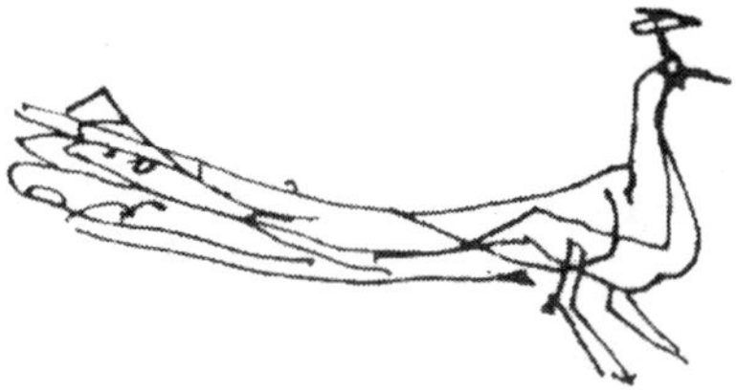

अनुक्रम

खंड 1 : सौन्दर्य की नदी नर्मदा

जबलपुर से मंडला

नर्मदा सौन्दर्य की नदी है। यह नदी वनों, पहाड़ों और घाटियों में से बहती है। मैदान इसके हिस्से में कम ही आया है। सीधा-सपाट बहना तो यह जानती ही नहीं। यह चलती है इतराती, बलखाती, वन-प्रान्तरों में लुकती-छिपती, चट्टानों को तराशती, डग-डग पर सौन्दर्य की सृष्टि करती, पग-पग पर सुषमा बिखेरती!

नर्मदा मुझे बचपन से ही खींचती रही है। उसके विविध रूप देखने मैं सुदूर देहातों में गया हूँ। उसकी शोभा को मुग्ध होकर निहारता रहा हूँ। लेकिन तृप्ति कहाँ! परकम्मावासियों को देखकर हर बार मन ललक उठता। सोचता, अपनी स्केच-बुक लेकर क्यों न इनके साथ हो लूँ। लेकिन बात बनती नहीं थी।

किन्तु, एक दिन बात बन ही गयी। मेरे सहयोगी पांडेजी जबलपुर से मंडला तक की नर्मदा-तट की पदयात्रा के लिए तैयार हो गये। अब हम तीसरे साथी को तलाशने लगे। जिससे पूछते, वही हँसता। कहता-वसीयतनामा लिखकर जाना। कोई कहता साथ में गधा जरूर ले जाना। बोझा ढोने के काम भी आएगा और सवारी का काम भी देगा।

कोई सहयोगी तो तैयार नहीं हुआ लेकिन हमारे दो छात्र खुशी-खुशी तैयार हो गये-यादवेन्द्र और सूर्यकान्त। तय हुआ कि दशहरा मनाकर दूसरे दिन सवेरे चलेंगे। यात्रा ग्वारीघाट से शुरू होगी।

22 अक्टूबर 1977 की सुबह हम चारों ग्वारीघाट से, पीठ पर बोझा लादे, 'नर्मदे हर!' के घोष के साथ चल पड़े।

तीसरे पहर छतरपुर गाँव पहुँचे। रात को एक ग्रामीण के बरामदे में जब सोये, तब टाँगें तो दुख ही रही थीं, ऐसा लग रहा था मानो कन्धे जड़ से उखड़ जाएँगे। फिर भी नींद बहुत अच्छी आयी।

सवेरे आगे बढ़े। बरसात अभी-अभी खत्म हुई थी। कई जगह दलदल था और पैर फिसलते थे। एक गाँव में एक ग्रामीण के घर सुस्ताने बैठे। मेरा ध्यान उसके

घर की दीवारों पर गया। दीवाली की लिपायी-पुतायी हो चुकी थी। उसकी स्त्री ने दीवार पर बेल-बूटे निकाले थे। मैंने उससे कहा, ''मोर बढ़िया बना है। रंग भी बहुत अच्छे हुए हैं।''

उसने लज्जित पर साथ ही उत्साहित होते हुए कहा, ''यहाँ देखिये, कुछ यहाँ भी बने हैं।'' बाद में पांडेजी ने बताया, आपकी प्रशंसा से वह बहुत खुश हुई थी। पुलक भरे स्वर में अपनी सहेली से कह रही थी, इन लोगों को मेरे बेल-बूटे बहुत अच्छे लगे।

शाम को बिजौरा पहुँचे। उस पार है बरगी कॉलोनी। यहाँ नर्मदा पर बड़ा बाँध बनाया जा रहा है। बाँध की गहरी खाई-सी नींव में उतर कर ही हम बिजौरा पहुँच सके थे। सोने के लिए पाठशाला मिल गयी। एक कमरे की पाठशाला। चौखट में पल्ले नहीं थे। मेरा बिस्तर वहीं था। पांडेजी कहने लगे, ''बघेरा आएगा, तो पहला शिकार आप होंगे।''

बहुत दुबला हूँ। गिनी-चुनी हड्डियाँ भर हैं मेरे शरीर में। कहता हूँ, ''बेचारे को प्रथम ग्रासे मक्षिकापात होगा, पर हाँ, जब तुम्हारे पास आएगा, तब मधुरेण समापयेत् होगा!''

सुबह नारंगी रंग का बड़ा भारी सूरज निकला। निकला नहीं उगा-पौधा जैसे धरती में से उगता है। ताजा जन्मा सूरज नवजात शिशु-सा नरम और कोमल लग रहा था।

तैयार हुए और बंजारों की तरह चलते बने। रास्ते में एक संन्यासी की कुटी मिली। मैंने संन्यासी से पूछा, कैसे-कैसे लोग नर्मदा की परिक्रमा करते हैं, तो कहने लगे, ''अधिकतर लोग भीख माँगने के लिए ही परकम्मा उठाते हैं। इससे पेट भी भर जाता है और पैर भी पुज जाते हैं।''

रास्ते में एक नाई का साथ हो गया। बड़ा बातूनी था। हमने पूछा कि आगे हमें किस गाँव में रुकना चाहिये, तो उसने कहा कि अगले गाँव में ही रुक जाइए। आज वहाँ के मालगुजार के भाई की तेरही है। काफी लोग जुटे हैं। आप भी शामिल हो जाइए। रहने के साथ-साथ भोजन की समस्या भी हल हो जाएगी।

मैंने डपट कर कहा, ''हम तेरहीं का खाना नहीं खाते।''

उस गाँव में हम रुके नहीं। गाँव के बाहर कई खेत फोड़े गये थे। कभी कीचड़ में से तो कभी मेंड़ों पर से आगे बढ़ रहे थे कि पड़ा हिंगना नाला। इसमें पानी कम, कँपा अधिक था। इसमें पैर धँसते थे और मुश्किल से निकलते थे। यहाँ यादवेन्द्र की लाठी बहुत काम आयी। फिर भी उस ओर पहुँचते-पहुँचते छठी का दूध याद आ गया।

कुछ आगे बढ़े तो सागौन का घना जंगल शुरू हो गया। फिर पहाड़ की चढ़ायी। पहाड़ को लाँघने में हाँफ गये लेकिन मजा भी कम नहीं आया।

उस पहाड़ी को लाँघ कर क्या आये थे, एक सर्वथा नवीन सौन्दर्यलोक में आ गये थे। चारों ओर हरियाली ही हरियाली। धीरे-धीरे खेत पीछे छूट गये और जंगल शुरू हो गया। कहीं कोई आदमी नजर नहीं आ रहा था। ऐसा लग रहा था मानो हम किसी अछूती भूमि में जा रहे हों। पैर और कन्धे दुख रहे थे, पर मन का उल्लास फूट-फूट पड़ता था।

कभी पहाड़ी पर चढ़ाती, कभी खड्ड में उतारती, कभी झाड़-झंखाड़ से उलझाती तो कभी छोटे-छोटे झरनों में उतारती हमारी पगडंडी हमें एक ऐसे स्थान पर ले आयी, जिसे देखकर हम मारे खुशी के झूम उठे।

सामने एक नन्ही नदी थी। इसमें छोटे-छोटे ढेर सारे प्रपातों की पंगतें लगी थीं। इन्हें देखकर आँखें पलक झपकाना भूल गयीं। कान निनाद सुनने में मग्न हो गये। समाधि-सी लग गयी। लेकिन बुद्धि जिसका नाम! उसने कहा—जरा वहाँ भी देखो। सूरज ढल रहा है, शाम गहरा रही है, न जाने बरहइयाखेड़ा कितनी दूर हो। उठो, चलो!

उठना पड़ा। नदी पार की। लेकिन उस पार पगडंडी मिल नहीं रही थी। नदी में आकर मानो घुल गयी थी। बड़ी मुश्किल से मिली। तेजी से आगे बढ़े। अँधेरा होते-होते पटेल के घर पहुँचे। पटेल तो बाहर गया हुआ था, लेकिन घर के लोगों ने हमें बड़ी खुशी से अपने यहाँ ठहरा लिया। थककर चूर हो गये थे। खाना बनाया, खाया और घोड़े बेचकर सो गये।

सुबह उठकर देखा, घना कोहरा था। नर्मदा-तट गये। घटाटोप कोहरे के कारण आकाश और धरती एकाकार हो गये थे। आकाश मानो धरती पर उतर आया था। कोई घंटे भर बाद कोहरा छँटा, लेकिन नदी फिर भी स्पष्ट नहीं हुई थी, क्योंकि नदी में से भाप उठ रही थी। मैंने देखा, भाप सीधी नहीं उठती थी, वलयाकार उठ रही थी। तन्मय होकर देखता रहा और सोचता रहा, भाप सीधी भी तो उठ सकती थी। इस तरह वर्तुल में लहराती क्यों उठ रही है। भाप ही क्यों, स्वयं नर्मदा को भी तो कहीं सीधे बहते नहीं देखा। वह भी सीधी रेखा की अपेक्षा वक्रिम रेखा में चलने में ज्यादा सौन्दर्य अनुभव करती है। यही वक्र गति-प्रियता मनुष्य में भी है। यही छन्द में, रंग में, लय में, ताल में ढलकर कला बन जाती है।

कोहरे और भाप की क्रीड़ा अद्‌भुत थी। कल इसे दोबारा देखेंगे। आज नहीं जाएँगे।

घर के लोगों से घरोबा हो गया था। घर की स्त्रियों को आटा दिया तो उन्होंने

रोटियाँ बना दीं। रात को सोते समय मैं सोच रहा था, कब सबेरा हो और कब भाप और कोहरे का जादू देखने मिले।

सबेरे चार बजे नींद खुल गयी। ढिबरी के टिमटिमाते उजाले में स्त्रियों का कार्यकलाप शुरू हो गया था। एक स्त्री ओखली में धान कूट रही थी। फिर दूसरी आ गयी, दोनों के मूसल बारी-बारी से चलने लगे। मैं इनकी जुगलबन्दी देख ही रहा था कि एक स्त्री ने चक्की पीसना शुरू कर दिया। साथ ही वे गाती भी जा रही थीं। भोर में यह सब कितना भला लग रहा था।

उजाला होते ही मैं नर्मदा-तट भागा। लेकिन एक सीधी-सादी बात भूल गया था। जिसके लिए हम बहुत व्यग्र होते हैं, वह प्रायः छलना सिद्ध होता है। आज न तो कोहरा था, न भाप।

कल नदी, आकाश, पहाड़, जंगल सभी उस घने कोहरे में खो गये थे। फिर धीरे-धीरे, परत-दर-परत, उभरते जा रहे थे। यही इन्द्रजाल हम आज भी देखना चाहते थे। लेकिन आज रंगमंच सूना था। आज नाटक नहीं खेला गया।

हर सुबह सफर, हर शाम सफर। छेवलिया चल दिये। सरसों के पीले खेत देखकर मुझे बार-बार बसोहली शैली के चित्र याद आ जाते। इस पीताम्बरा धरती को मैं मुड़-मुड़ कर देखता और पीछे रह जाता।

छेवलिया के कोटवार ने बड़ी खुशी से हमें अपने घर में ठहरा लिया। कहने लगा, ''आप अच्छे आये। आज शरद पूर्णिमा है। रात को नर्मदा किनारे हनुमान चौरे पर कीर्तन-मंडली जमेगी। सारी रात भजन होंगे। आप जरूर जाइए।''

रात को यादवेन्द्र ने खीर बनायी, शरद पूर्णिमा जो थी। खाकर सो गये। कोई ग्यारह बजे मेरी नींद खुली। यादवेन्द्र भी उठ बैठा। हम दोनों हनुमान चौरे की ओर भागे।

चाँद सोलहों कलाओं से चमक रहा था। चाँदनी कई बार देखी थी लेकिन आज पहली बार लगा कि चाँदनी में आपाद-मस्तक डूब गया हूँ। चाँदनी मेरे अन्तरतम में प्रवेश कर रही है। मुझे लगा, रात भर यह ऐसी ही बरसती रही तो सबेरे जमीन पर चाँदनी की चादर बिछी मिलेगी।

इधर भजन शुरू हो गये थे। बड़ी मस्ती से गा रहे थे। कोई मृदंग बजा रहा था, कोई झाँझ-मजीरा, कोई पखावज। गा तो सभी रहे थे। यहाँ कोई निरा श्रोता नहीं था। उनकी मस्ती मुझे भी छू गयी। मेरा हाथ भी उनके लय और ताल के साथ चलने लगा। मैं उनके स्केच उतारने लगा। चाँदनी ऐसी जमकर थी कि एक-एक रेखा साफ दिखायी देती थी।

रात को एक बजे लौटे। सुबह नर्मदा गये तो देखा, चाँद अभी डूबा नहीं था।

मेरा ध्यान उसके धब्बों की ओर गया। मैं उन्हें गौर से देखने लगा। मुझे वे बड़े भले लगे। मानो चाँद के कैनवास पर किसी ने चित्र बनाये हों। चाँद अगर सपाट होता, तो इतना मोहक न लगता। नहीं, ये उसके कलंक नहीं, उसके गुदने है।

मैं नदी किनारे स्केच कर रहा था। इतने में एक कृशकाय स्त्री नहाने आयी। नहाकर उसने पहनने के लिए साड़ी निकाली। वह उसे एक छोर से दूसरे छोर तक दो बार देख गयी, लेकिन साड़ी इतनी तार-तार हो चुकी थी कि उसकी समझ में नहीं आ रहा था कि उसे कहाँ से पहने। किसी तरह उसने अपनी लज्जा ढाँकी और चली गयी।

यह था कलंक। मेरा सिर लज्जा से झुक गया। मुझसे और स्केच नहीं किए गये।

भोर वेला में नर्मदा का पानी सिन्दूरी हो गया है। जहाँ धूप नहीं पड़ रही है, वहाँ कहीं नीला, कहीं बैंगनी तो कहीं हरा है। दूर भूरा है।

अजीब है यह पानी। इसका अपना कोई रंग नहीं, पर इन्द्रधनुष के समस्त रंगों को धारण कर सकता है। इसकी कोई आवाज नहीं, पर वाचाल हो उठता है तो इसका भयंकर वज्र-निनाद दूर-दूर तक गूँज उठता है। गतिहीन है, पर गतिमान होने पर तीव्र वेग धारण करता है और उन्मत्त शक्ति और अपार ऊर्जा का स्रोत बन जाता है। उसके शान्त रूप को देखकर हम ध्यानावस्थित हो जाते हैं, तो उग्र रूप को देखकर भयाक्रान्त। जीवनदायिनी वर्षा के रूप में वरदान बन कर आता है, तो विनाशकारी बाढ़ का रूप धारण कर जल-तांडव भी रचता है। अजीब है यह पानी।

मीठे पानी का श्रेष्ठ ओर सुदीर्घ स्रोत है नदी। हजारों वर्षों से मनुष्य उसकी ओर खिंचता चला आया है। केवल इसीलिए नहीं कि वह हमारी और हमारे खेतों की प्यास बुझाती है, बल्कि इसलिए भी कि वह हमारी आत्मा को भी तृप्त करती है। उसके तट पर हमारी आत्मा पल्लवित-पुष्पित होती है—संस्कृति का जन्म होता है। संसार की सभी प्रमुख संस्कृतियों का जन्म नदियों की कोख से हुआ है।

भारतीय संस्कृति गंगा की देन है। पर एक बात है—श्रेष्ठ गंगा है, लेकिन ज्येष्ठ नर्मदा है। जब गंगा नहीं थी, नर्मदा तब भी थी। आज जहाँ हिमालय है, गंगा-यमुना का मैदान है, सुदूर अतीत में वहाँ उथला समुद्र था। किसी भूकम्प ने उस समुद्र को हिमालय और गंगा-यमुना के मैदान में बदल डाला, हालाँकि इसमें करोड़ों वर्ष लगे। गंगा से नर्मदा पुरानी नदी है और हिमालय से विन्ध्याचल-सतपुड़ा पुराने पहाड़ हैं।

छेवलिया से चले तो नर्मदा-जल के एकदम पास वाली पगडंडी पकड़ी। खड़ा किनारा और गहरा पानी। तीन घंटे में पाँच किलोमीटर ही चल पाये। सोचा, इस कछुआ-चाल से तो बीच बियाबान में ही रात हो जाएगी। इसलिए ऊपर की पगडंडी पर आ गये।

अब हम पूरे वनवासी हो चले थे। सात दिन से न तो सड़क देखी थी, न साइकिल, न बिजली। अधिकांश गाँवों में एक भी दुकान नहीं थी। आधुनिक सभ्यता का स्पर्श इस इलाके में नहीं के बराबर हो पाया था। शाम होने से पहले ही सहजपुरी पहुँच गये। कटारे जी इस गाँव के प्रमुख व्यक्ति हैं। नर्मदा परिक्रमा कर चुके हैं। उन्होंने हमारा स्वागत किया। हमें देने के लिए उनका बेटा आटा और चावल ले आया।

भिक्षा लेकर हम नर्मदा-तट की ओर बढ़े। वहाँ एक संन्यासी की कुटी थी। रात्रि-विश्राम वहीं था। कुटी से सट कर बहता झरना, सुन्दर बगिया और सागौन के ऊँचे, घने पेड़-आश्रम-सा शान्त और पवित्र वातावरण। मन तृप्त हो गया।

टाटीघाट से घना जंगल शुरू हो गया। पगडंडी पर इक्का-दुक्का आदमी ही मिलता। मैंने कहा, ''यार पांडे, इस बियाबान में तुम अकेले जा रहे हो और कहीं शेर आ जाए, तो तुम क्या करोगे?''

पांडे जी ने कहा, ''मैं तो कुछ करने से रहा। जो कुछ करना है, वह शेर ही करेगा।''

शाम को पाठा पहुँचे। पाठा में पाठशाला थी, वहीं रहे। बहुत दिनों के बाद पक्के मकान में रहने को मिला। पहली बार डाकघर मिला। वह शाला के प्रधान अध्यापक के घर में था। हम लोगों ने चिट्ठियाँ लिखीं। सुबह उठकर नर्मदा-तट गये। यहाँ एक झरना नर्मदा में आ मिला है, उसके मनभावन प्रपात में स्नान किया। उस दिन वहाँ साप्ताहिक बाजार था। मैंने देखा, गरीब से गरीब ग्रामीण नारी भी चूड़ियाँ खरीदे बिना नहीं रहती। सुहाग और शृंगार का काँच की चूड़ियों से बढ़कर सस्ता व सुन्दर आभूषण और है भी क्या!

दूसरे दिन घना कोहरा था। सूरज लापता था। निकला भी तो चाँद जैसा दूधिया। उधर पश्चिम में चाँद कुछ ताँबिया दिखायी दे रहा था। नये आदमी के लिए पहचानना मुश्किल था कि कौन चाँद और कौन सूरज। मुझे काँगड़ा शैली के वे चित्र याद हो आये, जिनमें कृष्ण ने राधा के कपड़े पहने हैं और राधा ने कृष्ण के। आज चाँद और सूरज ने आपस में वस्त्र बदल लिए थे।

सुबह निकल पड़े। खेतों से धान के विशाल गट्ठर उठाये स्त्रियाँ आ रही थीं। गाँव की स्त्रियों को सिर पर भारी घड़े उठाये नर्मदा की खड़ी कगारों पर चढ़ते रोज

देखता था। सुबह चार बजे चक्की और मूसल चलाते भी देख चुका था। सोचता था, इन्हें कौन-से विटामिन-प्रोटीन मिलते हैं। मेरे मन ने कहा, पौष्टिक आहार जरूरी है पर जो भी मिले, उसे पूरी तरह से वसूल कर लेना और भी जरूरी है। बाढ़ का पानी व्यर्थ बह जाता है, नहर के पानी की हर बूँद खेत में जाती है।

आगे चलने पर एक गाँव दिखने लगा। वह पद्मी था। रात का पड़ाव वहीं था।

दस दिन के बाद पक्की सड़क देखी। तार और बिजली के खम्भे देखे। यहाँ से पगडंडी नहीं है, सड़क ही नर्मदा के किनारे-किनारे चलती है। ऊँची-नीची, टेढ़ी-मेढ़ी, ऊबड़-खाबड़ पगडंडी अब नहीं रही। उसका स्थान ले लिया है पक्की सड़क ने। पगडंडी पर चलने का कौतुक नहीं रहा। उसकी जगह ले ली है सुविधा ने।

चिरईडोंगरी पहुँचे तो अँधेरा हो चुका था। एक होटल के सामने सामान रखकर बैठे। होटल का चूल्हा खाली था। यादवेन्द्र ने उसी में खाना बनाया। बाद में रहने के लिए शाला का भवन मिल गया।

सुबह यादवेन्द्र ने नोटिस दिया, ''राशन खत्म होने को है।''

पैसे सूर्यकान्त के पास रहते थे। उसने कहा, ''पैसे भी खत्म होने को हैं। अधिक से अधिक दो दिन का राशन खरीद सकेंगे।''

रसद नहीं रहेगी तो फौज आगे कैसे बढ़ेगी। अभी तक दोनों बार दूध पीते थे। बीच-बीच में खीर बन जाया करती थी। खोवा भी आ जाता था। आज से यह सब बन्द। फिर भी समस्या का यह कोई हल नहीं हुआ। चिन्ता बनी रही।

सुबह नर्मदा में नहाते समय पांडेजी कहने लगे, ''आज नर्मदा मैया कुछ ऐसा चमत्कार दिखाये कि सौ रुपये का नोट बहता हुआ चला आये।'' आर्थिक चिन्ता सभी को सता रही थी। कहीं सचमुच भिक्षापात्र लेने की नौबत न आ जाए।

चरैवेति! दोपहर के भोजन के बाद पीठ का बोझा लादे सड़क पर आये ही थे कि एक बस आकर रुकी और उसमें से उतरे मेरे बहनोई हरिभाई! हमारी यात्रा में वे शुरू से ही दिलचस्पी ले रहे थे। उन्हें देखकर बड़ी खुशी हुई। उन्होंने हम लोगों का हालचाल पूछा। मैंने धीरे से कहा, ''पैसे कम पड़ गये हैं, कुछ पैसे चाहिये।''

उन्होंने तुरन्त रुपये दिये-पूरे सौ रुपये।

पांडेजी उछल पड़े। कहने लगे, ''देखिये, नर्मदा जी ने हमारी गुहार सुन ली।'' चिन्ता दूर हो गयी। हमारी जो अर्थव्यवस्था चरमरा गयी थी, वह पुनः पटरी पर आ गयी।

रास्ते में गरम पानी का कुंड पड़ा। उसमें स्नान किया और आगे बढ़े। रात एक किसान के खेत में बितायी। रात भर नर्मदा का निनाद सुनायी देता रहा। दिन के

शोर-शराबे में यह ध्वनि डूब जाती है, रात की नीरवता में लहराती है। जब कोलाहल नहीं रहता, कलरव तभी सुनायी देता है।

यहाँ से फिर पगडंडी मिल गयी। नर्मदा-तट का फिर साथ हो गया। सहस्रधारा अब अधिक दूर नहीं। वहाँ के मन्दिर तो दिखायी भी देने लगे थे। हमारी चाल तेज हो गयी। मानो किसी अदृश्य डोर से खिँचे चले जा रहे थे।

अब हम सहस्रधारा के बिल्कुल सामने आ गये हैं।

सामने हैं प्रपातों के गुच्छे के गुच्छे। दूध जैसा सफेद पानी पारिजात के पुष्पों की याद दिलाता है। नदी की डाली पर लगे ये प्रपात नदी के पुष्प ही तो हैं।

सहस्रधारा क्या है, पुष्पवाटिका है। सफेद फूलों की प्यारी सी बगिया। हम ठगे से देखते रहे। आँखें अघाती नहीं, कान थकते नहीं, मन भरता नहीं।

सहस्रधारा की काजल-सी काली चट्टानें इतनी सख्त हैं कि लाखों वर्षों में पानी थोड़ा-सा ही तराश पाया है। नर्मदा यहाँ मूर्तिकार बन गयी है। चट्टानों में तरह-तरह की आकृतियाँ उकेरी हैं। अमूर्त शिल्पों की विशाल कला-वीथी है यहाँ। यह कला लाखों वर्ष पुरानी है, फिर भी इसे 'गैलरी ऑफ मॉडर्न आर्ट' नाम बड़े मजे से दिया जा सकता है।

चलना जरूरी था। शाम तक मंडला पहुँच गये।

नर्मदा का ऐश्वर्य देखते-देखते 'आठहूँ पहर मस्ताना माता रहै, आठहूँ पहर की छाक पीवे' की स्थिति हो गयी थी। मन में सुखद स्मृतियों का अम्बार लग गया था। घने कोहरे में लिपटी बरहइयाखेड़ा की रहस्यमयी नर्मदा, शरद पूर्णिमा की भजन-मंडली, सहजपुरी का संन्यासी, टाटीघाट का आरण्यक तट, पाठा के बाजार में चूड़ियाँ पहनती स्त्रियाँ, सागौन वृक्षों का एकान्त निस्तब्ध वन, सहस्रधारा की अजस्र धाराएँ, मंडला के घाट। यात्रा थी तो केवल पन्द्रह दिनों की, लेकिन इन पन्द्रह दिनों में हम मालामाल हो गये थे।

नर्मदा अपने रूप-रंग-रस में अभी भी झिलमिला रही थी।

मंडला से अमरकंटक

हमारे मन्दिरों की तरह हमारी नदियाँ भी पूर्वाभिमुख हैं। बड़ी नदियों में एक नर्मदा ही है जो पश्चिम-वाहिनी है। अमरकंटक से निकलकर, कर्क रेखा के प्राय: साथ-साथ, पश्चिम की ओर चल देती है। ज्यों-ज्यों आगे बढ़ती है, मानो पानी के भार से नीचे की ओर झुकती है। फिर भी, मोटे तौर पर, वह सीधे पश्चिम की ओर बहती है।

किन्तु इसमें एक अपवाद है। अमरकंटक से चलने के बाद डिंडौरी से सीधे जबलपुर आने के बजाय वह दक्षिण की ओर एक बड़ा लपेटा लगाती है। इसी अर्द्ध-चन्द्राकार के मध्य में है मंडला। मंडला मानो नर्मदा के कान-कुंडल में बसा है।

10 अक्टूबर, 1978, भोर वेला मंडला से निकल पड़े। रात एक गाँव में बितायी। दूसरे दिन दोपहर को कछारी पहुँचे। नर्मदा की ऊँची कगार पर कृषक पति-पत्नी बैठे थे। हम उनकी ओर बढ़े तो स्त्री ने हाँक लगायी, ''जूते उतार कर चलो महाराज!''

हमने चप्पल उतार लीं। उनके पास जाकर बैठे। हमारी यात्रा के बारे में जानकर खुश हुए। दोनों ने कहा, ''आज यहीं रुक जाइए।'' मैंने कहा, ''दीवाली तक अमरकंटक पहुँचना है। जितना आगे बढ़ जाएँ, उतना ही अच्छा।'' पति ने कहा, ''तब आप बकछेरा में रुकिए। वहाँ मेरा साढ़ू भाई रहता है। नाम है मनसुख। उसी के यहाँ ठहरिये। आज दशहरा है। दशहरे का जुलूस देखने मेरी स्त्री मंडला जा रही है, उसी के साथ जाइए। आधी दूर तक आप दोनों का रास्ता एक है, आगे का रास्ता वह बता देगी।''

घरोबा हो गया तो मैंने स्त्री से पूछा, ''आपने हमें जूते उतारने के लिए क्यों कहा था?''

''वहाँ हमारा खलिहान है। खेत-खलिहान लक्ष्मी होते हैं। वहाँ जूते पहनकर

नहीं चलते।''

सुन कर कितना अच्छा लगा। वह बात भी करती जा रही थी और सजती भी जा रही थी। पहले पायल पहनी। बड़ी देर तक माँग निकाली। बड़े मनोयोग से सिन्दूर का टीका लगाया। फिर निकाला पाउडर। इस सुनसान में पाउडर का डिब्बा देखकर मैं हैरान रह गया। भभूत की तरह पोता। पहले उसकी त्वचा के ताने-बाने भले लग रहे थे, उस पाउडर की मोटी पर्त में खो गये। सौन्दर्य की उपासना हमें कई बार असुन्दर की देहरी पर ला देती है।

बकछेरा में मनसुख को उसके साढ़ू भाई का राम-राम कहा, तो वह चकित रह गया। सारी बात बतायी तो उसने खुशी से अपने यहाँ ठहरा लिया। रात को सोये तो सिरहाने के पास मुर्गियों का डेरा था। सोचा, सबेरे उठने में सुविधा रहेगी। ऐसी प्राणवान अलार्म घड़ी और कहाँ पाऊँगा?

यहाँ से मोहगाँव। यहाँ सामने से बुढ़नेर नर्मदा में आ मिली है। किनारे पर एक बाबा था। मैंने उनसे पूछा, ''जब यहाँ इतनी ठंड पड़ रही है, तो अमरकंटक में पता नहीं कितनी ठंड होगी!''

उन्होंने कहा, ''अमरकंटक तो बद्रीनाथ का टुकड़ा है!''

नर्मदा के किनारे-किनारे आगे बढ़े। कई जगह तो खाँड़े की धार पर चलने जैसा था। कहीं घनी लतर-पतर। समझ में नहीं आता था कि किस लतर को पकड़ें और कहाँ से! जैसे-तैसे मानोट पहुँचे। वहाँ से लिंगा। रात्रि-विश्राम भगतजी के घर रहा।

सुबह जमीन पर बिछे टेढ़े-मेढ़े धुआँरे फीते को देखकर मैं समझ गया कि यह धुआँ नहीं, भाप है और जहाँ-जहाँ यह भाप है, नीचे नर्मदा है। सुबह के धुँधलके में भाप की चादर ओढ़े सोयी नर्मदा बड़ी मोहक लग रही थी। लिंगाघाट में पश्चिम-वाहिनी नर्मदा थोड़ी देर के लिए पूर्व-वाहिनी हो गयी है। इसलिए इसकी धारा को यहाँ सूरजमुखी धारा कहते हैं। नर्मदा में ऐसे स्थान बहुत कम हैं।

लिंगा से एक संन्यासी का साथ हो गया। एक चादर और मिट्टी के एक पात्र के अलावा और कुछ नहीं रखते थे। रास्ते में बातें होने लगीं तो कहने लगे, ''अच्छा, यह बताइए, स्वाद किस में है, जीभ में या गुलाबजामुन में?''

मेरे अनुरोध पर जवाब भी उन्होंने ही दिया, ''यदि गुलाबजामुन में स्वाद है, तो वह तश्तरी में रखे-रखे ही स्वाद देगा और यदि जीभ में स्वाद है, तो फिर गुलाबजामुन खाने की क्या जरूरत? दरअसल स्वाद न केवल जीभ में है और न केवल गुलाबजामुन में। दोनों के योग में है। इसी प्रकार जीवन को केवल आत्मा या केवल शरीर मानना गलत है। सार्थकता दोनों के मिलन में है।''

क्या बढ़िया बात कही!

आगे बढ़े तो कई स्त्री-पुरुष मिले। पूछा, ''कहाँ जा रहे हो?''

''नर्सरी। पौधे लगाने।''

तो नर्सरी जैसा अँग्रेजी शब्द इस बियाबान तक पहुँच गया था!

विदेशी भाषा के जो शब्द हमारी जबान पर आसानी से चढ़ जाएँ, उन्हें हमें खुशी से अपना लेना चाहिये। हर भाषा में कुछ शब्द अश्वमेध यज्ञ के घोड़े की तरह होते हैं। सीमाओं को वे नहीं मानते, उन्हें रोकना आसान नहीं। महात्मा, सत्याग्रह, योग, ध्यान, प्राणायाम आदि हमारे शब्द भी विदेशों में धड़ल्ले से चल रहे हैं।

आगे का गाँव कौआडोंगरी। मोर से मयूरभंज तो सुना था, कौए के नाम से कौआडोंगरी आज सुना।

दुपटासंगम में दो किशोरियाँ स्नान कर रही थीं। बिल्कुल वनदेवियाँ लग रही थीं। आगे संगम के निकट ऊँची कगार पर उनके माता-पिता बैठे थे। मैंने पुरुष से पूछा, ''आगे कौन-कौन से गाँव पड़ेंगे?''

उसने सोचते हुए कहा, ''चिमकाटोला, पिपरियाटोला, चकदही...''

उसकी बात को काटते हुए उसकी स्त्री ने कहा, ''कुछ पता भी है कि बोले जा रहे हो? चकदही पहले आएगा, पिपरियाटोला बाद में।''

उसने कहा, ''मैं का जानूँ महाराज! पिपरियाटोला के बाद चिमकाटोला...''

फिर उसकी पत्नी ने टोका, ''क्या बोल रहे हो, चिमकाटोला पहले पड़ेगा।''

भोले पति ने फिर कहा, ''मैं का जानूँ महाराज!''

इतने में दोनों किशोरियाँ आ गयीं। एक का नाम तो भूल गया, दूसरी का आज भी याद है—सुकरती। सुकरती यानी सुकीर्ति। कैसा यशस्वी नाम! लेकिन अधिक सुनायी नहीं पड़ता। कुछ नाम सरस और मधुर होते हुए भी चल नहीं पाते। रेवा कितना प्यारा नाम है। बोलने में आसान, सुनने में मधुर। लेकिन चला नहीं, नर्मदा नाम ही ज्यादा प्रचलित हुआ।

रोज सुबह उधर सूरज निकलता, इधर हम निकलते। रास्ते में एक संन्यासी की कुटी पड़ी। वहाँ बैठे। वे नर्मदा परिक्रमा कर चुके थे। कहने लगे, ''परिक्रमा में तीन साल, तीन महीने, तेरह दिन लगे थे। उन दिनों मैं अन्न नहीं लेता था। कन्द-मूल, फल-फूल या दूध-दही। यह भी माँगता नहीं था। अनायास मिल जाता, तो ही लेता।''

''यदि न मिला तो?''

''तो माँ का दूध।''

इस आदमी की श्रद्धा देखकर मैं चकित रह गया। इसके लिए नर्मदा का पानी,

पानी नहीं माँ का दूध है।

नर्मदा की खड़ी चट्टानी कगार में पगडंडी धागे की तरह पतली हो गयी थी। हम रस्से पर चलने वाले नट की तरह नपे-तुले कदम रखते हुए आगे बढ़ रहे थे। रास्ते में बरतन के दो फेरीवालों का साथ हो गया। टूटे-फूटे बरतन लेते थे, बदले में गुड़ देते थे। पिपरियाटोला आते ही उन्होंने हाँक लगायी, "टूटे-फूटे बरतन गुड़ के बलदी गो!"

एक बैगा के घर हम खाना बनाने के लिए रुके। शुरू में तो उसके परिवार के लोग हमसे सहमे-सहमे रहे, किन्तु ज्यों ही यादवेन्द्र ने स्टोव चालू किया, तो पहले बच्चे आये, फिर स्त्रियाँ भी आ गयीं। ऐसा चूल्हा तो उन्होंने पहले कभी देखा नहीं था। दर्शकों के विस्मय से उत्साहित होकर यादवेन्द्र भी अपने पैंतरे दिखाने लगा। कभी आँच को धीमी करता कभी तेज, कभी पिन से लौ ठीक करता तो कभी पम्प से तेजी से हवा भरता। उसके हर करतब पर भीड़ चकित रह जाती। मदारी जिस तरह बन्दर को नचाता है, उसी तरह स्टोव को नचाकर यादवेन्द्र ने उस बैगा परिवार का पर्याप्त मनोरंजन किया।

रास्ते में एक जगह सुस्ताने बैठा। बैठते ही उछला। एक लाल चींटे ने डंक मारा था। गलती मेरी थी। मुझे ही देखकर बैठना था। सोचा, अब जब भी बैठूँगा, नीचे देखकर बैठूँगा।

जब दो पगडंडियाँ आतीं, तो हम असमंजस में पड़ जाते। सुनसान इलाके में किससे पूछते। डोकरघाट के निकट सामने जो पगडंडी थी, वह अस्पष्ट थी। पहाड़ी पर जो जा रही थी, वह साफ थी। हम उसी पर चले। पहाड़ पर चढ़ते चले गये, पर कहीं कुछ भी नहीं दिखा तो सन्देह हुआ कि कहीं भटक तो नहीं गये। यादवेन्द्र ने कहा, "आप यहाँ पेड़ के नीचे बैठिये, मैं आगे जाकर पता लगाता हूँ।"

बैठने के पहले नीचे अच्छी तरह देख लिया। चींटा तो क्या, चींटी तक न थी। स्केच करने में मग्न हो गया। पर कोई दस-पन्द्रह मिनट के बाद गम्भीर स्वर सुनायी पड़ा। सोचा, दूर बहती नर्मदा का स्वर होगा। लेकिन स्वर तेज होता गया तो मेरा ध्यान गया। सामने तो कुछ नहीं था, पर ज्यों ही ऊपर देखा तो मेरे छक्के छूट गये। मेरे सिर पर मधुमक्खियों का झुंड मँडरा रहा था!

मैं सिर पर पैर रखकर भागा। थोड़ी देर और हुई होती, तो वीरगति को प्राप्त न भी होता, तो भी दुर्गति अवश्य होती। जिस पेड़ के नीचे बैठा था, उसमें मधुमक्खी का खासा बड़ा छत्ता लगा था। गाँठ बाँध ली कि अब बैठने के पहले नीचे भी देखूँगा और ऊपर भी देखूँगा!

वह पगडंडी जंगल को जाती थी, इसलिए वापस नीचे उतरे। कुछ दूर

झोंपड़ियाँ दिखायी दे रही थीं। वहाँ से पगडंडी मिल गयी। सिलगी नदी को पार करके आगे बढ़े। वहाँ नर्मदा-तट के भीमकाय अर्जुन वृक्षों को देखकर चकित रह गये। आगे एक बाबाजी की कुटी पड़ी। वहाँ संन्यासी का फिर साथ हो गया। कुटरई में पटेल के घर रहने की व्यवस्था हो गयी। बैठे ही थे कि आवाज सुनायी दी, "टूटे-फूटे बरतन गुड़ के बल्दी गो!" फेरीवाले भी आ पहुँचे।

आज शरद-पूर्णिमा थी-चन्द्र के राज्याभिषेक की रात। लेकिन इस वीरान इलाके के टुइयाँ-से गाँव में किसी ने इसका उत्सव नहीं मनाया। न भजन-मंडली, न गीत-संगीत। मैं अकेला ही चाँदनी में नहाता रहा। देर तक चाँद को निहारता रहा। मुझे वह दुर्गा-प्रतिमा की तरह जान पड़ा। विधाता इसे आहिस्ता-आहिस्ता करके चौदह दिनों में गढ़ता है, पन्द्रहवें दिन इसमें प्राण-प्रतिष्ठा करता है, फिर अमावस्या को इसे नील गगन में सिरा देता है। सर्जन-विसर्जन का यह क्रम निरन्तर चलता रहता है।

पौ फटते ही चल पड़े। शाम होते जैतपुरी पहुँचे-डूबते सूरज की मायावी किरणों से आलोकित छोटा-सा गाँव। गाँव के पटेल ने सोने के लिए एक कमरा दिया। लेकिन संन्यासी पैरा बिछाकर बाहर सोये। हमें घर के अन्दर कम्बल में ठंड लग रही थी, वे बाहर खुले में एक चादर में मजे से सो रहे थे।

यहाँ से फेरीवाले वापस चले गये। संन्यासी आगे निकल गये। कन्हैयासंगम में हम गोसाईं जी के घर रुके।

नर्मदा के किनारे-किनारे चलने के आग्रह के कारण दूसरे दिन शाम को हम ऐसे गाँव आ पहुँचे, जहाँ कोई भूला-भटका ही जाता है। गाँव का नाम था छिनगाँव। गिनती के घर। थककर इतने चूर हो गये थे कि आगे जाने की हिम्मत नहीं थी और इस गाँव में आश्रय देने के लिए कोई तैयार न था। पता नहीं कैसे, यहाँ के लोग हमें चोर समझ बैठे थे। मैंने बहुत चिरौरी की, लेकिन किसी ने हमें आश्रय नहीं दिया।

आखिर एक गरीब दम्पती से अनुमति लेकर उनके आँगन में सामान रखा। थोड़ी देर में रात हो गयी। घुप्प अँधेरा, अनजान जगह। इतने में दो आदमी आये। उनके मुँह से शराब की तीखी गन्ध आ रही थी। आते ही हम से जवाब-तलब करने लगे-कौन हो, कहाँ से आये हो, क्यों आये हो। हमने समझाने की लाख कोशिश की, लेकिन व्यर्थ। जिसके आँगन में पड़े थे, उसे भी आड़े हाथों लिया। "ये कौन हैं तुम्हारे, क्यों अपने यहाँ जगह दी, रात को अगर कोई वारदात हुई, तो इसका जिम्मेदार कौन होगा?"

हमारा पक्ष लेते हुए घर की स्त्री ने कहा, "कोई आ ही जाये, तो क्या हम उसे भगा दें? फिर ये चोर नहीं हो सकते। चोर इतना बोझ लेकर नहीं चलते। चोर दिन

को आकर टोह ले जाते हैं, फिर रात को चोरी करने आते है। ये बेचारे तो शाम को आये हैं, और जब से आये हैं, कहीं नहीं गये।''

लेकिन जो नशे में हो, कोई उसे क्या समझाये। धीरे-धीरे और भी लोग आ गये। उन शराबियों ने ऐसा माहौल बना दिया कि सभी को यह विश्वास हो गया कि हमारे गाँव में दो शातिर चोर आ गये हैं और आज रात सावधान नहीं रहे तो किसी के भी घर चोरी हो सकती है। हमारे ऊपर पहरा देने कुछ लोग वहीं जम गये।

ऐसे सन्देह और भय के वातावरण में, अनजान जगह में ठंड में बाहर खुले में सोने का जीवन में यह पहला मौका था। चुप साधकर लेटे रहने के सिवा और कोई चारा न था। जागते हुए भी हम सोते बन गये। मन में यह आशंका बराबर बनी रही कि पता नहीं, कब क्या हो जाये।

चाँद निकला तो कुछ हिम्मत बँधी। कोई दो घंटे बीत गये। नींद तो क्या आती, किसी तरह पड़े थे। तभी हवा में थिरकती हुई मधुर स्वर-लहरी सुनायी दी- अद्‌भुत थी उसकी मिठास, दिव्य था उसका प्रभाव। ऐसे मीठे गीत तो सुने नहीं थे। कितने स्वाभाविक, कितने सहज, कितने कोमल! एक पल में मैं अपने सारे दुख-दर्द भूल गया। अवहेलना, अपमान, ठिठुरन, हर चीज गायब हो गयी। बस, रह गये वे गीत और उनकी मिठास।

पड़ोस के आँगन में गाँव की किशोरियों ने अपने मीठे कच्चे स्वरों में रीना गीत शुरू किए थे—चोरों के भय से उन्हें सारी रात जागरण जो करना था! हल्की लयबद्ध तालियों के साथ गीत की एक पंक्ति एक टोली गाती, दूसरी पंक्ति दूसरी टोली गाती। बीच-बीच में हँसी-ठिठोली और हास-परिहास। कितना मधुर, कितना स्वप्निल लग रहा था यह सब!

अभिशाप को इस तरह वरदान में बदलते कभी नहीं देखा था। सुनते-सुनते कब नींद आ गयी, कुछ पता भी न चला।

सुबह उठे तो बिस्तर ओस से भीग गया था। आश्चर्य इस बात का हो रहा था कि ऐसी ठंड में भी नींद क्यों कर आयी। मन में रीना गीत के कोमल, मृदुल स्वर गूँज रहे थे। उस रात किसी के यहाँ भी चोरी होती, तो पकड़े हम ही जाते। लेकिन कहीं से कोई शिकायत नहीं आयी, तो फिर छिनगाँव में छिन भर के लिए भी रुके नहीं।

बरछा से जो पहाड़ लाँघा, तो सामने नर्मदा। थोड़ा चलने पर जोगीटिकरिया पहुँचे। दूसरे दिन लुकामपुर। यहाँ इतनी साफ-सुथरी कुटी मिली कि दो दिन रह गये। नदी से पानी लाने के लिए बाल्टी की जरूरत पड़ी। पड़ोस में माँगने गया तो

घर की स्त्री ने पूछा, ''आप कै मूर्ति हैं, महाराज?''

तो अब हम मूर्ति हैं!

मैं समझ गया। मैंने कहा, ''हमें सदाव्रत नहीं, बाल्टी चाहिये।'' बाल्टी मिल गयी। पानी लेकर कुटी में आया। थोड़ी ही देर में एक ग्रामीण आकर कहने लगा, ''पहले इसमें एक पगली रहती थी। कुछ दिनों से कहीं चली गयी है। दरवाजा खुला देखा तो सोचा, कहीं वापस तो नहीं आ गयी।''

पहले तो पगली शब्द सुनकर चौंका। लेकिन बाद में सोचा कि पागलपन का कुछ छौंक हमारे अन्दर भी जरूर होगा, नहीं तो घर की सुख-निन्दिया छोड़कर पहाड़-जंगल की खाक क्यों छानते फिरते!

रात को नर्मदा की मर्मर ध्वनि बराबर सुनायी देती। प्रायः हर रात कल-कल बहती नर्मदा का रव सुनाई देता। दिन में वह भले ही नर्मदा हो, रात में रेवा है। दिन में वह दृश्य है तो रात में श्रव्य।

उस पार है डिंडौरी, बड़ा-सा कस्बा। आज रविवार है, यहाँ के साप्ताहिक बाजार का दिन। अनेक ग्रामीण नर्मदा को पार कर वहाँ बाजार करने जाएँगे। शाम को लौटेंगे। उनका यह पैदल नदी पार करना मुझे बड़ा भला लगता है। इसे आज जी भरकर देखूँगा।

सुबह से ही बैठ गया। शुरू-शुरू में तो छिटपुट लोग आते रहे, लेकिन दोपहर से तो ताँता लग गया। सबसे पहले वे नर्मदा को प्रणाम करते, इसके बाद पानी में उतरते। मुख्य धारा के आने पर सिर की गठरी या गोद का बच्चा सँभालते, काँवर का सन्तुलन ठीक करते और एक-दूसरे का हाथ थाम कर उसमें उतरते। पानी गहरा नहीं है लेकिन प्रवाह तेज है, नीचे के पत्थर ऊबड़-खाबड़ हैं और काई के कारण पैर फिसलते हैं। बहुत सँभल कर पार करना होता है।

किसी से पूछा, ''यह पैदल पार करना कब शुरू होता है?''

''बरसात के बाद मटमैला पानी साफ होता है, तभी से।''

आगे के रास्ते के बारे में पूछने पर बताया, ''आप सोचते होंगे, ज्यों-ज्यों अमरकंटक पास आता जाएगा, पहाड़ और जंगल घने होते जाएँगे। लेकिन है इसका ठीक उलटा। अब न तो जंगल है, न पहाड़। हाँ, आखिरी दिन अमरकंटक की चढ़ायी जरूर चढ़नी होगी।''

भिनसारा होते ही चल पड़े। रामघाट के प्रपातों को देखकर सहस्रधारा का समरण हो आया। अन्तर यह है कि सहस्रधारा के प्रपात दूर-दूर तक बगरे हैं, जबकि यहाँ के प्रपातों का रेवड़ एक ही जगह इकट्ठा हो गया है। घोड़े के टाप के आकार की एक विस्तृत सपाट चट्टान से असंख्य जलधाराएँ गिरती हैं। मोर जैसे

पंख फैलाकर नाचता है, उसी तरह नर्मदा ने यहाँ अपनी जलधाराएँ फैला दी हैं। वैसे प्रपात बहुत छोटे हैं—इक्के-दुक्के होते तो शायद ध्यान भी न जाता। पर ये तो हैं दल के दल, झुंड के झुंड। मृगछौनों की तरह हैं ये। लगता है, इन्हें गोद में ले लूँ, सहला लूँ, फिर कुलाँचें भरने के लिए छोड़ दूँ।

यहाँ से चलते समय अचानक मेरा ध्यान आकाश की ओर गया और मैं ठिठक गया। देखा, भरी दुपहरिया में चाँद! धुँधला और क्षितिज के पास लेकिन मैदान में डटा हुआ। सूरज में यह दम-खम कहाँ कि आधी रात को दिखायी दे। चाँद रमता जोगी है, उसका कोई ठौर-ठिकाना नहीं। रात को गायब और दिन को हाजिर। कभी पूर्णकुम्भ-सा भरा-पूरा, कभी रेखा-सा महीन। उसका बाँकपन कभी सीधा तो कभी उलटा। कभी सबेरे डूबता और शाम को निकलता, तो कभी शाम को डूबता और सबेरे निकलता। दिक्काल के बन्धन से परे जान पड़ता है यह चाँद!

हमारे जीवन में सूरज का अनुशासन भी हो और चाँद का स्वैरविहार भी हो। नियम का कठोर पालन भी हो और मौज-मस्ती की गुंजाइश भी हो।

शाम को दूधीसंगम पहुँचे। यहाँ एक बैगा वृद्धा ने परकम्मावासियों के लिए कुटी बना रखी है, उसी में रहे। वृद्धा के साथ थी उसकी नातिन—कोई दस बरस की बालिका। आसपास और कोई घर नहीं, इस निर्जन एकान्त में उसका कोई हमजोली नहीं। अकेली गुमसुम बैठी रहती थी या किसी काम में लगी रहती थी। हँसने-खेलने की उम्र में ही कैसी गम्भीर हो उठी थी। किसी प्राचीन कहानी की अभिशप्त बालिका-सी उस बच्ची का विशाल व उदास आदिवासी चेहरा आज भी भुलाए नहीं भूलता।

सुबह नर्मदा की बाँकी चितवन देखते हुए आगे बढ़े। शरद ऋतु के आकाश में बादलों के झुंड नजर आने लगे थे। उनकी परछाइयाँ मानो धरती को बुहार रही थीं।

दोपहर को बीजापुरी पहुँचे। एक किसान की परछी में खाना बनाने के लिए रुके। यादवेन्द्र खाना बनाने लगा। मैं थका-सा था, लेट गया।

सोकर जो उठा तो तेज बुखार लिए!

पिछले कुछ दिनों से हम दिन भर चलते ही रहते थे। इसी थकान का बुखार था यह। रात वहीं रहना पड़ा। खाना नहीं खाया। दूध पीकर सो गया। सुबह उठा तो बुखार चला गया था, लेकिन कमजोरी काफी आ गयी थी। पर ज्यों ही साथ में रखे तिल के लड्डू खाकर पानी पीया तो हिम्मत बँधी। बोझा लादा और आगे बढ़े।

बसन्तपुर होकर कंचनपुर। पिछले कुछ दिनों से हम शहडोल जिले में चल रहे हैं। यहाँ के निवासियों की साहित्यिक रुचि की दाद देनी होगी। गाँवों के नाम हैं—बसन्तपुर, कंचनपुर, चन्दनघाट, कस्तूरी और तहसील का नाम है पुष्पराजगढ़!

कंचनपुर में ठहरने की व्यवस्था हो पाएगी, इसमें सन्देह था, तो पास के गाँव के एक लड़के ने कहा, "आप चिन्ता न करें। यहाँ व्यवस्था होती है तो ठीक है, वरना मैं आपको अपने गाँव ले चलूँगा। बहुत बड़ा गाँव है मेरा—सत्ताइस घर हैं वहाँ!"

पर वहाँ व्यवस्था हो गयी।

दूसरे दिन एक फेरीवाले का साथ हो गया। उसके साथ एक स्त्री भी थी। दोनों बिलासपुर जा रहे थे। आज वहाँ साप्ताहिक बाजार है। फेरीवाला कपड़े की दुकान लगाएगा और स्त्री चूड़ियों की। हम चले थे भीमकुंडी जाने के लिए, लेकिन देहात का हाट देखने की इच्छा से इनके साथ हो लिए। लेकिन वे बहुत तेज चलते थे, आगे निकल गये।

हम तीसरे पहर पहुँचे। आज बीस किलोमीटर चले थे। परसों बुखार के कारण दस कदम चलना मुश्किल था, आज एकदम बीस किलोमीटर चला। इतनी शक्ति कहाँ से आ गयी? प्रत्येक मनुष्य में शक्ति का एक ऐसा गुप्त भंडार होता है, जो खास-खास मौकों के लिए सुरक्षित रहता है। ऐन मौके पर हाजिर होता है और हमारी भरपूर मदद करता है। शक्ति का यही संचित कोष आज मेरे काम आया था।

छोटा-सा गाँव है बिलासपुर। चारों ओर पहाड़ियों से घिरा, हरियाली में डूबा। लेकिन कैसा बाजार! कपड़ों की चार-पाँच दुकानें छोड़ दें, तो पूरे बाजार में पाँच सौ रुपये का भी माल नहीं था।

सुबह चल दिये। ऊँची पहाड़ी पर से भीमकुंडी दिखायी देने लगा। नीचे के खेतों से कुहासा उठ रहा था और लहराती बदली-सा फैल रहा था। मानो पृथ्वी के थाल से धूप का धुआँ उठ रहा हो।

नर्मदा दिन पर दिन छोटी होती जा रही थी। भीमकुंडी की शिशु नर्मदा को देखकर चकित रह गये। इसे पार करने में आधा मिनट भी न लगता। पानी में घड़ा मुश्किल से डूबता था।

समझ गये कि अब अमरकंटक ज्यादा दूर नहीं।

अब हम बहुत सावधान होकर चल रहे हैं। कहीं ऐसा न हो कि नर्मदा को झरना समझकर पार कर बैठें।

रात घुघवा में रहे। यहाँ से जंगल विभाग की कच्ची सड़क मिल गयी। पहाड़ की तलहटी के शाल-वन में से जाती है। फरीसेमर में एक बैगा के घर की दीवारों पर सुन्दर कलाकृतियाँ देखने को मिलीं। बैगा स्त्रियों के शरीर गुदनों से छलक रहे थे।

दमगढ़ से अमरकंटक की चढ़ाई शुरू हो गयी। टेढ़ी-मेढ़ी पगडंडी से होते

हुए कोई दो घंटे में हम ऊपर आ गये। छोटा-सा मैदान पार करके थोड़ा उतरे तो कपिलधारा पहुँच गये।

कपिलधारा! प्रपात-बाहुल्या नर्मदा का सबसे पहला और सबसे ऊँचा प्रपात। नीचे उतरकर प्रपात के पायताने खड़े होकर, इसे आपादमस्तक देखने लगे। प्रपात से उठती हुई झंकारमय ध्वनि घाटी को थपथपा रही थी। नीचे नदी की तेज धारा चट्टानों में से भागती चली जा रही थी। हम श्रद्धावनत यह देखते रहे।

सहसा मैं जोर से चिल्लाया, "नर्मदा आ-आ!"

समूची घाटी ने प्रतिध्वनि के रूप में उत्तर दिया, "हाँ-आ-आ!"

कुछ लोग प्रपात के पीछे खड़े थे। नीचे जहाँ पानी गिरता है, वहाँ खोह है, इसलिए प्रपात के पीछे जाया जा सकता है। चारों ओर दर्शक, बीच में प्रपात! देखने की ऐसी सुविधा बहुत कम प्रपात देते हैं। नीचे जाकर दूधधारा भी देख आये। यहाँ का नैसर्गिक सौन्दर्य इतना भा गया कि रात यहीं रह गये। सुबह नहाकर चले। अमरकंटक में कल्याणदासजी के आश्रम में रहे। सामान रखकर नर्मदा-कुंड गये।

कुंड को देखते ही मेरी आँखों में आँसू की दो बूँदें छलकीं। आखिर हम नर्मदा के उद्गम तक पहुँच गये थे!

तीसरे दिन दीवाली थी। हमने दीवाली यहीं मनाने का निश्चय किया। कल्याणदासजी ने अपने आश्रम में बड़े प्रेम से रखा। लाखों की लागत से आश्रम बन रहा है, लेकिन खुद केवल लँगोटी पहनते हैं। कहते हैं, यह लंगोटी ही मेरी जागीर है। कई वर्ष हिमालय में रहे हैं। नर्मदा-परिक्रमा तो कब की कर चुके हैं। तीन दिन तक उनका स्नेहपगा आतिथ्य पाते रहे।

दीवाली की रात को स्त्रियाँ नर्मदा-कुंड में दीप छोड़ रही थीं। अँधेरी रात में कुंड में झिलमिलाते दीपों का केसरिया उजाला मैं देर तक देखता रहा।

आखिर मुझसे रहा न गया। एक स्त्री से एक दीया माँग लिया और अपने हाथ से जलाकर कुंड में छोड़ा। फिर मन ही मन बोला, "माँ नर्मदे, तेरी पूजा में एक दीप जलाया है। बदले में तू भी एक दीप जलाना-मेरे हृदय में। बड़ा अँधेरा है वहाँ, किसी तरह जाता नहीं। तू दीप जला दे, तो दूर हो जाये। इतनी भिक्षा माँगता हूँ, माँ! तो दीप जलाना, भला?"

अमरकंटक से ग्वारीघाट (जबलपुर)

कोई छह महीने के बाद हम पुन: अमरकंटक के नर्मदाकुंड के सामने खड़े हैं।

गंगोत्री, यमुनोत्री या फिर नर्मदाकुंड—ये वे स्थान हैं, जहाँ नदी पहाड़ की कोख से निकलकर पहाड़ की गोद में आती है। पहाड़ के गर्भ में छुपा हुआ पानी यहाँ प्रकट होता है। नवजात शिशु की तरह नदी यहाँ धवल, उज्ज्वल और कोमल होती है।

यहाँ से हमारी यात्रा का नया अध्याय शुरू हुआ। अभी तक हम नर्मदा के उत्तर-तट पर थे, यहाँ से दक्षिण-तट पर आ गये। अभी तक उद्गम की ओर चलते थे, आज से संगम की ओर चलेंगे।

कोई दो घंटे में कपिलधारा पहुँच गये। अधिकांश परकम्मावासी यहाँ से सड़क पकड़कर कबीरचौरा होते हुए डिंडौरी निकल जाते हैं। लेकिन हमें तो नर्मदा के किनारे-किनारे ही जाना था। पर कपिलधारा के सामने की गहरी घाटी को देखकर ठिठक कर खड़े हो गये। वहाँ से कोई नहीं जाता। वहाँ पगडंडी तो क्या, पगडंडी की चुटिया तक नहीं थी। बहुत चिरौरी करने पर भी कोई हमारे साथ आने को तैयार न हुआ। उलटे डरा दिया कि गरमी के दिन हैं, साँप-बिच्छू नदी के किनारे आ जाते हैं, वहाँ से जाना खतरे से खाली नहीं। सामने की गहरी घाटी को देखकर वैसे ही डर लग रहा था, लोगों ने और डरा दिया।

लेकिन जाएँगे तो नर्मदा के संग-संग, इसी घाटी में से, चाहे जो हो।

रक्षा करना माँ।

ऐन कपिलधारा से नीचे-उतरना सम्भव नहीं था। थोड़ा आगे बढ़कर नीचे उतरे। प्रपात के आसपास मधुमक्खी के सैकड़ों छत्तों को देखकर बड़ा ताज्जुब हुआ। दीपावली के समय एक भी छत्ता नहीं था। मधुमक्खियों को गरमी में शायद यहाँ की ठंडक भाती हो।

दूधधारा से भी नीचे उतरे। चट्टानों पर से धीरे-धीरे आगे बढ़ रहे थे। कहीं-

कहीं तो समझ में नहीं आता था कि कहाँ से बढ़ें। गिरते-पड़ते, चढ़ते-उतरते, चप्पा-चप्पा आगे बढ़ रहे थे। थक जाते तो बैठ लेते, फिर तुरन्त चल देते। इस सुनसान घाटी में हम अनावश्यक विलम्ब करना नहीं चाहते थे।

विलम्ब नर्मदा भी नहीं चाहती थी। तेज गति से कूदती-दौड़ती नीचे उतर रही थी। अमरकंटक कोई बड़ा पहाड़ नहीं। आते समय हम इसे दो घंटे में चढ़ गये थे। उस समय नर्मदा का साथ छोड़ दिया था, सीधे पगडंडी से चढ़े थे। इस बार नर्मदा के किनारे-किनारे, बिना पगडंडी के, उतर रहे थे। समय ज्यादा लगेगा, फिर भी तीसरे पहर तक तो उतर ही जाएँगे।

नर्मदा की उँगली पकड़कर चल रहे थे। आमने-सामने ऊँचे हरे-भरे पहाड़ और बीच में गहरी और सँकरी घाटी में से बहती हुई तन्वंगी नर्मदा। तीसरे पहर घाटी चौड़ी होने लगी। मैं समझ गया कि पहाड़ खत्म होने को है, मैदान आ गया। हमारी खुशी का क्या कहना।

अमरकंटक का नाम मेकल भी है। इसलिए नर्मदा का नाम मेकलसुता भी है। मेकल अपनी बिटिया को वनाच्छादित घाटी में से किस हिफाजत से नीचे छोड़ गया है, इसे आज हमने आँखों से देखा।

आगे एक पेड़ की छाया में भोजन बनाने बैठे। पास में किंरगी गाँव है। वहाँ का एक ग्रामीण नहाने आया था। हमारे बारे में जानकर बहुत खुश हुआ। कहने लगा, "गुरुजी, हमारे गाँव में अखंड कीर्तन हो रहा है, जरूर आइए, मेरे घर ही ठहरिये।"

उसके घर पहुँचे। पड़ोस में अखंड कीर्तन चल रहा था। दूसरे दिन आम का विवाह था, तो वहाँ दो दिन रह गये। उसके पड़ोसी ने घर के आँगन में आम का पेड़ लगाया था। दो साल से उसमें आम लग रहे थे। लेकिन जब तक वह उस पेड़ का विवाह नहीं कर देता, तब तक उसके फल नहीं खा सकता। ऐसा रिवाज है यहाँ सो चमेली की बेल के साथ आम का विवाह रचाया है। पंडितजी आये हैं, विधिवत विवाह हो रहा है, हम यह सब रसपूर्वक देखते रहे। गाँव के कठोर जीवन में ऐसे अनुष्ठान रस घोलते हैं।

गारकामट्टा में गोपी कोटवार के घर रहे। गाँव में एक जगह शादी हो रही थी। हम भी शामिल हुए। भाँवरें पड़ रही थीं। सभी ने दूल्हा-दुल्हन के पैर पूजे। मैंने भी पूजे। दुल्हन के हाथ में दो रुपये रखे तो तहलका मच गया। सभी दस्सी-दस्सी (दस-दस पैसे) जो दे रहे थे!

एक मजे की बात यह थी कि यह लड़की का नहीं, लड़के का घर था। यहाँ चार भाँवरें लड़की के घर पड़ती हैं, तीन लड़के के घर।

यहाँ से चलने पर नर्मदा का एक प्रपात देखने मिला। नर्मदा के बीसियों प्रपातों

में सबसे लहुरा–कोई एक मीटर ऊँचा। पानी ने पथरीले पाट को काट–छाँट कर खोखला बना दिया है, मानो नदी में कोठियाँ बनी हों। इसलिए इसका नाम है कोठीघुघरा। घुघर या घुघरा यानी प्रपात।

श्रीहीन धरती पर से आगे बढ़ रहे थे। दीवाली के समय जब सामने तट से चले थे, तब कैसी हरियाली थी! उसकी जगह अब है सूरज की ज्वाला से चटखी हुई भूरी, सूखी जमीन। छाया के लिए कहीं पेड़ तक नहीं। डिंडौरी तक ऐसा ही उजाड़ रहेगा। इसलिए बड़े सवेरे चल देते और नौ–दस बजे तक जो गाँव आ जाता, वहीं ठहर जाते।

अगला पड़ाव बंजरटोला। इसके बाद सिवनीसंगम। यहाँ सिवनी नदी नर्मदा से आ मिली है। संगम पर बने मन्दिर में रहने की बढ़िया व्यवस्था हो गयी और यहाँ का एकान्त भी मन को छू गया, तो यहाँ चार दिन रह गये। शादियों के दिन थे। मन्दिर के सामने की पगडंडी से बारातें निकलती रहती थीं। घोड़े पर कच्ची उम्र के दूल्हा–दुल्हन और बाजे–गाजे के साथ पैदल चलते बाराती। एक बार एक बारात तो उस पार चली गयी, लेकिन अल्हड़ किशोरी दुल्हन नर्मदा के शीतल जल को पाकर लगी उसके साथ खिलवाड़ करने। वह भूल गयी कि वह दुल्हन है। दो–तीन हम–उम्र सहेलियों के साथ पानी से खिलवाड़ करती रही। मुश्किल से गयी।

अद्‌भुत आकर्षण है माँ नर्मदा में।

बैसाखी पूर्णिमा के दिन खूब बारातें देखने को मिलीं। शहनाई, निसान, नगाड़े, टिमकी और झुमका के स्वर दिन भर गूँजते रहे। दूल्हा–दुल्हन हाथ में पंखा लिए घोड़े पर सवार रहते। एक काँवर में दहेज रहता। पगडंडी पर चलते एक के पीछे एक दस–पन्द्रह बाराती रहते। बस हो गयी बारात!

तोताराम पास के गोरखपुर में मनिहारी का सामान बेचता है। रोज नर्मदा नहाने आता है। साथ में रहता है उसका तोता–पिंजड़े में नहीं, उसके कन्धे पर, लेकिन उड़ नहीं जाता। तोते से बड़ा प्यार है उसे। अकेला जीव, न घर न घाट। न कोई आगे, न पीछे। थोड़े–बहुत पैसे इकट्ठे होते ही तीरथ करने निकल पड़ता है। एक दिन मैंने पूछा, "तोताराम, तुमने शादी नहीं की?"

"सगाई तो तीन बार हुई, लेकिन शादी एक बार भी नहीं हुई। किसी न किसी कारण से सगाई टूट जाती है।"

तीन–तीन सगाई के बावजूद कुँवारे तोताराम की व्यथा—कथा सुनकर मन उदास हो गया। लेकिन उसने अपने मन को मना लिया है। तोते में मन लगाया है।

आगे लिखनी में एक वृद्धा से पीने के लिए पानी माँगा तो उसने कहा, "आओ बेटा, पानी देती हूँ। लेकिन ऐसा करो, रोटी खाकर पानी पीओ। धूप में से

आ रहे हो। खाकर पानी पीओगे तो ठीक रहेगा।''

माँ जैसे बच्चे को फुसलाती है, दुलारती है, बिल्कुल वही भाव। उसके नेह को टाल नहीं सके। वह रोटियाँ ले आई, उन पर शक्कर रखी थी। ''लो, खा लो बेटा!'' कैसा तृप्ति का भाव था उसके चेहरे पर!

अगला पड़ाव मझियाखार। फिर गोमतीसंगम। फिर लछमनमड़वा। लछमनमड़वा में एक साध्वी रहती थीं। मैने उनसे कहा कि नौकरी के कारण पूरी परिक्रमा एक साथ नहीं कर सकता, छुट्टियों में थोड़ी-थोड़ी करके करता हूँ, तो उन्होंने कहा, ''बेटा, इसका दु:ख न करना। बूँदी का लड्डू पूरा खाओ तो मीठा और चूरा खाओ तो मीठा।''

दोपहर को डिंडौरी पहुँचे। डिंडौरी बड़ा कस्बा है। यहाँ नर्मदा पार करने वाले ग्रामीणों का क्रम अबाध गति से चलता रहता है। सिर पर गठरी या कन्धे पर काँवर लिए पुरुष तथा सिर पर लकड़ी का गट्ठर और पीठ पर बच्चे को बाँधे स्त्रियाँ पहले 'नर्मदा मैया की जय!' बोलकर प्रणाम करतीं, फिर नदी में उतरतीं। फिसलन और तेज प्रवाह के कारण बड़ी सावधानी बरतनी पड़ती है। मुख्य धारा आने पर सभी चौकस और चौकन्ने हो जाते हैं, सधे हुए पाँवों से और एक-दूसरे की बाँह पकड़ कर धीरे-धीरे बढ़ते हैं। कैसा रोमांच है इसमें!

यह दृश्य मुझे मगन रखता है। तीन दिन तक यही देखते रहे। फिर घर आ गये। अमरकंटक से डिंडौरी तक की यह यात्रा सबसे कठिन होनी चाहिये थी। लेकिन यही सबसे आसान थी। आधे दिन का पहाड़, एक दिन का जंगल, फिर कुछ दिनों का सँकरा मैदान। नर्मदा जैसी असामान्य नदी भला सामान्य नियम को क्यों कर मानने चली!

डिंडौरी से 8 अक्टूबर, 1979 को चले। रात बंजरटोला में बितायी। दूसरी रात रमपुरी में। वहाँ के किसानों के चेहरों पर अकाल की काली छाया मँडरा रही थी। कहने लगे, ''हमारे यहाँ कहावत है—कुटकी रानी, तीन पानी। लेकिन इस बार तो तीन बार भी पानी नहीं बरसा। कोदो-कुटकी तक नहीं होगी। भगवान जाने क्या होगा।''

यहाँ से चले तो रास्ते में एक घुड़सवार मिला। हमारे बारे में जानकर खुश हुआ। कहने लगा, ''गुरुजी, मैं तो खेत जा रहा हूँ, लेकिन वहाँ मेरा घर दिखायी दे रहा है, वहीं जाइए। मेरा लड़का आगे की सारी व्यवस्था कर देगा।''

लड़के ने बड़ा स्वागत किया। एक थाली में सीधा ले आया। आटा, चावल,

दाल, घी, नमक, प्याज और लाल मिर्च। बहुत मना किया, पर नहीं माना। यही नहीं, आगे का रास्ता दिखाने साथ हो लिया।

हम ऊँचे पठार पर से जा रहे थे। आगे जाने पर नर्मदा का जो बंकिम रूप देखने को मिला, वह अनुपम था। बहती हुई नर्मदा सामने के पर्वत-खंड से टकराकर लचक के साथ मुड़ती है, फिर खुद से ही सटकर वापस बहती है। खिंची हुई कमान-सी नर्मदा को कई बार देख चुके थे, लेकिन यहाँ तो वह एकदम दोहरी हो गयी है। घुड़सवार के लड़के ने कहा, ''बरसात में जब नदी उफान पर होती है, तब दो धाराओं के बीच एक दीवार भर रह जाती है।''

नर्मदा का वृन्दावन है यह। खूब रास रचाया है उसने। खरमेर भी यहीं नर्मदा से आ मिलती है। संगम के पास एक संन्यासी की कुटी है। आज ही वे अपने गुरुभाई को कुटी सौंपकर नर्मदा परिक्रमा पर निकलेंगे। यहाँ से घुड़सवार का बेटा लौट गया। खूबसूरत खरमेर को तीन बार पार करके जब हम देवनाला पहुँचे, तो दिन ढल चुका था। जिस झरने के संग-संग हम आए थे, वही झरना, यहाँ एक खूबसूरत प्रपात रचता है। इस प्रपात के पीछे एक विशाल गुफा है। ऊपर झरना, नीचे गुफा और गुफा के द्वार पर प्रपात! गुफा इतनी बड़ी कि हजारों लोग समा जाएँ।

जंगली जानवरों का डर था। हम एक बाबा की कुटी में सोए। सबेरे यहीं स्नान किया। झरना खरमेर में मिलता है, खरमेर नर्मदा में, इसलिए हमने इसे नर्मदा-स्नान के तुल्य माना।

दोपहर को मरवारी घाट पहुँचे। गाँव-गाँव से घी खरीद करके शहर ले जाने वाले दो भाई नर्मदा तट पर गाकड़ बना रहे थे। उन्होंने हमें आगे का रास्ता तो बताया ही, गाकड़ भी दिये और बहुत-सा घी भी। किसी तरह पैसे नहीं लिये।

शाम को कनईसंगम पहुँचे। सामने तट के गोसाईंजी रात के अँधेरे में हहराती लहराती नर्मदा को पार करके हमसे मिलने आए। हम लोगों का कुशल-क्षेम पूछ कर चले गये।

दिन पर दिन रास्ता मुश्किल होता जा रहा था। ऊँची-नीची पहाड़ियों और सूखे नालों को पार करते हुए हम आगे बढ़ रहे थे। सकरीघाट से एक ग्रामीण का साथ हो गया। आगे चलकर ऊँची कगार पर से नर्मदा का जो भव्य रूप देखा, तो बस देखते ही रह गये।

हमारी ओर का खड़ा, ऊँचा और चट्टानी किनारा किसी किले की दीवार-सा बहुत दूर तक चला गया था। सामने का किनारा नीचा और सपाट है। शिलाओं से मंडित और झाड़ियों से आच्छादित इस विशाल किनारे से सटकर बहती नर्मदा ऐसी लग रही थी, मानो शिव की गोद में पार्वती सो रही हों। एक साध है कि जीवन में

एक बार फिर यहाँ आऊँ और इस अनुपम दृश्य को जी भर कर देखूँ।

पास ही है छीरपानी। रात वहीं रुके। इसके बाद की रात नैझर में बितायी। फिर मेंहदवानी के बाजार से राशन खरीद कर ठेलाघाट गये। एकदम निर्जन स्थान। एक बाबा जैसा किसान था। उसने बताया कि पहाड़ी पर एक कुटी है, रात को वह वहीं सोता है। हम लोग भी वहीं सो सकते हैं। भोजन से निवृत्त होकर टॉर्च की रोशनी में उसके साथ कंकड़-पत्थर वाली पगडंडी से ऊपर चढ़े। विकट चढ़ायी थी। पीठ पर बोझा लादे छिपकली की तरह दबे-दबे चढ़ रहे थे। जैसे-तैसे ऊपर पहुँचे। उस वीराने में कोई नहीं था। सन्नाटे का आलम, घुप्प अँधेरा। ऐसे स्थान में सोने का जीवन में यह पहला मौका था। नर्मदा के पाट में दूर आग दिखायी दे रही थी। ऐसी ही आग पीछे भी थी। कभी-कभी मछुआरे नदी में ही रात रह जाते हैं। उन्हीं की आग थी। पूछने पर बाबा ने कहा, ''सामने की आग तो मछुआरों की है, पर पीछे की आग उनकी नहीं।''

''तब?''

''वह सिद्धों की भूमि है। वहाँ अपने-आप दिये जलते हैं। अपने-आप आग जलती है। रात को आग दिखेगी, लेकिन सबेरे जली हुई एक भी लकड़ी या कंडा नजर नहीं आएगा।''

ऐसे भयावह स्थान में मैंने चुप रहना ही ठीक समझा। सुबह उठकर आगे बढ़े तो थोड़ी दूर तक वह साथ चला। सिद्धों की भूमि में पहुँचे। रात को जहाँ आग दिखायी दी थी, वहाँ जले हुए कंडों का ढेर दिखायी दिया। मैंने पूछा, ''यह क्या है?''

वह असमंजस में पड़ गया। कहने लगा, ''किसी ने खाद के लिए कंडे इकट्ठे किए थे, पर किसी दूसरे ने ईर्ष्यावश आग लगा दी।''

प्रेम का दीप मुश्किल से जलता है, ईर्ष्या की आग आसानी से सुलगती है।

यहाँ से वह लौट गया। हम डोकरघाट के लिए चल दिये। सुनसान रास्ते से जा रहे थे। समझ में नहीं आ रहा था कि सही जा रहे हैं या गलत। काफी देर बाद एक आदमी मिला। उससे राम-राम हुई तो उसने कहा कि मैं डोकरघाट से ही आ रहा हूँ। अभी तो दूसरे गाँव जा रहा हूँ पर आप मेरे घर ही जाइए। मेरा बेटा आपकी पूरी व्यवस्था करेगा।

हम सूनी पगडंडी से आगे बढ़े। दोपहर को तीन स्त्रियों को लकड़ियाँ बीनते देखा। सोचा, उनसे डोकरघाट की राह के बारे में पूछेंगे। लेकिन हमें देखते ही उन्होंने भागना शुरू कर दिया! ऐसा पहले भी हो चुका था। हम थके-माँदे जा रहे होते, मुश्किल से कोई दिखायी देता, सोचते, इससे आगे के गाँव के बारे में पूछेंगे कि वह

भाग खड़ा होता। यहाँ भी यही हुआ। लाचार हम आगे बढ़े। गाँव दूर नहीं था। ऊँची कगार से उतरे तो डोकरघाट आ गया। उस ग्रामीण के घर का दरवाजा खटखटाया। दरवाजा खुला। खोलने वाली स्त्री उन तीन स्त्रियों में से ही एक थी!

अच्छा हुआ कि डरकर वह दरवाजा बन्द कर दे, इसके पहले ही घर का बड़ा लड़का आ गया। मैंने उससे कहा कि रास्ते में तुम्हारे पिता मिले थे। उन्होंने ही हमें तुम्हारे यहाँ ठहरने के लिए कहा है। तभी मुझे याद आया। उसके पिता का मैंने स्केच कर लिया था, वह दिखाया। सभी तुरन्त पहचान गये, खुश हुए और रहने के लिए एक कमरा दिया। स्त्रियाँ कहने लगीं कि हमने आपको चोर-डाकू समझा था! थोड़ी देर पहले जो चोर-डाकू थे, अब सम्मान्य अतिथि हैं!

नदी नहाने गये। सामने तट से जब चले थे, तब राह भटक गये थे। मैं मधुमक्खियों के हमले से बाल-बाल बच गया था। सामने का पहाड़ देखकर सारी बातें याद हो आयीं।

घर के लोगों ने कहा कि आगे की रात आप मुंडी में हमारे समधी के यहाँ ठहरिये। सो मुंडी में उसके समधी के घर रहे। उसके समधी ने कहा कि अगले गाँव में हमारे समधी रहते हैं, आप वहाँ रहें। गाँवों में शादी-ब्याह प्राय: पास-पास होते हैं।

मुंडी में देर रात तक लोक-नृत्य देखते रहे। पुरुष सैला नाच रहे थे। हाथ में लकड़ी के बने चटकोला बजाते हुए नाच रहे थे और गा रहे थे। उनका बलिष्ठ देहलय देखते ही बनता था। पुरुष थक गये तो स्त्रियों ने रीना शुरू किया। फिर दोनों ने मिलकर करमा नाचा। पुरुषों का सैला, स्त्रियों का रीना और दोनों का सम्मिलित करमा। आज हमें तीनों नृत्य देखने को मिले।

समधी के समधी का गाँव पास ही था, इसलिए वहाँ नहीं रुके। रात गोरखपुर में रहे। यहाँ से जंगल की कच्ची सड़क ने हमें देवगाँव पहुँचा दिया। यहाँ नर्मदा पर मानोट का पुल है। देवगाँव में एक मछुआरे की परछी में सोये। भोर वेला आँख खुली तो नजर सीधे चाँद पर पड़ी। पेड़ों की घनी काली कतार पर काजू के आकार का चाँद पूरी आभा के साथ दमक रहा था। चाँद मानो घुटने मोड़कर पालने में सो रहा था। ऐसा सलोना चाँद तो कभी देखा नहीं था।

यह चौदहवीं का चाँद था—घिस जाने पर बचे हुए चन्दन के टुकड़े की तरह। बिस्तर में पड़ा-पड़ा देर तक चाँद के उस टुकड़े को निहारता रहा।

थोड़ी देर में सबेरा हो गया। पास ही बुढ़नेर संगम है। किस जोश-खरोश के साथ बुढ़नेर आ रही थी! उसकी धारायें चट्टानों में से मार्ग निकालती, उछलती और सबेरे की धूप में चमचमाती, नर्मदा की ओर तेजी से लपक रही थीं। ऐसी स्वच्छन्द,

हिरनी-सी बाँकी नदी का नाम है बुढ़नेर। कम से कम युवनेर ही होता!

कल दीवाली है। कल शाम तक महाराजपुर (मंडला) पहुँच जाएँ, तो रात तक घर पहुँच सकते हैं। दीवाली घर में मना सकते हैं। चाल अपने आप तेज हो गयी। शाम तक रामनगर पहुँच गये। रात मन्दिर में रहे। सुबह रामनगर का महल देखा। नर्मदा तट पर बने गोंड़ राजाओं के इस विशाल महल की रौनक कभी देखते ही बनती होगी।

रामनगर से सड़क मिल गयी। रास्ते से जा रहे थे कि सामने से आते हुए एक वृद्ध दिखायी दिये। वेशभूषा से परकम्मावासी जान पड़ते थे। परकम्मावासी ही थे। मैंने पूछा, "आप उलटे कैसे चल रहे हैं?" उन्होंने कहा, "मेरी जिलहरी-परिक्रमा है। इस परिक्रमा में समुद्र को नहीं लाँघते। इसमें दुहरी परिक्रमा होती है।"

मैं चकित। पचहत्तर वर्ष की उम्र के यह वृद्ध, बिना किसी संगी-साथी के कैसी कठिन परिक्रमा कर रहे थे! मैं नतमस्तक हुआ। शूलपाण की झाड़ी में भीलों ने उन्हें लूट लिया था। चश्मा तक उतार लिया। उन्होंने भीलों से कहा कि मेरी आँखों में मोतियाबिन्द है, यह चश्मा तुम्हारे किसी काम का नहीं, इसे न लो, तो भीलों ने कहा कि हम इसे फोड़ डालेंगे, पर तुमसे तो ले लेंगे। कहने लगे, "तब से चलने में बड़ी दिक्कत होती है। ऊँच-नीच का सही अन्दाज नहीं हो पाता। कई बार गिर चुका हूँ।"

मैंने पूछा, "क्या मैं आपकी कोई सहायता कर सकता हूँ? आपको कुछ पैसे दे सकता हूँ।"

उन्होंने कहा, "पैसे को मैं हाथ नहीं लगाता।"

मैं हैरान। "अनाज दे सकता हूँ।"

उन्होंने थोड़ा सोचकर पूछा, "दाल कौन-सी है?"

मूँग की दाल जल्दी चुड़ जाती है। हम वही रखते हैं। बताया तो कहने लगे, "मूँग की दाल जरूर दीजिए, मैं खुशी से लूँगा। मैं बूढ़ा आदमी, अरहर की दाल हजम नहीं होती। पेट खराब होता है।" दाल देकर कहा, "पैसे भी ले लीजिए। इस दाल के खत्म होने पर दूसरी ले सकेंगे।"

वही बात—पैसे को मैं हाथ नहीं लगाता।

मैं थोड़े दिनों के लिए चलता हूँ तो पैसे रखता हूँ, अनाज रखता हूँ और साथ में यादवेन्द्र जैसा साथी रहता है। यह वृद्ध अकेले, एकाकी, निस्संग, अकिंचन चल रहे हैं। पता नहीं कब घर पहुँचेंगे। पहुँचेंगे या नहीं, क्या पता। फिर भी अपनी मस्ती में जा रहे हैं।

यह थी श्रद्धा। यह था सम्पूर्ण आत्म-समर्पण। ऐसे लोग अकेले होते हुए भी

अकेले नहीं होते। पार्थसारथी चुपचाप आकर इनके रथ की लगाम अपने हाथ में ले लेते हैं।

मंडला दिखायी देने लगा। बंजर के चौड़े रेतीले पाट को पार कर हम महाराजपुर पहुँचे। इस बार की यात्रा पूरी हुई। मंडला से बस पकड़कर जबलपुर आ गये। आखिर दीवाली की रात को हम घर आ गये। भीड़-भाड़, शोर-गुल, धूल-धकड़ और चहल-पहल का क्या कहना। धर्मक्षेत्र से मानो कुरुक्षेत्र में आ गये।

रात को जब सर्वत्र लक्ष्मीपूजन हो रहा था, तब निर्जन पथ पर से जाते हुए उस वृद्ध की वाणी मेरे अन्तर में गूँज रही थी-पैसे को मैं हाथ नहीं लगाता...

क्या यह वही सहस्रधारा है?

सामने तट से जाते समय इसे दीवाली की छुट्टी में देखा था। सचमुच सहस्रधारा थी। नर्मदा की अजस्र जलधाराओं का सैलाब उमड़ रहा था। दूर-दूर तक फैले अनगिनत प्रपात नदी के वेग को चौबाला कर रहे थे। हहराती, उफनाती, बलखाती धारा के पास जाने में बड़ा भय लगा था।

और आज?

बहुत खोजने पर एक सूक्ष्म धारा मिली। नर्मदा का सूखा चट्टानी पाट गर्म कड़ाह की तरह खौल रहा था। जहाँ हमने भरी-पूरी नर्मदा को देखा था, वहाँ इस गरमी में उसकी साँस भर चल रही थी। सभी कुछ निर्जीव, सुनसान, नेत्रहीन और मूक...

और हो भी क्या सकता था? शताब्दी का भयंकर सूखा पड़ा था। कुएँ-तालाब, नदी-नाले प्रायः सूख चले थे। गाँव खाली हो रहे थे। पूरा उत्तर भारत अभूतपूर्व जल संकट का सामना कर रहा था। ऐसे में नर्मदा भी सूखकर काँटा रह जाये, तो क्या आश्चर्य?

27 मई 1980 को महाराजपुर (मंडला) से चले। पहला दिन था और सुबह से ही धूप चटख हो चली थी, इसलिए अधिक नहीं चले। मानादेही में ही रुक गये। वहाँ से सहस्रधारा देखने गये। यह अन्दाज तो था कि धारा सिमट कर रह गयी है लेकिन इस तरह उजड़ गयी होगी, यह कल्पना नहीं थी।

सहस्रधारा का एक वह राजराजेश्वर रूप देखा था—पानी से छलकता, चौकड़ी भरता, घन-घमंड घोषणा करता, और आज यह दलित द्राक्षा-सा रूप देखा-निर्जला, नीरव, मूक और चट्टानों का ढाँचा मात्र! उतार-चढ़ाव किसके जीवन में नहीं आते?

पानी के न रहने से एक फायदा था—नदी का पाट खुली किताब की तरह

सामने था। वेगवती धाराओं ने यहाँ की इस्पाती चट्टानों को कैसा काटा व तराशा था, इसे हम अच्छी तरह देख सकते थे। तारों की शोभा हम तभी देख सकते हैं, जब चाँद न हो। पेड़ के गठन को तभी समझ सकते हैं, जब पतझड़ हो। आज हमें यही मौका मिला था। पानी ने चट्टानों को तराशा तो था ही, आश्चर्य यह देखकर हुआ कि उनमें बड़े-बड़े सूराख कर दिये थे—बिलकुल गोल। फिर उनको नीचे ही नीचे मिला दिया था। हम लोग एक सूराख से उतरे, दूसरे से बाहर निकले। नदी ने मानो पत्थर के कान बींधे थे। यहीं भँवर होती है। कोई इसमें फँस जाये, तो जिन्दा बाहर नहीं निकल सकता। आज समझ में आया कि अच्छे से अच्छा तैराक भी अनजान पानी में क्यों नहीं उतरता।

दूसरे दिन पौ फटते ही चल दिये। दोपहर की दहकती गरमी में बुजबुजिया पहुँचे। इस सूखे में भी यह गाँव हरा-भरा था। यहाँ वन-विभाग की नर्सरी है, तरह-तरह के पौधे उगाये जाते हैं—खासकर सागौन के। दूर दूसरी तरह के पौधे थे। मैंने एक मजदूर से पूछा, ''वे काहे के पौधे हैं?''

''लिपिस्टिक के!''

''लिपिस्टिक के?'' मैंने आश्चर्य से पूछा। उसने फिर वही जवाब दिया तो मैंने पास जाकर देखा। वे यूकिलिप्टिस के पौधे थे!

यहाँ नर्मदा में कुछ अधिक पानी था। प्रपात भी थे। पास ही वन-विभाग के कमरे का बरामदा मिल गया, तो वहीं टिक गये। कमरे में एक कम्पाउंडर रहता था। मंडला से आये उसे पन्द्रह दिन ही हुए थे। बेहद गर्मी थी, रात को बाहर सोये। मैं और यादवेन्द्र नीचे जमीन पर, कम्पाउंडर चारपाई पर।

रात के कोई डेढ़ बजे बूँदाबाँदी शुरु हुई तो मैं बरामदे में आ गया, फिर यादवेन्द्र और अन्त में कम्पाउंडर। हम जमीन पर सोये। कम्पाउंडर चारपाई पर।

कोई दस मिनट हुए होंगे कि कम्पाउंडर जोर से चिल्लाया, ''साँप! साँप!'' हम लोग भी हड़बड़ा कर उठ बैठे। मेरे पास टॉर्च थी, तुरन्त जलायी। वह कहने लगा, ''साँप था। मेरी बाँह पर था। मुझे ठंडा-ठंडा लगा तो हड़बड़ा कर उठ बैठा।''

वह बुरी तरह से डर गया था। अटक-अटक कर बोल रहा था। डर हम भी गये थे। टॉर्च और लालटेन की सहायता से कोने-कोने की तलाशी ली, लेकिन साँप कहीं नहीं था। मैंने कहा, ''तुम्हें भ्रम हुआ है। साँप कहीं नहीं है। फिर तुम तो चारपाई पर लेटे थे, साँप उस पर कैसे चढ़ेगा?''

''साँप ही था। मैंने उसे अपनी आँखों से देखा।''

हमें विश्वास नहीं हुआ। लेकिन कोई दस मिनट के बाद देखा, सीढ़ियाँ चढ़कर साँप बरामदे में आ पहुँचा था!

उसकी बात सच थी। एक लकड़ी की सहायता से मैंने उसे बाहर किया। एक पत्थर पर पानी था, देर तक पीता रहा, प्यासा था। फिर धीरे-धीरे आगे बढ़ने लगा।

आगे एक शाल वृक्ष के नीचे जाकर वह रुका, फिर धीरे-धीरे ऊपर चढ़ने लगा। थोड़ी देर में काफ़ी ऊपर पहुँच गया। साँप को पेड़ पर चढ़ते पहली बार देखा। कम्पाउंडर की बात पर अविश्वास करने का कोई कारण नहीं रहा।

दूसरी ओर एक दूसरा साँप, जो उससे भी मोटा था, दूसरे पेड़ पर चढ़ रहा था। हम शायद नागलोक में आ गये थे। रात का घना अँधेरा, सन्नाटे का आलम और पेड़ों पर चढ़ते साँप! बड़ा भय लगा।

इतने में कम्पाउंडर एक छोकरे को ले आया। उसी समय पहला साँप पेड़ से उतर रहा था। जमीन पर आते ही छोकरे ने दो डंडे जमाये तो साँप का काम तमाम हो गया। दूसरा साँप पेड़ में गायब हो गया, हाथ नहीं आया।

ऐसे में नींद कहाँ से आती। बाकी रात जागकर काटी। कम्पाउंडर कहने लगा, "कल ही मंडला जाकर इस्तीफा दे दूँगा। बीस साल की नौकरी जाये भाड़ में।" हम भी सोच रहे थे, कब सबेरा हो और यहाँ से कूच करें।

सबेरा होते ही चल दिये। हवा एकदम बन्द थी। पूरा भूखंड जल रहा था। पेड़ धूप में कुम्हला गये थे। भरी दोपहर को घाघा पहुँचे। गाँव न जाकर नदी-किनारे एक पेड़ के नीचे रुके। अब जोरों से लू चलने लगी थी। किसी तरह खाना पकाया, खाकर वहीं लेटे। ज्यों-ज्यों पेड़ों की छाया सरकती, त्यों-त्यों हम सरकते। आँधी उठती तो सारी देह धूल से अट जाती।

शाम तक हमारे ऊपर धूल की चार-छह पर्तें जम गयीं। मैं मानो मोहेंजोदड़ो होऊँ और यादवेन्द्र हड़प्पा हो, ऐसा हाल हुआ। फर्क यही था कि उन प्राचीन नगरों को दूसरों ने खोद निकाला था, जबकि धूल की पर्तों को परे करते हुए हम स्वयं उठ खड़े हुए और चलते बने। घाघा में रहने की व्यवस्था हो गयी, तो घूमने निकले। पास ही दूसरा गाँव है—घाघी। वहाँ नर्मदा-तट गये। नदी की धारा उस तट पर थी, इसलिए सूखे रेतीले पाट को पार कर सामने तट गये। वहाँ जाकर चकित रह गये। वहाँ कोई धारा ही नहीं थी!

आँखों को विश्वास न हुआ। लेकिन पानी नहीं था, तो नहीं था। नर्मदा की धारा टूट गयी थी।

पिछले साल भी गरमी में चले थे। लेकिन ऐसा कहीं नहीं देखा था। दाहिनी ओर पतली धारा थी, दूर बाँई ओर भी थी, लेकिन बीच में गायब हो गयी थी।

नर्मदा की गागर एकदम खाली थी।

अगला पड़ाव बुदेहरा। नर्मदा की धारा यहाँ भी टूट गयी थी।

बुदेहरा से झुरकी। झुरकी के पटेल बड़े विनोदप्रिय थे। हम लोगों का स्वागत करते हुए किसी से कहा, ''आप लोगों के लिए वही प्रागैतिहासिक शरबत ले आओ।''

शरबत आया, बड़ा ही स्वादिष्ट था। कहने लगे, ''यह आँवला, पुदीना आदि से बना है, इसलिए इसे प्रागैतिहासिक शरबत कहता हूँ।''

मैंने देखा, इस विनोदप्रिय आदमी को भी विषाद की काली छाया ने ग्रस लिया था। पास ही बरगी में नर्मदा पर एक विशाल बाँध बन रहा है। उनका यह गाँव और आसपास के कई गाँव उस बाँध की डूब में आ जाएँगे। तब वे कहाँ जाएँगे, क्या करेंगे, यही चिन्ता उन्हें सता रही थी। दरअसल बेघर होने की यह चिन्ता उनकी ही नहीं, सारे इलाके की थी।

पद्मीघाट में एक अच्छा आश्रम है, रात वहाँ रहे। भोर होते ही चल दिये। पेड़ ऐसे काले दिख रहे थे, मानो झुलस गये हों। शाम को बखारी पहुँचे। गाँव के पटेल के यहाँ रहने को तो मिल गया, लेकिन पानी माँगा, तो उसने रस्सी-बालटी थमा दी और कुआँ बता दिया। पानी लेने गये तो रस्सी मुश्किल से बीच कुएँ तक पहुँची! पानी पाताल को चला गया था। पास की झोंपड़ी का ग्रामीण हमारी परेशानी समझ गया। अपनी रस्सी ले आया, दोनों को जोड़ा, तब पानी निकला। गाँव के इसी एक कुएँ में पानी था, बाकी सब सूख चुके थे।

यहाँ से छिन्दवाहा। नर्मदा के संग-संग चले। रोटो पहुँच कर एक वन-रक्षक की झोंपड़ी में डेरा डाला। वह यहाँ के पेड़ कटवा रहा था। यह इलाका बाँध में डूब जाये, इसके पहले पेड़ों को कटवा लेना जरूरी था।

सुबह नदी में से चले। दिन बेहद गर्म था और हवा ने अपने पंख समेट लिए थे। दोपहर को एक जगह बहुत-से मजदूर स्त्री-पुरुष एक पेड़ के नीचे आराम कर रहे थे। पास ही राहत कार्य में सड़क बन रही थी, इसी में लगे थे। कुछ सो रहे थे, कुछ गा रहे थे। उनका अधेड़ उम्र का मुखिया मौज में आकर नाच रहा था। इनके गीतों ने मन मोह लिया तो गोपीटोला में इन्हीं में से एक के घर रात रह गये। रात को वे और भी गीत सुनाएँगे और नाचेंगे।

यादवेन्द्र भोजन बनाने की तैयारी करने लगा, तो हमारे मजदूर यजमान ने मना कर दिया-भोजन आपका हमारे साथ होगा।

यह आदमी, जिसे हमने चार रुपये रोज पर जेठ की तपती दुपहरिया में हाड़तोड़ मेहनत करते देखा था, कहता है कि भोजन आप हमारे साथ करेंगे! भाई मजदूर! मैं तुम्हारी रोटी जरूर खाऊँगा। महाभारत के नेवले की तरह इससे शायद मेरा शरीर सोने का हो जाए।

देर रात तक लोकगीत व लोकनृत्य का आनन्द लेते रहे। सुबह बीजासेन के लिए चल दिये। रात को यहाँ भी नृत्य देखने मिले। दिन भर कड़ी मेहनत करने के बाद और रूखा-सूखा खाने के बाद भी ये लोग जीवन का रस लेना जानते हैं।

दूसरे दिन खुश्क पहाड़ियों से होते हुए पायली पहुँचे। पायली में जिनके यहाँ ठहरे थे, वे विधुर थे। मैंने पूछा, "आपने दोबारा शादी क्यों नहीं की?" उन्होंने कहा, "मेरे बच्चे छोटे थे। मैंने सोचा,दोबारा शादी करूँगा तो ये बच्चे माँ से तो गये, बाप से भी जाएँगे। इसलिए नहीं की। अब तो बच्चे बड़े हो गये हैं। बड़े बेटे की बहू भी आ गयी है।"

शाम को नर्मदा-तठ गये। पचीस बरस पहले भी यहाँ आया था। तब यहाँ कैसा घना जंगल था! विशाल वृक्षों से लिपटी सुदीर्घ लताएँ मुझे आज भी याद थीं। पर अब कुछ भी नहीं बचा था। इनसान की कुल्हाड़ी ने सर्वनाश कर डाला था।

बड़े सबेरे बरगी कालोनी के लिए चल दिये। मेरी चाल अपने आप तेज हो गयी। उन दिनों मेरा बड़ा बेटा चि. शरद वहाँ रहता था। चंड सूर्य के प्रचंड ताप में उसके द्वार पर खड़े होकर कहा, "भिक्षां देहि!"

यहाँ से पारा पास ही है, पर गाँव की गलियाँ भा गयीं, तो रात यहीं रह गये। भिनसारे चल दिये। आगे टेमर-संगम पड़ा। टेमर किस ठस्से के साथ नर्मदा से मिल रही थी! इस सूखे में भी उसमें पानी था। संगम में देर तक स्नान करते रहे। तभी आकाश में बादल घिर आये। बूँदाबाँदी होने लगी। मैं बहुत खुश हुआ। सोचा, आज त्रिवेणी स्नान हुआ। दो धाराएँ पहले से थीं, तीसरी ऊपर से आ मिली!

जब से बरगी कालोनी से चले हैं, तब से एक नया दृश्य बराबर देखने को मिल रहा है। बारूद से चट्टानें तोड़ी जा रही हैं, बड़ी-बड़ी नहरें खोदी जा रही हैं। बाँध के बन जाने पर ये नहरें खुशहाली की सौगात लाएँगी। सारा इलाका धन-धान्य से लहलहा उठेगा।

लेकिन परकम्मावासियों का क्या होगा? नदी के दोनों ओर जब इन नहरों का जाल दूर-दूर तक फैल जाएगा और उसमें नर्मदा जल प्रवाहित होगा, तब परकम्मावासी भारी धर्मसंकट में पड़ जाएँगे। इन नहरों को लाँघा जाये या नहीं? नहरों को लाँघना नर्मदा लाँघने जैसा होगा। नहीं लाँघने पर इतना बड़ा चक्कर लगाना पड़ेगा कि फिर वह नर्मदा परिक्रमा ही नहीं रहेगी। तब क्या किया जाये?

मेरा विचार है कि जब नर्मदा का स्वरूप बदलेगा, तब नर्मदा परिक्रमा के नियमों का स्वरूप भी बदलेगा। नहर, नदी की दूसरी पीढ़ी हुई। छोटी नहरें, तीसरी पीढ़ी। परकम्मावासी का दायित्व नदी के प्रति है, उसकी दूसरी-तीसरी पीढ़ी के प्रति नहीं। इसलिए इन नहरों को लाँघने में कोई दोष नहीं।

रात खमरिया में रहे। यहाँ से सड़क मिल गयी। दोपहर को ग्वारीघाट (जबलपुर) आ गये। इस बार की यात्रा पूरी हुई। यात्रा का शुभारम्भ इसी ग्वारीघाट से हुआ था। उस तट से गये थे, इस तट से लौटे थे। लौटते समय सामने तट के गाँवों को देखते ही पूर्व-स्मृति के तार झनझना उठते। जिनके यहाँ ठहरे थे, उनकी याद आ जाती। खबर भिजवा देते, तो मिलने आ जाते। पाठा के शिक्षक, सहजपुरी के संन्यासी, छेवलिया का तुलाराम कोटवार, सभी बड़े प्रेम से आये थे। तुलाराम तो स्त्री-बच्चों को लेकर आया था। सभी हमारे लिए सीधा लाये थे।

तो उस तट के पाठा, सहजपुरी, छेवलिया, बरहइयाखेड़ा, और इस तट के घाघी, झुरकी, बखारी, रोटो, पायली-तुम्हें जुहार! अब तो तुम थोड़े ही दिनों के मेहमान हो न? नर्मदा के लुभावने किनारो, तुम्हें भी अलविदा! और सौन्दर्य-सरिता नर्मदा! तुम्हें भी अलविदा, क्योंकि यहाँ तुम भी तो उस विशाल झील में उसी तरह खो जाओगी, जिस तरह दूध के बरतन में पड़ती धारोष्ण दूध की धार खो जाती है!

ग्वारीघाट से होशंगाबाद

यादवेन्द्र अपनी नवोढ़ा पत्नी के साथ हमें विदाई देने आया है।

हमारी पिछली यात्रा को कोई ढाई बरस बीत चुके हैं। किसी न किसी कारण से निकलना न हो सका। इस बीच यादवेन्द्र की शादी हो चुकी है, अब वह हमारे साथ नहीं चल सकता। इसका उसे बहुत रंज है। उससे अधिक रंज मुझे है, क्योंकि जिस यादवेन्द्र के बल-बूते पर मैंने अभी तक की दुर्गम पदयात्रा की थी, मेरा वही विश्वस्त साथी अब मेरे साथ नहीं होगा।

विदाई देने कान्ता भी आई है। छोटे भाई की पत्नी नीता और उनके दो बच्चे नम्रता और अमित भी आये हैं। नौ बरस के अमित के उत्साह का क्या कहना! उसका बस चले तो साथ चले।

17 नवम्बर 1982, भाईदूज। जबलपुर के ग्वारीघाट में हमने नाव से नर्मदा पार की और ठीक उसी बिन्दु से चल पड़े, जहाँ पिछली यात्रा समाप्त की थी। साथ आये स्वजन हमें देर तक देखते रहे, फिर लौट गये।

इस बार हम चार हैं। दुल्हानी और साठे मेरे छात्र हैं। पंडित नामक एक साथी और है। बहुत अच्छा दल बन पड़ा है हमारा। पंडित की मातृभाषा हिन्दी है, दुल्हानी की सिंधी, साठे की मराठी और मेरी गुजराती। चार भाषाओं के जल से माँ नर्मदा के पैर पखारने हम चल पड़े।

रात सिवनी में रहे। सुबह चल दिये। लम्हेटी के पास नदी-तट पर चट्टानें पसलियों की तरह उभर आयी हैं। तीसरे पहर डुंड़वारा पहुँचे। नर्मदा का प्रसिद्ध जलप्रपात धुआँधार यहाँ से पास है।। यहाँ रात्रि-विश्राम की व्यवस्था हो गयी तो धुआँधार चल दिये। चौड़ी नर्मदा यहाँ हठात् सँकरी हो गयी है और एक खड्ड में प्रचंड वेग के साथ गिरती है। दूर से ही जलबिन्दुओं का धुआँ-सा उठता दिखायी देता है, इसलिए इसे धुआँधार कहते हैं।

दूर से दबी-दबी सी सुनायी देने वाली गड़गड़ाहट पास जाने पर कर्णभेदी

घोष में बदल गयी। यहाँ का तांडव देखते ही बनता है। चट्टानों पर मानो हजारों मूसल बरस रहे हैं। पानी बड़े वेग से गिरता, लहरिये बनाता आगे बढ़ जाता है। नर्मदा पर यहाँ मस्ती का कैसा अलबेला नशा छाया है।

नदी में खूब पानी था और धुआँधार यौवन और जीवन से भरपूर था। देर तक हम उसके आबो-ताब को देखते रहे, उसकी धमक को सुनते रहे और उसकी फुहार में भीगते रहे।

इसी धुआँधार से नर्मदा संगमरमर की कुंजगली में प्रवेश करती है। संगमरमर की चट्टानों को चीरती हुई तंग घाटी में से बहती है और एक अद्‌भुत सौन्दर्य-लोक की सृष्टि करती है। कनक छुरी-सी इकहरे बदन की नर्मदा एक जगह इतनी सिमट गयी है कि इस स्थान को बन्दरकूदनी कहते हैं। यहाँ नर्मदा मानो सुस्ता रही है या अत्यन्त मृदु गति से बह रही है। संगमरमर की विशाल दूधिया चट्टानें, अलस गति से बहती नीरव नर्मदा और निपट एकान्त-लगता है किसी नक्षत्र-लोक में आ गये हैं।

धुआँधार में गुस्से से उबलती-उफनती नर्मदा ने मानो यहाँ मौन की दीक्षा ले ली है। धुआँधार के गर्जन-तर्जन के बाद यहाँ नर्मदा की शान्त जलधारा-मानो रौद्र के बाद शान्त रस!

चाँदनी रात में यहाँ नौकाविहार होता है। दिन को भी होता है लेकिन दूधों नहाती पूनम की रात को यहाँ सौन्दर्य की कैसी लहाछेह वर्षा होती है!

और कोई दो किलोमीटर लम्बा और सौन्दर्य से छलकता यह स्वप्नलोक हमारे जबलपुर के पास है। नर्मदा ने जो किसी को नहीं दिया, वह जबलपुर को दिया-अपने गले का हार दिया!

इसके बाद की रात धरतीकछार में रहे।

यहाँ से चले तो दोपहर को भीकमपुर पड़ा। एक जगह सुस्ताने बैठे तो कुछ ग्रामीण इकट्‌ठे हो गये। इनमें गाँव का कोटवार भी था। मैंने हमारे बारे में संक्षेप में बताया और कहा कि हम एक साथ अखंड परिक्रमा नहीं कर सकते, इसलिए थोड़ी-थोड़ी करके खंड परिक्रमा कर रहे हैं। फिर पूछा, "सुबह धरतीकछार से चले हैं, कितना चले होंगे?" कोटवार ने कहा, "यही कोई पाँच-छह मील।" मैंने पूछा, "मील या किलोमीटर?" उसने कहा, "मील और किलोमीटर एक ही बात है!"

तब तक और भी लोग आ गये थे। वह उन्हें हमारे बारे में बताने लगा। कहने लगा, "ये नर्मदा की अखंड परिक्रमा कर रहे हैं।" मैंने घबराकर कहा, "अखंड नहीं, खंड।" उसने तपाक से कहा, "खंड-अखंड एक ही बात है!"

मुझे जोर की हँसी आ गयी। वह बुरी तरह झेंप गया। मैंने तुरन्त अपनी गलती

महसूस की। कोटवार यानी गाँव का सबसे बड़ा हाकिम। मुझसे उसका अनादर हो गया, यह ठीक नहीं हुआ।

दूसरे ही क्षण वह गरज कर बोला, ''यहाँ क्यों बैठे हो?'' ''सुस्ताने और रास्ता पूछने।'' ''चलो, मैं रास्ता बताता हूँ।''

वह हमें नर्मदा तट ले आया। हम वहाँ बैठने ही वाले थे कि उसने ललकारा, ''यहाँ नहीं, वहाँ। सनेर के उस पार।''

हम वहाँ गये। बाद में दुल्हानी ने कहा, ''अब समझ में आया कि वह हमें यहाँ तक क्यों ले आया। सनेर के उस पार जबलपुर जिला है, इस पार नरसिंहपुर। उसने हमें जिलाबदर कर दिया है।''

अपराध के साथ ही दंड! काश, हमारा दंड-विधान इतना त्वरित होता!

झाँसीघाट के पास दो परकम्मावासी मिले। माँ-बेटा थे। माँ-बेटे को परकम्मा करते पहली बार देखा। रात हम बेलखेड़ी में रहे। वे आगे निकल गये। माँ-बेटे खूब चलते हैं।

सुबह गाँव में स्त्रियों को दही बिलोते देखा। नरसिंहपुर दूध-घी का जिला है। अब यह दृश्य हमें रोज दिखायी देगा।

दोपहर को झलोनघाट में विश्राम के लिए रुके। पास ही नर्मदा की रेत में बीस-बाईस ग्रामीणों का दल था। साथ में बाजे-गाजे भी थे। पता चला कि एक वृद्ध यहाँ से परकम्मा उठा रहे हैं, ये उन्हें विदा करने आये हैं। रात को ही आ गये थे, यहीं खुले में सोये थे। सुबह वृद्ध का मुंडन हुआ, कढ़ाई हुई, प्रसाद बँटा और अब जाने की घड़ी आ गयी है। बाजे बजने लगे। एक-एक करके सभी स्त्रियाँ नाचीं, अन्त में वृद्ध भी नाचे। फिर बारी-बारी से सभी उनके पाँव पड़ने और रोने लगे। लेकिन वृद्ध सभी से कहते, ''नहीं, रोओ नहीं, मुझे हँसी-खुशी से विदा करो।''

मैंने कहा, आज तो हम अभी चले आ रहे हैं, लेकिन कल आपको मिला लेंगे।

''मैं जमुनिया में रुकूँगा। आपके आने पर ही चलूँगा।'' फिर चल पड़े।

एक स्त्री ने रोते हुए कहा, ''आप उनका ध्यान रखना। वे मेरे चाचा हैं।''

जब सब चले गये तो गाँव के एक लड़के ने कहा, ''आप उनके साथ न जाना।''

''क्यों?''

''वे चमार हैं, मांस-मगरा खाते हैं।''

रात मुआर के मन्दिर के चौतरे पर काटी। काफी ठंड थी। सबेरे चल दिये। थोड़ी देर में जमुनिया आ गये। वृद्ध के बारे में पूछा तो गाँववालों ने कहा कि वे

चमार–मुहल्ले में मिलेंगे। वहाँ गये। यह उनके दामाद का घर था। साफ–सुथरा, लिपा–पुता। वृद्ध नर्मदा नहाने गये थे। अधेड़ उम्र के दामाद हमसे कहने लगे, ''मुझे भी लालच हो आया है। मेरा मन भी जाने को कर रहा है।''

''बहुत अच्छा। ससुर–दामाद का साथ रहेगा।''

''लेकिन, बड़े भैया कहते हैं कि ऐसे चुपचाप नहीं जाते। सभी रिश्तेदारों को खबर करेंगे, सबसे मिल कर जाना।''

''तब कल या परसों निकलिए।''

पंचांग दिखाते हुए उन्होंने कहा, ''देखिये, कल से पंचक शुरू हो जाएगा। पूर्णमासी तक निकलना नहीं होगा।'' तब तक वृद्ध नहा कर आ गये। हमें देखकर खुश हुए। ''मैं इनसे कहता हूँ कि मुझे मत रोको। लेकिन ये मेरी सुनते नहीं।'' आखिर यह तय हुआ कि दोनों पूर्णमासी के बाद निकलेंगे। गाँव के और दो–एक लोग साथ चलेंगे।

तभी मुझे याद हो आया–ये चमार हैं। भिक्षा हम माँगते नहीं, पर यहाँ जरूर माँगेंगे। बरामदे में एक स्त्री दही बिलो रही थी। भिक्षा में हमने मठा माँगा। घर के लोगों को आश्चर्य हुआ। बेहद खुश भी हुए। हमें देर न हो, इसलिए दो स्त्रियाँ मिल कर बिलोने लगीं। रस्सी का एक छोर एक स्त्री के हाथ में, दूसरा छोर दूसरी स्त्री के हाथ में! इस रस्सा–कशी को हम बड़े चाव से देखते रहे।

मठा पीकर आगे बढ़े। थोड़ी देर में बरमकुंड आ गये। नर्मदा के मोड़ पर और खूब ऊँचे कगार पर है यह। नर्मदा यहाँ से कितनी सुडौल दिखायी दे रही थी! मानो अभी तक वह दुबली–पतली मुस्कराती लड़की थी, अब सुडौल बदन वाली युवती हो गयी है! धूप से नहाई नर्मदा को शुभ्र रेतीले पाट का परिधान खूब फब रहा था। गोरी रेत के पास नीली जलधारा–हृदय माधुर्य से भर गया।

हमारी पगडंडी नर्मदा में से ही है। जब रेत में से जाती है, तब पैरों के नीचे रेत चुरमुराती है और चाल धीमी हो जाती है। जब कछार में लगे गेहूँ चने के पौधों में से जाती है, तो लगता है किसी बगिया में से जा रहे हैं। नदी–तट की पगडंडी बनती–बिगड़ती रहती है। ज्यों ही पानी नीचे उतरा, इस नई मिट्टी में फसल बो दी जाती है और पगडंडी नीचे खिसक आती है।

पगडंडी लोकगीत की तरह होती है। इसे बनाने वाला अज्ञात होता है। कोई एक इसे बनाता भी नहीं। यह समूह का सृजन है।

रात साँकल में रहे। पास के घर के ग्रामीण ने हमें कंडे दिये। कंडे देखकर मैंने कहा, ''पंडित, आज गाकड़ बनाओ।'' लेकिन पंडित को गाकड़ बनाना नहीं आता। तब वह ग्रामीण विस्तार से बताने लगा कि गाकड़ कैसे बनाये जाते हैं। थोड़ी देर तक

तो उसकी पत्नी यह सुनती रही, फिर बोली, ''तुम बना क्यों नहीं देते?''

आज्ञाकारी पति ने तुरन्त कंडे सुलगाये। जब वे पूरी तरह जल चुके, तब उसके अंगार पर उलट-पुलट कर गाकड़ सेंकता हुआ बोला, ''सिक जाने पर ये फूल जाएँगे और फट जाएँगे। घी होगा तो खाने में और मजा आएगा।''

याद आया, एक दिन हम लोग जा रहे थे। रास्ते में पति-पत्नी का साथ हो गया। बातें होने लगीं। हम सामान से लदे-फँदे थे। पत्नी ने यह देखा तो पति से कहा, ''तुम इनका थोड़ा-सा सामान उठा क्यों नहीं लेते?'' आज्ञाकारी पति ने तुरन्त हमारे झोले ले लिए।

मेरा विचार है कि पतियों के सेवाकार्य के पीछे प्रेरणा प्रायः पत्नियों की रहती है।

अँगार पर बाटी (गाकड़) सिकते देख कर मुझे लगा कि प्रकृति के बीच रहने वाला आदि-मानव अपने खाद्य-पदार्थ इसी प्रकार आग पर भून कर खाता होगा। थोड़ी अतिशयोक्ति करके हम कह सकते हैं कि बाटी प्रकृति है, रोटी संस्कृति है और पूरी पराठे विकृति हैं।

घुघरी के पास चट्टानों में से बहती नर्मदा का शोर सुनायी दिया। कितने दिनों बाद सुनायी दिया!

यहाँ से पिपरिया। मन्दिर में आश्रय माँगा तो पंडित जी ने टका-सा जवाब दिया—यहाँ कोई जगह नहीं। कहीं आसरा नहीं मिल रहा था और अँधेरा घिरने लगा था। तभी एक वृद्ध आये और कहने लगे, ''चलो, मेरे घर चलो।'' रास्ते में लोगों से कहते, ''पाहुने आए हैं, घर ले जा रहा हूँ।''

एक साधु को उन्होंने पहले से ही आश्रय दे रखा था, हम चार को और ले आये। मैंने कहा, ''आप हमें बिलकुल अपने जान पड़ते हैं।'' उन्होंने कहा, ''इस संसार में कोई अपना नहीं।'' फिर रुककर बोले, ''और कोई पराया भी नहीं। है न उलझन की बात!''

सुबह चले तो गरारू के पास नर्मदा चट्टानों में शोर करती मिली। समनापुर के बाद हथिया में वह संगमरमरी चट्टानों में से बहती है। अपने संगमरमरी लिबास में वह हमेशा अच्छी लगती है।

रात चिनकी में रहे। सुबह चले तो धुआँधार पड़ा-छोटा धुआँधार। छोटा है तो क्या हुआ, है तो शेर का बच्चा! लहरों का वही एक दूसरे को धकियाना, छल्ले बनाना, उमड़ना-घुमड़ना और चट्टानों को तराशना।

दोपहर को पड़ी शेर नदी। नर्मदा से वह कैसी चुपचाप मिल रही थी! दोनों रेत में बहती हैं, इसलिए कोई शोर नहीं। पानी इतना साफ कि यदि धूप में

झिलमिलाता न होता, तो नदी में पानी न होने का धोखा हो सकता था।

हम भोजन से निवृत्त हुए ही थे कि परकम्मावासियों का एक दल आया। उसमें दो स्त्रियाँ भी थीं। खाते-पीते घर की जान पड़ती थीं। पता चला कि दोनों बहनें हैं। अमरकंटक से चली हैं। बेलखेड़ी में चातुर्मास किया था। मैंने पूछा, "रास्ते में कोई तकलीफ?"

बड़ी बहन ने कहा, "कैसी तकलीफ! मैया ने हमें फूल की तरह रखा है।" वे यहीं रुकेंगे। "सोएँगे कहाँ?"

उनके एक साथी ने कहा, "ये बहनें साथ में हैं इसलिए ऊपर कुटी में चले जाएँगे, व़रना यहीं रेत में सो जाते।"

"ऐसी ठंड में?"

"ठंड अभी पड़ ही कहाँ रही है!"

हम ठंड से परेशान हैं, ये कह रहे हैं कि ठंड शुरू ही कहाँ हुई! इस दल में भी वे माँ-बेटे नहीं थे। खूब चलते हैं।

शाम को सतधारा पहुँचे। चारों ओर चट्टानें छितरी हुई थीं। कहीं-कहीं ऐसा लगता था, मानो नदी में कुंड बन गये हों। अत्यन्त मनोरम दृश्य था। यहाँ नर्मदा पर सड़क का पुल है। बहुत कम पुल ऐसे सुन्दर स्थान पर होंगे।

थोड़ी ही देर में शाम हो गयी और अँधेरा फैलने लगा। लेकिन यहाँ से बरमान ज्यादा दूर नहीं, इसलिए अँधेरे में ही आगे बढ़े।

आकाश के कछार में तारों के पौधे निकल आये। दूर मन्दिरों से आरती का स्वर सुनायी देने लगा। आखिर अँधेरे में ऊँची, अटपटी और खड़ी कगार चढ़ कर धर्मशाला पहुँचे। वहाँ पहले से ही बहुत से परकम्मावासी ठहरे थे और एक भी कमरा खाली नहीं था। आखिर एक वृद्ध भिक्षुक ने हमें अपने कमरे में ठहरा लिया।

ब्रह्मा, विष्णु, महेश—इन तीनों में सबसे उपेक्षित हैं ब्रह्मा। मनुष्य सर्वाधिक भयभीत मृत्यु से रहता है, इसलिए संहार के देवता शिव की बड़ी भक्ति करता है। विष्णु पोषण करते हैं इसलिए उनके अवतार राम और कृष्ण की पूजा भी कम नहीं होती। ब्रह्मा सृष्टि के देवता हैं। उन्हें जो सृष्टि करनी थी, कर चुके। अब उनसे क्या लेना-देना! अतः बूढ़े ब्रह्मा का कोई नाम नहीं लेता।

यह देखकर भला लगा कि इस स्थान का नाम ब्रह्मा के नाम पर है—ब्रह्माघाट। अब बरमानघाट हो गया है। हम छोटी बरमान में हैं, सामने बड़ी बरमान है। वहाँ काफी बड़े घाट हैं। यहाँ आने से पहले नर्मदा दो धाराओं में बँट जाती है।

बीच में बड़ा द्वीप है। रात को अँधेरे में आये थे, इसलिए ध्यान नहीं गया था। अब साफ दिखायी दे रहा है। इतना बड़ा द्वीप नर्मदा में इसके पहले कहीं नहीं है।

आज एकादशी है। दोनों तटों पर स्नानार्थियों की भीड़ है। बरमान में हर एकादशी, पूर्णिमा या अमावस्या के दिन छोटा-मोटा मेला भरता है। सबसे बड़ा मेला संक्रान्त से भरता है जो एक महीने तक चलता है। नर्मदा-तट पर भरने वाले मेलों में यह शायद सबसे बड़ा है।

भिनसारे चल दिये। रास्ते में एक किसान के घर ताजे टमाटर थे तो हमने टमाटर खरीदे। उसकी स्त्री भैंस लगा रही थी तो दूध भी खरीदा और वहीं पी गये। अभी-अभी जो दूध भैंस के पेट में था, अब वह हमारे पेट में है। मनुष्य की एक परिभाषा यह भी हो सकती है कि जो दूसरे के पेट की चीज को निकालकर अपने पेट की पिटारी में ठूँसने में माहिर हो, उसे मनुष्य कहते हैं।

किसान से हमने पूछा, ''आगे तुम्हारे किसी रिश्तेदार को कोई समाचार देना हो तो कहो।'' उसने कहा, ''ढाना में मेरे समधी रहते हैं। नाम है धन्नू। गाँव में जाते ही घर पड़ेगा। अमरूद और नीबू के बहुत-से पेड़ लगे हैं। उन्हें हमारे कुशल-मंगल कहना।''

तीसरे पहर ढाना पहुँचे। धन्नू के घर गये तो नब्बे वर्ष के वृद्ध से भेंट हुई। वे धन्नू के पिता थे। उनके समधी के समाचार देकर कहा कि अगर आपके यहाँ जगह हो तो रात यहाँ रुकें, नहीं तो आगे बढ़ें। सुनते ही वृद्ध ने कहा, ''क्या कहा? जगह न हो तो आगे बढ़ें? राम राम! यह क्या कहा। घर में भला जगह न होगी? ऐसा कहीं हो सकता है? फिर तुम तो हमारे समधी का नाम लेते हुए आये हो। अब तो समधी बाद में, तुम पहले। बहू, आँगन बुहारो, दरी बिछाओ, ठंडा जल लाओ, पाहुने आये हैं!''

वृद्ध आँखों से लाचार हो गये हैं। मोटे काँच का चश्मा पहने हैं। चश्मे में कमानियाँ नहीं हैं, धागे से कानों में लपेटे हैं। इतने खुश हैं मानो उन्हीं के नाती-पोते आये हों। एक बच्चा पेड़ से तोड़ कर अमरूद दे गया। घर की बहू ने आँगन में रखे चूल्हे को गेरुए रंग की मिट्टी से पोत दिया, कंडे और लकड़ियाँ रख दीं। पानी से भरी कसेड़ी रख दी, भटे और टमाटर दिये। बहू को जब पता चला कि हम साँडिया जा रहे हैं, तो उसकी खुशी का क्या कहना! वहाँ उसका मायका जो है।

मैंने पूछा ''जिस मिट्टी से तुमने चूल्हा पोता, वह कहाँ से आती है?'' उसने घूँघट में से ही कहा, ''यहीं मिल जाती है, खोद कर ले आते हैं। आप साँडिया जाएँगे, तो माँ के लिए दूँगी। आप ले जाना, वहाँ नहीं मिलती।''

पतोहू के भोलेपन पर मुस्कराते हुए वृद्ध ने कहा, ''ये लोग मैया के किनारे-

किनारे जाएँगे, इन्हें वहाँ पहुँचने में समय लगेगा। फिर ये सामान से वैसे ही लदे हैं, मिट्टी कैसे ले जाएँगे?''

खेत से आते-आते धन्नू को अँधेरा हो गया। साथ में उसका जवान बेटा भी था। रात को अँगीठी के पास की जगह दे दी, तो अच्छी नींद आयी। सुबह वृद्ध इस बात का बराबर रंज करते रहे कि हमने उनके घर का आटा चावल नहीं लिया, अपने ही राशन से भोजन बनाया। चलने लगे तो अपनी करीब-करीब अन्धी आँखों से हमारी ओर स्नेह से देखते रहे। उनके चरणों में माथा टेक कर ही हम आगे बढ़े।

यहाँ से रास्ता खेतों में से था। दूर-दूर तक फैले खेत बड़े ही प्यारे मालूम होते थे—कुछ इतने शान्त, इतने मधुर थे वे। ओस से भीगे अरहर के खेतों की कोमल सुमिष्ट सुगन्ध हमें पुलकित कर रही थी। खेतों में सियारी और उन्हारी-रबी और खरीफ—दोनों फसलें खड़ी थीं। ज्वार और अरहर सियारी फसल थी जो अभी भी कई खेतों में खड़ी थी। गेहूँ और चने की उन्हारी फसल धरती में से सिर निकाल रही थी। छोटे-छोटे पौधों की समानान्तर पंक्तियों के कारण ये खेत किसी विशाल दस्तावेज की तरह जान पड़ते थे। धरती ने मानो मनुष्य के नाम हरी स्याही से लिख दिया कि तुम्हारा दिया चार महीने में चौबीस गुना करके लौटा दूँगी। बच्चों के प्रति इतनी उदार कोई माँ नहीं।

आज पूर्णिमा है—कार्तिक पूर्णिमा। आज यहाँ मेला भरेगा। सिर्फ यहीं नहीं, समूचा नर्मदा-तट आज छोर से छोर तक हजारों मेलों से गूँज उठेगा। शोकलपुर में बहुत बड़ा मेला भरेगा। आज हम वहीं जा रहे हैं। दोपहर तक पहुँच जाएँगे।

मैं और पंडित आगे थे। साठे और दुल्हानी पीछे रह गये। ऐसा हो जाता था, लेकिन फिर मिल जाते थे। पर आज नहीं मिले। हम रुक जाते, देर तक इन्तजार करते, फिर भी वे न आते तो आगे बढ़ जाते।

ज्यों-ज्यों शोकलपुर पास आता गया, मेले में जानेवालों की भीड़ बढ़ती गयी। हँसते-चहकते लोगों के दल के दल चले जा रहे थे। रंग-बिरंगे वस्त्र पहने स्त्रियाँ मोरनियों-सी बाँकी चाल से जा रही थीं। सभी बहुत खुश थे, निश्चिन्त और उमंग-तरंग भरे। केवल मैं ही चिन्तित था।

दोपहर को शोकलपुर पहुँचे। यहाँ शक्कर नर्मदा से मिलती है। इसी संगम पर मेला भरता है। नर्मदा के दोनों तट पर भारी भीड़ थी। साठे और दुल्हानी अभी तक नहीं आये थे, इसलिए मन व्यग्र था। मेरा विचार था कि वे हमारे बिना शक्कर पार नहीं करेंगे, इसलिए हम वहीं बैठ गये। पंडित से कहा कि तुम जाकर मेला देख आओ, यदि आये होंगे, तो मिल जाएँगे।

कोई एक घंटे के बाद पंडित खाली हाथ लौटा। मेरी चिन्ता बढ़ गयी। तभी

एकाएक सभी नावें तेजी से नदी में एक जगह इकट्ठी होने लगीं। मछुए जाल फैलाने लगे, गोताखोर गोते लगाने लगे। पता चला कि नहाते समय युवक डूब गये हैं, उन्हीं को बचाने के प्रयास किए जा रहे हैं।

मेरा दिल बैठ गया। अपने आपको कोसने लगा। क्यों साठे दुल्हानी को पीछे छोड़ आया, थोड़ी देर रुक जाता तो कौन-सा अनर्थ हो जाता। आखिर रहा न गया तो मेले की पुलिस चौकी की ओर चला। शक्कर में उतरा। धारा के मध्य तक पहुँचा ही था कि सामने दुल्हानी!

मानो दीपक जल उठा और अँधेरा दूर हो गया। साठे सामान के पास बैठा है, दुल्हानी बड़ी देर से हमें खोज रहा है। वे शक्कर के उस पार थे, हम इस पार, और भीड़ भी खूब थी इसलिए ढूँढ़ने में इतना समय लगा। चारों इकट्ठे हो गये। ऊँची कगार पर बैठकर मेला देखने लगे।

डूबने वाले दो भाई थे। इस बीच गोताखोरों ने छोटे भाई को बचा लिया था। लेकिन बड़े भाई का शव ही निकला। उसके परिवार की स्त्रियों का क्र न्दन देखा नहीं जाता।

रात संस्कृत पाठशाला में रहे। वहीं पूरी बात का पता चला। पास के गाँव का एक परिवार मेले में आया था। इस तट पर नदी एकदम गहरी है। तैरना कोई जानता न था, इसलिए उस पार गये। वहाँ रेत है, नदी भी गहरी नहीं। वहीं दो भाई नहा रहे थे। इतने में छोटे भाई का पैर चोर-रेता में धँसने लगा। ज्यों-ज्यों वह निकालता, त्यों-त्यों अधिक धँसता। वह चिल्लाया तो बड़ा भाई बचाने दौड़ा। इसी में डूब गया। विदिशा के इंजीनियरिंग कॉलेज के तृतीय वर्ष का छात्र था।

मौत की घड़ी कभी-कभी रात के चोर की तरह आती है और पलक झपकते अपने शिकार को ले जाती है। आज तक हम रेत को सुरक्षित समझते थे। पर आज पता चला कि रेत में भी एक चोर-रेत होती है, जो अन्दर से पोली होती है और प्राणलेवा हो सकती है।

यहाँ से चले तो मन उदास था। पहले कभी इतने बोझिल मन से नहीं चले थे। दोपहर को खिरैटी पहुँचे। नर्मदा के किनारे एक पेड़ के नीचे खाना बनाने बैठे तो पानी की जरूरत पड़ी। लेकिन नदी की धारा उस तट पर थी और बीच में रेत का विस्तृत पाट। जब भी हमें पानी की जरूरत होती तो नदी की धारा बराबर उस तट पर होती!

दो स्त्रियाँ नहाकर लौट रही थीं। मन्दिर में चढ़ाने के लिए एक स्त्री लोटा भरकर जल ला रही थी। सोचा, इस लोटे का जल मिल जाये तो दाल चढ़ा दी जाये। उस स्त्री से पानी माँगा, तो उसने तुरन्त दे दिया। थोड़ी देर के बाद इसी तरह

एक पुरुष निकला। मुझे उम्मीद थी कि वह भी हमें पानी दे देगा। लेकिन उसने दो टूक जवाब दिया–मुझे मन्दिर में जल चढ़ाना है—और आगे बढ़ गया।

बहन! उस दिन तूने भगवान को जल नहीं चढ़ाया। पर मेरे भीतर से कोई कहता है कि तेरा नागा नहीं हुआ।

नदी से एक बैलगाड़ी आती दिखी। उस पर पानी से भरा बड़ा ड्रम रखा था। साथ में कसेड़ी भी थी। गाड़ीवाले से कहा तो उसने पानी से भरकर कसेड़ी दे दी। हमारा काम बन गया।

दूधी को पार करते ही हम नरसिंहपुर जिले से होशंगाबाद जिले में आ गये। नरसिंहपुर जिले में हम किस तरह एक ही धक्के में आ गये थे, यह सहज ही याद हो आया।

रात खैराघाट की पाठशाला में रहे। बरामदे में सामान रखा। वहाँ एक नागाबाबा बैठा था। दूर एक औरत सिर झुकाये बैठी थी। वह थकी और परेशान लग रही थी, मानो लम्बी बीमारी के बाद उठी हो। थोड़ी देर में उसने सिर ऊँचा किया तो–यह तो वही माँ थी!

हम माँ–बेटे को प्रायः भूल चुके थे। तभी माँ से मिलना हुआ। "तुम्हारा बेटा कहाँ?"

"वह मुझे छोड़कर चला गया।" कहकर सुबकने लगी।

नागाबाबा ने बाहर धूनी रमा रखी थी। लेकिन वह स्त्री मामूली चादर ओढ़े रात भर पड़ी रही। जाने कैसे नींद आयी होगी। सबेरे नागाबाबा उससे कह रहा था, "पशु–पक्षी भी अपना हित–अहित समझते हैं, घोंसला बनाते हैं। तू तो अपना हित–अहित भी नहीं समझती। शाम को लकड़ियाँ बटोर कर रात को आग जलाती, तो ठंड में ठिठुरना न पड़ता।" लेकिन वह हाथ–पैर हिलाना नहीं चाहती थी। उसकी एक ही टेक थी–मेरा बेटा मुझे छोड़कर चला गया।

रोज सुबह सबको जगाना पड़ता था। आज सभी अपने–आप उठ बैठे। थोड़ी देर में साँडिया पहुँच गये। यहीं पर बेटा मिल गया। हमने बताया, तुम्हारी माँ तुम्हारे लिए रो रही है, तुम उसे छोड़कर चले आये।

किसी बात पर दोनों में झगड़ा हो गया था। नाराज होकर वह माँ को छोड़कर चल दिया था। लेकिन अब उसका अपराध बोध जागा है। माँ को लेने वापस जा रहा है।

साँडिया में नर्मदा पर लकड़ी का कच्चा पुल बन रहा था। वहीं स्नान किया, इस बार की यात्रा समाप्त की और घर के लिए रवाना हुए। जाने के पहले विदा लेते हुए मैंने कहा, माँ नर्मदे! रोज सुबह उठकर तुम्हें प्रणाम करता हूँ। लेकिन आज नहीं

किए। आज तीन दिसम्बर है—मेरे गुरु आचार्य नन्दलाल वसु का जन्म-दिवस। जन्म-दिवस ही नहीं, आज से उनका जन्म-शताब्दी वर्ष शुरू हो रहा है। शान्तिनिकेतन में उन्हीं के चरणों में बैठकर कला की शिक्षा ग्रहण की। उन्हीं से प्रकृति को प्यार करना सीखा। यदि उनसे शिक्षा न मिली होती, तो परिक्रमा करना मुझे शायद ही सूझता। इसलिए आज तो 'बलिहारी गुरु आपकी, जिन नर्मदा दीनी दिखाय!'

नर्मदा भरपूर बह रही है। खूब पानी बरसा है इस साल। कहते हैं, ऐसी वर्षा पिछले सौ सालों में नहीं हुई। वर्षा अभी-अभी समाप्त हुई है। नर्मदा का पानी अभी भी मटमैला है। यहाँ नर्मदा पर लकड़ी का कच्चा पुल बनता है। लेकिन अभी उसके बनने में देर है। पानी कम हो, तो बने।

नारियल फोड़ने तक के लिए पत्थर नहीं था। एक नाव पर नारियल फोड़ा और 'नर्मदे हर!' के घोष के साथ साँडिया से चल पड़े। दिन था 19 अक्टूबर 1983 और साथी था फूलसिंह। फूलसिंह गोंड नौजवान है—ऊँचा-पूरा, हट्टा-कट्टा। शायद ही कभी बोलता है, मानो बोलना जानता ही न हो।

रात माछा के मन्दिर में रहे। मन्दिर नर्मदा की कगार पर है, गाँव दूर है। शाम को मैं कगार पर खड़ा नर्मदा को देख रहा था। पास के पेड़ों में पक्षी चहचहा रहे थे। देखने को नर्मदा का विस्तृत प्रवाह, सुनने को पंछियों का समवेत गान और चुपचाप ढलती शाम। खूब अच्छा लग रहा था। तभी दूर से कुत्तों का भौंकना सुनायी दिया। वे इस बुरी तरह से भौंक रहे थे, मानो एक दूसरे को चीरकर रख देंगे। सारा मजा किरकिरा हो गया। खुशी के साथ प्रायः दुःख का पुछल्ला लगा रहता है।

सुबह आगे बढ़े। थोड़ी देर में कुब्जा आ गयी। कुब्जा और नर्मदा के ऐन संगम पर है अजेरा। एकदम खड़ी कगार पर होने के कारण यह गाँव किसी हवामहल-सा जान पड़ता था। लगता था, फूँक मारते ही झोपड़ियाँ नीचे पानी में ढुलक जाएँगी—कुछ कुब्जा में, कुछ नर्मदा में।

हमने कुब्जा पार करनी चाही, लेकिन कँपा या कीच-काँदा इतना अधिक था कि पैर रखते ही अन्दर धँसते। नर्मदा से मिलने और उसके संग हो लेने की उतावली में कुब्जा मानो अपना असबाब यहीं भूल गयी है!

पास में एक किसान हल चला रहा था। उसने बताया कि दूर वह जो नीम का पेड़ दिखाई दे रहा है, लोग वहाँ से कुब्जा पार करते हैं। बरसात में नर्मदा और कुब्जा की धाराएँ एक हो जाती हैं और इन खेतों की जगह पानी ही पानी लहराता है। अजेरा बरसात में टापू बन जाता है।

उन खेतों में से, यानी नर्मदा और कुब्जा के दो आब में से चल कर, लम्बा घेरा लगाकर, हमने कुब्जा पार की, तब अजेरा आ सके।

शाम को गजनई पहुँचे। सामान से लदे-फँदे थे। गाँव में घुसते ही एक ग्रामीण ने कहा, ''बड़ा आडम्बर रखे हो!''

सारा आडम्बर एक किसान के घर रखकर नर्मदा तट गये। वहाँ बैठकर नर्मदा की शोभा देखने लगे। थोड़ी देर में सामने से एक नाव आयी और उसमें से एक सज्जन उतरे। उनसे बातें होने लगीं तो कहने लगे कि गजनई में मेरी ससुराल है। चलिए, वहाँ आपके रहने की व्यवस्था हो जाएगी।

हम खेतों में से जा रहे थे। मैंने कहा, ''खेत कितने अच्छे लग रहे हैं!''

''खेत अच्छे लग रहे हैं क्योंकि खेतों में हम चल रहे हैं, बोनी हो रही है। अलसाये खेत जाग उठे हैं। अभी खलिहान अच्छे नहीं लगेंगे, वे सोये पड़े हैं। जब फसल कटकर खलिहान में पहुँचेगी, तब खलिहान अच्छे लगेंगे। उस समय खेत बेढंगे लगेंगे।'' इतना कहकर ऋतु वर्णन सम्बन्धी एक कविता धाराप्रवाह सुना दी। मैंने कहा, ''आप पढ़े-लिखे जान पड़ते हैं।''

''चौथी तक पढ़ा हूँ।''

''कुछ और सुनाइए।''

'पाठ एकः ईश-प्रार्थना' कहकर उन्होंने पूरी प्रार्थना सुना दी। 'पाठ चौदह : मूर्ख लड़का' कहकर मूर्ख लड़के की कहानी सुना दी। 'पाठ चवालीस : रामायण के दोहे' और दोहे सुना दिये। एक लम्बी कविता के रूप में शेखचिल्ली की कहानी सुनायी। हर बार पहले पाठ का क्रमांक, फिर पाठ का शीर्षक, फिर पूरा पाठ! कोई चालीस बरस पहले पढ़े पाठ उन्हें क्या खूब याद थे!

''आपको तो पाठों के क्रमांक तक याद हैं!''

''शुरू में मैंने जो ऋतु-वर्णन सुनाया था, वह पाठ चौसठ है!''

अब, पलट कर वे यदि मुझसे कहते कि आप तो पढ़े-लिखे हैं, अब आप ही कुछ सुनाइए, तो मैं उन्हें कवि के आश्रम में पाँच वर्ष रहने के बावजूद एक भी कविता न सुना पाता। अच्छा हुआ कि उन्होंने मुझसे ऐसा कुछ नहीं पूछा और मैं शर्मिन्दा होने से बच गया।

मेरी मानसिकता कुछ ऐसी रही है कि जल्दी-जल्दी पढ़ो, पढ़कर आगे का पढ़ो और जब यह सब पढ़ना पूरा हो जाये, तो दिमाग खाली का खाली! पर अब सोचता हूँ कि बहुत उदरस्थ करने के बजाय थोड़ा कंठस्थ करना ज्यादा अच्छा है।

जिस घर में हम सामान रख कर गये थे, वही उनकी ससुराल थी। वहाँ हमारा रहने के साथ-साथ भोजन का प्रबन्ध भी हो गया।

सुबह आगे बढ़े। रेवावनखेड़ी में नर्मदा में एक नाव देखते ही सदा चुप रहने वाला फूलसिंह बोल उठा, ''अरे, इसमें तो परदा है!''

परदानशीन नाव! इस गोंड़ नौजवान ने कभी ऐसी नाव नहीं देखी थी। मैंने कहा, ''इस परदे को पाल कहते हैं। इसमें हवा भरती है तो नाव चलती है, फिर खेना नहीं पड़ता।''

देनवा पार करते समय तीन परकम्मावासियों का साथ हो गया। पचहत्तर साल के वृद्ध दादू, पचपन के अधेड़ कक्का और अट्ठाइस का नौजवान रम्मू। दादू और कक्का मामा-फूफा के लड़के भाई हैं, रम्मू इनका भतीजा है। खाते-पीते किसान हैं। उनके मुँडे हुए सिर बता रहे थे कि परकम्मा इन्होंने अभी-अभी उठायी है। ज्यों-ज्यों परकम्मा आगे बढ़ती है, जटाजूट भी बढ़ते जाते हैं।

अभी तक हम दो थे, अब पाँच हो गये-पाँच पांडव। तीन कुन्ती के, दो माद्री के!

और दोपहर को हम जिस गाँव में पहुँचे, उसका नाम था पांडवद्वीप! नर्मदा-तट पर बड़ी चहल-पहल थी। यहाँ से तीन वृद्ध परकम्मा उठा रहे थे। उन्हीं को विदा करने आये थे उनके सगे-सम्बन्धी। हम बैठे कि एक स्त्री ने कहा, ''महाराज, भोजन तैयार है, आप नहा आइए।''

भोजन हुआ। फिर चलने का समय हुआ। नाते-रिश्तेदार रो-रोकर तीनों को विदायी दे रहे थे। एक बच्ची अपने दादा से लिपट कर सुबकियाँ भर-भर कर रो रही थी और किसी तरह अलग नहीं हो रही थी।

मैंने देखा, हमारा नौजवान साथी रम्मू अपनी आँखें पोंछ रहा है।

रम्मू बाँका नौजवान है। लम्बा, सुगठित और खुशमिजाज। बातूनी हद दर्जे का। उतना ही मिलनसार। रास्ते में कहने लगा, ''मेरे दो बच्चे हैं—सात बरस की बेटी, चार बरस का बेटा। उनकी माँ अब नहीं है। बच्चों को भाई के घर छोड़ आया हूँ। उन्हें छोड़ते समय उतना कष्ट नहीं हुआ था, जितना आज हुआ। उस दिन जी कड़ा कर लिया था, बच्चों को सोते हुए छोड़ आया था। आज उस बच्ची को अपने दादा से लिपटकर रोते देखकर मुझे मेरे बच्चे याद हो आये। मैं अपने को रोक न सका, आँसू ढुलक ही आये।''

सप्ताह भर से थमे आँसू मौका पाते ही बाहर आ गये। आँसू को कोई कब कैद कर पाया है।

मारू कब आ गयी, कुछ पता भी न चला। हम अभी किनारे पर ही थे कि रम्मू मारू में उतर गया। कँपे में चार-छह डग चला ही था कि एकाएक धँसने लगा। जाँघ तक धँसता चला गया। वह बेहद डर गया। उसके मुँह से आवाज तक नहीं निकल

रही थी।

अच्छा हुआ कि धँसना रुक गया। हम लोग भी उसे हिम्मत दिलाते रहे। धँसना रुका तो हिम्मत बढ़ी। पहले उसने लाठी निकाली। धीरे-धीरे एक पैर निकाला, फिर दूसरा और वापस आ गया।

"आज मरते-मरते बचा। अन्दर ही अन्दर चला जा रहा था। रेवामाई ने बचा लिया, वरना मारू तो मुझे मारे डाल रही थी।"

गनेरा के बाद नर्मदा का साथ छूट गया। अब कोई दस किलोमीटर तक नर्मदा का साथ नहीं रहेगा। उसने अपना पाट बदल दिया है, दूर चली गयी। मानो पुराना घर छोड़कर नये घर में रहने गयी है। लेकिन परकम्मावासी इस पुराने सूखे पाट को लाँघते नहीं। इसलिए हमने भी इसे लाँघा नहीं, इसी के संग-संग चले। इसे बूढ़ी नर्मदा कहते हैं। बरसात अभी-अभी खत्म हुई है, इसलिए इस पुराने पाट में कहीं-कहीं पानी भरा था तो कहीं खेती हो रही थी।

दोपहर को गौघाट पहुँचे। कैसा एकान्त स्थान! वृक्षों की घटा के कारण यह स्थान किसी आश्रम-सा लगता था। पेड़ों पर हजारों तोते मँडरा रहे थे। नहाने के लिए कुंड था। यहाँ परकम्मावासियों का अच्छा जमघट था। लेकिन ये सभी यहाँ से सीधे होशंगाबाद चल देंगे। नर्मदा के किनारे-किनारे जाने से बड़ा फेरा लगाना पड़ता है। हम बूढ़ी नर्मदा के संग आगे बढ़े। बाँयी ओर लाल-पीली या कत्थई रंग की उठती-गिरती टेकरियाँ साथ चल रही थीं। दाहिनी ओर नर्मदा का पुराना पाट था जो अब सपाट हो गया था। मन में कैसा-कैसा लग रहा था—नर्मदा नहीं भी है और है भी!

रात बीकोर में रहे। अहारखेड़ा से नर्मदा फिर मिल गयी। उस तट से पहाड़ियों ने झाँकना शुरू कर दिया। अब हमारी पगडंडी ऊबड़-खाबड़ टीलों में से थी और झाड़ी भी शुरू हो गयी थी। सूरजकुंड पहुँचते दोपहर हो आयी। मोहक मोड़ लेती नर्मदा मानो यहाँ एकान्तवास कर रही है। नदी-तट पर घंटियाँ टनटनाते पशुओं के झुंड और दो-तीन ग्वालों के अलावा और कोई नहीं था।

ऊपर एक कुटी में सौम्य स्वभाव के एक युवा संन्यासी रहते थे। उनसे बातें होने लगीं तो कहने लगे, "छह-सात बरस पहले की बात है। एक दिन एक संन्यासी आये और एक पेड़ के नीचे आसन जमाया। मैं नहाकर आ रहा था। मैंने उन्हें देखा, पर वे कुछ नहीं बोले तो मैं भी चुप रहा। शाम हो गयी। अब मुझे चिन्ता हुई। जाकर देखा तो वे वैसे ही बैठे थे। मैं उन्हें आदरपूर्वक यहाँ लिवा लाया। उनकी सारी व्यवस्था की। वे यहाँ कोई पाँच-छह दिन रहे। बंगाल के थे और वेदान्त के प्रकांड विद्वान थे। मैं भी वेदान्ती साधु हूँ। मुझे उनसे बहुत कुछ सीखने को मिला। लेकिन मैं न जाता, तो वे स्वयं न आते। किसी से कुछ माँगते नहीं थे, भिक्षा तक नहीं।"

शाम को गोरा पहुँचे। बाढ़ में यह गाँव दो बार तबाह हो चुका है। अब नदी से दूर चला गया है, नदी किनारे छह-सात घर बचे हैं। नर्मदा-तट पर बनी कुटी में रात रहे। सुबह उठकर देखा, नर्मदा का पानी सुनहरा हो रहा था। थोड़ी देर में सूरज का ललछौहाँ गोला निकला। ज्यों-ज्यों वह ऊपर चढ़ता गया, पानी में उसके प्रतिबिम्ब की चौड़ाई तो वही रही आयी, लेकिन लम्बाई बढ़ती चली गयी और देखते-देखते उसने एक दमकते स्तम्भ का रूप ले लिया।

यह तो मानो सूर्य का कीर्ति-स्तम्भ! फिर तो मैं रोज सुबह-शाम सूर्य-चन्द्र के सद्यनिर्मित कीर्ति-स्तम्भ देखता। संसार के सभी कीर्ति-स्तम्भ एक न एक दिन ढह जाएँगे, केवल यही दो हैं, जो 'यावच्चन्द्रदिवाकरौ' रहेंगे।

यहाँ से आगे बढ़े। खेतों में ज्वार इतनी ऊँची थी कि पूरा हाथी गायब हो जाये। चाँदला के बाद तवा नदी आयी। हम तवा के किनारे-किनारे आगे बढ़े। तवा और नर्मदा के संगम के निकट एक मन्दिर दिखायी दे रहा था। पास लगता था लेकिन वहाँ पहुँचते पसीना आ गया। यहाँ नर्मदा में खूब चट्टानें हैं। कितने दिनों के बाद जलरव सुनायी दिया। उस तट के पहाड़ एकदम पास आ गये हैं। पहाड़ की छत्रछाया में दो बड़ी नदियों का संगम बड़ा मनोरम लग रहा था।

तवा का पाट बहुत चौड़ा है, नर्मदा से भी चौड़ा, और उसमें पानी भी काफी था। बड़ी मुश्किल से तवा पार की, संगम में स्नान किया और बान्द्राभान पहुँचे। यहाँ से सड़क मिल गयी। होशंगाबाद अब ज्यादा दूर नहीं। बायीं ओर तवा, दाहिनी ओर नर्मदा, बीच में सड़क। दो तरफ दो नदियाँ—एक आ रही है, दूसरी जा रही है—और बीच में हमारा रास्ता।

होशंगाबाद पहुँचते-पहुँचते साँझ हो आयी। सीधे यहाँ के सुप्रसिद्ध सेठानीघाट पहुँचे। यहाँ बहुत सारे परकम्मावासी थे, कई तो बाहर पेड़ के नीचे ठहरे थे। हमें एक धर्मशाला में अच्छी जगह मिल गयी तो यहाँ हमने दो रात के लिए लंगर डाल दिया।

होशंगाबाद से ओंकारेश्वर

होशंगाबाद लम्बोतरा शहर है, यहाँ के घाट हमारे देश के सर्वोत्तम घाटों में से हैं। नर्मदा का पाट जितना चौड़ा है, घाट उतना ही विशाल है, मानो उसके नाप के बने हों। नदी में हिचकोले खाते डोंगे या पालवाली नावें इस तट से उस तट चक्कर लगाती रहती हैं।

आज से कोई बीस बरस पहले जब यहाँ आया था, तब घाट पर कितनी पनिहारिनें नजर आती थीं। अकेली या झुंड में सिर पर तीन-तीन गगरी रखे जब वे एक-एक सीढ़ी चढ़तीं तो पानी छलक-छलक कर गिरता और उनके अंग-अंग से लावण्य झरता। प्राय: दिन भर उनका ताँता लगा रहता। तब ये घाट कितने सजीव लगते थे!

अब शहर में नल आ गया है, पनिहारिनें इक्की-दुक्की ही नजर आती हैं। दिन की रौनक में कमी आ गयी है लेकिन साँझ के समय स्त्रियाँ जब दीप जला कर नर्मदा में प्रवाहित करती हैं, या मन्दिरों की आरती का स्वर पानी पर तैरता हुआ दूर-दूर तक फैल जाता है, या कहीं कथा—वार्ता या भजन-कीर्तन की ध्वनि गूँजती है, या कहीं कोई भक्त 'त्वदीय पाद पंकजं नमामि देवि नर्मदे' का स्त्रोत-पाठ करता है, तो पुरानी रौनक लौट आती है।

रात को घाट पर किसी का प्रवचन हो रहा था। पास बहती नीरव नर्मदा और घाट की सीढ़ियों पर बैठकर शान्तिपूर्वक सुनते श्रोता। मुझे लगा, यहाँ तो नाटक भी खेला जा सकता है, नृत्य का आयोजन भी हो सकता है। इन घाटों से बढ़कर खुला रंगमंच और क्या हो सकता है।

और सामने तट का पहाड़ मानो मंच के पीछे का रेशम का परदा है।

यहाँ दो रात का विश्राम मिल गया तो दूसरे दिन खूब चले। शाम को केवलारी और नर्मदा का संगम पड़ा। इसी संगम पर है खोकसर। यहाँ मन्दिर में रहने की व्यवस्था हो गयी। मन्दिर के आँगन में गौरीशंकर महाराज की समाधि बनी है।

गौरीशंकर नर्मदा के परम भक्त थे। उन्होंने नर्मदा परिक्रमा की महिमा को खूब बढ़ाया। नर्मदा-खंड में आज भी उनका नाम बड़े आदर के साथ लिया जाता है।

सुबह आगे बढ़े। इस ओर नर्मदा खूब फैल गयी है। किनारों की ऊँचाई कम है। बाढ़ के समय पानी दूर-दूर तक फैल जाता है। पिछली बाढ़ों में कई गाँव तबाह हो चुके हैं। कुछ नदी-तट से दूर चले गये हैं।

तीसरे पहर की बात है। नानपाघाट पार कर चुके थे। फूलसिंह, कक्का और दादू आगे थे। मैं थोड़ा पीछे था, रम्मू मेरे साथ था। मैंने कहा, "रम्मू, आओ, जरा नर्मदाजी के प्रवाह को देखें।" पर वह नहीं आया, आगे बढ़ गया। मैं अकेला कगार तक गया, नर्मदा-प्रवाह को एक झलक देखा और वापस पगडंडी पर आकर आगे बढ़ा।

थोड़ा ही चला था कि सामने पगडंडी पर ही एक मगर को पड़ा पाया। मैं ठिठककर खड़ा हो गया, उसे एकटक देखता रहा। वह निश्चेष्ट पड़ा था। मैं समझा कि वह मरा पड़ा है, इसलिए उसकी ओर बढ़ा। लेकिन बढ़ा ही था कि वह चारों पैर से नर्मदा की ओर तेजी से भागा और झाड़-झंखाड़ में ओझल हो गया। वह जमीन से घिसटता हुआ भागा था इसलिए बड़ा शोर हुआ था।

मैं बेहद डर गया। मगर के पानी से इतनी दूर, ऊँचे कगार पर आने की बात मैं सोच ही नहीं सकता था। जमीन पर वह ऐसी तेज दौड़ लगा सकता है, यह भी कल्पना से परे था। वह मुझ पर झपट सकता था या अपनी पूँछ के एक ही वार से मुझे ध्वस्त कर सकता था। लेकिन वह तो डर कर भागा था! मेरा डर खुशी में बदल गया। इतना दुबला हूँ कि मुझसे घर के चूहे तक नहीं डरते। लेकिन आज तो मुझसे डर कर महाबली मगर भाग खड़ा हुआ था! चूहे न डरें, मगरमच्छ तो डरता है!

मैं आगे बढ़ा। मैंने सोचा कि मेरे साथियों ने भी इसे जरूर देखा होगा क्योंकि कोई दस मिनट पहले ही तो वे यहाँ से निकले थे। वे हथेड़ नदी की चट्टानों पर बैठे मेरी बाट जोह रहे थे। मैंने जब उन्हें मगर के बारे में बताया, तो वे हैरान रह गये। उन्होंने कोई मगर नहीं देखा था। यह सुनकर मुझे भी कम हैरानी नहीं हुई।

अब रम्मू पछताने लगा। कहने लगा, "यह तो मगर के रूप में नर्मदा माई ने आपको दर्शन दिये। मैं बड़ा अभागा हूँ। आपका कहना मानता तो मुझे भी मैया के दर्शन होते।"

थोड़ी देर में आँवरीघाट पहुँचे। गाँव तो दूर है, पर नर्मदा तट पर मन्दिर है, वहीं रात रहे। वहाँ रम्मू ने सबसे पूछा, दूध लेने गाँव गया तो वहाँ भी पूछ आया, पर किसी ने नहीं कहा कि यहाँ नर्मदा में मगर है। अब तो उसे पक्का विश्वास हो गया कि वह नर्मदा मैया ही थी, जिसने मगर के रूप में मुझे दर्शन दिये थे।

ऐसी बातों में मेरा जरा भी विश्वास नहीं। मैंने उसे बहुतेरा समझाया कि वह मगर ही था, और कुछ नहीं, लेकिन वह नहीं माना। वैसे मुझे भी इस बात का अचरज जरूर हुआ कि जब यहाँ कोई मगर नहीं, तो वह आया कहाँ से?

लेकिन रम्मू के लिए जो चमत्कारिक घटना है, मेरे लिए जो आश्चर्यजनक घटना है, एक प्रकृतिविद् के लिए वही एक बिलकुल सामान्य घटना होगी।

रात पथोरा में रहे। जिस कुटी में हम रुके थे, वहीं सागर-निवासी पति-पत्नी भी रुके थे। वे नर्मदा-परिक्रमा कब की कर चुके हैं, अब ओंकारेश्वर जल चढ़ाने जा रहे हैं। परिक्रमा के दौरान इस गाँव में चातुर्मास किया था, इसलिए गाँव वालों से स्नेह हो गया है। गाँव वालों ने इन्हें रोक लिया है। गाँव की लड़कियाँ पत्नी को घेरे रहती हैं। वह मुझसे कहने लगी, ''मैं जब घर पर थी, तो कोई न कोई बीमारी लगी रहती थी। कभी सिर में दर्द, तो कभी पेट में दर्द। जरा सा पैदल चलती, तो पाँवों में दर्द, फिर बुखार। लेकिन जब से परिक्रमा पर निकली हूँ, सारी बीमारियाँ गायब हो गयी हैं। सारा दिन चलती रहूँ, तब भी कुछ नहीं होता। खूब स्वस्थ-प्रसन्न हूँ। हाँ, दो छोटे-छोटे बच्चों को घर छोड़ आये हैं, उनकी याद जरूर आती है।''

अगर मैं डॉक्टर होता, तो अपने आधे से अधिक मरीजों को, उनके रोग के मुताबिक, पन्द्रह दिन से लेकर तीन माह तक की नर्मदा-परिक्रमा प्रिस्क्राइब करता। कहता, ''आपको दवाई की कोई जरूरत नहीं। ये फायदे के बजाय नुकसान ज्यादा करेंगी। आप नर्मदा-परिक्रमा पर या किसी भी पदयात्रा पर निकल जाइए। इससे आपके तन के साथ मन का स्वास्थ्य भी सुधरेगा।''

रात में पड़ोस के किसी घर से लोकगीत के स्वर आने लगे। सागर-निवासी सज्जन से मैंने कहा, ''चलिए, गीत सुनने चलें।'' वे हँसने लगे। ''लगता है, ये गीत यहीं कहीं से आ रहे हैं, लेकिन वे नदी के चौड़े पाट के उस पार से आ रहे हैं। कभी-कभी तो उस तट की बातें तक हवा के साथ बहकर यहाँ आती हैं और साफ सुनायी देती हैं।'' उन गीतों की स्वर लहरियों ने थपकियाँ देकर हमें कब सुला दिया, कुछ पता भी न चला।

भोर होते ही चल दिये। होशंगाबाद से चले आज चौथा दिन है। वहाँ से चलते समय मैंने एक अखबार खरीद लिया था। जान-बूझकर पढ़ा नहीं था, सहेज कर रख लिया था। अब आठ दिन तक अखबार नहीं मिलेगा। इस अवधि को आधा करने के लिए आज चौथे दिन मैंने उसे निकाला और इतमीनान से पढ़ने लगा। वह मुझे ऐन आज का जान पड़ा! यह तो चार दिन पुराना था, नाम और तारीख पर ध्यान न दें, तो दस साल पुराना अखबार भी हमें आज का ही जान पड़ेगा। डकैती, लूट, अपहरण, हत्या, बलात्कार, सत्ता की छीना-झपटी-खबरों की यही तो अमरबेल है

जो सदा अखबारों पर छाई रहती है।

शाम को भिलाड़िया पहुँचे। है तो छोटे कद का गाँव, पर काठी उसकी राजधानी की है। बीच में राजपथ जैसा सीधा चौड़ा समतल रास्ता और दोनों ओर घर। नर्मदा पर छोटा-सा घाट, उसी से लगा मन्दिर। मन्दिर की परछी में रहे। मन्दिर में ही सदाव्रत मिल गया। हमारे साथियों को द्वार-द्वार माँगने जाना नहीं पड़ा।

रात गोदागाँव में रहे। यहाँ गंजाल नर्मदा में आ मिली है। इसी संगम के पास बनी है महन्तों की छतरियाँ। यहाँ से नर्मदा बहुत सुन्दर दिखायी देती है। यहाँ एक धर्मशाला है, रात उसी में रहे।

छोटी छीपानेर के बाद दोपहर को बजरंगकुटी पड़ी। रात समसाबाद में रहे। यहाँ से आगे बढ़े तो हंडिया में नर्मदा पर बना सड़क का पुल दिखायी देने लगा। पास लगता था, पर काफी दूर है। मार्ग में बहुत से परकम्मावासियों का साथ हो गया। इनमें स्त्रियाँ भी थीं। कहीं सुस्ताने बैठते तो परकम्मावासी सूई या चिमटी से पैरों में लगे काँटे निकालते। कुछेक के खून भी निकल आता, लेकिन दूसरे ही क्षण वे नंगे पैर चल देते।

शाम को बम्होरी पहुँचे। सभी सदाव्रत लेने गये। कुछ दिनों से फूलसिंह भी सदाव्रत लेने चला जाता है। यदि दाता उदार जान पड़ा तो खुद का और अति उदार लगा तो मेरा भी ले आता है।

सभी बम्होरी में रह गये लेकिन हम पाँच नर्मदा तट पर बनी कुटी में रहे। सुबह आगे बढ़े। हंडिया पहुँचते हमें दोपहर हो आयी। इस पार हंडिया, उस पार नेमावर। यह नर्मदा का मध्य है, नर्मदा के उद्गम और संगम के मध्य में है, इसलिए नर्मदा का नाभि-स्थान कहलाता है। आखिर थोड़ा-थोड़ा करके मैं नर्मदा के मध्य तक पहुँच गया था! मेरी खुशी का क्या कहना। मन में यह आशा भी बलवती हुई कि जब नर्मदा के मध्य तक पहुँच चुका हूँ, तो नर्मदा मुझे अधबीच नहीं छोड़ेगी। एक न एक दिन समुद्र तक भी पहुँचा देगी।

कल दीवाली है। दीवाली यहीं मनाएँगे। परसों घर लौटेंगे। दादू, कक्का और रम्मू आगे बढ़ जाएँगे। बिछोह का विचार अच्छा नहीं लगता। दो दिन से रम्मू का नाचना-गाना बन्द हो गया है। कभी चुप न रहने वाला रम्मू कुछ बोलता ही नहीं। यही हाल हमारा है। पन्द्रह दिनों के साथ में वे मेरे कितने सगे हो गये हैं।

शाम को पड़ोस के आँगन में घर की बहू रँगोली सजा रही थी। सुहाने आकारों और मधुर रंगों वाली रँगोली से उसका आँगन जगमगा उठा।

दीवाली के दिन सबेरे से ही छकड़ों में बैठकर आसपास के हजारों ग्रामीणों का आना शुरू हो गया। बैलों के झुंड आने लगे। ऊँचे-पूरे शानदार बैल। किसान

अपने-अपने बैलों को नर्मदा में ले जाते और रगड़-रगड़ कर नहलाते। किसानों की चीख-पुकार, बैलों के गले में बजती घंटियाँ और पानी की छप-छप के कारण वातावरण कैसा गूँज रहा था!

तीसरा पहर होते ही छकड़े, बैल, किसान सब गायब हो गये। शाम का अँधेरा घिरने लगा। मैं नर्मदा तट पर चट्टान पर अकेला बैठा था। दिन को यहाँ कैसा मेला भरा था। शाम होते-होते सब सूना हो गया। इक्का-दुक्का आदमी ही नजर आता था।

तभी दादू आये। साथ में दीये लाये थे। एक दीया जलाकर नर्मदा में प्रवाहित किया। एक मुझे दिया-लो, एक तुम छोड़ो।

यह मेरी पसन्द का काम था। दीया लिया, प्रवाह तक गया और प्रज्ज्वलित करने ही वाला था कि अचानक कुछ याद हो आया। दीया जाकर दादू को वापस कर दिया।

"क्यों?"

"बस, यों ही।"

"फिर भी?"

दादू के बहुत कहने पर मैंने कहा, "सुनिये दादू जी। आज दीवाली है। ठीक इसी तरह एक दीवाली को मैं अमरकंटक में था। रात के अँधेरे में एक दीया जलाकर नर्मदा कुंड में प्रवाहित किया था और माँ नर्मदा से कहा था—एक दीप तू जलाना, मेरे हृदय में, ताकि भीतर का अँधेरा दूर हो जाये। आज इसे ठीक पाँच साल हो गये। पाँच साल का समय कम नहीं होता। लेकिन नर्मदा ने दीप नहीं जलाया। जलाने की कोई तैयारी भी नजर नहीं आती। इसलिए अब मैं भी दीप नहीं जलाऊँगा। नर्मदा से मैं रूठ गया हूँ।"

दादू हँस पड़े। "अरे पगले, भीतर का दीया क्या इतनी आसानी से जलता है? एक बार कह देने से जलता है? इसमें पाँच साल क्या, सारा जीवन लग सकता है, नया जन्म भी लेना पड़ सकता है।"

थोड़ी देर के लिए सन्नाटा छा गया। कोई कुछ बोला नहीं। फिर दादू ही बोले, "बाहर का दीया चट जलता है तो पट बुझता भी है। भीतर का दीया देर से जलता है तो आसानी से बुझता भी नहीं। उसका उजाला देर तक रहता है और दूर तक फैलता है। इसलिए धीरज रखो, जल्दबाजी ठीक नहीं। हिये में में उस दीये को पाने की ललक हो, और कदम उस दीये की ओर बढ़ रहे हों, तो इतना काफी है। उठो बेटे, अच्छा काम कभी व्यर्थ नहीं जाता।"

रात्रि की निस्तब्धता में दादू की वाणी किसी मन्त्र की तरह गूँज उठी। मुझे

मेरी गलती का भान हुआ। मैं रूठता जल्दी हूँ, तो मान भी जल्दी जाता हूँ। अत्यन्त प्रसन्न मन से दीप जलाया, भक्ति-पूर्वक प्रवाहित किया और अपना आँसुओं से भीगा चेहरा नर्मदा के आँचल में छुपा लिया।

दादू मन्द-मन्द मुस्करा रहे थे।

परिक्रमा दिन पर दिन महँगी होती जा रही है। ज्यों-ज्यों जबलपुर से दूर होता जा रहा हूँ, खर्च बढ़ता जाता है। जिसे साथ ले जाता हूँ, उसका पूरा खर्च और अच्छा पारिश्रमिक देना पड़ता है। और इस साल जेब बिलकुल खाली है। परिक्रमा पर कैसे जा सकूँगा?

भिक्षांदेहि! परकम्मावासी को भिक्षा माँगने में शर्म कैसी? भिक्षा कोई भीख नहीं। इसलिए भिक्षा माँगकर भी परिक्रमा पर जाऊँगा।

किससे माँगू? कान्ता से ही! अग्नि को साक्षी मानकर जिसका हाथ पकड़ा है, उसके आगे हाथ पसारने में झिझक जरूर हुई, पर वाणी में जितनी बन सकी उतनी मिठास लाते हुए बोला, "तुम तो बहुत उदार हो। चि. शरद की शादी के समय बहू के गहने बनवाने के लिए तुमने अपने गहने बिना माँगे दे दिये थे। इस बार परिक्रमा पर जाने के लिए पैसे की सुविधा नहीं हो रही है। तुम अपनी अँगूठी दे दो, तो मेरा काम बन जाये।"

मेरी आँखों में याचना की झलक देखकर कान्ता हँस पड़ी। बोली, "इत्ती-सी बात के लिए ऐसा स्तुतिगान!" फिर तो—

कान्ता ने मुझे अँगूठी दी,
अँगूठी मैंने सुनार को दी,
सुनार ने मुझे रुपये दिये,
रुपये मैंने अंटी से बाँधे
और परिक्रमा पर निकल पड़ा!

ठीक दशहरे की सुबह हंडिया से चले। तारीख 4 अक्टूबर, 1984 और साथी हैं अनिल और श्यामलाल। अनिल मेरा छात्र है, उन्नीस बरस का लम्बा, छरहरा नौजवान। श्यामलाल लम्बा, तगड़ा, गोंड़ नौजवान है। दोनों ही लाभ और शुभ जैसे दुर्लभ साथी हैं।

यात्रा आरम्भ करते समय ज्ञानी दादू, कर्मठ कक्का और फक्कड़ रम्मू की याद

सहज ही हो आयी।

तीसरे पहर जोगा पहुँचे। यहाँ नर्मदा में एक टापू पर किला है। इस ओर की धारा बन्द हो चुकी थी। चट्टानों पर से होते हुए किले में आ गये। नदी के मध्य में स्थित यह किला किसी परिकथा के किले की याद दिला रहा था। किसी गोंड़ राजा द्वारा निर्मित इस किले के स्थापत्य से एक प्रकार की बलिष्ठता झलक रही थी। किले के ऊपर से दूर-दूर तक नर्मदा दिखायी दे रही थी। आज सुबह से हम नर्मदा के बीच काफी झाड़ियाँ देखते आ रहे थे। यहाँ भी खूब झाड़ियाँ हैं। पानी के बीच उगी झाड़ियों और अस्पष्ट किनारों के कारण नर्मदा यहाँ अस्त-व्यस्त नजर आती है।

सुबह गड़वाट पकड़कर शाम को पुनघाट आ गये। शाम का अँधेरा उतरने लगा तो मछुआरों के कई जोड़े अपने-अपने डोंगों में मछली पकड़ने चल दिये। मछुआरा जाल फैलाता, स्त्री नाव खेती। नदी में ये दूर-दूर तक निकल जाते, रात किसी टापू पर बिताकर सुबह घर लौटते। दिन हो या रात, हर पल कोई न कोई मछुआरा कहीं न कहीं मछली की टोह में बैठा दिखायी दे जाता।

बँधानिया के बाद परकम्मावासियों का आसान मार्ग छोड़कर सरई आ गये। यहाँ से नर्मदा के किनारे-किनारे चले। छोटी तवा पार करके शाम को जमोटी पहुँचे। चट्टानों में से बहती नर्मदा यहाँ कितनी सँकरी हो गयी है! यही तो नर्मदा की विशेषता है। वह कब विराट में से वामन, द्रुत में से विलम्बित, गहरी में से उथली, चौड़ी में से सँकरी या नन्ही-नाजुक में से जुझारु हो जाये, कुछ कहा नहीं जा सकता। हल्ला-गुल्ला उसे पसन्द है, लेकिन कोमल और शान्त बनते भी देर नहीं लगती। बड़ी अप्रत्याशित नदी है यह-आज कुछ, कल बिलकुल दूसरी।

यहाँ नर्मदा के मध्य में एक विशाल शिलाखंड ऐसा लग रहा था, मानो कोई प्रागैतिहासिक पशु पूँछ दबाकर बैठा हो।

जमोटी गाँव क्या, गँवई भी नहीं। चरवाहों के छह-सात छप्पर भर हैं। दूर दराज के इस भूले-बिसरे वनग्राम में शायद ही कोई आता होगा। यहाँ किसी के यहाँ ठहरने की कोई जगह नहीं थी। जाएँ तो कहाँ जाएँ? आखिर एक पेड़ के नीचे सोये। 'करतल भिक्षा, तरुतल वास।' करतल भिक्षा की नौबत तो नहीं आयी, पर तरुतल वास तो आज है।

रात का तीसरा पहर था। दो भैंसे लड़े। एक भागा, दूसरे ने पीछा किया। दोनों मेरे पैर के बिलकुल करीब से भागे। इनसे रौंदे जाने से मैं बाल-बाल बच गया। मुँह ढाँपकर सोया था, इसलिए इस भयंकर दृश्य को देखने से बच गया। वृद्धावस्था में जब पुत्र-परिवार से घिरा बैठा होऊँगा, तब अनायास हो गया यह पराक्रम उन्हें जरूर सुनाऊँगा!

सुबह चले। यहाँ से हमें गड़वाट मिली। लेकिन थोड़ी ही देर में वह सँकरी होते-होते पगडंडी में बदल गयी और आगे जाकर पगडंडी भी गायब हो गयी। हम घने जंगल में घुस आये थे। कभी इधर जाते, कभी उधर, और घूम-फिर कर वहीं वापस आ जाते। कभी-कभी तो यही समझ में न आता कि हम जा रहे हैं या आ रहे हैं! हमारे चारों ओर अपना चौड़ा सीना ताने घना एकान्त जंगल खड़ा था।

बड़ी मुश्किल से एक पगडंडी मिली। काफी दूर जाने के बाद गायों के गले में घंटियों की आवाज सुनायी दी। कोमल सुरीली आवाज! वहाँ जरूर कोई चरवाहा होगा। उससे राह पूछेंगे।

गायों का झुंड तो मिला, पर कोई चरवाहा नहीं था। फिर भी आशा बँधी कि गायें हैं तो गाँव भी होगा। काफी चलने के बाद जंगल कम घना हो चला। अचानक पेड़ों में से झाँकती नर्मदा दिखायी दी। थोड़ी देर में रामघाट के मन्दिर पहुँचे। पास में ढालेकोठड़ा गाँव है। एक छोटी-सी नदी आकर यहाँ नर्मदा से मिली है। उसी संगम पर है यह मन्दिर। नदी की रेत में चीते के पैरों के निशान दिखायी दिये। कुटी के बाबा ने बताया कि रोज रात को ये पानी पीने आते हैं।

पिछले तीन-चार दिनों से बादल हो रहे हैं। इस साल यहाँ पानी खूब कम बरसा है। फसलें सूख रही हैं। किसान बड़ी आस लगाये आसमान की ओर जोह रहे हैं। लेकिन पानी है कि बरसने का नाम ही नहीं ले रहा।

आज शरद पूर्णिमा की रात है। लेकिन न शरद है, न पूर्णिमा। बेहद गरमी है और चारों ओर अमावस की रात-सा घुप्प अँधेरा छाया हुआ है।

सुबह उठे तो प्यारी-प्यारी बूँदाबाँदी शुरू हो गयी थी। मिट्टी में से सौंधी सुगन्ध आ रही थी। आज जा न सकेंगे, यहीं रुकना होगा। शाम तक बूँदाबाँदी थम गयी।

सुबह देखा, रेत में चीते के पैरों के ताजे निशान बने हुए हैं। रेत मानो नदी-तट की विजिटर्स-बुक है, उसमें हर यात्री का नाम अपने आप दर्ज हो जाता है।

आसमान बिलकुल साफ हो गया है—शीशे की तरह। बोझा लादा और चल पड़े। नदी के दोनों ओर चट्टानें ही चट्टानें हैं। नदी मानो अनन्त पथरीले जंगल में से होकर बह रही है।

कल तक नर्मदा वनबाला थी, अब शैलबाला है।

ज्यों-ज्यों आगे बढ़ते गये, नर्मदा सँकरी होती गयी। तीसरे पहर असिन्दर आ गये। पास में है पुनासा कॉलोनी। यहाँ भी चट्टानें मानो नर्मदा के चारों ओर घेरा बनाकर खड़ी हैं। बाँध के लिए यह सबसे उपयुक्त जगह है। यहाँ नर्मदा पर बड़ा भारी बाँध बनने जा रहा है। उसके बन जाने पर प्यासी धरती को जीवनदायी जल

मिलेगा, वह धन-धान्य से लहलहा उठेगी।

यहाँ नर्मदा तट पर किसी बाबा की कुटी खाली पड़ी थी। रात उसी में रहे। अब चट्टानें बड़ी विकट हैं, खड़ी और ऊँची, और पानी उनसे सटकर बहता है। बहुत सँभलकर चलना पड़ता है, जरा चूके और गये। फूँक-फूँककर और तौल-तौल कर हम एक-एक कदम रख रहे थे। कहीं पर्वतारोहियों की तरह सधे पाँव ऊपर चढ़ते, तो कहीं चोरों की तरह दबे पाँव नीचे उतरते। लेकिन मन के उल्लास का क्या कहना!

और नर्मदा-कितनी लचीली है यह नदी! कैसा मोड़ लिया है उसने यहाँ!

चारों ओर चट्टानों की मानो गड्डी की गड्डी रखी हैं। एक जगह चट्टानों की उठती-गिरती कतार बन्दनवार-सी लहराती चली गयी है। पर अब नदी के किनारे-किनारे आगे जाना सम्भव नहीं, ऊपर झाड़ी में से जाने के सिवा कोई चारा नहीं। इसलिए झाड़ी में से चले। बढ़ी हुई जंगली घास में कमर तक धँस जाते। घास की नोक कपड़ों में भिद जाती और काँटों-सी गड़ती। बड़ी मुश्किल से एक पगडंडी मिली। लेकिन वह हमें नर्मदा से दूर ले गयी। एक ही नाले को सात बार पार करके एक गाँव पहुँचे। वहाँ से हमें टकारी की गड़वाट मिल गयी। हमारे दोनों ओर घना जंगल था।

श्यामलाल कहता है, जंगल भगवान के लगाये बाग-बगीचे हैं। मार्ग में एक पेड़ के नीचे छह-सात भील बड़े-बड़े कुल्हाड़े लिए बैठे थे। वे हमें टकारी का मार्ग समझा ही रहे थे कि एक भील स्त्री अपने बच्चे को लिए वहाँ से निकली। "लीजिए, यह उसी ओर जा रही है, आप इसी के साथ हो लीजिए।"

इस बियाबान जंगल में इस स्त्री को अकेले जाने में डर नहीं लगता होगा? हम उसके साथ हो लिए। चारों ओर ऐसी निविड़ निस्तब्धता थी कि हमें लगा हमारे कानों ने काम करना बन्द कर दिया है।

टकारी काफी दूर था। पहुँचते-पहुँचते साँझ हो गयी। नर्मदा में डुबकी लगा ली, तो थकान दूर हो गयी। गाँव में छह-सात झोंपड़े ही हैं। एक स्त्री ने हमें आश्रय दिया। झोंपड़े में वह थी और उसके वृद्ध पिता थे।

सामान रखा ही था कि बड़े-बड़े चूहे आ गये और हमारे सामान की तलाशी लेने लगे। दो-एक ने तो हमारे ऊपर भी छलाँग लगा दी। रात में सोएँगे कैसे! स्त्री ने कहा, "बाहर खुले में सोइए, वहाँ उतना परेशान नहीं करेंगे। सामान सिरहाने रख लीजिए।"

सुबह चले। दोपहर तक धाराक्षेत्र पहुँच जाएँगे। इस तट पर धाराक्षेत्र, उस तट पर धावड़ीकुंड। यहाँ नर्मदा में छोटे-बड़े कई प्रपात हैं। उनकी आवाज सुनायी देने

लगी तो ललचायी अधीरता से आगे बढ़ने लगे। थोड़ी देर में प्रपातों के पास आ गये। यहाँ बड़े-बड़े शिलाखंडों से टकराता हुआ पानी तेज गति से बह रहा था। एक युवा प्रपात के पास अड्डा जमाया। इसमें से उठते हुए जलकणों में इन्द्रधनुष दिखायी दे रहा था। कैसा छोटा-सा इन्द्रधनुष। जापान में विशाल वृक्षों को बौने कद का बनाकर गमलों में उगाते हैं। इसे बोनसाई कहते हैं। नर्मदा ने जैसे यहाँ अपने गमले में बोनसाई इन्द्रधनुष उगाया है।

हवा के झोंकों के कारण इन्द्रधनुष झूलता-सा प्रतीत होता था। इसी लहराते इन्द्रधनुष के पास हमने खाना बनाया। क्या ठाठ हैं हमारे!

ये प्रपात पर्वतीय घाटी को शोर और फुहार से भर देते हैं। लेकिन हम कानों से जितना सुन नहीं रहे हैं, उससे ज्यादा लोभी आँखों से देख रहे हैं।

उस तट के प्रपात बड़े हैं, लेकिन यहाँ से दिखायी नहीं देते। प्रपातों के मध्य में एक विशाल चट्टान पर एक मछुआरा जाल फैला रहा था। मैं सोच रहा था कि वह वहाँ कैसे पहुँचा होगा कि हमारे पास खड़े मछुआरे ने छलाँग लगा दी और उफनती धाराओं को चीरता हुआ वहाँ जा पहुँचा।

मछुआरों ने हमसे कहा कि अब नर्मदा तट छोड़ना होगा। दूर तक चली गयी किले की दीवार-सी खड़ी चट्टानी कगार भी मानो हमसे यही कह रही थी-यहाँ मनुष्य के लिए प्रवेश निषिद्ध है।

एक ग्रामीण वहाँ आया था। उसने कहा, ''यहाँ से गड़वाट से पुनासा जाइए। वहाँ से इन्धावड़ी होते हुए सातमात्रा जाइए। वहाँ फिर नर्मदा मिल जाएगी।''

तो हम अब भी पुनासा के ही इर्द-गिर्द घूम रहे हैं! पुनासा जाने की हमारी अनिच्छा देखकर उसने कहा, ''चलिए, मेरे गाँव ही चलिए, मेरे घर रहिये। वहाँ से इन्धावड़ी और भी पास पड़ेगा।''

उस ग्रामीण के साथ घने जंगल में से होते हुए उसके गाँव भँवरला पहुँचे। उसके घर जाकर आश्चर्यचकित रह गये। जिप्सियों जैसे बड़े घेर के पिंडलियों तक के लहँगे, रंग-बिरंगी चोली, छोटी-सी ओढ़नी और बड़ी-बड़ी चूड़ियों के कारण इनकी स्त्रियाँ कितनी आकर्षक लग रही थीं!

तो ये बनजारे थे। पुरुषों की पोशाक में तो बनजारों की एक भी विशेषता नहीं रह गयी थी, लेकिन स्त्रियों ने अपना पहनावा ज्यों का त्यों रखा था। इस गाँव में यह नस्ल कहाँ से आ टपकी थी! एक आँगन को घेरकर इनके छह-सात घर थे और आज हम इन्हीं के अतिथि थे।

सुबह चल दिये। चिलचिलाती धूप के कारण इन्धावड़ी पहुँचते-पहुँचते पसीने से नहा उठे। सूरज मानो भूल गया है कि अभी गरमी नहीं, शरद है, और

ताकत से तप रहा है। आज का ही दिन था, जब सारा दिन नर्मदा के दर्शन नहीं हुए थे। रात इन्धावड़ी में रहे। दूसरे दिन दोपहर के पहले सातमात्रा पहुँच गये। यहाँ फिर नर्मदा मिल गयी। ऊँचे किनारे के भग्न मन्दिर से मैं देखने लगा, कहीं काजलरानी दिखायी तो नहीं देती। नर्मदा-तट का बस यही एक गाँव हमसे छूट गया था। लेकिन वहाँ घनी झाड़ी के सिवा और कुछ न था। लोग भी कहाँ-कहाँ अपने घोंसले बना लेते हैं!

यहाँ से फिर किनारे-किनारे चले। चट्टानें विकट थीं और कई बार लगता कि अब किनारा छोड़ना पड़ेगा। लेकिन अनिल और श्यामलाल कहीं न कहीं से राह निकाल ही लेते। कावेरी संगम पहुँचते दोपहर हो आयी। अब ओंकारेश्वर बिलकुल पास है।

थोड़ी देर में मान्धाता आ गये। ठीक सामने है ओंकारेश्वर, नर्मदा-तट का सबसे बड़ा तीर्थ। ओंकारेश्वर एकदम सामने है, दो मिनट का भी रास्ता नहीं, फिर भी नर्मदा के मध्य में एक टापू पर स्थित होने के कारण परकम्मावासी वहाँ जा नहीं सकता।

ओंकारेश्वर-कितना पास, फिर भी कितना दूर!

मान्धाता छोटी-सी जगह है। मकान कम, धर्मशालाएँ अधिक। हम एक धर्मशाला में ठहरे। यहाँ कल भी रहेंगे। बारह दिनों के वनवास के बाद आराम का एक दिन मनाया जा सकता है।

ओंकारेश्वर से शूलपाणेश्वर

सुदूर केरल से आकर बालक शंकर ने यहाँ गुरु गोविन्दपाद के आश्रम में रहकर विद्याभ्यास किया था। वे हमारे देश के सर्वश्रेष्ठ परिव्राजक हैं। भारत की भावनात्मक एकता के लिए उन्होंने जो किया, वह अनुपम है। ऐसे आद्य शंकराचार्य की पावन स्मृति इस ओंकारेश्वर से जुड़ी हुई है। फिर कमलभारती जी, रामदासजी और मायानन्दजी सदृश सन्तों के आश्रम भी यहाँ रहे। आज भी नये-नये आश्रम बनते जा रहे हैं।

नर्मदा-तट के छोटे से छोटे तृण और छोटे से छोटे कण न जाने कितने परिव्राजकों, ऋषि-मुनियों और साधु-सन्तों की पदधूलि से पावन हुए होंगे। यहाँ के वनों में अनगिनत ऋषियों के आश्रम रहे होंगे। जहाँ उन्होंने धर्म पर विचार किया होगा, जीवन-मूल्यों की खोज की होगी और संस्कृति का उजाला फैलाया होगा। हमारी संस्कृति आरण्यक-संस्कृति रही। लेकिन अब? हमने उन पावन वनों को काट डाला है और पशु-पक्षियों को खदेड़ दिया है या मार डाला है। धरती के साथ यह कैसा विश्वासघात है।

एक आदमी स्नान के लिए आया था। मैंने कहा, "नर्मदा कितनी सँकरी है।"

"नर्मदा की यह एक धारा है। दूसरी ओंकारेश्वर के पीछे है। कहते हैं, कावेरी नर्मदा से मिली लेकिन थोड़ी ही देर में दोनों में अनबन हो गयी और कावेरी नर्मदा से अलग हो गयी। ओंकारेश्वर के इस ओर है नर्मदा, उस ओर है कावेरी।"

"दोनों फिर मिलती हैं या नहीं?"

"जहाँ ओंकारेश्वर का टापू खत्म होता है, वहीं दोनों फिर मिल जाती हैं। नर्मदा ने आखिर छोटी बहना को मना लिया। इसलिए असली कावेरी संगम बाद का है, पहला नहीं।"

पहले आगमन, फिर बहिर्गमन, अन्त में पुनरागमन! बढ़िया कल्पना है!

यहाँ बैठा सामने के घाट को देख रहा हूँ। वहाँ न ज़ा पाने का कोई दुख नहीं

है क्योंकि ओंकारेश्वर दो बार हो आया हूँ। लेकिन अनिल और श्यामलाल से कहा कि तुम जरूर हो आओ। नाव से जाना, पुल से आना।

यहाँ से मोरटक्का। वहाँ तक सड़क जाती है, लेकिन हम सड़क से नहीं जाएँगे, नदी के किनारे-किनारे जाएँगे।

दोपहर को निकले। लेकिन थोड़ी ही देर में समझ में आ गया कि दोपहर को चलकर गलती की। सूरज सामने रहता है, चट्टानें तन्दूर की तरह गरमा गयी हैं और श्यामलाल नंगे पाँव है। लेकिन वह तो शायद दहकते अंगारों पर भी चल सकता है।

कभी चट्टानों से जूझते, कभी झाड़ी से उलझते तो कभी सामने तट की पर्वत-माला से आते हवा के झोंकों का आनन्द उठाते आगे बढ़ रहे थे। कभी रुक जाते, माथे का पसीना पोंछते और आगे बढ़ते। शाम को मोरटक्का के खेड़ीघाट पहुँचे। यहाँ नर्मदा पर सड़क का पुल है, पास में रेल का पुल भी है। रात यहीं बितायी।

सुबह उठते ही अनिल ने कहा, ''जरा ऊपर देखिये।''

मध्य आकाश में चाँद था। मैंने कहा, ''सूरज के हिसाब से अभी सबेरा है, लेकिन चाँद के हिसाब से अभी दोपहर है!''

अनिल के लिए यह भले ही विस्मय की बात हो, पर मैं तो चाँद के एक से एक करतब देख चुका हूँ। कभी पूर्ण कुम्भ, तो कभी बारीक रेखा, उसका बाँकपन कभी सीधा तो कभी उलटा, कभी घटता तो कभी बढ़ता, कभी निकलते ही डूबने की तैयारी तो कभी आधी रात को गायब और भरी दोपहर को हाजिर! क्या कहना इस मनमौजी का!

दोपहर को रावेर पहुँचे। यहाँ नदी-तट पर पेशवा का स्मारक है। वहीं एक पेड़ के नीचे खाना बनाया। जब तक झाड़ी में थे, ईंधन की कोई कमी न थी। लेकिन अब लकड़ी मिलना मुश्किल हो गया है। थोड़ी बहुत मिली, बाकी मैं दूर किनारे से ढूँढ़ लाया। बाद में पता चला कि वे चिता की लकड़ियाँ थीं!

शाम को बकावा पहुँचे। वहाँ नदी किनारे एक चबूतरा था। आज का रात्रि-विश्राम इसी चबूतरे पर था। यहाँ से एक सँकरी पथरीली सड़क नर्मदा के मध्य तक चली गयी थी। स्वच्छ पानी भरने के लिए यह सबसे अच्छी जगह थी, इसलिए यहाँ पनिहारिनों की भीड़ लगी रहती थी। जल की सतह से जरा से उठे हुए इस जलपथ से आती पनिहारिनें जलपरी सी लग रही थीं! लेकिन ये कोई जलपरियाँ नहीं थीं। ये थीं श्रमबालाएँ, कठोर श्रम करती ग्रामनारियाँ। लेकिन यह श्रम ऐसा था, जो खेल बन गया था। हँसती, किलकती, ठिठोली करती स्वस्थ नारियों को अनुभव ही नहीं हो रहा था कि उनके सिर पर भारी बोझ रखा हुआ है, वे नंगे पैर हैं और नीचे ऊबड़-खाबड़ पत्थर हैं। वे ऐसे जा रही हैं जैसे शहर की लड़कियाँ पिकनिक को जाती हैं!

श्रम का यह कैसा उत्सव है! नित्य उत्सव! सबेरे इस छोटे से गाँव से विदा लेते समय इस पावन दृश्य को मैंने मुड़-मुड़कर देखा।

आगे पड़ा मर्दाना। यह गाँव कुछ बड़ा है, दो-एक दुकानें भी हैं। अनिल और श्यामलाल सौदा लेने लगे, मैं दूर खड़ा था। वहाँ एक वृद्ध बैठे थे। उन्होंने कहा, ''आप खरीद क्यों रहे हैं? मेरे यहाँ सदाव्रत दिया जाता है, चलिए।'' तुला-तुलाया सौदा वापस करना पड़ा।

''यह सदाव्रत कब से चल रहा है?''

''पचहत्तर साल से। पचहत्तर साल पहले मेरा जन्म हुआ था। इस खुशी में मेरे पिता ने यह शुरू किया था, जो आज तक चला आ रहा है। मैंने अपनी जमीन चारों बेटों में बाँट दी है, लेकिन दो एकड़ जमीन सदाव्रत के लिए अलग रख दी है। मैं नहीं रहूँगा पर सदाव्रत रहेगा।''

जिन्दगी तो कुल एक पीढ़ी भर की होती है, पर नेक काम पीढ़ी-दर-पीढ़ी चलता रहता है।

अगला पड़ाव मर्कटीतीर्थ। निर्जन एकान्त में वेदा और नर्मदा के संगम पर स्थित ऊँचे टीले पर एक मन्दिर है, उसी में रहे। मन्दिर में एक युवा पुजारी है और है उसकी माँ। पुजारी की माँ ने कहा, ''आज से कोई तीन साल पहले अचानक यह लड़का घर से चल दिया। बहुत ढूँढ़ा पर नहीं मिला। कोई साल भर बाद अमरकंटक से चिट्ठी आई कि मैं नर्मदा परिक्रमा पर निकल गया हूँ, मेरी बाट मत जोहना। लेकिन माँ का दिल तो है। सोचती थी, परिक्रमा पूरी करने के बाद मेरा बेटा लौट आएगा। लेकिन परिक्रमा करते-करते इसने तो जोग ही धारण कर लिया।''

एक ठंडी साँस लेकर उसने कहा, ''कोई पन्द्रह साल की उम्र में हमने इसकी सगाई की थी। लड़की के पिता ने सात साल तक इन्तजार किया। जब हमने उसके घर लौटने की उम्मीद पूरी तरह छोड़ दी, तब पिछले साल ही उन्होंने अपनी बेटी की शादी दूसरी जगह की। उस लड़की से मुझे कितनी ममता हो गयी थी!''

चूल्हे की आग को ठीक करते हुए उसने अपना कहना जारी रखा, ''बड़ा एकान्त है यहाँ। पास में कोई गाँव नहीं। मैं और मेरा बेटा, बस हम दो ही हैं यहाँ। वह तो दिन भर पूजा-पाठ में लगा रहता है, मेरा समय काटे नहीं कटता। यहाँ रहती हूँ तो घर की याद आती है, घर जाती हूँ तो इसकी चिन्ता सताती है। कल रात को ही यहाँ दो मुँह वाला साँप निकला था। मैं बेहद डर गयी। बड़ी मुश्किल से बाहर निकाला।''

बेचारी माँ! उसके मन के दो टुकड़े हो गये हैं। एक हिस्सा यहाँ है, दूसरा घर रह गया है।

बाहर खुले में सोये। आकाश साफ था और रात सुहानी थी। तारे इतने पास लग रहे थे कि हाथ बढ़ाओ और छू लो।

सुबह चल दिये। दोपहर तक नावड़ाटोड़ी पहुँच गये। सामने तट पर है महेश्वर–रानी अहिल्याबाई का नगर। अहिल्याबाई अत्यन्त कुशल प्रशासक थीं और नर्मदा की परम भक्त थीं। महेश्वर में उनके बनवाये घाट इस तट से बड़े ही सुन्दर लग रहे थे।

यहाँ एक सज्जन रहते हैं। पहले सरकारी अफसर थे। अच्छी पेन्शन मिलती है। अपनी सारी पेन्शन कुत्तों पर खर्च करते हैं। इस गाँव के तो क्या, आसपास के लोग भी इन्हें खूब चाहते हैं। मिलने पर बोले, ''चाय की इस दुकान की यह बेंच ही मेरा घर है और इस झोले में मेरी सारी गृहस्थी है। गाँव के कुत्ते मेरे स्वजन हैं।'' फिर धीरे से बोले, ''आदमी से कुत्ते अच्छे।''

जीवन के किन कटु अनुभवों ने उनके मन में मनुष्य के प्रति ऐसी कटुता उत्पन्न की होगी!

''देवी–देवता में मेरा कोई विश्वास नहीं। साधु सन्तों पर भी नहीं। बाहर से धर्मात्मा होने का ढोंग रचते लोगों को ऊपर से नीचे तक गन्दगी में डूबा हुआ देख चुका हूँ। बस, एक नर्मदा को मानता हूँ। मुझे वह हर घड़ी दिखनी चाहिये। बरसात में बाढ़ का पानी जब तक इस बेंच को छू नहीं लेता, तब तक यहाँ से नहीं जाता। नर्मदा के बिना मैं नहीं रह सकता।''

सुबह मन में सहस्रधारा देखने की उत्कंठा लेकर चले। मंडला की सहस्रधारा कई बार देख चुका हूँ, महेश्वर के पास की इस बड़ी सहस्रधारा को पहली बार देखूँगा।

थोड़ी देर में शोर सुनायी पड़ने लगा तो चाल तेज हो गयी। देखते–देखते सहस्रधारा आ गये। नर्मदा यहाँ खूब फैल गयी है, हजारों धाराओं में बँट गयी है। इन धाराओं में छोटे–छोटे अनगिनत प्रपात फड़फड़ा रहे हैं। चारों ओर धाराओं का जाल सा फैला है। इन आड़ी–टेढ़ी, आँकी–बाँकी जलधाराओं से नर्मदा ने यहाँ मानो झीनी–झीनी बीनी रे चदरिया!

पानी की चादर, जलधाराओं के ताने–बाने, चट्टानों का करघा! ऐसी चादर तो बस नर्मदा ही बुन सकती है और ऐसी चादर तो बस धरती ही ओढ़ सकती है!

और यह धारा शब्द नर्मदा के साथ खूब जुड़ा हुआ है। अमरकंटक से निकलते ही कपिलधारा और दूधधारा। मंडला की सहस्रधारा, बरमानघाट की सतधारा, ओंकारेश्वर के पास धाराक्षेत्र और महेश्वर के पास पुनः सहस्रधारा! कैसी धाराप्रवाह नदी है यह!

जहाँ-जहाँ धारा शब्द आया है, वहाँ-वहाँ प्रपात जरूर है। चाहे कपिलधारा जैसा ऊँचा प्रपात हो, चाहे सहस्रधारा के इन तितलियों जैसे छोटे-छोटे प्रपात हों। जबलपुर के धुआँधार में धारा शब्द आते-आते रह गया। वैसे धार, धारा का ही तो अनुज है!

पर अब चलना चाहिये। धूप तेज हो रही है। आगे का मार्ग कठिन है। थोड़ी देर के लिए किनारा छोड़ना होगा। चलते-चलते एक टीले पर आ गये। इस ऊँचे झरोखे से सहस्रधारा के नन्हे-मुन्ने प्रपात एक साथ दिखायी दे रहे हैं। नन्हे-मुन्ने क्या, एकदम दुधमुँहे। इनके मुँह से दूध अभी छूटा ही कहाँ!

ढालखेड़ा में राघवानन्द जी के आश्रम में रहे। यहाँ किसी ने बताया कि नर्मदा में वह जो टापू दिखायी दे रहा है, एक फ्रेंच युगल उसमें छह महीने तक रहा। बरसात में उस तट पर चला गया। कुछ समय पहले फ्रांस लौट गया।

ऐसी कौन-सी डोर होगी, जो सात समन्दर पार के फ्रेंच नौजवान पति-पत्नी को नर्मदा के इस सुनसान टापू में खींच लायी होगी-सौन्दर्य पिपासु मन, एकान्त साधना की चाह, या पश्चिम की आपाधापी से विलग होकर पूर्व की शान्ति में डुबकी लगाने की प्रबल इच्छा?

रात को बाहर खुले में सोये। इस बार की यात्रा में नर्मदा में इतने टापू देखे हैं कि रात को आकाश-गंगा में भी मुझे अनेक टापू दिखायी दिये।

सुबह चल दिये। आज दीवाली है। दोपहर तक साटक-संगम पहुँच जाएँगे। वहाँ नर्मदा का प्रसिद्ध खलघाट पुल है। वहीं इस बार की यात्रा समाप्त करेंगे।

थोड़ी देर में साटक-संगम पहुँच गये। साटक एक छोटा-सा झरना है, लेकिन इसे पार करने में एक नाटक हुआ। साटक में एक नन्हा प्रपात था। उसे देखते हुए मैं पानी में उतरा। उतरते ही काई लगे पत्थर पर से फिसलकर गिरा। किसी तरह उठा कि दुबारा गिरा। साटक ने अपने अंक में मुझे दो बार लिया, इसलिए यह नाटक एकांकी न रहकर द्विअंकी हो गया!

पास ही एक मन्दिर है। मन्दिर की देखभाल एक महाराष्ट्रियन महिला करती है। माता के स्नेह से हमें मन्दिर में ठहराया। मैंने कहा, "हमारी इस बार की यात्रा यहाँ समाप्त हो रही है। कल सुबह घर लौट जाएँगे। अगले साल फिर यहाँ आएँगे और दशहरे से आगे बढ़ेंगे।"

"आगे शूलपाण की झाड़ी पड़ेगी। उसके बारे में तो आपने सुना ही होगा।"

सुना क्यों नहीं! कितने ही परकम्मावासियों से कितनी ही बातें सुनी हैं। झाड़ी में तीर--धनुष लेकर भील आते हैं और सब कुछ लूट लेते हैं। अन्त में परकम्मावासी के पास बची रहती है केवल लँगोटी और तूँबी। लेकिन इन्हीं बातों ने हमारे अन्दर

झाड़ी के प्रति विशेष आकर्षण जगा दिया है।

''राजघाट (बड़वानी) से झाड़ी शुरू होगी। आपके पास यह जो सामान है न, इसमें से कुछ न बचेगा। कपड़े और चश्मा तक उतार लेंगे।''

लँगोटी लगाकर रह लूँगा, लेकिन मेरी स्केच-बुक ले ली, चश्मा ले लिया, तो समझिये मेरे कवच-कुंडल ही उतार लिए। नंगे बदन ठंड कैसे बर्दाश्त होगी।

मुझे कुछ सोच में देखकर उसने कहा, ''एक काम करो। झाड़ी में से मत जाओ, बाहर-बाहर से निकल जाओ।''

नहीं, हरगिज नहीं! झाड़ी में से ही जाएँगे, चाहे जो हो। हाँ, एक काम कर सकते हैं। दीवाली की छुट्टी के बजाय गरमी की छुट्‌टी में चलें। गरमी में नंग-धड़ंग रह लेंगे, ठंड बर्दाश्त न होगी।

रात का अँधेरा जल में उतर आया था और काजल-सा काला हो चला था। बिस्तर में पड़ा-पड़ा तारों को निहारता मैं गुनगुना रहा था—

जटाजूट बढ़ाएँगे
भिक्षा माँगकर खाएँगे
निर्धन-निर्वस्त्र हो जाएँगे
पर झाड़ी में से जाएँगे!

यहाँ से गये पूरे छह महीने भी नहीं हुए कि फिर आ गये। साटकसंगम के मन्दिर की देखभाल करने वाली महाराष्ट्रियन महिला ने हमारा स्वागत करते हुए कहा, ''मैं सोच ही रही थी कि अभी तक आप आये नहीं। लेकिन आपका तीसरा साथी कहाँ है?''

''कौन अनिल? उसकी परीक्षायें चल रही हैं, इसलिए नहीं आ सका।''

''लेकिन आप इतना ढेर सारा सामान लेकर क्यों आये? शूलपाण झाड़ी में भील सब कुछ लूट लेंगे। कपड़े तक उतार लेंगे।''

निहायत जरूरी सामान ही तो लिया था। सात-आठ दिन का राशन, दस-बारह दिन का नाश्ता, कुछ बरतन, दरी, दो चादरें, दो जोड़ी कपड़े, तौलिया, टार्च और कुछ छोटी-मोटी चीजें। बस, यही थी हमारी गृहस्थी। और झाड़ी यहाँ से कोई सौ किलोमीटर बाद शुरू होगी। तब तक तो कुछ आराम से रह लें, फिर देखा जाएगा।

19 मई 1985, सुबह की पहली उजास के साथ साटक-संगम से चले। पास

ही खलघाट का पुराना पुल है। थोड़ा आगे नया पुल है। मुम्बई आगरा राजमार्ग इस पर से जाता है, इसलिए दिन-रात वाहनों का ताँता लगा रहता है।

तेज लू चल रही है। एक तो गरमी के दिन, फिर पश्चिमी निमाड़ की गरमी। थोड़ी ही देर में पसीने से नहा उठे।

रात्रि-निवास ग्यारहलिंगी के मन्दिर में रहा। एकान्त स्थान। मन्दिर में एक स्वामी जी ठहरे थे। जब मैंने उनसे कहा कि आगे हम झाड़ी में से जाएँगे, तो उन्होंने कहा, "आप उसमें भटक जाएँगे। महीनों लग जाएँगे।"

"झाड़ी कुल अस्सी मील की है। महीनों कैसे लग जाएँगे?"

"आपका सारा गणित धरा रह जाएगा। नौ दिन चले अढ़ाई कोस वाली बात होगी। भूख और प्यास के कारण प्राण कंठ को आ जाएँगे। भील आपका सब कुछ ले लेंगे, चश्मा तक उतार लेंगे। आप इतना सामान लेकर चले हैं कि मेरे मुँह में भी पानी आ रहा है। ऐसा न हो कि झाड़ी के पहले ही कोई आपको लूट ले।"

उस समय तक नर्मदा-तट की कोई 1400 कि.मी. की पदयात्रा कर चुका था। अगर ये कहीं शुरू में ही मिल गये होते, तो मैं शायद घर से बाहर निकलने की हिम्मत ही न करता।

अपने चेले-चामुंडों के साथ वे पास के गाँव चले गये, तो उस एकान्त स्थान में हम दो ही रह गये-मैं और श्यामलाल। दुर्लभ साथी है यह श्यामलाल। चाहे जितना बोझ उठाना पड़े, चाहे जितना चलना पड़े, उसे कोई फर्क नहीं पड़ता। मेरे पीछे अपनी जान तक जोखिम में डालने के लिए तैयार रहता है।

खुले में सोये। अमावस्या की रात थी। आकाश में अनगिनत तारे जगमगा रहे थे। तारे तो रोज रहते हैं, लेकिन आकाश आज कैसा बौराया है!

मेरा मन आकाश में खरीदारी करने के लिए चल पड़ा। मैं अनन्त आकाश में मोलभाव कर रहा था, तभी कुछ चींटियों ने मुझे काटा और मैं आसमान से धरती पर आ गिरा। बहुत चींटियाँ थीं। कई बार जगह बदली, फिर भी ठीक से सो नहीं सके।

सुबह चल दिये। दोपहकर को मारुकी-चिचली पहुँचे। धर्मशाला में रुके। इसमें एक युवा साधु रहता था। उसने कहा, "झाड़ी में से ही जाइए। सात-आठ दिन में पार हो जाएँगे। मार्ग कठिन जरूर है, लेकिन भूलने-भटकने का कोई सवाल नहीं। बस, मैया के किनारे-किनारे चलिए। झाड़ी में एक पेड़ नहीं, इसलिए ज्यादा धूप मत होने दीजिए। हाँ, आपका सारा सामान लुट जाएगा। आपके पास लँगोट है या नहीं?"

"नहीं।"

"तब पहनेंगे क्या? भील आपको नंगा कर देंगे।"

साधु को बड़ी चिन्ता हुई। किसी के यहाँ से उसने टाट के टुकड़े मँगवा कर दिये। "इन्हें रख लीजिए, बड़े काम आएँगे।"

केवल लँगोट पहन कर चिलचिलाती धूप में चल सकेंगे? खाएँगे क्या, सोएँगे कैसे, मेरी स्कैचिंग का क्या होगा?

मन में एक आशा है। ऐसी कठिन परीक्षा शायद हमें नहीं देनी पड़ेगी। झाड़ी में शायद हमारी सुरक्षा-व्यवस्था हो जाएगी। फिर भी टाट की लँगोटियाँ जतन से रख लीं। ईश्वर करे इन्हें पहनने की नौबत न आये!

सुबह कपिला-संगम के पास नर्मदा का राजराजेश्वर रूप देखा। नदी यहाँ कितनी चौड़ी हो गयी है! लेकिन जानता हूँ, इसे सँकरी होने में भी देर नहीं लगेगी।

दोपहर को दतवाड़ा पहुँचे। मन्दिर के घाट की सीढ़ियाँ मूर्ति की तरह चट्टानों को तराश कर बनायी गयी हैं।

रात को खुले में सोये। अनगिनत तारों से जगमगाता आकाश कैसा नया-नवेला लग रहा था! मुझे लगा, रात्रि का आकाश मानो टी.वी. का स्क्रीन है। (कितना बड़ा स्क्रीन) उसमें चन्द्र, तारे, ग्रह, नक्षत्र द्वारा खेला जा रहा नाटक हम यहाँ दूर पृथ्वी पर बैठे-बैठे देखते हैं। असली 'दूरदर्शन' तो यह है!

पर हमारी पृथ्वी आकाश से अलग नहीं, आकाश में ही है। ('जल में कुम्भ' जैसी!) तब मेरी उपमा ठीक नहीं हुई। स्क्रीन से दर्शक अलग होता है, पर यहाँ तो दर्शक भी उसी स्क्रीन में है! पहले में द्वैत है, इसमें अद्वैत। लेकिन मेरी द्वैत-अद्वैत की मीमांसा आगे बढ़े, इसके पहले कुछ चींटियों ने काट कर मुझे याद दिलाया कि मैं वहाँ नहीं, यहाँ हूँ। बहुत चींटियाँ हैं, रोज रात को बार-बार जगह बदलनी पड़ती है।

अगला पड़ाव पिपलोद। इसके बाद का पड़ाव राजघाट। राजघाट से झाड़ी शुरू। जिस झाड़ी का मुझे आकुल इन्तजार था, वह आखिर आ गयी। लेकिन यहाँ तो कोई झाड़ी नहीं। बल्कि यहाँ नर्मदा पर सड़क का पुल है। पाँच किलोमीटर दूर बड़वानी शहर है। शासकीय कार्यालय, थाना आदि बड़वानी में हैं।

श्यामलाल को राजघाट की धर्मशाला में बिठाकर मैं बड़वानी गया। पुलिस के उच्च अधिकारी से मिला। अपना संक्षिप्त परिचय देकर कहा कि झाड़ी में मेरी सुरक्षा-व्यवस्था करने की कृपा करें।

उन्होंने तुरन्त थानेदार को फोन किया। थानेदार की आवाज बुलन्द थी, मुझे भी सुनायी दे रही थी। वे कह रहे थे, "भील तो लूटेंगे। यह उनकी सैकड़ों वर्ष पुरानी परम्परा है। हम किस-किस की व्यवस्था करते फिरेंगे?"

"लेकिन इनके पास इन्दौर-सम्भाग के आयुक्त का पत्र है। यह व्यवस्था हमें

करनी ही होगी।'' फिर मुझसे कहा, ''आप एक काम कीजिए। थानेदार साहब से खुद मिल लीजिए।''

थानेदार उसी भवन में नीचे बैठते थे। युवा, सुपुरुष थानेदार। बात-बात पर ठहाका लगाते थे। मेरी बात ध्यान से सुनकर बोले, ''तो आप लेखक हैं। मेरे पिता भी लेखक थे। मैं आपकी पूरी मदद करुँगा, आप बिल्कुल निश्चिन्त रहें।''

पुलिस विभाग के प्रति मेरी श्रद्धा एकाएक बढ़ गयी।

मैं चलने को हुआ तो कहने लगे, ''परसों मैं खुद बोरखेड़ी आकर देखूँगा कि आपकी व्यवस्था ठीक से हो रही है या नहीं।''

चिलचिलाती धूप में मैं राजघाट लौटा तो दोपहर के तीन बज रहे थे। आसमान ने एक बड़े अलाव का रूप ले लिया था। फिर भी मैं बहुत खुश था।

हमारी धर्मशाला में तीन बाबा पहले से ही ठहरे हुए थे। दो नौजवान थे और खूब तगड़े भी थे। बड़े मुँहफट थे, जो मुँह में आया, बोलते थे। तीसरा उम्र में कुछ बड़ा और दुबला-पतला था। मुझे डर लगा कि आगे झाड़ी में कहीं ये बाबा ही हमें लूट न लें। लेकिन जब तक मैं बड़वानी से लौटा, वे तीनों जा चुके थे। मैंने राहत की साँस ली।

दूसरे दिन सुबह बन्दूक लिए पुलिस के दो जवान आ गये, तो हम चल पड़े। सशस्त्र पुलिस के साये में नर्मदा परिक्रमा कहाँ तक उचित है। लेकिन इसमें अनुचित भी क्या है। विश्वामित्र यज्ञ तभी कर पाये थे, जब राम-लक्ष्मण ने तीर-धनुष से उनकी रक्षा की थी। रक्षा का उपकरण भर बदल गया है, तीर-धनुष का स्थान बन्दूक ने ले लिया है।

थोड़ा आगे बढ़े ही थे कि तीनों बाबा मिल गये। उनमें से एक बड़ा तेज-तर्रार था। उसने पुलिस वालों से कहा, ''बन्दूक लेकर चले हो ? भीलों के आगे अर्जुन का गांडीव भी कुछ काम नहीं आया था। तुम्हारी बन्दूक धरी की धरी रह जाएगी।'' कहकर वह ठठाकर हँसा। पुलिस वाले भले थे, कुछ बोले नहीं।

देखते-देखते भीलखेड़ा आ गये। नर्मदा-तट के इस छोटे से गाँव का विशेष महत्त्व है। यहाँ एक सज्जन रहते हैं। परकम्मावासी उनके पास अपना सामान जमा करा देते हैं। जब उस तट से लौटते हैं, तब वह उनका सामान वहाँ पहुँचा देते हैं। इस तरह से वे झाड़ी में लुटने से बच जाते हैं। हम उनसे मिले।

''मेरे पड़दादा या शायद उनके भी दादा परिक्रमा पर निकले थे, तब भीलों ने उन्हें लूट लिया था। लौटकर उन्होंने यह सेवाकार्य शुरू किया, तो आज तक चला आ रहा है।''

दोपहर को जाँगरवाकुटी पहुँचे। वहाँ के संन्यासी ने हमारा बड़े प्रेम से स्वागत

किया। भोजन बनाने की तैयारी कर रहे थे कि वे तीनों बाबा भी आ पहुँचे। पाँचों का भोजन साथ बना। हवा इतनी तेज थी कि कुटी के अन्दर भी धूल ही धूल थी।

शाम को बातें होने लगीं। उन तीन बाबाओं में से एक पहलवान-से बाबा के पास बढ़िया नयी चादर थी। किसी ने कहा, "भील इसे लूट लेंगे।"

अक्खड़ और फक्कड़ बाबा ने दूर बैठे एक ग्रामीण से तेज आवाज में कहा, "इधर आ!"

ग्रामीण सहमा-सहमा आया। "ये ले जा!" हमसे कहा, "कोई मुझसे छीन ले, इसके पहले मैं ही क्यों न दे दूँ।"

सुबह चल दिये, तीनों बाबा वहीं रह गये। तेज लू थी। लू आती, तो रेत की आँधी चलती। अब नदी के दोनों ओर पहाड़ झाँकने लगे हैं।

बीजासेन के पास है हिरनफाल। हिरनफाल में दोनों ओर की पहाड़ियाँ आमने-सामने आ गयी हैं। बीच की चट्टानों में से सँकरी नर्मदा बह रही है। हिरनफाल है शूलपाण झाड़ी का प्रवेश-द्वार। यहाँ नर्मदा मानो अपने द्वार बन्द कर लेती है और दुनिया बाहर रह जाती है।

बोरखेड़ी यहाँ से ज्यादा दूर नहीं। लेकिन नर्मदा के किनारे-किनारे जाना सम्भव नहीं। पास ही टेढ़ी-मेढ़ी, चढ़ती-उतरती, कच्ची सड़क है। उससे हम बोरखेड़ी आ गये। गाँव के मुखिया के घर ठहरे।

तीसरे पहर मोटर-साइकिल की आवाज सुनायी दी। हेड-कान्स्टेबल को पीछे बैठाकर, दहकती धूप में धूल का गुबार उड़ाते थानेदार आ गये। यहाँ से उनके सिपाही लौट जाएँगे, लेकिन पाटी थाने के आ जाएँगे। हम लोगों का कुशल-क्षेम पूछकर, हँसते-हँसाते चले गये।

बोरखेड़ी बड़ा गाँव है। दो-तीन दुकानें हैं। दुकानवाला यह आखिरी गाँव है। यहाँ से झाड़ी शुरू। "श्यामलाल, जो लेना हो, ले लो। आगे कुछ नहीं मिलेगा।"

शाम को पाटी के सिपाही आ गये-वानखेड़े और सिसोदिया। वानखेड़े इस इलाके का अच्छा जानकार है।

गाँव-खेड़े में एक का मेहमान सबका मेहमान। कुछ ग्रामीण हमें यहाँ की सबसे ऊँची पहाड़ी पर ले गये। नाम है बाबाबूड़ा। इस पर से मैंने साँझ के सूरज को पश्चिम क्षितिज में विलीन होते देखा। सूरज के डूब जाने पर भी मैं क्षितिज को देखता रहा, मानो यहीं खड़े-खड़े शूलपाण की झाड़ी को देख लूँगा।

सुबह चले तो हम छह थे। दो हम, दो सिपाही और दो ग्रामीण, जिन्हें सिपाहियों ने मार्ग दिखाने के लिए साथ में लिया था। इस तरह कमर कसकर, दल बाँधकर, हम झाड़ी के सबसे खतरनाक प्रदेश की ओर चल पड़े। झाड़ी ने जो जादू

मेरे मन में जगाया था, जो सपने बुने थे, उसे पाने के दिन आखिर आ गये।

नीचे बहती नर्मदा की हल्की-हल्की छप-छप सुनते हुए ऊँची पहाड़ी पगडंडी पर से चले जा रहे हैं। ज्यों-ज्यों आगे बढ़ते हैं, पहाड़ों का एक शतदल मानो खुलता जाता है।

पहाड़ के बाद पहाड़, मोड़ के बाद मोड़ और ठसाठस पहाड़ियों से राह निकालती आँकी-बाँकी सँकरी नर्मदा। यह है शूलपाण की झाड़ी। प्रकृति मानो यहाँ नर्मदा के धागे में पहाड़ियों का गजरा गूँथती चली गयी है।

किन्तु झाड़ी नाम बड़ा भ्रामक है। मध्यप्रदेश, महाराष्ट्र और गुजरात इन तीन प्रान्तों के मिलन-स्थल में फैले नर्मदा के जिस अस्सी मील लम्बे विस्तार को शूलपाण की झाड़ी कहते हैं, वहाँ झाड़ी तो क्या, धूप से सिर छिपाने को एक पेड़ नहीं। यहाँ हैं केवल पहाड़ियाँ-नंगी, बूची, वीरान और सुनसान पहाड़ियों का अनन्त विस्तार। दुर्गम पथ और भयानक निर्जनता। नर्मदा परिक्रमा का यह सबसे खतरनाक इलाका है। इसमें से कोई भी परकम्मावासी बिना लुटे नहीं जा सकता। भीलों के भय से अधिकांश परकम्मावासी झाड़ी छोड़ देते हैं और जो चलते हैं वे भी ठंड में। गरमी में चट्टानें इतनी तप जाती हैं कि नंगे पाँव चलना अत्यन्त कष्टप्रद हो जाता है। प्यास अलग परेशान करती है। लेकिन हमने जेठ की झुलसती गरमी और तप्त हवायें चुनी थीं और अब पसीने से नहा रहे थे।

घुमाव पार करके एक पहाड़ी की छाया से बाहर निकले ही थे कि सतर्क वानखेड़े ने कहा, ''जरा वहाँ देखिये।''

दूर, नदी की सँकरी धारा को कूदते-फाँदते पार करते भील दिखायी दिये-लँगोट पहने सात-आठ भील।

अब वह प्रदेश शुरू हो गया है, जहाँ पुरुष केवल लँगोट पहनते हैं। बित्ते भर का लँगोट। लँगोट के ऊपर रूमाल के आकार का एक चौकोर कपड़ा झूलता है, बस।

''देखिये, अगर हम न होते तो वे आपका सब कुछ लूट लेते। जैसे नंगे वे खुद हैं, वैसा ही नंगा आपको भी कर देते। चश्मा तक उतार लेते। विरोध करते तो पीटते। अगर उन्हें लगता कि यह आदमी थाने में रिपोर्ट कर सकता है तो काटकर फेंक देते।''

सिसोदिया ने कहा, ''हम खरगोन जिले में हैं। सामने धार जिला है। भीलों का आतंक बोरखेड़ी से लेकर झलकन संगम तक है। अस्सी मील की झाड़ी में बस

इस पच्चीस-तीस मील में ही लूटपाट होती है।''

अब तक भील उस तट से इस तट पर आ गये थे। हमें दूर से देखकर बहुत खुश हुए होंगे-आज तो खूब जजमान आ रहे हैं, सामान भी खूब है, मजा आ जाएगा। लेकिन पास आने पर देखा होगा-सत्यानाश! इनके साथ तो बन्दूकधारी पुलिस के जवान हैं! छुप जाओ, छूमन्तर हो जाओ! और सभी पलक झपकते गायब हो गये-मानो धरती में समा गये।

खोहों में छिपे-छिपे वे हमें सामान-असबाब के साथ पहले आते और फिर जाते हुए देखते रहे होंगे और दाँत पीसकर रह गये होंगे। अपने शिकार को इतनी आसानी से हाथ से निकलता देखकर उन्हें कितनी निराशा हुई होगी, कितनी!

दोपहर को तूवरखेड़ा पहुँचे। छह-सात बिखरी हुई झोंपड़ियों का टुइयाँ-सा गाँव। मुखिया के यहाँ रुके। वानखेड़े मुखिया को जानता है। उससे मिलकर वह मेरे पास आया और बड़े संकोच के साथ बोला, ''आपको मुर्गा तो चलेगा न? हमारे स्वागत में वे मुर्गा काटना चाहते हैं। मना करने पर बुरा मानेंगे।''

मिष्टान्न में मुर्गा! भीलों के घरों में मुर्गियों के झुंड रहते ही हैं। ''मैं नहीं खाता, पर तुम लोग मजे से खाओ। श्यामलाल को भी शामिल कर लो।''

श्यामलाल ने दाल बनायी। मुखिया की स्त्री ने ज्वार की रोटी बनायी। मुझे वे मालपुये से कम नहीं लगीं।

खाना खाकर बैठा ही था कि बाहर छाया में खाट पर लेटी एक स्त्री पर मेरा ध्यान गया। हमें देखकर वह उठ बैठी और कौतूहल से हमारी ओर देखने लगी। उसे देखकर मैं अवाक रह गया। मेरी नजर उसके चेहरे पर से हटती ही न थी। रंग तो काला था, लेकिन इतना सुन्दर, कोमल-मृदुल, रूप में तराशा चेहरा मैंने कभी नहीं देखा था। विधाता ने जिस दिन उसे रचा होगा, उस दिन और कोई काम नहीं किया होगा। बस, बैठे-बैठे परम सन्तोष से उसे देखता रहा होगा। मुझे अनायास ही गुरुदेव का यह गीत याद हो आया;

> कृष्णकलि आमि तारेई बलि,
> कालो तारे बले गाँयेर लोक।
> कालो? ता से जतई कालो होक,
> देखेछि तार कालो हरिन चोख।

लोग चाहे जिस नाम से पुकारें, मैं उसे कृष्णकली कहता हूँ। गाँव के लोग

उसे काली कहते हैं। काली? कितनी ही काली क्यों न हो, मैंने देखी हैं उसकी हिरनी-सी काली आँखें।

शान्तिनिकेतन में यह गीत कई बार सुना था। तब क्या पता था कि इस कृष्णकली से शूलपाण झाड़ी में भेंट होगी!

वह गर्भवती थी, सातवाँ या आठवाँ महीना चल रहा था। अभी माँ नहीं बनी थी, पर मातृत्व की उजास उसके चेहरे पर उतर आयी थी। सौन्दर्य के साथ मांगल्य आ मिला था। मैंने उसके दो-तीन स्केच बनाये, पर बात नहीं बनी तो नहीं बनी। एक कुछ ठीक हुआ, वह उसे बताया। अपना चेहरा देखकर वह हौले से मुस्करायी। कैसी अनबूझ, मोहक मुस्कान!

तभी दो किशोर आये। मसें भीग रही थीं। क्या सुन्दर चेहरे थे! अपनी रंग-बिरंगी पाग में बिल्कुल राजकुमार लग रहे थे। क्या स्त्री, क्या पुरुष, भील-भिलाले बड़े सुन्दर होते हैं। धूप में तपे इनके शरीर बड़े सुगठित होते हैं। दुबले-पतले होते हैं, पर उनमें गजब की फुर्ती होती है।

दोपहर को नहीं चलते थे, पर आज चलेंगे। इस खतरनाक प्रदेश को जितना जल्द पार कर लें, उतना ही अच्छा।

कभी घाटी में से तो कभी पहाड़ियों की पीठ पर से चलते हुए दिन डूबते कोटबाँधनी पहुँचे। सारा दिन चले थे, थककर चूर हो गये थे। अगर स्नान कर लें, तो थकान दूर हो जाये।

रात के अँधेरे में नर्मदा अमूर्त, रहस्यपूर्ण और भयावह लग रही थी। हल्की-सी चाँदनी में चारों ओर की पहाड़ियाँ और भी अधिक काली लग रही थीं। नीरव नर्मदा में रात्रि-स्नान किया। मुझे लगा कि मैं नदी में भी नहा रहा हूँ और अँधेरे से भी नहा रहा हूँ।

सुबह चल दिये। किरात-कन्या नर्मदा का लयबद्ध बहाव देखते हुए थोड़ी देर में झलकन-संगम आ गये। झरने-सी झलकन के इस पार मध्यप्रदेश, उस पार महाराष्ट्र। सिपाही यहाँ से लौट जाएँगे, आगे हमें अकेले जाना होगा।

संगम पर मुखिया का घर था। मुखिया की स्त्री भुनी हुई मूँगफली ले आयी। उसके चार-पाँच बच्चे थे। उसकी देह कुछ बेडौल हो गयी थी, पेट थोड़ा झूल गया था, पर चेहरा कितना सुन्दर था! मुखिया भी बड़ा बाँका था। दोनों के चेहरे ताजगी और तन्दुरुस्ती से दमक रहे थे। उनकी बारह-तेरह वर्ष की बेटी थी। उसने माता-पिता का भरपूर रूप पाया था। मैंने कहा, "बिटिया, तू बैठ, तेरा चित्र बनाऊँगा।"

यह सुनकर वह इतना हँसी कि हँसते-हँसते दुहरी हो गयी। चेहरा लाल हो उठा। प्रसन्न माँ जिस दृष्टि से बेटी को निहार रही थी, उसमें स्नेह की अनुभूति तो

थी ही, प्रशंसा की अभिव्यक्ति भी थी। खुशी से उमगते स्वर में उसने मुझसे कहा, ''वह शरमा रही है।''

उस बच्ची का बाल-सुलभ भाव से लजाना मन को ऐसा छू गया कि यदि अशोभनीय न समझा जाता, तो मैं उसका माथा चूम लेता। माँ के बहुत कहने पर वह सिर पर ओढ़नी डालकर बैठी। लेकिन उस शर्मीली लड़की के सौन्दर्य का शतांश ही मैं अपने स्केच में ला सका। स्केच अच्छा तो नहीं हुआ, फिर भी मुझे बहुत प्रिय है। यह मुझे एक ऐसी अल्हड़ लड़की की याद दिलाता है, जिसे पाकर कोई भी पिता गर्व से भर उठेगा।

संगम में नहाने के बाद झलकन में भी नहाया। बित्ते भर की झलकन के इस पार मध्यप्रदेश, उस पार महाराष्ट्र। महाराष्ट्र में नहाया, मध्यप्रदेश में अँगोछे से शरीर पोंछा!

वानखेड़े और सिसोदिया यहाँ से वापस चले गये। जाते समय कह गये, ''आगे कोई डर नहीं, निर्भय होकर जाइए। घर जाकर चिट्ठी जरूर लिखिएगा। आपकी आगे की यात्रा कैसी रही, यह जानने की उत्सुकता रहेगी।''

अब हम महाराष्ट्र में चल रहे हैं।

दोपहर के बाद का चलना बड़ा कष्टप्रद होता है। धरती खूब तप जाती है, छाया के लिए एक पेड़ नहीं, ऊपर से सूरज सामने पड़ता है, इसलिए ऐसा लगता है मानो कोई हमें धीमी आँच में भून रहा है।

नदी कुछ अधिक ही आड़ी-टेढ़ी, आँकी-बाँकी बहती है। चारों ओर ठसाठस पहाड़ियाँ हैं। नर्मदा मानो सौ-सौ तालों में बन्द है। हम सोचते कि नर्मदा अब आगे कैसे बढ़ेगी? पर रास्ता रोककर खड़ी पहाड़ियों को चकमा देकर कहीं न कहीं से रास्ता खोज ही लेती है और चट्टानों को अपने दुलार भरे स्पर्श से गुदगुदाती हुई आगे बढ़ जाती है।

लोगों की भाषा समझ में नहीं आती। इनकी बोली मराठी नहीं, कुछ और है। महाराष्ट्र का यह प्रदेश खानदेश कहलाता है, जिला है धूलिया।

पहाड़ियों की भूलभुलैया से राह निकालती नर्मदा और चट्टानों के आल-जाल से मार्ग निकालते हम। कोई दो घंटे के बाद नदी किनारे बाँस पर टँगी एक तख्ती दिखायी दी। उस पर हिन्दी में लिखा था: यहाँ परकम्मावासियों को सदाव्रत दिया जाता है।

इस वीराने में इस तख्ती को देखकर बड़ी खुशी हुई। पास ही एक पगडंडी ऊपर जाती थी। ऊपर गये तो एक गाँव दिखायी दिया। गाँव का नाम था नीमगव्हाण यानी नीमगाँव। जो गुरुजी सदाव्रत देते थे, वे तो कहीं बाहर गये थे, पर उनका शिष्य

था। बड़ा ही विनम्र। बड़े उत्साह से उसने हमारा स्वागत किया। रुकने का बहुत आग्रह किया, लेकिन हमें जल्दी थी, इसलिए थोड़ी देर रुकने के बाद पीठ पर बोझा लाद कर चलने को तैयार हुए तो उसने कहा, "आप मैया की परिक्रमा कर रहे हैं। हमारे महाराष्ट्र के रिवाज के अनुसार मैं आपका साष्टांग चरण-स्पर्श करना चाहता हूँ।"

मेरी खुशी का क्या कहना! इतना सम्मान तो कभी किसी ने नहीं दिया। उम्र में वह मेरे सबसे छोटे बेटे से भी छोटा था। पैर छू सकता है। लेकिन यह क्या? पैर छूने के बजाय वह मेरी ओर टुकुर-टुकुर देख क्यों रहा है?

मैं मूढ़मगज जब किसी तरह नहीं समझा, तब उसने बड़े संकोच के साथ कहा, "जरा चप्पल निकाल लीजिए।"

मुझे लगा कि जमीन फट पड़े और मैं उसमें समा जाऊँ। चप्पल निकाल दी तो उसने जमीन पर लेटकर दंडवत प्रणिपात किया।

दोपहर की चिलचिलाती धूप में पेन्ड्रा पहुँचे। सामने तट पर हापेश्वर का मन्दिर दिखायी दे रहा था। भील स्त्रियों का एक दल सिर पर घास के गट्ठर लिए आया। स्त्रियों को उस पार जाना था। सँकरी नर्मदा में एक छोटी नाव पड़ी रहती थी। नाव उस पार थी। एक स्त्री तैरकर गयी, नाव ले आयी और तीन-चार खेप में सभी उस पार चली गयीं। देर तक नदी में नहाती और तैरती रहीं, फिर हँसती-चहकती चली गयीं।

चारों ओर भूरी, धूसर या कत्थई पहाड़ियाँ हैं—दूसरा कोई रंग नहीं। इस एकरसता को तोड़ती हैं यहाँ की स्त्रियाँ। अपने चटकीले वस्त्रों में वे रंग-बिरंगे फूलों-सी लगती हैं। लेकिन मनुष्य यहाँ कितनी मुश्किल से दिखायी देता है।

धूप का रंग कढ़े दूध-सा है। धूप भी एकदम कढ़ी हुई। ताप के साथ-साथ उसका भार भी महसूस हो रहा है। बड़ी मुश्किल से शाम को एक गाँव पहुँचे। अलग-अलग टेकरियों पर अलग-अलग झोंपड़ियाँ। उस पहाड़ी गाँव का नाम था केली। यहाँ के प्रायः नग्न स्त्री-पुरुषों को देखकर लगा कि हम आदिम युग में पहुँच गये हैं।

आकाश बादलों से घिर गया था, कभी भी बूँदा-बाँदी हो सकती थी। बुरी तरह थक भी गये थे, इसलिए पीपलचोपानी जाने का विचार छोड़ दिया और यहीं रात रह गये।

सुबह उठे तो दिन चढ़ चुका था। जिस भील के घर ठहरे थे, उससे कहा, "आगे का रास्ता दिखाने चलो, मेहनताना देंगे।"

"पीपलचोपानी अच्छा गाँव नहीं। लोग खतरनाक हैं। कतल कर डालते

हैं।'' अपनी टूटी-फूटी भाषा में उसने कहा, फिर गरदन पर हाथ फेरकर कतल का मतलब समझाया।

स्थिति गम्भीर थी। हम नर्मदा-परिक्रमा के सबसे खतरनाक इलाके में घुस आये थे और लौटने की कोई गुंजाइश नहीं बची थी। सो किसी भी कीमत पर आगे बढ़ने के सिवा और कोई रास्ता न था। वह किसी भी तरह चलने को राजी नहीं हुआ, तो मन में तरह-तरह की आशंकाएँ लिए उस भयंकर सन्नाटे में हम दो ही चल पड़े। पुलिस वालों की बड़ी याद आयी!

सूरज धधक रहा है और धूप लावा की तरह फैल रही है। न कोई गाँव दिखायी देता है, न आदमी। आदमी तो आदमी, चिरई का बच्चा तक नजर नहीं आता। इस नीरव निर्जन संसार में लगता है, हम अकेले हैं, एकदम अकेले। इस वीरानी और सूनेपन में नर्मदा ही हमारा एकमात्र अवलम्ब है।

हम इतने डरे-सहमे थे कि आपस में बात भी नहीं कर रहे थे। केवल भागे जा रहे थे। खतरा मानो प्रति पल पास आता जा रहा था। कोई दो घंटे बाद एक गाँव दिखायी दिया। दिल की धड़कन तेज हो गयी। तेजी से निःशब्द चले जा रहे थे। कहीं शब्द किया और किसी भील ने शब्दवेधी बाण चला दिया!

नदी की चट्टानों में से दबे-दबे, चोरी-चोरी भागे जा रहे थे। गाँव की एक स्त्री अपने दो बच्चों के साथ नहाने आयी थी। राह दिखाते हुए उसने कहा, ''यहाँ से नहीं, वहाँ से।'' उससे गाँव का नाम तक पूछने की हिम्मत नहीं थी। काफी देर बाद जब दूसरा गाँव आया, तब पूछा कि पीछे जो गाँव निकल गया, उसका नाम क्या था? पीपलचोपानी-जवाब मिला।

मेरे मुरझाये होंठों पर फीकी-सी मुस्कान आ गयी। वैसा कुछ नहीं हुआ, जैसा हमें बताया गया था। हम नाहक डर गये थे। हमारी खुशी का पारावार नहीं रहा।

अब, जब खतरा उड़ते बादल की तरह निकल गया, तो मन में तरह-तरह के विचार आने लगे। यदि कुछ अघटित घट जाता, तो मेरी किताब का क्या होता? जिस किताब के लिए आठ साल से नर्मदा की खाक छानता फिर रहा हूँ, अपनी जान तक जोखिम में डाल चुका हूँ, नर्मदा पर मेरी वह किताब अधूरी रह जाती।

लेकिन अब तो खतरा निकल गया, किताब एक न एक दिन पूरी हो ही जाएगी। तब क्या होगा?

अव्वल तो मुझे प्रकाशक नहीं मिलेगा, प्रकाशक मिला तो ग्राहक नहीं मिलेगा, और ग्राहक मिला तो पाठक नहीं मिलेगा!

अगर कहूँ कि यह यात्रा मैं 'स्वान्तः सुखाय' कर रहा हूँ, तो वह अर्द्धसत्य होगा। मैं चाहता हूँ कि जो सुख मुझे मिल रहा है, वह दूसरों को भी मिले। मैं 'स्वान्तः सुखाय' भी चल रहा हूँ और 'बहुजन सुखाय' भी चल रहा हूँ।

तो कहाँ है यह बहुजन?

टी.वी. के सामने! टी.वी. और वीडियो कैसेट के इस युग में किताब पढ़ने की जहमत भला कौन उठाएगा! टी.वी. खोल दो और कुर्सी में पसर जाओ। किताब को फेंक दो। अधिक से अधिक 'दिवंगत पुस्तक' की स्मृति में एकाध मर्सिया पढ़ दो और फिर उसे भूल जाओ।

यह है पुस्तक की नियति। अच्छी तरह जानता हूँ। फिर भी इसी किताब के लिए खून-पसीना एक कर रहा हूँ। मूर्ख!

नर्मदा शिलाओं से सट कर बह रही है। लगता है कि शिलाओं से रगड़-रगड़ कर अपनी देह को उजला कर रही है। (नदी नहा रही है!) शूलपाण झाड़ी के निभृत एकान्त में नर्मदा अवभृथ स्नान कर रही है!

प्रायः प्रवाह के पास ही चलते। लेकिन सोचते कि ऊपर से चलते तो चक्कर कम होता। ऊपर से चलते तो ऐसा नाला आता कि उसमें उतर कर फिर चढ़ने में दम निकल जाता। तब सोचते कि इससे तो नीचे ही ठीक था। नीचे से चलते तो ऊपर की पगडंडी टेरती।

यही है जिन्दगी! मनुष्य को उसके पास जो है, उससे सन्तोष नहीं। जो नहीं, उसकी उसे भारी चाह है। मनुष्य बना ही है आधा सुखी और आधा दुखी रहने के लिए। खालिस सुख उसके भाग्य में ही नहीं।

नर्मदा से जरा-सा हटकर, नाले के किनारे, एक गाँव है डनेल। पता चला कि वहाँ एक दुकान है। वहाँ पहुँचे तो पता चला कि दुकानदार पहाड़ के उस पार सामान लेने गया है। उसकी स्त्री ने हमें आवश्यक चीजें दीं और वहाँ रुकने की, यहाँ तक कि अपने चूल्हे में खाना बनाने तक की, अनुमति दी।

नर्मदा के सामने तट के भील भी सौदा लेने यहाँ आते हैं। कुछ भील खरीदारी करने आये तो दुकानदार की लड़कियाँ उनसे धड़ल्ले से गुजराती में बातें करने लगीं!

दोपहर को जरा लेटा तो पास में एक गधा आकर खड़ा हो गया। दुकानदार के पास 10-12 गधे हैं। पहाड़ के उस पार से इन्हीं पर सामान लादकर ले आता है। यह बीमार है इसलिए घर पर रह गया है। मुझे आर.एल. स्टीवेंसन के 'ट्रेवेल्स विथ ए डंकी' का स्मरण हो आया। स्टीवेंसन जब युवा थे तब फ्रांस में एक खच्चर के साथ उन्होंने एक छोटी-सी पदयात्रा की थी। उनकी इस पदयात्रा के सौ साल बाद एक लेखिका ने इसी तरह एक खच्चर के साथ उसी मार्ग से चलकर उस यात्रा की

शताब्दी मनाई थी और उसका वृत्तान्त भी छपवाया था।

मेरी इस यात्रा के सौ साल तो क्या, पचीस साल बाद भी कोई इसकी पुनरावृत्ति न कर सकेगा। पच्चीस साल में नर्मदा पर कई बाँध बन जाएँगे और इसका सैकड़ों किलोमीटर लम्बा तट जलमग्न हो जाएगा। शूलपाण की पूरी झाड़ी डूब जाएगी। पिछले 25,000 वर्षों में नर्मदा-तट का भूगोल जितना नहीं बदला, उतना आने वाले 25 वर्षों में बदल जाएगा।

सुबह मुर्गे की बाँग के साथ चल पड़े। वही-वही दृश्य देखकर अब थकने लगे हैं। पहाड़ियों के रेवड़ खत्म होना ही नहीं चाहते। कई दिनों से प्रकृति का खुला विस्तार नहीं देखा। नजर दूर तक जाती ही नहीं, पहाड़ियों से टकराकर वापस आ जाती है। अब यह पाषाणपुरी खत्म हो तो अच्छा हो।

आज ही खत्म हो जाएगी। दोपहर तक शूलपाणेश्वर पहुँच जाएँगे। वहाँ झाड़ी खत्म हो जाती है। बस, आज भर की बात है।

नर्मदा की उँगली पकड़कर बढ़ रहे हैं। अब मार्ग कुछ आसान है। कहीं-कहीं जरा-सी समतल भूमि भी दिखायी देती है। पेड़ भी दिखायी देने लगे हैं, लेकिन ठूँठ, नंगे-नंगे।

हवा इतनी गर्म हो गयी है कि लगता है, अगर छोटी-सी चिनगारी डाल दें तो हवा आग पकड़ लेगी।

चलते-चलते सोचते, काश, हमारे पर लग जाते और हम अपने थैलों समेत आकाश में उड़ जाते। ऊपर से, धागे-सी पतली नर्मदा कैसी दिखती? लगता, मानो इन पहाड़ों ने अपने वक्ष पर यज्ञोपवीत धारण कर रखा है। नदियाँ धरित्री का यज्ञोपवीत ही तो हैं।

एक जगह एक लम्बी सँकरी नाव अपनी पीठ पर मछुआरों को लिए नदी की धार को चीरती तेजी से चली जा रही थी। शायद वह नाव नहीं, लकड़ी के लट्ठे थे। एक गाँव में ढोल-नगाड़े बज रहे थे तो एक जगह नर्मदा की तेजी से भागती जलधारायें धमाचौकड़ी मचा रही थीं। लेकिन आज हमारा सारा ध्यान शूलपाणेश्वर पहुँचने में था। आज हमारे पाँवों में पर लग गये थे।

उमरखेड़ी, चीमलखेड़ी और धानखेड़ी पार करके तपती तिपहरिया में जब शूलपाणेश्वर के मन्दिर पहुँचे, तो थक कर निढाल हो चुके थे। लेकिन इस बात की खुशी भी थी कि आखिर शूलपाण की दुर्गम और खतरनाक झाड़ी हमने सही-सलामत पार कर ली थी।

पन्द्रह दिनों तक न आईना देखा था, न दाढ़ी बनायी थी। आज पहली बार आईने में मुँह देखा, तो दिल धक से रह गया-मैं यह किसी बुड्ढे को देख रहा हूँ!

पके बाल और धँसे गाल के कारण वैसे ही उम्र से दस बरस बड़ा दिखायी देता हूँ और अब पन्द्रह दिनों की बढ़ी हुई सफेद दाढ़ी-करेला और नीम चढ़ा!

एक बार की बात है। रास्ते में एक ग्रामीण का साथ हो गया था। उसके बाल सफेद हो गये थे, गाल धँस गये थे और सामने के दाँत भी गिर गये थे। मैं सोच रहा था, यह आदमी मुझसे सात-आठ बरस तो बड़ा होगा ही। तभी उसने मुझसे पूछा, ''आप कहाँ रहते हैं, पिताजी?''

अब मेरी मति भी मारी गयी थी जो इस घटना को अपने छात्रों को सुनाकर मैंने पूछा था, ''बताओ, यह घटना हास्य रस की है या करुण रस की?'' तो एक छात्रा ने दबी जुबान में कहा, ''वात्सल्य रस की!''

ऐसा है मेरा शरीर। अपनी भोंड़ी सूरत और सींकिया शरीर, दोनों से ही मुझे विरक्ति रही है। लेकिन मेरे इसी दो हड्डी के शरीर ने 57 वर्ष की आयु में भरी गरमी में शूलपाण की विकट झाड़ी पार करवा दी। आज लगा कि मेरा यह शरीर मुझे दंड के रूप में नहीं, वरदान स्वरूप मिला है। आज पहली बार अपने शरीर पर प्यार उमड़ा। हे दीनानाथ, हर जनम मुझे यही चोला देना!

मन्दिर के लोग हमें बड़े कौतूहल से देख रहे थे। उन्हें इस बात का बड़ा अचरज है कि हमने इतने सामान के साथ बिना लुटे, झाड़ी कैसे पार कर ली।

तभी एक अधेड़ महिला ने टेर लगायी, ''चलिए, भोजन तैयार है। परकम्मा-वासी, आप भी आ जाइए।''

मैंने तुरन्त श्यामलाल को जगाया और भोजन पर टूट पड़े।

शाम को देखा, झाड़ी के आरम्भ में हमें जो तीन अक्खड़ और फक्कड़ बाबा मिले थे, उनमें जो सबसे दुबला-पतला था वह केवल लँगोट पहने चला आ रहा है। और लँगोट भी कैसा! रस्सी में बँधा कपड़े का बित्ता भर टुकड़ा, बस!

पिछली यात्रा में किसी ने कहा था, ''झाड़ी में से परकम्मावासी वैसे ही निकलता है, जैसे माँ के गर्भ से-एकदम नंगा।'' उस दिन विश्वास नहीं हुआ था, आज प्रत्यक्ष देख रहा हूँ।

उसने बताया, ''हम आपसे एक दिन बाद चले। बोरखेड़ी के बाद एक भील आया और उसने हम तीनों को लूट लिया।''

''दूसरे दो तो खूब हट्टे-कट्टे थे। कुछ बोले नहीं?''

''उनकी तो बोलती ही बन्द हो गयी थी। सब कुछ चुपचाप रख दिया।''

''तुम अकेले कैसे?''

''वे दोनों मुझ पर जबरन धौंस जमाते थे। एक दिन खरी-खरी सुना दी और अलग हो गया।''

''रास्ते में कोई परेशानी?''

''रास्ते में तो नहीं, पर आज रो दिया।''

''क्यों?''

''प्यास के कारण। प्यास से मुँह सूख गया था, गले में जलन हो रही थी, आँखों के आगे चिनगारियाँ-सी फूट रही थीं। पहाड़ों में भटक गया था। बड़ी मुश्किल से नर्मदा मिली। नीचे उतर कर जी भरकर पानी पीया, तब जान में जान आयी। पहली बार समझ में आया कि प्यास क्या है—एक पागल कर देने वाली यन्त्रणा।''

इस धधकती धूप में, उघाड़े बदन, खाली पेट, भट्ठी-सी तपती चट्टानों पर नंगे पाँव एकाकी चलना कितना कष्टप्रद हो सकता है, इसकी कल्पना कर मैं सिहर उठा। कष्ट सहन करने की यह पराकाष्ठा है।

पराक्रम शब्द आज पौरुष का वाचक है। मूल में परिक्रमा तथा पराक्रम दोनों की धातु एक है—'क्रमण' अर्थात आगे बढ़ना, सतत चलते जाना। नर्मदा परिक्रमा में अगर सचमुच कहीं पराक्रम है, तो वह शूलपाण झाड़ी पार करने में है।

उसी अधेड़ महिला ने आकर कहा, ''बाबा, नहा आओ, फिर भोजन कर लो।''

उसे नहाकर आने में देर हुई। कारण मैं समझ गया। नहाकर वह धूप में खड़ा रहा होगा। लँगोट जब सूखा होगा, तभी आ सका होगा।

शूलपाणेश्वर में महाराष्ट्र समाप्त हो जाता है और गुजरात शुरू। बड़ा मनोरम स्थान है यह, चारों ओर पहाड़ियों से घिरा। रात यहाँ रहेंगे, सुबह घर के लिए चल देंगे।

आखिर शूलपाण की झाड़ी हम पार कर चुके थे। वह झाड़ी, जहाँ अस्सी मील तक नर्मदा पहाड़ियों के घटाटोप से घिरी है, जहाँ तरह-तरह की चट्टानें अपने पूरे लाव-लश्कर के साथ फैली हैं, जहाँ की भयानक निस्तब्धता यात्री को अकुला देती है, जहाँ नर्मदा का यौवन मानो वापस आ गया है और जहाँ नर्मदा के अंग-अंग में स्वच्छता और शुचिता का दिव्य स्पर्श है।

शूलपाणेश्वर से विमलेश्वर

मध्यप्रदेश से गुजरात में क्या आ गया हूँ, मानो एक माँ की गोद से दूसरी माँ की गोद में आ गया हूँ।

मेरे पिता गुजरात के एक गाँव से आकर मध्यप्रदेश के जबलपुर में बस गये। मेरा जन्म जबलपुर में हुआ। बचपन में गुजरात आना-जाना चलता रहा, लेकिन बाद में कम होता गया और अन्ततः हम मध्यप्रदेश के निवासी हो गये। मैं हिन्दी-गुजराती दोनों जानता हूँ। लेकिन मेरे लड़के हिन्दी ज्यादा और गुजराती कम जानते हैं। तीन-चार पीढ़ी के बाद हमारा परिवार पूरी तरह से हिन्दी-भाषी हो जाएगा।

शूलपाणेश्वर के मन्दिर के पुजारी त्रिवेदी जी मूलतः मध्यप्रदेश के हैं— गाडरवारा के नजदीक के एक गाँव के। घर में हिन्दी बोलते हैं, गाँव के लोगों के साथ गुजराती। इनके लड़के कभी हिन्दी बोलते हैं तो कभी गुजराती। और उनके भी लड़के तो गुजराती ही बोलते हैं। तीन-चार पीढ़ी के बाद पुजारी जी का परिवार पूर्णरूपेण गुजराती-भाषी हो जाएगा।

हमारे देश में इस प्रकार के आन्तर-प्रवाह सदियों से चलते आ रहे हैं और देश की एकता को सुदृढ़ करते रहे हैं।

भविष्य की पीढ़ियाँ पूरी तरह से नये प्रान्त की हो जाएँगी, फिर भी उनके मन में अपने पूर्वजों के प्रान्त के प्रति प्यार की कुछ न कुछ भावना तो बनी रहेगी। फिर मैं तो बचपन में गुजरात में रहा हूँ, उसके स्कूलों में पढ़ा हूँ, उसकी धूल में लोटा हूँ। गुजरात की भूमि को देखकर यदि मैं आन्दोलित हो उठा हूँ, तो यह स्वाभाविक ही कहा जाएगा।

शूलपाणेश्वर का पहाड़ी एकान्त मुझे पिछली यात्रा में ही भा गया था। लेकिन घर लौटने की जल्दी थी, इसलिए एक ही दिन रुके थे। इस बार यहाँ तीन-चार दिन रहने का निश्चय करके ही घर से चले थे।

नदी का पानी मटमैला है। पहाड़ों पर हरियाली है। वे वैसे बंजर नहीं हैं जैसे

पिछली यात्रा में थे। यह चमत्कार वर्षा का है। मैंने अपनी नोटबुक में लिखा—

पानी
जब समुद्र से आता है तब बादल
और जाता है तब नदी कहलाता है।
बादल उड़ती नदी है
नदी बहता बादल है।
बादल से वर्षा होती है
वर्षा इस धरती की शालभंजिका है।
उसके पदाघात से धरती लहलहा उठती है।
और जब वर्षा नहीं होती
तब यही काम नदी करती है।
वर्षा और नदी-धरती की दो शालभंजिकायें।
विचार और कर्म (कल्पना और यथार्थ)
आत्मा की शालभंजिकायें हैं।
इनके पदाघात से
आत्मा पल्लवित-पुष्पित होती है!
बादल धरा पर उतरकर सार्थक होता है
विचार कर्म में परिणत होकर कृतार्थ होता है।

बाद में मैंने ये पँक्तियाँ अपने एक कवि-मित्र को बतायी थीं। उन्होंने इसे देखते ही रद्द कर दिया। कहने लगे, ''तुम तो उपदेश देने लगे। कविता में उपदेश नहीं होना चाहिये।'' मैंने कहा, ''तुम्हारा यह उपदेश, कि कविता में उपदेश नहीं होना चाहिये, मुझे शिरोधार्य है!''

जानता हूँ, कुकवि होने से कवि न होना अच्छा। कविता को कवि के पास उसी तरह आना चाहिये जैसे वृक्ष में पर्ण आते हैं। वह सहज-साध्य हो, प्रयत्न-साध्य नहीं। वरदान की तरह मिली हो। लेकिन यह कविता कहाँ है, यह तो कुछ शब्दों का जोड़ भर है। क्या इसे भी वैसी ही कठिन अग्नि परीक्षा देनी होगी?

यहाँ आये आज तीसरा दिन है। आज शरद-पूर्णिमा है। आज शाम तक मेरे दो छात्र भी आ जाएँगे। फिर कल से चलेंगे।

लेकिन शाम ढल कर रात हो गयी, पर छात्र नहीं आये। इस बियाबान में रात में तो आ ही नहीं सकते। हमने उनके आने की आशा छोड़ दी।

पूर्णमासी का चाँद निकल चुका था। खाना खाकर मन्दिर के दरवाजे पर बैठा था। सहसा अँधेरे को चीरकर आती हुई कुछ आकृतियाँ दिखाई दीं। थोड़ी देर में पास आ गयीं। भावावेश में मैं चिल्ला उठा, "कौन अनिल? इतनी रात को?" तभी मलय भी आ गया।

'लोगों ने हमें आसान रास्ता बताया। काफी दूर तक हम उस तट से आए। फिर नाव से नर्मदा पार की और आ गये।"

वे इतने थक गये थे कि अब यहाँ से परसों जाएँगे।

निश्चिन्त होकर नर्मदा तट चला गया। चाँद ने अपनी जादू की पिटारी खोल दी थी और चाँदनी धार बाँधकर बरस रही थी। कभी उस आसमानी जादूगर को देखता, कभी चाँदनी से नहाती पहाड़ियों को देखता तो कभी चाँदी-सी झिलमिलाती नदी को देखता। नयनों को ऐसा उत्सव देखने फिर कब मिलेगा!

धरती पर किसी वरदान की तरह चाँदनी उतर रही थी। घाटी को चाँदनी से लबालब भरती देखना कितना अच्छा लग रहा था।

मुझे लगा, यह कितनी अजीब बात है कि चाँद का प्रकाश उसकी अपनी चीज नहीं। सूरज की धूप ही चाँद के धरातल से टकरा कर चाँदनी बन जाती है। तो चाँद सर्जक नहीं, अनुवादक है! वह धूप का चाँदनी में अनुवाद करता है! पर कैसा दिव्य अनुवाद! धूप में वह माधुर्य कहाँ, जो चाँदनी में है! चाँद को अनुवादक कहूँ, अनुगायक कहूँ या अनुसर्जक, यही समझ में नहीं आ रहा! (मूल वादक की कृति को उसके लय और छन्द को बरकरार रखते हए जो एक भाषा से दूसरी भाषा में ले आये, वही है अनुवादक।)

किन्तु, अनुवाद वाली मेरी यह उपमा आधी सच है। अनुवाद दोनों ओर हो सकता है। लेकिन धूप का चाँदनी में तो अनुवाद हो सकता है, पर चाँदनी का धूप में नहीं। वैसे ही, जैसे दूध में से दही तो हो सकता है, पर दही में से दूध नहीं। तो चाँद के पास ऐसा कोई दिव्य रसायन है, ऐसा कोई जामन है, जिससे वह धूप का चाँदनी में रूपान्तर कर देता है। बेचारा सूर्य! उसके पास ऐसा कोई जामन नहीं!

देर रात बीते जब लौटा, तो मन्दिर का दरवाजा बन्द हो चुका था। लेकिन लकड़ी के इस बड़े दरवाजे में एक खिड़की थी। पुजारी जी ने वह भिड़का दी थी, बन्द नहीं की थी। उसी से अन्दर आया तो मेरे साथ नदी का शोर भी अन्दर घुस आया! खिड़की बन्द कर दी, तो शोर बाहर रह गया।

मन्दिर के ठीक सामने है देवनदी-एक नन्हीं नदी, जो नर्मदा से मिलती है। इसी संगम पर स्थित है यह मन्दिर। देवनदी की खड़ी और ऊँची कगार पर एक छोटा-सा गाँव है। देवनदी में सुन्दर प्रपात है। हम यह सब देख आये हैं, पर आज

अनिल और मलय के साथ दोबारा जाएँगे।

रात को खाना खाकर बैठे थे कि गाँव की भजन-मंडली आ गयी। प्रारम्भिक स्तुति के बाद जो पहला भजन शुरू हुआ, तो मैं खिल उठा। मेरा रोम-रोम पुलकित हो उठा। यह तो वही प्रार्थना थी, जो आज से कोई 55 वर्ष पूर्व, गुजरात के सुदूर कच्छ इलाके के अपने छोटे-से गाँव में, पहली कक्षा में मैंने पढ़ी थी!

मेरा अतीत उमड़ कर मेरे सामने आ गया। मेरी आँखों के सामने मेरा गाँव, घर, पाठशाला, नदी, तालाब सभी कुछ साकार हो उठा। कोई आधी शताब्दी के अन्तराल को एक झटके में चीरकर मैं कहाँ से कहाँ पहुँच गया! इस गीत ने तो मुझे मेरा बचपन लौटा दिया!

कभी 6 वर्ष की आयु में इस प्रार्थना के साथ मैंने अपनी शिक्षा का आरम्भ किया था। आज 60 वर्ष की आयु में इसी प्रार्थना के साथ मैं नर्मदा-तट की अपनी गुजरात यात्रा का आरम्भ कर रहा हूँ।

कुछ क्षणों के लिए मैं अतीत में खो-सा गया। इधर एक के बाद एक भजन होते रहे। गायक भाव-विभोर होकर सुनाते रहे, हम रस-विभोर होकर सुनते रहे।

इस प्रकार, शूलपाणेश्वर मन्दिर में चार दिन रहने के बाद, सुबह-सबेरे हम चल पड़े। इस आनन्द-लोक में से निर्वासित होना अच्छा तो नहीं लग रहा, पर दीवाली के पहले समुद्र-तट पहुँच जाना जरूरी है। दीवाली के त्यौहार पर सामने तट ले जानेवाली नाव बन्द रहती है। अगर देर हो जाएगी तो नाव नहीं मिलेगी। इसलिए चल पड़े। श्यामलाल मेरे साथ तीसरी बार चल रहा है, अनिल दूसरी बार और मलय पहली बार। कोई ढाई साल के अन्तराल के बाद नर्मदा-परिक्रमा का मोरचा हमने फिर सँभाल लिया है।

पानी, चट्टान, प्रपात, शोर और मोड़-ये पाँच तत्त्व हैं, जिनसे नर्मदा की देह का निर्माण हुआ है। चट्टानों से नर्मदा ने जैसी भागीदारी की है, वैसी कम नदियों ने की होगी। (अगर चट्टानें न हों, तो नदी से गाते ही न बने।) इसमें जितने प्रपात हैं, उतने शायद ही किसी नदी में हों। कैसे-कैसे मोड़ हैं इसमें—सीध में बहना तो यह जानती ही नहीं। ज्यादा देर चुप भी नहीं रहती।

ऊँची पहाड़ी पगडंडी पर से चले जा रहे हैं। दोनों ओर पारिजात के पौधे हैं—कुछ दिन पहले वे फूलों से लदे होंगे लेकिन अब एक भी फूल नहीं है।

नवागाम आते-आते तेज धूप हो गयी। यहाँ नर्मदा पर एक बड़ा बाँध बन रहा है—नर्मदा पर बन रहे बाँधों में सबसे बड़ा। इसमें नर्मदा के अनमोल पानी को

सँजोकर रखा जाएगा और नहरों के माध्यम से दूर-दूर के प्यासे खेतों को पहुँचाया जाएगा। गुजरात का तो कायापलट हो जाएगा। मध्यप्रदेश, महाराष्ट्र और सुदूर राजस्थान तक को इसका लाभ मिलेगा।

नर्मदा पर और भी कई बाँध बन रहे हैं। इन बाँधों के कारण जो विशाल झीलें निर्मित होंगी, उनमें सैकड़ों गाँव अदृश्य हो जाएँगे। सैकड़ों मील लम्बे किनारे डूब जाएँगे। नर्मदा-तट का भूगोल जितना पिछले 25,000 वर्षों में नहीं बदला, उतना अगले 25 वर्षों में बदल जाएगा।

धूप में सारा दिन चलते रहे। शाम को गोरा पहुँचे। भोर होते ही चल दिए। नर्मदा के कँकरीले पाट में से जा रहे हैं। अनिल कंकड़ बीनता चलता है। मैं सोचता हूँ, अभी तो यात्रा की शुरुआत है, वैसे ही बोझ से लदे हैं, यह अतिरिक्त बोझ वह कब तक ढो सकेगा। पर युवा हृदय को कोई कैसे समझाए!

शाम तक जिओरपाटी आ गये। इसका दूसरा नाम है कुम्भेश्वर। यहाँ नर्मदा में पालवाली नाव चल रही थी। पुजारी मूलतः महाराष्ट्र के हैं। उनके पूर्वज कई पीढ़ियों से यहाँ बस गये हैं और अब यहीं के हो गये हैं।

रात को छत पर सोए। रात को मैं तारों को देखते-देखते सोता। सुबह उठता तब सब कुछ उलट-पुलट हो जाता, यहाँ तक कि पूरी की पूरी आकाशगंगा एक ओर खिसक जाती।

सबेरे चल दिये। आगे दो-तीन पनिहारिनें काफी दूर से नर्मदा का पानी ला रही थीं। मैंने पूछा, "क्या तुम्हारे गाँव में कुआँ नहीं है?"

"कुआँ तो है, पर हमने शुरू से ही नर्मदा का पानी पीया है, इसलिए कुएँ का पानी फीका लगता है।"

इनका काम कुएँ के पानी से भी चल सकता था। ऐसी तेज धूप में हाड़तोड़ मेहनत करने की क्या जरूरत थी? पर नर्मदा तो बस नर्मदा है।

गुजरात भयंकर सूखे से घिरा है। पिछले तीन वर्षों से पर्याप्त वर्षा न होने के कारण अधिकांश कुएँ और तालाब सूख गये हैं। जल-स्तर काफी नीचे चला गया है। खेतों में फसल सूख रही है। आँखें हरियाली देखने को तरस रही हैं। कपास, तम्बाकू, गन्ना, मूँगफली उपजाने वाला यह हरा-भरा अंचल उजाड़ और बंजर धरती बनकर रह गया है। मन गहरी उदासी में डूब जाता है।

शाम को ओरी पहुँचे। ओरी बड़ा गाँव है। पिछले कुछ दिनों से हम मोर की आवाज सुन रहे हैं। यहाँ मोर बिल्कुल पास से देखने मिले। घरों के छप्पर पर, पेड़ों पर या सामने आँगन में आ जाते हैं। हमारे आकर्षण का केन्द्र है मोर की लम्बी लहरदार गर्दन और उससे भी बढ़कर उसकी लम्बी पूँछ, जो अपने में इन्द्रधनुषी रंगों

की एक पूरी प्रदर्शनी समेटे हुए है। अनिल और मलय इन्हें देखकर बच्चों की तरह खुश हो रहे हैं और मोरपंख बटोर रहे हैं।

उतने ही विस्मय-विमुग्ध हैं हम यहाँ के गाय-बैलों को देखकर। कितनी बड़ी गायें, कितने बड़े-बड़े बैल। सींग भी उतने ही विशाल। सामने से आते हैं तो हम डरकर रास्ता छोड़ देते हैं, वे हम से डरकर ठिठक कर खड़े हो जाते हैं।

भोर होते ही चल दिये। खेतों में से होते हुए तीसरे पहर हम एक ऐसी जगह आये, जहाँ सामने नर्मदा के मध्य में एक विशाल टापू दिखायी दे रहा था—सुप्रसिद्ध कबीरबड़!

हम वहाँ जाएँ या न जाएँ? परिक्रमा के नियमों के अनुसार हम नर्मदा की धारा को नहीं लाँघ सकते, टापू पर नहीं जा सकते। लेकिन कबीरबड़ के बारे में बचपन में पढ़ी कविता का आज भी स्मरण है। जिसे देखने की वर्षों से उत्कंठा रही है, क्या उसे बगैर देखे चले जाएँगे? इधर फिर कब आना होगा, और इस ओर की धारा भी तो बहुत क्षीण है।

जाने का पलड़ा भारी हुआ। इसे देखे बिना मन मानेगा नहीं। अवसर चूक गया तो मन में कसक रह जाएगी। हमने जाने का निर्णय लिया। हम नियमानुसार परिक्रमा करने वाले परम्परागत परकम्मावासी भी तो नहीं। सो माँ नर्मदा से क्षमायाचना के साथ, कबीरबड़ जाने के लिए, हम लोग पूरे उत्साह के साथ नर्मदा की छिछली धारा में उतरे।

गुजरात में आने के बाद नर्मदा का स्वरूप कितना बदल गया है। अब वह शान्त और सन्तुलित बहती है, क्योंकि अब उसके लिए संघर्ष करने की आवश्यकता नहीं रही। चट्टानें कब की गायब हो गयी हैं, अब केवल रेत या मिट्टी है। नर्मदा का पाट चौड़ा है और चाल मन्द। उसकी धारा तो अविरल बह रही है, लेकिन उसकी कलकल नहीं सुनायी देती। वह इतनी शान्त बहती है कि उसकी पदचाप तक सुनायी नहीं देती। नर्मदा बोलने कम और सुनने ज्यादा लगी है। अब वन-विहार नहीं रहा, पहाड़ों से लुकाछिपी का खेल नहीं रहा। यहाँ तक कि जिन पंच-तत्त्वों से नर्मदा की देह का निर्माण हुआ है—पानी, चट्टान, प्रपात, शोर और मोड़-इनमें से एक-एक करके अधिकतर छूटते जा रहे हैं। सबसे पहले गया प्रपात। इसके बाद चट्टान। चट्टान के साथ ही शोर भी चला गया। मोड़ भी पहले जैसे नहीं रहे।

यही है जीवन। ज्यों-ज्यों जीवन का सूर्यास्त निकट आता जाता है, अधिकांश चीजें छूटती जाती हैं और यात्री अन्तिम यात्रा के लिए हल्का-फुल्का होता जाता है।

नर्मदा की छिछली धारा पार करके हम कबीरबड़ पहुँचे। कहते हैं, सन्त कबीर यहाँ आये थे। उनके प्रताप से बरगद का एक पेड़ इतना विशाल हुआ कि पूरे टापू पर छा गया। इस विशाल वटवृक्ष की छतनार छाया में हजारों लोग आश्रय ले सकते थे। लेकिन अब तो उसका थोड़ा-सा अंश ही बचा है। यह भी काफी बड़ा है और किसी भव्य स्मारक-सा खड़ा है। और भी कई वृक्ष हैं। हरे-भरे खेत हैं, पशु-पक्षी हैं, मन्दिर हैं। यहाँ आकर बड़ा अच्छा लगा। बड़ा एकान्त है यहाँ। टापू में रात्रि-निवास का यह प्रथम अवसर है।

अभी कृष्ण पक्ष चल रहा है। मैंने देखा कि कृष्ण-पक्ष में चाँदनी करीब-करीब उतनी ही होती है, जितनी शुक्ल-पक्ष में। मगर एक उजियारा पाख कहलाता है, दूसरा अँधियारा पाख। एक में पहले चाँदनी, फिर अँधेरा। दूसरे में पहले अँधेरा, फिर चाँदनी। चाँदनी की जगह भर अदल-बदल हो जाती है, मगर कुल मिलाकर चाँदनी प्राय: उतनी ही। अँधियारा पाख व्यर्थ बदनाम है।

सबेरे नर्मदा की धारा पार करके वापस तट पर आ गये। फिर नदी के संग-संग आगे बढ़े। जगह-जगह किसान बिजली की सहायता से नदी से पानी ले रहे थे और खेतों की सिंचाई कर रहे थे। कपास और गन्ने के अलावा केले के बड़े-बड़े खेत हैं। कदलीवन में से हमारी पगडंडी जाती है तो बड़ा सुखद लगता है।

यहाँ से सड़क मिल गयी। सड़क के साथ-साथ रेल की पटरी भी है। हमारे पास से धुआँ छोड़ती हुई रेलगाड़ी निकल गयी।

अब नर्मदा छूट गयी है। अब तो समुद्र तक सड़क से ही जाना होगा। सड़क उबाऊ है लेकिन अब यही रास्ता है। नर्मदा का तट निचाट सूना और निर्जन है। आगे नर्मदा में मिलने वाली नदियाँ, जिन्हें यहाँ लोग खाड़ी कहते हैं, कीच-काँदे से इतनी भरी होंगी कि उन्हें पार करना बहुत मुश्किल होगा। फिर नर्मदा का पानी क्रमश: खारा होता जाता है और किनारे वीरान, बंजर और उजाड़, इसलिए हमने भी सड़क से चलना ही ठीक समझा।

रास्ते में एक सारंगी-वादक अपने गीत सुना रहा था तो हम लोग भी सुनने खड़े हो गये। वह गा रहा था :

एक जीवने रे लाखो उपाधि, केम जीवे जीवनार रे!

जीव एक है और परेशानियाँ लाख-लाख, जीने वाला जीये तो कैसे जीये!

उसका कंठ सुरीला था। कभी-कभी वह गीत की कड़ी को बीच में ही छोड़ देता और बाद में उसे फिर पकड़ लेता। इस गीत में से एक गहन गम्भीर वेदना झाँक

रही थी। उसके गीत से वातावरण में उदासी-सी छा गयी।

तीसरे पहर उछाली पहुँचे। यहाँ नर्मदानन्दजी का आश्रम है। बहुत पहले उन्होंने नर्मदा-परिक्रमा की थी और उसका विस्तृत वृत्तान्त गुजराती में प्रकाशित किया था। इसे मैंने चाव से पढ़ा था। उनसे मिलने की बड़ी इच्छा थी। पर वे कहीं बाहर गये हुए थे, इसलिए उनके दर्शन न कर सका। रात हम उनके आश्रम में ही रहे। गाँव के छात्रों ने हम लोगों की सुख-सुविधा का पूरा ध्यान रखा।

यहाँ भी खूब मोर हैं। हम उन्हें पास से देखते रहे। दूसरे दिन दोपहर के पहले पड़ा अंकलेश्वर। यह नर्मदा से प्रायः दस किलोमीटर दूर है। इसके आसपास प्राकृतिक गैस व तेल के कुएँ हैं, इसलिए यह एक बड़ा औद्योगिक नगर हो गया है। यहाँ के तेल के कुओं की लपटें रात के आकाश को रक्तरंजित करती जान पड़ती हैं।

थकान से चूर पर खुशी से भरपूर हम तीसरे पहर कतपोर पहुँचे। कतपोर नर्मदा-तट का आखिरी गाँव नहीं है। आखिरी गाँव विमलेश्वर है। लेकिन समुद्र पार करने के लिए नाव यहाँ से छूटती है, इसलिए परकम्मावासियों का जमघट यहाँ रहता है। हम जब वहाँ पहुँचे, तब वहाँ केवल सात परकम्मावासी थे। हमारे जाने से ग्यारह हुए। लेकिन जब तक पचीस-तीस नहीं होते, तब तक नाववाला नाव नहीं छोड़ता।

दूसरे दिन सुबह विमलेश्वर गये। नर्मदा समुद्र से इतना धीमे-धीमे मिलती है कि यह निर्धारण करना मुश्किल है कि कहाँ नर्मदा का अन्त है और कहाँ समुद्र का आरम्भ। अब नर्मदा और समुद्र में फर्क करना बड़ा मुश्किल हो गया है। अन्तिम पचास किलोमीटर नर्मदा का पानी खारा है। फिर भी विमलेश्वर नर्मदा-तट का अन्तिम ग्राम है, इसलिए यहाँ नर्मदा का सागर से संगम माना गया है। अपनी 1312 किलोमीटर लम्बी यात्रा पूरी करके नर्मदा यहाँ सागर में समा जाती है। विश्वास नहीं होता कि यह वही छोटा-सा निर्झर है जो अमरकंटक से चला था। अमरकंटक से चलते समय उसमें प्रस्थान का जैसा उत्साह था, यहाँ मंजिल पर पहुँचने का वैसा ही सन्तोष है।

उन परकम्मावासियों की खुशी का क्या कहना, जो कई-कई महीनों की कठिन पदयात्रा के बाद जीवन में शायद पहली बार समुद्र के दर्शन करते हैं। असीम और अपार है मेरी खुशी। आखिर मैं समुद्र तक आ पहुँचा था। नर्मदा के उद्गम से संगम तक की मेरी यात्रा पूरी हुई थी। जीवन का बहुत बड़ा स्वप्न साकार हुआ। खुशी से मैं छलछला उठा। ओह, जीवन कितना सुखद है!

मेरे हाथ अपने आप जुड़ गये। मैंने नर्मदा का आह्वान किया। आह्वान नहीं किया, बल्कि रो पड़ा। प्रसन्नता के सहज स्वच्छ आँसू मेरे गालों पर ढुलक रहे थे। काफी देर तक चुपचाप बैठा मैं मन ही मन नर्मदा का यशोगान करता रहा।

माँ नर्मदे! तुम्हारे शाश्वत सौन्दर्य से तुम नित नूतन हो, चिर नवीन हो! तुम जानी-पहचानी हो, फिर भी अद्‌भुत हो! मृदुल सरिता! तुम्हें मैं बचपन से जानता हूँ, फिर भी तुम्हारे सौन्दर्य की झलक भर देख सका हूँ...

यहाँ मानो तुम समुद्र से कहती जान पड़ती हो, ''मैं आ गयी हूँ। मैंने अपने जीवन का कार्य पूरा कर लिया है। अब मैं अकलुष चेतना के साथ तुम्हारे पास आ सकती हूँ।'' और समुद्र भी तुम्हें इस प्रकार स्वीकार करता है मानो तुम उसके कलेजे का टुकड़ा हो।

कितना कुछ देखने के बाद नर्मदा यहाँ आयी है। क्या यहाँ उसे थोड़ा रुककर, पीछे मुड़कर, अपने यात्रा-पथ का पुनरावलोकन करने का मन नहीं करता होगा? उसे पहाड़ों की, वनों की, घाटियों की, तीर्थ-स्थानों की, किनारों की, घाटों की, जनपदों की, खेतों की, कूलन की, कछारों की याद तो आती होगी! पीछे मुड़कर देखने का मन तो करता होगा।

यहाँ नर्मदा की यात्रा समाप्त होती है। अब तट का बन्धन नहीं रहा। अब वह समुद्र में मिल जाती है। अब ताटस्थ्य नहीं पर तादात्म्य ही धर्म है!

यहाँ, रेवा-सागर संगम में मैंने स्नान किया। स्नान करते समय सभी स्वजनों को याद किया। आज, जीवन के परम सुख के क्षणों में, मैं उन्हें भी इस आनन्द में सम्मिलित करना चाहता हूँ।

नर्मदा यहाँ बहुत छिछली है। दूर-दूर तक चिपचिपा कीचड़ है। ऐसे दलदल में नाव नहीं चल सकती। इसलिए कतपोर से चलती है, पहले शायद विमलेश्वर से चलती थी। यहाँ से वापस कतपोर आये। कतपोर से नर्मदा कोई दो किलोमीटर दूर है।

जब पचीस-तीस परकम्मावासी इकट्‌ठे होते हैं, नाववाला नाव तभी छोड़ता है। यहाँ आये आज दूसरा दिन है, पर एक भी परकम्मावासी नहीं आया। अब तो दीवाली के बाद ही आएँगे। ऐसे में हमें यहाँ एक सप्ताह तक रुकना पड़ सकता है। इतने दिनों तक यहाँ पड़े रहने की स्थिति में हम नहीं हैं, कुछ करना चाहिये।

मछुआरों की बस्ती गाँव के बाहर है। वहीं रहता है गुमान। परकम्मावासियों को वही उस पार ले जाता है। उससे मिलकर अपनी परेशानी बतायी। उसने कहा, ''यहाँ मुहाने पर नर्मदा का पाट कोई बीस किलोमीटर चौड़ा है। जाने में दस घंटे लगते हैं। हवा अनुकूल न हुई तो ज्यादा भी लग सकते हैं। इतना ही समय वापस आने में लगता है। हमारी मजदूरी भी तो निकलनी चाहिये। परकम्मावासियों से हमें दान-दक्षिणा के रूप में कुछ न कुछ मिल ही जाता है।''

मैंने कहा, ''तुम्हारा नुकसान नहीं होने दूँगा। मेहनताना दूँगा।''

"कितना देंगे?"

"पचास रुपये।"

"मेरा साथी मछली पकड़ने समुद्र गया है, इसलिए मैं तो नहीं चल सकूँगा पर ठहरिये, दूसरों से पूछता हूँ।"

उसने दो-तीन नाविकों से पूछा, पर कोई तैयार न हुआ। मैं मोलभाव के लिए तैयार था, पर कोई बात करने तक को तैयार नहीं था। हम वहाँ कोई दो घंटे तक बैठे रहे, आखिर निराश होकर चले आये। यह कैसी मुसीबत आ पड़ी। इतने दिनों तक हम सारा का सारा दिन चलते रहे, क्या यह व्यर्थ जाएगा।

मैं भाग्यवादी नहीं हूँ, पर आशावादी तो हूँ। भगवान कोई न कोई रास्ता निकालेगा, यही सोचता हुआ सो गया।

सुबह उठा, तो सामने गुमान! "कल सुबह चार बजे हम चल देंगे। आप सभी चार बजे तक नदी किनारे आ जाइए।"

हम लोगों की खुशी का क्या कहना!

आज हम लोगों ने दिन भर पत्र लिखे-पोस्टकार्ड, जिन पर रेखांकन भी कर देते। सबसे ज्यादा कार्ड अनिल ने लिखे। (बोलता कम है पर लिखता खूब है! रोज देर रात तक डायरी लिखता है। इसके लिए घर से एक छोटी लालटेन लेकर चला है।) फिर हमने सभी पत्र पोस्ट कर दिये।

श्रद्धालु जब नर्मदा में दीप प्रवाहित करते हैं, तब उनमें से कुछ दूर तक जाते हैं तो कुछ थोड़ी दूर जाकर ही डूब जाते हैं या बुझ जाते हैं। डाक में पत्र छोड़ते समय मेरे मन में भी थोड़ा-बहुत यही भाव रहता है। पता नहीं इनमें से कितने मंजिल तक पहुँचेंगे और कितने बीच में ही दम तोड़ देंगे! इसलिए पत्र छोड़ते समय मैं यह प्रार्थना अवश्य करता हूँ—जाओ वत्स! तुम्हारी यात्रा शुभ हो! तुम अपने गन्तव्य तक पहुँचो। रास्ते में अनावश्यक विलम्ब न हो! डाक के देवता तुम्हारी रक्षा करें!

थोड़ी देर के बाद टिकटें लेने के लिए हम दुबारा पोस्ट-ऑफिस गये। हमारे पोस्ट किए हुए पत्र पोस्ट-मास्टर की टेबल पर रखे हुए थे। भले पोस्ट-मास्टर ने उनमें से एक पोस्टकार्ड हमें देते हुए कहा, "यह तो बिलकुल कोरा है। केवल पता लिखा है। आप शायद लिखना भूल गये हैं। अब भी लिख लीजिए।"

पोस्टकार्ड सचमुच कोरा था। अनिल ने लिखा था। मैंने उसे लिखने के लिए कहा तो उसने साफ इनकार कर दिया। कहने लगा "वह बिलकुल ठीक है। मेरे इस मित्र के साथ मेरा ऐसा ही मौन संवाद चलता है।" इस तरह वह कार्ड अनिल का मौन लेकर गया!

रात के तीन बजे गुमान का बेटा हम लोगों को लेने आया। दोनों संन्यासी

और दो-तीन परकम्मावासी नहर के पानी में नहाने गये थे इसलिए थोड़ा रुकना पड़ा। नर्मदा-तट पहुँचकर नाव में सामान रखा, फिर सभी ने मिलकर नाव को धकेला। शान्ति भंग होने से पानी छपछपा उठा। हम सभी हिलती-डुलती नाव पर सवार हो गये।

"चलो!"

अगले ही पल नाव घुप्प अँधेरे में भाटे के लौटते पानी के साथ समुद्र की ओर तेजी से बढ़ने लगी।

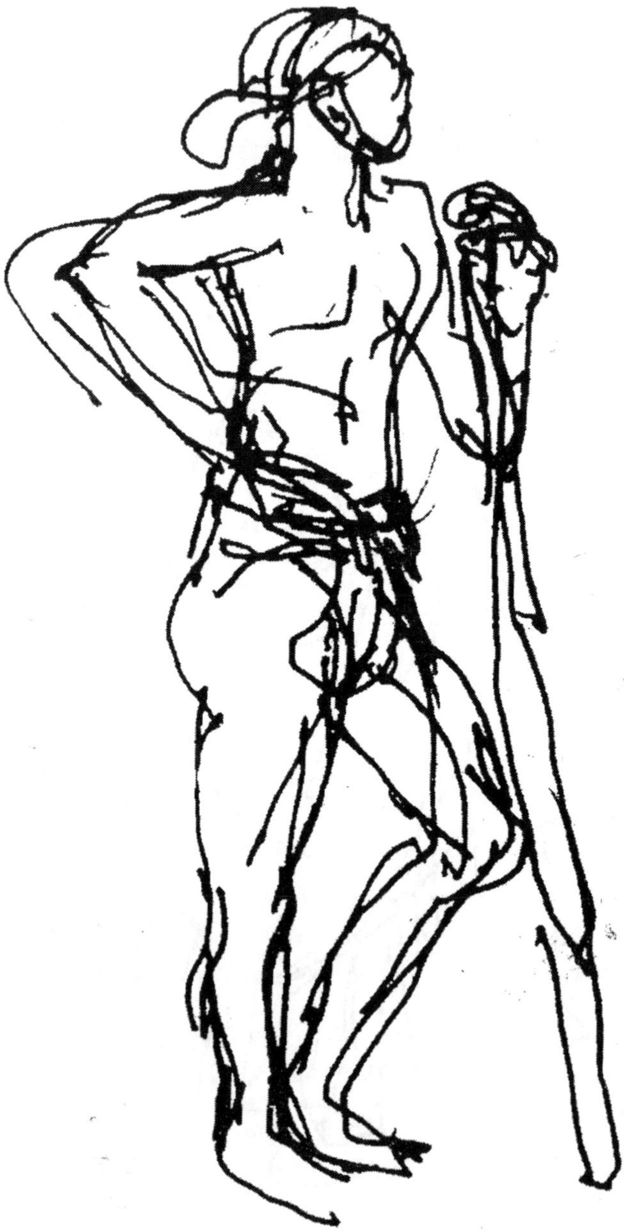

विमलेश्वर से भरूच

रात के अँधेरे में डूबी नर्मदा उनींदी-सी लग रही है। हमारी नाव भाटे के लौटते पानी के साथ समुद्र की ओर चली जा रही है। दूर-पास जहाँ भी नजर जाती है, पानी ही पानी है। और है निस्तब्धता-एक ऐसी नीरवता, जो जमीन पर सम्भव नहीं।

भोर वेला में समुद्र की गोद में होना पावन लग रहा है। स्वच्छ शीतल पवन रक्त में उत्साह भर रहा है। समुद्र का सौन्दर्य और उसकी शान्ति मेरे हृदय में आ विराजती है। हृदय अपूर्व आनन्द से भर जाता है। तारे धीरे-धीरे विदा हो जाते हैं और पूरब के आकाश में उजाला भरने लगता है। देखते-देखते समुद्र के गर्भ से सूरज का ललछौंहा गोला निकलता है और अपने मोरपंख फैला देता है।

रात के अँधेरे में जब नाव में बैठे थे, तब हम अपने आपको कितना असुरक्षित अनुभव कर रहे थे। श्यामलाल जैसा बलिष्ठ नौजवान तक डर रहा था। एक तो अँधेरा, तिस पर समुद्र! दोनों के सम्मिलित भय ने हमारे कुछेक सहयात्रियों को जकड़ लिया था। लेकिन अब अँधेरा दूर हो गया है और उसी के साथ-साथ चला गया है मन का भय।

नाव में बैठी महिला ने कहा, ''आप सब चुप क्यों बैठे हैं? गाते क्यों नहीं।''

उसके पति ने कहा, ''तुम ही शुरू करो।''

जब हम लोगों ने भी यही कहा तो उसने खाँसकर गला साफ किया, फिर धीरे-धीरे गाने लगी। दूसरे भी उसका साथ देने लगे। बेसुरा होते हुए भी इस समय भजन बड़ा अच्छा लग रहा था।

थोड़ी देर में एक छोटा टापू आया। सुबह की धूप में वह धुला-धुला नजर आ रहा था। समुद्र-सतह से नाम मात्र को ऊँचा है, ज्वार आने पर डूब जाता है। हम यहाँ थोड़ी देर के लिए उतरे, फिर आगे बढ़े।

बीच-बीच में गुमान नाव के भीतर रिस आनेवाला पानी उलीचता रहता था। कहने लगा, ''आज नाव में हम कम लोग हैं, पर जब भीड़ होती है तब परकम्मावासी

आपस में खूब झगड़ते हैं—जगह के लिए, सामान के लिए या फिर पुरानी बातों को लेकर। जमीन के झगड़े वे यहाँ समुद्र पर ले आते हैं।''

मैंने कहा, ''तुम समुद्र की कहते हो, आदमी जल्द ही अपने झगड़े अन्तरिक्ष में ले जाएगा। झगड़ों के लिए धरती अब उसे छोटी पड़ रही है!''

एक जगह गुमान ने कहा, ''यह वह जगह है, जहाँ नर्मदा की मूल धारा समुद्र से मिलती है। असली रेवा-सागर संगम यह है। इसके बाद नर्मदा नहीं है।''

वैसे तो कतपोर से ही नर्मदा समुद्र के दरवाजे की कुंडी खटखटाती है और विमलेश्वर नर्मदा-तट का अन्तिम गाँव है इसलिए रेवा-सागर संगम विमलेश्वर में माना गया है, किन्तु इसके बाद भी नर्मदा की मुख्य धारा क्रमशः क्षीण होती यहाँ तक आती है और यहाँ पूर्ण रूप से विलीन हो जाती है। हम लोगों को कुछ पता नहीं चलता, सभी ओर एक-सा पानी लगता है, लेकिन यहाँ के नाविक इस मिलन-बिन्दु को खूब जानते हैं, इसलिए गुमान ने हमें वह जगह बतायी।

सभी ने संगम के जल को मस्तक पर चढ़ाया। साथ लायी पूजा की सामग्री से रेवा और सागर का पूजन किया। नारियल जल को छुआकर गुमान को दे दिये। अन्य सामग्री जल को अर्पित की और प्रसाद बाँटा। वातावरण में ऊदबत्ती की सुगन्ध भर गयी। अभय मुनि ने मन्त्रोच्चारण किया। चेतन मुनि ने शंख बजाया।

शान्त समुद्र से हवा के हल्के-हल्के झोंके आ रहे हैं। आधे से अधिक परकम्मावासी सो गये हैं। यहाँ तक कि गुमान भी सो गया है। थोड़ी देर के बाद जिसके भरोसे नाव छोड़कर वह सो गया था, उसका वह साथी भी सो गया!

गुमान जब उठा तो देखा कि नाव समुद्र में ज्यादा ही दूर चली आयी थी। उसने तुरन्त पाल समेट लिया और लंगर डाल दिया। नाव एक जगह स्थिर हो गयी। पानी पर हल्के-हल्के हंस की तरह डोलती रही।

सभी धूप से परेशान हैं। नाव एक जगह खड़ी हो गयी है, तो धूप और भी तेज लग रही है। मलय और अनिल दुबके सो रहे हैं। मैंने मन ही मन प्रार्थना की, ''हे मलयानिल! हे दक्षिण दिशा के पवन! आओ और हमारा बेड़ा पार लगाओ।''

हमें ज्यादा देर प्रतीक्षा नहीं करनी पड़ी। एकाध घंटे में पवन शुरू हो गया, तो गुमान ने पाल खोल दिया, लंगर उठा लिया। हमारी नाव सरसराती हुई उत्तर की ओर बढ़ने लगी।

नींद के मारे मेरी पलकें भारी हो गयीं, तो मैं भी सो गया। जब नींद खुली तो दूर एक लाइट-हाउस दिखायी देने लगा था। उत्तर-तट की हल्की-सी रेखा उभरने लगी, तो सभी के मन खिल उठे। अब ज्वार शुरू हो गया था। हमारी नाव तेजी से तट के नजदीक पहुँच रही थी। इक्के-दुक्के मछुआरों की डोंगियाँ भी दिखाई दे

रही थीं।

उत्तर-तट का प्रथम ग्राम है हरिकाधाम। इसके बाद मीठीतलाई। दोनों पास-पास ही हैं। मीठीतलाई में रहने की सुविधा है, खास कर पानी की, इसलिए गुमान ने हमें मीठीतलाई उतारा। उस समय दोपहर के दो बज रहे थे। धधकती धूप में नदी की रेत गरम कड़ाह की तरह तप गयी थी। उसे पार करने में परकम्मावासियों के पैर झुलस गये। दोनों संन्यासियों ने तो दौड़ लगा दी। कुछेक ने पैरों में कपड़े की पट्टियाँ बाँध लीं।

मीठीतलाई पहली नजर में ही भा गया। यहाँ है एक मन्दिर, मन्दिर से लगी धर्मशाला और बरगद का पेड़, जिसके चारों ओर चबूतरा। हम लोगों ने इस चबूतरे पर अपना अड्डा जमाया। सामने कुआँ है। पास के गाँव जागेश्वर का कुआँ सूख गया है, इसलिए वहाँ की स्त्रियों का यहाँ दिन भर ताँता लगा रहता है। स्त्रियाँ घाघरे पर साड़ी पहनती हैं और काम करते समय अपनी साड़ियों का कछोटा मारती हैं।

हर गाँव में लोग कुओं का ही पानी पीते हैं क्योंकि नर्मदा का पानी खारा है। कुओं के पानी में भी कुछ खारापन रहता है लेकिन यहाँ के कुएँ का पानी बहुत अच्छा है।

रात को चबूतरे पर सोये। सबेरे चार बजे अपने साथी के साथ गुमान जब वापस जाने लगा तो जाते-जाते मन्दिर के स्वामी जी के लिए एक सन्देश मुझे देता गया।

सुबह हरिकाधाम गये। साथ में दोनों संन्यासी भी थे। रात में नाविकों को राह दिखाने के लिए यहाँ एक लाइट-हाउस है। उस पर चढ़कर समुद्र को देखा। दरअसल यह समुद्र नहीं, खाड़ी है, खम्भात की खाड़ी। सामने सौराष्ट्र है। वहाँ के घोघा बन्दरगाह का लाइट-हाउस यहाँ से दिखता रहता है।

यहाँ से आगे बढ़े। तीन-चार दिन के साथ के कारण दोनों संन्यासियों से घनिष्ठता हो गयी है। अभय मुनि बड़े हैं, चेतन मुनि छोटे। दोनों खूब सबेरे स्नान करने के बाद पूरे शरीर पर भभूत रमाते हैं। कहते हैं, यह अलख-वस्त्र है।

अभय मुनि जिन्दादिल और बातूनी हैं तथा उनमें बच्चों का-सा चुलबुलापन है। कहने लगे, "मैंने शास्त्र नहीं पढ़े। धर्म-अधर्म का मुझे ज्ञान नहीं। लेकिन कुछ सुनता हूँ, कुछ गुनता हूँ, उसी पर से कहता हूँ। यह नर्मदा, ऊँचे पर्वत-शिखर से उतर कर, धरती को तृप्त करती, अपना सर्वस्व लुटाती, निरन्तर आगे बढ़ती, यहाँ आकर समुद्र से मिलती है। जिस दिन यह नर्मदा हमारे भीतर प्रवाहित होगी, हमारा सारा दृष्टिकोण ही बदल जाएगा। हम लेना नहीं देना चाहेंगे, जीना नहीं जिलाना चाहेंगे। है यह कठिन। दूसरों के लिए जीना आसान नहीं। इसमें बहुत कष्ट झेलने पड़ते हैं।

लेकिन स्वेच्छा से हम जो कष्ट उठाते हैं, वे भी मधुर लगते हैं।''

वे थोड़ी देर शान्त रहे, मानो अन्तर्लीन हो गये हों। अबकी उनका स्वर गम्भीर हो चला था। ''शूलपाण झाड़ी की बात है। मैं अकेला ही चल रहा था। भीलों ने मुझे पूरी तरह लूट लिया था। मेरे पास कुछ भी नहीं बचा था। भूख से बुरा हाल था। काफी देर बाद एक भील की झोंपड़ी पड़ी। भील से कहा कि बड़ी भूख लगी है, कुछ खाने को दो। वह झोंपड़ी में गया और ज्वार की एक रोटी ले आया। साथ में न नमक, न मिर्च, केवल रोटी। मैं भी इतना भूखा था कि उस रोटी को गपागप खा गया और दूसरी का इन्तजार करने लगा। पर दूसरी रोटी नहीं आयी। थोड़ी देर में भील ही बाहर आया। कहने लगा—''मैं जानता हूँ कि तुम अभी भूखे हो। घर में कुल चार रोटियाँ थीं। एक तुम्हें दी, एक मैंने ली, एक मेरी स्त्री ने और आधी-आधी रोटी दो बच्चों में बाँट दी। अब घर में न रोटी है, न आटा। तुम भी भूखे, हम भी भूखे।''

उनकी बात सुनकर हम अवाक रह गये। फिर उन्होंने धीरे से कहा, मानो अपने आप से कह रहे हों, ''यही है धर्म।''

मेरे मन का कोना-कोना उजास से भर गया। समुद्र तट पर टहलते-टहलते हम काफी दूर आ गये थे। सूने खेतों में से होते हुए कब मीठीतलाई वापस आ गये, कुछ पता भी नहीं चला।

नदी है जन्मजात यात्री। जन्म लेते ही चल पड़ती है। और एक बार जो चली, तो एक क्षण के लिए भी रुकती नहीं। धरती जब गहरी नींद में सोयी रहती है, तब भी वह अबाध गति से चलती रहती है—दिन और रात, रात और दिन! थकना या रुकना तो वह जानती ही नहीं। बस, चलती रहती है अविराम। चरैवेति, चरैवेति। यही उसका व्रत है, यही उसका जीवनदायी सन्देश है।

पर हर यात्रा का अन्त होता है। आरम्भ होगा, तो अन्त भी होगा। नर्मदा की यात्रा का यहाँ अन्त है। नर्मदा यहाँ सागर में उतरती है और स्वयं सागर हो जाती है।

यहाँ मुहाने पर नर्मदा का पाट कोई बीस किलोमीटर चौड़ा है। दक्षिण-तट उथला और दलदली है। उत्तर-तट पर अत्यन्त स्वच्छ रेत है और गहरा भी है। मुहाने पर है हरिकाधाम। पास में है मीठीतलाई। हम मीठीतलाई में रुके हैं। यहाँ के मन्दिर के स्वामी जी बड़े ही सौम्य, शान्त और मृदुभाषी हैं। मध्यप्रदेश के ही हैं। हम लोगों से मिलकर बहुत प्रसन्न हुए। मैंने कहा, ''जाते समय गुमान कह गया है कि तीन-चार दिन के बाद वह फिर आएगा। उसे आपसे कुछ जरूरी काम है।''

''बड़ी मुसीबत में पड़ गया है गुमान। हुआ यह कि कुछ समय पहले उसके गाँव में एक झगड़ा हुआ और उसमें एक आदमी मारा गया। मृतक के पक्ष ने हत्यारों के जो नाम दिये हैं, उनके एक नाम गुमान का भी है। लेकिन उस दिन तो गुमान यहाँ था, वहाँ था ही नहीं। परकम्मावासियों को नाव से लेकर आया था। रात भी यहीं रहा। वह चाहता है कि मैं उसे प्रमाण-पत्र दूँ कि उस दिन वह यहाँ था।''

''फिर दिक्कत क्या है?''

''प्रमाण-पत्र तो मैं दे दूँ, लेकिन यही कहने के लिए बाद में मुझे कचहरी जाना पड़ेगा। मैं शान्ति के साथ अपना जीवन बिताना चाहता हूँ। लेकिन एक निरपराध को सजा हो जाये, यह भी अच्छा नहीं लगता। अजीब धर्मसंकट में हूँ।''

फिर उन्होंने एक संस्मरण सुनाया। ''पास के गाँव के मन्दिर के पुजारी जी बड़े ही साधु-चरित थे। मन्दिर के साथ कई एकड़ जमीन लगी थी। लेकिन उसमें कुछ ऐसी जमीन थी, जो अभी पुराने दानदाता के नाम पर ही थी, मन्दिर के नाम चढ़ी नहीं थी। उनके वंशजों ने इसका फायदा उठाकर मुकद्दमा दायर कर दिया कि जमीन हमारी है, मन्दिर ने इस पर नाजायज कब्जा कर रखा है। पुजारी जी के पास समन्स आया तो वे हतप्रभ रह गये। कहने लगे-कचहरी जाने की क्या जरूरत थी, मुझसे कहते, मैं ही उनकी जमीन दे देता। अब इस गाँव में मुझे एक क्षण भी नहीं रहना, और वे यहाँ चले आये। इसी बरगद के नीचे आसन लगाया। धीरे-धीरे एक कुटी बनी। यह पक्का मकान तो बहुत बाद में बना।''

''गाँव के लोग उन्हें मनाने नहीं आये?''

''आये, पर वे माने नहीं। कहने लगे, मरने के बाद ले जाना। वैसा ही हुआ। उनकी अन्त्येष्टि उसी गाँव में हुई, लेकिन जीते जी नहीं गये।''

थोड़ा रुककर बोले, ''कोर्ट-कचहरी जाना किसी को अच्छा नहीं लगता, साधु-संन्यासी को तो और भी नहीं। लेकिन नहीं जाता हूँ तो निरपराध को सजा हो जाती है। अजीब दुविधा में हूँ। कचहरी भी नहीं जाना चाहता और एक निर्दोष का अमंगल होते देखना भी नहीं चाहता। देखिये, ईश्वर कोई न कोई रास्ता निकालेगा।''

हमारे जीवन में ऐसे मौके आते ही हैं, जब हममें आगे बढ़ने का साहस नहीं होता और पीछे हटने में शर्म आती है।

शाम को समुद्र-तट पर घूमता रहा। ज्वार का पानी उतर गया था। समुद्र का पानी जब उतरता है, तो अपने पीछे अपनी छाप छोड़ जाता है। रेत पर कशीदाकारी के नमूने, चुन्नटें और सिलवटें छोड़ जाता है।

आज दीवाली है, अमावस्या की रात। आज रात को समुद्र में बड़ा ज्वार आएगा, इसे देखने जाएँगे।

रात में पास के गाँव जागेश्वर से गीतों के स्वर आने लगे, तो मैं और मलय वहाँ चले गये। वहाँ गरबा हो रहा था। एक बड़े आँगन में गाँव के स्त्री-पुरुष इकट्ठे हुए थे। स्त्रियाँ गरबा नृत्य कर रही थीं और गा रही थीं—

मेंदी ते वावी मालवे ने एनो रंग गयो गुजरात रे!
(मेंहदी तो मालवे में लगायी, पर उसका रंग गुजरात जा पहुँचा!)

उमंग और उत्साह से परिपूर्ण स्त्रियाँ बड़ी फुर्ती से नाच रही थीं। उनके पाँव ऐसे थिरक रहे थे, मानो हवा में उड़ रही हों। खुशीभरा कोलाहल उनका साथ दे रहा था।

गुजरात में भीषण सूखा पड़ा है। इस गाँव के तो कुएँ तक सूख गये हैं। यही स्त्रियाँ दिन भर मीठीतलाई पानी भरने आती रहती हैं। लेकिन अभी यह सब कुछ भूलकर आनन्द-उल्लास के साथ गरबा नृत्य कर रही हैं। यह मनुष्य की असीम आस्था और अजेय आत्मविश्वास का ही परिचायक है।

आधी रात को ज्वार देखने समुद्र-तट गये। पर वैसा तांडव नहीं था। अगर चट्टानी तट होता तो पानी उससे टकराता, बड़ी-बड़ी लहरें उठतीं। पर यहाँ तो समतल रेतीला तट है, इसलिए समुद्र घोड़े की तरह दौड़ता नहीं जान पड़ता। (यह समुद्र भी तो नहीं, खाड़ी या नर्मदा का मुहाना है।) समुद्र की लहरें तट पर आती थीं और वापस चली जाती थीं।

सुबह मैं मुँह अँधेरे ही उठ बैठा। थोड़ी देर में हम यहाँ से चल देंगे। लेकिन मेरे जल्दी उठने का एक कारण और है। गुजरात में दीवाली वर्ष का अन्तिम दिवस होता है। परिवा से नया वर्ष शुरू होता है, विक्रम संवत् बदलता है। इस दिन भोर में ही नहा-धोकर सभी एक-दूसरे का अभिवादन करते हैं। छोटे बड़ों को प्रणाम करते हैं, चरण-स्पर्श करते हैं। सोचा, जल्दी से जाकर माँ नर्मदा को प्रणाम कर आऊँ। ऐसा सुयोग जीवन में फिर कब आएगा!

पौ फटने से पहले की खामोशी में नर्मदा के साथ एकदम अकेले होने की अनुभूति विलक्षण थी। नर्मदा का शान्त सौन्दर्य इतना अभिभूत कर देनेवाला था कि मैं उसे निहारता ही रह गया। ओह, नर्मदा कितनी कोमल, कितनी धवल, कितनी भव्य और कितनी पावन लग रही है!

भोर की कोख से नया दिन निकला, तो दोनों हाथ जोड़कर माँ नर्मदा को प्रणाम किए-नव वर्ष के प्रथम प्रणाम। त्वदीय पाद पंकजं, नमामि देवि नर्मदे!

कितना अच्छा लगा, मन शान्ति से भर गया। एक अलौकिक शान्ति मेरे रोम-

रोम में व्याप्त हो गयी।

मैं लौटने ही वाला था कि सहसा मुझे मेरे पिता का स्मरण हो आया। इस दिन प्रति वर्ष सर्वप्रथम पिता के चरण-स्पर्श करता था। लेकिन अब पिता नहीं रहे। डेढ़ वर्ष पूर्व, 87 वर्ष की आयु में, छह घंटे की बीमारी में उनका देहावसान हो गया। वे जितने प्रकृति-प्रेमी थे, उतने ही साहित्यानुरागी। ये दोनों ही गुण मुझे उनसे विरासत में मिले हैं। पैदल चलने का शौक भी उन्हीं की देन है। उनके जाने पर मुझे लगा, मानो हठात् मेरे पंख कट गये हैं और मैं उड़ान भरने में असमर्थ हूँ। लेकिन एक दिन सहसा लगा, नहीं, मेरे पिता गये नहीं हैं। उनका शरीर नहीं रहा, पर एक ऊर्जा के रूप में वे आज भी मुझे शक्ति प्रदान कर रहे हैं, मेरे मंगल की कामना कर रहे हैं। पुत्रों को शक्ति प्रदान करने वाला पिता का प्रेम आज भी मेरे साथ है।

रेवा-सागर संगम पर खड़े होकर दूसरे प्रणाम मैंने अपने स्वर्गीय माता-पिता को किए और वापस आ गया।

यहाँ मीठीतलाई में कितनी शान्ति है। यहाँ तो पन्द्रह दिनों तक रहा जा सकता है, लेकिन चलना जरूरी है। नर्मदा के उत्तर-तट की पदयात्रा का शुभारम्भ करने के लिए आज से बढ़कर दिन भला और क्या हो सकता है—कार्तिकस्य प्रथम दिवसे... !

यहाँ से हमारी यात्रा का नया अध्याय शुरू हुआ। अभी तक हम दक्षिण-तट पर थे, अब नर्मदा के उत्तर-तट पर आ गये। अभी तक उद्गम से संगम की ओर चल रहे थे, अब संगम से उद्गम की ओर चलेंगे।

कतपोर और यहाँ मिलाकर चार-पाँच दिन का आराम मिल गया था। अच्छा ही हुआ। अनिल को पहले चप्पल और बाद में जूतों ने काट खाया था। श्यामलाल के नंगे पाँवों में चीरे पड़ गये थे और काँटा गड़ गया था। मेरे पैर में फफोला निकल आया था। लेकिन अब हम लोग फिर से चलने लायक हो गये हैं। यहाँ आए थे पाँवों में छाले लिये, लेकिन जा रहे हैं होंठों पर हँसी लिये।

जागेश्वर के बाद रास्ते में एक जगह सुस्ताने बैठे तो अनिल ने पूछा, ''क्या धर्म जरूरी है? क्या कानून पर्याप्त नहीं? धर्म न हो, तो क्या हमारा काम नहीं चलेगा?''

इतना बोल कर चुप्पा अनिल चुप हो जाता और मेरा बोलना शुरू हो जाता। मैंने कहा—

कानून कहता है—चोरी न करो, डकैती न करो। पर कानून यह नहीं कह सकता कि दान करो, त्याग करो। कानून कहेगा-खून न करो, हत्या न करो। पर कानून यह नहीं कह सकता कि दूसरों के लिए अपने प्राण न्योछावर कर दो। इस तरह जहाँ कानून खत्म होता है, वहाँ से धर्म शुरू होता है। कानून जरूरी है। वह हमें

अराजकता से उबारता है, हमारे अधिकारों की रक्षा करता है। लेकिन समाज को ऊपर उठाता है धर्म। त्याग की, सेवा की, स्वार्पण की प्रेरणा तो धर्म ही दे सकता है। यह कानून के बस की बात नहीं।

मलय और श्यामलाल भी मेरी बात ध्यान से सुन रहे थे। इसलिए मैंने अपनी बात को आगे बढ़ाते हुए कहा—

जब हम बाजार सौदा लेने जाते हैं, तब हम दुकानदार को एक रुपया देते हैं और बदले में दुकानदार हमें एक रुपये की चीज देता है। यह हुई न्याय की बात, कानून की बात। जितना लेना, उतना देना–यह है न्याय। समाज में अगर इतना होता, तब भी काफी था।

किन्तु, होता यह है कि हम चाहते हैं कि दें तो हम रुपया, लेकिन बदले में हमें चीज मिले सवा रुपये की। इसी तरह दुकानदार चाहता है कि रुपया लेकर वह हमें पचहत्तर पैसे की चीज ही दे। इसीलिए वह कम तौलता है या मिलावट करता है। ज्यादा लेना और कम देना–यह है अन्याय। यह कानून के भी खिलाफ है। अगर अन्याय न होता, तो न्यायालय भी न होते। यह कितनी विचित्र बात है कि न्यायालय का अस्तित्त्व अन्याय के कारण है।

लेकिन एक तीसरी स्थिति भी हो सकती है। ऐसा ग्राहक भी हो सकता है जो दे तो रुपया, लेकिन बदले में चीज चाहे पचहत्तर पैसे की। उसी तरह ऐसा दुकानदार भी हो सकता है जो रुपया लेकर सवा रुपये की चीज दे। तुम कहोगे, ऐसा भी कहीं होता है? होता है। महात्मा गाँधी और विनोबा इसी के श्रेष्ठ उदाहरण हैं। उन्होंने समाज से कितना लिया और बदले में कितना दिया। समाज से दो रोटी और एक लँगोटी ली और बदले में अपना सारा जीवन मनुष्य जाति की सेवा में होम कर दिया। सच्चे साधु–संन्यासी, समाजसेवी, सच्चे शिक्षक, हाड़–तोड़ मेहनत करने वाले किसान और मजदूर ये सभी इसी श्रेणी में आते हैं। धरती का नमक ये लोग ही हैं। तो यह जो तीसरी स्थिति है—कम लेना और ज्यादा देना–यही है धर्म। आदि धर्म। इसे हम धर्म कहें, अध्यात्म कहें या मानव धर्म कहें। कानून आवश्यक है, पर पर्याप्त नहीं। कानून पर हमें रुकना नहीं है। उससे आगे बढ़कर धर्म के शिखर को भी छूना है।

इतना कहकर मैंने बोलना बन्द किया। लेकिन तब मुझे क्या पता था कि आज का सारा दिन मुझे बोलते रहना है। मेरे बोलने का यह अन्त नहीं है, यह तो है आरम्भ!

यह ठीक है कि नदी के दो किनारे होते हैं, पर हमारे काम तो वही किनारा आता है, जो हमारी ओर होता है। यहाँ हम नहा सकते हैं, बच्चे तैर सकते हैं, पनिहारिनें पानी भर सकती हैं, किसान अपने खेतों के लिए पानी ले सकते हैं। हमारी ओर का किनारा हमारे लिए अनेक प्रकार से कल्याणकारी है। सामने तट का हमारे लिए वैसा कोई उपयोग नहीं। यहाँ बैठे-बैठे केवल उसके सौन्दर्य को देख सकते हैं। तो हम कह सकते हैं कि नदी सत्य है, हमारी ओर का किनारा शिव है, सामने का किनारा सुन्दर है। सत्यम्, शिवम, सुन्दरम्!

सत्य की नदी के एक किनारे का नाम शिवम्, दूसरे का नाम सुन्दरम्!

किन्तु जो सामने किनारे रहते हैं, उनके लिए उनका किनारा शिवम् और हमारा किनारा सुन्दरतम्। हमसे ठीक उलटा। लेकिन दोनों सही।

कड़ी धूप में कोलीयाद पहुँचे। गाँव में एक तालाब के किनारे, पेड़ के नीचे रात्रि-विश्राम रहा। जगह साफ-सुथरी है। सभी परकम्मावासी यहीं रुकते हैं।

रात को भोजन से निवृत्त होकर बैठे थे कि लोगों का आना शुरू हुआ। स्त्री-पुरुष सभी आये। पता चला कि ये सभी 'स्वाध्याय' परिवार के सदस्य हैं और सप्ताह में एक बार यहाँ एकत्र होते हैं। सभी अनुशासित ढंग से बैठ गये और काफी देर तक संस्कृत श्लोकों का समवेत स्वरों में पाठ करते रहे। भजन भी हुए। फिर एक सज्जन ने खड़े होकर कहा, "आज जो परकम्मावासी यहाँ आये हैं, उनमें एक शिक्षक हैं, बाकी उनके छात्र हैं। मेरी उनसे विनय है कि वे हमें कुछ कहने की कृपा करें।"

मैं गुजराती में ही बोला, "भाइयो और बहनो, आपका संस्कृत श्लोकों का सस्वर पाठ हम बड़े मनोयोग से सुन रहे थे। खूब अच्छा लग रहा था। कल जागेश्वर में हमने स्त्रियों को गरबा करते देखा। आज आप लोगों को गाते सुना। यह बहुत बड़ी बात है। आप किसी को गाते नहीं सुन रहे हैं, स्वयं गा रहे हैं। किसी को नाचते नहीं देख रहे हैं, स्वयं नाच रहे हैं। खुद नाचना-गाना प्रथम दर्जे का आनन्द है, टी.वी. पर दूसरों को नाचते-गाते देखना दूसरे दर्जे का आनन्द है। हमें दर्शक नहीं, हिस्सेदार होना चाहिये। सक्रिय सृजनात्मक आनन्द ही सच्चा आनन्द है। वही आज मुझे देखने मिला, बड़ी खुशी हुई।"

सभी मेरी बात ध्यान से सुन रहे थे। "पहले आनन्द की हर चीज बाहर थी—नदी, पहाड़, जंगल, तीर्थ, फूल, पक्षी। अब सब कुछ अन्दर है—टी.वी. के डिब्बे में! टी.वी. ने हमें घरघुसरा और निष्क्रिय बना दिया है। और बदले में हमें आनन्द भी नहीं दिया-आनम्द का छिलका पकड़ा दिया।"

मैं बड़े आवेग के साथ बोल रहा था। "कहते हैं—अँखियाँ हरिदर्शन की

प्यासी। रही होंगी कभी। अब तो वे हैं टी.वी. की प्यासी! टी.वी. हमारे दिमाग में कितना कूड़ा ठूँसता है, कितना मानसिक प्रदूषण फैलाता है।''

मैं टी.वी. पर और भी बड़ा हमला करने वाला था, तभी मुझे ख्याल आया कि यह मैं क्या बोल रहा हूँ! मुझे यहाँ टी.वी. के खिलाफ बोलने के लिए नहीं कहा गया है। फिर इस गाँव में तो टी.वी. है भी नहीं! मेरी तलवार की धार तीक्ष्ण है, पर सामने शत्रु ही नहीं है। हालाँकि लोग बड़े चाव से सुन रहे थे, फिर भी मैंने विषय बदल दिया और नर्मदा परिक्रमा के संस्मरण सुनाये। अन्त में लोगों ने प्रश्न पूछे तो उनके जवाब दिये।

भरूच पहुँचते-पहुँचते हमें दोपहर हो आयी। यहाँ की धर्मशाला भी नर्मदा-तट पर है। नदी में पाल वाली नावें तैर रही हैं या तट पर निश्चल खड़ी हैं। यहाँ भी नदी में ज्वार-भाटे का खेल चलता रहता है। थोड़ी देर पहले जहाँ पानी होता, वहाँ रेतीला कछार निकल आता। पानी कभी उस तट, तो कभी इस तट। लगता है, नर्मदा दो किनारों के बीच झूलती रहती है।

पहाड़ों और खेतों की स्वच्छता में रमने के बाद शहर मुझे बड़ा निराशाजनक लगा। लेकिन यही भरूच कभी पश्चिम भारत का सबसे व्यस्त बन्दरगाह रहा। तब इसका नाम भृगुकच्छ था। देश-विदेश के जहाज यहाँ आते थे। इसका व्यापार एशिया और यूरोप के कई देशों के साथ रहा। तब कैसा वैभव, कैसी समृद्धि रही होगी इस नगर की। आज भी यह नर्मदा-तट का शायद सबसे बड़ा शहर है।

अब पाठकों से विदा लेने का, सभा-विसर्जन का, समय आ गया है। यह यात्रा तो हमने आगे नारेश्वर में समाप्त की, परन्तु यह वृत्तान्त यहीं पर समाप्त करता हूँ। जाते-जाते एक बात कहना चाहता हूँ। नर्मदा के राशि-राशि सौन्दर्य में से मैं थोड़ा-सा सौन्दर्य ही ले सका हूँ। सामने तो अथाह सागर है, पर हम उतना ही तो ले पाते हैं, जितना हमारा पात्र होता है। व्यक्त तो और भी कम कर पाया हूँ। नर्मदा का समग्र रूप मैंने देखा ही कहाँ! उसके तट पर चातुर्मास नहीं किया, उसकी उफनती-हहराती धारा के साथ नहीं रहा, उसके पहाड़ों-जंगलों की हाड़ कँपाने वाली सर्दी का अनुभव नहीं किया। परकम्मावासियों को भिक्षा न मिलने पर जिस क्षुधा का अनुभव करना पड़ता होगा, मैंने उसे अनुभव नहीं किया। परिक्रमा के नियमों का पालन नहीं किया। न नंगे पैर चला, न भिक्षा माँगी।

फिर भी, जो देखा वह भी तो कम नहीं। मैंने नर्मदा को प्रकट होते देखा, अन्य नदियों से पुष्ट होते देखा और समुद्र में लुप्त होते देखा। नर्मदा को मैंने किनारों से बतियाते सुना, चट्टानों पर लिखते देखा और रेत पर बेल-बूटे काढ़ते देखा। उद्गम से संगम तक की तो पूरी पदयात्रा की। उन दिनों की याद मुझे आज भी रस-विभोर

कर देती है। घर-बार, कुटुम्ब-कबीला, नौकरी-चाकरी, सब कुछ भूलकर जीवन के कितने ही दिन मैंने बड़ी मस्ती में नर्मदा-तट पर बिताये हैं। मैं नर्मदा को रोज देखता और रोज मुझे वह नयी मालूम होती। सुबह से शाम तक मैं चलता रहता और साँझ होने पर अनजान आदमियों के दरवाजे खटखटाता। मैं उन भोले-भाले ग्रामीणों के घर रहा, जिनके निश्छल हृदयों में नर्मदा की ही छवि पायी। उनके प्यार की अनुभूति सदा के लिए मेरे मन में बनी रहेगी। मुझे लगता है कि वहाँ से उनका प्यार आज भी मुझ पर बरस रहा है। मैं उन परकम्मावासियों के साथ भी चला, जो रूखा-सूखा, पेट-अधपेट खाकर लम्बी तानकर सोते थे और सबेरा होते ही अपने कन्धे पर गठरी लादकर आगे बढ़ते थे। मैं नर्मदा का आंशिक सौन्दर्य ही देख सका। पर सोचता हूँ, जब आंशिक सौन्दर्य इतना है, तब पूर्ण सौन्दर्य कितना होगा!

नर्मदा तट से लौटता, तो नर्मदा मेरी आँखों के आगे झूलती रहती, उसकी आवाज मेरे कानों में गूँजती रहती। नर्मदा मेरी रग-रग में प्रवाहित होती रहती। इसलिए मेरा मन चिल्ला-चिल्लाकर कहना चाहता है, ''सुनिये, मैं नर्मदा तट से आ रहा हूँ। उसके सौन्दर्य का थोड़ा सा प्रसाद लेकर आया हूँ। लीजिए, और अगर अधिक पाने का मन करे, तो एक दिन पौ फटने पर अपने घर का दरवाजा बन्द करके सीधे नर्मदा-तट की ओर चल दीजिए। सुन रहे हैं न आप लोग, मैं नर्मदा तट का वासी बोल रहा हूँ!''

खंड 2 : अमृतस्य नर्मदा

बरमानघाट से झाँसीघाट

पिछले कुछ समय से मेरे भीतर बुद्धि और भावना के बीच एक कलह चल रहा था। भावना कह रही थी, "नर्मदा-तट की तुम्हारी अन्तिम पदयात्रा को नौ बरस बीत गये। याद है तब नर्मदा से तुमने क्या कहा था? कहा था कि लिखना यद्यपि यहीं समाप्त करता हूँ, लेकिन सम्भव हुआ तो बाकी बची परिक्रमा भी पूरी करूँगा, और अब बिल्कुल ही भूल गये? जरा शर्म करो, घर से बाहर निकलो और शेष परिक्रमा पूरी करो।"

बुद्धि ने कहा, "लेकिन जरा अपनी उम्र की ओर तो देखो! भावना में बह न जाना। नर्मदा-तट की तुम्हारी अन्तिम यात्रा के समय तुम्हें 60वाँ बरस लगा था। अब तुम्हें 69वाँ लगा है। वैसे ही तुम बहुत दुबले-पतले हो और अब तुम्हें साँस की तकलीफ भी रहने लगी है। सीढ़ी चढ़ने में तुम हाँफ जाते हो। नर्मदा की खड़ी कगार कैसे चढ़ सकोगे? तुमसे जितना बन पड़ा, उसी से सन्तोष करो।"

भावना ने कहा, "तुम 60 से सीधे 69 के तो नहीं हुए। बीच में कितने लम्बे नौ वर्ष बीत गये। तब क्यों नहीं गये? बहाने छोड़ो और चल दो।"

बुद्धि आसानी से मानने वाली नहीं थी। बोली, "जो भी काम करो, सोच-समझकर करो।"

'सोच-समझकर' शब्द सुनते ही मैं भड़क उठा। झल्लाकर बोला, "नहीं करना सोच-समझकर मुझे हर काम! मैं बुद्धिजीवी नहीं, भावनाजीवी हूँ। भावनाओं पर जीता हूँ। जो हर काम सोच-समझ कर करता है, वह यौवन के रस से वंचित रह जाता है। मैंने मन पक्का कर लिया है। मैं जाऊँगा, चाहे जो हो।"

बुद्धि कुछ ढीली पड़ी। "तुम्हारा इतना आग्रह है तो जाओ। मैं मना नहीं करूँगी। लेकिन एक काम करो। तुम्हारी पदयात्रा गुजरात के नारेश्वर से जबलपुर तक बाकी है। कायदे से तुम्हें नारेश्वर से चलना चाहिये। लेकिन ऐसा न करके तुम पास के बरमानघाट से जबलपुर तक की एक छोटी पदयात्रा करके देखो। तकलीफ

होने पर आसानी से घर आ सकते हो। अब सिलसिले से यात्रा करने का आग्रह न रखना।''

बुद्धि की इतनी बात मुझे सही जान पड़ी। भावना को भी इसमें कोई आपत्ति न थी।

इस बार मेरे साथ कला के तीन छात्र हैं। प्रमुख है अरुण दुबे। बनारस के निकट एक गाँव के सम्पन्न परिवार का बेटा। स्वस्थ, सुन्दर और पहलवान। उसके पिता की इच्छा थी कि वह घर पर रहकर खेती का काम देखे। इसकी रूचि चित्रकला में है इसलिए घर से भागकर आया है। इतना स्वाभिमानी कि घर से पैसे नहीं मँगाता। खुद कमाता है और पढ़ता है। चार-पाँच बार चाय पीकर दिन काटता है। रात को ग्यारह बजे से होस्टल में अपने कमरे में खाना बनाना शुरू करता है और बारह बजे खाना खाता है।

मैंने कहा कि तुम्हारी यह आदत तो बड़ी विचित्र है तो उसने कहा कि मेरे छात्रावास में मुझसे भी विचित्र छात्र हैं। एक लड़के को इतनी गहरी नींद आती है कि सबेरे दस बजे से पहले वह उठ ही नहीं सकता। एक बार होस्टल के कुछ छात्र उसे चारपायी समेत सड़क पर ले गये। चारपायी के चारों पायों पर नारियल बाँधे, ऊदबत्ती जलायी और आने-जाने वालों से कहने लगे, ''होस्टल का गरीब छात्र मर गया है। यहाँ इसका कोई नहीं। इसका अन्तिम संस्कार करने के लिए कृपया दान दें।'' देखते-देखते ढाई सौ रुपये इकट्ठे हो गये तो उसे वहीं छोड़कर उसके साथी कॉफी-हाउस चल दिये। थोड़ी देर बाद एक ट्रक ने जोर-जोर से हॉर्न बजाया, तब बड़ी मुश्किल से इसकी नींद टूटी और चारपायी के साथ मुर्दा वापस होस्टल आ गया। इतना ही नहीं, फिर सो गया और दस बजने के बाद ही उठा। ऐसे-ऐसे सूरमा हैं हमारे छात्रावास में!

हमारे साथ दूसरा छात्र है सुजीत और तीसरा है चन्द्रकान्त। ये दोनों भी अपनी पढ़ाई का खर्च खुद उठाते हैं।

30.10.96 को सुबह दस बजे हम बरमानघाट पहुँच गये। एक बार मैं यहाँ पन्द्रह दिन रहा था। नर्मदा खूब नीचे है, घाट की बहुत सारी सीढ़ियाँ उतरकर ही नर्मदा तक पहुँच सकते हैं। देखते ही मन में पहला विचार यह आया कि नौ वर्षों के बाद मानो मैं अपने 'घर' लौटा हूँ और दूसरा विचार यह आया क्या इतनी सीढ़ियाँ वापस चढ़ सकूँगा?

नीचे उतरा। नर्मदा को प्रणाम किए। ''तुम्हारा अपराधी हूँ, माँ।'' इतना ही बोल सका। घाट को जी भरकर देखा। फिर धीरे-धीरे ऊपर चढ़ने लगा। ऊपर पहुँचने पर हाँफा जरूर पर न के बराबर। मेरी चिन्ता दूर हो गयी। यह यात्रा मैं कर

सकूँगा!

वहाँ से शाम को चले। दो किलोमीटर दूर नर्मदा पर बने सड़क के पुल के पास आ गये। इस स्थान को सतधारा कहते है। इतनी सुन्दर जगह है कि यहीं रह गये। यहाँ चट्टानों के बीच तेजी से बहती नर्मदा का सौन्दर्य बस देखते ही बनता था।

सुबह चल पड़े। पगडंडी नदी की कगार पर से थी। बीकोर और सागौनघाट होकर दोपहर को छोटा धुआँधार पहुँचे। यहाँ नर्मदा में अनेक छोटे-छोटे प्रपात हैं। सामने थोड़े-से प्रपात थे, लेकिन ज्यों ही किनारे की चट्टानों पर से होते हुए ऊपर चढ़े तो कई और दिखायी दिये। हम लोगों ने यहीं नहाने और खाने का कार्यक्रम रखा, ताकि काफी देर तक इन प्रपातों के साथ रह सकें।

वैसे तो नर्मदा रेत या मिट्टी में से बहती है, लेकिन बीच-बीच में वह चट्टानों में आ जाती है। सतधारा में चट्टानें थीं, इसके बाद यहाँ हैं। लेकिन यहाँ प्रपात भी हैं। नर्मदा इन चट्टानों पर से कई छोटे-छोटे प्रपातों के रूप में नीचे गिरती है। यहाँ वह कूदने का, गिरने का, दौड़ने का और चट्टानों से टकराने का अभ्यास करती है। यह तो मानो नर्मदा की व्यायामशाला है!

नर्मदा ने अपनी राह में जगह-जगह ऐसी व्यायामशालाएँ स्थापित की हैं। शायद इसीलिए वह आरम्भ से लेकर अन्त तक अपने आपको तेजस्वी और उल्लसित रख सकी है।

धुआँधार के पास की टेकरी के ऊपर एक सुन्दर आश्रम है। यहाँ से नीचे के सभी प्रपात एक साथ देखे जा सकते हैं। धुआँधार का 'फैमिली फोटोग्राफ' लेने के लिए यह सबसे अच्छी जगह है। यहाँ के आश्रम के साधु की एक अच्छे वैद्य के रूप में पर्याप्त ख्याति है।

सुबह आगे बढ़े। पगडंडी ज्वार-बाजरे के खेतों के बीच में से है। दानों से भरपूर भुट्टों को देखकर मन प्रसन्न हो गया। लेकिन अधिकतर मार्ग नदी के पाट में से है।

तीसरे पहर केरपानी पहुँचे। धर्मशाला के बरामदे में डेरा डाला।

यहाँ से कोई 7 किलोमीटर दूर एक पहाड़ी झरने में एक अत्यन्त सुन्दर स्थान है। नाम है पुतलीखोह। वहाँ चट्टानों पर 20,000 वर्ष पुराने प्रागैतिहासिक चित्र बने हैं। इन्हें देखने मैं कोई बीस बरस पहले यहाँ आया था। किन्तु बिना जानकार के वहाँ नहीं जा सकते। पास ही प्राथमिक शाला थी। मैंने सोचा, शायद वहाँ के शिक्षक मेरी सहायता कर सकें। वहाँ जाकर उनसे बात की, तो कहने लगे कि मैं ही तो आपको पुतलीखोह दिखाने ले गया था! वहाँ के झरने में मेरी तौलिया को भिगोकर चट्टानों

पर फेरा था, तब चित्र दिखने लगे थे और आपने उनके स्केच किए थे। और हाँ, सन् भी बताता हूँ, यह 1973 की बात है।

मेरे साथ उस समय का एक स्केच था। उस पर मैंने तारीख लिखी थी। देखा तो 16.10.1973!

कैसा विलक्षण संयोग था! दूसरे दिन सबेरे हम उनके साथ पुतलीखोह गये।

हमारी मूलभूत आवश्यकतायें तीन हैं—रोटी, कपड़ा और मकान। लेकिन हजारों वर्ष पहले जो मनुष्य रहता था, उसके पास न कपड़ा था, न मकान। पर कला थी। वह नाचता था, गाता था और चित्र बनाता था। प्राकृत मानव के जीवन में रोटी के बाद दूसरे नम्बर पर कला थी। आदमी ने कपड़ा बुनना, मकान बनाना या खेती करना बाद में सीखा, चित्र और शिल्प बनाना पहले सीखा। मानव के अन्य किसी रूप की अपेक्षा उसका कलाकार का रूप सबसे अधिक प्राचीन है।

पुतलीखोह और वहाँ के चित्र देखकर वापस केरपानी आये। आने-जाने में कोई पन्द्रह किलोमीटर चलना हुआ था, इसलिए आज भी यहीं रह गये। लेकिन हमारा यहाँ दूसरी रात रुकना ठीक न हुआ। सुबह पता चला कि रात में कुत्ता हम लोगों के नाश्ते का थैला उठा ले गया था!

हमारे लिए यह दुःख की बात थी। अब भूखे पेट ही चलना होगा। लेकिन उस कुत्ते के लिए कितनी खुशी की बात थी! उसे कितने दिनों बाद इतने सुस्वादु व्यंजन मिले होंगे! यह संसार है ही ऐसा। जब एक दुःखी होता है, तभी दूसरा सुखी होता है। जब एक को नुकसान होता है, तभी दूसरे को फायदा होता है। जब एक हारता है, तभी दूसरा जीतता है। एक का दुर्भाग्य दूसरे का सौभाग्य होता है। भगवान ने ऐसी सृष्टि क्यों बनायी? ऐसा सोचकर मैं दुःखी हो रहा था, तभी पीठ पर बोझा लादकर छात्र चलने को तैयार हो गये तो यह दुःख वहीं धर्मशाला में छोड़कर मैंने भी सुख की राह ली।

नर्मदा-तट की ठंड का अच्छा अनुभव हो रहा है। दिन को सूरज खूब तपता है, पर रात बेहद ठंडी हो जाती है। छात्रों ने इसका एक उपाय खोज निकाला है। तीनों साथ सोते हैं और ओढ़ने का इकट्ठा करके साथ ओढ़ते हैं। रोज सबेरे छोर पर सोने वालों के बीच लड़ाई होती है। एक कहता है, तुमने ओढ़ने का सब कुछ अपनी ओर खींच लिया, इसलिए मैं रात को ठिठुर गया तो दूसरे दिन दूसरा पहले पर ठीक यही आरोप लगाता है। रोज सुबह यह 'शीतयुद्ध' देखने को मिलता है। ठंड से मैं भी ठिठुरता हूँ। ठीक से नींद नहीं आती।

केरपानी में दो रात रहकर सुबह चल पड़े। अधिकतर मार्ग नदी के पाट में से है। छाया के लिए एक वृक्ष नहीं। पसीने से तरबतर हम लोग दो या तीन बजे तक चलते। इसके बाद जो गाँव आता, वहाँ की धर्मशाला में डेरा डालते और ईंधन की खोज में निकलते। खाना एक ही बार खाते थे, शाम को। नाश्ते का तो अब सवाल ही नहीं था, उसके बगैर काम चलाना था और दिन भर खाली पेट चलना था।

छात्र चाय पी लेते थे, लेकिन मैं तो चाय भी नहीं पीता। मैं खूब पानी पीता। बीच में पड़ने वाले झरनों का पानी भी पीता। खाना एक बार, पानी खूब पीना और तीसरे पहर तक पैदल चलना–इससे मुझे कल्पनातीत लाभ हुआ। जबलपुर में सीढ़ी चढ़ने में हाँफ जाता था, यहाँ पीठ पर बोझा लादकर नर्मदा की खड़ी कगारें कितनी बार चढ़ता–उतरता, नाम को भी हँफनी नहीं। मुझे एक कहावत याद हो आयी—

चलता–फिरता ना मरे, बैठड़ा मर जाये
और बैठड़ा भी ना मरे, जो थोड़ा–थोड़ा खाये।

मुझे मानो आरोग्य की कुंजी मिल गयी। चलता खूब, पानी पीता खूब और खाता कम! हाँ, यहाँ की स्वच्छ हवा का योगदान भी कम नहीं। ऐसी स्वच्छ प्राणदायी वायु शहरों में कहाँ मिलेगी? बड़े शहरों में रहना गैस–चैम्बर में रहने जैसा है।

मुर्गाखेड़ा होकर तीसरे पहर डोंगरगाँव पहुँचे। यहाँ कमरे वाली धर्मशाला मिली। पास के कमरे में एक परमहंसी साधु रहता था। पैसे और अग्नि का स्पर्श नहीं करता था। इसलिए न धूप–दीप करता, न ऊदबत्ती जलाता। रात को अँधेरे में ही रहता था। अग्नि का स्पर्श नहीं करता था, इसलिए खाना तो पका ही नहीं सकता। एक किसान के यहाँ भोजन करने जाता है। एक ही बार भोजन करता है।

रात को सोने के लिए कमरा मिला, ठंड ने परेशान नहीं किया, इसलिए छात्रों के बीच 'शीतयुद्ध' नहीं हुआ। बीच–बीच में युद्धविराम भी तो होता है न!

नीमखेड़ा तक नदी के पाट में से चले। फिर खड़ी कगार चढ़कर ऊपर आये। यहाँ एक गुफा है, गुरुगुफा। पास में एक आश्रम है। वही इस गुफा की देखरेख करता है। इसलिए वहाँ गये। वहाँ के साधु ने एक कर्मचारी को टॉर्च के साथ हमें गुफा दिखाने के लिए भेजा।

एक बहुत ही सँकरी और प्राय: 30 मीटर लम्बी सुरंग में से होकर हम लोग गुफा पहुँचे और स्तब्ध रह गये। मेरे मुँह से अनायास निकल गया, "हे भगवान, यह तो अद्भुत है! इतनी सुकुमार चट्टानें!"

गुफा की दीवारों से निकली कागज जैसी पतली चट्टानों का भंडार है यह गुफा। सीधी-सपाट नहीं, बलखाती, लहराती चट्टानें और छोर पर मोतियों की माला! प्रकृति ने यहाँ चट्टानों में से बारीक वस्त्र तराशे हैं—किसी संन्यासी के जोगिया वस्त्र!

या, समुद्र की लहरें मानो जमकर पत्थर बन गयी हैं और किसी ने उन्हें खड़ा करके दीवारों पर चिपका दिया है। कहीं छोटी-छोटी मृदु लहरें, तो कहीं बड़ी-बड़ी लहरें!

और ऊपर से लटकती चट्टानों का तो कहना ही क्या-मानो अधर से झाड़-फानूस लटक रहे हों!

यह गुफा है प्रकृति का दिलवाड़ा मन्दिर। पत्थर में ऐसी बारीक और नाजुक नक्काशी या तो माउंट आबू के दिलवाड़ा मन्दिर में देखी थी या आज यहाँ नर्मदा तट की इस गुफा में देख रहा हूँ। एक मानव-निर्मित, दूसरी प्रकृति निर्मित। दोनों ही जगह बाहर से यह अनुमान लगाना मुश्किल है कि अन्दर कैसा दिव्य-लोक होगा।

काफी देर तक गुफा के शिल्प देखता रहा। गुफा की समग्र नक्काशी देखने के बाद विशेष पसन्द टुकड़े गौर से देखे। कहीं पंखुड़ियों जैसी, कहीं कँगूरे जैसी तो कहीं केले के पत्ते-सी पतली चट्टानें। कहीं तरुलता-सी इठलाती चट्टानें तो कहीं वासन्ती बयार-सी लहराती चट्टानें! चट्टानों के मानो पंख निकल आये हैं।

चट्टानी सौन्दर्य यहाँ हिलोरें ले रहा है!

यहाँ एक संन्यासी हमें अपने गुरुभाई के पास ले गया। गुरुभाई एक कमरे में चादर ओढ़कर लेटे हुए थे। हम लोगों को देखकर उठ बैठे। बिलकुल दिगम्बर! नीचे का हिस्सा चादर से ढाँककर बैठे। बड़ी-बड़ी तेजस्वी आँखें, घनी काली दाढ़ी, दूध से सफेद दाँत और प्रभावशाली चेहरा। हम उनकी बातें ध्यान से सुनते रहे। बहुत अच्छी हिन्दी बोल रहे थे। बीच-बीच संस्कृत के श्लोक और थोड़ी देर के बाद इतनी अच्छी अँग्रेजी में बोलने लगे कि हम चकित रह गये।

उनकी एक बात अच्छी लगी। "जिस प्रकार व्यक्ति-पूजा ठीक नहीं, उसी प्रकार बहुमत-पूजा भी ठीक नहीं। इक्यावन आदमी हो गये तो सही हो गये? हमारे देश में पहले भी लोकतन्त्र था। तब उसे गणतन्त्र कहते थे। पर कैसे लोगों का? जहाँ हर व्यक्ति शिक्षित था, अपना दायित्व समझता था, अपना कर्त्तव्य समझता था। अभी जो है वह भीड़तन्त्र हो सकता है, लोकतन्त्र नहीं।"

साँझ ढलने लगी थी। लेकिन आगे का गाँव पास में ही था, इसलिए हम लोग चल दिये। थोड़ी देर में हीरापुर आ गये। यहाँ हिरन नदी नर्मदा से मिलती है। ऐन इसी संगम पर है एक छोटी निर्जन धर्मशाला। कमरा बन्द था इसलिए बरामदे में ही

रात रहे। जल्दी ही सो गये।

धर्मशाला बिलकुल कगार पर थी। सामने नर्मदा का खुला चौड़ा पाट और बाईं ओर हिरन। ठंड कुछ ज्यादा ही थी। डेढ़-दो घंटे में मारे ठंड के मेरी नींद खुल गयी। इतनी ठंड थी कि किसी तरह नींद नहीं आ रही थी। करवटें बदलीं, गुड़ी-मुड़ी होकर सोया, पूरे सिर पर ओढ़ लिया, पर नींद थी कि आने का नाम नहीं ले रही थी।

आखिर एक उपाय सूझा। निर्जन स्थान था और काली अँधेरी रात थी, इसलिए हम लोगों ने ढिबरी जला रखी थी। वह ऊपर आले में रखी थी, वह उतारकर बाजू में रखी, हालाँकि थोड़ी दूर ताकि आग लगने का डर न रहे। कुछ गरमाहट-सी लगी तो एक मोमबत्ती भी जला ली। और ताज्जुब की बात यह कि थोड़ी देर बाद मुझे नींद भी आ गयी!

किसान खेत में काकभगौड़े खड़े करके चिड़ियों को भगाता है। मैंने ढिबरी और मोमबत्ती के काकभगौड़े खड़े करके जाड़े को भगा दिया था!

ज्यादा सच यह है कि ये काकभगौड़े जाड़े के लिए न होकर मेरे लिए थे। इनसे मैंने अपने मन से जाड़े के डर को निकाल बाहर किया था। जो भी हो, नींद मुझे आ गयी।

सर्दियों में सारी रात तालाब में खड़े आदमी से जब अकबर ने कहा था कि तुमने दूर के दीये की गरमी के सहारे रात काटी है, तो आज पहली बार मुझे उसकी बात में कुछ तथ्य जान पड़ा!

कृष्ण पक्ष का पिछली रात का चाँद आ गया था। नदी तो ऊँघ रही थी लेकिन चाँद-तारे जाग रहे थे। रात में जब उठा तो इस ठंड में भी तारों भरे आकाश को देखे बगैर नहीं रह सका। मुझे लगा कि हमारी पृथ्वी का सबसे बड़ा और सबसे सुन्दर संग्रहालय है रात्रि का यह आकाश। ईश्वर ने कैसे-कैसे ग्रह, नक्षत्र, तारे और चन्द्र से इसे सजाया है और एन्ट्री-फी कुछ नहीं!

किन्तु इसके साथ ही एक दुष्ट विचार भी मन में आ गया। मान लीजिए इस समय दिल्ली का-या किसी भी महानगर का-कोई मित्र यहाँ होता और मैं उसे यह आकाश देखने के लिए कहता, तो देखकर वह कहता, "ठीक है, लेकिन हमारे प्लेनेटेरियम के आकाश की बराबरी नहीं कर सकता!"

जिस चीज की एन्ट्री-फी नहीं, वह देखने योग्य भी नहीं!

सबेरा होते ही जाने के लिए तैयार हो गये। अब हिरन को पार करना था। लेकिन हिरन इतनी गहरी है कि नाव से पार करने के सिवा और कोई चारा न था। इसलिए नाव से हिरन पार की। बेलखेड़ी होकर झलौन के लिए आगे बढ़े। किसी से

पूछा कि झलौन कितनी दूर है, तो कहा, दो किलोमीटर दूर है। दो किलोमीटर चलने के बाद पूछते, तब भी जवाब वही होता–बस, दो किलोमीटर है!

झलौन में रात रहकर सवेरे आगे बढ़े। तीसरे पहर नर्मदा पर बना सड़क का नया पुल दिखायी दिया। इसे झाँसीघाट का पुल कहते हैं। यात्रा वैसे जबलपुर में समाप्त करनी चाहिए थी, लेकिन शाम तक जबलपुर पहुँचना जरूरी था, इसलिए उसे यहीं समाप्त करके बस पकड़कर दो घंटे में हम लोग घर आ गये।

इस बार की यात्रा में पूरा–पूरा आकाश देखने को मिला–क्षितिज से क्षितिज तक व्याप्त विराट आकाश! पहाड़ नहीं, जंगल नहीं, प्रायः सपाट भूमि, इसलिए समुद्र–सा फैला विस्तृत आकाश रोज–रोज देखा। तारों से जड़े रात के कोमल आकाश की भव्यता का क्या कहना!

भारत के अन्तिम मुगल सम्राट बहादुरशाह जफर की मौत निर्वासित अवस्था में बर्मा में हुई थी। अन्तिम समय उन्होंने बड़े भावुक होकर कहा था कि मैं कितना बदनसीब हूँ जो मेरे देश में मुझे दफन के लिए दो गज जमीं भी न मिली।

अगले कुछ वर्षों में महानगरों के निवासी कहेंगे कि निहारने के लिए हमें दो गज आकाश भी नहीं मिलता। आकाश को हमने अपने शहरों से खदेड़ दिया है।

नौ साल बाद नर्मदा को यह मेरा पहला नैवेद्य था।

चौबीस अवतार से लक्कड़कोट का जंगल

जब भी मैं नर्मदा–तट की पदयात्रा से लौटता और मित्रों को इसके बारे में बताता, तो उनमें से चार–पाँच ऐसे जरूर निकलते जो कहते, ''अरे, आप तो चुपचाप चले गये। हमें बताया तक नहीं, वरना हम जरूर चलते। प्रकृति से हमें भी बड़ा लगाव है।'' सुनकर मैं दु:खी हो जाता। सोचता, कितनी बड़ी गलती की। इनके साथ से वंचित रह गया। इस बार ऐसी गलती नहीं करुँगा। इनमें से अगर एक भी चला तो मेरा काम बन जाएगा। तो जल्दी से एक बन्दा ढूँढ़ लो!

श्रीमान क का उत्साह सबसे अधिक था। सबसे पहले उन्हीं से पूछा तो रुआँसा–सा होकर बोले, ''मैं बाहर जा रहा हूँ। रिजर्वेशन भी हो चुका है। अगर आपने एक महीने पहले बताया होता तो जरूर चलता।'' श्रीमान ख ने कहा, ''छुट्टियों में एक नजदीकी रिश्तेदार हमारे घर आ रहे हैं। लाचार हूँ।'' श्रीमान ग ने कहा, ''दो महीने बाद बेटी की शादी है। उसी की तैयारी में लगा हूँ।'' श्रीमान घ ने कभी मुझसे कहा था, ''छोटी बेटी की शादी हो जाएगी तो सारे सांसारिक दायित्वों से मुक्त हो जाऊँगा। घर में और कोई है नहीं, जब जी में आएगा, हरिद्वार चल दूँगा।'' छोटी बेटी की शादी कब की हो चुकी थी, लेकिन अभी हरिद्वार गये नहीं थे। सोचा, ये जरूर चलेंगे। पूछा तो बोले, ''बेटी दामाद दोनों नौकरी करते हैं। अपना बच्चा मेरे पास छोड़ जाते हैं। क्या करूँ, उसे छोड़कर जा नहीं सकता।''

इन महानुभावों से मैंने यह भी कहा था कि कोई जरूरी नहीं कि आप पूरी यात्रा में साथ रहें। सात दिन चलिए, पाँच दिन चलिए, एक घड़ी आधी घड़ी ही चलिए। इस भारी छूट के बावजूद जब कोई चलने को तैयार नहीं हुआ तो मैं समझ गया कि हमारे शहर में निठल्ला बस एक मैं ही हूँ। तब अपने सहायक छोटू को ही साथ लेकर चल पड़ा। छोटू गोंड नवयुवक है, दो दिन पहले ही गाँव से आया है। बहुत कम बोलता है। कभी भूले–भटके ही एकाध शब्द मुँह से निकालता है।

11.10.97 को ओंकारेश्वर पहुँच गये। दशहरे की भारी भीड़ थी। चलना

मुश्किल था। दक्षिण तट की धारा पुल से पार कर उत्तर-तट की धारा पर आ गये। बहुत से यात्री नाव की प्रतीक्षा कर रहे थे। इनमें भगवा वस्त्रधारी संन्यासियों का एक दल भी था। उनमें से एक ने कहा, "यह मेरी दूसरी परिक्रमा होगी। पहली मैंने पाँच महीने में पूरी कर ली थी।"

किसी ने उसे छेड़ा, "यह तामसी परिक्रमा है।"

ओंकारेश्वर को लेकर हमारे ऋषियों ने एक बड़ी सुन्दर कल्पना की है। उनका कहना है कि यहाँ नर्मदा ॐ का आकार ग्रहण करती है। नर्मदा यहाँ दो धाराओं में बँट जाती है। यहाँ मैं कई बार आया हूँ। नाव द्वारा ओंकारेश्वर की परिक्रमा भी कर चुका हूँ। पर वह कहीं से ॐ का आकार लेते दिखायी नहीं पड़ती। पन्थ्या में जिस धर्मशाला में रहे, उसकी देख-रेख करने वाले बाबा से इसके बारे में पूछा। उन्होंने कहा कि ॐ का आकार नर्मदा नहीं, ओंकारेश्वर का पहाड़ लेता है। यह सामने ओंकारेश्वर की जो छोटी पहाड़ी दिखायी दे रही है, वह ॐ का बिन्दु है।

यह नयी उलझन आ गयी। ॐ का आकार नर्मदा ग्रहण करती है या पहाड़? लेकिन यह कल्पना कि छोटी पहाड़ी ॐ का बिन्दु है, और भी प्यारी लगी। जो भी हो, इस कल्पना का काव्यात्मक सत्य इतना मोहक है कि उसके भौगोलिक सत्य की जाँच-पड़ताल करने की आवश्यकता नहीं रह जाती। काव्य का सत्य विज्ञान या भूगोल के सत्य से भिन्न होता है।

सुबह चल दिये। हवा में ताजगी थी। हरे-भरे खेतों से जाती हमारी पगडंडी बड़ी मनोरम लग रही थी। कोई दो किलोमीटर बाद एक टेकरी पर तीन छोटी-छोटी कुटी दिखायी दीं। पन्थ्या में ही सुन रखा था कि इनमें तीन बंगाली बाबा रहते हैं, तो वहाँ गये। सबसे पहले मिले एक वृद्ध बाबा। आयु में सबसे बड़े हैं, लेकिन अभी ब्रह्मचारी हैं, इसलिए सफेद वस्त्र पहने हैं। दूसरे दो आयु में काफी कम हैं, लेकिन संन्यासी हैं, इसलिए भगवा वस्त्र पहने हैं। तीनों रामकृष्ण परमहंस के अनुयायी हैं।

ब्रह्मचारी जी ने कहा, "चलिए, आपको संन्यासी जी से मिलवा दूँ। लेकिन उनका मौन है, बोलेंगे नहीं।"

दूसरी कुटी में धूने के पास युवा संन्यासी बैठे थे। चेहरे पर शान्त गौरव का भाव। मुस्कराकर हमारा स्वागत किया। थोड़ी देर बैठकर जाने लगे तो प्रसाद के रूप में धूने की भभूत दी।

अब ब्रह्मचारी जी की कुटी में बैठे। तीसरे संन्यासी वहीं आ गये। ब्रह्मचारी जी नर्मदा परिक्रमा बहुत पहले कर चुके हैं। मैंने पूछा, "शूलपाण झाड़ी में भीलों ने लूटा तो होगा।"

"इसे मैं लूटना नहीं कहूँगा। दरअसल झाड़ी में परकम्मावासी की परीक्षा ली

जाती है—उसके अपरिग्रह की, त्याग की और श्रद्धा की। जब द्रौपदी का चीरहरण हो रहा था, तब द्रौपदी एक हाथ से साड़ी थामे थी और दूसरा हाथ उठाकर कृष्ण को पुकार रही थी। लेकिन कृष्ण नहीं आये। जब उसने दोनों हाथ उठाकर भगवान को पुकारा तो कृष्ण दौड़े आये। जब तक हमारे मन में अहं रहेगा, तब तक भगवान दूर रहेंगे। जिस दिन हम भगवान के आगे सम्पूर्ण आत्मसमर्पण करेंगे, प्राणपण से उनकी शरण में जाएँगे, उस दिन भगवान दौड़े आएँगे। शूलपाण झाड़ी में परकम्मावासी मानो दोनों हाथ उठाकर भगवान को पुकारता है। यहाँ से वह मानो त्याग की दीक्षा लेकर निकलता है। इसे लूटपाट कहना मुझे ठीक नहीं लगता।''

भीलों की लूटपाट के प्रति यह सर्वथा नया दृष्टिकोण था।

बखतगढ़ से हम लोगों ने नदी के साथ-साथ चलने का फैसला किया। चट्टानों पर से चले। चल इस तट पर रहे हैं, देख उस तट को रहे हैं। दुर्गम चट्टानों के कारण धावड़ीकुंड से लेकर सातमात्रा तक का सामने का तट हमें छोड़ना पड़ा था। जहाँ पाँव-पैदल चल नहीं सके थे, उसे आँखों से तो देख लें।

मार्ग बहुत कठिन था और सूरज आग बरसा रहा था। पसीने से लथपथ तीसरे पहर रामपुरा पहुँचे। नहीं, अभी पहुँचे कहाँ हैं। सामने है पर बीच में कनाड़ नदी है। उसे पार नहीं कर पा रहे हैं। कोई आदमी भी नहीं है,किससे पूछें। आखिर बहुत ऊपर जाकर पार की। इसमें दो घंटे लग गये।

कनाड़ और नर्मदा के संगम पर मन्दिर और धर्मशाला है। उसी में रात रहे। मन्दिर के पुजारी की पत्नी ने बताया, ''यह मन्दिर सरकार के कब्जे में है। पूजा-अर्चना करने के लिए मेरे पति को तनख्वाह मिलती है।''

''क्या उन्होंने नर्मदा परिक्रमा की है?''

''हमारी बच्ची दो महीने की हुई और वे परिक्रमा पर निकल गये।''

मुझे आश्चर्य हुआ। ''क्यों?''

''हमारी शादी हुए दस बरस हो गये थे लेकिन हमारे एक भी सन्तान नहीं हुई। तब इन्होंने मनौती मानी, ''हे माँ! हमारे सन्तान होगी तो मैं तेरी परकम्मा करूँगा।'' और मैया की कृपा से हमारी बेटी हुई तो वे चल दिये। नियमानुसार 3 बरस 3 महीने 13 दिन में परकम्मा पूरी की। यह 14 बरस पहले की बात है। परकम्मा में उन्हें यह स्थान भा गया तो बाद में हम लोग यहीं बस गये। शुरू में मुझे यहाँ जरा भी अच्छा नहीं लगा। लेकिन अब इतना अच्छा लगता है कि गाँव जाने का मन नहीं करता। हमारा गाँव उज्जैन के पास है। वहाँ मेरे सास-ससुर हैं, खेती-बाड़ी है। हमारे बच्चे वहीं पढ़ते हैं। बस यह छोटा बच्चा मेरे पास है।''

''तुम्हारे कितने बच्चे हैं?''

उसने शरमाते हुए कहा, "पाँच।"

नर्मदा ने इन पर कुछ ज्यादा ही मेहरबानी कर दी है!

सुबह चल दिये। रास्ता सागौन के पेड़ों में से है। यहाँ से सीधे धावड़ीकुंड जा सकते हैं। लेकिन नर्मदा तट से 12 कि.मी. दूर सीतावन है। इसे सीताकुंड या सीता मन्दिर भी कहते हैं। परकम्मावासी वहाँ भी जाते हैं, इसलिए हम भी गये। बड़ा एकान्त स्थान है—जंगल के छोर पर। एक तरफ जंगल, दूसरी तरफ खेत।

यहाँ रात रह सुबह चल दिये। सुबह चलना बड़ा सुखद लगता है। हरे-भरे खेत खत्म हो गये और सागौन के पेड़ शुरू हो गये। हवा चलती तो पेड़ अपने पत्तों से पंखा झलते और हमें शीतलता प्रदान करते।

एक जगह एक युवा वृक्ष ने मुझे रोक लिया। बोला, "मैं तो अचल हूँ, चल नहीं सकता। किन्तु तुम्हें पैदल चलते देखकर बड़ी खुशी हो रही है। जो चल सकते हैं और चलते नहीं, दो कदम जाने के लिए कार या स्कूटर उठाते हैं, उन्हें मेरा धिक्कार कहना।"

मैंने दबी जबान में कहा, "यही काम मेरे बेटे करते हैं। उनका बस चले तो अपनी कार बिस्तर तक हाँक ले जाएँ। जब उन्हें ही नहीं कह सकता, तो दूसरों से क्या खाक कहूँगा!"

पेड़ों से बातें करना मुझे अच्छा लगता है। सोचता हूँ, घर जाकर इन्हें चिट्ठी लिखूँगा। मुझे विश्वास है कि मुझे इन पत्रों के जवाब भी मिलेंगे।

तीसरे पहर धावड़ीकुंड पहुँचे। पहुँचते ही दिखायी दिये नर्मदा के प्रपात। ढेर सारे प्रपात। चिलचिलाती धूप में, बोझ से लदे-लदे, ठगे से हम बस देखते ही रह गये। नर्मदा के हाथों यहाँ कैसा अद्‌भुत कवि-कर्म सम्पन्न हुआ है!

ध्वनि और गति से कितना सजीव हो उठा है यह कुंड! पूरा वातावरण निनादमय हो गया है। नदी मानो यहाँ अपने आगमन की सूचना बाजे-गाजे के साथ दे रही है। प्रपातों में ही नर्मदा को उसके समस्त ऐश्वर्य के साथ देखा जा सकता है। प्रपात यानी जीवन का कल्लोल! प्रपात यानी नदी का सोलहवाँ साल!

कगार पर खड़े-खड़े प्रपातों को देखते ही रह गये। फिर सोचा, पहले चलकर किसी धर्मशाला में रहने की व्यवस्था कर लें, नहा-धो लें, ताजा हो लें, फिर इन्हें जी भरकर देखेंगे। हाँ, तब तक इनका गर्जन-तर्जन सुन सकते हैं। कर्णे अद्धैक दर्शनम्!

पास में है धर्मशाला-एक खुला बरामदा। एक बाबा के भरोसे सामान छोड़कर नहाने चले गये। नहाना भूलकर प्रपातों का तांडव देखने में खो गये। लेकिन हमारा यह देखना अनौपचारिक है। विधिवत् हम इन्हें शाम को देखेंगे। यहाँ कल भी रहेंगे।

नर्मदा की इस अनुपम कलाकृति को एक दिन में नहीं देखा जा सकता।

शाम होने को है। धूप कम हो चली है। प्रपातों को देखने का सही समय आ गया है। हम नीचे उतरे और प्रपातों के सामने, नहीं, प्रपातों से सटकर बैठ गये।

छोटे-बड़े, चौड़े-सँकरे, खड़े और फिसलपट्टी जैसे तिरछे-सभी तरह के प्रपात हैं यहाँ। कुछ प्रपात बहुत अधिक आक्रामक हैं, तो कुछ चट्टानों में घुसपैठ करने में माहिर हैं। दो-एक छैल-छबीले प्रपात भी हैं। सबसे बड़े प्रपात का पानी मध्य में हलके हरे रंग का है। हरितकंठ प्रपात! धावड़ीकुंड यानी प्रपातों का डिपार्टमेंटल स्टोर! अपनी पसन्द का प्रपात चुनिये, उसके प्रचंड प्रवाह को देखिये, उसकी गर्जना को सुनिये, उसकी फुहार में भीगिये और उसे अपनी निजी सम्पत्ति बना लीजिए!

नीचे कुंड में जो घमासान मचा है, वह तो और भी लोमहर्षक है। कुंड एक खौलते कड़ाह जैसा लग रहा है। समझ में नहीं आता कि यहाँ सर्जन हो रहा है या विध्वंस! उफनते पानी का उछलना, उभरना, झपटना, टकराना, धक्कामुक्की करना और फिर फेनिल लहरिये बनाते हुए तेजी से आगे बढ़ जाना! मानो हजारों सतलड़े हार बहते चले जा रहे हों!

चट्टानों से दो-दो हाथ करने में नर्मदा को मजा आता है। और चट्टान और नदी की लड़ाई में विजय सदा नदी की ही होती है।

इसी कुंड में से निकले शिवलिंग सारे देश में पूजे जाते हैं। दूर-दूर से लोग यहाँ शंकरजी की पिंडी लेने आते हैं। लेकिन अभी इतना अधिक पानी है कि उन्हें निकालना सम्भव नहीं।

मेरा ध्यान प्रपातों पर मँडराती चिड़ियों पर गया। मानो मुझसे कह रही हों, "जरा हमारी उपस्थिति भी दर्ज कर लो!"

एक नन्हे-मुन्ने प्रपात के नीचे बैठकर मैंने स्नान किया और नर्मदा के इस धावड़ीकुंड विश्वविद्यालय का 'स्नातक' बना।

कल पूर्णिमा है, शरद पूर्णिमा। हम लोग अनायास ही ठीक समय पर आ गये हैं। लेकिन रात होते ही आकाश बादलों से घिर गया। आधी रात को जमकर पानी बरसा। बादलों पर इतना गुस्सा मुझे कभी नहीं आया था। मेरा बस चलता तो उस रात मैं बादलों का पुतला जलाता!

भाग्य से सबेरा होते ही बादल छँट गये। आसमान साफ हो गया।

हमारी धर्मशाला में एक छोटा कमरा भी था। उसमें एक बाबा रहता था। बाहर जाता तो ताला लगाकर जाता। हम उसे वहाँ का चौकीदार समझे। हमारा सामान बाहर खुले में पड़ा था। मैंने पूछा, बाबा, क्या हम अपना सामान तुम्हारे कमरे में रख

सकते हैं?

"मैं गाय चराने जाऊँगा। शाम को आऊँगा।"

"तो क्या तुम गाय भी चराते हो?"

"आप शायद मुझे यहाँ का चौकीदार समझते हैं। न मैं यहाँ का चौकीदार हूँ, न गाय चराने वाला ग्वाला। मैं तो परकम्मावासी हूँ। यहाँ चातुर्मास किया था। अब देवउठनी एकादशी के बाद चलूँगा।"

"फिर गाय कैसे चरा रहे हो?"

"गाय मेरी है। वह भी परकम्मा कर रही है। सच तो यह है कि परकम्मावासी तो गाय है। मैं तो उसके साथ-साथ चल रहा हूँ। मालिक वो है, मैं उसका नौकर हूँ। हाँ उसकी ओर से संकल्प मैंने किया था।"

"परकम्मा कहाँ से उठायी थी?"

"अमरकंटक से। वहीं से बछिया को साथ लेकर चला। धीरे-धीरे वह बड़ी होती गयी और गाय बन गयी। रेवा-सागर संगम पर मेरी गाय ने एक बछिया को जन्म दिया। परकम्मावासियों ने उसका नाम रेवा रखा। गाय का नाम नर्मदा, बछिया का नाम रेवा।"

बाहर पेड़ से उसकी गाय-बछिया दोनों बँधे थे।

"क्या शूलपाण झाड़ी में से गये थे? भीलों ने लूटा तो होगा।"

"मुझे तो लूटा ही, गाय को भी लूटा। उसका सारा सिंगार लूट लिया। घुँघरू भी ले लिए।"

"कहीं गाय ले लेते तो?"

"तो जान दे देता पर गाय न देता।"

वह ऐसा कर सकता था।

"अब मुझे जाना चाहिये। मेरी गाय मुझे बुला रही है।"

मैं प्रपातों के सामने फिर हाजिर हो गया।

दूर से देखने पर इनकी रचना समझ में आयी। आँत की तरह फैली चट्टानें उस तट से यहाँ तक आ गयी हैं। इसलिए नर्मदा का प्रवाह भी इधर आ गया है। अधिकांश प्रपात इस ओर हैं। सभी प्रपातों का मिलन-स्थल है यह विशाल कुंड। इस कुंड से नर्मदा बड़े ही नाटकीय ढंग से फिर उस तट की ओर जाती है। देखते-देखते वह सिकुड़-सिमट जाती है और एक गहरे चट्टानी दर्रे में प्रवेश करती है। किसी किले की दीवार-सी दोनों ओर खड़ी चट्टानें और उनके मध्य से धीर गति से बहती सँकरी नर्मदा।

नर्मदा हमारे देश की नदियों के बड़े परिवार की एक सदस्या है। लम्बाई के

लिहाज से उसका नम्बर सातवाँ है। लेकिन उसकी विशेषता उसके जल की मात्रा में नहीं, उसके चट्टानी स्वभाव में है। उसके उन्मत्त प्रपातों में है। उसके प्रपाती दर्रों में है। उसकी सँकरी घाटियों में है, उसके वनों में है, उसके तट पर निवास करती जन-जातियों में है और उसके पहाड़ी परिवेश में है।

इन्हीं पहाड़ियों और चट्टानों के कारण हमें नर्मदा का सामने का किनारा छोड़ना पड़ा था। सोचा, इस किनारे से चलकर उस किनारे को देख लूँ और उसे न देख पाने का दु:ख कुछ कम कर लूँ।

आगे एक कुटी के पास एक युवा संन्यासी मिला। मैंने पूछा "आपका नाम?"

"श्री श्री 1008 श्रीमान हुजूरउदित काशी वाराणसी लहरतरा काशीश निर्मल पारख सत साहेब कबीर।"

"इतना लम्बा नाम?"

"हुजूरउदित मेरे गुरु का नाम है। मेरा नाम निर्मल पारख है। यहाँ धूना रमाकर खुले में पड़ा हूँ। आकाशवृत्ति से रहता हूँ।"

"मैं नीचे की ओर नदी के किनारे-किनारे घूमने जा रहा हूँ।"

"चलिए, मैं भी चलता हूँ।"

उसने अपना लट्ठ लिया और हम दोनों प्रपाती दर्रे के साथ-साथ चल पड़े। एक बीहड़ स्थान को बताकर संन्यासी ने कहा, "इसे भुंईटोंगा कहते हैं।"

"मतलब?"

"भुंईटोंगा यानी भीम का घुटना।"

खड़ी कगार और घने जंगल के कारण आगे जाना सम्भव न था। इसलिए वापस आये। संन्यासी अपने धूने पर रह गया। मैं फिर प्रपातों के आसपास मँडराने लगा। प्रपातों से उठते जलकणों में इन्द्रधनुष देखता रहा। जलकणों में पूरा इन्द्रधनुष नहीं था, एक बड़े इन्द्रधनुष का केवल एक छोर था। मानो किसी बड़ी तलवार की मूठ भर हो।

तभी हवा का एक मनमौजी झोंका आया और फुहार के जलकण मुझे भिगो गये। इनके अचानक स्पर्श के उल्लास से मैं चिल्ला उठा।

प्रपातों के बिलकुल पास खड़े होकर मछुआरे मछली पकड़ रहे थे। यही काम ऊपर मँडराती चिड़ियाँ भी कर रही थीं। नीचे सँकरी नर्मदा को यहाँ के ग्रामीण नाव से पार कर रहे थे। वे सिंगाजी के मेले में जा रहे थे। देर शाम तक मैं यह सब देखता रहा।

आज शरद पूर्णिमा है। रात आज अपना महानतम उत्सव मनाएगी। भाग्य से

आकाश स्वच्छ है। ये प्रपात तो चिलचिलाती धूप में भी अच्छे लगे थे। दूधिया चाँदनी में तो उनका कहना ही क्या!

लेकिन मध्य रात्रि में प्रपातों तक अकेले जाने का साहस नहीं हुआ। भयानक सन्नाटा था। इस सन्नाटे में प्रपातों की गर्जना और तीव्र हो उठी थी। दिन को अत्यन्त मोहक लगने वाले प्रपात रात को किसी तेंदुए की तरह झपटते से लग रहे थे। पता नहीं क्यों, दिन को जो स्थान जितना सुन्दर लगता है, रात को उतना ही भयानक जान पड़ता है। फिर वहाँ तक जाना आसान भी तो नहीं। बड़ी फिसलन है। इसलिए कगार पर से ही देखता रहा।

वैसे तो सर्वव्यापी चाँदनी में सब कुछ दिखायी दे रहा था—नदी का प्रवाह, सामने का किनारा, कुंड में गिरते प्रपात, लेकिन दुग्ध-धवल कुंड की तो बात ही और थी। वह किसी प्रकाश पुंज की तरह दमक रहा था। मानो बड़ा-सा चाँद हो।

धावड़ीकुंड में पूर्णिमा की रात को चाँद डोली से उतरता है और सबेरा होते ही चला जाता है।

दूसरे दिन शाम को प्रेमगढ़ पहुँचे। आज भी पूर्णिमा है—शरद पूर्णिमा। आज खीर खाने का रिवाज है। बहुत कोशिश करने के बावजूद कहीं से दूध नहीं मिला तो छोटू ने खिचड़ी बनायी। तब तक चाँद निकल आया था। मैंने कहा, ''छोटू, थोड़ी देर के लिए खिचड़ी खुली छोड़ दो। चाँद उस पर भी अपना अमृत बरसाएगा। उसके लिए तो जैसी खीर, वैसी खिचड़ी!''

आधी रात को पूर्णिमा का चाँद आकाश के बीचों-बीच आ गया था। आसपास एक भी तारा नहीं था। उसका एकछत्र राज्य था।

कुम्भ के मेले में जब विशेष स्नान का दिन होता है, तब सबसे पहले नागा बाबा तथा अन्य साधु-संन्यासी स्नान करते हैं। उस समय और कोई स्नान नहीं कर सकता। यह 'शाही स्नान' कहलाता है। आम जनता इसके बाद ही स्नान कर सकती है।

मुझे लगा, आकाश में आज चाँद शाही स्नान कर रहा है! अकेला! पूर्णिमा की रात यानी चाँद के शाही स्नान की रात! और कोई ग्रह, नक्षत्र या तारा नहा नहीं सकता। हाँ, चाँद से बहुत दूर, क्षितिज के पास, कोई तारा चोरी से नहा ले तो बात दूसरी है।

सुबह संन्यासी कह रहा था—रात को दो बार लुढ़क कर अपनी चादर से दूर चला गया था। ठीक से सो नहीं सका। हम लोगों का भी यही हाल था।

तैयार होकर चल पड़े। खाड़ी नदी में काफी पानी था, बहाव तेज था और पंकिल पत्थर फिसलन भरे थे। उसे पार करते ही भटखेड़ा आ गया। नदी के एक

ओर प्रेमगढ़ दूसरी और भटखेड़ा। यहाँ से शुरू होता है 22 कि.मी. लम्बा लक्कड़कोट का जंगल–परकम्मावासियों के साहस को चुनौती देता सघन वन। जंगल में गाँव तो क्या, एक झोंपड़ी तक नहीं। गड़वाट जरूर है, पर बरसात में उग आयी जंगली घास के कारण कई जगह खो गयी है। जंगल के दूसरे छोर पर है पामाखेड़ी। शाम होने से पहले परकम्मावासी को वहाँ हर हालत में पहुँच जाना चाहिये। हाँ, मार्ग छायादार है। डग–डग पर शीतलता का अनुभव होता है।

मैं नर्मदा के दक्षिण–तट की सामने दिखायी दे रही ओंकारेश्वर की झाड़ी में से जा चुका हूँ। वहाँ भी घना जंगल है। लेकिन हरियाली से लदे इस घनघोर जंगल की तो बात ही कुछ और है। यह दंडकारण्य का आखिरी वंशज है। इस घने जंगल में मानो हम सेंध लगाकर घुस रहे हैं। यहाँ की गहन निस्तब्धता जैसे आकाश तक पहुँच रही है। कभी कोई चिड़िया चहचहाकर वीणा के तार छेड़ देती है। वनतुलसी की सुगन्ध सारे वन में समाई हुई है। लगता है, हम भी इस शान्त जंगल के अभिन्न अंग हैं। अधिकांश पेड़ सागौन के हैं लेकिन धवा, साज, तेंदू, कोहा और अंजन भी हैं। इन पेड़ों से छोटू हमारी पहचान कराता रहता है। हमें बताया गया था कि एक ही नाले को पन्द्रह बार पार करना होगा। शुरू–शुरू में तो हम लोग गिनती करते रहे, फिर गिनना छोड़ दिया। कभी भटक जाते तो छोटू कहीं न कहीं से आगे का मार्ग ढूँढ़ ही लेता। पगडंडी का हल्का–सा संकेत उसके लिए काफी होता।

जंगल में रंग–बिरंगे छायादार वृक्षों की भरमार है। कई जगह सूखे पत्ते जमीन पर गिरकर कालीन की तरह बिछ गये हैं। उनका रंग तो फीका पड़ गया है, तो भी एक प्यारी–सी महक उनसे आ रही है। हवा चलती है तो पेड़ों की पत्तियाँ हिलकोरे खाने लगती हैं। धूप पत्तों से छन–छनकर आ रही है। किसी–किसी पेड़ से ओस की बूँदें झड़ रही हैं।

इस सघन वन ने मानो अपनी समस्त धरोहर हमारे सामने रख दी है।

जब जंगल में गहरे आ गये, तो एक जर्जर कुटी में हनुमानजी की मूर्ति मिली। सारे जंगल में हमें एक आदमी नहीं मिला, एक झोंपड़ी नहीं मिली। हाँ, एक हिरन जरूर दिखा था और एक बड़ा साँप।

शाम होने से पहले जंगल खत्म हो गया। एक दिन का यह वनवास अनेक वर्षों तक याद रहेगा।

लक्कड़कोट के जंगल से जोशीपुर

पामाखेड़ी, इन्दिरासागर बाँध, बड़केसर, जिनवानी और धरमपुरी होते हुए हम किटी पहुँचने ही वाले थे कि एक पेड़ पर टँगी तख्ती दिखायी दी। उस पर लिखा था— स्वामी गंगाधरतीर्थ ज्ञान साधन कुटी, सुनहरीभान। हम लोग उसी ओर चल दिये। कुटी नर्मदा के पास ही है। नर्मदा का किनारा जरा भी ऊँचा नहीं है, बड़े-बड़े अर्जुन वृक्ष हैं। नर्मदा यहाँ चट्टानों पर से उछलती-फिसलती, छोटे-छोटे प्रपात बनाती, शोर मचाती बहती है। शोर ज्यादा नहीं-हलका है। लगता है नर्मदा यहाँ कविता पाठ कर रही है।

एक पेड़ के नीचे भोजन बनाया। भोजन से निवृत्त होकर कुटी गये। कुटी के स्वामी जी का नाम है स्वामी गोपालस्वरूप तीर्थ। नर्मदा परिक्रमा कर चुके हैं। विद्वान हैं। अपने गुरु के साथ अमरीका हो आये हैं। इस निर्जन आश्रम में बस दो ही लोग रहते हैं। वे और उनके शिष्य देशपांडे। दोनों सरकारी नौकरी में रहे, स्वामीजी तो सेना में रहे। दोनों को पेन्शन मिलती है।

मेरे पूछने पर स्वामीजी ने बताया, ''हमारा खानदान संन्यासियों का खानदान है। चार पीढ़ी से किसी न किसी के संन्यासी बनने का इतिहास है। मेरे ताऊजी दंडी स्वामी थे। मेरे चाचा संन्यासी थे। वे 88 वर्ष की आयु में शान्त हुए। उन्होंने सहस्रार भेदन कर के प्राण त्यागे थे। मेरे बड़े भाई भी संन्यासी हैं। मेरी पत्नी, बेटे और बेटी भी दीक्षित हैं। कभी-कभी मुझसे मिलने यहाँ आते हैं, पर मुझे यह पसन्द नहीं।''

शाम रात में ढल गयी तो दोनों ने प्रार्थना शुरू कर दी। फिर भजन गाने शुरू किए। दोनों का गला बहुत अच्छा है। शिष्य देशपांडे का गला तो बहुत ही अच्छा है। उन्होंने शास्त्रीय संगीत की विधिवत् शिक्षा ली थी। दोनों रात को ढाई बजे उठते हैं और तैयार होकर तीन बजे से उपासना में बैठ जाते हैं। सन्तों के लिए यही समय होता है भगवान से सलाह-मशविरा करने का।

सबेरे चलने लगे तो स्वामी जी ने कहा, ''चाय पीकर जाइए।''

मैंने कहा, ''मैं चाय नहीं पीता।''

उन्होंने कहा, ''यह शहर वाली चाय नहीं है। ये सामने जो अर्जुन वृक्ष हैं न, उनकी छाल की चाय है। शरद पूर्णिमा पर मैं दमा के मरीजों को दवा देता हूँ, उस दवा का मुख्य घटक यह छाल ही होती है।''

उस स्वास्थ्यकारी चाय को पीकर जाने लगे तो उन्होंने कहा, ''आगे किटी पड़ेगा। वहाँ एक वृद्ध बाबा हैं, उनके दर्शन करते हुए जाइए। बड़े ही त्यागी हैं। उन्हें कुछ नहीं चाहिये। कोई अगर दे ही दे, तो शाम तक वे किसी और को दे देते हैं।''

त्यागी बाबा अत्यन्त वृद्ध हैं। चेहरे पर शान्त सौन्दर्य है। उनके पास जाकर बैठे ही थे कि उन्होंने हमें ग्यारह रूपये दिये! कोई दे गया होगा सो हमें दे दिये। सिर पर से मानो कोई बोझ उतर गया हो, ऐसी राहत का भाव उनके चेहरे पर देखने को मिला। किसी को सारे संसार का धन मिल जाये तो भी वह असन्तुष्ट रहता है, दूसरा केवल लँगोटी पाकर खुश रहता है।

यहाँ से फतेहगढ़। यहाँ नर्मदा में एक टापू है। उसमें है गोंड राजा द्वारा निर्मित जोगा का किला। सामने से जाते हुए उसे देखा था। उसे फिर से देखने की इच्छा मन में बराबर बनी रही। इसलिए नाव से गये। लेकिन वहाँ इतनी घास उग आयी थी कि किले तक मुश्किल से ही पहुँच पाये। किले के अन्दर भी घास ही घास थी।

नाव से वापस आये और आगे बढ़े। एक ग्रामीण से मैंने आगे का रास्ता पूछा तो उसने कहा, ''आगे महुए का पेड़ मिलेगा। वहाँ से दाहिने मुड़ना, फिर धवा के पेड़ से बायें, फिर अंजन के पेड़ से सीधे जाना, फिर सागौन के पेड़ से...''

यह तो पेड़चालीसा पढ़ने लगा!

गड़वाट से चले जा रहे थे। पीछे से मोटर-साइकल पर एक किसान निकला। हमें देखकर रुक गया। हमारे बारे में जानकर खुश हुआ। बोला, ''यह सामने जो गाँव दिखायी दे रहा है, मैं उसी में रहता हूँ। कृपा कर के मेरे यहाँ पधारिये। चाय-नाश्ता कर के जाइए।''

मैंने कहा, ''हम लोग अभी चले ही हैं। आपके यहाँ आएँगे तो देर हो जाएगी।''

मेरी 'न' सुनकर उसके चेहरे पर निराशा का भाव तिर आया। यह देखकर मैंने कहा, 'अच्छा, हम आएँगे।'

वह प्रसन्न होकर चला गया। जल्द ही हम लोग भी उसके घर पहुँच गये। हम लोगों को दूध के गिलास देकर वह बोला, ''बाबा, आज यहीं रुक जाइए।'' मैंने कहा, ''तीसरे पहर तक हम नेमावर पहुँच जाना चाहते हैं। वहाँ हम कहाँ रुकें, इसकी हमें चिन्ता है।''

"आप बिलकुल चिन्ता न करें। वहाँ मेरी बहन रहती है। आप उसी के यहाँ लाल माँ की कोठी में रुकिए। एकदम नर्मदा-तट पर है। मैं चिट्ठी लिख देता हूँ।"

चिट्ठी लेकर हम जाने को हुए तो बोला, "चलिए, मैं आगे का रास्ता दिखा दूँ।"

वह काफी दूर तक साथ चला। मैंने पूछा, "आप परकम्मावासियों की इतनी सेवा क्यों करते हैं? साल में हजारों निकलते हैं। सदाव्रत देते-देते ऊब नहीं जाते?"

"कोई कितना ही गरीब क्यों न हो, अपने परिवारजनों का पेट तो पालता ही है। परकम्मावासियों को हम अपने परिवार का सदस्य मानते हैं। उन्हें भोजन कराना, उनकी सुख-सुविधा का ध्यान रखना हमारा फर्ज है। जब वे जाने लगें तो गाँव के बाहर तक उन्हें विदा करने या रास्ता दिखाने जाना चाहिए। और जब तक वे थोड़ी दूर चले न जाएँ, तब तक खड़े रहना चाहिए। उनका इतना सम्मान तो करना ही चाहिये क्योंकि हम यह मानते हैं कि वे जो परकम्मा करते हैं, उसमें हमारा भी हिस्सा है।"

उसकी बात सुनकर मैं चकित रह गया। बाद में एक चित्रकला प्रदर्शनी के उद्घाटन के अवसर पर इस घटना को सुनाकर मैंने कहा था, "नर्मदा तट के उस ग्रामीण के मन में परकम्मावासियों के प्रति जो भावना थी, वही भावना समाज के मन में अपने कलाकारों के प्रति होनी चाहिये। समाज को कलाकारों से कहना चाहिये कि आप जो यह चित्र बना रहे हैं, या कविता लिख रहे हैं या मूर्ति तराश रहे हैं, उसमें हमारा भी हिस्सा है। हम भी यही करना चाहते हैं लेकिन किन्हीं कारणों से कर नहीं पाते। आप हमारा ही काम कर रहे हैं। इसलिए हमारा कर्त्तव्य है कि हम आपकी सुख-सुविधा का ध्यान रखें।"

एक स्वस्थ समाज का अपने संस्कृतिकर्मियों के प्रति यही दृष्टिकोण होना चाहिये।

नेमावर में लाल माँ की कोठी आसानी से मिल गयी। कोठी के छोर पर छोटा-सा घर है। इसी में रहती हैं शारदा बहन। साथ में है उनकी वृद्धा माँ और दो बेटियाँ। बेटियाँ स्कूल गयी हैं। शारदा बहन ने अपनी माँ से हमारा परिचय कराया। दोनों ने कहा, आप हमारे यहाँ खुशी से रुकिए।

शाम को दोनों बहनें स्कूल से आ गयीं। नाम हैं सुशीला और अलका। सुशीला ग्यारहवीं में और अलका आठवीं में है। मुझे सुशीला का चेहरा राजपूत शैली का और नाजुक नाक-नक्श वाली अलका का चेहरा कांगड़ा शैली का लगा। दोनों नातिनों को नानी से बड़ा लाड़ मिलता है। नानी ने सुशीला की तो सगाई भी कर दी है। घर की असली मालकिन वही है।

अँधेरा होते ही अचानक तेज पानी बरसने लगा। बरामदे में पानी की बौछारें

आने लगीं तो नानी ने हमें अपने कमरे में बुला लिया। बेटी और नातिनें पहले से थीं। शारदा बहन ने बताया कि दोनों बेटियों को अनगिनत संस्कृत श्लोक कंठस्थ हैं। हमारे आग्रह पर दोनों बहनों ने जो सुनाना शुरू किया तो बस सुनाती ही चली गयीं। शारदा बहन ने कहा कि नानी बहुत अच्छे गीत और भजन गाती है। हमारे कहने से नानी ने भजन सुनाने शुरू किए।

नानी ने जिन्दगी में बहुत दुःख देखे। पति ने घर से निकाल दिया तो बेटी को लेकर यहाँ आयी। मेहनत-मजदूरी करके गुजर-बसर की। धीरे-धीरे स्थिति अच्छी होती गयी। बेटी का ब्याह किया। जमीन खरीदी। दुर्भाग्य से दामाद का देहान्त हो गया। बेटी और दोनों नातिनें तब से नानी के साथ हैं। नानी दबंग महिला हैं। लेकिन मर्दानी औरत हैं, बदसूरत भी। अच्छी खासी दाढ़ी-मूँछ निकल आयी है। आवाज भी बुलन्द है। ज्यादा चल-फिर नहीं सकतीं, प्रायः खाट पर बैठी रहती हैं। बैठी-बैठी ही गाती हैं। लेकिन जब गाती हैं, तो तन्मय होकर, भाव-विभोर होकर और भावों के अनुरूप अभिनय करते हुए। उस समय उनका चेहरा कितना सुन्दर लगता है! मात्र सौन्दर्य से कहीं अधिक सुन्दर।

और उनकी याददाश्त का क्या कहना! घंटों सुनाती चली जाएँ तो भी भंडार खाली नहीं होगा।

''कहाँ से सीखे आपने इतने सारे गीत?''

''ये गीत मैंने एक सूरदास से सीखे थे। अन्धे सबसे अच्छे गायक होते हैं।''

ठंड बहुत बढ़ गयी है। शारदा बहन ने हमें बिछाने के लिए चटाई और ओढ़ने के लिए कम्बल दिये।

बहुत सबेरे कार्तिक स्नान के लिए जाती स्त्रियों के दल के दल निकलने लगे। कैसी ठंडी हवा चल रही थी! क्या इन स्त्रियों को ठंड नहीं लगती होगी? मैं बिस्तर में दुबका इनके गीतों को सुनता रहा। तभी एक लड़की हमारे बरामदे पर आकर बोली, ''अलका! ओ अलकी! चल नहाने!''

दरवाजा खुला और अलका अपनी सहेली के साथ हो ली। वह शायद तैयार बैठी उसी का इन्तजार कर रही थी।

उजाला हुआ तो मैं भी नर्मदा किनारे गया। पास में ही सिद्धनाथ का मन्दिर है, धर्मशाला हैं। काफी परकम्मावासी यहाँ चातुर्मास कर रहे थे। नदी में स्त्रियाँ नहा रही थीं, दीप प्रवाहित कर रही थीं, पूजा-अर्चना कर रही थीं या समवेत स्वरों में गा रही थीं। प्रातःकाल के धुँधलके में यह बड़ा ही मोहक लग रहा था।

नेमावर नर्मदा का नाभि-स्थान है, इसलिए इसका विशेष महत्त्व है। देर तक मैं नर्मदा-किनारे घूमता रहा।

शारदा बहन ने हमें भोजन बनाने नहीं दिया। अपने चौके में बिठाकर दाल-बाटी का भोजन कराया। उसका स्वाद आज तक जिह्वा में बसा हुआ है।

सन्ध्या समय घाट पर बहुत से परकम्मावासी बैठे थे। उन्हीं में से एक वृद्ध परकम्मावासी का प्रवचन चल रहा था। वह उच्च मानवीय गुणों के बारे में बोल रहा था और बीच-बीच में संस्कृत के श्लोक भी बोलता जाता था। उसका ओजस्वी स्वर मन्दिर परिसर में मधुर गूँज उत्पन्न कर रहा था। देहाती-से दिखने वाले इस परकम्मावासी के ज्ञान पर मुझे आश्चर्य हुआ। वह कोई किस्से-कहानी नहीं सुना रहा था, बल्कि अमूर्त-से भावों की चर्चा कर रहा था। अगर वह पढ़-लिख गया होता, तो किसी विश्वविद्यालय में दर्शनशास्त्र का अध्यापक होता।

रात को फिर नानी के भजन सुनने बैठ गये। एक परकम्मावासी बहुत अच्छा गाता था और ढोलक भी बढ़िया बजाता था। वह भी आ गया था। दोनों मिलकर गा रहे थे—

> दधी-माखन को चोर, पकड़ लियो राधा ने
> दधी बेचन को गयी वृन्दावन में
> तब तक घुसि गयो चोर, पकड़ लियो राधा ने।

"पकड़ लियो राधा ने" पंक्ति गाते समय नानी भाव विह्वल हो जातीं। हाथ से ऐसा झपट्टा मारतीं कि लगता, चोर पकड़ में आ गया। वे पूरा दृश्य उपस्थित कर देतीं। उनका गाना सीधे हृदय को छूता था।

रात पीपलनेर्या में रहे।

सबेरे कोई 5 कि.मी. ही चले थे कि छीपानेर आ गया। मन्दिर के सामने नर्मदा का चौड़ा पाट, नीचे पक्का घाट और पीपल के बड़े-बड़े पेड़। स्थान भा गया तो यहीं रह गये।

रात को बाहर खुले में सोया। चारों ओर घना अन्धकार था। काफी देर तक आकाश में छिटके तारों को देखता रहा। आकाश मुझे एक विशाल ब्लेक-बोर्ड जैसा लगा, जिस पर किसी ने तारों के अक्षरों से कुछ लिख दिया है। मैं इस व्योम-वर्णमाला को पढ़ने की कोशिश करता हूँ, पर पढ़ नहीं पाता। लेकिन इससे कोई फर्क नहीं पड़ता। पढ़ने की इस प्रक्रिया में ही इतना आनन्द है कि और किसी आनन्द की चाह नहीं रह जाती।

और आकाश की यह पाठशाला लगती है रात को, ताकि दिन में लोग अपना कामकाज करके रात को यहाँ हाजिरी दे सकें।

रात्रि के इस आकाश की बहुत अच्छी छात्रा है नर्मदा! आकाश ने लिखा नहीं और उसने अपनी स्लेट पर हू-ब-हू उतार लिया!

सुबह आगे बढ़े। सीप नदी एक स्त्री ने डोंगी से पार करायी। मैंने पूछा, "सीप और नर्मदा में क्या फर्क है?"

"सीप नदी है, नर्मदा माई है।"

नर्मदा केवल नदी नहीं कुछ और भी है। साधु-संन्यासियों की तपोभूमि, परकम्मावासियों की आराध्या, खेतों की प्यास बुझाने वाला जल-भंडार, युवकों का तरणताल, गाँव की महिलाओं का चौपाल, पर्व-त्यौहारों पर भरने वाले मेलों की मेजबान और जाने क्या-क्या। इतना सब कहने के बाद भी मुझे लगता है, मैं अपनी बात ठीक से कह नहीं पाया। इन सारी बातों को उस अपढ़ स्त्री ने केवल एक शब्द में कह दिया-माँ। नर्मदा नदी नहीं, माँ है।

इस देहातिन ने तो एक ही शब्द में मेरे पांडित्य को पछाड़ दिया!

तीसरे पहर नीलकंठ पहुँचे। नदी की ऊँची कगार पर है धर्मशाला। जाकर वहाँ सामान रखा तो एक बाबा बाहर निकला। उसने छोटू को नहीं देखा, केवल मुझे देखा और हमारे सामान को देखा। देखते ही बोला, "कितना बोझा लेकर चला है डोकरा!"

हम नाहक राशन ढो रहे हैं! यहाँ प्राय: हर जगह सदाव्रत मिलता है। लोग आग्रहपूर्वक देते हैं। इसलिए हमारा बोझ कम नहीं हो रहा। एक बाबा ने कहा भी था, "आप इतना बोझ उठाकर चल रहे हैं, इसका मतलब यह हुआ कि आपको नर्मदा जी पर भरोसा नहीं है।"

उसने हमें पास के कमरे में सामान रखने के लिए कहा। कमरे में जाते ही मेरी ऊपर की साँस ऊपर और नीचे की साँस नीचे रह गयी। वहाँ मैंने जो देखा, मस्तिष्क ने पल भर के लिए उसे मानने से इनकार कर दिया। वहाँ एक जीवित कंकाल था—जिन्दा नरकंकाल!

पूरे जीवन में मैंने ऐसा आदमी नहीं देखा था। वह एक जिन्दा कंकाल था, बल्कि उसमें जिन्दा आदमी जैसा कुछ भी नहीं था। वह पत्थर की मूरत की तरह बैठा हुआ था। उसकी हड्डियाँ चमड़ी में से निकली पड़ रही थीं। हाथ-पैर की हड्डियों को देखकर लगा कि यह खासा लम्बा आदमी है। पर अब खड़ा नहीं हो सकता। दो बरस से उसे लकवा मार गया है। यहाँ चौदह बरस से है। नर्मदा-परिक्रमा दो बार कर चुका है। अनाज नहीं खाता, केवल फलाहार करता है। मूँगफली, साबूदाना, दूध या जो भी फल मिल जाये, उसी पर निर्वाह करता है।

शरीर में मांस न होने के कारण उसकी हड्डियाँ और भी लम्बी लग रही थीं।

उसकी छोटी-छोटी उदास आँखें गड्ढों में से बाहर निकली पड़ती थीं और उभरी हड्डियों वाला भावशून्य चेहरा डरावना लग रहा था। उसकी हड्डियों पर इतनी चमड़ी नहीं थी कि उस पर झुर्रियाँ पड़ सकें। घुटने की कटोरियाँ अप्रत्याशित रूप से बड़ी थीं और दूसरी हड्डियों से अलग नजर आ रही थीं। हाथ की उँगलियाँ ऐंठ गयी थीं। अगर इस आदमी का फोटो लिया जाये और एक्स-रे फोटो भी, तो दोनों में ज्यादा अन्तर नहीं होगा।

परन्तु उसकी आवाज बुलन्द थी और याददाश्त बहुत अच्छी। लकवे के कारण उसके उच्चारण स्पष्ट नहीं थे और उसकी बात मुश्किल से ही समझ में आती थी। पर इससे उसके बोलने के उत्साह में कोई फर्क नहीं पड़ता। घिसट-घिसट कर थोड़ा-सा चल लेता था। एक स्त्री साफ-सफाई का काम कर जाती थी। गाँव के लोगों ने यह व्यवस्था कर दी थी।

मैं उसका स्केच करने लगा तो उसने सिर पर पगड़ी पहन ली और शरीर पर चादर ओढ़ ली। चादर में वह काकभगौड़ा लग रहा था।

मैंने स्वस्थ लोगों को युवावस्था में मरते देखा है और अस्सी बरस का यह कंकाल जी रहा है और बोल रहा है। दुनिया में ऐसी चक्कर में डाल देने वाली बातें होती ही रहती हैं।

शाम होने से पहले एक युवा संन्यासी आया। हड्डी वाले बाबा को देखकर स्तब्ध रह गया। बोला, ''ऐसा आदमी मैंने आज तक नहीं देखा।''

संन्यासी परिक्रमा में नहीं है। किसी अच्छे गुरु की खोज में निकला है। खुद खाना नहीं बनाता, जो मिल जाये वही खा लेता है। अत्यन्त मितभाषी है। शाम को हमने उसे आग्रहपूर्वक दूध देना चाहा, पर उसने नहीं लिया। ध्यान में बैठ गया। एक चादर के सहारे बाहर खुले में सोया। मुझे भीतर कम्बल में ठंड लग रही थी।

आधी रात के बाद हवा चलने लगी तो पेड़ की पत्तियों से मर्मर ध्वनि आने लगी। हवा लगातार नहीं बहती, उसके झोंके आते रहते हैं। मैंने पाया कि सागौन के पत्तों से आनेवाली ध्वनि पीपल के पत्तों की ध्वनि से भिन्न होती है। बड़ के पत्तों की ध्वनि नीम के पत्तों की ध्वनि से अलग होती है। पेड़ों में भी घराने चलते हैं। पीपल का घराना सम्भवत: सबसे अधिक प्रचलित है।

नर्मदा और कुलार के संगम पर स्थित है यह धर्मशाला। कुलार डोंगी से पार की और आगे बढ़े। हमारी गड़वाट नर्मदा के किनारे से ही है।

आगे पड़ा डिमावर। यहाँ के बाबा तमिलनाडु के थे।

रात नेहलई में रहे। नर्मदा-तट पर एक बाबा के बड़े-से कमरे में रहे। कमरे में हिरन का बच्चा बँधा था। गाँव के पास के छोटे से वन में कई हिरन हैं। किसी ने इसे

पकड़ लिया और बाबा को दे दिया। बाबा को हिरन से बड़ा ही लगाव हो गया था। कमरे में दिन-रात धूना जलता रहता था। कमरा बड़ा था पर उसमें एक भी खिड़की नहीं थी और दरवाजा बन्द कर दिया जाता था। सारी रात कमरे में धुआँ भरता रहता। ऐसे धुँधुआते कमरे में उस छोटे से हिरन की भगवान जाने क्या दशा होती होगी। हम एक रात में ही परेशान हो उठे।

रात को थोड़ी देर के लिए मैं बाहर निकल आया और आकाश तले बैठ गया। तारे ऐसे लग रहे थे मानो किसी ने आकाश में सफेद तिल बिखेर दिये हों। चाँद नहीं था इसलिए तारे खुलकर सामने आ गये थे।

सूरज चलता है अकेला, तारे चलते हैं जमात में। कुछेक तारों के अखाड़े चलते हैं तो कुछ अलग धूनी रमाते हैं। अमावस की रात को तारों का भंडारा भरता है। दिन का आकाश है हाउस ऑफ लॉर्ड, रात का आकाश है हाउस ऑफ कॉमन्स!

सुबह आगे बढ़े। पगडंडी एकाएक खतरनाक हो गयी। जरा चूके और सीधे पानी में। पतली होते-होते वह लुप्त हो गयी। खड़ी चढ़ाई चढ़कर मुश्किल से ऊपर आये। लेकिन ऊपर न गड़वाट थी, न पगडंडी और बादल थे कि हमें लगातार धमका रहे थे। वे सिमटकर घने काले मेघों में परिवर्तित हो रहे थे। कभी भी बरस सकते थे। कहीं एक आदमी तक नजर नहीं आ रहा था। किसी तरह पथोड़ा पहुँचे। रोज की अपेक्षा आज हम आधा ही चल पाये थे, लेकिन पानी के डर से इसी गाँव में रुकना पड़ा।

कुछ लोगों ने मिलकर गाँव में एक मन्दिर बनवाया है। अभी मूर्ति की स्थापना नहीं हुई है। मन्दिर के बरामदे में लोहे की जालीवाला दरवाजा है। मन्दिर की देखरेख करने वाले ग्रामीण ने उसे हमारे लिए खोल दिया। आज यही बरामदा हमारा रैनबसेरा है। पानी लाने के लिए बाल्टी दी। फर्श पर बिछाने के लिए एक बहुत बड़ी दरी दी और सदाव्रत के लिए भी पूछा, लेकिन वह हमारे पास पर्याप्त था।

छोटू बाहर खाना बना रहा था। दाल तो बन गयी थी पर वह गाकड़ बना रहा था कि पानी आ गया। प्राय: सभी खेतों में या तो सोयाबीन कट रहा है या कटे हुए सोयाबीन के ढेर लगे हैं। इस पानी से किसानों को भारी नुकसान हो रहा है।

किसी तरह छोटू ने गाकड़ बना लिए। खाना खाकर, थोड़ा आराम कर के जब सोने लगे, तब तक पानी बन्द हो चुका था। बाहर बिजली का बल्ब जल रहा था।

रात को जब मैं उठा तो मेरे पैरों के पास की खाली दरी पर एक आदमी गुड़ीमुड़ी पड़ा था। उसने कुछ भी ओढ़ा नहीं था। लेटे-लेटे बड़बड़ा रहा था। मानो कहानी सुना रहा हो। फिर एकाएक जोरों से हँसने लगता। बीच-बीच में रामायण की चौपाई बोलता। शायद पागल था। मैं चुपचाप सो गया।

थोड़ी देर के बाद वह उठकर बाहर चला गया। लेकिन जल्दी ही वापस आया। दरवाजे पर खड़ा होकर गुर्राया, ''कौन हो तुम लोग? यहाँ कैसे घुस आये हो?''

निरीह से दिखने वाले इस आदमी ने एकाएक विकराल रूप धारण कर लिया। अब वह बेहद गुस्से में था।

हमने कोई जवाब नहीं दिया। वह जोर से चीखा। हम लोग उठ बैठे। मैंने कहा ''जिन्होंने यह मन्दिर बनवाया है, उन्होंने हमें यहाँ ठहराया है। देखिये, यह दरी और यह बाल्टी भी उन्होंने ही दी है।''

लेकिन वह पागल जो था, ऊलजलूल बकने लगा। अपने आपको सी.आई.डी. इन्स्पेक्टर बताने लगा। ''क्या समझते हो, मैं सादे भेष में रहकर चोरों का पता लगाता हूँ।'' उसके सवाल बेसिरपैर के थे। जवाब न देते तो चाबुक से मारने की धमकी देता। इसलिए मैं कोई न कोई जवाब देता रहा। वह लगातार चीखता-चिल्लाता रहा। बीच-बीच में हवा में ऐसे हाथ घुमाता, मानो हाथ में कोड़ा हो। जब उसकी नाराजगी बढ़ जाती, तब उसका चेहरा क्रोध से विकृत हो उठता। मैंने अपने आपको कभी इतना असहाय अनुभव नहीं किया था। लाचार हम उसकी धौंस सहते रहे। पास-पड़ोस में कई घर थे। हमारी सहायता के लिए क्यों कोई आ नहीं रहा? क्या कोई समझता नहीं कि हमारे साथ क्या हो रहा है?

ऐसा लगता था मानो यह रात कभी खत्म ही नहीं होगी।

तभी उसका ध्यान कोने में रखे हमारे सामान की ओर गया। ''इसमें क्या है? मुझे इसकी तलाशी लेनी होगी।''

मुझे चिन्ता हुई। उसमें सब्जी काटने का चाकू भी था। कहीं वह उसके हाथ लग गया तो? मेरे भीतर भय की एक हिलोर-सी उठी।

उसने हमारा पिट्ठू खोला। एक-एक चीज निकालकर फेंकने लगा। मैं दम साधे उसकी हर गतिविधि को देखता रहा। डेटाल की शीशी फर्श पर दे मारी। एक-एक चीज निकालकर फेंक दी। यहाँ तक कि चाकू भी फेंक दिया। अन्त में दो-तीन किताबें निकलीं। किताबें उसने खोलकर देखीं, फिर ज्यों की त्यों वापस रख दीं। हमारी ओर मुड़कर छोटू से बोला, ''बॉट इज युअर नेम?''

छोटू ने सहमते हुए कहा, ''मुझे अँग्रेजी नहीं आती।''

मुझ से पूछा, ''तुम क्या करते हो?''

मैंने कहा, ''मैं शिक्षक था, बच्चों को पढ़ाता था, अब रिटायर हो गया हूँ।''

मेरी आवाज स्थिर थी लेकिन अन्दर ही अन्दर मैं डरा हुआ था। वह चुप रहा, मानो कहीं खो गया हो। मानो कुछ याद कर रहा हो। मानो उसके भीतर कुछ

आलोड़ित हो रहा हो। कुछ क्षण तक मुझे एकटक देखते रहने के बाद बोला, "अच्छा, सो जाओ।" मैं सिर से लेकर पाँव तक ओढ़ कर सो गया। सोचा शायद अब वह चला जाये।

तभी एक विचित्र घटना घटी। अचानक उसने मेरे पैर दबाने शुरू कर दिये। उसके मजबूत हाथों का स्पर्श अनुभव करते ही मैं काँप-सा गया। एक-एक कर के दोनों पैर खूब अच्छी तरह से दबाये। उसमें बड़ी ताकत थी। फिर हाथ दबाये। हाथों की एक-एक उँगली दबायी। हर घड़ी चिन्ता बनी रही कि कहीं कोई उँगली चटका न दे। इसके बाद उसने मेरी मुट्ठी खोली, उसमें कुछ रखा, मुट्ठी बन्द की और चला गया। उसके जाते ही छोटू ने दरवाजा अन्दर से बन्द करके उस पर ताला लगा दिया। हमने राहत की साँस ली।

लेकिन नींद नहीं आयी। मैं जागता पड़ा रहा और सोचता रहा कि उसमें एकाएक बदलाव क्यों कर आया। वह उद्दंड से विनम्र कैसे बन गया?

मुट्ठी खोलकर देखा तो उसमें बीस पैसे का सिक्का था।

धीरे-धीरे गुत्थी सुलझने लगी। किताबों को उसने फेंका नहीं था। किताबें देखकर अनजाने ही उसके मन में यह बात आयी होगी कि ये शायद लिखने-पढ़ने वाले आदमी हैं, शायद गुरु हैं। उस विक्षिप्त अवस्था में भी उसके अवचेतन में यह संस्कार दबा पड़ा था कि गुरु का तो आदर करना चाहिये। और यह मालूम होने पर कि मैं शिक्षक हूँ, उसका व्यवहार एकाएक बदल गया।

उसकी विक्षिप्तावस्था पर उसके संस्कारों ने बढ़त पा ली थी।

शिक्षक दिवस के अवसर पर पूरे देश में अनगिनत शिक्षकों का सम्मान किया जाता है। मेरे शहर में मेरा भी कई बार सम्मान हो चुका है। लेकिन उस रात को, भय और आतंक के साये में ही सही,मुझे जो सम्मान मिला, वह अपूर्व था। मैंने कभी नहीं सोचा था कि एक शिक्षक के रूप में मेरा सर्वश्रेष्ठ सम्मान इस प्रकार होगा। इसके बाद मुझे कच्ची-सी नींद पड़ गयी।

सबेरा हुआ। बिखरे सामान को फिर से पिट्ठू में जमाते हुए छोटू ने कहा, "उसने हमारी कानी कौड़ी तक नहीं ली।" दरवाजा खोलकर हम बाहर आये। पड़ोस के युवक से कहा, "रात को एक पागल ने हमें बहुत परेशान किया। घंटे-डेढ़ घंटे तक हमें डराता-धमकाता रहा। वह हमें पीट भी सकता था।"

"वे मेरे पिता हैं। पागलपन का दौरा पड़ता है, तभी ऐसी हरकतें करते हैं। पर किसी को मारते नहीं। वैसे वे यहाँ नहीं रहते, मंडीदीप में मेरे भाइयों के पास रहते हैं। कल रात को ही आये है।"

"हमारी मदद के लिए तुम आये क्यों नहीं?"

"मैं खेत पर सोया था। सोयाबीन कट रहा है। अभी आया हूँ। आपके यहाँ से आने के बाद वे चबूतरे चले गये। अभी वहीं हैं।"

हमारा रास्ता चबूतरे से होकर जाता था। हम वहाँ से निकले तो वह वहाँ खड़ा मिला। हमने उसकी ओर ध्यान नहीं दिया। तभी नीचे उतरकर, घुटनों के बल झुककर, उसने मेरे पाँव छुए। "गुरुदेव! बहुत शर्मिंदा हूँ। क्या करता, दौरा जो पड़ा था।"

उसके चेहरे पर पछतावा था, आँखों में आँसू।

मैंने कहा, "भाई, तुम नहीं जानते कि तुमने गुरुओं का कितना मान बढ़ाया है—किसी एक गुरु का नहीं, तमाम गुरुओं का।"

इसके साथ ही हम आगे बढ़ लिए। और हाँ, वह सिक्का आज भी मेरे पास है।

सुबह पथोड़ा से चले थे। जहाजपुरा और मकोड़िया होते हुए आगे बढ़े तो भागनेर नदी आयी। भागनेर में आज कुछ ज्यादा ही पानी है। लेकिन यह उसका पानी नहीं है। दरअसल यह नर्मदा का पानी है। वर्षा के कारण नर्मदा का पानी चढ़ा है। वही भागनेर में आया है। भागनेर मासूम-सी नदी है। उसे पार करने में ज्यादा परेशानी नहीं हुई। नदी में काफी चट्टानें हैं। सोचा, यहीं नहाएँ और खाना भी यहीं बने। जब तक खाना खाकर तैयार होंगे, तब तक कपड़े सूख जाएँगे। नर्मदा प्राय: मिट्टी में से बहती है, कपड़े धोने का उपाय नहीं। चट्टानों वाली भागनेर भली मिली!

तीसरे पहर तक होलीपुरा पहुँच गये। नर्मदा की ऊँची कगार पर मन्दिर, उससे लगी धर्मशाला और सामने के विशाल प्रांगण में पीपल के बड़े-बड़े पेड़। साथ में बड़, नीम और आम भी है। आश्रम जैसा शान्त और पवित्र वातावरण। दूर चट्टानों पर से बहती नर्मदा की ध्वनि निरन्तर आ रही है। यहाँ के सौन्दर्य ने हमें बाँध लिया।

यहाँ एक परकम्मावासी और है। वह भी आज ही आया है। खाते-पीते घर का जान पड़ता है। ट्रांजिस्टर लेकर चला है। समाचार सुनने का बड़ा शौकीन है। नियम से सुबह-शाम समाचार सुनता है। स्वच्छता का भी बड़ा प्रेमी है। रात को सोते समय गीले कपड़े से दोनों पैर अच्छी तरह से पोंछे, इसके बाद सोया।

मन्दिर के बाबा हमें सदाव्रत देना चाहते हैं, पर हमारे पास पहले से ही इतना राशन है कि वही खत्म नहीं हो रहा।

ये जो हजारों परकम्मावासी चलते हैं, स्त्री-पुरुष, अधेड़ और वृद्ध-वे अपने साथ कुछ भी लेकर नहीं चलते। इसीलिए वे हलके-फुलके रहते हैं। पर मैं ऐसा नहीं कर सकता। उतना सामर्थ्य मुझमें नहीं। अपनी पहली यात्रा से ही यह मानकर चला था कि मैं परकम्मावासियों की बराबरी नहीं कर सकता। मैं कौआ नहीं, पर हंस भी

नहीं। मैं हंस की चाल नहीं चल सकता।

यहाँ के एक ग्रामीण ने मुझे बताया कि 1972 में नर्मदा में भयंकर बाढ़ आयी थी। यह गाँव जलमग्न हो गया। लोगों ने पेड़ों पर चढ़कर जान बचायी। एक पेड़ पर 27 लोग तीन दिन तक टँगे रहे। उनमें एक माँ और उसका तीन दिन का बच्चा भी था। एक का भी बाल बाँका नहीं हुआ। हाँ, खेती को भारी नुकसान हुआ। लेकिन दूसरे साल इतनी अधिक फसल हुई कि खलिहान छोटे पड़ गये। बाढ़ अपने साथ नयी मिट्टी भी तो लायी थी। यह उसी की देन थी। लेकिन इसके बाद यह गाँव उखड़ गया और दूर नया होलीपुरा बसा।

घना अँधेरा है पर थोड़ी देर में सबेरा हो जाएगा। जाग गया हूँ पर ठंड के करण बाहर निकलने का मन नहीं कर रहा। इतने में दूर से गाँव की स्त्रियों के गीतों का क्रमशः पास आता स्वर सुनाई दिया। थोड़ी देर में वे आ गयीं। गाँव तो छोटा-सा है, इतनी स्त्रियाँ कहाँ से आ गयीं? पता चला कि वे नया होलीपुरा की हैं—नया होलीपुरा नदी से दूर बसा है—ट्राली में बैठकर कार्तिक-स्नान के लिए आयी हैं। फिर आज तो दीवाली है, आज के स्नान का विशेष महत्त्व है।

घना अन्धकार है, पगडंडी ऊबड़-खाबड़ है और नर्मदा पर पक्का घाट भी नहीं है। बल्कि नदी किनारे की मिट्टी इतनी लसलसी है कि उसमें उतरते ही शरीर में सिहरन-सी दौड़ जाती है और बला की ठंड है। लेकिन न अँधेरा, न फिसलन, न ठंड-कोई भी इनके उत्साह को राई-रत्ती कम नहीं कर सकता। वे मस्ती में गाती हुई चली जा रही हैं।

मुझे अपने शान्तिनिकेतन के वैतालिकों का स्मरण हो आया।

थोड़ी देर में वे नहाकर आ गयीं। कुछ पीपल की परिक्रमा कर रही हैं, कुछ शिवलिंग को जल चढ़ा रही हैं, तो कुछ दीप जलाकर पूजा-अर्चना कर रही हैं। पूजा के इस अनुष्ठान में धर्म और संस्कृति घुल-मिलकर एक हो गये हैं।

फिर जिस अँधेरे से निकलकर वे आयी थीं, उसी में बिला गयीं। मैं मन्त्रमुग्ध, स्वप्नलोक में खोया-खोया-सा देखता रहा।

यहाँ की देख-रेख करने वाला बाबा रात को बुरी तरह से खाँस रहा था। लेकिन वह भी मुँह अँधेरे स्नान करके आ गया है और पूजा की सारी विधियाँ उघाड़े बदन कर रहा है।

"आपको ठंड नहीं लगती?"

"जब तक न नहाओ तभी तक ठंड है।"

यहाँ से जाने का मन नहीं कर रहा। मैं मन ही मन मनाता रहा कि पानी बरसे और हम यहाँ से जा न सकें। लेकिन पानी नहीं बरसा तो हम चल पड़े।

रास्ते में कई जगह कीचड़ था। आगे जाकर रास्ता भूल गये। देर तक यहाँ-वहाँ भटकते रहे। भाग्य से एक किसान मिल गया। रास्ता बताने वह काफी दूर तक साथ चला। मैंने पूछा, ''कई खेतों में हमने राहर (अरहर) के काफी ऊँचे पौधे देखे। लेकिन यहाँ राहर के पौधे बिलकुल छोटे हैं। इतना फर्क क्यों?''

''यह जो छोटे पौधे वाली राहर है, यह केवल नर्मदा के किनारों से लगे खेतों में ही होती है। बरसात में नर्मदा जो नयी मिट्टी बहाकर लाती है, उसी में होती है। यह बाद में बोई जाती है इसलिए इसके पौधे छोटे हैं। वैसे यह उतनी ऊँची नहीं होती। इसमें ज्यादा डगालें फूटती हैं और ज्यादा राहर होती है। समय भी कम लगता है।''

आगे का रास्ता समझाकर वह लौट गया।

नदी के किनारों पर स्थित हरे-भरे खेत नदी के आँचल की तरह फैले हुए थे। इस बार की यात्रा में कपास के बड़े-बड़े खेत देखने को मिले थे। एक खेत में कटे हुए सोयाबीन का ढेर लगा था और तीन बन्दर उसे मजे से खा रहे थे।

महू और पातालकोट होते हुए दोपहर तक बुधनी आ गये। बीस दिनों के बाद पहली बार रेल की पाँतें देखीं। यहाँ नर्मदा पर रेल और सड़क के तीन पुल हैं। पुल पर से जाती रेलगाड़ी को बच्चों की तरह देखते रहे।

थोड़ी देर में बुधनीघाट पहुँच गये। यहाँ नर्मदा पर छोटा लेकिन पक्का घाट है। धर्मशाला है। जाते ही जो पहली धर्मशाला पड़ी उसी में रुके, क्योंकि ट्रांजिस्टर वाला बाबा उसी में रुका था। वह सड़क से आया था इसलिए जल्दी आ गया था। हमारा नर्मदा तट का मार्ग बड़ा कठिन था। दस कि.मी. चलने में हमें दोपहर हो गयी थी।

जिस महिला ने यह धर्मशाला बनवायी है, वह प्रायः सारा दिन यहीं रहती है और परकम्मावासियों की सुख-सुविधा का पूरा ध्यान रखती है। बहुत पहले पति के साथ दो बार नर्मदा परिक्रमा कर चुकी है। दुर्भाग्य से पति का और बाद में बड़े बेटे का देहान्त हो गया। तब उसने यह धर्मशाला बनवायी।

हमारी धर्मशाला में और भी परकम्मावासी हैं। उनमें वृद्ध पति-पत्नी भी हैं। वे जबलपुर के पास के एक गाँव के हैं। जब वृद्धा पत्नी को पता चला कि मैं जबलपुर का हूँ और कल यात्रा पूरी कर के रात तक जबलपुर पहुँच जाऊँगा, तो वह खिल उठी। बोली, ''बाबा, मेरी दो नातिनें जबलपुर में ब्याही हैं। उन्हें हमारा सन्देशा पहुँचाना कि तूमरा गाँव के तुम्हारे नाना-नानी समन्दर पार हो गये हैं और धीरे-धीरे आ रहे हैं। उनसे कहना कि वे यह समाचार हमारे गाँव भी पहुँचा दें। हमने नेमावर में चातुर्मास किया था और वहाँ से हमारे गाँव चार चिट्ठियाँ लिखीं थीं। एक बैरंग लिखी थी ताकि मिल ही जाये, लेकिन एक का भी जवाब नहीं आया।

इसलिए हमें चिन्ता हो रही है। अच्छा बाबा, तुम यह सब लिख लो जिस में भूल न जाओ। अन्त में यह भी लिखो कि समधी को हमारे हर नर्मदे, समधन को हमारे हर नर्मदे, दोनों जेठ-जिठानियों को और तीनों दामादों को हर नर्मदे।''

सब से कह रही है, ''आज हम बहुत खुश हैं, हमारे देश के लोग हमें मिल गये हैं।''

सभी परकम्मावासियों का विचार है कि रोज मुझे कम से कम पाँच घर से भिक्षा जरूर माँगनी चाहिए। सर्वाधिक आपत्ति उन्हें मेरे पायजामे से है। मुझे सफेद लुंगी पहननी चाहिए। मैं कहता हूँ, ''मैं अधकचरा परकम्मावासी हूँ। आप लोगों का तो चौथाई भी नहीं। आपको इतनी छूट तो मुझे देनी होगी।''

आज दीवाली है। घर की बहू-बेटियाँ आँगन में रंगोली सजा रही हैं। अँधेरा होते ही थाल में दीप सजाये महिलाएँ घाट की सीढ़ियाँ उतर रही हैं। कुछ दीप प्रज्वलित कर के नर्मदा में प्रवाहित कर रही हैं। हमारी धर्मशाला को भी परकम्मावासियों ने दीपों से सजाया है।

रात को घाट पर भजन-मंडली जमी। एक परकम्मावासी बहुत अच्छा गाता है। उसने यहाँ चातुर्मास किया था और अब देवउठनी एकादशी के बाद आगे जाना चाहता है। पर वह इतने सुरीले भजन गाता है कि यहाँ के लोग चाहते हैं कि वह और रुके, जाए नहीं। वह गा रहा था—

बोलो कृष्ण कन्हैया रे, तुम्हारा रंग काला है।
तूने काली रात को जनम लिया, क्या इसीलिए काला है।
तूने काली गाय का दूध पीया, क्या इसीलिए काला है।
तूने काले नाग को नाथ लिया, क्या इसीलिए काला है।

पहले ही पद के बाद लोग ताल देने लगे थे।

सुबह चल दिये। हवा में कुछ सिहरन थी। हम सावधानी के साथ नदी के बराबर-बराबर चल रहे थे। आगे है जोशीपुर-होशंगाबाद के प्रसिद्ध सेठानी घाट के ठीक सामने। इस बार की यात्रा का वहीं समापन होगा। यहाँ से जोशीपुर तक सड़क है। पर हम नदी किनारे की पगडंडी से चले। यह रास्ता इतना मुश्किल था कि 5 कि.मी. चलने में 4 घंटे लगे। बीच में दो गहरे नाले पड़े। कोई ग्यारह बजे तक जोशीपुर पहुँचे। यहाँ यात्रा समाप्त की। नाव में बैठकर होशंगाबाद आ गये। वहाँ से ट्रेन में बैठकर घर पहुँच गये।

3 अक्टूबर 97 को मुझे 70वाँ बरस लगा था। हम 12 अक्टूबर से चले थे। 70 वर्ष की आयु में 20 दिन में 230 कि.मी. चला। कड़ी धूप में दिन भर चला। रात को ठंड में ठिठुरा। लक्कड़कोट का घना जंगल भी पार किया। इसका मतलब यह हुआ कि मैं अभी जीर्ण-शीर्ण नहीं हुआ। अथवा, जीर्ण तो हो गया हूँ पर शीर्ण नहीं हुआ। चुस्त भले ही न रहा, पर दुरुस्त तो हूँ।

मेरे लिए यह एक अच्छी खबर है। मेरे मन में एक नया उल्लास जनमा है। अगली यात्रा के मैं अभी से सपने संजोने लगा हूँ।

जोशीपुर से मौनीमाता का आश्रम

पिछली यात्रा में मेरे साथ श्रीमान क ख ग घ नहीं चले थे। इस बार की यात्रा में श्रीमान च छ ज झ नहीं चले।

श्रीमान च का उत्साह सबसे अधिक था। उन्होंने कहा था कि मैं तो चलूँगा ही, मेरे बड़े भाई भी चलेंगे। बद्रीनाथ–केदारनाथ की यात्रा हम दोनों भाइयों ने साथ की थी। किन्तु चलने से चार दिन पहले उनके पैरों में सूजन आ गयी और डॉक्टर ने उन्हें जाने से रोक दिया। अत: उन्होंने भाई साहब को रोक दिया। श्रीमान छ पिछली यात्रा में चलना चाहते थे लेकिन उनके वृद्ध पिता के देहान्त के कारण चल नहीं सके थे। इस बार उनके घर पौत्र या पौत्री का जन्म होनेवाला था, इसलिए नहीं चल सके। एक बार मरण तो दूसरी बार जन्म उनके न चल सकने का कारण बना। श्रीमान ज और झ होशंगाबाद से साथ चलने वाले थे। लेकिन श्रीमान ज को अचानक दिल्ली जाना पड़ा और श्रीमान झ को उनके कार्यालय से छुट्टी नहीं मिली। इसलिए वे दोनों भी चल नहीं सके।

हाँ, भाई जोगेश ठाकर अहमदाबाद से जरूर आये और हम लोगों के साथ चले। ठाकर व्यावसायिक फोटोग्राफर हैं और जरूरी काम छोड़ कर आये हैं। मैंने उनसे कहा था कि हम लोगों को प्राय: खुले बरामदे में या कभी–कभी पेड़ के नीचे सोना पड़ता है, इसलिए महँगा कैमरा न लाएँ। लेकिन वे जो कैमरा और लेन्स ले आये थे, उनकी कीमत प्राय: अस्सी हजार रुपये थी। मैं इस 42 वर्षीय फोटोग्राफर की हिम्मत को देखकर दंग रह गया। खुशी भी हुई कि एक अच्छा साथी मिला। छोटू तो था ही।

(यह होशंगाबाद भी अद्‌भुत जिला है। माखनलाल चतुर्वेदी, हरिशंकर परसाई और भवानीप्रसाद मिश्र का जन्म इसी जिले में हुआ तथा गाँधीवादी विचारक दादा धर्माधिकारी का बचपन भी इसी जिले में बीता।)

जब हम होशंगाबाद के सामने के जोशीपुर से चले तो मेरा दिल बल्लियों

उछल रहा था। तारीख थी 16 अप्रैल, 1998, सुबह-सवेरे होशंगाबाद के सुन्दर घाट इस तट से और भी सुन्दर लग रहे थे। मानो किसी बड़े तैलचित्र की तरह अंकित हों।

घाट नदी के प्रवाह में बाधा नहीं पहुँचाते, वहाँ तक लोगों का पहुँचना आसान कर देते हैं। घाट होते हैं नदी के जेवर, उनसे नदी की शोभा बढ़ जाती है। फिर होशंगाबाद के विस्तृत घाटों का तो कहना ही क्या!

ठाकर थे तो फोटोग्राफर, लेकिन देखने में शिकारी जैसे लगते थे। भड़कीले रंग के पेंट-शर्ट पहने थे और कैमरा का स्टैंड उनके किट में से बन्दूक की नली-सा बाहर निकला रहता था। बाकी रही कसर उनकी काली दाढ़ी-मूँछ ने पूरी कर दी थी। लेकिन पोशाक और शक्ल-सूरत से धोखा भी हो सकता है। देखने में वे जितने कठोर थे, हकीकत में उतने ही नरम दिल इनसान हैं। हमारे लिए वे मूल्यवान साथी सिद्ध हुए।

आज पहला दिन था। पहले दिन को सबसे भारी होना ही था। सूरज आग उगल रहा था। हवा दमघोंट थी। प्यास के कारण बुरा हाल था। दूर तक फैले सूखे खेत लू के झोंके भेज रहे थे। रामनगर आते-आते छक्के छूटने लगे तो वहाँ ज्यादा देर आराम करके छूट गये छक्कों को पुनः एकत्र किया और आगे बढ़े।

उस तट का बान्दराभान दिखायी देने लगा। इस तट के बान्दराभान को अभी देर है। पहले तवा नदी दिखायी देगी—उस तट पर, इसके बाद इस तट का बान्दराभान आएगा। पहाड़ बिलकुल पास आ गये हैं। और लीजिए,बान्दराभान भी आ गया!

अत्यन्त सुन्दर स्थान है। चट्टानों पर से नर्मदा तेजी से बह रही है। ऊबड़-खाबड़ चट्टानों पर से बहता ऊबड़-खाबड़ पानी! सपाट पानी की तुलना में ऊबड़-खाबड़ पानी ज्यादा मोहक लगता है। चट्टानों के मिलते ही पानी का मन-मोर नाच उठता है।

चारों और वृक्षों से घिरे होने के कारण चबूतरे पर ठंडक है। रात्रि का अन्तिम प्रहर समाप्ति की ओर है, थोड़ी देर में सूर्योदय होगा। अगर मैं पत्रकार होता तो अपने अखबार के लिए इसकी रिपोर्टिंग कुछ इस तरह करता-

बान्दराभान में सूर्योदय

17.4.98, बान्दराभान। अभी सूर्योदय हुआ नहीं है पर होने को है। आकाश की सभी बत्तियाँ धीरे-धीरे धीमी होती जा रही हैं। चाँद मद्धिम पड़ता जा रहा है। उषा ने पूर्वी आकाश के ताले खोल दिये हैं।

सूरज के स्वागत में वह किसी नये रंग की खोज में विभिन्न रंगों को मिला रही है। लगता है उसे जिस रंग की तलाश है, वह उसे मिल नहीं रहा। हम उसकी रचना-पीड़ा को समझ सकते हैं।

तभी पूरब के पट खुले और सूरज के बहुत बड़े गोले का ऊपरी सिरा दिखायी दिया-मानो आकाश की ड्योढ़ी में दबे पाँव प्रवेश कर रहा हो। सूर्योदय का सौन्दर्य सूर्य के आहिस्ता-आहिस्ता, तिल-तिल कर निकलने में है। वह जानता है कि अगर वह एकाएक अनावृत होता है तो लोगों के लिए उसका तेज असह्य हो जाएगा। इसीलिए वह सावधानी से, इत्मीनान के साथ निकलता है।

अब पूरा सूर्य निकल चुका है, मानो सूर्य का जन्म हुआ। यह सूर्य का जन्म है, पूर्व-जन्म है (क्योंकि पूर्व में जन्मा है) और पुनर्जन्म तो है ही। (क्योंकि पता नहीं यह उसका कौनसावाँ जन्म है।) जन्म, पूर्व-जन्म और पुनर्जन्म-तीनों एक साथ लेने का सामर्थ्य केवल सूर्य में ही है।

(इसके बाद मैंने लिखा था—धरती से बाहर निकलते ही सूर्य चिल्लाया, "टैक्सी!" लेकिन बाद में इसे काट दिया। सूर्य तो है चिर पदयात्री। न तो उसे सात अश्व वाले रथ की और न ही चौदह या इक्कीस हॉर्स-पावर वाली टैक्सी की जरूरत है। फिर लिखा था, "उषा लगातार रंग बदल रही है मानो नवजात सूर्य के पोतड़े बदल रही हो।" लेकिन बाद में इसे काट दिया। फिर लिखा था, "सूरज आकाश में ऐसे घुस आया है मानो किसी खेत में कोई मवेशी घुस आया हो।" किन्तु इसे भी काट दिया, यह सोचकर कि पाठकों को ये उपमायें सुरुचिपूर्ण नहीं लगेंगी। किन्तु अब सोचता हूँ, मुझे इन्हें काटना नहीं चाहिये था। अभिरुचियाँ बदलती रहती हैं। आज के पाठकों के लिए जो कुरुचिपूर्ण है, हो सकता है कल के पाठकों को वही अत्यन्त कलात्मक जान पड़े। आगे लिखा था, "सूरज पर तरस भी आता है। क्या वह उम्र भर इसी तरह मारा-मारा फिरता रहेगा? कब तक अपने हाथों चूल्हा फूँकता रहेगा? वह चाँद-सी बहू क्यों नहीं ले आता? (अच्छा, भाई सूरज! क्या तुमने अपनी उम्र का कोई हिसाब-किताब रखा है? लड़की वालों को हम तुम्हारी उम्र क्या बतायें?) क्या उसे कभी घर का सुख नसीब नहीं होगा? लेकिन कौन देगा इसे अपना घर! दूसरे ही पल वह उसे जलाकर राख कर देगा! किन्तु आकाश ने तो इसे अपने घर में रखा है। इतना ही नहीं, उसे घूमने-फिरने की पूरी आजादी दे रखी है। आकाश, तुम सचमुच महान हो, आग के इस गोले को अपने घर में रखे हो!" इसे यह सोचकर काट दिया कि यह वर्णन दोपहर के सूर्य का तो हो सकता है, सबेरे के

सूर्य का नहीं। मुझे उसके पूर्वाश्रम के जीवन का ही वर्णन करना है।)

सूर्य अपने एकाकी सैर पर निकल पड़ा है। आकाश ऐसा सूना है कि वह किसी से अपने घर का रास्ता भी नहीं पूछ सकता। (वैसे छड़े का घर कैसा!) निकलते समय जो सूर्य गुलाबी गालों वाले बच्चे जैसा लग रहा था, वही अब नौजवान ब्रह्मचारी-सा तेजस्वी हो चला है। क्या मजाल कि कोई उसकी ओर आँख उठाकर देख ले! और हाँ, अब वह पूर्वाग्रह से मुक्त हो चुका है—केवल पूर्व की सम्पत्ति न रहकर पूरे आकाश की सम्पत्ति बन चुका है।

पुनश्च सूर्य ने अपनी जायदाद का बँटवारा कर दिया है। पूर्वी आकाश के हिस्से में सूर्योदय और पश्चिमी आकाश के हिस्से में सूर्यास्त आया है। उत्तर और दक्षिण को प्रायः कुछ नहीं मिला। सान्त्वना के रूप में उन्हें सूर्य का उत्तरायण और दक्षिणायन होना मिला है।

यह बात और है कि ऐसी रिपोर्टिंग के कारण दूसरे ही दिन सम्पादक मुझे निकाल बाहर करेगा या इस्तीफा माँग लेगा। वह तैयार है—

कुछ दिन पूर्व मैंने आपको बान्दराभान से सूर्योदय की रिपोर्टिंग भेजी थी। मैंने उसे रोचक तथा काव्यात्मक बनाने की भरसक कोशिश की थी। मैं मानता हूँ कि आनन्द के आवेग में मैंने तस्वीर में जरूरत से ज्यादा रंग भर दिये थे। लेकिन रिपोर्टिंग में तथ्यों के साथ थोड़ी-बहुत स्वच्छन्दता तो बरती ही जाती है। रोटी के साथ मुरब्बा हो तो खाने में और मजा आ जाता है। मैंने सूर्य के रथ के पहियों की लकीरों का पहली बार पता लगाया, जिन पर आज तक किसी का ध्यान नहीं गया था। ऐसी खोजी पत्रकारिता की कद्र करना तो दूर, आपने उसे छापा तक नहीं। और यह तब, जब हमारे अखबार का नाम 'भास्कर' (या 'दिनमान' या 'रविवार') है। मैं अपना अपमान बर्दाश्त कर सकता हूँ, सूर्य का नहीं। इसलिए आपका अखबार छोड़ रहा हूँ—हमेशा-हमेशा के लिए। आपको तथा आपके अखबार को (सूर्य) नमस्कार! और यह रहा सम्पादक का सम्भावित उत्तर—

हमने आपका चों-चों का मुरब्बा (जिसे आप रिपोर्टिंग कहते हैं) नहीं छापा क्योंकि वह छपने योग्य नहीं था। किस बुरे रंग में रंग कर आपने सूर्योदय का वर्णन किया है। आपने सूरज पर कीचड़ उछालने के सिवा

किया ही क्या है? किस कारण आपने उसे ऐसा घिनौना बनाकर पेश किया है? इसलिए कि पढ़कर लोग स्तम्भित रह जाएँ? हमारे अखबार के स्तम्भ लोगों को स्तम्भित करने के लिए नहीं हैं। यह न भूलें कि सूर्य चाहे जितना क्रुद्ध दिखायी दे, उसके मन में हमारे लिए पितातुल्य कोमल भावनायें हैं। हम सब सूर्य के ही तेज से पल रहे हैं। आपने इसी सूर्य के चरित्रहनन का कुत्सित प्रयास किया है। अत: आपका इस्तीफा तत्काल प्रभाव से स्वीकार किया जाता है।

मैं इसका मुँहतोड़ जवाब देने ही वाला था तभी सूर्य की एक किरण ने आकर कहा कि तुम लोगों को अब चलना चाहिये। कहीं ऐसा न हो कि सूर्योदय का वर्णन करते-करते सूर्यास्त हो जाये।

यहाँ से हमें सड़क मिल गयी। दो घंटे में शाहगंज पहुँच गये। शाहगंज बड़ा कस्बा है। यहाँ से हमने सड़क छोड़ दी और नर्मदा के पाट में से चले। शाम तक बनेटा पहुँच गये। धर्मशाला गाँव के मध्य में है। रात यहीं रहेंगे। यहाँ और भी परकम्मावासी थे, कुछ मानता वाले भी थे। किसी ने कहा, ''मानता वाले प्राय: झटपट परिक्रमा करते हैं। फल पहले ले चुके है, कर्म बाद में करना है, इसलिए किसी तरह निपटाते हैं।''

मैंने कहा, ''मैं समझा नहीं।''

''मान लीजिए किसी का बेटा बीमार पड़ा। उसने मानता मानी, मैया, मेरा बेटा ठीक हो जाएगा तो मैं तेरी परकम्मा उठाऊँगा। भाग्य से बेटा ठीक हो गया, यानी उसे फल मिल गया। कर्म बाकी है। तो परकम्मा तो वह करेगा, अपना वादा तो पूरा करेगा, लेकिन जल्दी से जल्दी, कुछ पैदल, कुछ गाड़ी से, कुछ मोटर से। मैया से कर्ज पहले ले चुका है, अब किसी तरह चुकाता है।''

कर्मफल का सिद्धान्त उलट-पुलट हो गया। पहले कर्म, तब फल लेकिन यहाँ पहले फल, बाद में कर्म। अगर फल अग्रिम मिल जाएगा तो कर्म के प्रति निष्ठा में फर्क आएगा ही।

सुबह आगे बढ़े। हतनोरा होते हुए सरदारनगर पहुँचे। गाँव की टेढ़ी-मेढ़ी खूबसूरत गलियों में से होते हुए नर्मदा तट पर स्थित मन्दिर गये। मन्दिर बड़ा है, यहीं रहे। गाँव के नाम के बारे में किसी ने बताया ''पहले इस गाँव का नाम गरजला था। हर साल गाँव में कहीं न कहीं आग लगती थी; कभी गाँव में, कभी खलिहान में। तब किसी साधु ने इसका नाम बदलने के लिए कहा। यह नया नाम भी उन्होंने

ही सुझाया। बड़ा यज्ञ हुआ और बड़ी धूमधाम से गाँव का नाम बदला गया। तब से कभी आग नहीं लगी।''

जिस दम्पती के मध्य आये दिन कलह की चिनगारियाँ फूटती हों, उन्हें यह टोटका आजमा कर देखना चाहिये। किन्तु, इसी बात को लेकर एक नया बखेड़ा हो सकता है कि दो में से नाम कौन बदले?

यहाँ नर्मदा-तट पर खूब बबूल हैं। पिछली यात्रा में बबूल के पीले फूलों की जो बहार देखने को मिली थी, वह अब नहीं है। लेकिन हरियाली ज्यों की त्यों है, बल्कि बढ़ी है। ये बबूल समूचे ग्राम्यांचल को नया सौन्दर्य प्रदान कर रहे हैं। इनके झुरमुटों के मध्य से दिखायी देती नर्मदा फ्रेम में लगी तस्वीर-सी लगती है।

यहाँ दो परकम्मावासी भी हैं, एक की मनौती है। ''मेरे तीन बेटे हैं। बड़े के घर चार और दूसरे दो के घर एक-एक बेटी है। छह नातिने हैं, नाती एक भी नहीं। खेती-किसानी के कारण बेटे तो परिक्रमा कर नहीं सकते, उनके बदले मैं चला हूँ। शायद मैया की कृपा हो जाये।''

पहले हमें पुत्र चाहिये, फिर पौत्र, फिर प्रपौत्र, फिर प्रप्रप्रपौत्र, ताकि वंश-रक्षा हो और सम्पत्ति का वारिस मिले। जहाँ बेटे के लिए मनौतियाँ मानी जाती हैं, वहीं बेटी बिन बुलाये मेहमान की तरह आती है। अब तो जन्म से पहले ही बेटी की 'बिदाई' कर दी जाती है। और यह कार्य उस अजन्मा लड़की के माता-पिता करते हैं। क्या बेटी इतनी गैरजरूरी है? और क्या बेटा इतना जरूरी है?

किसी भी बड़े देश के तीन प्रमुख भाग किए जा सकते हैं—पर्वत,मैदान, और समुद्र। हमारे ऋषियों ने इन तीनों के लिए एक-एक देवी की कल्पना की है। पर्वत की देवी हैं—पार्वती, हिमालय की बेटी। मैदान की देवी हैं सीता जो राजा जनक को हल चलाते समय खेत में मिली थीं। और समुद्र की देवी हैं लक्ष्मी जो समुद्र मन्थन में से निकली थीं। मजे की बात यह है कि तीनों के ही भाई नहीं हैं। इनमें से किसी के भी माता-पिता ने बेटे के लिए मनौती मानने की आवश्यकता नहीं समझी।

लेकिन अब हमें चलना चाहिये। हमारे साथ जो दो परकम्मावासी रुके थे, वे पौ फटने से पहले ही चल दिये थे। परकम्मावासी चलते हैं नंगे पैर, इसलिए खूब जल्दी चल देते हैं। हम नंगे पैर नहीं चलते। हमें तप्त धरती की नहीं, तप्त आकाश की चिन्ता है। दस-ग्यारह बजते-बजते तो सूरज आग उगलने लगता है। इसलिए हमने भी अपना सामान समेटा, पीठ पर लादा और नर्मदा से लगी सुनसान पगडंडी पर चल पड़े। चल क्या पड़े। अपने आपको धूप के हवाले कर दिया।

सूरज के थोड़ा ऊपर चढ़ते ही तटवर्ती झाड़ियों में कूजने वाली चिड़ियाँ मौन हो जातीं। क्षण अनन्त लगने लगते। कोई कुछ बोलता नहीं। हम चुपचाप, नि:शब्द

चलते रहते, मानो गहरी निस्तब्धता की सुरंग में से जा रहे हों।

दोपहर होते-होते सूरज का गुस्सा सातवें आसमान पर जा पहुँचता। धरती धधक उठती। लू बदन को झुलसाती। चेहरा तपकर छितर-सा जाता। गला सूख जाता। ठाकर पसीने से नहा उठते। अगर उनका बस चले तो सूरज में आग लगा दें।

जब से चले हैं, तरह-तरह के पेड़ मिल रहे हैं। अधिकांश पेड़ हरे-भरे हैं लेकिन कुछ ऐसे भी हैं, जिन में केवल डगालें हैं। वसन्त आकर कब का चला गया है, लेकिन पीपल और सागौन पर एक पत्ता नहीं। उन पर अभी भी पतझड़ ही चल रहा है।

सभी पेड़ों तक अपना उल्लास पहुँचाने के लिए वसन्त को दो या तीन फेरे लगाने पड़ते हैं। अधिकांश पेड़ पहली खेप में वसन्त पा जाते हैं, शेष पेड़ों को दूसरी या तीसरी खेप तक रुकना पड़ता है। सागौन और पीपल उन्हीं में से हैं। वसन्त से मानो कहते हैं, ''हम दोनों ही मजबूत हड्डी के बने हैं। धूप में झुलस लेंगे, गरमी की मार सह लेंगे। इसलिए दूसरों की चिन्ता करो। जब सबको परिधान पहना लो, तब अन्त में हमारे पास आना।'' और वसन्त भी मानो इस मूक समझौते के अनुसार इन पेड़ों पर सब से अन्त में उतरता है। इसीलिए जब अधिकांश पेड़ हरियाली से लहक उठे हैं और उनका रंग निखर आया है, वहीं ये पेड़ सँवला रहे हैं, झुलस रहे हैं और सूने पड़े हैं।

भाई पीपल, भाई सागौन, गरमी के वार तुम अपने ऊपर लेते हो। तुम्हारी विपन्नता के पीछे तुम्हारी परदुःखकातरता है। तुम्हारी विराट नग्नता के पीछे तुम्हारा आत्मदान है। अन्य पेड़ों के लिए ममताभरा आशीर्वाद है। जब सब के कपड़े सिल जाएँगे, तब सबसे अन्त में तुम अपने कपड़े सिलवाओगे। तुम सचमुच महान हो।

मुझे पलाश के फूल की अग्नि-शिखा जैसी ललाई बहुत भाती है। लेकिन फूल जा चुके हैं। कहीं किसी टहनी पर एकाध फूल बचा है। पलाश का एक फूल पूरे ग्राम्यांचल में चार चाँद लगा रहा है।

पहला गाँव पड़ा जैत, फिर नारायणपुर। नर्मदा-तट पर एक किसान का घर था। खेत-खलिहान भी वहीं थे। बड़े-बड़े पेड़ भी थे। वहाँ सुस्ताने बैठे। किसान से बातें होने लगीं। उसकी भाषा बहुत अच्छी थी। मैंने कहा, ''आप बहुत अच्छी हिन्दी बोलते हैं।''

उसने कहा, ''सँभल-सँभल कर जो बोल रहा हूँ।''

मैंने कहा, ''यह बड़ा ही सुन्दर स्थान है।''

''इसी सुन्दरता के कारण तो यहाँ बिलमे हैं।''

''आपको यहाँ अकेले में सूना नहीं लगता?''

''अभी तक तो ऊब का कोई कारण नहीं बना।''

इसके मुँह से तो साहित्य झर रहा है!

आज सोचता हूँ, क्या ही अच्छा होता अगर वहीं रह जाते तथा उसकी और भी बातें सुनतें। ऐसी भी क्या जल्दी थी! मेरी विडम्बना यह है कि चीज जब सामने रहती है, तब उसकी महत्ता समझ नहीं पाता, जब परे चली जाती है तब उसका मूल्य समझ में आता है। अपने इस दोष को खूब समझता हूँ, लेकिन यही गलती फिर-फिर करता हूँ और मेरा सारा ज्ञान और सारा अनुभव निरर्थक हो जाता है।

तीसरे पहर कुसुमखेड़ा पहुँचे। नर्मदा की कगार पर बड़ा मन्दिर है, वहीं रहे। रात को आकाश तले सोये। सबेरे चलने लगे तो पुजारी जी ने कहा, ''इतनी जल्दी क्या है। आज और रुकिए, कल जाइए।''

उनका प्रस्ताव तो लुभावना था, पर निकलना जरूरी था। बम्होरी होते हुए दोपहर तक भारकच्छ पहुँचे। बड़ा गाँव है, नर्मदा-तट पर मन्दिर और धर्मशाला है। आज यहाँ साप्ताहिक बाजार भी भरेगा। देहात के बाजार दोपहर के बाद भरते हैं। किसी ने बताया कि यहाँ एक मौनी बाबा रहते हैं जो गुजरात के हैं। उनसे भेंट भी हो गयी। मैंने पूछा, ''आपका नाम?''

उन्होंने लिखकर दिया, ''संन्यासी गणेशपुरी।''

''यहाँ कब से हैं?''

''बीस वर्षों से।''

''कहाँ के हैं?''

''शरीर से दक्षिणी ब्राह्मण हूँ। महाराष्ट्र में सतारा का रहने वाला हूँ। लेकिन अब सर्वभूमि का हूँ। चालीस वर्ष पूर्व कच्छ-गुजरात में गुरु शंकरपुरी से दीक्षा ली थी। वहाँ मैं 15 वर्ष रहा। गिरनार, हिमालय और महाराष्ट्र के जंगलों में अनेक वर्षों तक साधना की है। पुनः किसी घने जंगल में जाकर साधना करने की इच्छा है।''

यहाँ से आगे बढ़े। माँगरोल में बहुत बड़ा मन्दिर है, बहुत बड़ा परिसर है और मन्दिर से लगा पक्का घाट है। घाट से दोनों ओर लहराती विस्तृत नर्मदा दिखायी देती है। बड़ा सुन्दर स्थान है। यहाँ दो दिन रहेंगे।

हम लोगों को देखकर मन्दिर का युवा पुजारी आ गया। अधेड़ उम्र का एक परकम्मावासी भी है। निपट देहाती जान पड़ता है। पुजारी को पूरी रामायण कंठस्थ है। मौज में आकर वह रामायण सुनाने लगा। प्रसंग था राम का भरत को पादुका प्रदान करना। उस देहाती परकम्मावासी ने बड़े ही विनीत भाव से पूछा, ''पंडितजी,

एक बात समझ में नहीं आ रही। मैं ठहरा निपट गँवार, मैं भला क्या समझूँ, लेकिन आप जरूर समझा सकेंगे। भगवान राम ने भरत को अपनी पादुकायें दीं। लेकिन वे आयीं कहाँ से? वे तो नंगे पाँव चले थे, 'बिनु पदत्राणा' चले थे। फिर वे आयी कहाँ से?''

उसके प्रश्न ने मुझे चकित कर दिया। पंडितजी कोई जवाब न दे सके। अपनी बात को आगे बढ़ाते हुए उसने कहा, ''भरत राम को राजसिंहासन पर बैठाना चाहते थे, राजा बनाना चाहते थे। लेकिन राम नहीं माने, हाँ अपनी पादुकायें दे दीं, किन्तु पादुकायें किसी ऋषि या किसी संन्यासी की प्रतीक तो हो सकती हैं, राजा की प्रतीक नहीं। राम को देना ही था, तो अपना धनुष देते। धनुष राजा का प्रतीक हो सकता है, पादुका नहीं।''

मैं लगभग उछल पड़ा। यह तो पूरा खंडन मिश्र निकला! गँवई-सा दिखाई देता यह परकम्मावासी अपने भीतर कितना बड़ा तार्किक छुपाये हुए था! बाहरी वेशभूषा कितनी भ्रामक हो सकती है।

तुलसीदास जी की भाषा में इतनी मिठास है कि पाठक उसके प्रवाह में बहता चला जाता है, किन्तु रामचरितमानस शब्दमाधुर्य का ही नहीं, अर्थगाम्भीर्य का भी सागर है। उसे धीरे-धीरे, रस लेते हुए, प्रत्येक शब्द में निहित अर्थगाम्भीर्य का अनुभव करते हुए पढ़ना चाहिये। लेकिन भाषा-माधुर्य से पाठक इतना अभिभूत हो जाता है कि विचारों के सौन्दर्य के प्रति उसका ध्यान जरा कम जाता है। देहाती सा दिखायी देता यह परकम्मावासी जिज्ञासु और विचारशील पाठक था। रामायण पर उसकी श्रद्धा पंडितजी की श्रद्धा से तनिक भी कम न थी। लेकिन वह केवल पाठ नहीं करता था, जो पढ़ता था उसे गुनता भी था। रचयिता के साथ सहमत होता था तो कभी सहमत होना उसे कठिन भी प्रतीत होता था। ऐसे विचारशील, जिज्ञासु पाठक प्रणम्य हैं।

आज शाम से ही बादल मँडराने लगे थे। रात होते-होते आकाश घनघोर घटाओं से ढँक गया। तेज हवायें चल रही हैं। बादल घोर गर्जना कर रहे हैं। बिजली आकाश को चीर रही है। बादल-बिजली का ऐसा गर्जन-तर्जन तो बरसात में भी कम ही देखने मिलता है। बीच-बीच में मोर की आवाज सुनायी दे जाती है। बूँदा-बाँदी शुरू हो गयी है। समस्त प्रकृति स्पन्दित हो उठी है। घाट पर बैठे हम यह देख रहे हैं और रोमांचित हो रहे हैं।

मैं नर्मदा के अनेक रूप देख चुका हूँ लेकिन बिजली की कौंध मैं पहली बार देख रहा हूँ। यह अनुभव सर्वथा भिन्न है। नर्मदा का चौड़ा पाट क्षणार्ध के लिए दिखायी दे जाता है, फिर अँधेरे में डूब जाता है। नर्मदा का विद्युत-लता सा यह रूप

मैंने देखा ही कहाँ था! बादलों की गरज के साथ, वर्षा की बूँदों के साथ, हवा के थपेड़ों के साथ, मयूर-ध्वनि के साथ और बिजली की लौ में मैंने उसे कहाँ देखा था, कब देखा था!

माँ नर्मदे! जरा देखो तो, तुम्हारी अभ्यर्थना में बिजली दीप जला रही है, मेघ मृदंग बजा रहे हैं, हवा चँवर डुला रही है, मोर स्तोत्र-पाठ कर रहे हैं और वर्षा का जल तुम्हारा पाद-प्रक्षालन कर रहा है! इस विराट नर्मदा-पूजन को मैं साँस थामे देख रहा हूँ और अनूठी उत्तेजना से भर रहा हूँ। मेरे भीतर आनन्द और उल्लास की हिलोरें उठ रही हैं। हृदय का सारा क्लेश धुल रहा है, मन और प्राण तृप्त हो रहे हैं। ऐसा जादुई क्षण तो जीवन में कभी-कभार ही घटता है।

नर्मदा मेरे अन्तरतम में उतरती चली जा रही है...

मैं सोया भी तो उसी दिव्य नर्मदा-आरती के विचार के साथ और जागा तो भी सबसे पहले वही दृश्य मेरे मन में आया। यहाँ तक कि रात को सपने में भी मैं उसे ही देखता रहा। सपना मानो उस भव्य सौन्दर्य को मेरे लिए दुहरा रहा था।

सुबह आकाश एकदम स्वच्छ था। बादलों का नामोनिशान न था। कोई कल्पना भी नहीं कर सकता था कि पिछली रात को यहाँ कैसी घनघोर घटा छायी थी और बिजली कड़की थी। ये दोनों कुशल अभिनेता की तरह मंच पर आये थे और दर्शकों को अभिभूत करके चले गये थे।

बादल आकाश से तो चले गये हैं, पर मेरे मन से नहीं। मैंने अपनी नोटबुक में लिखा—

समुद्र धरती को बादल भेजता है। वह जानता है कि धरती उसकी कितनी तीव्रता से प्रतीक्षा कर रही है। इसीलिए वह उसे साधारण डाक से न भेजकर हवाई-डाक से भेजता है, रजिस्टर्ड ए.डी. से भेजता है। नदी मानो धरती की समुद्र को बादल मिलने की पावती है, एकनालेजमेंट है। नदियों के मटमैले पानी को देखकर समुद्र आश्वस्त हो जाता है कि पानी के जो पार्सल उसने धरती को भेजे थे, वे उसे सही-सलामत मिल गये हैं।

इतना लिखने के बाद मेरे मन में विचार आया कि कभी कवि कालिदास ने मेघ को दूत की उपमा दी थी। समस्त भारतीय साहित्य में ऐसी काव्यात्मक उपमा कम ही होगी। इसी मेघ को मैंने पानी का पार्सल कहा। क्या जमाना आ गया है! जीवन में से काव्य गया और वाणिज्य आया, माधुर्य गया और चातुर्य आया। अब तो जो चीज जितनी कुबड़ी होगी, उतनी ही सुन्दर मानी जाएगी। कविता की जितनी

बड़ी कूबड़ होगी, उतनी ही उत्कृष्ट मानी जाएगी।

फिर सोचा, गलती सुधार लूँ। बादल को अगर पानी का घड़ा कहूँ, कुम्भ कहूँ, तो ठीक रहेगा। जिस साल भरपूर वर्षा हो, उस साल के बादल पूर्ण-कुम्भ, जिस साल औसत से आधी वर्षा हो उस साल के बादल अर्ध-कुम्भ और जिस साल सूखा पड़े उस साल के बादल रिक्त-कुम्भ! मेरा विचार है कि इस उपमा से किसी को आपत्ति न होगी। बल्कि सोचता तो यह हूँ कि यह उपमा बेहद सराही जाएगी। लेकिन अपने मुँह से ऐसी बात कैसे कहूँ!

कई जगह मोर की आवाज सुनने मिली थी। यहाँ तो मोर बिलकुल सामने हैं। कल ऊँट भी देखे थे। मुझे लगा कि अगर ऊँट के पैर निकाल दिये जायें, तो वह बहुत-कुछ मोर जैसा लगेगा। वैसी ही चाल, वैसी ही लम्बी गर्दन। किन्तु एक सुन्दर का प्रतीक, दूसरा असुन्दर का प्रतीक। लगता है ऊँट के दिन फिरने वाले हैं। वह दिन दूर नहीं जब सौन्दर्य-मर्मज्ञों को मोर से ऊँट ज्यादा सुन्दर लगेगा-उसकी कूबड़ जो है! कूबड़ क्या हुई, ब्यूटी-स्पॉट हो गया!

दिन जरूर भट्ठी की तरह है लेकिन रातें बड़ी सुखद होती हैं। रात को छत पर सोये। अच्छा ठंडा रहा। सुबह सामने तट पर तीन परकम्मावासी दिखायी दिये तो यहाँ के परकम्मावासी ने हाँक लगायी, ''नर्मदे...हर!''

उस तट के परकम्मावासी समवेत स्वरों में बोले, ''हर...नर्मदे!''

दोनों तटों के परकम्मावासियों के बीच जहाँ सम्भव हो वहाँ इस तरह का आदान-प्रदान हो जाता है। नदी का शान्त समतल पाट उनकी आवाज को एक-दूसरे तक पहुँचा देता है।

शाम तक केतुघान पहुँच गये। नर्मदा-तट पर हवेली सा विशाल मन्दिर, गोपुरम् जैसा विशाल प्रवेशद्वार, चौड़ी जगत का विशाल कुआँ, बड़े-बड़े पेड़ और बगीचे में कई फलदार वृक्ष। लेकिन सब सूना, सब उपेक्षित। प्राचीन दन्तकथाओं जैसा निर्जन स्थान। मन्दिर के दरवाजे खुले थे लेकिन वहाँ भी कोई नहीं था। पूरा परिसर उदास सौन्दर्य से ओतप्रोत था।

काफी देर बाद अन्दर से वृद्ध पुजारी निकले। वे और उनकी पत्नी बस दो ही लोग रहते हैं यहाँ। गाँव दूर है। पुजारी कहते हैं, ''मैया से कहता हूँ, अब हमें धर (उठा) लो। मैया कहती है, अभी रुको, सो पड़ा हूँ।''

कुसुमखेड़ा में भी बहुत बड़ा मन्दिर मिला था। केतुघान का यह मन्दिर तो उससे भी बड़ा है। दोनों प्रायः सौ बरस पुराने हैं। लेकिन दोनों ही वीरान पड़े हैं। कभी इन मन्दिरों में भक्तों की भारी भीड़ रहती होगी, घंटा-घड़ियाल के स्वर दूर-दूर तक गूँजते होंगे, पर्व-त्यौहारों पर भारी चहल-पहल रहती होगी। वे ही मन्दिर

आज आहत और उपेक्षित हैं। कहीं कुछ उधड़ रहा है तो कहीं कुछ उखड़ रहा है या टूट-फूट रहा है। देखकर मन कुंठित हो जाता है।

खुले में सोये। नींद टूटी तो तारों भरे आकाश को देखने लगा। इस आकाश की क्या महिमा जो कोटि-कोटि तारों को अपने आँचल में समेटे हुए है। कितनी लम्बी-चौड़ी कद-काठी का होगा यह आकाश!

अरे अलबेले आकाश, ये तारे तो तुम्हें अपना पुश्तैनी घर समझ बैठे हैं! इसीलिए तो टस से मस नहीं हो रहे हैं!

रात ही आकाश के कपाट खोलती है। रात ही हमें बताती है कि आकाश थ्री-डाइमेन्शनल है। दिन में तो हमें उसकी लम्बाई और चौड़ाई भर नजर आती है। आकाश की मुटाई (या गहराई) का अनुभव तो रात में ही होता है। एक क्षुद्र तारा, पास होने के कारण, विराट सूर्य लगता है। उससे करोड़ गुना बड़े सूर्य, दूर होने के कारण, तारे लगते हैं। तारे को सूर्य बनाना, सूर्यों को तारे बनाना-यह कमाल आकाश के थर्ड डाइमेन्शन का है। रात में ही समझ में आता है कि आकाश थाली जैसा नहीं, घड़े जैसा है, जिसमें करोड़ों आकाशगंगायें भरी हैं। फिर भी घड़ा खाली का खाली है।

सुबह पुजारी ने रुकने का बड़ा आग्रह किया। "आज रुकिए, कल जाइए। परिक्रमा तो चींटी की चाल से करनी चाहिये।" लेकिन हमारा निकलना जरूरी था। हम नदी के किनारे-किनारे आगे बढ़े। दोपहर से पहले मौनीमाता के आश्रम पहुँच गये। छोटा-सा मन्दिर, छोटा-सा घर, छोटी सी समाधि-यही है मौनी माता का आश्रम।

जब हम पहुँचे, तब मौनीमाता किसी दुबले-पतले वृद्ध का पेट मल रही थीं। वृद्ध पेट के दर्द से परेशान थे। मौनीमाता उनके पेट को देर तक मलती रहीं, बीच-बीच में उँगली गड़ाती रहीं-यह एक प्रकार एक्यूप्रेशर ही था—और इसी के साथ वृद्ध की चीख भी निकल जाती। लेकिन थोड़ी देर बाद उन्हें काफी आराम लगा।

हम लोग प्रणाम करके बैठे तो मौनीमाता ने इशारे से कहा कि भोजन करके जाना।

वृद्ध को काफी अच्छा लग रहा है। हाथ जोड़कर मौनीमाता से बोले, "कई दिनों से आपसे एक बात कहना चाहता था, लेकिन संकोचवश कह नहीं पाया। कभी कहूँगा।"

मौनीमाता ने इशारे से कहा कि संकोच की कोई बात नहीं, कहिये।

पास में ही मौनीमाता के पति की समाधि है। समाधि के ऊपर छोटा-सा कमरा है। उसमें उनकी खड़ाऊँ और फोटो है। मौनीमाता वहाँ बैठकर रोज चार घंटे

तक पूजा करती हैं। वृद्ध ने कहा, ''आप वहाँ धूप-दीप करें, फूल चढ़ायें, यह सब तो ठीक है, लेकिन उस कमरे में बैठकर घंटों पूजा करना ठीक नहीं। आखिर वह स्थान अशुद्ध है।''

यह सुनते ही मौनीमाता की आँखों से झर-झर आँसू झरने लगे। इशारों से उन्होंने कहा कि मेरे लिए तो वह परम पवित्र स्थान है। और किसी जगह बैठकर पूजा करने के बारे में तो मैं सोच भी नहीं सकती।

मानो कोई भयंकर अपराध हो गया हो ऐसी मुद्रा में वृद्ध ने हाथ जोड़कर कहा, ''माताजी, भूल हो गयी, क्षमाप्रार्थी हूँ।'' पति के देहान्त के बाद माताजी अकेली रह गयी हैं, लेकिन उनके पति की स्मृति सदैव उनके साथ रहती है।

वृद्ध सम्पन्न घर के संस्कारी व्यक्ति थे। माताजी चली गयीं तो उन्होंने बताया, ''अस्सी बरस का हो गया हूँ। एक सप्ताह पहले अचानक तेज बुखार आया और मैं बेहोश हो गया। बेटों ने पास के गाँव के अस्पताल में भर्ती करवाया। बचने की उम्मीद तो नहीं थी, लेकिन मैया की कृपा से बच गया। बीमारी आयी है तो दो में से एक काम करेगी। या अकेली जाएगी या लेकर जाएगी। जाने के लिए तैयार बैठा हूँ, फैसला उसे करना है।''

मैंने पूछा, ''क्या आपने कभी मौनीमाता को बोलते सुना है?''

''कई बार हमने उनका मौन तुड़वाया। हम लोगों ने कहा कि हम आपसे कुछ पाने की आशा से आते हैं, किन्तु आपके मौन के कारण खाली हाथ लौट जाते हैं। तब वे दो-एक दिन बोलती हैं, फिर मौन हो जाती हैं। उनकी वाणी इतनी मीठी है और रामायण इतना मधुर बाँचती हैं कि लगता है, बस सुनते ही रहें।''

उन्होंने अपना कहना जारी रखा, ''रोज परकम्मावासी आते रहते हैं। परसों की बात है। परकम्मावासियों का एक दल आया। सभी मंडला जिले के थे। मौनीमाता की नजर एक युवा स्त्री पर पड़ी तो वे चकित रह गयीं—वह उनकी बहू थी! बहू के इस तापस भेस ने मौनीमाता के हृदय को जैसे बींध डाला। उन्होंने बहू को बाँहों में भर लिया और रो पड़ीं। वे समझ गयीं कि घर में जरूर कुछ अप्रिय घटा है। बहू को छाती में दुबकाकर उन्होंने बता दिया कि उसके दुःख में वे भी शामिल हैं।''

थोड़ा रुककर बोला, ''हुआ यह था कि माताजी के बेटे की कोई सन्तान नहीं थी तो उसने एक और स्त्री से शादी कर ली। आदिवासियों में ऐसा चलता है। लेकिन इसके बाद पहली स्त्री के बेटी हुई। स्वाभाविक ही पति का रुझान पुनः पहली स्त्री की ओर हो गया। दोनों मिलकर इसे प्रताड़ित करने लगे। यही वह दूसरी पत्नी है। यहाँ तक कि इसे घर से निकाल दिया। तो यह गाँववालों के साथ परिक्रमा पर निकल पड़ी। बाकी साथी आगे निकल गये, माताजी ने बहू को रोक

लिया है।''

न जाने कितने दीन-दु:खियों को नर्मदा-तट पर आश्रय मिलता है।

इतने में बहू कमरे से बाहर आयी। सफेद साड़ी में लिपटी सुडौल कृशकाय आकृति। मैंने पूछा, ''क्यों बेटी, क्या तुम परिक्रमा कर रही थी?''

उसने कहा, ''रास्ते में हम लोग मिले तो थे। तीसरे भैया कहाँ गये?''

पहले तो मैं समझा नहीं। फिर याद आया, पाँच-छह दिन पहले सात-आठ परकम्मावासियों का एक दल मिला था। सभी मंडला जिले के थे। 'नर्मदे हर' भी हुई थी। उनमें स्त्रियाँ भी थीं। यह उसी में रही। तीसरे भैया से उसका तात्पर्य ठाकर से था जो कल सबेरे ही घर लौट गये थे।

उसे देखकर एक गहन उदासी ने मुझे घेर लिया। भाग्य ने उसके साथ कैसा छल किया था। उसका गृहस्थाश्रम शुरू भी नहीं हो पाया था कि उसे संन्यस्त में पहुँचा दिया। यह सोचकर कि बहू की इस दुर्दशा का कारण उसका स्वयं का बेटा है, मौनीमाता का मन कितनी पीड़ा से भर उठता होगा।

तभी किसी ने कहा, ''आप लोग स्नान कर आइए, भोजन तैयार है।''

हम लोग स्नान करके आ गये। इस बीच एक और परकम्मावासी आ गया है। रामानन्दी सम्प्रदाय का युवा बंगाली साधु है। हम तीनों ने साथ भोजन किया। माताजी स्वयं परोस रही हैं। स्वयं निराहार रहती हैं, केवल गुड़ और पानी लेती हैं, लेकिन परकम्मावासियों को बड़े प्रेम से भोजन कराती हैं।

तीसरे पहर तक वहीं विश्राम किया। फिर नदी के पाट में से चल दिये। थोड़ी ही दूर गये थे कि पीछे से आवाज आयी, ''सि...त्ताराम!''

मौनीमाता के आश्रम से बरमानघाट

हमने पीछे मुड़कर देखा। वही युवा रामानन्दी बंगाली साधु आ रहा था जिसने मौनीमाता के आश्रम में हमारे साथ भोजन किया था। पास आते ही उसने कहा, ''पहले सोच रहा था, धूप कम होने पर चलूँगा। फिर सोचा, आपके साथ चलूँ।''

पूरी परिक्रमा में अकेला ही चला है। शूलपाण झाड़ी में से भी अकेला ही गया था। तेज धूप में उघाड़े बदन चलता है। दोनों बाँहों में तुलसी की लकड़ी से बने बाजूबन्द पहने है। कहता है, ''रामानन्दी तुलसी और शैव रुद्राक्ष धारण करता है।'' बड़ा चमीटा लिए है। पहले चमीटा गाड़ता है, फिर बैठता है। अपने बारे में कहता है, ''गोवर्द्धन-वृन्दावन में रहता हूँ।'' किसी के मिलने पर कहता है, सि...त्ताराम! नर्मदे हर!

शाम तक बोरास आ गया। बड़ा गाँव है, गाँव का मन्दिर भी बहुत बड़ा है। साथ में संस्कृत पाठशाला है। हम यहीं रहे। सुबह चलने लगे तो मन्दिर के महन्त ने साधु को रोक लिया। यह राम मन्दिर है और साधु भी रामानन्दी है।

आज अमावस्या है। नर्मदा-तट पर मेला भरा है। सामने के तट पर भी ऐसी ही भीड़ है। हमारी पगडंडी नदी के पेटे में से है। जगह-जगह स्नानार्थियों के दल के दल दिखायी दे रहे हैं। नर्मदा-तट जीवन्त हो उठा है। नदी का प्रवाह कभी इस तट पर तो कभी उस तट पर है। नदी करवट बदलती रहती है।

दोपहर अंडिया में बितायी। कगार पर वृक्षों के मध्य ग्रामीणों की अच्छी भीड़ थी। मैं समझा अमावस्या की भीड़ होगी। एक ग्रामीण ने बताया कि आज रविवार है। रविवार इस गाँव का पर्व होता है। प्रत्येक रविवार को आपको यहाँ ऐसी ही भीड़ मिलेगी।

शाम को केलकच पहुँचे। एक किसान ने कहा कि इस गाँव में सभी परकम्मावासी दो भाइयों के घर रुकते हैं, आप भी वहीं जाइए। उनका घर बताने के लिए एक लड़का हमारे साथ कर दिया। हम घर पहुँचे। पहले बबूल के कई सुन्दर

पेड़ मिले, फिर ऊँचा आँगन, फिर उससे भी ऊँचा आँगन, फिर घर। सब कुछ साफ-सुथरा, लिपा-पुता और करीने से रखा। यहाँ की सुघड़ता और सादगी देखते ही मन प्रसन्न हो गया। किन्तु घर में कोई नहीं था। आश्चर्य की बात यह थी कि एक बड़े कमरे के घर में दरवाजा तो था लेकिन उसमें किवाड़ नहीं थे! पहली बार ऐसा घर देखा जिसके दरवाजे में किवाड़ नहीं थे! मैंने दरवाजे में से झाँककर देखा। घर-गृहस्थी का पूरा सामान था, बर्तन-भाँड़े थे, सभी कुछ सुव्यवस्थित, लेकिन घर खुला। अभी हमारी इन भाइयों से भेंट भी नहीं हुई थी, फिर भी मैं मन ही मन बोला, ''तुम्हारे लिए घर और बाहर में कोई भेद नहीं। तुम दोनों सचमुच महात्मा हो। सन्त-महात्मा ऐसे ही घरों में रहते हैं।''

थोड़ी देर में दोनों भाई आ गये। हम लोगों को हुई असुविधा के लिए क्षमा माँगने लगे। शादी किसी ने नहीं की थी। बड़े भाई का पहनावा साधु जैसा था। ''संसार में मेरा मन नहीं लगता। घर छोड़कर साधु बन जाना चाहता हूँ। लेकिन छोटा भाई इतना सीधा है कि अकेला अपना निर्वाह नहीं कर सकेगा। उसे छोड़कर जा नहीं पा रहा।''

शाम को छोटू और छोटे भाई ने मिलकर भोजन बनाया। चारों ने साथ बैठकर पाया। रात को खुले में सोये।

पौ फटने के पहले से ही सामने के बबूल के पेड़ों पर सैकड़ों कौए काँव-काँव कर रहे थे। दूर से कोयल के कूकने की आवाज भी आ रही थी। पड़ा-पड़ा मैं सोचता रहा, क्या पक्षी आपस में एक-दूसरे की बोली समझते होंगे? क्या कौए कोयल की बोली समझते होंगे?

नहीं, पक्षियों के लिए यह कार्य सम्भव नहीं। यह काम केवल मनुष्य कर सकता है। वाणी का वरदान केवल मनुष्य को मिला है। केवल मनुष्य के पास भाषा है। और मनुष्य की भाषा की यह विशेषता है कि उसका अनुवाद हो सकता है। पशु-पक्षी की भाषा का अनुवाद नहीं हो सकता। हिनहिनाने का भौंकने में अथवा काँव-काँव का कुहू-कुहू में अनुवाद नहीं हो सकता। यह इसलिए कि उनकी आवाजें महज आवाजें, केवल ध्वनियाँ बनकर रह गयीं। शब्द न बन सकीं, भाषा न बन सकीं और ध्वनि का अनुवाद नहीं हो सकता। ध्वनि प्रकृति है, भाषा संस्कृति है। प्रकृति तैयार मिलती है, भाषा सीखनी पड़ती है। बगैर सीखे मनुष्य को कोई भाषा नहीं आती। मातृभाषा भी उसे सीखनी पड़ती है, चाहे तो वह दूसरी भाषाएँ भी सीख सकता है।

चलिए, फिर कौओं के पास चलते हैं। मैंने उनसे कहा, ''इतनी काँव-काँव कर रहे हो तो अपनी काँव-काँव को जरा बोली का दर्जा दिला के तो दिखा दो!

बहुत समय तक ध्वनि-सम्प्रदाय में रह लिए, अब अर्थ-सम्प्रदाय में आकर दिखा दो!''

फिर उनका लाड़ करते हुए बोला, ''और यह काम आप-और केवल आप ही कर सकते हैं। आपके पूर्वजों के बुद्धि चातुर्य की अनेक कहानियाँ हम पढ़ चुके हैं। आप उन्हीं यशस्वी पूर्वजों के वंशधर हैं। क्या आप इस परम्परा को आगे नहीं बढ़ाएँगे? एक काम करिये-काँव-काँव का ककहरा बना डालिए, वर्णमाला बना डालिए। पक्षी जगत में यह काम केवल आप कर सकते हैं—तोता तो केवल रट्टा लगा सकता है। आप जैसी बुद्धि उसके पास कहाँ!''

तभी सारे के सारे कौवे एकाएक उड़ गये और मुझे अपना व्याख्यान (या आख्यान) मजबूरन बन्द करना पड़ा। वरना मैं उन्हें स्वर और व्यंजन के बारे में विस्तार से बताता। लगता है, उनकी रुचि स्वर के बजाय व्यंजन में ज्यादा थी। शायद उसी की तलाश में चले गये थे। अगर न गये होते तो मैं उन्हें गद्य और पद्य के बारे में भी बताता-कि किस तरह भगवान ने पहले गद्य बनाया और उसकी पसली से पद्य पैदा किया। लेकिन मैं अपनी यह स्थापना सिद्ध कर पाता, इसके पहले ही वे उड़ गये थे। मुझे अब एक ही चिन्ता सता रही थी: कहीं ये कौए अपने महान पूर्वजों के कमजोर वंशज न निकलें। कहीं उनकी कीर्ति पर कालिख न पोत दें।

तभी पीछे से एक कौए ने आकर धीरे से मेरे कान में कहा—हम दूसरों की काँव-काँव सुनने के बजाय अपनी काँव-काँव करना ज्यादा पसन्द करते हैं!

कहाँ तो मैं सोच रहा था कि इतनी बड़ी जिम्मेदारी का काम सौंपे जाने पर वे गर्व का अनुभव करेंगे और मुझे धन्यवाद देंगे और कहाँ इस कौए ने ऐसी चुभने वाली बात कह दी। मेरा दिल बैठ गया। फिर भी मुँह से बोल फूट पड़े, ''हे काकभट्ट! आपको मालूम भी है कि आप कौन से कुल और वंश के हैं?'' मैंने उसकी बहुत खुशामद की, कोंचा भी, पर उस पर कोई प्रभाव न पड़ा। मेरा मन उचट गया। हमने अपना सामान समेटा और वहाँ से चल दिये।

दोपहर तक पतईघाट पहुँच गये। घाट की सीढ़ियाँ चढ़कर मन्दिर परिसर में प्रवेश किया ही था कि एक आवाज आयी, ''सि...त्ताराम! नर्मदे हर! आ गये आप लोग!'' वह रामानन्दी साधु पहले ही आ पहुँचा था। हम लोगों का फिर साथ हो गया।

पतईघाट का मन्दिर और उसका प्रांगण बहुत बड़ा है। बड़े-बड़े पेड़ हैं। पेड़ों के नीचे चबूतरे बने हैं। उपवन जैसा वातावरण है। आश्रम के भोजनालय में परकम्मावासियों को तैयार भोजन मिलता है। कोई स्वयं बनाना चाहे तो सदाव्रत

मिलता है। सदाव्रत हमारे बरामदे में रखा है। लिखा है—श्री नर्मदा मैया का भंडार। सदाव्रत अपने ही हाथों से लें।

पास के कमरे में एक वृद्ध परकम्मावासी रुका है। कहता है, "मैं मार्कंडेय परिक्रमा में हूँ। इसमें बारह बरस लगते हैं। मेरे ग्यारह बरस हो गये। मुझसे एक गाँव नहीं छूटा, एक घाट नहीं छूटा। इसमें सहायक नदी को भी नहीं लाँघते, उसकी भी परिक्रमा करते हैं।" थोड़ी देर रुककर बोला, "मार्कंड ऋषि के समय में नर्मदा विन्ध्याचल की जड़ से लेकर सतपुड़ा की जड़ तक फैली थी।" अपने बारे में बोला, "पेट बड़ा चांडाल होता है। फिर भी मैंने आज तक भिक्षा नहीं माँगी।"

कोढ़ के कारण उसकी उँगलियाँ ऐंठ गयी थीं। बोलने में भी दिक्कत होती थी। लेकिन उसकी बातें बड़ी ही दिलचस्प थीं। मैं उसे बड़े चाव से सुन रहा था। तभी हमारा साधु उससे उलझ पड़ा, "किस पुस्तक में लिखा है कि मार्कंडेय परिक्रमा में बारह बरस लगते हैं, बताइए किस पुस्तक में? ये सारी मनगढ़न्त बातें हैं।"

दोनों में नोक-झोंक होने लगी। आखिर वृद्ध वहाँ से चला गया। मुझे हमारे साधु का व्यवहार अच्छा नहीं लगा।

परसों अक्षय-तृतीया है। उस दिन यहाँ सामूहिक विवाह का आयोजन किया गया है। सारा खर्च आश्रम वहन करेगा। विवाह में जात-पाँत का कोई भेद नहीं है। दुल्हनों को लेकर उनके परिवार के लोग आ गये हैं। भारी चहल-पहल है। दूल्हे नहीं हैं। वे परसों सीधे बारात लेकर आएँगे।

शाम का अँधेरा घिर रहा है। मन्दिर के विशाल प्रांगण में जगह-जगह खाम गाड़े जा रहे हैं। वहीं भविष्य के सपने संजोए अल्हड़ किशोरियाँ बैठी हैं। साँवली त्वचा वाली ये दुल्हनें साधारण सी साज सज्जा में भी कितनी मोहक लग रही हैं! उनकी लम्बी सुडौल बाँहों पर या पीठ पर उनके परिवार की स्त्रियाँ हल्दी चढ़ा रही हैं और मंगल गीत गा रही हैं। कैसा पावन दृश्य है!

आगे हीरापुर पड़ा। वहाँ बड़ा यज्ञ हो रहा था। भारी भीड़ थी। आसपास के ग्रामीण ट्रैक्टर-ट्रालियों से, जीप और बैलगाड़ियों से पैदल या उस पार से नाव द्वारा भारी संख्या में आये थे। हम लोगों ने वहाँ स्नान किया और आगे बढ़े।

यहाँ से हमें सड़क मिल गयी। रास्ते में बूँदा-बाँदी हुई लेकिन खास परेशानी नहीं हुई। शाम तक करौंदी पहुँच गये। गाँव में छोटा-सा मन्दिर है। सिद्धबकुल का घना पेड़ है। (यह नाम हमारे रामानन्दी साधु ने बताया।) नीचे बड़ा चौकोर चबूतरा है और पास में पानी के लिए हैंड-पम्प है। रात्रि-विश्राम इसी चबूतरे पर है। नर्मदा गाँव से दूर है। सन्ध्या समय मैं अकेला नर्मदा-तट घूमने निकल गया। ऊँची कगार

पर बनी एक कुटी पर जा पहुँचा। वहाँ से दूर-दूर तक लहराती नर्मदा को देखता रहा। लगा जैसे किसी दर्शक-दीर्घा से देख रहा हूँ।

स्वच्छ सुन्दर कुटी के आँगन में युवा वटवृक्ष है। तीनों ओर प्रायः एक सी जटाएँ हैं जो जमीन के अन्दर चली गयी हैं। यदि एक और होती, तो यह बड़ पंचायतन शैली का हो जाता। बड़ के चारों ओर मिट्टी का सुन्दर चबूतरा है। मैं जब वहाँ पहुँचा तब कुटी के वृद्ध बाबा की पत्नी उसे लीप रही थी। नितान्त एकान्त स्थान में है यह कुटी।

मैंने बाबा से पूछा, "कुटी आपकी है?"

"कुटी मैया की है, रहते हम हैं।"

"बड़ी सुन्दर है। हम लोग मन्दिर में रुके हैं, लेकिन यहाँ रुकना था।"

"तो क्या हुआ, अभी सामान ले आइए।"

"अब तो देर हो गयी, लेकिन कल सबेरे ही आ जाएँगे। कल भी यहीं रहेंगे।"

"जरूर आइए, मैं आपकी बाट जोहूँगा।"

वापस मन्दिर आ गया। चबूतरे पर सोये। गाँव में किसी के घर शादी थी। देर रात तक लाउड-स्पीकर भौंकता रहा।

सुबह उठते ही कुटी चले गये। नर्मदा पर प्रातःकालीन सौन्दर्य की छटा छिटक रही थी। थोड़ा जल्दी आये होते तो सूर्योदय भी देखने को मिलता।

"बाबा, आप यहाँ दिन-रात रहते हैं। हमें नदी के बारे में बताइए।"

बाबा ने कहना शुरू किया, "रात को नदी सो जाती है। कभी-कभी तो उसके खर्राटे भी सुनाई पड़ते हैं। बरसात में जब बाढ़ आती है तब नदी का गँदला झाग उड़ाता पानी तेजी से बढ़ने लगता है और किनारों से उफन-उफन कर बाहर आने की जिद करता है। गरजती-दहाड़ती बेचैन नदी को देखकर बहुत डर भी लगता है और बहुत मजा भी आता है। हम यहाँ अकेले होते हैं,कहीं कोई नजर नहीं आता, फिर भी यहाँ से जाने का विचार तक नहीं आता।"

बाबा कवि-हृदय हैं। उन्हें नदी से, धरती से, समस्त प्रकृति से असीम प्यार है। शायद उन्हें एकाकीपन से भी प्यार है।

पानी के लिए नीचे नर्मदा तक जाना पड़ता है। छोटू पानी लेकर जल्दी ही आ गया। मुझे आश्चर्य हुआ तो बाबा ने कहा, "चढ़ाई हम बूढ़ों के लिए है, इन जवानों के लिए नहीं। इन्हें तो हाथी भी मकोड़ा जान पड़ता है।"

बाबा गोंड हैं। इस गाँव में काफी गोंड परिवार हैं। गाँव में जो शादी हो रही है, वह भी गोंड परिवार में ही है। बाबा के साथ हम लोगों का भी निमन्त्रण है।

‘‘अब तो रिवाज बदल गया है वरना पहले हमारे गोंड समाज में लड़की वाले बारात लेकर लड़के के घर जाते थे। कन्यादान लड़की का पिता करता है, दाता वह है। दाता की शोभा इसी में है कि वह खुद जाकर दान करे, किसी को माँगने के लिए उसके घर न आना पड़े। इसीलिए वह बेटी की बारात लेकर लड़के वालों के घर जाता था। यह ब्रह्मर्षि विवाह है। जिसमें लड़का बारात लेकर लड़की के घर जाता है, वह राजर्षि विवाह है। लेकिन अब इसी का रिवाज है।’’

फिर कहा, ‘‘पहले यहाँ मदनपुर के गोंड राजा का बंगला था। राजा मेरे मामा लगते थे। राज चला गया, बंगला गिर गया, उसकी जगह यह कुटी है। राज-परिवार के लोग चाहते थे कि मैं यहाँ रहूँ ताकि कुटी की देखभाल होती रहे। लेकिन मेरी वृद्धा माँ थी, तो मैंने कहा कि माँ को छोड़कर नहीं आ सकता। घर के देवता छोड़कर बाहर के देवता नहीं पूज सकता। दो बरस पहले नब्बे बरस की आयु में माँ का देहान्त हो गया। उसके बाद ही हम यहाँ आये। घर में बेटे, बहू, नाती सभी हैं और बहुत अच्छे हैं। लेकिन अब संसार में मन नहीं लगता। यहाँ नर्मदा-तट पर स्वर्ग का आनन्द है।’’

शाम को अचानक ठंड बढ़ गयी है। दो दिन से बूँदा-बाँदी हो जाती है। आसपास ओले गिरे हैं। रात को सोते समय मैंने स्वेटर पहन लिया। बाहर खुले में न सोकर कुटी के भीतर सोये। फिर भी आधी रात के बाद ठंड के कारण नींद खुल गयी। बैसाख में ऐसी ठंड! गरमी में जाड़ा घुस आया था।

‘‘**सि...त्ताराम!** नर्मदे हर! प्रोफेसर साहब, मैं चला!’’

सुबह हम जल्दी ही उठ गये थे। लेकिन रामानन्दी साधु तो मुँह अँधेरे नहाकर आ गया था। ‘‘आज शाम तक मुझे बरमानघाट पहुँचना ही चाहिये। आप आराम से आइए, मैं चला।’’

बरमानघाट यहाँ से 30 कि.मी. दूर है। हमारा वहाँ तीन दिन में पहुँचने का इरादा था। मैंने कहा, ‘‘चलिए, तीन के बजाय दो दिन में पहुँच जाएँगे। एक दिन कम करते हैं, लेकिन आप हमारे साथ ही चलिए।’’

‘‘आज मुझे हर हालत में बरमान पहुँचना चाहिये। सि...त्ताराम! नर्मदे हर!’’

उसने झोला और चमीटा उठाया और तेजी से नीचे उतर गया। हम उसे तब तक देखते रहे, जब तक वह आँखों से ओझल न हो गया।

दुबला-पतला, लेकिन सुदृढ़ काठी का यह युवा साधु रोज 30-35 कि.मी. चलता है। पूरी परिक्रमा में अकेला चला। शूलपाण झाड़ी में भी अकेला चला था,

हमारे साथ भला कब तक रहता। चार दिन चला यही बहुत है।

बंगाल का था। उसकी हिन्दी में बंगला का पुट रहता था और हर दो या तीन वाक्य के बाद 'बाबा' शब्द बोलता था। मुझे 'प्रोफेसर साहब' कहता था। बहुत बोलता था। दूसरे की सुनता ही नहीं था। दूसरा कुछ भी कहता, झट उसकी बात काट देता। हमेशा 'युद्धं देहि' का बाना धारण किए रहता। ऐसा भी होता कि कोई परकम्मावासी रोचक बात कह रहा होता, हम उसे चाव से सुन रहे होते, तभी वह उससे भिड़ जाता और हम लोगों पर अपनी बासी जानकारी थोपने लगता और वार्तालाप का सत्यानाश कर देता।

वैसे उसकी जानकारी विस्मित कर देनेवाली थी। कोई विषय ऐसा नहीं जिसका भेद उसे मालूम न हो। उसके पास हर सवाल का जवाब था। उसके सिर में नाना प्रकार की जानकारियाँ मधुमक्खियों की तरह भिनभिनाती रहतीं और बाहर आने के लिए छटपटाती रहतीं। कभी-कभी तो लगता, वह सुविज्ञ ही नहीं सर्वज्ञ भी है, किन्तु चार दिनों में उस महाबली ने एक भी बात ऐसी नहीं कही, जो अनूठी हो और याद रह गयी हो। बहुत ज्यादा बोलने के बाद भी कुछ न कह पाने के लिए मानो वह अभिशप्त था।

वह हठी और कर्कश था पर निडर और निर्भीक भी था। भय के लिए उसके पास कोई स्थान नहीं था। घर फूँककर चलने वालों में जो फक्कड़ाना मस्ती होती है, वही उसमें थी। सन्ध्या समय जब वह संस्कृत श्लोकों का सस्वर पाठ करता था, तब तो सुनते ही बनता था। उसके गले में गजब का सुरीलापन था। उसके जाने पर मुझे दुःख हुआ। एक ऐसा आदमी जा रहा था, जिसकी कही हजार बातों में से मुझे एक भी बात याद नहीं रही, लेकिन जिसकी निर्भीकता को मैं कभी भुला न पाऊँगा।

फिर हम भी चल पड़े।

आगे बिलथारी पड़ा। शाम को छत्तरपुर गाँव के निकट बनी मौनीबाबा की कुटी पहुँचे। कुटी में पाँच-छह बाबा बैठे थे। एक बाबा यहाँ पाँच साल से रह रहा था। मौनीबाबा चार साल से था। बाकी के एक सप्ताह के भीतर यहाँ आये थे। पाँच साल वाले बाबा को छोड़कर बाकी सभी एक-दो दिन में परिक्रमा पर निकल जाएँगे। इनमें मौनीबाबा सबसे युवा था।

थोड़ी देर में एक काला बिल्ला आया और एक बाबा की गोद में बैठ गया। वह उसे बड़े स्नेह से दुलारने लगा, बातें करने लगा। चार-पाँच दिन पहले एक कुत्ता इस पर झपटा था तो डर के मारे यह पेड़ पर चढ़ गया था। इसी बाबा ने उसे बचाया था। तभी से वह बाबा से हिल गया है। (दो दिन पहले इसी बिल्ले से बाबा ने एक चिड़िया को बचाया था। नाराज होकर बोले थे, "नालायक! तीन दिन पहले ही तेरी

जान बचायी थी और आज तू इस निरीह पक्षी की जान लेने पर उतारू हो गया!'')

एक बाबा ने एक प्रसंग सुनाया, ''मेरे गुरु के पास एक बिल्ला था। वे उसे बेहद चाहते थे। 'लँगड़ू' कहकर पुकारते थे। वह भी उनकी गोद में पसर जाता, प्यार से घुरघुराता। मलाई उसे मिलती, छाछ हमें मिलती। अगर कोई चेला मलाई खा जाता तो गुरु उस पर बहुत बिगड़ते। कहते, क्या खाने के लिए साधु बना है। एक बार वे जगन्नाथपुरी गये। इधर बिल्ले ने खाना छोड़ दिया। हम लोगों ने लाख मलाई दी, पर उसने उसकी ओर देखा तक नहीं। अठारह दिन बाद गुरु लौटे। आते ही पुकारा, 'लँगड़ू!' अठारह दिन का भूखा बिल्ला बेहद कमजोर हो गया था। मुश्किल से चल पाता था। उसके मुँह से म्याऊँ की आवाज तक नहीं निकल पा रही थी। गुरुदेव करुणा से भर उठे। आँखों में आँसू आ गये। उसे छाती से लगा लिया। अपने हाथ से दूध पिलाया। कितनी ही बातें करते रहे। थोड़े दिनों में बिल्ला सामान्य हो गया।''

सुबह निकलने में थोड़ी देर हो गयी। पूरे आकाश में सूर्य के सिवा और कुछ नहीं है। मुझे लगा, दिन का आकाश है रेगिस्तान, सूर्य के सिवा और कुछ नहीं। रात का आकाश है फूलों की घाटी-वैली ऑफ फ्लावर्स! घटते-बढ़ते चाँद को देखिये, झिलमिलाते तारों को देखिये, दमकते ग्रहों को देखिये, आकाश के मेरुदंड-सी आकाशगंगा को देखिये। रात्रि का आकाश विपुल सम्पदा का स्वामी है। उसे घंटों निहारा जा सकता है। दिन के गंजे, सौन्दर्यविहीन आकाश में क्या देखिएगा!

दिवस के आकाश का समस्त सौन्दर्य सूर्य में केन्द्रित होकर रह गया है। रात्रि के आकाश का ऐश्वर्य उसके अणु-अणु में व्याप्त है। लेकिन दोनों जरूरी हैं—पिता और माता की तरह। केन्द्रीकरण भी हो और विकेन्द्रीकरण भी हो। बस, सही जगह पर हो।

दोपहर तक रामघाट पहुँच गये। कगार पर मन्दिर और धर्मशाला है। दूर बरमानघाट दिखायी दे रहा है। यहाँ से डेढ़ किलोमीटर दूर चाँवरपाठा नामक गाँव है। वहाँ के ग्रामीण यहाँ नहाने आते है। एक ने कहा, ''आप एक रात रुकिए। बड़ा एकान्त है यहाँ। चार-पाँच दिन से एक बाबा आये हुए हैं। अत्यन्त सौम्य स्वभाव के हैं। उनसे मिलकर आपको अच्छा लगेगा।''

कगार चढ़कर ऊपर गये। बाबा सफेद धोती पहने थे और उसे ही ओढ़े थे। सिला हुआ वस्त्र नहीं पहनते। गौर वर्ण, ऋषियों जैसा चेहरा, सफेद दाढ़ी, आँखों पर चश्मा। हम गये तब 'योगवासिष्ठ' पढ़ रहे थे। हम लोगों का प्रेम से स्वागत किया, रहने का आग्रह किया। अपने बारे में बताया, ''मैं परिक्रमा में हूँ। चौबीस अवतार से परिक्रमा उठायी थी। चार दिन पहले ही आया हूँ। यह स्थान मुझे इतना शान्त, शुद्ध

और पवित्र लगा कि यहाँ से जाने का मन नहीं कर रहा। गाँववालों का भी आग्रह है कि चतुर्मासा यहीं करुँ।''

धर्मशाला के सामने कगार पर पीपल का बड़ा पेड़ है। उस पर दिन भर 'पक्षिलक्षकूजितम्' का माहौल रहता है। मैं तरह-तरह के पक्षियों को चहकते, फुदकते या उड़ते देखता रहता हूँ। इस पेड़ का नाम मैंने 'पक्षीतीर्थम्' रखा है। धर्मशाला के एक कोने में पानी का घड़ा रखा रहता है। उस कोने का नाम मैंने 'कुम्भकोणम्' रखा है।

दूसरे दिन सुबह हम लोग बरमानघाट गये। दोपहर को वापस आने में थोड़ी देर हो गयी। हरिदास जी ने कहा, ''आज मैं चाँवरपाठा चला गया था। वहाँ मैं भोजन कर आया और आप लोगो के लिए भी ले आया।''

''कल आपका भोजन क्यों नहीं आया?''

''जिनके यहाँ से मेरा भोजन आता है, उनकी बेटी का विवाह पास के शहर में हुआ था। पिता से दहेज में जितना देते बना, दिया। लेकिन दहेज-लोभी ससुराल वालों को सन्तोष नहीं हुआ। दो दिन पहले बहू को जला डाला। कल उसकी अस्पताल में मृत्यु हो गयी। इसीलिए कोई नहीं आ सका।''

कभी हमारे देश में सती प्रथा थी। पति की मृत्यु के बाद पत्नी को उसी के साथ चिता में जला डालते थे। यही काम अब रसोईघर में होता है। वह 'आउटडोर सती-प्रथा' थी, यह 'इनडोर सती-प्रथा' है। यह ज्यादा बुरी है। इसमें केवल पत्नी मरती है।

रामघाट आये आज तीसरा दिन है। आज गंगा-सप्तमी है। कहते हैं आज के दिन गंगा नर्मदा में स्नान करने आती है। आज बरमानघाट में स्नानार्थियों की भारी भीड़ होगी। आज हम लोग वहीं स्नान करके इस बार की यात्रा का समापन करेंगे। शाम को घर लौट जाएँगे।

हम सवेरे ही बरमान चले गये। यहाँ के घाट काफी बड़े हैं। मध्यप्रदेश में नर्मदा के तीन घाट अद्‌भुत हैं: महेश्वर, होशंगाबाद और बरमान के घाट। महेश्वर के घाट शास्त्रीय संगीत, होशंगाबाद के घाट सुगम संगीत और बरमान के घाट लोक संगीत जैसे हैं। यहाँ के घाटों में लोक संगीत की बलिष्ठता और सरलता है।

नर्मदा के दोनों तटों पर स्नानार्थियों की भारी भीड़ थी। नावें लोगों को नदी पार करा रही थीं। चहल-पहल और कोलाहल, सत्संग और भजन-कीर्तन तथा बम्बुलियाँ गाते भक्तों के स्वरों की विविधता-इन सबसे घाटों की रौनक बढ़ गयी थी। घाट की आखिरी सीढ़ी पर, जल के बिलकुल पास बैठकर, इकतारे पर एक गायक गा रहा था। उसकी प्रार्थना में एक सरल सच्चे हृदय के उद्‌गार थे—

नर्मदा परमेसरी, पड़ें तुम्हारे पाँव,
गावे-खेलवे आये हैं, लाज तुम्हारे हाथ।

मैं मगन होकर सुन रहा था। मेरा भी यही भाव था। काम का चक्कर तो चलता ही रहता है। माँ नर्मदे! आज तुम्हारे पास आनन्द और उल्लास का पाथेय लेने आये हैं।

भीड़ बढ़ती जा रही है। उसी के साथ उल्लास भरे कोलाहल की गूँज भी तेज होती जा रही है। कल तक इक्के-दुक्के भिखारी ही थे। आज उनकी लम्बी-लम्बी कतारें देखकर मुझे आश्चर्य हुआ कि एकाएक इतने सारे भिखारी कहाँ से आ गये।

दोपहर तक वापस रामघाट पहुँच गये। तब तक जटाजूट वाला एक बाबा आ गया था। तखत पर हरिदास का जो सामान था, उसे उसने हटा दिया था और खुद मजबूती से डट गया था। एक ग्रामीण को भोजन लाने का आदेश दे दिया था। उसके भगवा वस्त्र और नाना प्रकार के तिलक के कारण उसका प्रभाव कुछ ज्यादा ही पड़ता था। हरिदास उसे जानते थे। परिक्रमा में दोनों कुछ दिन साथ चले थे। वह बातें प्रभावशाली ढंग से करता था। कहने लगा, "शास्त्रों में लिखा है कि तपस्या या तो उत्तराखंड में करनी चाहिये या रेवाखंड में। तीसरा कोई खंड है ही नहीं।"

शाम को हरिदास से विदा लेकर जाने लगे तब मैं यही सोचता रहा कि इस निर्जन स्थान में वे अकेले कैसे रह पाएँगे। रात को जब घना अँधेरा छा जाएगा, नदी सो जाएगी, पक्षी मौन हो जाएँगे, कगार पर स्थित कुटी भयानक सन्नाटे में डूब जाएगी और क्षण अनन्त लगने लगेंगे, तब हरिदास अकेले कैसे रहेंगे। उन्हें सूना नहीं लगेगा, डर नहीं लगेगा? किन्तु जिसका हृदय इस निर्जनता के साथ एकाकार हो गया हो, उसे डर कैसा!

थोड़ी देर में बरमानघाट पहुँच गये। यहाँ से हमें घर जाने के लिए बस मिल जाएगी। घाट पर खड़े होकर मैंने साँझ के सूरज को नदी की गोद में विलीन होते देखा, यात्रियों को ले जाती नावों को देखा और उन नावों को चलाते केवटों को देखा। मुझे अनायास एक घटना का स्मरण हो आया-

1933 का एक दिन। इसी घाट पर एक नाव खड़ी है। महात्मा गाँधी नाव से उस पार जाना चाहते हैं। लेकिन केवट उन्हें बैठा नहीं रहे हैं। कह रहे हैं, हम तब तक आपको नाव में नहीं बैठाएँगे जब तक आप अपने पैर हम लोगों से धुलवा न लें। गाँधीजी कहते हैं, मैं ऐसा काम नहीं कर सकता। केवट अड़ जाते हैं, चरण धुलाये बिना नहीं बैठाएँगे। तब गाँधीजी के साथी उन्हें समझाते हैं कि इन भोले-भाले केवटों का इतना अधिक आग्रह है तो आप इनसे पैर धुलवा लीजिए। लाचार होकर

गाँधीजी को पैर धुलवाने पड़ते हैं। गाँधीजी के साथी ने लिखा, ''यह देखकर मुझे श्रीराम के पैर पखारकर ही गंगाजी पार कराने वाले रामायणकालीन केवट की कहानी बरबस याद आ गयी।''

इन अपढ़ देहाती केवटों ने कैसे समझ लिया कि यह दुबला-पतला आदमी कोई साधारण आदमी नहीं, एक लोकोत्तर पुरुष है और उसका वैसा ही सम्मान करना चाहिये। इस आदमी की महत्ता का पता उन्हें कैसे चला?

महाभारत की कथा के अनुसार भगवान सूर्य रात को ही अपने बेटे कर्ण को बता गये थे कि कल सबेरे तुम्हारे द्वार पर जो भिक्षुक आएगा वह स्वयं इन्द्र होगा। हो सकता है इन केवटों को-वरुण के इन बेटों को-वरुण देवता ने पहले से बता दिया हो कि कल जो आदमी तुम्हारी नाव से नदी पार करने आएगा, वह कोई साधारण यात्री नहीं, एक महान आत्मा है, उसे पहचानने में गलती न कर बैठना।

लेकिन अब चलना चाहिये।

जब यात्रा शुरु की थी, तब पीपल के पेड़ों पर एक पत्ता नहीं था, लेकिन धीरे-धीरे गुलाबी रंग की कोपलों का आना शुरू हुआ और अब तो पेड़ गहरे गुलाबी पत्तों से लद गये हैं। पीपल का वसन्त अब आया है और वसन्त का आखिरी पड़ाव होगा सागौन, जहाँ वह बरसात में पहुँचेगा।

अठारह दिनों तक मैं प्रकृति के सान्निध्य में रहा। आकाश तले सोया, तारों के दरबार में हाजिरी दी, चिड़ियों के संग जागा, धूप में झुलसा, नदी में नहाया। अनजाने गाँवों में रात रहा। निस्तब्धता के स्वर सुने। यह सारा सुख इसलिए मिला क्योंकि मैं नर्मदा की उँगली पकड़कर चला।

अठारह दिनों तक मैं परकम्मावासी रहा। घर आते ही नगरवासी हो गया।

नारेश्वर से हतनीसंगम

3 अक्टूबर 1998 के दिन मैंने आयु के 70 वर्ष पूरे किए और 4 अक्टूबर को नर्मदा-पदयात्रा के लिए निकल पड़ा।

जन्मदिन के अवसर पर घर में स्नेही-स्वजन एकत्र हुए थे। तब मैंने कहा था कि 50, 60, 70 ये जिन्दगी के बड़े स्टेशन हैं, जंक्शन हैं। मुझे खुशी है कि मैं यहाँ तक आ सका। लेकिन अब कोई बड़ा स्टेशन नहीं आएगा। मैं चुपचाप किसी छोटे-मोटे स्टेशन पर उतर जाऊँगा।

"बस करो! भगवान के लिए चुप करो!" कान्ता ने कहा था।

"कम से कम एक बड़ा स्टेशन जरूर आएगा।" किसी ने दिलासा दिया था।

5 अक्टूबर 98 की शाम को हम गुजरात के नर्मदा-तट पर स्थित नारेश्वर पहुँच गये। इस बार हम तीन हैं। छोटू तो है ही, अशोक तिवारी भी है। तिवारी मेरे बेटे का सहपाठी रहा इसलिए बेटे के समान है। नारेश्वर में रहने के लिए मन्दिर परिसर में अच्छा कमरा मिला। कमरे की दीवार पर किसी ने गुजराती में लिखा था—जहरीले जीव-जन्तुओं को आस्तिक मुनि का आदेश है कि वे भीतर न आयें। (क्या ही अच्छा हो यही पाबन्दी मनुष्यों पर भी लागू हो!) आज शरद-पूर्णिमा है इसलिए आश्रम में भोजन के बाद खीर भी मिली।

आधी रात को चाँदनी में भीगने के लिए बाहर निकला। चाँद अगर शरद-पूर्णिमा का हो और तट नर्मदा का, तब तो कहना ही क्या!

दोपहर के बाद चल दिये। रात कोठिया में रहे। यहाँ तथा आस-पास के गाँवों में काफी दूध होता है। सारे गाँव का दूध एक जगह इकट्ठा होता है, फिर वैन में शहर जाता है। पास के गाँव से दूध लाने के लिए गधों का उपयोग किया जाता है। गधों की पीठ पर दोनों ओर दूध का एक-एक बड़ा कैन रहता है। गधों का इस तरह का इस्तेमाल पहली बार देखा। कुम्हार या धोबी के गधों के बजाय इन दुग्धवाहक गधों को उच्च योनि का मानना चाहिये। आजकल की शब्दावली में कहें तो वे अगर

नान–गजेटेड गधे हैं तो ये गजेटेड गधे हैं।

सुरासामल गाँव में सुस्ताने बैठे थे। सामने के घर में एक स्त्री झूले में झूलते हुए किसी स्त्री से झगड़ रही थी। ज्यों–ज्यों उसका गुस्सा बढ़ता जाता, झूले की गति भी बढ़ती जाती। कभी एकाएक झूले से उतरकर उस स्त्री के बिलकुल सामने जाकर झगड़ आती और फिर झूलने लगती! झूलना और झगड़ना–इन दो विपरीत क्रियाओं के बीच उसने जो मेल बिठाया था, उसे देखकर मेरे मन में उसकी समन्वय–शक्ति के प्रति बड़ा आदर भाव जागा।

मालसर के सत्यनारायण मन्दिर में रहने के लिए बढ़िया कमरा मिला। रात को भोजन भी मिला। रात को बड़ी गरमी थी। बाहर खुले में सोये। आधी रात को देखा, चाँद के चारों ओर बड़ा भारी वृत्त बना था। चाँद की तरह बड़े तारे भी अपने चारों ओर ऐसे ही वृत्त बनाते तो आकाश में हमें कैसा भव्य वृत्तोत्सव देखने मिलता!

सुबह चल दिये। चाँद अभी डूबा नहीं था। अच्छा खासा उजाला दे रहा था। लेकिन सूरज के आते ही वह निस्तेज हो गया। उसके दीपक का घी खत्म नहीं हुआ था, सूरज ने उसे फूँक मारकर बुझा दिया था। मुझे चाँद पर तरस आया। सूरज ने उसे ध्वस्त कर दिया था। किन्तु यही व्यवहार चाँद ने तारों के साथ किया था। बड़ी मछली छोटी मछली को निगल जाती है यह नियम समुद्र, धरती और आकाश, तीनों लोक में समान रूप से लागू होता है।

शिनोर के छोर पर एक नाले पर तख्तों का चरमराता पुल था। उस पर बहुत सँभलकर चलना पड़ा, क्योंकि पुल के कई तख्ते टूट चुके थे।

तीसरे पहर अनसूया पहुँचे। शान्त, सुन्दर स्थान। नर्मदा मन्दिर से दूर है, फिर भी तीन सप्ताह पूर्व नदी में जो बाढ़ आयी थी, उसमें मन्दिर का काफी हिस्सा डूब गया था।

इस साल वर्षा देर से हुई थी, इससे नदियों में बाढ़ भी अन्त–अन्त में आयी। खेती को भारी नुकसान हुआ था। यहाँ नर्मदा–तट पर कोढ़ियों के लिए बहुत बड़ा अस्पताल था। 1970 की बाढ़ में उसका काफी हिस्सा बह गया था। तब से बन्द पड़ा है।

हरे–भरे वृक्षों और हरियाली से लहलहाते खेतों के कारण अनसूया बड़ा सुन्दर लगता है। गाँव दूर है इसलिए यहाँ बड़ी शान्ति है। एक टेकरी पर खड़े होकर मैं साँझ के सूरज को नर्मदा की गोद में विलीन होते देखता रहा। सूरज ने ज्यों ही क्षितिज को छुआ, मैं खामोश खड़ा हो गया और जब तक वह पूरा डूब नहीं गया, वैसा ही शान्त–स्तब्ध खड़ा रहा। किसी को श्रद्धांजलि देने के लिए खड़े होकर हम दो मिनट का मौन रखते हैं। न जाने क्यों, मुझे ऐसा लगता है कि दो मिनट का यह

कालखंड हमने अस्त होते सूर्य से लिया है।

सुबह चल दिये। मोलेथा होकर बरकाल आ गये। यहाँ नर्मदा में एक टापू है, नाम है व्यास बेट। बेट गुजराती में टापू को कहते हैं। सामने तट पर शुकदेव तीर्थ है। व्यास पिता हैं, शुकदेव पुत्र।

नर्मदा-स्नान करके ऊँची कगार चढ़ रहा था। गाँव की एक स्त्री मुझ से कुछ आगे थी। नहा-धोकर घर जा रही थी। साथ में छोटी बच्ची थी। माँ ने उसे गोद में नहीं लिया तो रूठ कर रास्ते में खड़ी हो गयी। माँ ने बहुत कहा पर टस से मस नहीं हुई। तभी मैं पहुँचा। मैंने कहा, चल बेटी, मेरी उँगली पकड़कर चल। उसने तुरन्त उँगली पकड़ ली और धीरे-धीरे मेरे साथ चलने लगी! घर पास में था। सिर का बोझ उतारकर माँ उसे लेने वापस आ रही थी। बच्ची को मेरी उँगली पकड़ कर चलते देखकर उसे हँसी आ गयी। पास-पड़ोस के लोग भी इस कौतुक पर मुस्करा रहे थे। मेरी खुशी का तो कहना ही क्या। सूरज की किरन-सी प्यारी बच्ची मुझे कितना अपनत्व दे गयी!

बदरिकाश्रम जाने के लिए वापस मोलेथा आये। कपास और केले के खेतों में भटक गये। बदरिकाश्रम पहुँचते-पहुँचते शाम घिर आयी। यहाँ के विशाल आश्रम के परिसर से नर्मदा का अत्यन्त सुन्दर मोड़ दिखायी दे रहा था—नर्मदा के श्रेष्ठ मोड़ों में से एक। मोड़ के कारण चाणोद और करनाली दोनों दिखायी दे रहे थे। अँधेरा होते तक हम नर्मदा की इस बंकिम छटा को देखते रहे।

रात को छत पर सोये। बेहद गरमी थी।

सुबह थोड़ा चले कि गंगनाथ का मन्दिर आ गया। आजादी के पूर्व यहाँ गंगनाथ विद्यालय नामक एक राष्ट्रीय शाला थी। यहाँ क्रान्तिकारियों को आश्रय मिलता था। सम्भवत: श्री अरविन्द, जो शुरू में क्रान्तिकारी थे, यहाँ आये थे।

यहाँ से चाणोद तीन किलोमीटर है। चाणोद के घाट कभी सुन्दर रहे होंगे। बाढ़ के कारण क्षतिग्रस्त हो गये हैं। घाट पर दोपहर बितायी। यहाँ पर ओर नामक नदी नर्मदा से मिलती है। संगम स्नान के बाद करनाली आ गये। चाणोद से करनाली छोटा है। दोनों जगह काफी मन्दिर हैं। पुराने टूट रहे हैं, नये बन रहे हैं।

यहाँ के लोगों की गुजराती उच्चारण के लिहाज से बंगला से मिलती है। शब्दों के गोल-गोल उच्चारण के कारण ऐसा लगता है मानो कोई बंगाली गुजराती बोल रहा हो। बंगला अगर गुजराती के सबसे निकट है तो वह गुजरात के खेड़ा और बड़ोदरा जिले में। भारत के दो छोरों के बीच की यह समानता अद्‌भुत कही जाएगी।

शाम को मोरीया पहुँचे। प्राथमिक शाला के बरामदे में सामान रखा और नर्मदा-तट गये। बाढ़ के कारण नर्मदा की कगार के बड़े-बड़े टुकड़े ढह गये हैं।

पगडंडी खतरनाक हो गयी है। फिर भी इसी पर से पनिहारिनें और मवेशी दोनों चलते हैं। पनिहारिनों को निस्सन्देह बहुत सावधान रहना पड़ता होगा।

यहाँ कोई धर्मशाला नहीं है। प्राथमिक पाठशाला के बरामदे में ही सभी परकम्मावासी ठहरते हैं। जिस किसान का शाला के निकट घर और खेत है, उसी ने शाला के लिए अपनी जमीन दान में दी है। परकम्मावासियों की अच्छी सेवा करता है। घरोबा हो गया तो मैंने कहा, ''हम आपको गेहूँ का आटा देंगे,बदले में आप हमें ज्वार या बाजरे की रोटियाँ देंगे?''

''खुशी से देंगे। लेकिन बदले में गेहूँ के आटे की कोई जरूरत नहीं।''

थोड़ी देर में उसकी स्त्री ढेर सारी बाजरे की रोटियाँ ले आयी। आटा नहीं ही लिया। साधारण स्थिति के हैं, लेकिन बहुत उदार हैं।

सुबह हम साथ लाया नाश्ता करते हैं, दोपहर को स्वादिष्ट भोजन का दिवास्वप्न देखकर काम चलाते हैं और शाम को केवल एक बार भोजन बनाते हैं। हाँ, एक तरकीब के कारण हम लोगों का काम थोड़ा आसान हो गया है। पास-पड़ोस की गृहिणी से कहता कि बेटी, हमारे छोटू से ज्वार-बाजरे की रोटी नहीं बनती, क्या तुम रोटियाँ बना दोगी? शायद ही किसी ने मना किया हो। कभी किसी महिला ने तो पूरा खाना ही बना दिया। रूखा-सूखा खाना भी बड़ा मीठा लगता है, दो कारणों से-एक तो हमारी प्रचंड भूख और दूसरे लकड़ी की आग से पके भोजन की बात ही कुछ और होती है। रासायनिक खाद पहले से ही स्वाद हर चुकी होती है, फिर गैस का चूल्हा अपना हिस्सा वसूलता है। अब खाने में स्वाद आये तो कहाँ से आये! जहाँ नैसर्गिक स्वाद नहीं होता, वहाँ तीखे मिर्च-मसाले डालकर इस स्वादहीनता को (यानी खाना और खाने वाले के बीच की संवादहीनता को) छुपाने की कोशिश की जाती है, भले ही वे स्वास्थ्य को चौपट कर दें।

जो स्वाद कुल्हड़ में जमे दही में है, वही स्वाद लकड़ी की आग से बने खाने में है। किन्तु हम नगरवासियों के नसीब में यह सुख नहीं। वह घोंसला ही क्या जिसमें पंछी न हो, वह खाना ही क्या जिसमें स्वाद न हो!

बरामदे में सोये थे। रात खत्म होने को थी। चादर ओढ़कर अधजगा पड़ा था। तभी लगा जैसे मेरे पैर पर कोई चढ़ा। मन में बुरे विचार तुरन्त आते हैं। सोचा, साँप होगा। डर के मारे चुपचाप पड़ा रहा। पर वह गया नहीं। धड़फडा कर उठ बैठा। देखा तो मेढ़क!

यह तो सरासर धृष्टता थी। अगर चाहता तो मैं उसके ऐसे दाँत खट्टे कर देता कि जिन्दगी भर याद रखता। लेकिन नहीं, केवल इतना बोला, ''मैं खून-खराबा नहीं चाहता। तुझ से नहीं लडूँगा। जा, भाग यहाँ से!''

अगर वह कहता, "लड़ेगा कैसे नहीं?" तो इस चुनौती का मेरे पास कोई जवाब नहीं था। आखिर वह था सरित्-मंडूक और मैं हूँ कूप-मंडूक, भला मैं उसकी क्या बराबरी करता!

नाम अश्विन, धरती से लिपटी नन्ही नदी। उसके खूबसूरत मोड़ देखते ही रह गये। पास में ही नर्मदा से मिलती है। लेकिन मिलने से पहले खूब इतराती-बलखाती चलती है। पास के चूड़ेश्वर गाँव की महिलाएँ यहाँ नहाने और पानी भरने आती हैं। नदी की कगार से एक छोटा-सा सोता फूटता है। यहाँ एक स्त्री कटोरे से पानी भर रही थी। पास में तीन-चार स्त्रियाँ खड़ी थीं। सभी स्त्रियों ने साड़ी और घाघरे के कसकर कच्छे लगा रखे थे। पूरी जाँघें दिख रही थीं। क्या ही सुडौल, सुदीर्घ जंघा! ऐसी पुष्ट मानो प्रकृति ने पीट-पीटकर बनायी हों। मैं उन जाह्नवी-तट सी पवित्र जंघाओं को देखता ही रह गया।

भगवान ने मनुष्य का शरीर इतना सर्वांग सुन्दर बनाया है कि उसमें रत्तीभर सुधार की गुंजाइश नहीं। लेकिन श्रम का त्याग करके और गलत आहार-विहार अपनाकर हम लोग ही उसे कुरूप बना देते हैं। शहरों की कितनी स्त्रियाँ इस तरह कच्छा लगाने का साहस कर सकेंगी? कितने पुरुष महात्मा गाँधी की तरह लँगोटी लगा सकेंगे? प्रकृतिदत्त सुडौल शरीर पर चर्बी की पर्तें चढ़ाकर हम लोग ही उसे बेढब बना देते हैं। चर्बी के ये भंडार बच्चों के नाम कर जाते हैं और इस प्रकार चर्बी की यात्रा पीढ़ी-दर-पीढ़ी चल पड़ती है।

छरहरी देहलता वाली प्रकृति की इन बेटियों का सौन्दर्य प्रसाधन-सुलभ नहीं, श्रम-सुलभ था। सौन्दर्य का सच्चा देवता मदन नहीं, श्रम है। सौन्दर्य का मोती ब्यूटीपार्लर की कोठरी में नहीं, श्रम की सीप में उत्पन्न होता है। श्रम सौन्दर्य और स्वास्थ्य दोनों की नींव है।

लेकिन मैं कहाँ का कहाँ निकल गया! यह तो बहुत ज्यादा विषयान्तर हो गया। भविष्य का समीक्षक कहेगा कि इतना हिस्सा मूल लेखक का नहीं लगता, बल्कि किसी परवर्ती लेखक द्वारा जोड़ा गया जान पड़ता है। यह क्षेपक है।

दोपहर को तिलकवाड़ा पहुँच गये। यह बड़ा गाँव है। यहाँ मेन नदी नर्मदा से मिलती है। मेन नाव से पार की। थोड़ी देर में मणिनागेश्वर आ गये। यहाँ छोटे मन्दिर के सिवा कुछ नहीं, लेकिन नदी का दृश्य बहुत लुभावना है।

सड़क मिल गयी। सड़क नर्मदा के साथ-साथ है। थोड़ी देर में अकतेश्वर का पुल आया। फिर गरुडेश्वर। वहाँ दत्त मन्दिर गये। वहाँ के घाट पर स्नान किया और

मन्दिर के भोजनालय में भोजन किया। फिर आगे बढ़े। अब आएगी केवड़ीया कालोनी। कालोनी में धर्मशाला भला कहाँ होगी, सो रहने की चिन्ता सता रही थी। तभी केवड़ीया कालोनी के सरकारी पथिक-निवास दिखायी दिये तो वहाँ गये। मैनेजर ने कहा कि यहाँ एक कमरे का किराया डेढ़ सौ रुपया है। लेकिन आगे आफिसर्स होस्टल है, वहाँ आपका काम तीस रुपये में बन जाएगा। वहाँ के मैनेजर ने कहा कि अगर आप थोड़ा और आगे जाएँगे तो नर्मदा-तट पर मन्दिर और धर्मशाला है, वहाँ कुछ भी नहीं देना पड़ेगा।

हमें भला और क्या चाहिये! वहाँ गये। यह स्थान तो सबसे सुन्दर है। पास में नर्मदा है, उस तट पर सुन्दर पहाड़, एकान्त जगह। यहाँ आकर अच्छा किया। रात यहीं रहे। सुबह सरदार सरोवर बाँध देखने चल पड़े। आगे की यात्रा के लिए वापस यहीं आना पड़ेगा, इसलिए सामान यहीं रख गये। पहले नर्मदा पर गोरा का पुल आया। सामने तट के पहाड़ों की गोद में स्थित शूलपाणेश्वर का मन्दिर दिखायी दे रहा है। उसका मूल स्थान सरदार सरोवर में डूब गया, किन्तु इसके पहले मन्दिर को जस का तस सामने के गोरा गाँव की पहाड़ी पर स्थापित कर दिया गया है।

पहाड़ी सड़क से दो घंटे में बाँध के सामने पहुँच गये। बाँध के ऊपर से पानी गिर रहा था—चादर सा सपाट। प्राकृतिक प्रपात में जो उछाल होते हैं, मस्ती होती है, वह इसमें नहीं है। हाँ, प्रपात से उठते जलबिन्दुओं को बदली का रूप लेते देखने में बड़ा आनन्द आया। किन्तु हमें इस बाँध के पीछे बने सरोवर को देखना था। बाईं ओर एक सड़क ऊपर जाती थी, उस पर चले। ऊपर एक तालाब देखा लेकिन वह खाली था। यहाँ से एक आदमी सरोवर दिखाने साथ चला। थोड़ी देर में हम वहाँ पहुँच गये।

तो यह है सरदार सरोवर! मेरे मन में आशंका थी कि सरदार सरोवर के कारण नर्मदा का सौन्दर्य कम हो जाएगा, बल्कि नर्मदा का अस्तित्त्व ही खतरे में पड़ जाएगा। किन्तु सरदार सरोवर को देखकर यह आशंका निर्मूल हो गयी। यहाँ नर्मदा चौड़ी और गहरी हो गयी है, लेकिन उसकी आकृति में कोई फर्क नहीं पड़ा है। पहले की दुबली-पतली नर्मदा अब पुष्ट हुई है। पहले उसके भंडार खाली रहते थे अब बारहों माह भरे रहते हैं। बाँधों के कारण नर्मदा की पूँजी सौ गुना बढ़ गयी है। मनुष्य जिस प्रकार प्रकृति के सौन्दर्य को नष्ट कर सकता है, उसी प्रकार उसमें वृद्धि भी कर सकता है। सरदार सरोवर के कारण नर्मदा सौन्दर्य में वृद्धि ही हुई है।

बरसात का पानी एक जगह आबद्ध होकर रह न जाये, अबाध गति से बहता रहे, इसके लिए नदियाँ जरूरी हैं। और नदियों का प्रवाह रक्त के प्रवाह की तरह सदा एक-सा बहता रहे, इसके लिए बाँध जरूरी हैं। इतने वर्षों तक नर्मदा अनिरुद्ध थी।

लेकिन अब वह सरदार सरोवर में तथा अन्य बाँधों में अवरुद्ध होगी।

बाँध यानी नदी के हाथ में धनुष्य! नहरें यानी उस धनुष्य से निकले बाण! धनुष्य की प्रत्यंचा जितनी पीछे खींचेंगे, बाण उतने ही दूर जाएँगे। नदी के प्रवाह को जितना ज्यादा रोकेंगे, नहरें उतनी ही दूर जाएँगी। अकाल रूपी राक्षस का संहार करने के लिए और बेतहाशा बढ़ रही आबादी को अन्न और जल देने के लिए नदियों को धनुर्धर होना ही पड़ेगा।

यहाँ नर्मदा अपने को खोकर अपने को पाएगी। सच्चे अर्थों में माता बनेगी। धरती सुजला-सुफला होगी। उद्योग बिजली की गति से आगे बढ़ेंगे। बाँध यानी नदी का कमाऊ पूत।

हम जहाँ खड़े थे, वहाँ नदी में 4-5 मोटर-बोट थीं। ये शूलपाण झाड़ी में रहते आदिवासियों के लिए हैं। कुछेक आदिवासी केवड़ीया कालोनी बाजार करने आये थे। उन्हें वापस जाना था। वे बोट में बैठे तो बोट चल पड़ी। इनमें गुजरात और महाराष्ट्र दोनों के आदिवासी होते हैं। उन्हें लाने ले जाने की यह सेवा निःशुल्क है।

परकम्मावासी सरदार सरोवर नहीं जा सकते क्योंकि वापस केवड़ीया आना पड़ता है और परकम्मावासी वापस नहीं जा सकते। अधिकांश परकम्मावासी तो केवड़ीया भी नहीं आते, गरुड़ेश्वर से ही कवांट चल देते हैं। अगर हमने भी ऐसा ही किया होता तो नर्मदा का गुजरात में जो सबसे सुन्दर प्रवाह है पहाड़ों के मध्य से, उसे ही देखने से वंचित रह जाते।

वापस केवड़ीया आये। दोपहर के बाद चल दिये। अब सड़क है। नर्मदा हापेश्वर में मिलेगी। आकाश में बादल हैं। दाहिनी ओर की पर्वतमाला के ऊपर आकाश में इन्द्रधनुष दिखायी दे रहा है। लेकिन पूरा इन्द्रधनुष नहीं, छोर का टुकड़ा भर है।

यह धनुषभंग किसने किया होगा भला!

शाम को तणखला पहुँचे। गाँव के बाहर शिवमन्दिर है। वहीं रहे। तिवारी ने कहा, ''जब तक नर्मदा जी दिखेंगी नहीं, मैं अन्न ग्रहण नहीं करुँगा। केवल दूध लूँगा।''

तिवारी कब कैसी घोषणा करेगा, कुछ कहा नहीं जा सकता। वह कभी अचानक मौन धारण कर लेता। कभी घंटों योगमुद्रा में बैठा रहता। वह आधा गृहस्थ और आधा संन्यासी है। उसकी आँखों में वीतराग भाव तैरता रहता है। सांसारिक बातों में उसका मन नहीं लगता। कभी अचानक किसी अदृश्य श्रोता को लक्ष्य करके कहता, ''यह कैसी लीला है, प्रभो!'' श्री अरविन्द का भक्त है। उनका महाकाव्य 'सावित्री' साथ लेकर चला है। जब भी समय मिलता, वह उसे पढ़ने लगता। घर

अपनी माँ को हर रोज एक पोस्टकार्ड लिखता है। जब कोई पोस्ट-ऑफिस मिलता तो इकट्ठे पोस्ट कर देता। जब-तब उपवास कर बैठता है। फिर भी चलने में सबसे आगे रहता है। एक रात को देखा, तिवारी तो सो रहा था, पर उसकी टार्च जल रही थी। सोचा, भूल गया होगा, तो मैंने बुझा दी। दूसरी रात को फिर जल रही थी, फिर बुझा दी। तिवारी से बात की तो उसने कहा कि अँधेरे में सोने की मेरी आदत नहीं। बत्ती हो, तभी नींद आती है। टार्च से वह नाइट-बल्ब का काम ले रहा था!

मन्दिर का युवा पुजारी नम्र और उदार था। रहने की अच्छी व्यवस्था कर दी। यही नहीं, उसने कहा कि भोजन आप हमारे साथ लेंगे। उसकी दुबली-पतली भोली-भाली पत्नी ने कहा, "काका, शुं बनावुं? शुं जमवानी इच्छा छे?"

मानो बेटी के घर आ गया। भोजन पाकर खूब तृप्त हुआ। उसे सुख-सौभाग्य के अनेक आशीर्वाद दिये। तिवारी ने केवल दूध लिया।

आधी रात को मूसलाधार पानी बरसने लगा, लगातार डेढ़ घंटे तक झड़ी लगी रही। सुबह उठे तब भी आकाश बादलों से घिरा था। पुजारी ने हमें रुक जाने के लिए कहा। थोड़ी देर में बूँदा-बाँदी शुरू हो गयी। दरअसल पानी बरस नहीं रहा, बरसने का ढोंग कर रहा है। लेकिन इसमें हमें दो घंटे रुकना पड़ा। पानी के रुकते ही निकल पड़े।

नसवाड़ी होते हुए कोलम्बा पहुँचे। सड़क से दूर, हरे-भरे खेतों के बीच, एक मन्दिर है। मन्दिर के चारों ओर सुबबूल के कई पेड़ हैं। सुन्दर, शान्त और एकान्त जगह है। आज का रात्रि-विश्राम इसी मन्दिर में है।

रात भयंकर-सी थी। सुनसान, बादल-घिरी और अँधेरी। आधी रात के बाद जोरों की हवा चलने लगी। बिजली बार-बार कौंध जाती। थोड़ी देर में बूँदा-बाँदी शुरू हो गयी। फिर पानी तेज हो गया। बाहर तूफान फुंकारे मार रहा था।

मुझे लगा, ऐसे ही किसी क्षण पृथ्वी सूर्य से अलग हुई होगी और उसके चारों ओर घूमने लगी होगी। फिर सोचा, काल का-समय का-आरम्भ कब हुआ, जब से पृथ्वी ने सूर्य की परिक्रमा शुरू की तब से या काल इसके पहले भी था? क्या कभी काल का आरम्भ हुआ था, या वह अनादि-अनन्त है?

काल रैखिक है या वर्तुलाकार?

नदी दिखायी तो देती है रैखिक लेकिन होती है वर्तुलाकार। समुद्र का पानी भाप बनकर बादल बनता है, बादल से बरसा पानी नदी बनता है और बहकर वापस समुद्र जा पहुँचता है। वर्तुल पूरा होता है। काल दिखता तो है रैखिक, पर क्या वह भी वर्तुलाकार नहीं हो सकता? काल की नदी काल के किसी महासागर में जा गिरती होगी, वहाँ से किसी अन्य मार्ग से पुनः उसी स्थान जा पहुँचती होगी जहाँ से

चली थी और इस तरह काल का प्रवाह अबाध रूप से प्रवाहित होता रहता होगा।

काल घोड़े जैसा है या कोल्हू के बैल जैसा-घूम-फिर कर वापस आ जाता है? क्या विगत में से ही अनागत का सृजन होता है? क्या भूत और भविष्य के बीच पूर्वज और वंशज का सम्बन्ध है या पूर्वज ही वंशज बनकर आता है?

क्या ही अच्छा होता, किसी ऐसे जहाज की खोज हो सकती, जो हमें काल का सागर पार करा देता। तीनों काल में ले जाता और ले आता। स्थल में यहाँ से वहाँ जाने के लिए हमारे पास अनेक प्रकार के वाहन हैं, काल के लिए एक भी नहीं। अगर यह खोज हो सके तो यह सचमुच में 'कालजयी' खोज होगी। लगता है, स्थल की अपेक्षा काल को काबू करना बेहद टेढ़ी खीर है।

विचार धकमपेल मचाते हुए आ-जा रहे हैं। जब पृथ्वी नहीं थी,सूर्य तब भी था किन्तु उसका उदय-अस्त नहीं था, दिन-रात नहीं थे, वर्ष नहीं थे, ऋतु परिवर्तन भी नहीं था। ये सभी पृथ्वी के आने के बाद आये। सूर्य को सार्थकता पृथ्वी ने दी। अगर पृथ्वी न होती तो सूरज अकारथ हो जाता। (आकाश में सूरज चमका किसने देखा!) पृथ्वी न होती तो सौर-मंडल में मौत का सन्नाटा होता। सूर्य के और भी बालक हैं जरूर, पर वे तो मरे हुए जनमे थे! किसी में भी प्राण-प्रतिष्ठा न हो सकी। सूर्य की जीवित सन्तान तो है एकमात्र पृथ्वी!

इस बार पानी ने हमें परेशान करने में कोई कसर नहीं छोड़ी। रोज पानी बरस जाता है। चातुर्मास करने लायक मौसम है लेकिन हम भी पूरे ढीठ हैं, बराबर चलते रहे। खेतों की कीचड़भरी पगडंडी पर चलकर सड़क पर आ गये। लेकिन सड़क का हाल भी कोई अच्छा नहीं है। कहीं पुल के ऊपर से पानी बह रहा है तो कहीं टूटे पुल के बाजू से कामचलाऊ रास्ता बनाया गया है। एक छोटी नदी में तेजी से पानी बह रहा था, पर नाम था सूखी! प्राय: सभी नदी-नाले मटमैले पानी से छलछला रहे हैं। आगे अश्विन मिली। खूबसूरत मोड़ों वाली अश्विन को हम भूले नहीं थे।

रात भेखड़ीया में रहे। दूसरे दिन दोपहर तक कवांट पहुँच गये। यह बड़ा गाँव है। जहाँ गाँव खत्म होता है और खुले खेतों का क्रम शुरू होता है, वहाँ गायत्री मन्दिर है। वहाँ रात रहे। बला की गरमी थी। छत पर सोये। लेकिन थोड़ी देर बाद बूँदा-बाँदी शरू हो गयी तो नीचे आ गये। किन्तु नीचे बिजली के बल्ब के इर्दगिर्द काले कीड़े भिनभिना रहे थे। ये काटते नहीं, कपड़ों में घुसकर शरीर पर रेंगते हैं। बहुत बसाते भी हैं। इनका कष्ट हम पहले भी झेल चुके थे। इसलिए ज्यों ही बूँदा-बाँदी बन्द हुई कि हम फिर छत पर पहुँच गये।

छोटू ने कहा, "कैसी सड़ी गरमी है!"

मैंने कहा, "सड़ी नहीं, कहो कि कैसी बासी गरमी है!"

"सड़ी गरमी" अब बासी मुहावरा हो गया। "बासी गरमी" अब ताजा मुहावरा है। लोकोक्तियाँ या मुहावरे जब आरम्भ होते हैं, तब ताजादम होते हैं, लेकिन एक समय आता है जब वे अपनी ताजगी खो बैठते हैं। तब हमें कुछ नया सोचना चाहिये।

आकाश स्वच्छ हो गया था और तारे बड़े तेजस्वी लग रहे थे। लेकिन थोड़ी ही देर में एक बदली आयी और तारों की जिस बस्ती को मैं निहार रहा था, वह उससे ढँक गयी। बदली गयी तो चाँद आया–चुटकी भर चाँद। चाँदनी परोसते-परोसते काफी घिस गया था।

सुबह चल दिये। पिछली रात को हुई वर्षा के कारण सारा ग्राम्यांचल दमक रहा था। हरियाली और अधिक लुभावनी लग रही थी। कवांट से 12 कि.मी. है कड़ीपानी। वहाँ तक सड़क है। इसके बाद 8 कि.मी. है हापेश्वर। वहाँ नर्मदा मिल जाएगी। रास्ते में एक पुरानी बावड़ी आयी–सात मंजिल वाली सुन्दर बावड़ी। फिर किसी राजा का महल आया। कभी महल था लेकिन अब खंडहर होकर काँजीहाउस जैसा लग रहा है। वैसे भी राजाओं के महल यानी रानियों के काँजीहाउस।

कड़ीपानी पहुँचे ही थे कि वहाँ के मन्दिर के भले पुजारी ने सीधे भोजन करने बैठा दिया। फिर पगडंडी से आगे बढ़े।

थोड़ी ही देर में एक पहाड़ी निर्झर आया। हमारी पगडंडी इसी झरने के साथ गुँथी हुई है। कभी झरने के इस ओर तो कभी उस ओर। बार-बार झरने को पार करते रहो!

पुनरपि मार्गम् पुनरपि निर्झरम्
निर्झरम् मार्गम् पदे-पदे!

लोगों ने हमें बताया था कि भूलने-भटकने का सवाल ही नहीं है, आप झरने को पकड़े रहना। लम्बी सँकरी खाई में से बहता है यह निर्झर। दोनों ओर पहाड़ हैं। लगता है किसी पुरानी हवेली के गलियारे में से जा रहे हैं। इस एक झरने को कोई साठ बार पार करना पड़ता है। वैसे तो यह सड़क है पर बरसात में टूट-फूट कर पगडंडी बन गयी है। बरसात के बाद पुनः सड़क बना दी जाएगी।

हापेश्वर पहुँचते शाम घिर आयी। वर्षा की बौछारों के कारण दो बार रुकना पड़ा था। आज चौथे दिन नर्मदा के दर्शन हुए। मानो ये चार दिन हमने नर्मदा के प्रतीक्षालय में बिताये थे। यहाँ एक बड़ा मन्दिर है। रहने तथा खाने की अच्छी सुविधा है। हम यहीं रहे। तिवारी ने आज खाना खाया। आज हम 20 कि.मी चले थे। झरने

वाले आखिरी 8 कि.मी. बेहद कठिन थे। थककर चूर हो गये थे। जल्दी ही सो गये।

सुबह यहाँ के महन्त के ट्रांजिस्टर में भजन आ रहा था—

आवत ही हरसहिं नहीं, नयनन नाही सनेह।
तुलसी वहाँ न जाइए, कंचन बरसे मेह।।

भोर बेला में यह भजन कितना अच्छा लग रहा था!

आकाश साफ हो गया है और हवा में शरद का स्पर्श है। मैं नर्मदा तट पर जाकर बैठा। शान्त सरोवर सी नर्मदा का सौन्दर्य मेरे मन पर छा जाता है। तेरह बरस पहले जब सामने तट से चला था, तब सारी नदी खाली पड़ी थी। उसके पाट में बैठकर खाना बनाया था। वहीं आज लबालब पानी भरा है। हापेश्वर शूलपाण झाड़ी में है। प्राय: पूरी झाड़ी संसार से कटी-सी है और अपनी गहन रहस्यमयता के कारण बहुत आकर्षक लगती है। मैं यहाँ का अद्भुत दृश्य देखने में खो जाता हूँ।

कोई एक घंटे के बाद तिवारी और छोटू एक परेशान कर देनेवाली खबर लेकर आये। ''मन्दिर के महन्त कह रहे हैं, आप लोग यहाँ से जा क्यों नहीं रहे? पाइप-लाइन फट गयी है, पानी आ नहीं रहा। दो दिन पहले बिजली भी नहीं थी। आप लोग चले जाइए। यह बात उन्होंने दो बार कही और बड़ी रुखायी से कही।''

मुझे ऐसी मुसीबत टूट पड़ने की आशंका नहीं थी। कल दीवाली है। मन में यह बात थी कि दीवाली हापेश्वर में मनाएँगे। कल ही दो मित्र हमारी इस यात्रा में शामिल होने के लिए आएँगे। हमने उन्हें यहीं आने के लिए कहा है। यहाँ की विशाल धर्मशाला खाली पड़ी है फिर भी महन्त हमें जाने के लिए कह रहे हैं। सुबह का भजन याद हो आया-तुलसी वहाँ न जाइए, कंचन बरसे मेह!

उन्हें शायद हमारे बारे में गलतफहमी हुई है। तिवारी हाफपेंट पहनता है, छोटू फुलपेंट और मैं पजामा। हम कहीं से भी परकम्मावासी नहीं जान पड़ते। वरना यहाँ परकम्मावासियों की अच्छी सेवा की जाती है। हमने उनकी एक सेवाभावी सज्जन के रूप में ख्याति सुनी थी। केवल एक भूल के लिए उन्हें गलत करके देखना ठीक न होगा।

लेकिन अब यहाँ नहीं रहना। मन्दिर जाकर सामान उठाया और महन्त को प्रणाम करके चल दिये। हापेश्वर सरदार सरोवर की डूब में है। अधिकांश ग्रामीण चले गये हैं। केवल दो-चार झोंपड़े बचे हैं। कहीं रहने लायक ठौर नहीं। वापस जाने के सिवा कोई चारा न था। थोड़ा ही चले कि फिर वही झरना (या नन्ही नदी) आ गया। ढेर सारे खूबसूरत मोड़ों वाली इस नदी का कोई नाम नहीं है। नर्मदा की तमाम

सहायक नदियों में सबसे खूबसूरत इस नदी का ही कोई नाम नहीं हैं। "तिवारी, इसके लिए कोई नाम सोचो।"

थोड़ा सोचकर तिवारी ने कहा, "वल्लरी!"

"वाह! क्या संगीत है इस नाम में! लता-सी इसलिए वल्लरी।"

बीच-बीच में भील स्त्री-पुरुष मिल जाते थे। कहीं-कहीं भील स्त्रियाँ आमने-सामने साड़ी के छोर पकड़कर मछलियाँ पकड़ रही थीं। उनसे कुछ पूछता तो मृदु मुस्कान के साथ एक-दो शब्द में जवाब देतीं। पूरा वाक्य न होता, दो-एक शब्द में ही अपनी बात कह देतीं। भील नारी यानी हाइकू की कवयित्री!

मुझे लगता है, सभ्यता के आरम्भ में लोग उतना नहीं बोलते होंगे, जितना हम आज बोलते हैं। वाचालता सभ्यता की देन है। (हमारे टी.वी और अखबार भी कितने बकबकिया हैं!) मौन संस्कृति के साथ रहना पसन्द करता है।

महन्त ने हमें निकाल दिया है लेकिन इस पर्वतीय प्रदेश से जाने का मन नहीं कर रहा। अत्यन्त रमणीक स्थान है हापेश्वर! न चाहते हुए भी हमें वहाँ से जाना पड़ा है। दीवाली हापेश्वर में नहीं होगी, बार-बार यही बात मन में आ रही है। 2 कि.मी. चले थे तभी 4-5 झोंपड़ी वाला पादर गाँव आया। यहाँ के सरपंच ने हमें पंचायत भवन में रहने की इजाजत दे दी तो यहीं रह गये। यह गाँव तथा आसपास के ऐसे ही छोटे-छोटे गाँव हापेश्वर के फलीये हैं। फलीया यानी मुहल्ला। हापेश्वर में तो रहने नहीं मिला लेकिन उसके मुहल्ले में तो रहने मिला! प्रभु, ऐसे कर्म तो नहीं किए कि मृत्यु के बाद तुम्हारे गाँव में रहने मिले। तुम्हारे गाँव के किसी फलीयें में रहने मिले तो भी बहुत है!

शाम को फिर हापेश्वर गये और नदी किनारे बैठे रहे। मन्दिर भी गये। मन्दिर के गुम्बद में बने सुन्दर भित्तिचित्रों को बड़े प्यार से देखा। फिर पादर आ गये। रात में ठंड एकाएक बढ़ गयी। सुबह भारी कोहरा उमड़ आया। जब सूरज निकला तो कोहरा छँटने लगा। बचा-खुचा कोहरा झरने पर लहराता रहा।

आज दीवाली है। यात्रा में हमारे साथ चलने के लिए आज जबलपुर से दो मित्र आएँगे। कड़ीपानी से यहाँ तक का मार्ग बेहद मुश्किल है, इसलिए छोटू और तिवारी को उन्हें यहाँ ले आने के लिए कड़ीपानी भेजा! काफी देर तक कोई नहीं आया। मुझ से रहा न गया तो मैं भी चल पड़ा। आगे दोनों खाली हाथ लौटते मिल गये। मित्र नहीं आये।

आज सुबह हापेश्वर जाकर नर्मदा-स्नान नहीं किया था। सोचा था, मित्र आ जाएँगे तो उन्हें साथ लेकर स्नान करने जाएँगे। लेकिन मित्र नहीं आये तो हम लोग हापेश्वर गये और नर्मदा-स्नान किया। दीवाली के दिन हापेश्वर में स्नान करने की

इच्छा आखिर पूरी हुई। मन को बड़ी शान्ति मिली। गुजरात में यह आखिरी नर्मदा-स्नान है। अब नर्मदा हमें हतनीसंगम में मिलेगी। वहाँ मध्यप्रदेश है।

लौटकर जो पादर आये तो वहाँ जगदीशराम और उनके बड़े भाई भगवानदास को टहलते पाया! मेरे भीतर खुशी का जैसे झरना फूट पड़ा। जगदीशराम वही श्रीमान च हैं जो पिछली यात्रा में अपने बड़े भाई साहब के साथ हमारे संग चलना चाहते थे, पर पैर की तकलीफ के कारण चल नहीं सके थे। जगदीशराम 58 के और उनके बड़े भाई 75 के हैं। इतनी उम्र के बावजूद वे काफी तगड़े हैं। ऊँची पूरी गौर देह के कारण पूरे अँग्रेज जान पड़ते हैं। दोनों भाइयों में इतना स्नेह है कि सभी यात्राएँ एक साथ करते हैं। पद-यात्रा का मतलब है सीमित बोरिया-बिस्तर के साथ चलना। लेकिन ये तो एक पूरी गृहस्थी लेकर आये हैं। इतना ज्यादा सामान ले आये हैं कि उसे उठाने के लिए दो ग्रामीण साथ लेने होंगे। जगदीशराम बड़े भाई को काकाजी कहते हैं। शीघ्र ही हम लोग भी उन्हें काकाजी कहने लगे।

पादर में दो रात रहकर सुबह चल दिये। कड़ीपानी होकर कवांट पहुँचे। शाम तक बखतगढ़ पहुँच गये। अपने भारी भरकम नाम के बावजूद बखतगढ़ छोटा-सा गाँव है और एकान्त में बसा है। यहाँ गुजरात समाप्त, मध्यप्रदेश शुरू। यह मध्यप्रदेश के झाबुआ जिले में है। हमारी सुरक्षा व्यवस्था के लिए मैंने झाबुआ और धार के एस.पी. के साथ पत्र-व्यवहार किया था। हम सीधे थाने गये। अत्यन्त विनम्र थानेदार। पैर छुए। "आप जैसे लोग यहाँ कहाँ। आपकी सुरक्षा सम्बन्धी शासकीय आदेश आ गया है। आप बिलकुल निश्चिन्त रहें।"

यहाँ का युवा पोस्ट-मास्टर भी बड़ा सेवाव्रती है। हमारी सुख-सुविधा में कोई कमी नहीं रहने दी। रात को एक मन्दिर में सोने की व्यवस्था कर दी।

"यहाँ तो बहुत डड्डू हैं!" सोते समय काकाजी बोले। हम लड्डू समझे। बाद में पता चला कि पंजाबी में डड्डू यानी मेढ़क। सचमुच काफी मेढ़क थे। सुबह काकाजी ने बताया, "दो-एक बार डड्डू मेरी गरदन पर आ गये थे। मेरा भारी-भरकम शरीर है। मुझे डर था कि करवट लेते समय कमबख्त कुचलकर मर न जायें। खुद तो मरेगा ही, मेरा बिस्तर भी गन्दा करेगा।" रोज सुबह उठते ही काकाजी बोलते हैं, "दाता! तू ही, तू ही! सबकी रक्षा कर। सब को रोजी-रोटी दे।"

सुबह आगे बढ़े। अब दो सिपाही भी हमारे साथ हैं। बोझा उठाने वाले दो ग्रामीण और पाँच हम। इस प्रकार हमारा नौ लोगों का काफिला आगे बढ़ा। रात उमरठ में रहे। इसके बाद की रात टेमला में। वहाँ से सुबह चले। दोपहर को चौड़े पाटवाली एक नदी पड़ी। यही है हतनी। हतनी को पार करते ही ककराणा आया। गाँव में से होते हुए जहाँ हतनी नर्मदा से मिलती है, वहाँ पहुँचे। पहाड़ों से घिरी

नर्मदा का भव्य रूप देखकर अनायास मेरे मुँह से निकल गया, ''नर्मदा मैया की जय!'' सभी ने उल्लसित स्वर में एक साथ कहा, ''नर्मदा मैया की जय!''

आज चौथे दिन नर्मदा के दर्शन हुए। अनुपम सुन्दर स्थान है यह हतनीसंगम। नर्मदा के साथ-साथ हतनी के भी अंग-विन्यास का क्या कहना! नर्मदा और हतनी के मध्य हाथी के हौदे-सा पहाड़ देखते ही बनता है। पहाड़ी के ऊपर खिलौने-सा एक मन्दिर और टूटी-फूटी धर्मशाला है। लेकिन वहाँ कोई नहीं ठहरता। सभी परकम्मावासी बल्लू केवट की बड़ी-सी झोंपड़ी में ठहरते हैं। हम भी उसी में रहे। यहाँ यह एक अकेली झोंपड़ी है। उसका मुखड़ा नदी की ओर है। यहाँ से नीचे की घाटी, उसमें बहती नर्मदा और सामने तट के पहाड़ों का विस्तार बड़ा मनोरम लग रहा है।

बल्लू के पास मोटर-बोट है। इससे वह लोगों को नर्मदा पार कराता है। उसका बेटा सरकारी मोटर-बोट चलाता है। बल्लू अनुभवी नाविक है। उसने एक घटना सुनायी। ''कोई पन्द्रह बरस पुरानी बात है। दो भीलों ने उस तट से तीन भैंसे खरीदे। उन्हें इस पार लाना था। यह कठिन काम है। मेरी नाव बड़ी थी। दो छोर पर दो भैंसों को बाँधा, बीच में तीसरे को, ताकि आपस में लड़ें नहीं। धारा के बीच पहुँचे ही थे कि रस्सा तुड़ाकर भैंसे आपस में लड़ने लगे। भैंसों की लड़ाई बड़ी भयंकर होती है। नाव डावाँडोल होने लगी। उसमें पानी भरने लगा। भैंसे पानी में आ गये। हमने नाव छोड़ दी। जिन भीलों के भैंसे थे, उन्हें भी नाव छोड़ देने के लिए कहा। एक ने तो कहा माना, लेकिन बार-बार कहने पर भी दूसरे ने नाव नहीं छोड़ी। नाव और वह कहाँ बह गये कुछ पता नहीं चला। मामा-भानजे थे। मामा तो बच गया लेकिन भानजा नाव के साथ बह गया। अगर हमें इस बात का पता होता तो हम उन्हें बिठाते ही नहीं। हम एक ही नाव में मामा-भानजे को नहीं बिठाते।''

''भानजे ने नाव क्यों नहीं छोड़ी?''

''भानजे का अपनी स्त्री से झगड़ा हुआ था। उसे बुरी तरह पीट कर वह घर से चला था और निकलते समय बोला था कि अब तुम मेरा मरा मुँह ही देखोगी और वैसा ही हुआ।''

''भैंसों का क्या हुआ?''

''वे तैरकर अपने पुराने मालिकों के घर पहुँच गये।''

''अच्छा, क्या यहाँ मगर हैं?''

''यहाँ तो नहीं पर नीचे काफी मगर हैं।''

मुझे चिन्ता हुई। हमारे जबलपुर से एक तैराक दल नर्मदा में तैरते हुए इधर आनेवाला है। मुझे चिन्तित देखकर बल्लू ने कहा, ''मनुष्य मगर से डरता है तो मगर भी मनुष्य से डरता है। मुर्दे तक का भरोसा नहीं करता। उसे दूर से चारों ओर से

देखेगा, जब उसे पूरा भरोसा हो जाएगा कि यह मुर्दा ही है, तभी उसके पास जाएगा। मगर भी बेमतलब बहादुर नहीं बनता। चिन्ता की कोई बात नहीं।''

संगम पर किसी पहाड़ी शिल्पी ने एक शिला पर ये शब्द उकेरे थे—

श्रीनरबदाजीककराभा

श्री के खूबसूरत मोड़ हतनी के मोड़ों से होड़ ले रहे थे। श्री रोमांटिक तबीयत का लगा, बाकी अक्षर व्यावहारिक।

मेरा विचार है कि पति-पत्नी में से एक को रोमांटिक होना चाहिये और दूसरे को व्यावहारिक। दोनों रोमांटिक होंगे तो दो जून की रोटी भी न जुटा पाएँगे और दोनों व्यावहारिक होंगे, तो उनका जीवन बड़ा नीरस और उबाऊ हो जाएगा।

रात को बल्लू की झोंपड़ी में सोये। छप्पर से लटकती एक टोकरी में मुर्गा, मुर्गी और उनके चूजे थे। सुबह होते-होते मुर्गों ने बीट की बौछारों से नीचे की जमीन का शृंगार कर दिया। छोटू की चादर बीट से लिथड़ चुकी थी। उसके कुछ छपाके मेरे हिस्से में भी आये थे। मुर्गा अपने कार्य से अत्यन्त सन्तुष्ट दिखायी दे रहा था। मुझे उम्मीद थी कि सुबह बाँग देकर मुर्गें हमें जगाएँगे। उल्टे मुझे ही उन्हें जगाना पड़ा।

सुबह नदी के किनारे-किनारे आगे बढ़े। नदी के दोनों ओर पर्वतमालाएँ हैं। हम पर्वतों के पारावार में से जा रहे हैं। मध्यप्रदेश के एक छोर से निकलकर दूसरे छोर तक पहुँचने पर नर्मदा को अपने स्वजनों की-पहाड़ों की-याद आती है। पहाड़ों से तो उसका जनम का नाता है। इसलिए विधाता ने मध्यप्रदेश, महाराष्ट्र और गुजरात के मिलन-स्थल पर नर्मदा के दोनों तटों को अनगिनत पहाड़ों से सजा दिया है। ये भला विन्ध्याचल और सतपुड़ा के सिवा और कौन हो सकते हैं? शूलपाण झाड़ी में दोनों भाई मानो नर्मदा से कह रहे हैं, ''भय नहीं, हम जो हैं!''

गंगा यदि यहाँ आये तो उसके मन में यह बात जरूर आएगी कि पिता हिमालय के घर की चौकठ हरिद्वार में लाँघी सो लाँघी, उसके बाद वे कभी मेरी खोज-खबर लेने नहीं आये। किन्तु वृद्ध पिता कब तक बेटी की देखभाल करेगा? यह तो उसके भाइयों का काम है। हाय, गंगा के विन्ध्या-सतपुड़ा जैसे भाई नहीं हैं!

हतनीसंगम से ओंकारेश्वर

ध्यानस्थ ऋषि जैसे पहाड़, इस्पात-सी चट्टानें, तीखे मोड़, गहरी निस्तब्धता, निर्जन सौन्दर्य और ऊँचे पहाड़ों के बीच गरिमापूर्वक बहती पार्वतीय नदी नर्मदा। यह है शूलपाण की झाड़ी। झाड़ी नर्मदा की क्रीड़ास्थली है। नर्मदा का लास्यमय रूप और उसका अन्तर्मुख चेहरा तो झाड़ी में ही देखने मिलता है। सम्मोहन का जाल-सा बुनती नदी कहीं तो अपने बहाव का जरा भी संकेत नहीं दे रही, तो कहीं उसका प्रवाह तेजी से बह रहा है। चट्टानों से जूझती नर्मदा का रोष भी कितना प्यारा लगता है! बरसात अभी-अभी खत्म हुई है इसलिए पहाड़ों ने हरियाली की चादर ओढ़ ली है। किन्तु इस भयावह झाड़ी में मनुष्य तो क्या कोई चिरैया तक नजर नहीं आती।

हतनीसंगम से हम लोग शूलपाण झाड़ी में आ गये हैं। मेरे लिए यह यात्रा उन क्षणों की वापसी है जब 13 बरस पहले मैं सामने तट से चला था। मुझे वहाँ की सारी बातें ऐसे याद हैं जैसे कल की बात हो। लगा जैसे पिछले तेरह बरस बीते ही न हों।

सुना था कि हतनीसंगम के बाद परकम्मावासी कभी भी लुट सकता है। लेकिन बल्लू केवट ने बताया था कि अब ऐसा नहीं है। अब खतरा कातरखेड़ा से है। अगला गाँव वही है।

तीसरे पहर कातरखेड़ा पहुँचे। नदी-तट पर चार-छह झोंपड़ियाँ ही हैं। गाँव नदी से दो कि.मी. दूर है। वहाँ गये तो सरपंच ने हमारा स्वागत किया। हमारे रहने तथा खाने की व्यवस्था उन्होंने अपने घर में की। उनके घर का भोजन दिव्य था। पहले मका की रोटी, फिर ज्वार की रोटी, फिर गेहूँ की रोटी! खाना खाकर हम लोग बातें करते बैठे थे। तभी 15-20 लोगों का एक दल आया। कहने लगे, पता चला कि गाँव में परकम्मावासी आये हैं, इसलिए आप लोगों के दर्शन करने आये हैं।

झाड़ी के खतरनाक गाँव में ऐसा स्वागत! यहाँ-वहाँ की बातों के बाद मैंने

पूछा, ''आप कौन हैं—भील, भिलाला या नायक?''

''हम लोग चारण हैं।''

''चारण'' शब्द सुनते ही मैं चौंका। चारण या तो राजस्थान में होते हैं या गुजरात में। पूछा, ''आप क्या राजस्थान से आये हैं?''

''नहीं, सौराष्ट्र से।''

''आप सौराष्ट्र के है? गुजराती जानते हैं?''

''जी हाँ, घर में गुजराती बोलते हैं।''

फिर तो हमारी बातें गुजराती में होने लगीं। कोई सौ साल पहले इनके पूर्वज यहाँ बस गये थे। गुजराती रास, गरबा, भजन भूले नहीं हैं। इनकी बिरादरी के सबसे ज्यादा लोग झाबुआ जिले के कल्याणपुरा गाँव में रहते हैं। वहाँ उनके डेढ़ सौ घर हैं, यहाँ बीस हैं।

''आप लोगों को भीलों से डर नहीं लगता?''

''कैसा डर! डरते तो यहाँ रह कैसे पाते! सुबह हमारे चारण मुहल्ले में आइए और चाय पीकर जाइए।''

भाग्य का खेल देखिये कि ये चारण गुजरात छोड़कर यहाँ आये हैं और यहाँ के भील गुजरात रहने चले गये हैं! नदी किनारे के गाँव सरदार सरोवर की डूब में हैं, इसलिए यहाँ के भीलों को गुजरात में जमीन मिली है। तीन-चौथाई भील वहाँ चले गये हैं। लूटपाट बहुत कम रह गयी है।

रात को मेरे पैरों के पास बकरी का बच्चा भी सोया। मुर्गे तो थे ही। कमरे में एक ओर मका के भुट्टों का और दूसरी ओर कपास का ढेर लगा था।

सुबह चारणों के मुखिया के घर गये। मैंने पूछा, ''क्या आप तीर धनुष रखते हैं?''

''नहीं, लेकिन गुलेल रखते हैं। यह उनसे बढ़कर होती है। तीर खत्म हो सकते हैं, पत्थर भला क्या खत्म होंगे!''

आज एक नयी समस्या पैदा हुई। यहाँ से झाबुआ के सिपाही चले गये और धार के सिपाही आए नहीं। उन्हें डही थाने से आना था। डही यहाँ से 10 कि.मी. दूर है। उनकी बाट जोहने में तिपहर हो आयी। आखिर तिवारी को साइकिल से डही भेजा। वहाँ से लौटकर उसने कहा, ''डही थाने में धार के एस.पी. का कोई आदेश नहीं आया है। इसलिए वहाँ के थानेदार ने सिपाही देने से साफ इनकार कर दिया।''

जहाँ सुरक्षा की सबसे अधिक आवश्यकता थी, वहीं कोई सुरक्षा नहीं! असली खतरा आगे के दो गाँव दसाणा और कष्टा में है। अब परकम्मावासी केवल इन्हीं दो गाँवों के आसपास लुटता है। उसके बाद धर्मराय आता है। वहाँ से कोई खतरा नहीं। अब यहाँ से डही होकर सड़क से धर्मराय जाने के सिवा और कोई

उपाय नहीं। मुझे गहन निराशा ने व्याप लिया। क्या हम झाड़ी में झाँके बिना ही निकल जाएँगे?

किन्तु, ऐसा भी होता है कि जब चारों ओर दरवाजे बन्द नजर आयें, तभी एकाएक एक द्वार खुलता है और सहायता आ पहुँचती है। चारण मुखिया के चौबीस वर्षीय बेटे का नाम है मानसिंह। सुघड़ चेहरा, इकहरा बदन, स्वभाव से लजीला और संकोची। मुझे चिन्तित देखकर बोला, "आप क्यों परेशान हो रहे हैं? झाड़ी मैं पार करा दूँगा!"

हमें झाड़ी में से सुरक्षित पार लगाने के लिए वह अपने आपको स्वेच्छा से प्रस्तुत कर रहा था। हम आश्चर्य से उसकी ओर देखते रहे। उसके सरल-स्वच्छ मुख पर आत्मविश्वास का दृढ़ भाव देखकर मैं चकित हुआ। छरहरे बदन वाला यह युवक क्या भीलों से हमारी रक्षा कर सकेगा?

मैं आन्तरिक प्रेरणा पर भरोसा करता हूँ। मैंने देखा कि मानसिंह कुछ संकोची प्रकृति का जरूर है, पर भय उसे छू तक नहीं गया। उसकी दृढ़ता से हमें बल मिला। हमने उसके साथ झाड़ी में से जाने का जोखिम उठाना पसन्द किया। बोझा ढोने वाले जो दो ग्रामीण यहाँ तक आए थे, उन्होंने आगे जाने से इनकार कर दिया था और वापस चले गये थे। इसलिए यहाँ से मानसिंह के ही दो साथियों को लिया।

कातरखेड़ा में दो रात रहने के बाद, सुबह-सबेरे इन चारण रक्षकों के साथ झाड़ी के सबसे खतरनाक गाँवों की ओर हमारा काफिला चल पड़ा। हर कोई उमंग से भरा है। हम हर साँस के साथ हवा के बड़े-बड़े घूँट पी रहे हैं। हम ऊपर की ऊबड़-खाबड़ पहाड़ी पगडंडी से जा रहे हैं। पहाड़ों का घेरा कसता जा रहा है। इन पहाड़ों में से रास्ता निकालने के लिए नर्मदा को कड़ा संघर्ष करना पड़ रहा है, किन्तु यह संघर्ष ही नर्मदा को सजीव और गतिशील बनाता है।

नर्मदा बहुत नीचे है, लेकिन उसके सौन्दर्य की बौछार यहाँ तक आ रही है।

दो घंटे में दसाणा आ गया। बिखरी हुई झोंपड़ियों का छोटा-सा गाँव। मानसिंह को देखकर नायक हमसे कहते, "जाव, जाव!" भीलों की ही उपजाति है नायक। इस नायक कौम के लोग ही परकम्मावासियों को लूटते हैं। दसाणा और कष्टा उनके गाँव हैं।

एक जगह मानसिंह ने कहा, "इस स्थान को कालापानी कहते हैं। यहाँ नर्मदा इतनी गहरी है कि कोई उसकी थाह नहीं पा सका है।" अगर कभी मुझे आजीवन कालेपानी की सजा मिले, तो मैं यहाँ आना चाहूँगा। यह सजा किसी पुरस्कार से भी मीठी होगी।

दसाणा के बाद कष्टा भी आ गया। अब हम नीचे की पगडंडी से चल रहे हैं।

नदी का मटमैला पानी एकदम स्वच्छ हो गया है। सहसा एक भील आ गया, मानो धरती फाड़कर निकला हो। बोला, "ऐ महाराज, रुक, रुक!"

पास के टीले पर बैठे सात-आठ भील किशोर हमें देख रहे थे। उनमें से एक बोला, "अरे, इनके साथ तो चारण है!"

वह भील जैसा अचानक दिखायी दिया था, वैसा ही सहसा गायब हो गया!

पतली पगडंडी पर हम एक के पीछे एक चले जा रहे थे। तभी दूर पानी के बिलकुल करीब 15-16 भीलों की टोली दिखायी दी। केवल लँगोट पहने 15-16 भील! मानसिंह भला इतने सारे भीलों से हमारी रक्षा कैसे कर पाएगा! मन में तरह-तरह के सन्देह उभरने लगे। आगे चल रहे हमारे दो साथी उन भीलों की ओर ही जाने लगे। फिर हम भी उसी ओर बढ़े। पगडंडी वहीं से थी। तभी एक आवाज आयी, "कौन, वेगड़ साहब आ रहे हैं?"

एक क्षण में सारी बात समझ में आ गयी। ये तो हमारे जबलपुर के तैराक हैं! जबलपुर में गोविन्द मिश्र रहते हैं। तैरने के बड़े शौकीन हैं। उन्होंने तैराकों का एक दल तैयार किया है। नर्मदा में तैरने की शुरुआत उन लोगों ने जबलपुर के निकट बरगी बाँध के नीचे से की थी। सामान रखने के लिए साथ में एक नाव भी रहती है। एक सप्ताह तक तैरते हैं, फिर घर लौट जाते हैं। नाव वहीं छोड़ जाते हैं। अगली बार पुनः उसी जगह से आगे बढ़ते हैं। इस प्रकार किस्तों में तैरते हुए यहाँ तक आ पहुँचे हैं। केवल कच्छा पहनकर तैरते हैं, इसलिए दूर से भील जान पड़े थे! झाड़ी के सबसे खतरनाक गाँव कष्टा के निकट जबलपुर के साहसी युवकों को देखकर मुझे रोमांच हो आया। मेरी छाती दुगनी हो गयी।

इसके पहले किसी ने तैरकर नर्मदा की इतनी लम्बी यात्रा नहीं की थी। इन लोगों को नदी के खतरों को ध्यान में रखते हुए तैरना पड़ता है। कहीं भँवर है तो कहीं मगर है। पानी में छिपी चट्टानों का खतरा सबसे ज्यादा है। कभी वर्षा के साथ ओले भी गिरे! इन सबसे जूझते वे यहाँ तक आ पहुँचे हैं। हम लोगों के साथ थोड़ी देर बातें करते रहे, फिर पानी में किलोल करते हुए निकल गये तो हम लोग भी चल पड़े।

चारों ओर चट्टानें ही चट्टानें हैं। झाड़ी नाम बड़ा भ्रामक है। धूप में सिर छिपाने के लिए एक पेड़ नहीं। हम किसी ऊँची चट्टान के पार्श्व में विश्राम करते। कई जगह तो पगडंडी जैसा कुछ था ही नहीं। ऊबड़-खाबड़ पत्थरों पर चलना था। भारी डील-डौल वाले काकाजी दो-एक बार गिरते-गिरते बचे। सँभल कर चल रहे थे फिर भी एक जगह गिर ही गये। गिरते ही उठ खड़े हुए और हँसकर बोले—

गिरते हैं शहसवार ही मैदाने-जंग में
वो तिफ्ल क्या गिरेंगे, जो घुटनों के बल चले!

काकाजी देखने में किसी कबीले के मुखिया जैसे जान पड़ते हैं। बड़े ही जिन्दादिल और मिलनसार हैं। तिवारी कहता है कि भगवान अगर बुढ़ापा दे तो काकाजी जैसा दे, वरना न दे। जगदीशराम और काकाजी निकर और टीशर्ट पहनते हैं। इन्हें पहन कर मानो फिर से छोकरे बन गये हैं। आपस में कपड़ों और जूतों की अदला-बदली करते रहते हैं। हाँ, बत्तीसी की अदला-बदली कभी नहीं की। इतना प्यार है दोनों में कि काँटा एक को चुभता है तो सालता दूसरे को है।

झाड़ी में मैंने रंग-बिरंगे कंकड़ बीने। बोझ से लदा था, फिर भी बीने! दरअसल इन्हें मैंने नहीं, मेरे भीतर बैठे बच्चे ने बीने थे।

शाम को धर्मराय पहुँचे। कातरखेड़ा से धर्मराय तक का एक दिन का रास्ता ही खतरनाक है। उसे हम पार कर चुके थे। धर्मराय में मुखिया के घर रात रहे। उसका पूरा परिवार हमारी आवभगत में लग गया। सुबह थोड़ा ही चले थे कि हिरनफाल आ गया। यहाँ पहाड़ खत्म, झाड़ी खत्म। मैदान शुरू।

ज्यों-ज्यों हम आगे बढ़ते जा रहे हैं, सारे पहाड़ कहीं दूर क्षितिज में विलीन होते जा रहे हैं। उस तट से जाते समय जो हिरनफाल शूलपाण झाड़ी की प्रस्तावना-सा लगा था, वही इस तट से झाड़ी का समापन-सा लग रहा है।

दोपहर होते-होते सूरज आग उगलने लगा। सभी धूप से परेशान थे। आकाश में कपासी बादल इधर-उधर तैर रहे थे। एक बुजुर्ग-से बादल से मैंने कहा, ''भाई मेघ, तुम-सा परदुःखभंजन भला कौन होगा। इतने औढरदानी हो कि अपना र्स्वस्व उलीच कर धरा को प्लावित कर देते हो। यही नहीं, लोगों की सार्वजनिक भलाई करने के अलावा तुम लोगों की व्यक्तिगत भलाई भी करते हो। विरही यक्ष की तुमने कितनी सहायता की थी! उसका सन्देश सुदूर अलकापुरी तक ले गये थे। यदि भारत में यक्ष की सहायता की थी तो इजिप्त में मोजेज की सहायता की थी। गुलामी में जकड़े अपने यहूदी समाज को मोजेज जब इजिप्त से एशिया ले जाने लगे, तब तुम्हीं ने उन्हें मार्ग दिखाया था। तुम 'पिलर ऑफ द क्लाउड' कहलाये। हे दयानिधान! अब जरा मेरी मदद करो। मेरी माँग तो जरा-सी है। तुम आकाश में इधर-उधर मँडराते फिर रहे हो, इसके बजाय सूरज के नीचे आ जाओ और हमारे ऊपर छाया कर दो। तुम्हारे मंडप के नीचे चलना हम लोगों के लिए बहुत प्रीतिकर होगा। तुम 'मेघमंडप' के नाम से प्रसिद्ध हो जाओगे।''

किन्तु मेरा यह मेघ-स्तवन व्यर्थ गया। दोष मेरा ही है। न तो मैं यक्ष हूँ और

न ही मोजेज। फिर भला मेरी बात वह क्योंकर मानता?

शाम को कोटेश्वर पहुँचे। रात मन्दिर में रहे। यहाँ बड़े-बड़े नीम हैं। एक तो इतना बड़ा कि उसके तने को अँकवार में भरने के लिए तीन आदमी चाहिये।

जगदीशराम के पैर में काँटा लगा है। तीन-चार लोग मिलकर काँटा निकालने के अनुष्ठान में लगे हैं। एक ने जगदीशराम का पैर पकड़ रखा है तो जगदीशराम ने काकाजी का हाथ थाम लिया है। कोई अकौए का दूध ले आया है तो कोई चिमटी ले आया है। एक परकम्मावासी काँटा निकाल रहा है। आखिर काँटे को निकलना ही पड़ा। काकाजी ने कहा, "निकलता कैसे नहीं, बड़े-बड़े इंजीनियर जो लगे थे!"

काकाजी जगदीशराम से कोई 18 बरस बड़े हैं लेकिन दोनों में समवयस्कों की सी दोस्ती है। सच तो यह है कि काकाजी सबके समवयस्क हैं। अपनी सहज मस्ती के कारण जिससे बातें करते, उसी के हो जाते हैं।

सुबह आगे बढ़े। रात एक्कलवाड़ा में रहे। यहाँ के मन्दिर में एक सरल-हृदय साधु रहते थे। कहने लगे, "परिक्रमा में मुझे 900 वर्ष की आयु के महात्मा मिले थे।" इतनी लम्बी उम्र के बारे में मैंने शंका प्रकट की तो बोले, "किसी-किसी महात्मा को ऐसी सिद्धि प्राप्त होती है कि वे अपनी अँतड़ियाँ बाहर निकालकर, उन्हें धोकर, वापस रख सकते हैं। इससे वे लोग हजार साल तक जी सकते हैं।"

ऐसी वॉशेबल अँतड़ियाँ सभी को मिलें!

शाम होते-होते धरमपुरी पहुँच गये। राममन्दिर में रात रहे। यहाँ रहने की अच्छी सुविधा है। बड़े-बड़े चूल्हे बने हैं। पास में लकड़ी के बड़े-बड़े लट्ठे रखे थे। पर वे चूल्हे में नहीं जा सकते। इसलिए पड़ोस के घर से मैं कुल्हाड़ी ले आया। जगदीशराम ने लकड़ियाँ फाड़ीं। उनके हाथ में कुल्हाड़ी देखकर मैंने कहा, "आज तो आप परशुराम बने हैं!"

रात को तेज बारिश हुई। सुबह मैंने साथियों से कहा कि यहाँ से महेश्वर 20 कि.मी. है, परन्तु बाद में पता चला कि दूरी जोड़ने में मैं गलती कर बैठा था। छोटे से छोटा जोड़ हो, फिर भी मुझसे गलती हो ही जाती है। गणित की ऐसी अगणित भूलें मैं कर चुका हूँ। लेकिन इस भूल की हमें कैसी कठोर सजा मिलेगी, इसका अनुमान उस समय मुझे कैसे हो सकता था?

नर्मदा की लम्बाई 1312 कि.मी. है। लम्बे अरसे तक मेरे मन में यह दुविधा बनी रही कि 1312 या 1213? नर्मदा की लम्बाई यदि 1 कि.मी. ज्यादा होती, यानी 1313, तो संशय की यह स्थिति न बनती। हाय, नर्मदा एक कि.मी. से निशाना चूक गयी!

सोता मैं टुकड़ों में हूँ। एक ही नींद में सबेरा नहीं होता। जग जाता तो तारों को देखता, चाँद का पीछा करता। एक बार तो चाँद को सूँघने तक की कोशिश की थी। कई बार मुझे चाँद पर छेनी के निशान नजर आये हैं। शायद किसी मूर्तिकार ने मूर्ति तराशने की कोशिश की थी। तारे मुझे छोटे-छोटे पक्षी लगते हैं। उनकी हलकी-सी चहचहाट भी सुनी है मैंने। लेकिन पौ फटने के पहले ही उड़ जाते हैं। दिन का आकाश मानो इन प्रवासी पक्षियों का परित्यक्त नीड़ है।

धरमपुरी से निकलने में देर हो गयी। निकले तो थे हम रोज के ही समय, लेकिन किसी ने कहा कि यहाँ नर्मदा में एक बड़ा टापू है, उसे आपको जरूर देखना चाहिये। इसलिए उनके साथ वहाँ गये। हरा-भरा टापू बड़ा मनोरम था। तिवारी और छोटू हमारे साथ नहीं थे, क्योंकि वे जल्दी चले गये थे।

आकाश में बादल छाये थे। कभी भी बरस सकते थे, फिर भी चल पड़े। कोई घंटा भर चले थे कि बूँदा-बाँदी शुरू हो गयी। हम लोग भीगते हुए चलते रहे। महेश्वर तक सड़क है।

दस कि.मी. बाद खलघाट आया। यहाँ पता चला कि महेश्वर यहाँ से 20 कि.मी. है। धरमपुरी से तो 30 कि.मी. है। लेकिन मैंने सभी को 20 कि.मी. बताया था। खलघाट से धामनोद तक की दूरी जोड़ना भूल गया था। इसी में यह गड़बड़ी हुई थी। तिवारी और छोटू आगे निकल गये थे। कहीं वे महेश्वर न चले जायें, इसलिए हमने मानसिंह और गोविन्द को सामान के साथ बस से धामनोद भेजा। हमारा ख्याल था कि वे चाहे जितना तेज चलें, इन्हें धामनोद में जरूर मिल जाएँगे। वे उन्हें वहीं रोक लेंगे। फिर हम खलघाट के पुराने पुल के घाट पर नहाने चले गये।

जगदीशराम ने घाट पर काकाजी की मालिश शुरू कर दी। मालिश का दूसरा दौर कोई डेढ़ घंटे बाद शुरू होगा। इसलिए हेमराज और मैं धामनोद चल दिये। वे दोनों बाद में आ जाएँगे। इस प्रकार आज हम लोग दो-दो की टोली में बँट गये। तिवारी और छोटू, मानसिंह और गोविन्द, हेमराज और मैं तथा जगदीशराम और काकाजी।

हम दोनों धामनोद पहुँच गये लेकिन वहाँ तिवारी और छोटू तो नहीं ही थे, मानसिंह और गोविन्द भी नहीं थे! हमारा सामान उन्हीं के पास था। अँधेरा हो चला था। काफी देर बाद काकाजी और जगदीशराम आये। उन्हें भी आश्चर्य हुआ। हनुमान कुटी में रहने की व्यवस्था हो गयी तो हेमराज को लेकर मैं फिर अपने साथियों को ढूँढ़ने निकला। लेकिन कोई नहीं मिला। दिन को 20 कि.मी. चले थे, अभी 8 हुए। थोड़ा और चले होते तो महेश्वर ही पहुँच जाते!

सुबह की वर्षा के कारण ठंड बढ़ गयी थी और हम लोगों के पास चादर तक

न थी। रात कैसे कटेगी! आज तक किसी भी धर्मशाला में हमें बिछाने या ओढ़ने के लिए कुछ भी नहीं मिला था। लेकिन कैसा संयोग कि यहाँ हमें गद्दे और रजाई दोनों मिले! लगता है, कोई है जो हमारी सुध ले रहा है। ठीक समय पर हमारी सहायता कर रहा है।

सुबह महेश्वर के लिए चल दिये। महेश्वर आने ही वाला था कि देखा सामने से छोटू आ रहा है! हमें लेने आ रहा था। हमारे चारों साथी महेश्वर पहुँच गये थे। खलघाट से तिवारी और छोटू ने सड़क छोड़ दी और पगडंडी से महेश्वर पहुँच गये। वे धामनोद गये ही नहीं, मिलते कहाँ से। हमें धामनोद पहुँचने में देर हुई। मानसिंह और गोविन्द ने सोचा कि शायद हम लोग भी महेश्वर निकल गये हैं। इसलिए वे भी महेश्वर चले गये। लेकिन वहाँ हमें न पाकर जरूरी बिस्तर लेकर वापस धामनोद आये! धामनोद में रात को जब हम उन्हें ढूँढ़ रहे थे, उसी समय वे हमें ढूँढ़ रहे थे! लेकिन हम नहीं मिले तो वापस महेश्वर चले गये। 'कॉमेडी ऑफ एरर्स' का धामनोद-संस्करण!

मुझे अफसोस हुआ कि यह सब मेरी क्षुद्र भूल के कारण हुआ। महेश्वर में सभी इकट्ठे हो गये।

मनुष्य ने नर्मदा को कहीं सर्वाधिक सुन्दर सजाया है तो महेश्वर में। रानी अहिल्याबाई के बनवाये घाटों का तो कहना ही क्या! ये घाट इतने युवा, इतने सही और समरस दिखाई देते हैं कि एक सुगठित कलाकृति की तरह जान पड़ते हैं। महल-सा दो मंजिला विशाल भवन, नदी की क्रीड़ा देखने के लिए बने कई झरोखे, मध्य में विशाल द्वार। द्वार के नीचे अद्‌भुत सोपान-पथ। सौम्य घाट। बड़ा मन्दिर, अहिल्याबाई का सादा निवास-स्थान, दिवंगत राजाओं की छतरियाँ। इन सभी के बीच एक अद्‌भुत सामंजस्य है।

महेश्वर में नर्मदा खूब विशाल जान पड़ती है। नदी में डोलती नावें उसकी शोभा में बढ़ोत्तरी करती हैं। यहाँ आये आज तीसरा दिन है। आज कार्तिकी पूर्णिमा है। कल से ही भीड़ बढ़ने लगी थी। लोग घाट पर सो गये थे। भोर से ही उल्लासमय चहल-पहल शुरू हो गयी है। स्नानार्थियों की भीड़ उमड़ पड़ी है। इनमें रंग-बिरंगी ओढ़नी वाली महिलाएँ भी हैं। नदी में खड़े होकर कई पुरुष संस्कृत श्लोकों का सस्वर पाठ कर रहे हैं। नौजवान दूर-दूर तक तैरने निकल गये हैं। भक्त-गण स्नान करने के बाद मन्दिर या किला देखने जा रहे हैं। पूरे वायुमंडल में आनन्द और श्रद्धा की एक हिलोर-सी आयी थी।

घाट पर से तीन-चार आदमी जा रहे थे। उनमें से एक कह रहा था, "बम भोले! दूसरों को चाँदी दे! मुझे सोना दे!"

महेश्वर ऐतिहासिक नगर है। कभी यह होल्कर राज्य की राजधानी रहा। रानी अहिल्याबाई कम उम्र में विधवा हो गयी थीं। इसलिए शासन का सारा भार उन पर आया। उन्होंने बड़ी कुशलता के साथ शासन किया। अपार सम्पत्ति की स्वामिनी होने के बावजूद उन्होंने तपस्विनी का सा जीवन व्यतीत किया। वे प्रजा की स्नेहमयी माता थीं। उनके समय में यहाँ एक हजार से भी अधिक करघे थे। अब काफी कम रह गये हैं। एक विशाल कक्ष में महेश्वर साड़ियाँ बुनी जा रही थीं। हमने इसे रसपूर्वक देखा।

रात हो गयी है। ज्यों-ज्यों रात गहराती गयी, दीपदान करने वाले स्त्री-पुरुषों की भीड़ बढ़ती गयी। उन्होंने दीपों से नदी के जल का कैसा श्रृंगार किया है! कुछ लोग नाव में बैठकर नदी के बीचों-बीच दीये छोड़ रहे हैं। उस तट पर भी दीये ही दीये नजर आ रहे हैं। लगता है नदी में प्रकाश के मनके बिखर गये हैं।

घर से निकलते समय चि. शरद ने कहा था कि आजकल जगह-जगह एस.टी.डी. फोन की सुविधा हो गयी है, आप हर तीसरे-चौथे दिन फोन करते रहें। लेकिन ऐसी फजूलखर्ची मुझसे नहीं हो सकती। यह मेरे सिद्धान्त के विरुद्ध है। हाँ, पोस्टकार्ड जरूर लिखता रहा। सोचा, यहाँ महेश्वर से घर फोन करूँ। एक महीना हो चला है। थोड़े में सभी समाचार दे दूँगा। मुझे घर के समाचार भी मिल जाएँगे। दस-बारह रुपये से अधिक खर्च नहीं होगा।

भाग्य से फोन पर कान्ता मिली। मैंने कहा, "हम शूलपाण झाड़ी पार कर चुके हैं। मेरी तबियत ठीक है। एक सप्ताह में ओंकारेश्वर पहुँच जाएँगे। घर में सब कुशल तो है?"

"हाँ।"

"फोन रखूँ?"

"लीजिए, जवाहर भाई से बात कीजिए।"

मेरी नजर मीटर पर थी। पन्द्रह...सोलह..

छोटे भाई से बात हुई। उसने कहा, शरद से बात कीजिए।

अठारह...बीस...

शरद ने कहा—अर्चना से बात कीजिए। अर्चना ने कहा—रेखा से बात कीजिए। रेखा ने कहा, लीना से बात कीजिए।

मीटर आक्रामक होता जा रहा था। तीस...

पौत्री नेहा से भी बात हुई। कुछ सदस्य बाकी रह गये थे। मैं फोन रखने ही वाला था कि फिर कान्ता आ गयी। "दूध रोज लेना, शरीर का ख्याल रखना। ज्यादा न चलना। थकान महसूस होने लगे तो घर आ जाना।"

मेरी बेचैनी बढ़ती जा रही थी तैंतीस...

तभी मेरे मन में एक भाव कौंधा। पुत्रवधुएँ जब मायके जाती हैं तो अपने-अपने पति को फोन करती हैं। बेटे उन्हें फोन करते हैं। कान्ता ने और मैंने कभी इस तरह बात नहीं की थी। आज पहली बार जी भरकर बातें करेंगे। मैंने मीटर की ओर देखना बन्द कर दिया।

मैंने पूछा, "कनिष्का चलने लगी है?"

"नहीं। लेकिन थोड़े दिनों में चलना सीख जाएगी। आप कब तक आएँगे?"

"एक सप्ताह तो लग जाएगा।"

"ठीक है, पर अपने स्वास्थ्य का ध्यान रखना।"

"तुम ठीक हो? सबेरे घूमने जा रही हो न?"

कुछ और बातें भी हुईं। हमें बात कहाँ करनी थी, हमें तो एक दूसरे का स्वर सुनना था, स्वर का स्पर्श अनुभव करना था। हमारा वार्तालाप शास्त्रीय संगीत जैसा था। उसमें शब्द का नहीं, स्वर का महत्त्व था।

उनतालीस रुपये हुए। 43 वर्ष के वैवाहिक जीवन में 39 रुपये का एस.टी.डी. बिल नर्मदा मैया माफ कर देंगी।

दिन को मैं नर्मदा किनारे चलता हूँ तो रात को गंगा किनारे-आकाशगंगा के किनारे। दिन में धरती का पुजारी हूँ तो रात में आकाश का। रात्रि के आकाश में घूमने का अर्थ है एक पवित्र बीहड़ में कदम रखना। अपनी आत्मा के लिए आध्यात्मिक पाथेय जुटाना। अपने भीतर आस्था जगाना। कभी इस असीम की संगत करके तो देखिये। कभी अपने आपको रात्रि के आकाश में धकेल करके तो देखिये!

एक बार तो आकाश की खूबसूरती देखकर मेरे पाँव तले की जमीन ही खिसक गयी थी।

किन्तु, ऐसे लोग भी हो सकते हैं जो सोच सकते हैं कि ये जो असंख्य ग्रह-नक्षत्र तारे हैं, क्या उनकी कोई उपयोगिता भी है? वे किस काम के हैं? उन सबकी जरूरत ही किसे है?

सूर्य जरूरी है। उसके बिना पृथ्वी का अस्तित्त्व ही न होता। फिर वह जीवनदाता भी है। पृथ्वी तो हमारा घर है। थोड़ी-बहुत उपयोगिता चाँद की भी है, किन्तु ये जो कोटि-कोटि तारे हैं, वे किस मर्ज की दवा हैं? उनका कोई उपयोग नहीं। कल यदि उनका अस्तित्त्व समाप्त हो जाये तो हमें क्या फर्क पड़ेगा? जिसने भी उन्हें बनाया, उसने अपनी शक्ति का और अपने संसाधनों का भयंकर अपव्यय

किया।

समस्त सृष्टि में जो भी मनुष्य की जरूरतों को पूरा करें, वे सभी सार्थक, बाकी निरर्थक! यह सभी मेरे लिए हैं, मेरे उपभोग, परिभोग के लिए हैं, मैं भोक्ता हूँ, शेष सभी भोग्य हैं। मैं, मैं और मैं!

ऐसे लोग अवश्य ही पत्थर के बने होंगे। इन लोगों के पास हृदय नहीं होना चाहिये था। उसकी जगह तराजू रहती जो सब समय तौलती रहती कि किसमें नफा है और किसमें नुकसान। क्या काम का है और क्या बेकार। उनके शब्दकोष में प्यार, सृजन, अपरिग्रह, त्याग या सौन्दर्य जैसे शब्द नहीं होते। ऐसे लोग सौन्दर्य के एक संसार से वंचित रह जाते हैं। इन्हें हृदय देकर तो भगवान भी पछताया होगा।

कल रात को नदी के अनगिनत दीप आकाश के तारों की अनुकृति से जान पड़े थे। कल कार्तिकी पूर्णिमा के दिन यहाँ कैसी भीड़ थी! लेकिन आज लोग अपने-अपने घर चले गये हैं या जा रहे हैं। हम लोगों के लिए भी जुदा होने की घड़ी आ गयी है। पूरे 15 दिनों तक साथ रहने के बाद काकाजी और जगदीशराम चले गये हैं।

मौसम ने करवट ली है। धूप अब उतनी तेज नहीं रही। दो दिन से धूप की छुअन में नरमाई है।

थोड़ी देर में मंडलेश्वर आ गया। पास में नर्मदा पर बड़ा पुल बन रहा है और बाँध भी बन रहा है। लेकिन दोनों ही काम बन्द पड़े हुए हैं। इसके बाद आया जलूद। यहीं से नर्मदा-जल इन्दौर जाता है। जलूद में परकम्मावासियों के लिए हनुमान कुटी बनी है। लेकिन वह गाँव में है। हम नर्मदा किनारे रहना चाहते थे। एक बाबा की कुटी नर्मदा किनारे है तो वहाँ गये। सुन्दर फुलवारी के बाद स्वच्छ कुटी। भाग्य से उसी समय बाबा बाहर निकले। हमारी बात सुनकर बोले, ''मैं यहाँ एकान्त साधना करता हूँ। संसार से मुझे कुछ लेना-देना नहीं। यहाँ कोई नहीं ठहरता।''

अपनी बात बड़ी विनम्रता के साथ कहकर वे कुटी में चले गये। एक क्षण के लिए तो उनके प्रति विरोध की एक अव्यक्त भावना मन में आ गयी लेकिन मैंने उसे तुरन्त झिड़क दिया। यह कोई धर्मशाला नहीं, उनकी अपनी कुटी है। उनके एकान्तवास में बाधा पहुँचाने का हमें कोई हक नहीं। वापस हनुमान कुटी आ गये।

सुबह कपास और गन्ने के खेतों में से जाती गड़वाट से आगे बढ़े। रात बहेगाँव में रहे। सुबह नदी किनारे की पगडंडी से आगे बढ़े। दूर से एक गधे के रेंकने की आवाज आ रही थी। समझ में नहीं आ रहा था कि वह आलाप कर रहा है या विलाप, गायन कर रहा है या रुदन। शायद आरम्भ उसने गायन से किया था और समापन रुदन से।

दोपहर को धारेश्वर के मन्दिर में सुस्ताने बैठे तो बन्दूक के धमाके सुनायी दिये। पुजारी ने बताया कि नीचे नर्मदा-तट पर एक मृतक को धूमधाम के साथ विदाई दी जा रही है। आगे नर्मदा किनारे एक जगह पानी कुछ खारा है। एक ग्रामीण ने कहा, ''यहाँ समुद्र की झिर है।'' हम लोगों ने वहाँ स्नान किया और समुद्र स्नान का सन्तोष प्राप्त किया।

जगह-जगह नर्मदा में से रेत निकाली जा रही है। रेत निकालने वाले नावों में नदी के मध्य तक जाते हैं, डुबकी लगाकर टोकरी में रेत ले आते हैं और नाव के भर जाने पर किनारे ले आते हैं। रेत नदी की बाईप्रॉडक्ट है।

शाम के धुँधलके में सेमरला पहुँचे। आज हम लोग 20 कि.मी. चले थे। थककर चूर हो गये थे। पलक झपकते सबेरा हो गया। सुबह तड़के निकल पड़े। दोपहर को खेड़ीघाट पहुँच गये। यहाँ के पुल दूर से ही दिखायी दे रहे थे। एक सड़क का और एक रेल का है। भरूच के बाद यह पहला रेल पुल है—सो भी मीटर गेज ट्रेन का। सड़क का एक नया और ऊँचा पुल बन रहा है।

यहाँ की विरक्त कुटी में तैयार भोजन मिला। यह बहुत बड़ा आश्रम है।

शाम को चारुकेश्वर के दगडू आश्रम पहुँचे। यहाँ पहली बार सात-आठ परकम्मावासियों को एक साथ देखा। रहने तथा खाने की अच्छी सुविधा है। सुन्दर उपासना-गृह है। मैंने देखा, एक वृद्ध आश्रमवासी हाथ में दो पोस्टकार्ड लिए आ रहे हैं। वे ऐसे व्यक्ति को तलाश रहे थे जो पास के शहर बड़वाह से आया हो और उनके पोस्टकार्ड पोस्ट कर दे। उन्होंने मुझसे पूछा तो मैंने कहा कि हम लोग परिक्रमा कर रहे हैं। वैसे मैं रहता जबलपुर में हूँ।

''कहीं आप अमृतलाल वेगड़ तो नहीं?''

चारुकेश्वर जैसे एकान्त स्थान में कोई मुझे नाम लेकर बुलाये, यह मेरे लिए सुखद आश्चर्य की बात थी। वे मेरे रिश्तेदार थे। जब नर्मदा-परिक्रमा पर थे, तब उनसे मिलने हम लोग जबलपुर के ग्वारीघाट गये थे। कोई तीस वर्षों से संन्यासी जीवन जी रहे हैं। इन दिनों यहाँ रहते हैं। नाम है, ब्रजवासी।

''कैसा संयोग!'' मुझे गले से लगा लिया। बहुत प्रसन्न हुए। उनके कहने पर यहाँ के स्वामीजी ने सायं-प्रार्थना के बाद मुझे बोलने के लिए कहा। किसी आश्रम में परकम्मावासियों के सामने बोलने का यह प्रथम अवसर था। मैं ऐसे बोल रहा था मानो मैं उनसे नहीं, अपने आप से बात कर रहा हूँ।

कान्ता का लेख 'मेरे पति' हाल ही में छपा था। ब्रजवासी जी ने उसे बड़े चाव से पढ़ा। उसका अन्तिम पैरा इस प्रकार है—

कोई नहीं जानता कि मौत कब आएगी। हम नहीं जानते कि हम दो में

से पहले कौन जाएगा। मैं चाहती हूँ कि 'लेडीज फर्स्ट' के मुताबिक मैं पहले जाऊँ। हर भारतीय नारी सुहागन रहते मरना चाहती है। वे कहते हैं कि मजाल है मौत की जो मेरे रहते तुम्हें ले जाये! खैर, यह तो हँसी की बात हुई पर इतना तय है कि अगले जनम में—और हर जनम में—मेरा पता यही रहेगा : कान्ता वेगड़ मार्फत अमृतलाल वेगड़!

पढ़कर वे द्रवित हुए। फिर उन्होंने एक घटना सुनायी जो कभी उन्हीं के गाँव में घटित हुई थी। एक वृद्ध दम्पति पुत्र-परिवार से अलग रहते थे। पुत्र बहुत अच्छे थे, वृद्ध माता-पिता के लिए अच्छे से अच्छा करना चाहते थे, फिर भी वे अलग रहते थे और शान्तिपूर्वक भगवान का भजन करते थे। रोज उनके घर भजनमंडली जमती थी। एक दिन की बात है। बाहर आँगन में भजन चल रहे थे, तभी अचानक वृद्ध चिल्लाए, "मैं जा रहा हूँ!" इसके साथ ही भीतर चौके से आवाज आयी, "मैं आ रही हूँ!" बाहर आँगन में वृद्ध लुढ़क गये, भीतर वृद्धा के प्राणपखेरू उड़ गये। दोनों को एक ही चिता पर लिटाया।

सुनकर मैं द्रवित हुआ। उन्होंने आँसू का जवाब आँसू से दिया।

पिछले कुछ दिनों से जाड़े की आहट सुनायी दे रही है। आज ठंड एकाएक बढ़ गयी है। आश्रम के प्रागंण में छतनार छाया वाला और अनेक शाखा-प्रशाखाओं वाला एक सुन्दर वटवृक्ष है। इस वटवृक्ष ने किसी मन्दिर के गर्भगृह जैसा दृश्य उपस्थित किया है।

अधिकांश परकम्मावासी यहाँ से दो कि.मी. दूर स्थित बड़वाह निकल जाते हैं। वहाँ से चौबीस अवतार जाने के लिए सड़क मिल जाती है। लेकिन हम नर्मदा तट छोड़ना नहीं चाहते थे। हमें पता था कि आगे का मार्ग बहुत दुर्गम है, फिर भी हमने नदी के साथ चलने का निश्चय किया। चोरल पार करके आगे बढ़े। पहले तो पगडंडी सरल जान पड़ी, लेकिन बाद में दुर्गम होती गयी। खड़ी चट्टानें और नीचे नदी का प्रवाह। चूके तो सीधे पानी में। यहाँ हम लोग बिल्ले जैसी सावधानी से चले। दो-एक जगह पगडंडी इतनी सँकरी है कि दब-सिकुड़ कर ही वहाँ से निकल सके थे।

कुछ दिन पूर्व ही पंचकोशी यात्रा के दौरान हजारों श्रद्धालुओं ने नर्मदा की लघु परिक्रमा की थी। उनकी सुविधा के लिए पहाड़ी मार्ग के दोनों ओर चूने के सफेद निशान लगाये गये थे। अगर ये निशान न होते तो इस जंगल में हम जरूर भटक गये होते।

चारुकेश्वर से चौबीस अवतार तक नर्मदा इतनी सुन्दर है कि डग-डग पर शूलपाण झाड़ी की याद ताजा हो जाती थी।

तीसरे पहर चौबीस अवतार पहुँच गये। पिछले साल हम जिस कच्ची

धर्मशाला में रुके थे, वह अब पक्की हो गयी है। पास में एक पक्की कुटी भी बन गयी है। उसमें एक विदेशी साधु रहता है। नाम है नर्मदाशंकर। माथे पर शिखा, वक्ष पर यज्ञोपवीत, लँगोट पर लुंगी–पूरा संन्यासी जान पड़ता है। आज सोमवार है, उसके मौन का दिवस। हमारे सामने एक विदेशी युगल उससे मिलने आया, लेकिन इस दिन वह न तो बोलता है, न ही लिखता है। इसलिए थोड़ी देर बैठकर चला गया।

दूसरे दिन सबेरे उससे काफी बातें हुई। आस्ट्रिया का है, मातृभाषा जर्मन। बहुत अच्छी हिन्दी बोलता है। चौदह बरस से नर्मदा–तट पर निवास करता है। इतने वर्षों से भारत में निवास करने के कारण उसके शरीर का रंग ताँबिया हो गया है। नर्मदा परिक्रमा कर चुका है। उसकी कुटी स्वच्छ और सुन्दर है। अन्दर आदि शंकराचार्य, रामकृष्ण परमहंस और स्वामी विवेकानन्द के चित्र लगे हैं। मकरवाहिनी नर्मदा का चित्र भी लगा है। कुटी के बाहर धूनी रमाने के लिए कुंड बना है वहीं हमारी बातें होती रहीं।

उसने कहा, "चारों धाम की यात्रा करने के लिए पैसे चाहिये। नर्मदा–परिक्रमा करने के लिए पैसे की जरूरत नहीं। गरीब से गरीब आदमी भी इसे कर सकता है। फिर सबसे शुद्ध जल और सबसे शुद्ध हवा नर्मदा–तट पर ही है।"

झाड़ी की बात निकलने पर बोला, "झाड़ी में से निकलने के बाद मुझे लगा, मेरे सारे पाप धुल गये हैं। कैसी भीषण गरीबी है वहाँ। परकम्मावासी परिक्रमा पूरी होने के बाद ओंकारेश्वर में जल चढ़ाता है और कढ़ाई करता है। कढ़ाई उसे यहाँ नहीं, झाड़ी में करनी चाहिये। किसी दिन मैं वहाँ के भीलों को हलवा, पुड़ी या खीर खिलाऊँगा। उन्होंने ये चीजें शायद देखी तक न होंगी। और इसमें कोई बहुत ज्यादा खर्च नहीं आएगा। ज्यादा से ज्यादा पचास हजार रुपये में हो जाएगा।"

किन्तु अब परिस्थिति तेजी से बदल रही है। तीन–चौथाई भील गुजरात चले गये हैं। लूटपाट भी काफी कम हो गयी है।

मैंने कहा, "अब हम घर जाएँगे।"

"अरे महाराज, घर जाकर क्या करेंगे? यहीं रहिये।"

मैंने कहा, "घर जाकर भी मैं नर्मदा का ही काम करता हूँ। नर्मदा मुझे ढेर सारा होमवर्क देती है, उसे ही करता रहता हूँ। अभी जो यात्रा की है, उसका वर्णन लिखूँगा, हिन्दी में और गुजराती में। इसमें मुझे काफी समय लगता है। फिर जो स्केच किए हैं उन पर से या मन से भी चित्र बनाऊँगा। घर में भी मैं नर्मदा का ही काम करता हूँ।"

मैं नर्मदा का अर्जुन भी हूँ और एकलव्य भी। अर्जुन कम, एकलव्य ज्यादा। दूर रहकर भी नर्मदा की ही आराधना करता हूँ।

नाव से नदी पार करके ओंकारेश्वर आ गये।

ओंकारेश्वर नर्मदा के मध्य में स्थित टापू है। नर्मदा में कई टापू हैं लेकिन इसके जैसा महिमामंडित टापू और कोई नहीं। दरअसल नदी के मध्य में स्थित यह एक पहाड़ है। इस पहाड़ की परिक्रमा की जाती है। हम लोगों ने भी यह परिक्रमा की। परिक्रमा पथ सुन्दर है। हमारे आगे तीन विदेशी लड़कियाँ जा रही थीं। बन्दरों को देखकर ठिठक कर खड़ी हो गयीं। मैंने कहा, डरने की कोई बात नहीं। एक बोली, "बिग टीथ!" हम चले तो हम लोगों के साथ चलीं। मैंने पूछा, "किस देश से आयी हैं?"

"आस्ट्रिया से।"

"अरे, आपके ही देश के एक भाई संन्यासी हो गये हैं और चौबीस अवतार में रह रहे हैं।"

"हम कल ही उनसे मिले थे।"

आस्ट्रिया के और भी पर्यटक मिले।

चलते-चलते हम लोग कावेरी संगम जा पहुँचे। फिर पहाड़ के ऊपर चढ़े। तेरहवीं शताब्दी में यह एक बड़ा नगर था। उसके किले के प्रवेश-द्वार तथा कुछेक मन्दिर के खंडहर अभी भी हैं।

ओंकारेश्वर में जो कुछ है—मन्दिर, घाट, सीढ़ियाँ, गलियाँ, दुकानें, आश्रम-सभी टापू के दक्षिणी छोर पर हैं, उत्तरी तट पर कुछ भी नहीं।

रात एक धर्मशाला में रहे। सुबह दस बजे घर के लिए रवाना होंगे। ठंड के कारण मैं रोज दोपहर के बाद नहाता था। लेकिन आज जल्दी नहाना होगा। सँकरी गलियों की सजी-सँवरी दुकानें देखते हुए मुख्य घाट पर गये। तिवारी और छोटू ने तुरन्त नहा लिया। अब मेरी बारी थी।

तिवारी और छोटू मेरी ओर दयाभरी दृष्टि से देख रहे थे।

मैंने भी साहस बटोरा, आँखें भींच लीं और बोला, "ठंड, मैं तुम्हें अस्वीकार करता हूँ!"

नर्मदा-स्नान के साथ इस बार की यात्रा पूरी हुई। संयोग से शरद पूर्णिमा नारेश्वर में, दीवाली हापेश्वर में और कार्तिक पूर्णिमा महेश्वर में हुई थी। 71 वर्ष की आयु में 400 कि.मी. चला। इतना मैं कभी नहीं चला था।

रात को घर पहुँच गये। चेहरे पर सवा महीने की बढ़ी दाढ़ी थी। चेहरा काला पड़ गया था। शरीर कृश हो गया था। घर के अधिकांश सदस्य इकट्ठे हो गये। तीनों बहुएँ भी आ गयी थीं। मैंने उनसे कहा, "तुम अपने-अपने मायके जाती हो न, मैं भी अपने मायके गया था। अपनी माँ से मिलने गया था। वहीं से आ रहा हूँ!"

झाँसीघाट से ग्वारीघाट (जबलपुर)

हमारे घर में आनन्दोत्सव-सा छाया हुआ है। मेहमानों से घर जीवन्त हो उठा है। हर तरफ चहल-पहल है, शोर और मस्ती है। पौ फटने वाली है। नर्मदा-तट की अपनी आखिरी पदयात्रा पर मैं निकल रहा हूँ। इस यात्रा में साथ चलने के लिए 27 लोग हमारे घर में एकत्र हुए हैं। यह एक नयी बिरादरी है, खून-नाल के रिश्ते से अलग और अनोखी। नर्मदा ही वह अदृश्य धागा है, जिसमें हम सब गुँथे हैं।

घर से निकले तो पौत्री नेहा ने सिर पर मंगल कलश रखकर हम लोगों को विदा दी—शुभास्ते पन्थानः !

उत्तर तट की मेरी पदयात्राएँ क्रम से नहीं हुई थीं। बाद की पहले और पहले की बाद में हुई। संयोग से यात्रा का अन्तिम चरण अन्त में ही हो रहा है। यह यात्रा बहुत छोटी है—झाँसीघाट से ग्वारीघाट (जबलपुर) तक केवल 50 कि.मी. लम्बी। यात्रा जितनी छोटी है, दल उतना ही बड़ा है। इतने विभिन्न प्रकार के यात्री पहले कभी नहीं चले। स्कॉट अमरीका का है और उसकी पत्नी मॉरिग ब्रिटेन की। बड़ी प्यारी जोड़ी है। दोनों कई बार भारत आ चुके हैं। दोनों 32 वर्ष के हैं। मॉरिग सलवार-कुर्ता पहनती है। दोनों हांगकांग में अँग्रेजी पढ़ाते थे। जरूरी पैसे इकट्ठे होते ही नौकरी छोड़ दी और रबर की नाव खरीदी। कुछ पुरानी थी, इसलिए सवा लाख रुपये में मिल गयी वरना दो लाख से कम की न होती। फिर भारत आये। गंगा, यमुना और महानदी में नौका-चालन के बाद नर्मदा में मंडला से भरूच तक नाव खेते हुए गये। उस दौरान जबलपुर में एक सप्ताह रुके थे। तभी मुझसे कह गये थे कि हम आपकी पदयात्रा में शामिल होंगे। सात समन्दर पार से आया यह युगल भारत की नदियों में 4500 कि.मी. नौका-चालन कर चुका है। अभी अपनी नाव को बिस्तर की तरह लपेट कर एक मित्र के घर रख आये हैं। नदी,नाव और निभृत एकान्त-युवा प्रेमियों को भला और क्या चाहिए।

हमारी पदयात्रा के दौरान हम किटी के सुनहरीभान आश्रम में रात रहे थे।

संयोग से स्कॉट और मॉरिग भी वहीं रहे। उन्होंने आश्रम के स्वामी गोपाल स्वरूप तीर्थ को हमारी इस आखिरी पदयात्रा के बारे में बताया तो वे भी इसमें सम्मिलित होने के लिए आ गये हैं। वे दंडी स्वामी हैं। अमरीका हो आये हैं। अँग्रेजी धाराप्रवाह बोलते हैं। अपने कौशेय वस्त्रों के कारण वे अनायास सब का ध्यान आकृष्ट करते हैं।

रायपुर से 75वर्षीय सरयूकान्त झा आये हैं। गौर वर्ण तथा लम्बे-चौड़े डील-डौल के कारण अत्यन्त प्रभावशाली लगते हैं। संस्कृत के विद्वान और हिन्दी के लेखक हैं। इतने विनोदी और हाजिरजवाब व्यक्ति मैंने कम ही देखे हैं। वे जब हँसते हैं तो ऐसा ठठाकर हँसते हैं कि मालूम होता है इसी का नाम हँसी है।

दिल्ली से मेजर जनरल (रिटायर्ड) प्रेमदास शर्मा आये हैं। हम लोग स्कूल में सहपाठी रहे।

हम सभी सुबह नौ बजे बस से झाँसीघाट पहुँच गये। वहाँ लोगों ने मस्तक पर नर्मदा-जल चढ़ाया, ओठों से उसका आचमन किया, आँखें शीतल कीं और नदी से लगी पगडंडी से चल पड़े। तारीख थी 28मार्च, 1999।

दंडी स्वामी सबसे आगे चलते हैं। नर्मदा के कछार में लोगों ने सागसब्जी लगा रखी है। उसी में से पगडंडी है। हम एक के पीछे एक चल रहे हैं। अधिकांश महिलाओं को पहली बार गृहस्थिन की चिन्ताएँ भूल कर प्रकृति के सान्निध्य में पैदल चलने का अवसर मिला है। उनके उल्लास का क्या कहना!

बड़ी ही तेज धूप थी। धूप जब सामने से आती है तब बहुत तेज लगती है। वही धूप अगर पीछे से आए तो उतनी तेज नहीं लगती। धूप की अगाड़ी और धूप की पिछाड़ी में फर्क होता है। नदी के प्रवाह के साथ और प्रवाह के विपरीत तैरने में जो फर्क होता है, कुछ-कुछ वैसा ही। जीवन-सरिता का भी यही हाल है। पैंसठ-सत्तर बरस की उम्र के बाद की जिन्दगी अप-स्ट्रीम तैराकी है। (और हाँ, जिन्दगी प्राय: दोहरा चालान काटती है—एक सुख का, एक दु:ख का।)

बड़ी गुमसुम दोपहरी है। कहीं टिटहरी भी नहीं बोल रही। तभी हमने देखा, हमारे दल के एक सदस्य की पत्नी अपने पति के पैर दबा रही है। दंडी स्वामी नाराज होकर बोले, ''यह गलत है। परिक्रमा में कोई पति नहीं होता, कोई पत्नी नहीं होती, सभी परिक्रमावासी होते हैं। इस तरह सेवा करवाना गलत है।'' मुझे भी उनकी बात ठीक लगी। तभी पति महोदय चीखने-चिल्लाने लगे। उनके पैर के पंजों की नसें खिंच गयी थीं और बुरी तरह से दु:ख रही थीं। उनकी आहों और कराहों से हम सब परेशान हो उठे। हमारी समझ में नहीं आ रहा था कि क्या करें। प्रेमदास किसी पेशेवर चिकित्सक की भाँति स्थिति का जायजा लेने लगे। उन्होंने मामला अपने हाथों में ले

लिया। उन्होंने अपने किट में से होम्योपैथी दवाइयों का बक्सा निकाला और उसमें से छोटी-छोटी 10-15 शीशियाँ निकालीं। फिर बोले, ''दवाइयाँ तो मेरे पास हैं, पर इनका उपयोग मुझे नहीं मालूम। कोई जानकार हो तो इन्हें सही दवाई दे दे।''

मुझसे मेरी हँसी दबाए न दबी। वे मानो कह रहे थे कि डिक्शनरी तो मेरे पास है, इसे देखकर कोई कविता लिख ले!

पिंकी होम्योपैथी में थोड़ा बहुत दखल रखती है। वह दवाइयों की जाँच-पड़ताल में लग गयी। इस बीच प्रेमदास ने एक क्रीम निकाली (बाद में पता चला कि वह चेहरे की साधारण क्रीम थी) और किसी को उनके पैर के पंजों की मालिश करने के काम में लगा दिया। इधर पिंकी ने कहा, ''एक भी शीशी पर दवा का नाम नहीं लिखा।'' प्रेमदास ने डपटकर कहा, ''चुप रहो!'' फिर जो भी शीशी उनकी पकड़ में आयी, उसी में से 8-10 गोलियाँ निकाल कर रोते-कलपते पति को खिला दीं और बोले, ''आप ठीक हो जाएँगे, बिलकुल ठीक हो जाएँगे। रिलैक्स! रिलैक्स!''

डॉ. कुसुम थोड़ा-बहुत एक्यूप्रेशर जानती हैं। वे उनके पंजों के कुछेक प्वाइंट दबाने लगीं। इधर प्रेमदास लगातार कह रहे थे, ''आपको ठीक हो रहा है। धीरे-धीरे बिलकुल ठीक हो जाएगा। रिलैक्स!''

वे ऐसे बोल रहे थे मानो मन्तर फूँक रहे हों। और आश्चर्य की बात यह थी कि थोड़ी देर में वे ठीक हो भी गये। किससे ठीक हुए—शक्कर की गोलियों से, चेहरे पर लगाने की मामूली क्रीम से, एक्यूप्रेशर से या प्रेमदास के जादू-मन्तर से-यह भर समझ में नहीं आया!

बड़े समूह में चलने के कुछ नुकसान हैं तो कुछ फायदे भी। समस्या चाहे जितनी कठिन हो, उसे हल करने वाला कोई न कोई निकलेगा ही।

तीसरा पहर खत्म होते-होते मालकछार आ गये। नर्मदा की ऊँची, खड़ी कगार पर बसा सुन्दर-सा गाँव। पहले यहीं रहने का विचार था। लेकिन दिन डूबने में काफी देर थी, इसलिए आगे बढ़ लिए। आज रैन-बसेरा कहाँ होगा, इसका तक हमें पता नहीं। अभी तक की पगडंडी आसान रही। लेकिन इसके बाद एक जगह ऐसी तीखी ढलान आयी कि चलना मुश्किल था और गिरना आसान। किसी तरह उतर कर सरयूकान्तजी और प्रेमदास की प्रतीक्षा करने लगे। अपने भारी-भरकम शरीर और घुटनों की तकलीफ के कारण सरयूकान्तजी किसी विलम्बित मुसाफिर की तरह पीछे रह जाते हैं। मैं चिन्तित था कि वे यहाँ कैसे उतर पाएँगे। लेकिन वे हम लोगों से ज्यादा चतुर निकले। फेरा लगाकर आसान रास्ते से आ गये।

शाम का अँधेरा घिरने लगा था। इसलिए जिलहरीघाट के मन्दिर के चबूतरे पर

डेरा डाला। हमारे दो सहायक भ्रमवश आगे निकल गये थे। हमारे राशन के थैले उनके पास थे। हमारे पास केवल चावल थे। ढेर सारी खाद्य-सामग्री साथ होने के बावजूद आज हम खाने के मामले में कंगाल थे। हर मुश्किल को आसान बनाना महिलाओं को खूब आता है। उन्होंने चावल में आलू डालकर और घी का छौंका लगाकर इतना बढ़िया 'पुलाव' बनाया कि सभी को उससे पहले ही ग्रास में प्रेम हो गया। सभी ने डटकर खाया और जमकर सराहा।

असली मुसीबत रात को हुई। मन्दिर के छोटे से बरामदे में केवल गिनती के लोगों की ही खपत हो सकती थी। इसलिए वहाँ आधी के करीब महिलाएँ ही सो सकीं। बाकी सभी को मन्दिर के बड़े चबूतरे पर एकदम खुले में सोना पड़ा। दिन को झुलसाने वाली गरमी थी तो आधी रात के बाद कड़ाके की सर्दी। अधिकांश सदस्यों ने ठिठुरते हुए रात काटी। थोड़ी दूर एक बाबा की कुटी के सामने अलाव जल रहा था। ठिठुरन से बचने के लिए कुछेक सदस्य वहाँ चले गये। दंडी स्वामी ने सारी रात जागते हुए काटी। जिन्हें थोड़ी-बहुत नींद आयी, उनकी नींद भी कोई नींद नहीं थी।

सुबह उठकर देखा, पास में ही एक साफ-सुथरी धर्मशाला खाली पड़ी थी! वहाँ हम सभी के लिए पर्याप्त जगह थी। लेकिन रात के अँधेरे में किसी का ध्यान नहीं गया था। मेरा ध्यान जरूर गया था, लेकिन मैं समझा कि वह किसी का घर है। मेरे जरा से प्रमाद के कारण सभी को रात भर ठिठुरना पड़ा।

अगला पड़ाव भेड़ाघाट है। सुबह चलने लगे तो स्कॉट ने कहा कि फिल्म लेने हमें जबलपुर जाना पड़ेगा, इसलिए हम दोनों तेज चाल से भेड़ाघाट जा रहे हैं। शाम तक वापस आ जाएँगे।

आगे सिद्धाघाट का मन्दिर पड़ा। यहाँ हमारे दो सहायक भी मिल गये।

यहाँ से भेड़ाघाट तक की पगडंडी काफी मुश्किल रही।

डॉ. कुसुम का पेट खराब हो गया। दासगुप्त ने छोटू से दो बेल तुड़वाए। वे कच्चे थे इसलिए आग पर भूने और कुसुम को खाने के लिए दिए। एक बाबा ने इसे देखा तो एक बड़ा और पका बेल दिया। कुसुम उसे खाते-खाते चलीं। शाम तक पेट ठीक हो गया।

शिव को बेल (या बेल के पत्ते) प्रिय हैं तो गणेश को लड्डू। पिता को फल तो बेटे को मिठाई। जनरेशन गैप! लगता है पीढ़ियों का अन्तराल शुरू से रहा। खैर, दोनों का ही आकार गोल है। पृथ्वी, चन्द्र, सूर्य और सभी ग्रहों का आकार भी गोल है। वे गोल ही क्यों हैं, तिकोन, चौकोन या आयताकार क्यों नहीं? वृत्ताकार ही क्यों?

मुझे लगता है वृत्त आदि आकार है, मदर-फॉर्म है, सृष्टि के आरम्भ से है। बाकी सभी आकार बाद में उपजे। शायद वृत्त में से ही उपजे हों-वृत्तोहम् बहुस्याम!

शाम ढलने लगी थी। शाम यानी सुबह की पुनरावृत्ति! (दोनों ही अँधेरे-उजाले के बीच के कोमल विराम हैं।) नदी बादल की, चाँदनी धूप की और आदमी बन्दर की पुनरावृत्ति ही तो है। घर घोंसले की, अलाव सूरज की और अन्तरात्मा ईश्वर की पुनरावृत्ति है। प्रकृति यानी पुनरावृत्तियाँ-नवनवोन्मेषशालिनी पुनरावृत्तियाँ!

जब भेड़ाघाट के सरस्वतीघाट पहुँचे तो यह देखकर हैरान रह गये कि वहाँ एक तखत पर सरयूकान्तजी पहले से ही विराजमान हैं और एक नाई उनकी दाढ़ी बना रहा है! जिन्हें हम सबसे पीछे छोड़ आए थे, वे सबसे आगे पहुँच गये थे। क्या उनके पास कोई जादुई कार्पेट है?

जादुई कार्पेट तो नहीं, पर जादुई ट्रक उन्हें जरूर मिल गया। जब उन दोनों ने देखा कि वे और नहीं चल पाएँगे, तो नदी से रेत लेने आए ट्रक में बैठकर चौराहे तक आ गये। वहाँ से जगदीशराम टेम्पो से जबलपुर चले गये और दूसरे टेम्पो से सरयूकान्तजी यहाँ आ गये। भीषण गरमी में चलने के कारण जहाँ हम लोग थके-टूटे थे, वहीं सरयूकान्तजी ताजादम लग रहे थे!

यहाँ बैनगंगा नर्मदा से मिलती है। जरा-सी नदी है लेकिन पेटा बहुत चौड़ा है। दरअसल कभी नर्मदा यहाँ से बहती थी। परकम्मावासी इसे बूढ़ी नर्मदा कहते हैं और इसे लाँघते नहीं। इस प्रकार वे भेड़ाघाट नहीं जाते और यहाँ के अथाह सौन्दर्य के दर्शन से वंचित रह जाते हैं। इसी संगम पर कार्तिक पूर्णिमा को बड़ा मेला भरता है।

महाभारत में जो स्थान गीता का है, वही स्थान नर्मदा में भेड़ाघाट का है। भेड़ाघाट में नर्मदा-सौन्दर्य का सबसे मधुर हिस्सा है। इसलिए हमने यहाँ दो रात के लिए पड़ाव डाला।

कितनी अच्छी बात है कि भेड़ाघाट जहाँ मार्बल-रॉक्स और धुआँधार दोनों हैं, हमारे जबलपुर के पास है!

हमारी यात्रा बड़े ठाठ से चल रही है। इस बार की यात्रा का एक बड़ा लाभ यह है कि हमें दौड़ना-भागना नहीं पड़ रहा। हम किलोल करते, रमते-बिलमते चल रहे हैं। 50 कि.मी. चलने के लिए हमने 5 दिन रखे हैं। इसीलिए एक पूरा दिन भेड़ाघाट के लिए रख सके हैं। भेड़ाघाट में नर्मदा में नौका-विहार करते हुए मार्बल-रॉक्स को देखना एक ऐसा अनुभव है जो कभी भुलाया नहीं जा सकता। यहाँ प्रायः

साल भर पर्यटकों की गहमा-गहमी रहती है।

बरगी बाँध के कारण नदी में खूब पानी रहता है। प्रवाह भी तीव्र है। इसलिए नौका-विहार करते पर्यटकों को नाविक मार्बल-रॉक्स के मध्य में स्थित बन्दरकूदनी तक नहीं ले जाते, दूर से ही दिखा देते हैं। लेकिन बन्दरकूदनी पैदल भी जा सकते हैं। हम लोग वहाँ पाँव-पैदल जा रहे हैं। एक स्थानीय लड़के को साथ लिया और संगमरमर की चट्टानों पर से जाती हुई पगडंडी पर चल पड़े। पहले एक खाई में उतरे, फिर ऊपर चढ़े। चट्टानों पर से होते हुए भूलभुलैया आ गये। नदी मानो यहाँ असमंजस में पड़ गयी है कि किधर जाएँ। अन्त में हम लोग बन्दरकूदनी पहुँच गये।

यहाँ नर्मदा इतनी सँकरी हो गयी है कि लगता है बन्दर कूद जाएगा। इसलिए इसे बन्दरकूदनी कहते हैं। संगमरमरी कगारें इतनी खड़ी हैं मानो चाकू से काटकर बनायी हों। यहाँ नदी और चट्टानों का सौन्दर्य एक दूसरे से स्पर्धा कर रहा है। यहाँ तो 'सौन्दर्य के भीतर सौन्दर्य' है!

भव्य एकान्त। सँकरा जलमार्ग। पहरा देती संगमरमर की दूधिया कगारें। अपना जल अत्यन्त राजसी ढंग से बहाए ले जा रही नर्मदा। हम मानो नर्मदा के अन्तःपुर में आ गये हैं। लगता है सब कुछ चलते-चलते ठहर गया है। यह ऐसा शान्त, एकान्त और भव्य स्थान है जहाँ बैठकर कोई अपने विचारों को व्यवस्थित कर सकता है। स्वयं नर्मदा यहाँ चिन्तन में लीन जान पड़ती है। दंडी स्वामी दोनों आँखें बन्द कर के आत्मस्थ होकर बैठ गये हैं। यहाँ का विलक्षण सौन्दर्य इतना मुग्धकारी है कि जाने का मन नहीं कर रहा। जी चाहता है कि नन्हा-सा पंछी बनकर इस सौन्दर्य स्थली में दुबक जाऊँ और यहीं रह जाऊँ।

हमारे दल की महिलाओं ने नर्मदाष्टक का सस्वर गान शुरू कर दिया है। मधुर नारी-कंठ के सभी उतार-चढ़ाव के साथ यह स्वर-लहरी पूरी घाटी में फैल रही है।

फिर पंचवटी घाट आ गये। नौका-विहार के लिए यहीं से नाव मिलती है। पास में एक टेकरी है। इस पर कोई एक हजार वर्ष पुराना चौसठ योगिनी का मन्दिर है। मन्दिर के चारों ओर गोलाकार परकोटे में 80 के करीब योगिनियों की कलात्मक किन्तु खंडित मूर्तियाँ रखी हैं। इन मूर्तियों के लालित्यपूर्ण शिल्प से कोई भी मुग्ध हुए बिना नहीं रह सकता। हमारे दल के कई सदस्य ऊपर जाकर इस कला-तीर्थ को देख आए।

शाम को धुआँधार गये।

नर्मदा की उद्दाम जलधारा यहाँ एक बड़े खड्ड में छलाँग लगाती है। नर्मदा के प्रचंड प्रवाह को अपने सुदृढ़ बाहुओं में पूरी ताकत से थामने के लिए संगमरमर

की चट्टानें तैयार खड़ी हैं। जलधाराओं का झपटना, उभरना, पछाड़ खाना और चक्राकार लहरें बनाना देखते ही बनता है। पानी मानो मल्ल-युद्ध कर रहा है! फिर गड़गड़ाहट और धमाके! मानो खड्ड में छलाँग लगाता पानी मौत के मुँह में छलाँग लगा रहा हो। किन्तु दूसरे ही क्षण वह उभरता है, उछलता है और विजयोल्लास के साथ तूफानी तेजी से आगे बढ़ जाता है। लगता है कि मृत्यु यानी नए जीवन का प्रवेशद्वार! मृत्यु यानी जीवन द्वारा लगायी गयी छलाँग-सीधी छलाँग!

शाम को बहू-बेटे आ गये। खाना बनाने का जिम्मा बहुओं ने अपने ऊपर ले लिया। गोत्र-माता सी कान्ता दल के हर सदस्य का ध्यान रखती है। सरयूकान्तजी उसे 'मेरी अन्नपूर्णा भाभी' कहते हैं। यह तो खैर ठीक था, पर भरी महफिल में मुझ से कहने लगे, "कान्ता बहन आप की बेटी जैसी लगती हैं।"

पिछले 20 वर्षों से यह वाक्य सुनता आ रहा हूँ। इसलिए दुःख नहीं हुआ, आश्चर्य तो कतई नहीं। परन्तु जब किसी आदिकवि ने इस वाक्य का प्रथम उच्चारण किया था, तब क्रौंचवध-सा आघात अनुभव किया था। अब आदत पड़ गयी है। फिर भी उनकी इस टिप्पणी को मैंने सदन की कार्यवाही से निरस्त कर दिया।

दंडी स्वामी चाहते हैं कि गरमी से बचने के लिए हम लोग पौ फटते ही चलना शुरू कर दें। वे सब को जगा रहे हैं। लेकिन इतने सारे लोग हैं तो निकलने में देर हो ही जाती है। तब वे अकेले ही चल देते हैं। सरयूकान्तजी कहते हैं, "स्वामीजी धड़फड़ा कर उठते हैं, धड़फड़ा कर तैयार होते हैं, धड़फड़ा कर चल देते हैं और फिर वहाँ जाकर बोर होते हैं! यह कोई बात हुई भला!"

जहाँ सरयूकान्तजी मस्तमौला किस्म के आदमी हैं, वही दंडी स्वामी सख्त किस्म के अनुशासन-प्रिय व्यक्ति हैं। अनुशासन उनके जीवन की आधारशिला है। लेकिन सब से ज्यादा सख्ती वे खुद के साथ करते हैं। कम से कम सामान है उनके पास, कम से कम आहार भी उन्हीं का है—नहीं के बराबर। फिर भी चलने में सबसे आगे रहते हैं। रात्रि के अन्तिम प्रहर में जब सब सोए रहते हैं, नहा-धोकर वे ध्यान में बैठ जाते हैं।

आगे की पगडंडी धुआँधार से है। लोगों को निकलने में देर होगी ही, इसलिए मैं अकेला धुआँधार के लिए चल पड़ा। दूर से ही उसकी दहाड़ सुनायी देने लगी। धुआँ दिखायी देने लगा। थोड़ी देर में मैं धुआँधार के सामने खड़ा हो गया। नदी का गुस्सा देखते ही बनता था—असली गुस्सा। घमासान के कारण जल में चेतना आ गयी है। पानी किसी विजेता की तरह नाचता-गाता तेजी से भागा जा रहा है। प्रपात से उठती फुहार सूर्य किरणों के स्पर्श से सुकुमार हो उठी है।

यहाँ मैं कम से कम पचास बार आ चुका हूँ और हर बार लगा है मानो इसे

पहली बार देख रहा हूँ। कम से कम तीन बार तो पिता के साथ आ चुका हूँ। यह 50वर्ष पहले की बात है। उन दिनों बस या टेम्पो नहीं थे। भेड़ाघाट स्टेशन तक हम ट्रेन से जाते, धुआँधार तक पैदल और धुआँधार से जबलपुर तक पुनः पदयात्रा! बाप-बेटे 25 कि.मी. साथ चलते। मैं आज भी आँखें बन्द कर लूँ, तो इस चित्र को साफ उभरता देख सकता हूँ। यदि मेरी रगों में यायावर का खून है, तो वह निश्चय ही मुझे अपने पिता से मिला है।

धुआँधार के मैं अनेक रूप देख चुका हूँ। धुआँधार का मैंने वैभव भी देखा है और दारिद्र्य भी। बाढ़ में जब नदी उफनाती है, तब इसे डूबा पाया है। वर्षा के भारी-भरकम धुआँधार को देखा है तो गरमियों में जब सारी नदी खाली पड़ी रहती है, तब इसे छीजते भी देखा है। और एक बार जब मैं यहाँ लगातार तीन दिन और तीन रात रहा था, तब चाँदनी रात में धुआँधार में इन्द्रधनुष भी देखा था—श्वेत, शुभ्र और बिना रंग का इन्द्रधनुष!

प्रपात भला हमें इतने आकर्षक क्यों लगते हैं?

प्रवाह नदी का प्रयोजन है। नदी अगर बहेगी नहीं, तो वह नदी ही नहीं रहेगी। अपने अस्तित्त्व के लिए उसे बहना ही चाहिए। बहना उसकी अनिवार्यता है। लेकिन प्रपात उसका ऐश्वर्य है, उसका अतिरिक्त प्रदान है। प्रकाश और गरमी सूर्य का प्रयोजन है, लेकिन इन्द्रधनुष के सात रंग उसका अतिरिक्त प्रदान है। वर्षा बादलों का प्रयोजन है, लेकिन गर्जन-तर्जन उनका अतिरिक्त प्रदान है। यह अतिरिक्त प्रदान ही किसी चीज को सौन्दर्य प्रदान करता है। जहाँ प्रयोजन समाप्त होता है, वहाँ सौन्दर्य शुरू होता है। सौन्दर्य का दरजा प्रयोजन या उपयोगिता के बराबर तो नहीं हो सकता, परन्तु बहुत नीचे भी नहीं है। जब किसी चीज में ये दोनों आ मिलते हैं, तो वह चीज एक सम्पूर्णता पा जाती है। धुआँधार और बन्दरकूदनी इसके उत्कृष्ट उदाहरण हैं। धुआँधार में नर्मदा का ऐश्वर्य है, बन्दरकूदनी में उसका वैराग्य। धुआँधार में मद भरी मौज है, तो बन्दरकूदनी में शान्ति का पारावार। फिर भी नर्मदा का ऐश्वर्य और उसका वैराग्य, उसका उल्लास और उसका गाम्भीर्य, उसका निनाद और उसका मौन मानो एक ही है।

धुआँधार वक्ता है, वह सिर्फ बोलना जानता है। वह किसी की नहीं सुनता। हमारी बातों को वह अपनी धमक में डुबो देता है या अपने धुएँ में उड़ा देता है। लेकिन बन्दरकूदनी बहुत अच्छी श्रोता है। उसमें सुनने की अद्भुत क्षमता है। वह खुद चुप रहकर हमें बोलने के लिए उत्साहित करती है। एक अच्छा श्रोता उतना ही महत्त्वपूर्ण है, जितना अच्छा वक्ता होना। शायद ज्यादा ही। कोई व्यक्ति सुनने में जब तक महारत हासिल न कर ले, उसे बोलने की अनुमति नहीं मिलनी चाहिए।

धुआँधार में नर्मदा महाभारत के वीर की तरह अत्यधिक उत्तेजित हो उठी है। बन्दरकूदनी की नर्मदा रामायण के वीर की तरह मर्यादा से नियन्त्रित जान पड़ती है। धुआँधार का प्रचंड आवेग और अधीर उन्माद बन्दरकूदनी तक आते-आते संयम और शुचिता में परिणत हो गया है। नर्मदा महाभारत के वीर की तरह उत्तेजित हो सकती है तो रामायण के वीर की तरह मर्यादा से बँधी भी रह सकती है। नर्मदा के लिए कुछ भी असम्भव नहीं। नर्मदा तो बस, नर्मदा है।

समुद्र की तलाश में निकला पानी है नदी और नदी की तलाश में निकला पदयात्री है परकम्मावासी। एक न एक दिन दोनों की तलाश पूरी होती है। कल दोपहर तक मैं भी अपने गन्तव्य तक पहुँच जाऊँगा। मैं उस यात्री की तरह हूँ, जो अपने घर के समीप वाले मोड़ पर पहुँच गया हो। परिक्रमा के इस अन्तिम चरण में कान्ता सहयात्री बनकर चल रही है, इसका आनन्द अनोखा है। हालाँकि मुझे हमेशा लगा है कि मेरी हर यात्रा में मानो छुपती-छुपाती, मानो अँधेरे की काली चादर ओढ़े वह मेरे साथ ही चल रही है।

हमारे कुछ साथी आगे निकल गये थे, तो मैं भी चल पड़ा। आगे प्रेमदास मिले। मैंने कहा, ''मैं न आगे के दल में हूँ, न पीछे के दल में। न घर का हूँ, न घाट का।''

उन्होंने कहा, ''तुमने घाट को ही घर बना लिया है।''

उफ! कैसे मीठे बोल! सरयूकान्तजी और प्रेमदास-दोनों की वाणी में अद्‌भुत मिठास है। दोनों ही बड़े विनोदी हैं। दोनों के ही विनोद में परिहास रहता है, उपहास नहीं। उनका विनोद किसी को ठेस नहीं पहुँचाता। दोनों का ही विश्वास मधुरोपासना में है। अपनी मीठी वाणी और विनोदी स्वभाव के कारण दोनों पूरे दल के चहेते हो गये हैं। इनके कारण दल में जान पड़ गयी है।

कुछ आगे निकल जाते हैं, कुछ पीछे रह जाते हैं, कुछ ऊपर की पगडंडी से चलते हैं, तो कुछ नदी से लगी पगडंडी से जाना पसन्द करते हैं। दल अगर बड़ा होगा तो ऐसी अफरा-तफरी होगी ही।

दोपहर तक लम्हेटाघाट पहुँच गये। यहाँ की चट्टानें 'लम्हेटी रॉक्स' के नाम से विश्व प्रसिद्ध हो चुकी हैं। अपनी विशिष्ट रचना और प्राचीनता के कारण संसार के भू-वैज्ञानिकों के आकर्षण का केन्द्र बनी हैं।

यहाँ के मन्दिर के बाहर सुस्ताने बैठे। थोड़ी देर में देखा, मेरा भानजा आनन्द, उसकी नवोढ़ा पत्नी ऋतु और मेरा छोटा बेटा नीरज नदी से लगी खतरनाक पगडंडी

से चले आ रहे हैं। आनन्द और ऋतु की शादी हुए तीन माह ही हुए हैं। कहाँ तो उन्हें हनीमून पर जाना चाहिए था और कहाँ तीर्थयात्रा पर चले हैं!

विजय और कोष्टा दल के सबसे युवा सदस्य हैं और सदा बड़े-बुजुर्गों की सेवा-टहल में लगे रहते हैं। वे यहाँ सबसे बाद में आए और खबर लाए कि भेड़ाघाट में आपके छात्र आप से मिलने आए थे लेकिन आप लोग निकल चुके थे, इसलिए यहाँ आएँगे। इतने में वे अपनी मारुति कार में आ भी गये। इन छात्रों को मैंने कोई 45 वर्ष पूर्व पढ़ाया था। तीनों बड़े इंजीनियर रहे, अभी-अभी रिटायर हुए हैं। इतने वर्षों के बाद भी अपने गुरु को भूले नहीं हैं। सभी के लिए ठंडा मीठा दूध ले आए हैं। सरयूकान्तजी से उनका परिचय कराते हुए मैंने कहा, ''ये मेरे छात्र रहे।''

''छात्र होते हैं शिक्षकों का फिक्स्ड डिपाजिट। ऐन वक्त पर काम आते हैं।'' हाजिरजवाबी और मधुर वाणी का सही मिश्रण होता है सरयूकान्तजी की बातों में।

आज रात्रि-विश्राम तिलवाराघाट में होगा। सरयूकान्तजी के लिए चलना बहुत मुश्किल हो रहा था। छात्रों ने इसे देखा और बोले, ''चलिए, हम आपको तिलवाराघाट छोड़ देंगे।''

भारी-भरकम डील-डौल वाले सरयूकान्तजी जब मेरे छात्रों के रथ में बैठ गये तो अनायास ही मुझे रामायण की यह पंक्ति याद हो आयी-रावण रथी, विरथ रघुवीरा। किन्तु बोलने का साहस न हुआ। हाजिरजवाब सरयूकान्तजी तुरन्त कहते-सकल पदारथ या जग माहीं, कर्महीन नर पावत नाहीं! मुझे लेने के देने पड़ जाते, इसलिए चुप रहा।

सरयूकान्तजी को 'कारावास' मिला तो हम लोग भी चल दिए।

यहाँ से हमारा दल दो हिस्सों में बँट गया। युवा नदी के किनारे-किनारे आगे बढ़े। यह पगडंडी खतरनाक थी और ऊबड़-खाबड़ चट्टानों पर से थी। दंडी स्वामी, स्कॉट, मॉरेग, पिंकी तथा सभी युवा इस रास्ते से आगे बढ़े। अधिकांश महिलाओं ने तथा कुछेक अन्य सदस्यों ने ऊपर के आसान रास्ते से जाना ठीक समझा। मैं उनके साथ चला।

लम्हेटाघाट के एक आश्रम में थोड़ी देर सुस्ताने बैठे। यहाँ किसी ने कहा कि आप लोग भी नदी के किनारे-किनारे जा सकते हैं। सभी महिलाएँ उस कठिन मार्ग से जाने के लिए तैयार हो गयीं। मार्ग सचमुच बहुत मुश्किल था। तरह-तरह की चट्टानें अपने पूरे लाव-लश्कर के साथ फैली हुई थीं। कहीं तो सीधे पानी में उतर गयी थीं। चढ़ते-उतरते शरीर की चूल-चूल हिल गयी। मार्ग तो कठिन था ही, धूप भी थका देनेवाली थी। लेकिन महिलाएँ बड़े उत्साह से नदी का किनारा थामे चल रही थीं। इतना ही नहीं, बराबर बोल-बतिया रही थीं! उनकी ऊर्जा पर हम

चकित थे।

एक महिला बहुत मोटी थी। किसी ने उससे पूछा, ''क्यों बहन, क्या तुम शुरू से ही मोटी रहीं या बाद में हुईं?''

गहरी साँस लेकर उसने कहा, ''मेरी नानी मरी थीं तब उसे आठ लोगों ने उठाया था। मेरी माँ तथा सभी मौसियाँ मोटी रहीं।''

आगे छोटे-छोटे प्रपातों की लम्बी कतार मिली। प्रपात से गिरते पानी को देखकर लगा मानो नदी अपने कन्धों पर से बोझ उतार रही है।

तीसरे पहर तिलवाराघाट पहुँच गये। यहाँ नर्मदा तट पर एक मन्दिर और एक यज्ञशाला है। रात यहाँ रहेंगे। हम जब वहाँ पहुँचे, तब कंडों की मद्धिम आँच पर गाकड़ें सिक रही थीं। शैलेन्द्र गाकड़ और भरता बनाकर कुछेक सदस्यों को तो खिला भी चुके थे। एक सर्वथा अनजान आदमी तीन ही दिन में हमारे कुनबे का अंग बन गया था।

रात्रि के आकाश मे छपक-छैया करना मुझे वैसे ही अच्छा लगता है, फिर आज तो पूर्णिमा है। आकाश में बड़ा-सा शुभ्र चाँद उग आया था। मैं उसे निहारता रहा। मुझे वह महाप्रतापी परशुराम जैसा जान पड़ा। जाने कितनी बार वह आकाश को नक्षत्रविहीन कर चुका है। उसे देखते ही अच्छे-अच्छे नक्षत्र (आकाश के क्षत्रप!) दुम दबाकर भाग जाते हैं।

यह उपमा जमी नहीं। मुझे अभी और कोशिश करनी चाहिए।

आधुनिक युग के अनुरूप उपमा भी सूझ गयी! चाँद है सूरज का धोबी! सूरज की मैली धूप को धोकर वह इतनी उजली कर देता है कि हम उसे चाँद की चाँदनी समझ बैठते हैं। चाँदनी यानी धुली हुई धूप! भई, धोबी हो तो चाँद जैसा!

यह हुई न कोई बात! चाँद-सी दुल्हन नहीं, चाँद-सा धोबी!

आखिर ग्वारीघाट पहुँच गये। दंडी स्वामी पूरे दल की अगुआई कर रहे हैं। जबलपुर के इसी ग्वारीघाट से मैंने अपनी नर्मदा पदयात्रा का शुभारम्भ किया था। यहीं पर आज उसका समापन हो रहा है। यह मेरी यात्रा का आदि भी है और अन्त भी। अनेक स्नेही-स्वजन हम लोगों की अगवानी करने पहले ही आ चुके थे। यहाँ हम सभी ने देर तक स्नान किया। फिर मैंने कान्ता का हाथ अपने हाथ में लिया और दोनों ने मिलकर नर्मदा की अर्चना में एक दीप जलाया और प्रवाहित किया। हम दोनों ही आत्म-विभोर थे। मेरी 2624 कि.मी. लम्बी पदयात्रा पूरी हो गयी। वर्षों से जिस शुभ्र दिवस की प्रतीक्षा कर रहा था, आखिर वह आ गया था। आनन्द से मैं छलछला उठा।

हमारी बहुओं ने मॉरेग को साड़ी पहनायी। साड़ी में उसकी आकृति खिल

उठी। मानो नर्मदा में से निकली वीनस हो!

विशाल वृक्षों के मध्य स्थित मन्दिर के भवन में एक सभा का आयोजन किया गया था। मैंने कभी नहीं सोचा था कि हमारे स्वागत-समारोह में इतने लोग उमड़ेंगे। कार्यक्रम का शुभारम्भ दंडी स्वामी के भजनों से हुआ। वक्ताओं ने मेरी प्रशंसा के पुल बाँधे। मेरे छात्रों ने मुझे उपहार दिए। सरयूकान्तजी ने मानपत्र पढ़ा। मेरा विचार है कि विशेषणों को बहुत बचा-बचा कर इस्तेमाल करना चाहिए। लेकिन मानपत्र में उन्होंने विशेषणों की झड़ी लगा दी। धन्यवाद देते हुए मैंने कहा—

अभी मेरी प्रशंसा में बहुत कुछ कहा गया। क्या ही अच्छा होता, इस समय मेरे माता-पिता यह सब देखने को जीवित होते। आपकी बातें सुनकर मेरे पिता बहुत खुश होते और मेरी माँ तो इतनी भोली थी कि वह इस पर विश्वास भी कर लेती। मुझे खुशी है कि जिस यज्ञ का आरम्भ मैंने 1977 में किया था, उसे आज 1999 में पूरा कर सका हूँ। आज जब पलट कर पीछे देखता हूँ तो खुद हैरान हो उठता हूँ कि यह सब कैसे कर सका। यही समझिए कि बस, हो गया। इसमें मेरी योग्यता की अपेक्षा भाग्य का ज्यादा हाथ रहा।

जो काम एक साल में हो सकता था, एक अयोग्य विद्यार्थी की तरह मुझे उसमें 22 बरस लग गये। कितना मन्दबुद्धि हूँ मैं! एक तरह से अच्छा ही हुआ। इतने वर्षों तक नर्मदा में रमा रहा। उसी की लौ लगाए रहा। उसी के बारे में लिखता रहा और उसी के चित्र बनाता रहा। मैंने अपने जीवन के उत्कृष्ट क्षण नर्मदा-तट पर बिताये हैं। नर्मदा ने मेरे जीवन को सुवासित किया है। मेरे पात्र को अमृत-रस से छलका दिया है। परिक्रमा के दौरान मैंने कितने पहाड़ देखे, कितनी नदियाँ पार कीं, घने जंगलों में धँसा, साँप-मगर से रूबरू हुआ, ग्रामीण नारियों का आतिथ्य प्राप्त किया। अनेक साधु-संन्यासियों का सत्संग हुआ। टूटी-फूटी धर्मशालाओं में रात रहा। खूबसूरत लेकिन कठिन पगडंडियों पर चला। विशाल खुला आसमान, हरियाली से लहराते खेत, छोटे-बड़े प्रपात, प्रपातों के गर्जन से गूँजती घाटियाँ, किलोल करते जलपाखी और जाने क्या-क्या देखने मिला। कितने सुहाने थे वे दिन-एक से बढ़कर एक!

नर्मदा-तट पर मैंने प्रकृति की अपूर्व भव्यता के साथ-साथ मानवता का सहज सौन्दर्य भी देखा। कितनी बार वहाँ के लोगों ने अपने घर और अपने दिल के दरवाजे मेरे लिए खोल दिए। (वैसे हर बार दरवाजे नहीं खोले। कभी दुत्कारा भी गया। फिर भी भले आदमी ज्यादा ही मिले।) इतना अधिक स्नेह दिया, जिसे पाने के लिए मैंने कुछ भी नहीं किया था। उन भोले-भाले लोगों के प्यार की अनुभूति सदा मेरे मन में बनी रहेगी।

उन परकम्मावासियों को मैं कैसे भूल सकता हूँ जिन्हें देखकर मैं यह समझ सका कि 'आस्था' किसे कहते हैं। परिक्रमा आस्था का, सर्वसमर्पण का ही तो अभियान है। एक ही नदी का ध्यान करते हुए बरसों चलना-नियमानुसार परिक्रमा करने पर 3 बरस, 3 महीने, 13 दिन लगते हैं—यह कोई छोटी-मोटी तपस्या नहीं। साहस भी कम नहीं। जोखिम भी है और अपरिग्रह तो है ही। क्या होता है उनके पास! फिर भी उनमें से कई में आत्मदीनता का कोई भाव नहीं। उनसे मैंने सीखा कि सुख का आरम्भ सादगी से होता है। हमारी जीवन-नौका को हमें हलका रहने देना चाहिए, उसे केवल जरूरत के सामान से ही भरना चाहिए। वरना यह कबाड़ ही हमें डुबो देगा।

नर्मदा के हर मोड़ पर मुझे कुछ न कुछ नया दिखायी दिया। हर बार मन में नर्मदा-सौन्दर्य की अमिट छाप लिए घर लौटता। नर्मदा ने अपने सौन्दर्य से मुझे आकंठ भर दिया। यह भराव मुझ पर दबाव डालता रहा। मैं अपने आपको अभिव्यक्त करने के लिए विवश हो जाता। फलस्वरूप अपनी कृतियों में नर्मदा-सौन्दर्य को व्यक्त करता रहा। काश, मैं इसे ढंग से व्यक्त कर सका होता! उसके सौन्दर्य की बहुत थोड़ी, बहुत मामूली-सी झलक ही दिखा पाया हूँ। वैसे यह तो शुरुआत है। भविष्य में अनेक समर्थ लेखक और चित्रकार आएँगे और नर्मदा सौन्दर्य को शाश्वतता प्रदान करेंगे। सज्जनो, इसके साथ ही नर्मदा के साथ मेरा अनुबन्ध पूरा हो रहा है और अब मैं घर लौट रहा हूँ।

सभा समाप्त हुई। इसके बाद विशाल भंडारा हुआ। इतने सारे लोगों को खिलाने-पिलाने की जिम्मेदारी बहुओं ने अपने ऊपर ले ली थी। बेटों ने भी किसी बात की कमी नहीं रहने दी। फिर घर आ गये। घर आकर मैं खूब रोया-नर्मदा ने मुझे सेवानिवृत्त कर दिया था!

अब खास कुछ कहने को नहीं रहा। साहित्य के व्याकरण के मुताबिक मुझे कुछ कहना भी नहीं चाहिए। फिर भी बिना कहे रहा नहीं जाता। अब केवल दो इच्छाएँ बाकी हैं। एक तो यह कि अपनी घड़ी आने पर मैं खाट पर पड़े-पड़े मरने की बजाय नर्मदा तट की किसी पहाड़ी ढलान पर प्राण देना ज्यादा पसन्द करुँगा। और दूसरी यह कि कयामत के दिन जब पुकार हो, तो मेरी पुकार इस तरह से हो-कहाँ गया वो नर्मदा सौन्दर्य वाला!

खंड 3 : तीरे-तीरे नर्मदा

मंडला से अमरकंटक

अगर वे वृद्ध मेरे सामने होते तो मैं उनके चरणों में अपना सिर रखता और उनके आशीर्वाद लेकर ही इस दूसरी परिक्रमा पर निकलता।

1980 की बात है। मैं परिक्रमा में था, मंडला के निकट पहुँचने ही वाला था, तभी सामने से आते हुए एक वृद्ध दिखायी दिए। वेशभूषा से परकम्मावासी जान पड़ते थे। परकम्मावासी ही थे। मैंने पूछा, ''आप उलटे कैसे चल रहे हैं?'' उन्होंने कहा, ''मेरी जिलहरी परिक्रमा है। इसमें समुद्र को नहीं लाँघते। इसमें दुहरी परिक्रमा होती है।''

मैं चकित। पचहत्तर वर्ष की उम्र के यह वृद्ध, बिना किसी संगी-साथी के कैसी कठिन परिक्रमा कर रहे हैं! शूलपाण की झाड़ी में भीलों ने उन्हें लूट लिया था। चश्मा तक ले लिया था। तब से ऊँच-नीच का सही अन्दाज नहीं हो पाता। कई बार गिर चुके हैं। मैंने उनकी सहायता करनी चाही, पैसे देने चाहे, तो बोले, ''पैसे को मैं हाथ नहीं लगाता।'' किसी तरह नहीं लिए।

मैं थोड़े दिनों के लिए चलता हूँ तो पैसे रखता हूँ, राशन रखता हूँ और साथ में एक विश्वस्त साथी भी रहता है। अकेले चलने का साहस कभी नहीं कर सका। और ये वृद्ध अकेले, एकाकी, निस्संग, अकिंचन चल रहे थे। पता नहीं कब घर पहुँचेंगे, पहुँचेंगे भी या नहीं क्या पता! फिर भी अपनी मस्ती में चल रहे हैं।

उसी दिन मैंने निश्चय किया था कि अगर मैं 75 का होऊँगा तो थोड़ी ही सही, फिर से नर्मदा पदयात्रा करूँगा। लेकिन 75 की उम्र बहुत दूर थी, 22 बरस दूर। वहाँ तक पहुँच सकूँ अथवा न भी पहुँच पाऊँ!

परन्तु 3 अक्टूबर 2002 के दिन पचहत्तरवें वर्ष में प्रवेश कर गया। नर्मदा की प्रथम पदयात्रा 7 अक्टूबर 1977 के दिन शुरू की थी। उसे 7 अक्टूबर को 25 वर्ष पूरे हो जाएँगे। नर्मदा पदयात्रा की रजत जयन्ती को तो नर्मदा-तट की पदयात्रा करके ही मनाया जा सकता है।

यह तिथि इस यात्रा की निमित्त भले ही बनी हो, असली कारण यह है कि नर्मदा-सौन्दर्य के घेरे से मैं बाहर निकलना ही नहीं चाहता। बार-बार वहीं लौट जाना चाहता हूँ—जहाज के पंछी की तरह। मैं नर्मदा की पूरी परिक्रमा कर चुका हूँ। दोनों तटों को मिलाकर 2624 कि.मी. पैदल चल चुका हूँ। नर्मदा पदयात्री के रूप में यह मेरा पुनर्जन्म होगा।

1977 में जबलपुर से मंडला तक चला था। इस बार भी वहीं से चलता, लेकिन बरगी बाँध के कारण 'अत्र लुप्ता नर्मदा' वाली स्थिति बन गयी है। न वे गाँव रहे, न वे पगडंडियाँ, न वे किनारे। इसके बाद 1978 में मैं मंडला से अमरकंटक तक चला था। तय हुआ कि वहीं से चला जाए।

कान्ता ने पहले से ही कह रखा था कि मैं साथ चलूँगी। हमारे भरे-पूरे परिवार से उसे कितना लगाव है, विशेष रूप से छह महीने के पौत्र वंशज से। वह तो उसके गले का हार है। किन्तु यह सारा सुख छोड़कर वह मेरे साथ नर्मदा की ऊबड़-खाबड़ पगडंडियों पर चलेगी, धूप में झुलसेगी और ठंड में ठिठुरेगी। अशोक तिवारी मेरे साथ नारेश्वर से लेकर चौबीस अवतार तक की चालीस दिन लम्बी पदयात्रा में चल चुका है। मेरे बेटे का सहपाठी रहा। यात्रा में मेरी वैसी ही देखभाल करता था, जैसी एक पुत्र अपने पिता की करता है। जब वह भी चलने को तैयार हो गया तो मैं पूरी तरह से निश्चिन्त हो गया।

साथ चलने के लिए मुम्बई से चार लोग आ रहे हैं। 64 वर्षीय रमेश शाह, 61 वर्षीय पत्नी हंसा, 36 वर्षीय पुत्र संजय और इस परिवार की अभिन्न मित्र 56 वर्षीय गार्गी देसाई। न वे मुझे जानते हैं, न मैं उन्हें। उन्होंने मेरी दोनों गुजराती पुस्तकें पढ़ी हैं, बस इसी से आ रहे हैं। दिल्ली से अपोलो हॉस्पिटल के डॉ. अखिल मिश्र भी आएँगे। वे कवि भवानीप्रसाद मिश्र के भतीजे हैं। वे भी मेरी पुस्तकें पढ़कर ही आ रहे हैं। कितना सुख मिलता है यह जानकर कि कोई दूसरा-सर्वथा अपरिचित, मुझ पर विश्वास करता है और मेरे साथ चलने को तैयार है। मुझे यह देखकर भी खुशी हो रही है कि नर्मदा-सौन्दर्य की गूँज दूर-दूर तक फैल रही है।

इस बार मेरा विश्वस्त साथी छोटू नहीं है। वह अपने गाँव चला गया है। उसकी जगह चलेगा गरीबा। नाम तो है सोहन, लेकिन उसकी बहन उसे गरीबा कहती है तो हम भी यही कहने लगे।

5 अक्टूबर 2002 को दोपहर दो बजे हम सभी बस में मंडला गये। वहाँ से बीस किलोमीटर दूर एक पहाड़ी पर स्थित गुरु-स्थान जाने के लिए जीप से निकले। रात हो गयी थी। एक कच्ची सड़क पहाड़ी के ऊपर तक जाती है। इसका उपयोग कभी-कभार ही होता है इसलिए उस पर घास उग आयी थी और सड़क मुश्किल से

ही दिखायी देती थी। फिर भी जीपवाला हमें सही-सलामत ऊपर तक ले आया।

मन्दिर के बरामदे में सोए। थोड़ी ही देर में खर्राटे शुरू हो गये। एक के बन्द होते ही दूसरे के शुरू हो जाते। खर्राटों की अन्त्याक्षरी ही समझिए। जुगलबन्दी भी हो जाती। एक महाशय तो खर्राटों का कीर्तिमान ही स्थापित करने पर तुले थे। इतना बता दूँ कि इस दौड़ में मैं भी था लेकिन कहाँ राजा भोज और कहाँ गंगू तेली!

भोर बेला में नीचे के खेतों से उठते कुहरे को देर तक निहारता रहा। धूसर धुन्ध में कोहरे की झीनी चादर ओढ़े खेत कितने पावन लग रहे थे।

मुझे हमेशा ही लगा है कि प्रकृति के सौन्दर्य में एक पावन भाव होता है। मनुष्य द्वारा निर्मित सौन्दर्य में सदा ऐसा नहीं हो पाता। पावन होना तो दूर, कई बार तो वह श्लील तक नहीं होता। बल्कि दिन पर दिन इस सौन्दर्य का मुखड़ा अश्लीलता की ओर होता जा रहा है। और हम और आप चूँ-चपड़ तक नहीं कर सकते, क्योंकि यह होता है कला के नाम पर!

फगनू रात में ही आया था। साठ बरस का है पर युवाओं जैसा बलिष्ठ और कद्दावर है। शरीर मजबूत और गठा हुआ है। अधिकांश दाँत गिर गये हैं इसलिए अधिक बूढ़ा जान पड़ता है।

सारा दिन उस पहाड़ी पर ही रहे। उसका लघु आकार उसे एक विशिष्ट जीवन्तता प्रदान करता था। यह पहाड़ी पेपरवेट जैसी लग रही थी। आसपास के खेत कहीं उड़ न जाएँ, इसलिए उन पर रखा पहाड़ी पेपरवेट!

रात का अँधेरा घिरते ही दिल्ली से डॉ. अखिल मिश्र आ गये। उन्हें लेकर आए हैं अरविन्द गुरु और उनकी पत्नी मंजरी। दोनों मंडला के कॉलेज में हिन्दी के अध्यापक हैं। यह पूछने की धृष्टता मैंने नहीं की कि कौन सीनियर है और कौन जूनियर है। (कभी-कभी इसमें बड़ी गड़बड़ी हो जाती है। एक बार मैं अपने पड़ोसी वर्माजी के घर गया था। पति-पत्नी दोनों वकील हैं। श्रीमती वर्मा से पूछा, ''वर्मा जी नहीं हैं?'' उन्होंने कहा, ''वे कोर्ट गये हैं।'' पूछा, ''आप नहीं गयीं?'' उन्होंने कहा, ''आज मेरी छुट्टी है।'' मैंने फिर पूछा, ''उनकी नहीं है?'' उन्होंने मृदु हास्य के साथ कहा, ''वे लोअर कोर्ट में हैं, मैं तो हाईकोर्ट में हूँ।'') दोनों ने पैर छुए। मंजरी ने कहा, ''जबसे आपकी पुस्तकें पढ़ी हैं, तभी से मन में था कि मिलते ही आपके चरण-स्पर्श करूँगी।'' और भी लोग ऐसा करते हैं। मैं बाधा नहीं पहुँचाता। एक तो वृद्धावस्था के कारण पूजनीयता का बोध यों ही घुस पड़ता है, दूसरे दरअसल चरणस्पर्श वे मेरा नहीं, नर्मदा का कर रहे हैं। मेरी हैसियत तो एक चिट्ठीरसा की है।

7 अक्टूबर 2002 को सुबह-सवेरे गुरुस्थान से नीचे उतरे और तीन किलोमीटर

दूर नर्मदा पर बने मानोट के पुल के लिए चल पड़े।

नर्मदा को देखते ही हृदय छलक उठा। कैसा माधुर्य बिखेरती बह रही है वह। घाट पर सभी ने स्नान किया, दीप प्रवाहित किए और 'नर्मदे हर!' के घोष के साथ चल पड़े।

मौसम साफ था और हवा शरद का स्पर्श लिए थी। ऊँचे पेड़ों से धूप छन-छनकर आ रही थी। मेरे साथियों का उत्साह उफान पर था। उन्हें यहाँ मनचाहा एकान्त और शान्ति प्राप्त हो रही थी। कुछ दिन पूर्व ही वे महानगरों की गहमागहमी, शोरगुल और आपाधापी में डूबे हुए थे। अब वे यहाँ वनों, पहाड़ों और हरे-भरे खेतों को निहार रहे थे, यहाँ की निस्तब्धता को आत्मसात कर रहे थे। और नदी से लगी ऊबड़-खाबड़, टेढ़ी-मेढ़ी खूबसूरत पगडंडियों पर पाँव-पाँव चलने के सुख का तो कहना ही क्या! फिर हम इक्के-दुक्के भी तो नहीं, कोई बारह लोगों का हँसता-चहकता दल था हमारा। छोटी-मोटी शोभायात्रा ही समझिए!

हर क्षण दृश्य बदलता रहता था। हर क्षण कोई नया मोड़, कोई अप्रत्याशित चट्टानी कगार या नन्हे-मुन्ने प्रपात सामने आ जाते थे। नर्मदा अपनी अथक गतिशीलता से बह रही थी और अपनी सुषमा से हमें आश्चर्यचकित कर रही थी। समूची धरती सुन्दर सपने जैसी मोहक लग रही थी। अगर हम प्रकृति से दोस्ती का हाथ बढ़ाएँ तो वह हमें कितना कुछ देने को तत्पर रहती है।

पाँवों में दर्द और कँधों में ऐंठन लिए शाम को सँकरी पहुँचे। भूतपूर्व सरपंच फग्गन सिंह के घर रात रहे। थककर हम लोग तो पसर गये लेकिन महिलाएँ खाना बनाने में जुट गयीं। डॉ. मिश्र स्टेथेस्कोप और बहुत सारी दवाइयाँ लेकर आए हैं। ज्यों ही लोगों को पता चला कि हमारे दल में डॉक्टर भी हैं तो मरीजों की भीड़ लग गयी। वे न केवल उन्हें देखते थे बल्कि दवाइयाँ भी देते थे। न होती तो लिख देते। और यह सब वे नि:स्वार्थ सेवाभावना से प्रेरित होकर करते थे।

नवरात्र का आज पहला दिन है। गुजरात में पूरे नवरात्र में गरबा की धूम रहती है। चूँकि हमारे दल की तीनों महिलाएँ गुजराती हैं, इसलिए घर के खुले आँगन में उन्होंने गरबा शुरू कर दिया। थोड़ी देर तक तो घर की और पास-पड़ोस की लड़कियाँ इसे कौतूहल से देखती रहीं, फिर एक-एक करके वे भी शामिल हो गयीं। बदले में गाँव की महिलाओं ने गीत संगीत का अपना कार्यक्रम प्रस्तुत किया। सांस्कृतिक आदान-प्रदान!

सुबह हमारा कारवाँ दुपरासंगम के लिए फिर चल पड़ा।

सामने का वनाच्छादित तट काफी पास आ गया। लगता था हम जंगल के जबड़े में घुस आए हैं। यहाँ एक जगह सभी ने स्नान किया। महिलाएँ मुँह अँधेरे ही स्नान कर लेती हैं, लेकिन यहाँ उन्होंने दोबारा स्नान किया। हमारे देश की महिलाएँ बाहर खुले में इस तरह स्नान कर सकती हैं कि अपने तन का एक भी अंग दिखने नहीं देतीं। अच्छे गद्य में भी यही बात होती है। अपने भीतर की कविता को वह छलकने नहीं देता।

पगडंडी के दोनों ओर खिले जंगली फूलों की शोभा देखते हुए आगे बढ़े। शाम तक फड़कीघाट पहुँच गये। जिस कुटी में हमारा रैनबसेरा था, वह नर्मदा की खड़ी कगार पर एकान्त में थी। वहाँ चार-पाँच बाबा लाउडस्पीकर लगाकर चौपट सुर में गा रहे थे। उनका कार्यक्रम देर रात तक चलेगा और हमें लाउडस्पीकर की ऊँची घरघराहट में ही सोना पड़ेगा। जगह कम थी, दब सिकुड़कर ही सो सकते थे।

पर्वतों के बीच से बह रही नर्मदा ने यहाँ क्या ही नयनाभिराम दृश्य संजोया है! इस पहाड़ी प्रदेश की पगडंडी में बेहद उतार-चढ़ाव हैं। नुकीले पत्थरों पर चलते समय गिर पड़ने का भय रहता है। एक जगह हाथ और पैरों के बल सरकते या रेंगते हुए उतरना पड़ा। महिलाएँ उतर गयीं तो मैं भी किसी तरह लुढ़कते-पुढ़कते उतरा।

इस नीरव निर्जन संसार में हम लोगों के सिवा और कोई नहीं। न किसी का स्वर सुनायी देता है, न किसी की पदचाप। गार्गी, संजय और अखिलेश हिमालय में खूब घूम चुके हैं। वे कहते हैं कि यहाँ जैसा निभृत एकान्त है, वैसा हिमालय में नहीं मिलेगा। वहाँ हर जगह पर्यटकों की गहमागहमी रहती है। यहाँ का पार्वतीय क्षेत्र एकान्तप्रेमियों के लिए वरदान है।

दोपहर तक मोहनबाबा की कुटी पहुँच गये। बड़ा ही मनोरम स्थान था। यहीं भोजन बनाने का कार्यक्रम बना। सभी पहले नहाने गये। नर्मदा-तट पर एक नाई किसी की हजामत बना रहा था। तिवारी ने उससे कहा कि इसके बाद मेरी हजामत बना देना। उसने कहा, ''हम हज्जाम नहीं दोस्त हैं, एक-दूसरे की हजामत बना रहे हैं। आप भी किसी को ले आइए, कैंची-कंघा हम दे देंगे।''

अब तिवारी से भला कौन हजामत बनवाता!

पदयात्रा में मैं दाढ़ी नहीं बनाता। चार दिन के बाद दाढ़ी-मूँछ के सफेद बाल ऐसे लग रहे थे मानो मेरे चेहरे पर फफूँद लगी हो।

मोहन बाबा की कुटी में कंडे मिल गये तो फगनू और घनश्याम ने गाक़ड़ बनाए। महिलाओं ने दाल-सब्जी जरूर बनायी लेकिन आज के भोजन का प्रतिनिधि पकवान तो गाकड़ ही रहा।

तीसरे पहर चल दिए। यहाँ से हमें एक लम्बी और तीखी चढ़ाई चढ़नी पड़ी।

कच्ची धूलभरी सड़क जरूर थी पर उस कँकरीली सड़क पर पैर फिसलते थे और बहुत सावधान होकर चलना पड़ता था।

पहाड़ी पर होने के कारण इसे टिकरा कुटरई कहते हैं। यहाँ रहने के लिए पाठशाला मिल गयी। सामने ही दुर्गा-प्रतिमा की स्थापना की गयी है और मंच भी बनाया गया है। यहाँ रोज रामलीला होती है। आज ताड़का-वध होगा। गाँव के लड़के ही अपने कामचलाऊ साज-सामान के सहारे यह कार्यक्रम प्रस्तुत करते हैं।

रात में हमारे दल के सदस्यों ने भी इसका आनन्द लिया। थोड़ी देर के लिए मैं भी गया। दर्शकों को विदूषक की बीहड़ हरकतों पर बड़ा मजा आ रहा था। जो राम बना था, वही दशरथ भी बना था। जो ऊँचा-पूरा लड़का ताड़का बना था, वही बीच-बीच में दानदाताओं के नामों की घोषणा भी करता था—फलाँ की ओर से दो रुपये, अमुक की ओर से चार रुपये। तभी एक धमाका हुआ। मुम्बई से आये मेहमानों की ओर से डेढ़ सौ रुपये! यद्यपि यह पुरस्कार दिल्ली के डॉ. मिश्र ने दिया था, लेकिन ताड़का ने इसे मुम्बईवालों के खाते में डाल दिया। डॉक्टर वहीं बैठे थे किन्तु उन्होंने भूल-सुधार की कोई आवश्यकता नहीं समझी।

कार्यक्रम अभी आधे में ही था कि बिजली चली गयी तो ताड़का का वध रद्द कर देना पड़ा। दूसरे दिन सुबह डॉक्टर ने इस कार्यक्रम का बेहद रोचक वर्णन सुनाया-एकदम मँजे हुए साहित्यकार की तरह। डॉक्टर, गार्गी और संजय यहाँ से घर चले जाएँगे। उनका वापसी का रिजर्वेशन है। उनके साथ कान्ता भी जाएगी। उसे एक शादी में जाना है।

ये सभी यहाँ से चले जाएँगे। ये वे लोग हैं जिन्हें एक सप्ताह पहले हम जानते तक न थे। पराए लोग थे लेकिन छह दिनों में ही कितने अपने हो गये थे। मुझे गुरुदेव के गीत की एक पँक्ति का स्मरण हो आया-'दूर के कोरिले निकट, पर के कोरिले भाई।' (दूर को पास ला दिया, पराए को भाई बना दिया।) यही तो नर्मदा कर रही है।

उनकी बस को आने में काफी देर थी इसलिए मैंने कान्ता को चोरी-चोरी देखा और चल पड़ा।

''**नर्मदे** हर, मिट्ठू, नर्मदे हर!''

जो भी मिलता, फगनू उससे 'नर्मदे हर!' जरूर करता। इस मामले में वह मनुष्य और पक्षी में भेद नहीं करता। एक गाँव के पिंजड़े के तोते से बोला, ''नर्मदे हर, मिट्ठू! नर्मदे हर!'' कद्दावर फगनू की आवाज स्त्रियों जैसी महीन है। जब वह

'न..र्म..दे..ह..र!' शब्दों को खींचकर बोलता है, तब तो वह और भी महीन हो जाती है। हँसते समय तो उसकी आवाज महीन होते-होते गायब ही हो जाती है। लेकिन इसी समय फगनू का पोपला मुँह बेहद प्यारा लगता है। गरीबा से उसकी अच्छी दोस्ती हो गयी है। लाड़ से उसे भी मिट्ठू कहता है—चलो, मिट्ठू!

जैतपुरी में किसी घर से मुर्गे की बाँग सुनायी दी तो जवाब में फगनू बोला, ''नर्मदे हर, मुर्गे! नर्मदे हर!''

यहाँ एक घर से उसे दही मिला। दही बेहद खट्टा था, इसे तो वही खा सकता है। कहने लगा, ''कल मही मिला था, आज दही, तो कल शायद घी मिले।''

कैसा प्रचंड आशावाद!

खेतों की हरियाली देखते ही बनती है। हरे रंग की बाढ़-सी आ गयी है। सरसों का पीला ऐसा दमकता है कि उसके पास सोना भी बिछा दिया जाए तो मटमैला जान पड़ेगा।

दूबा में एक घर के बाहर गली में बहुत सी स्त्रियाँ बैठीं थीं और घर के आँगन में बहुत सारे पुरुष आपस में गले मिल रहे थे। मैं समझा, नवरात्र का कोई अनुष्ठान होगा। पता चला कि दशगात्र का कार्यक्रम था। जिस ग्रामीण के घर यह भीड़ एकत्र हुई थी, उसने हमें बताया कि केवल तीन दिन के बुखार में उसका जवान बेटा खत्म हो गया था। उसका जीर्ण-विदीर्ण चेहरा मानो पूरे इलाके की वेदना का प्रतीक था।

इस इलाके के कण-कण से सौन्दर्य फूटता है, लेकिन यहाँ सभी कुछ सुन्दर और मधुर नहीं है। अधिकांश लोग अल्प आयु में ही मर जाते हैं। चिकित्सा की प्राथमिक सुविधाएँ तक नहीं हैं। लोग बुखार और दस्त जैसी साधारण बीमारियों से ही ग्रस्त रहते हैं और आसानी से मृत्यु का ग्रास बन जाते हैं। पूरी यात्रा में मुझे केवल एक ग्रामीण मिला जिसके घर हम 24 बरस पहले रुके थे, बाकी सभी काल-कवलित हो चुके थे। लेकिन उसे भी लकवा मार गया था और उसके जीवन की लौ लड़खड़ा रही थी।

यहाँ की कँकरीली-पथरीली जमीन में कोदो-कुटकी जैसा मोटा अनाज ही उगता है। कठोर जमीन, कम वर्षा और सिंचाई के साधनों के अभाव के कारण खास कुछ होता-हवाता नहीं। खेतों में हरियाली तो है, पर पैदावार नाममात्र को होती है। समय-समय पर सूखा खेती को तहस-नहस कर जाता है सो अलग। गरीब किसान छोटी-सी जोत पर किसी तरह जीवन बसर करते हैं।

दोपहर तक टाकिनघाट पहुँच गये। इसे कजलासंगम भी कहते हैं। यहाँ का घोर एकाकीपन स्तब्ध कर देनेवाला था। नर्मदा यहाँ पहाड़ों से ऐसे घिर गयी है,

मानो किसी ने उसे बाड़े में बन्द कर दिया हो। एक क्षण के लिए तो नर्मदा ठमक जाती है, फिर एक तीखा मोड़ लेकर, पहाड़ों को धता बताते हुए आगे बढ़ जाती है। इससे सामने का किनारा टापू जैसा लगता है।

साहस और शौर्य का जैसा इतिहास नदियाँ रचती हैं, प्रकृति का शायद ही और कोई घटक ऐसा कर पाता हो।

सब कुछ तो है यहाँ–खड़े पहाड़, निभृत एकान्त, बाँके मोड़ और चारों ओर पसरा सन्नाटा। हम यहाँ दोपहर से पहले ही आ गये थे और आगे जा सकते थे। लेकिन यहाँ का सौन्दर्य इतना लुभावना था कि फक्कड़ बाबा के शिष्य फट्टीवाले बाबा की कुटी में रह गये। खड़े पहाड़ की बीहड़ कगार पर जरा-सी जगह पर बनी इस कुटी से नीचे बहती नर्मदा कंठहार-सी जान पड़ती है।

फट्टी वाले बाबा आसपास के गाँवों से भिक्षा माँगकर गुजर-बसर करते हैं। भिक्षा में आज उन्हें मक्का के भुट्टे मिले थे। भिक्षा की यह पद्धति स्वागत योग्य है। तैयार आटा नहीं, भुट्टे। ऐसी भिक्षा में भिक्षुक के हिस्से में भी करने को कुछ काम होता है। बातें होने लगीं तो बाबा बोले—

गुरु बिन कोन सहाई नरक में
गुरु बिन कोन सहाई।

इसे समझाते हुए बोले, ''अदालत में तो वकील हमारी पैरवी करता हैं, नरक में कौन है? वहाँ गुरु ही हमारा वकील है। वही कहता है कि यह मेरा शिष्य है, इसे इतना कष्ट न दिया जाए।''

हमारे देश में न जाने कितने प्रकार से गुरु की वन्दना की गयी है। उसे ब्रह्मा, विष्णु और महेश तक कहा गया है। फट्टीवाले बाबा कह रहे हैं कि गुरु को जाना तो था स्वर्ग में, लेकिन अपने शिष्य को नरक में देखकर वे भी वहाँ जा पहुँचे उसकी रक्षा करने। उनकी यह उपमा कितकी ताजादम है!

आधी रात को उठा तो अर्धचन्द्र को देख विश्वास ही न हुआ कि यह चाँद है—लाल सुर्ख चाँद! (आधी रात को ऐसा लाल रंग कहाँ से आया?) पहाड़ के पीछे डूबने ही वाला था। मानो किसी ने भट्ठी में डालकर तपाया हो और जब लपट जैसा लाल हुआ तो पहाड़ की निहाई पर रख दिया। किन्तु उस पर सूरज का हथौड़ा पड़े, इसके पहले ही वह चला गया।

शाम तक कन्हैयासंगम पहुँच गये। मन्दिर में रहने की व्यवस्था हो गयी तो गोस्वामीजी से मिलने गये। चौबीस बरस पहले उन्होंने ही हमें अपने घर में ठहराया

था। घर की बहू से यह जानकर बहुत दुःख हुआ कि दोनों भाई अब नहीं रहे। यही नहीं, तीसरे भाई जो सबसे छोटे थे और जबलपुर में अध्यापक थे, वे भी नहीं रहे। "आखिरी बार जब आए थे तो कहने लगे कि सेवानिवृत्ति के बाद अब बेटे के पास बैंगलोर जाकर रहूँगा। सोचा, जाने से पहले एक बार जन्मभूमि के दर्शन कर आऊँ- पता नहीं, फिर कब आना हो। दिन भर नर्मदा में तैरते रहे। जाते समय इसी आँगन की धूल को माथे पर लगाया और बच्चों की तरह फफक फफक कर रोए। इसके कुछ ही दिन बाद बैंगलोर में उनका हृदयाघात से देहान्त हो गया। मानो जन्मभूमि को आखिरी बार देखने आए थे।"

जाने लगे तो रुकने का बड़ा आग्रह किया। "मेरे ससुर नहीं रहे तो क्या हुआ, हम लोग तो हैं। मेरी सास भी हैं। इसे आप अपना ही घर समझिए। फिर आप तो जबलपुर से आए हैं। जबलपुर में मेरा मायका है। आप आए हैं तो लगता है मेरे भाई आए हैं।"

मन प्रसन्न हो गया। कैसी आत्मीयता थी। लेकिन उस भोली बहन ने दूसरे ही क्षण जो वाक्य कहा तो प्रसन्नता कुम्हला गयी। उसने कहा, "मायके से तो कुत्ता भी आए तो प्यारा लगता है।"

दरअसल यह मुहावरा है और बिलकुल सही है। लेकिन उसके लिए यह जगह सही नहीं थी। भूल से उसकी उँगली गलत सुर पर पड़ गयी थी।

सुबह कन्हई पार की और आगे बढ़े। आज मुझ पर छिनगाँव पहुँचने की धुन सवार है। वहाँ की एक आदिवासी स्त्री की याद आज भी खुशबू की तरह मेरे मन में तैर रही है। उससे मिलने के लिए मैं बहुत व्यग्र था।

तीसरे पहर नदी के कछार से निकलकर पहाड़ियों पर चढ़ने लगे। बड़ी मुश्किल से छिनगाँव पहुँचे। मुझे आश्चर्य हुआ कि 24 बरस पहले इस दुर्गम पहाड़ी गाँव तक हम कैसे आ सके थे। छिनगाँव में जिस घर में हम रहे, उसके ठीक सामने दुर्गा प्रतिमा की स्थापना हुई थी। पंडितजी से कथा सुनने 25-30 ग्रामीण एकत्र हुए थे। कथा शुरू होने में देर थी तो मैंने श्रोताओं से कहा कि आपके इस गाँव में मैं 24 बरस पहले आया था और रात रहा था। फिर अपनी पुस्तक "सौन्दर्य की नदी नर्मदा" से पूरा प्रसंग पढ़कर सुनाया जो संक्षेप में इस प्रकार है—यहाँ आते-आते अँधेरा हो चला था। दुर्भाग्य से दो शराबियों के कारण लोग हमें चोर समझ बैठे और किसी ने भी हमें आश्रय नहीं दिया। तब एक औरत को हम लोगों पर दया आयी और उसने हमें अपने खुले आँगन में सोने की अनुमति दी। वे शराबी उसी से उलझ पड़े लेकिन वह टस से मस नहीं हुई और दृढ़ता के साथ हमारा बचाव करती रही। अगर उसने हमें आश्रय न दिया होता, तो पता नहीं हम पर क्या बीतती।

मैंने इस पूरे प्रसंग को पढ़कर सुनाया। कभी कल्पना भी नहीं की थी कि छिनगाँव में घटी यह घटना कभी छिनगाँव में ही पढूँगा-सो भी ठीक दशहरे के दिन। पढ़ने के बाद मैंने कहा, "उस बीहड़ रात को उस बहन ने हमारी वैसे ही रक्षा की थी, जैसे एक माँ अपने बच्चों की करती है। मैं यहाँ उसी से मिलने आया हूँ। क्या आप मुझे उसका घर बता सकते हैं?"

वहाँ युवकों की संख्या अधिक थी। उन्होंने कहा "चौबीस बरस पहले तो हम लोगों का जन्म भी नहीं हुआ था।"

बड़े-बूढ़ों ने कहा, "छिनगाँव में चार टोले हैं। आप किस टोले की बात कर रहे हैं?" मैंने कहा, "इसी टोले की। थककर चूर हो गये थे। आगे जाने की ताकत ही नहीं बची थी। उसके घर के पास से ही आगे के गाँव को रास्ता जाता था।"

उनमें जो सबसे बूढ़ा था, उसने कहा "वह बाई तो अब नहीं रही।"

मेरा दिल बैठ गया। वैसे इस अशुभ समाचार की आशंका तो थी। इस इलाके में लम्बी आयु कम ही लोगों को नसीब होती है। फिर भी उस ममतामयी नारी से मिलने और उसकी यत्किंचित सेवा करने का बहुत मन था। मैंने एक गहरी साँस ली और मौन हो गया। उसके चेहरे को याद करने की बहुत कोशिश की, लेकिन वह किसी तरह याद नहीं आ रहा था। रात के अँधेरे में उसकी आवाज भर सुनी थी। सुबह देखा जरूर था, पर थोड़ी देर के लिए। इतने से कैसे याद रहता।

जहाँ स्मृति साथ नहीं देती, वहाँ कल्पना का सहारा लिया जा सकता है। मुझे लगा, उसका चेहरा बहुत कुछ वैसा ही था, जैसा मेरी माँ का था। या फिर सामने रखी दुर्गा जैसा।

हो सकता है यह मेरे मन का वहम हो। अगर ऐसा है तो भी मैं चाहूँगा कि मुझे यह भरम आखिरी साँस तक बना रहे।

छिनगाँव का कुआँ गाँव के बाहर एक घाटी में था। मेरे साथी बड़े सवेरे वहाँ जाकर नहा आए। मैं गया जरूर, पर नहाया नहीं-ठंड के कारण हिम्मत ही न हुई। मन को समझाया-बाबा नहाएगा तो नर्मदा में, कुओं-तालाबों पर नहीं। कै हंसा मोती चुगैं, कै भूखे रहि जायँ!

छिनगाँव से बरछा। कच्ची, धूल भरी सड़क से उतरने लगे तो नीचे दूर मैदान में से बहती धूप नहाई नर्मदा दिखाई दी। उस पर बना पुल भी दिखाई दे रहा था। इतने दिनों तक हम पानी और पर्वत के बीच डोल रहे थे। यहाँ पहाड़ भी खत्म और सुरम्य वनप्रदेश भी खत्म। अब प्रायः अमरकंटक तक नर्मदा मैदान से बहती है।

पुल के पास ही है जोगीटिकरिया। वहाँ के पुजारी ने हमें अपने कमरे के बरामदे में ठहरा लिया। अपने हँसमुख और खुशमिजाज स्वभाव के कारण पंचमनाथ पुजारी किसी प्रहसन के पात्र जैसा लगता था। मेरे पूछने पर कि कैसे-कैसे बाबा यहाँ से निकलते हैं तो उसने कहा—सब रंग के बाबा निकलते हैं। कुछ बाबा बड़े कड़े होते हैं। आते ही हुकुम चलाते हैं 'शक्कर लाओ, दूध लाओ, घी लाओ, आटा लाओ, गाँजा लाओ।' कोई कहता है, 'घी न हो तो तेल लाओ।' एक ने कहा, 'सदाव्रत दो, कल का भूखा हूँ।' मेरे पास जो था, वह उसे दिया। डपटकर बोला, 'शुद्धि कहाँ है?' शुद्धि यानी घी। मैंने कहा, 'घी नहीं है महाराज।' इतना सुनते ही सब कुछ छोड़कर चला गया। एक बाबा रात के अँधेरे में आया और आते ही बहुत-सी चीजें माँगी। मैंने कहा, 'नहीं है।' उसने कहा, 'अच्छा, धूने के लिए डूँड़ा ही ले आओ।' रात को डूँड़ा कहाँ से लाता? सो कहा, 'नहीं है।' वह नाराज होकर चीखा, 'फिर तुम नहीं बोले? मैं कुछ नहीं जानता। कहीं से भी लाओ। नहीं तो मैं तुम्हें मारुँगा।' मैंने हाथ जोड़कर कहा, 'मार लो महाराज, पर डूँड़ा नहीं है तो कहाँ से लाऊँ?' ऐसा कहकर मैं दरवाजा बन्द करके सो गया। उसने कहा, 'सुबह तुम्हें मारकर जाऊँगा। कई आश्रमधारियों को मार चुका हूँ।' लेकिन सबेरे जब बाहर निकला, तब वह जा चुका था। यह गरीब इलाका है। सदाव्रत में देने के लिए मेरे पास आटा भर रहता है। बाकी चीजें मैं कहाँ से लाऊँ? आटा देता हूँ तो कहते हैं 'हम तुम्हारे आटे के लिए थोड़े आए हैं। किस नंगे जिले में आ गये जहाँ कुछ भी नहीं मिलता।' ऐसा कहकर चल देते हैं।

पुजारी के पास बाबाओं के कई संस्मरण हैं। एक और किस्सा सुनाया-एक शाम दो बाबा आए। इसी परछी में एक कोने में एक बाबा ने आसन लगाया और दूसरे कोने में दूसरे बाबा ने। थोड़ी देर में कहीं से एक कुत्ता आया और एक बाबा के आसन पर सोने लगा। बाबा ने उसे भगाना चाहा लेकिन जब नहीं गया तो बाबा ने उसे डंडा मारा। इस पर दूसरा बाबा बहुत बिगड़ा-तुमने उसे डंडा क्यों मारा, आखिर वो भी तो जीव है। पहले ने कहा कि मारता नहीं तो क्या करता, बिस्तर पर चढ़ा जा रहा था। दोनों में तू तू- मैं मैं होने लगी और हाथापायी शुरू हो गयी। तभी बजरंग बाबा आ गये। बड़ी मुश्किल से दोनों को अलग किया।

एक और किस्सा सुनाया—एक बार एक महाराष्ट्रियन लड़का यहाँ आया था। हर समय ध्यान में बैठा रहता। एक बाबा ने पूछा, 'तुम्हारे गुरु कौन हैं?' उसने कहा, 'मेरे कोई गुरु नहीं है।' बाबा ने कहा, 'क्या कहा, गुरु नहीं हैं? तब क्यों हाथ-पाँव तुड़वा रहे हो? जाओ, पहले गुरु बनाओ, फिर यह सब करो।'

एक वृद्ध बाबा ने यहाँ चातुर्मास किया था। भिक्षा के लिए केवल पाँच घर

जाते थे। यदि पाँचों घरों से कुछ न मिला, तो उस दिन उपवास रखते थे। एक ग्रामीण अपनी बूढ़ी माँ को काँवर में बिठाकर परकम्मा कर रहा है। बड़ा वजन था उसके पास। पैंतालीस किलो की माताराम रही होंगी। उतना ही वजन दूसरे पलड़े में रहता था। कोई नब्बे किलो वजन उठाकर चल रहा है।

पंचमनाथ पुजारी जब 48 बरस का था, तभी पत्नी का देहान्त हो गया था। अभी 70 का है और पूरी तरह से स्वस्थ है। घर आता-जाता रहता है लेकिन रहता यहीं है। कहता है—मैं बाहर भी हूँ और भीतर भी हूँ।

अगर हम लोग भी बीच-बीच में भीतर चले जाया करें और देखते रहें कि कहीं हमारी आत्मा को फफूँद तो नहीं लग गयी, तो कितना अच्छा हो।

शाम को पास के गाँव के लोग दुर्गा प्रतिमा सिराने ले आए। ज्यों ही उन्होंने मूर्ति का नर्मदा में विसर्जन किया, तीन-चार नौजवान उस पर गिद्ध की तरह टूट पड़े। उसमें लगी लकड़ी निकालने के लिए लगे मूर्ति को खुरचने और खींचने। एक क्षण पहले जिस मूर्ति का बड़ी श्रद्धा के साथ नदी में विसर्जन किया गया था, वही अब नोच-खसोट की वस्तु बन गयी थी। देवी वह तभी तक थी जब तक विसर्जन नहीं हुआ था, अब वह कबाड़ी का माल बन गयी थी।

दोपहर तक लुकामपुर पहुँच गये। यहाँ की धर्मशाला में एक युवा संन्यासी पहले से ही था। बेचारे को मलेरिया ने तोड़ दिया है। तिवारी को दवाइयों की अच्छी जान्कारी है। उसने उसे कुछ गोलियाँ देते हुए कहा, "पहले दिन चार, दूसरे दिन तीन, तीसरे दिन दो और चौथे दिन एक गोली खाना। बीच में छोड़ मत देना, नहीं तो मलेरिया अधकचरा रह जाएगा। और खाली पेट भी मत खाना, नहीं तो गोलियाँ पेट फाड़ देंगी।"

कंडे मिल गये तो फगनू और घनश्याम ने गाकड़ बनाए। रात में कंडों की गरम राख पर कुत्ता सोया।

रात्रि के अन्तिम प्रहर से ही ओस गिरनी शुरू हो गयी थी। एक तो कड़ाके की ठंड, ऊपर से ओस की बुँदनियाँ! सबेरे घना कुहरा। कुहरे के छँटने का काफी इन्तजार किया, लेकिन छँटा नहीं तो कुहरे और ओस की फुहार में ही चल दिए।

दोनों ओर के खेत धुले-धुले लग रहे हैं। हरे रंग का तो समुद्र ही है चारों ओर। हरे रंग के कितने अखाड़े हैं। खेतों का हरा अलग, पेड़ों का हरा अलग, यहाँ तक कि हर पेड़ का हरा अलग। धान का खेत हरे रंग का जूना अखाड़ा है। रमतिला का पीला तो मुझ में अजीब-सी उत्तेजना भर देता। उनके पीले खेतों में से चलता, तो लगता मैं वान गॉग के खेत में से जा रहा हूँ। बसोहली कलाकारों की तरह वान गॉग को भी पीला रंग बहुत प्रिय था।

चलते–चलते आसपास के सौन्दर्य को मन में उतारता जाता। सोचता, क्या इस सौन्दर्य की गूँज अपनी कृतियों में पैदा कर सकूँगा? लेकिन इसकी चिन्ता अभी क्यों करूँ? अभी तो इसका भरपूर आनन्द लूँ, अपने हृदय में उतार लूँ और पकने के लिए छोड़ दूँ। समय आने पर वह स्वयं बाहर आएगा। इसमें समय लगता है। अगर मैं कलाकार हूँ तो मुझ में धैर्य होना चाहिए।

दोपहर को खाना नहीं बनाते। लेकिन रामघाट के प्रपातों को देखकर लगा कि आज खाना यहीं बने। देर तक मैं इन प्रपातों के पास मंडराता रहा।

शाम तक दूधीसंगम पहुँच गये। यहाँ की धर्मशाला में दो ही कमरे थे। एक में एक पागल रहता था और दूसरे में एक क्रोधी बाबा। न तो उस दुर्वासा के साथ रहना सम्भव था, न उस पगले के साथ। अब क्या करें?

एक ग्रामीण ने कहा कि आप दूधी पार करके हर्रा जाइए, वहाँ कहीं न कहीं रहने की व्यवस्था हो जाएगी। आज सुबह से शाम तक चलते रहे थे और अत्यधिक श्रान्त–क्लान्त हो गये थे। लेकिन जाने के सिवा कोई उपाय भी न था।

रात के अँधेरे में अनजान, सुनसान पगडंडियो से चलना लोमहर्षक होता है। भरसक तेज चाल से चल रहे थे। गिरते–पड़ते हर्रा पहुँचे। किन्तु जिसके यहाँ आश्रय मिलने की सम्भावना थी, उसके यहाँ तीन दिन पहले ही किसी की मृत्यु हो गयी थी। मौत यहाँ भी अपनी फसल काटने आ पहुँची थी। हम असमंजस में थे कि क्या करें, तभी उसी घर से निकला प्रताप सिंह बड़े प्रेम से हमें अपने घर ले गया। रात उसी के घर रहे। सुबह आगे बढ़े। अभी हर्रा में ही थे कि दूध की खोज में तुलसीराम के घर पहुँच गये। मैं उसके आँगन में बैठा गुनगुनी धूप का आनन्द ले रहा था, तभी मेरा ध्यान उसके घर के दरवाजे पर गया। दोनों किवाड़ों पर क्या ही खूबसूरत नक्काशी की गयी थी। तुलसीराम ने कहा, "इन किवाड़ों को मेरे दादा ने बनाया था।"

अब तो दोपहर का खाना यहीं बनेगा, ऐसा आकर्षण था उन किवाड़ों में। तुलसीराम के दादा ने तो इन्हें महज किवाड़ समझकर बनाया था, लेकिन वह बन गयी कलाकृति। कई बार कलाकृतियाँ सहज भाव से, अनजाने में ही बन जाती हैं। जब कलाकार कसम खाकर बैठता है कि मैं एक श्रेष्ठ कलाकृति की रचना करके ही दम लूँगा, तब उसके हाथ प्राय: निराशा लगती है।

शाम को चन्दनघाट पहुँचे। धर्मशाला के पास ही नर्मदा पर सड़क का पुल है, पीछे बाँसों का सघन कुंज। धर्मशाला की देख–रेख करने वाला पुजारी युवा और हट्टा–कट्टा है। कहता है, कोई बाबा यहाँ गाँजा पीता है, अपशब्द बोलता है या लड़ाई–झगड़ा करता है तो मैं उसे मारकर भगा देता हूँ। कई बाबाओं को मार चुका

है। एक बाबा ने कहा था कि मैं कई आश्रमधारियों को मार चुका हूँ। यह आश्रमधारी कह रहा है मैं कई बार बाबाओं को मार चुका हूँ। हिसाब बराबर!

आधी रात को आकाश में शरद पूर्णिमा का चन्द्र था। चन्दन का घाट और पूनो का चाँद।

सवेरे आगे बढ़े। बसन्तपुर और कंचनपुर होते हुए ठाड़पाथर पहुँचे। इस बार की यात्रा में एक सुखद परिवर्तन देखने मिला। अधिकांश गाँवों में प्राथमिक पाठशालाएँ खुल गयी हैं और बच्चे पढ़ भी रहे हैं। जहाँ भी शाला मिली, हम वहाँ जरूर गये और शिक्षक से अनुमति लेकर मैं बच्चों को नर्मदा के बारे में बताता। अगर बच्चे जरा बड़े होते तो अपनी पुस्तक 'सौन्दर्य की नदी नर्मदा' में से उनके गाँव से सम्बन्धित अंश पढ़कर सुनाता। नर्मदा-तट के कई गाँव में मैंने बच्चों के समक्ष रचना पाठ किया—उसी निष्ठा से जिस निष्ठा से नवम्बर 2001 में भोपाल के भारत भवन में साहित्यकारों और साहित्यप्रेमियों के समक्ष किया था। कभी वक्ता की मुद्रा धारण करके संक्षिप्त भाषण भी देता। ठाड़पाथर की पाठशाला को देखते ही मेरी बाँछें खिल गयीं। दीन-दुनिया से बेखबर शुरू हो गया।

प्यारे बच्चो, हर बच्चे को सबसे अधिक प्यार अपनी माँ से होता है। माँ के बिना वह रह नहीं सकता। इससे हुआ यह कि जो भी चीज हमें बहुत प्यारी होती है, उसे हम माँ कहने लगे। जैसे हमारा देश। हम उसे भारत माता कहते हैं। इसी प्रकार यह जो नर्मदा बह रही है, वह हमें इतनी प्यारी लगती है कि हम उसे भी माँ कहते हैं—नर्मदा मैया। बच्चो, तुम कितने भाग्यवान हो कि नर्मदा की गोद में पल-बढ़ रहे हो। पता नहीं बड़े होकर तुम इसी गाँव में रहोगे या और कहीं जाओगे। जहाँ भी जाओ, अपनी इस नदी को कभी मत भूलना। तुम जहाँ भी जाओगे, इस नदी का एक अंश तुम्हारे साथ जाएगा।

बच्चे, और शिक्षक भी, बड़े चाव से मेरी बातें सुनते। (मेरे भाषण से खुश होकर एक शिक्षिका ने तो हमें सदाव्रत भी दिया था।) अगर मैं शिक्षक होता तो बच्चों के दिलों में सौन्दर्य के बीज बोता, सौन्दर्य के प्रति ललक जगाता। सौन्दर्य की यही ललक कालान्तर में उनके समक्ष कला, संगीत या किताबों की दुनिया खोलकर रख देती। मुझे लगता है कि मैं प्राइमरी स्कूल का बहुत अच्छा शिक्षक हो सकता था। दुर्भाग्य से अपनी इस अद्‌भुत क्षमता का पता मुझे तब चला है, जब मेरा चादर बदलने का समय पास आ गया है।

चलते समय आसपास का दृश्य इतना आत्मविभोर कर देनेवाला होता कि मुझे इससे कोई मतलब न होता कि हम रास्ता भटक गये हैं या किधर जा रहे हैं या कहीं

जाना भी है या नहीं। यहाँ मनुष्य ने प्रकृति की लय को तोड़ा नहीं है। नर्मदा को निजी सम्पत्ति मानकर उसमें अपने कारखानों की गन्दगी बहाने वाले महानुभाव का आगमन इस इलाके में जरा भी नहीं हुआ है। इसलिए नर्मदा अपने स्वच्छ जल को, अपने मूल तत्त्व को, सुरक्षित रख सकी है। मुझे आशा नहीं थी कि इतने वर्षों बाद भी इस इलाके को मैं अविकृत देख सकूँगा।

घुघवा में छत्तरसिंह के घर रात रहे। सुबह आगे बढ़े। अब आएगा फरीसेमर। चौबीस बरस पहले जब यहाँ से निकला था, तब दीवाली आने वाली थी, इसलिए इस गाँव के बैगाओं ने अपने घरों की दीवारों को सुन्दर चित्रों से सजाया था। मैंने उनके स्कैच भी किए थे। आज भी करूँगा, जरूरत पड़ी तो रात भी रहेंगे।

लेकिन वहाँ एक चित्र नहीं था। दीवारें सूनी पड़ी थीं।

हो सकता है कुछ दिन बाद बनाएँ क्योंकि दीवाली को आने में अभी दस दिन की देर है। यह भी हो सकता है कि उन्होंने इस पारम्परिक कला को त्याग दिया हो। इसी इलाके में मुझे बैगा स्त्रियों के शरीर गुदनों से छलकते दिखे थे। इस बार शायद ही गुदने वाली कोई स्त्री दिखी हो। उनका पारम्परिक पहनावा भी कम ही दिखायी दिया। लोकगीत के स्वर भी मुश्किल से सुनायी दिए। नवरात्र के दौरान अधिकांश जगह कर्कश और कर्णकटु लाउडस्पीकर पूरी ताकत से गला फाड़ते सुनायी दिए। केवल एक बार कुछ स्त्रियों को गाते सुना था—

नरबदा मइया क्वाँरी बहिन हो
क्वाँरी बहिन, दूधे की धारा हो
नरबदा मइया...

कितना अच्छा लगा था। उनका गला मीठा और स्वर कोमल था। वे बहुत सहज ढंग से गा रही थीं। बरछा की उन स्त्रियों के मैंने नाम भी लिख लिए थे—तुलसी, चिरौंजी, फूलमती और कोसी। लेकिन देख रहा हूँ कि नगरीय सभ्यता लोक-संस्कृति को लगातार पीछे ढकेल रही है। महानगरों की सभ्यता में ऐसी भयानक शक्ति है कि वह सबको एक जैसा बना देती है। हम विविधता में एकता की बातें तो करते हैं, पर विविधता खत्म होती जा रही है।

पहाड़ों की तलहटी में बसा छोटा-सा गाँव है दमगढ़। तीनों ओर पहाड़ ही पहाड़ नजर आ रहे हैं। इन्हीं पहाड़ों में है अमरकंटक। डिंडौरी से जो मैदान शुरू हुआ था, वह यहाँ खत्म हो गया। यहाँ से अमरकंटक की चढ़ायी शुरू।

पहाड़ी पगडंडी से दो घंटे में ऊपर आ गये। शाल वृक्षों से आच्छादित

समतल भूमि पार की तो कपिलधारा पहुँच गये। कपिलधारा नर्मदा का सबसे पहला प्रपात है और सबसे ऊँचा भी। कुंड से निकल कर नर्मदा कुल सात किलोमीटर ही चली है कि पिता मेकल उससे कहते हैं, ''जरा इस गहरी खाई में कूदकर दिखाओ तो! आगे तुम्हें दुर्गम पहाड़ों में से अपनी राह निकालनी होगी, छलाँग लगानी होगी। देखूँ तो सही, तुम छलाँग लगा सकती हो या नहीं।''

एक सरिता, जिसे चले कुल सात किलोमीटर हुए हैं, जिसे कूदने का कोई अनुभव नहीं, जो अभी दुधमुँही बच्ची ही कही जाएगी, उसकी कैसी कठिन परीक्षा ली जा रही है! किन्तु नर्मदा भी तो पर्वत-कन्या है, पहाड़ की बेटी है, बिना आगा-पीछा सोचे खाई में कूद जाती है। पिता मेकल प्रसन्न हो जाते हैं—इतनी छोटी और इतनी बहादुर!

खाई-खंदक से नर्मदा की यह पहली भिड़न्त है।

कपिलधारा के नीचे जो छोटा प्रपात है, उसका नाम है दूधधारा। मेरे साथी कपिलधारा में नहाए, मैं दूधधारा में। यहाँ एक आदिवासी स्त्री जड़ी-बूटी बेच रही थी। तिवारी ने उससे कोई बूटी खरीदी।

एक विचित्र बात यह है कि इस बार की यात्रा में प्रथम यात्रा की कोई स्मृति काम नहीं आयी। दो-तीन जगह को छोड़कर शायद ही ऐसा कोई स्थान आया हो, जिसे देखकर लगा हो कि यहाँ मैं आ चुका हूँ। कोई परिचित धर्मशाला तक न मिली—कपिलधारा की वह धर्मशाला भी नहीं जहाँ पिस्सुओं की भरमार थी। वह खंडहर हो चुकी थी।

यात्रा के दौरान मैं दाढ़ी नही बनाता, यह झंझट नहीं पालता। तिवारी ने कहा ''आपकी दाढ़ी-मूँछ इतनी बढ़ गयी है कि आपको अन्दाज नहीं हो सकता कि आपका चेहरा कैसा दिखायी दे रहा होगा।'' हम सँवरते हैं दूसरों के लिए, विशेष रूप से परिचितों के लिए। यहाँ मेरा कोई परिचित नहीं-चाहे जितना लालबुझक्कड़ क्यों न दिखूँ, मुझे क्या फर्क पड़ना है!

अमरकंटक में एक सौन्दर्य-त्रिभुज बनता है—कपिलधारा, माई की बगिया और सोनमूड़ा। त्रिभुज नहीं बल्कि चतुर्भुज। सौन्दर्य की चौथी भुजा है यहाँ का सुन्दर, सलोना, सर्वव्यापी शाल वन। पूरा पहाड़ उत्तुंग शाल वृक्षों से आच्छादित है। अमरकंटक नाम लेते ही नर्मदा के साथ-साथ यहाँ के शालवन की एक बहुत ही सजीव छवि मेरे मन में उभरती है।

वहाँ से रेवा-कुंड, या नर्मदा-कुंड आ गये। इसी कुंड से नर्मदा अपनी यात्रा शुरू करती है। कुंड के चारों ओर कई छोटे-छोटे मन्दिर हैं।

हवा में अभी भी महीन कुहरा छाया हुआ था। लोगों का आना शुरू हो गया

था। मन्दिरों की घंटियाँ बजने लगी थीं। कड़ाके की ठंड में एक स्त्री नहाने के लिए कुंड में उतर रही थी।

यहाँ आए आज तीसरा दिन है। दोपहर के बाद बस पकड़कर घर के लिए चल देंगे। फगनू अपनी सुरीली आवाज में गरीबा से कह रहा है—चलो मिट्ठू! अब घर चलो।

75वर्ष की उम्र में मैं करीब–करीब उतना ही चला, जितना 50 की उम्र में चला था। अपने सामर्थ्य में मेरा विश्वास बढ़ा। फगनू और गरीबा जैसे साथी साथ में हों तो आपको अपने ऊपर कुछ ज्यादा ही विश्वास हो जाता है।

अमरकंटक से डिंडौरी

अमरकंटक कोई बड़ा पहाड़ नहीं। लेकिन वहाँ से एक नहीं, दो नदियाँ निकलती हैं—नर्मदा और सोन। दोनों के उद्गम के बीच की दूरी कोई एक किलोमीटर होगी, लेकिन—

पत्ता टूटा डाल से, ले गयी पवन उड़ाय।
अबके बिछुड़े कब मिलें, दूर पड़ेंगे जाय।

एक पत्ता टूटकर खम्भात की खाड़ी में गिरा, दूसरा बंगाल की खाड़ी में। नर्मदा को पहाड़ की पश्चिमी ढलान मिली तो वह उस ओर गयी और सोन को पूर्वी ढलान मिली तो वह पूरब को गयी। करीब-करीब एक ही जगह से निकली दो नदियाँ विरुद्ध दिशाओं में बहकर बहुत दूर जा गिरीं।

यह तो हुआ भूगोल। किन्तु किसी अज्ञात कवि को इस भूगोल में भी कविता दिखायी दी। उसने कहा—नर्मदा और शोणभद्र (इसे नद माना गया है। हमारे देश में तीन नद माने गये हैं—ब्रह्मपुत्र, सिन्धु और शोणभद्र) एक दूसरे को चाहते थे, दोनों का विवाह होने वाला था। एक बार नर्मदा ने अपनी दासी जुहिला के हाथ शोण के लिए सन्देश भेजा। काफी देर बाद भी जब जुहिला नहीं आयी, तो नर्मदा स्वयं गयी। उसने देखा कि शोण जुहिला से ही प्रेमक्रीड़ा कर रहा है! उसे शोण पर अत्यन्त क्रोध आया और कभी विवाह न करने की प्रतिज्ञा करके पश्चिम की ओर चल दी। निराश और हताश शोण पूर्व की ओर चल पड़ा। चिरकुमारी होने के कारण नर्मदा अत्यन्त पवित्र नदी मानी गयी। इसीलिए भक्तगण उसकी परिक्रमा करते हैं।

हमारे दल के बारे में बताना तो भूल ही गया। कान्ता, गार्गी और अखिल मिश्र तो पिछली यात्रा में भी थे। कुन्दन सिंह परिहार और शरद चौहान नये साथी हैं। फगनू दादा तो हैं लेकिन गरीबा नहीं है। हाँ, छोटू है जो पहले भी मेरे साथ चल

चुका है।

दूसरे दिन दोपहर तक नर्मदा-कुंड, माई की बगिया, सोनमूड़ा और कुंड के निकट स्थित कल्चुरी कालीन प्राचीन मन्दिर देखे। तीसरे पहर 7 किमी. दूर स्थित भृगुकमंडल गये। बीच में धूनीपानी पड़ा। यह सुन्दर, हरा-भरा, एकान्त स्थान है।

रात में पुनः नर्मदा-कुंड गये—आरती देखने। हम लोग यह भी देखना चाहते थे कि कुंड से बाहर निकलकर नर्मदा किस मार्ग से प्रवाहित होती है। कुंड और उसका परिसर तो स्वच्छ है, लेकिन कुंड के अहाते से बाहर निकलते ही स्थानीय लोगों ने नर्मदा की जो गत बना रखी है, उसे देखकर ग्लानि ही होती है। पूजा-सामग्री बेचने वाली लड़की ने हमें रात के अँधेरे में वहाँ जाने से रोक दिया-बड़ी गन्दगी है वहाँ। लोग मानो घात लगाए बैठे हैं कि नर्मदा बाहर निकले और हम उसमें अपनी गन्द बहाएँ।

भगवान जितने मन्दिरों में निवास करते हैं, उतने ही स्वच्छता और शुचिता में रहते हैं। हमारे सन्त यदि इस बात का पुरजोर प्रचार करें तो प्रभु-सेवा के साथ-साथ यह उनकी बहुत बड़ी देश-सेवा होगी। धर्म और गन्दगी साथ-साथ नहीं रह सकते।

अमरकंटक से कपिलधारा तक नर्मदा सीधे-सपाट मैदान में से होकर बहती है। उसका रास्ता रोकने के लिए एक चट्टान तक नहीं, वह सीधी रेखा में बह सकती थी, लेकिन वह तो बहती है टेढ़ी-मेढ़ी, आड़ी-तिरछी। एक जगह तो वह इतनी चक्राकार बहती है कि लोगों ने उसका नाम ही रख दिया चक्र तीर्थ। नर्मदा अकारण ही इतनी आड़ी-टेढ़ी बहती है। मुझे तो इसका एक ही कारण समझ में आता है—उसकी वक्र गतिप्रियता। यह उसकी अपनी शैली है। सीधे सपाट बहना गंगा की शैली है।

कपिलधारा तक का मार्ग आसान है। लेकिन अधिकांश परकम्मावासी कपिलधारा नहीं जाते। सड़क पकड़कर डिंडौरी चले जाते हैं। दोपहर के पहले ही हम लोग कपिलधारा पहुँच गये। यहाँ से एक पगडंडी शालवन में से होती हुई, नर्मदा के प्रायः संग-संग, पकरीसोंढ़ा तक जाती है। हम लोग इसी वनमार्ग से चले। यहाँ का शान्त सौन्दर्य देखते ही बनता है। मानो नीरवता के किसी मोहक संसार में आ गये हों।

धीरे-धीरे पेड़ों का घेरा घना होने लगा। सभी पेड़ शाल के थे और बौर से लद गये थे। इस कारण सजे-सँवरे लग रहे थे। नीचे गिरे सूखे पत्तों ने जमीन को इस तरह ढक दिया था कि वह दिखायी ही नहीं देती थी। उन पर चलते तो चर-चर की आवाज होती। उनका रंग ललामी लिए पीला था और पेड़ों में लगे पत्तों के हरे रंग से जरा भी कम आकर्षक नहीं था। उपेक्षितों का अपना सौन्दर्य होता है। वे निस्तेज भले ही हो गये हों, निरर्थक नहीं। आखिर वे भी तो इस वन-प्रदेश के अंश हैं।

बीच-बीच में नर्मदा दिख जाती। उसके तट पर बाबाओं की दो-एक कुटी भी मिलीं। आश्चर्य की बात यह थी कि हम पहाड़ उतरकर मैदान में आ गये और हमें पता न चला कि पहाड़ उतर गये हैं। लगा मानो समतल भूमि पर चल रहे हैं। दमगढ़ की घाटी से जब चढ़े थे, तब खड़ी चढ़ाई थी और लगा था कि पहाड़ चढ़ रहे हैं। उतरते समय लगा ही नहीं कि पहाड़ उतर रहे हैं।

पहाड़ खत्म तो खूबसूरत शालवन भी खत्म। अमरकंटक हरा-भरा पहाड़ है, एड़ी से चोटी तक शाल का परिधान पहने (या शाल ओढ़े) भद्र पहाड़। अमरकंटक का नाम मेकल भी है। मुझे उसका एक और नाम रखने की अनुमति दी जाए, तो मैं उसका नाम रखूँगा—शालभद्र।

क्या गार्गी और कान्ता में कोई दैवी शक्ति आ गयी है? आज पहले ही दिन हम प्राय: 18 कि.मी. चले थे और उन्होंने जरा भी थकान महसूस नहीं की। बल्कि आते ही खाना बनाने में जुट गयीं। इतना चलने के बाद जो पहला गाँव पड़ा, वह था पकरीसोंढ़ा-नर्मदा किनारे पसरी छोटी-सी बस्ती। रात को पाठशाला के बरामदे में सोये और ठंड में ठिठुरे।

दूसरे दिन रास्ते में किंरगी पड़ा। पहली यात्रा के दौरान मैं यहाँ दो दिन रहा था। जिनके घर रहा था, उनका नाम था केहरसिंह। सोचा, उनसे मिलते चलें। वे तो कहीं बाहर गये थे लेकिन उनकी पत्नी मिली। थोड़ी देर बैठकर आगे बढ़े और तीसरे पहर तक पचधार (भीमकुंडी) पहुँच गये। रात यहीं रहेंगे।

कोई डेढ़-दो घंटे बाद प्रसन्नता और उल्लास से भरी एक किशोरी आयी और लगी हम सभी के पैर पड़ने। हम कुछ समझे नहीं। तब उसने कहा, ''मैं केहरसिंह जी की बेटी हूँ। जब वे घर आए तो माँ ने उन्हें आप लोगों के बारे में बताया। बहुत खुश हुए और मुझ से कहा कि जाओ, उन लोगों को हमारे घर लिवा लाओ। आज आप हमारे घर रहेंगे। आपको चलना ही होगा।''

वह धूप में कोई 4 कि.मी. पैदल चलकर आयी थी और इतना ही वापस जाना होगा। परायों से ऐसा प्यार! हम गहरे तक प्रभावित हुए।

केहरसिंह की बेटी का नाम मुहती है। ग्यारहवीं की परीक्षा दी है। पढ़ने में तेज है। उसके साथ एक युवती और है जो रिश्ते में उसकी मामी लगती है।

श्यामल, सुन्दर चेहरे वाली वह युवती इतनी लज्जालु है कि पूछने पर सिर भर हिलाती है। मुहती अपने भावपूर्ण स्वर में बार-बार एक ही बात कह रही है—आप लोगों को हमारे घर चलना ही होगा।

गार्गी और कान्ता का दिल भर आया। कान्ता से रहा न गया। उसने मोहती के कपोलों को चूमा, माथे को सूँघा और उसे दोनों भुजाओं से बाँध लिया। मैं माँ-बेटी

को ठगा-सा देखता रहा। फिर उसे स्नेह-भाव से समझाया कि जिस प्रकार नदी वापस नहीं जा सकती, उसी प्रकार परकम्मावासी भी वापस नहीं जा सकता।

कान्ता ने कहा, ''बेटी, खाना खाकर जाना।''

किन्तु अभी नवरात्र चल रहे हैं और उन दोनों का व्रत है। हमारे पास फलाहार की व्यवस्था थी। वह उन्होंने लिया।

उन्हें निराश लौटाना हमारे लिए कम कष्टप्रद नहीं रहा।

यहाँ के लोकगीत-रीना और सुआ गीत-सुनने की ललक रहती ही है। भाग्य से यहाँ की लड़कियाँ हमें वे गीत सुनाने को तैयार हो गयीं। आसानी से तैयार नहीं हुईं। यहाँ खुशमिजाज, हरफनमौला शरद का कौशल काम कर गया। उसे कोई लोकगीत आता था। उसने उसे गाना शुरू कर दिया और इसी के साथ लगा नाचने! हमारे दल की महिलाओं ने भी गीत गाए। अब तक उन लड़कियों की झिझक दूर हो गयी थी। अपनी सुरीली आवाज में उन्होंने सुआगीत शुरू किया—

> सीता ला हरके लैगे रावण, सीता ला हरके रावण
> दे माई मोला भिक्खा मोर सुआ तो, दे माई मोला भिक्खा।
> भिक्खा लेके निकले सीता, रावण चुरा के लैगे मोर सुआ हो।
> दौड़ो-दौड़ो बचाव लछमन, दौड़ो-दौड़ो बचाव लछमन
> रावण चुराके लैगे मोर सुआ हो...

जब वे अपने कोमल करुणार्द्र स्वर में 'दौड़ो-दौड़ो बचाव लछमन' कहतीं तो श्रोता भाव-विह्वल हो जाते। रामायण-महाभारत का यह कैसा राष्ट्रव्यापी प्रभाव है कि दूर-दराज के लोकगीत भी उनसे अछूते न रहे। लोकगीतों के जादू को ग्रामीण परिवेश-चाँदनी रात, अलाव, पेड़-पौधों और ढोर-डंगर से अलग नहीं किया जा सकता। वहाँ उनका माधुर्य कुछ और ही होता है। परिवेश से कटकर वे अपना बहुत-कुछ सौन्दर्य खो बैठते हैं।

दल में सदस्य ज्यादा हैं, इसलिए सामान भी ज्यादा है। अकेले छोटू के बस की बात नहीं। हमें एक सहायक की जरूरत है। पता करने पर एक की जगह दो चलने को तैयार हो गये। सवेरे आ जाएँगे।

थोड़ी देर में उनमें से एक की पत्नी आकर बोली, ''हमारे चार बच्चे हैं और घर में खाने को कुछ नहीं। अगर आप हमें पेशगी देते जाएँ, तो मैं खाने की कोई व्यवस्था कर सकूँ।'' उसे सौ रुपये पेशगी के रूप में दे दिए गये।

ठंड कल से भी ज्यादा है।

दूसरे दिन शाम को सिवनी-संगम पहुँचे। यहाँ सिवनी नदी नर्मदा से मिलती है। यहाँ कोई गाँव नहीं है। छोटा-सा मन्दिर और धर्मशाला है। लेकिन बड़ और पीपल के विशाल पेड़ हैं और बड़े-बड़े चबूतरे हैं। यहाँ का नीरव एकान्त मुझे इतना भा गया था कि पिछली यात्रा में यहाँ चार दिन रहा था। यहाँ के रतिराम तिवारी का स्नेहपगा आतिथ्य आज 24 साल बाद भी भूला नहीं था। लेकिन इस बार उन्होंने जो स्वागत किया, उसने तो उस प्रथम स्वागत को कहीं पीछे छोड़ दिया। उनकी पत्नी, बेटा, बहू-पूरा परिवार हम लोगों की आवभगत में लग गया। हम लोगों ने अपने को आत्मीयता के एक ऐसे घेरे में पाया, जहाँ प्यार ही प्यार था। दिल्ली के अखिल और मुम्बई की गार्गी चकित हैं कि सर्वथा अनजान लोगों का ऐसा आत्मीय स्वागत हो सकता है।

साथ भोजन बना और साथ बैठकर खाया। पिछले गाँव से बोझा उठाने के लिए जो दो ग्रामीण साथ चल रहे थे, वे आपस में कह रहे थे, ''कितने दिनों बाद आज भरपेट खाना खाया।''

इधर गाँवों में दाने-दाने को तरसते नर-कंकाल, उधर शहरों में वेग से बढ़ता मोटापा-ओबेसिटी। ओबेसिटी सार्थक शब्द है—वह सिटी की उपज है। गाँवों में मुझे शायद ही कोई मोटा या थुलथुल मिला हो।

हम लोग चबूतरे पर बैठे बातें कर रहे थे तभी अँधेरे को चीरती और तेज रोशनी फेंकती एक बड़ी कार आकर रुकी और उसमें से उतरे मेजर जनरल रह चुके मेरे बालबन्धु प्रेमदास शर्मा! हम लोगों की खोज-खबर लेने सुदूर दिल्ली से आए थे। मेरी समझ में नहीं आया कि उसे सलामी दूँ या गले से लगाऊँ। कल हम लोगों के साथ पैदल चलेंगे, परसों वापस जाएँगे।

सुबह चलने लगे तो तिवारी जी के पूरे परिवार ने रुकने का बड़ा आग्रह किया पर जाना जरूरी था। तीसरे पहर के मध्य तक पथरकुचा पहुँच गये। नर्मदा-तट पर बनी रामकली बाई और उसके बेटों की झोंपड़ियाँ इतनी भा गयीं कि वहीं रह गये। पदयात्रा का यह बहुत बड़ा सुख है—जहाँ मन करता, वहीं डेरा डाल देते।

यहाँ इसी गाँव के एक निवासी ने हमें बताया, ''छह दिन पहले की बात है। 42 परकम्मावासियों को समुद्र पार कराने के लिए एक नाव कतपोर से मीठी तलाई के लिए चली। नाव एक टापू के निकट पहुँची, तभी काले बादल घुमड़ आए, ठंडी हवाएँ चलने लगीं और बिजली भी कड़क जाती। आकाश काला हो गया और तेज बारिश होने लगी। समुद्र में बड़ी-बड़ी लहरें उठने लगीं। तूफान जोर पकड़ता जा रहा था। नाविक ने तुरन्त लंगर डाल दिया और हम लोगों से कहा कि किसी भी हालत में नाव को मत छोड़ना, कुछ नहीं होगा। भूलकर भी टापू पर मत जाना। थोड़ी

ही देर में ज्वार आएगा और वह डूब जाएगा। लेकिन कुछ लोग इतना डर गये कि मना करने पर भी तैर कर टापू पर चले गये। हम 21 लोग नाव को कसकर पकड़े रहे और 21 ही टापू पर गये। जो वहाँ गये, उनमें से अधिकांश मर गये, जो नाव को पकड़े रहे, वे सभी बच गये। मैं भी नाव को पकड़े रहा और बच गया। यह 3 अप्रैल 2003 की घटना है और गुजरात के अखबारों में भी छपी थी। वह एक भयंकर दुर्घटना थी और आज भी उसकी याद मुझे कँपा जाती है।''

'नौकाडूबी' की यह कहानी मन को बहुत उदास कर गयी। कई बार हम स्वयं अपने दुर्भाग्य का कारण बनते हैं।

नहाने गये। पानी जरा भी गहरा नहीं। पानी में कई चट्टानें हैं। एक जगह सपाट-सी चट्टान पाकर शरद ने नदी के प्रवाह में ही शीर्षासन लगा दिया। आधा सिर पानी में, धड़ बाहर।

रामकली और उसके बहू-बेटे हम लोगों के उनके घर रुकने के कारण पुलकित थे। छाया के लिए किसी ने बाहर आँगन में वृक्षों के बीच में एक बड़ी-सी प्लास्टिक शीट तान दी थी। इसे देखकर कान्ता ने कहा, ''लगता है यहाँ किसी की शादी होनेवाली है।''

रामकली मनिहारिन है, आसपास के गाँवों में चूड़ियाँ बेचती है। शाम घिरते ही उसने कान्ता को लाल चूड़ियाँ पहनायीं, गार्गी को भी पहनायीं। सिन्दूर देकर कान्ता से कहा—लो, माँग भर लो। उसका मन रखने के लिए कान्ता ने माँग भर ली।

इसी घर से हवन-पात्र मिल गया तो उसमें अग्नि प्रज्वलित की गयी। चन्दोवे के नीचे, आँगन के मध्य में उसे रखा गया। दो पटे बिछा दिए गये। शरद ने हम दोनों से कहा, ''अभी नवरात्र चल रहे हैं। मैया के तट पर हवन हो जाए। आप दोनों हमारे बुजुर्ग हैं, हम सभी चाहते हैं कि यह कार्य आपके द्वारा सम्पन्न हो।''

कर्म-कांड से मैं दूर ही रहता हूँ। साफ मना कर दिया। किन्तु जब सभी ने कहा तो कुछ खीझ और कुछ अकुलाहट के साथ पटे पर बैठ गया। पास के पटे पर कान्ता बैठी। शरद ने कहा, ''मैं जब 'स्वाहा' बोलूँ, तब आप दोनों अग्नि में आहुति दें, बस।'' मुझे यह देखकर आश्चर्य हुआ कि शरद को अनेक संस्कृत श्लोक कंठस्थ थे। श्लोकों के बीच में ज्यों-ही वह 'स्वाहा' बोलता तो हम आहुति देते। पास पड़ोस के ग्रामीण एकत्र हो गये थे और बड़े चाव से देख रहे थे।

तभी हवन रोककर शरद ने घोषणा की, ''शादी की पचासवीं सालगिरह को लोग धूमधाम से मनाते हैं। कई लोग तो उसी शादी को दोबारा रचाते हैं। हमारे वेगड़ जी की शादी को पचास बरस पूरे होने में बस दो बरस की देर है। क्यों न

शादी की उस पचासवीं सालगिरह को माँ नर्मदा के सान्निध्य में हम आज ही मना लें?''

शरद का षड्यन्त्र अब जाकर समझ में आया! इसकी जानकारी केवल हम दो को ही नहीं थी। यही नहीं, उन्होंने रामकली बाई को भी इसमें शामिल कर लिया था। तभी तो उसने कान्ता को चूड़ियाँ पहनायी थीं और माँग भरवायी थी। अब तो हम भी इस नाटक में खुशी-खुशी शामिल हो गये। संयोग से कान्ता ने उस दिन जो साड़ी पहनी थी, उसमें वह दुल्हन जैसी लग भी रही थी। और मैं...मैं कितना अंड-बंड दिखायी दे रहा था!

तभी शरद ने घोषणा की, ''अब दूल्हे की पगड़ी-रस्म होगी।''

मैंने घबराकर कहा, ''पगड़ी-रस्म तो मरने के बाद होती है, मैं तो अभी जिन्दा हूँ।''

''क्षमा करें, दूल्हे को साफा बाँधा जाएगा।''

गार्गी बहन की रंगीन चूनर से डॉ. मिश्र ने साफा बाँधना शुरू किया। उन्हें यह काम यह सोचकर सौंपा गया था कि उन्हें मरीजों को पट्टी बाँधने का अनुभव होगा ही। लेकिन उनसे अकेले जब यह नहीं बना, तो दो-तीन लोगों ने मिलकर कसकर बाँधा। कान्ता ने कहा, ''खूब फब रहे हो!''

शरद ने कहा, ''अब परिहारजी दूल्हे का टीकाकरण करेंगे।''

मैंने फिर टोका, ''टीकाकरण तो डॉक्टर करते हैं। फिर शादी का कोई टीका निकला हो, ऐसा सुना तो नहीं।''

''क्षमा करें, परिहार जी दूल्हे को तिलक लगाएँगे।''

शरद का संस्कृत श्लोकों का पाठ भी निरन्तर चलता रहा। गनीमत थी कि वे गायत्री-मन्त्र थे। अगर उसे गरुड़-पुराण याद होता, तो उसी से हम दोनों की शादी करवा देता!

इसके बाद उसने जबर्दस्त घोषणा की, ''दिल्ली से पधारे प्रेमदास शर्मा कन्यादान करेंगे।''

कन्यादान की रस्म पूरी होने पर कान्ता ने कहा, ''शर्माजी, आज से आप मेरे वालिद हुए।''

परिहार जी के अँगोछे से वर-वधू का गठबन्धन हुआ। गार्गी ने गुजराती विवाह गीत गाया। स्थानीय महिलाओं ने वहाँ के गीत गाए, हमने एक-दूसरे को मालाएँ पहनायीं और विवाह सम्पन्न! नर्मदा इतनी पास बह रही थी कि लगा यह विवाह नर्मदा के बैठकखाने में सम्पन्न हुआ हो। शरद ने पुरोहित और उद्घोषक की दुहरी भूमिका बड़ी जुगत से निभायी। वह गाँववालों को न्यौता देना भी नहीं भूला

था। पास-पड़ोस के काफी लोग आ गये थे। सभी को चना-चिरौंजी का प्रसाद दिया गया।

प्रीतिभोज शर्मा जी की ओर से था। वे अपने साथ दिल्ली से एक नेपाली रसोइया ले आए थे और नाना प्रकार के व्यंजन भी। उस नेपाली ने क्या ही स्वादिष्ट पुलाव बनाया था। हमने उसे ठूँस-ठूँस कर खाया। खीर भी बनी लेकिन अविस्मरणीय तो बस पुलाव था।

दूसरे दिन सवेरे चलने लगे तो रामकलीबाई ने मुझसे कहा, ''हम अपनी बेटी का गौना अभी न करेंगे, बाद में लेने आना।''

बड़ी तेज सास निकली यह तो! मैंने कहा, ''विदा की क्या जरूरत है, मैं तो घर जमाई बनने के लिए तैयार हूँ!''

दो बरस बाद हमारी शादी की 50वीं सालगिरह आएगी। उस अवसर पर हमारे घर में कोई न कोई आयोजन होगा ही। लेकिन वह वैसा ही होगा, जैसे हजारों होते हैं—जाना-बूझा औपचारिक आयोजन। उसमें कौतूहल का भाव न होगा। उसमें न तो शरद जैसा अनाड़ी पुरोहित होगा (जिसने बगैर भाँवरों के ही हमारी शादी करवा दी) और न रामकली बाई जैसी स्नेहमयी सास। न पगड़ी रस्म होगी, न टीकाकरण और न ही प्रेमदास जैसा कन्या का पिता। उसमें नाटकीयता का कोई तत्त्व न होगा। तब उसमें रस ही कहाँ रह जाएगा? वह होगा आयोजन, यह था उत्सव-नर्मदा-तट पर सहसा उग आया प्यारा-सा उत्सव!

रामकलीबाई को कान्ता से ऐसा नेह हो गया है कि करबेमट्टा तक वह साथ चलेगी। वहाँ उसका मायका और दो बेटियों की ससुराल है। करबेमट्टा ज्यादा दूर नहीं। एक टीले पर देवी-स्थान है और वहाँ नाना प्रकार के त्रिशूल गड़े हैं। जैसे तने में से डगालें निकलती हैं और उनमें से छोटी डगालें और फिर टहनियाँ, उसी प्रकार एक बड़े त्रिशूल में से कई छोटे-छोटे त्रिशूलों को निकलते देखकर चकित रह गया था। आज उन्हें दोबारा देखूँगा और अपने साथियों को भी दिखाऊँगा।

किन्तु जब ऊपर गये तो देखा उन कलात्मक त्रिशूलों में से एक भी न था। कुछेक छोटे-छोटे त्रिशूल जरूर थे लेकिन बड़े आकार के सर्वांग-सुन्दर त्रिशूल गायब थे। विदेश के किसी संग्रहालय की शोभा बढ़ा रहे होंगे।

यहाँ से प्रेमदास अपनी गाड़ी में चले गये। उनके साथ गार्गी, डॉ. मिश्र और परिहारजी भी चले गये। जाते समय डॉ. मिश्र बहुत भावुक हो उठे। रामकली बाई अपने मायके गयी। जाने से पहले बार-बार कहती रही, ''माया-ममता बनाए रखना।'' हम पाँच आगे बढ़े।

तीसरे पहर तक लिखनी पहुँच गये। नर्मदा-तट पर छोटी लेकिन दो मंजिल

वाली धर्मशाला है, उसी में रहे। गाँव पास में ही है। शाम को कुछ स्त्रियाँ जवारे सिराने आयीं। उनमें से एक ने कान्ता से कहा, "बहन, मेरे घर टीवी है। चाहो तो देखने चले आना।"

कान्ता ने कहा, "हमें टीवी की नहीं, ढिबरी की जरूरत है।"

टीवी बनाम ढिबरी! मुझे यह देखकर बड़ी खुशी हुई कि टीवी पर ढिबरी भारी पड़ी। शाम तक ढिबरी आ गयी।

अगले दिन चरकुटिया में कबीरपन्थी मुन्नासिंह के घर रहे। उस दिन रामनवमी थी। उसके यहाँ पूजा-पाठ और भजन-कीर्तन का आयोजन था। इसमें हम लोग भी शामिल हुए। सवेरे चल दिए। मड़ियारास में नर्मदा का किनारा काफी ऊँचा है और मन्दिर और धर्मशाला भी है। सवेरे से लेकर तीसरे पहर तक स्नानार्थियों की भारी भीड़ रहती है। यहाँ हमने दोपहर का विश्राम किया और आगे बढ़े।

आगे गोमती (मछरार) पड़ी। उसकी मुख्य धारा में काई के कारण बड़ी फिसलन थी। वह सँकरी भी थी, मैं तो उसे लाँघ गया लेकिन कान्ता के लिए यह सम्भव न था। प्रवाह में पैर रखकर ही वह उसे पार कर सकती थी। उसने हाथ बढ़ाया तो मैंने उसका हाथ थाम लिया। पहले उसने लाठी जमाई, फिर प्रवाह में पैर रखा। रखते ही फिसला और हम दोनों धड़ाम से पानी में गिरे।

पानी गहरा नहीं था। किसी तरह उठे। चोट-वोट तो दूर, खरोंच तक नहीं आयी। कान्ता ने कहा, "मैं तो गिरी ही, आपको भी गिराया।"

बात सच थी। लेकिन इस समय सच से ज्यादा जरूरी झूठ था—एक प्यारा-सा झूठ। मैंने कहा, "तुम भले ही गुरुत्वाकर्षण के कारण गिरी हो, मैं तो किसी और ही आकर्षण से गिरा हूँ!"

तब तक शरद आ गया था। उसने कहा, "रोज आप अलग-अलग नहाते थे, गोमती की इच्छा थी कि आज साथ नहाएँ।" कमर तक के कपड़े भीग गये थे। गीले कपड़ों में ही चल दिए। थोड़ी देर में सूख भी गये।

रात लछमनमड़वा में रहे। यहाँ उस साध्वी की सहज ही याद हो आयी जिनसे मैंने कहा था कि नौकरी के कारण एक साथ परिक्रमा नहीं कर सकता, छुट्टियों में थोड़ी-थोड़ी करके करता हूँ, तो उन्होंने कहा था, "बेटा, इसकी चिन्ता न करना। बूँदी का लड्डू-पूरा खाओ तो मीठा, चूरा खाओ तो मीठा।"

यहाँ से डिंडौरी दूर नहीं। दस बजे तक पहुँच गये। घाट पर नीमाबाई और उसकी बहन ने धर्मशाला बनवायी है और परकम्मावासियों को भोजन भी कराती हैं। नीमाबाई के साँवले-सलोने मुखड़े पर दूध से सफेद दाँत ऐसे लग रहे थे मानो मोती जड़े हों। वह बहुत ही भले ढंग से मुसकाती। उसका चेहरा जितना कोमल था,

मुस्कान उतनी ही पवित्र।

यहाँ यात्रा समाप्त हो गयी। शाम को घर चले जाएँगे।

अमरकंटक से डिंडौरी तक की पूरी यात्रा में कान्ता साथ रही। मुझे खुशी है कि 67 वर्ष की आयु में वह यह पदयात्रा कर सकी। लेकिन मार्ग सरल था, प्रायः मैदान में से ही चलना हुआ। आगे डिंडौरी से मंडला तक की यात्रा बहुत कठिन होगी। यहाँ नर्मदा पहाड़ों में से बहती है। पगडंडी ऊबड़-खाबड़ और खतरनाक है। ऊँची-नीची राहों पर चढ़ते-उतरते चलना बहुत मुश्किल होगा। पैर भी रपटेगा। यात्रा की कठिनाइयों को देखते हुए मैं चाहता हूँ कि कान्ता न चले और वह कह रही हैं कि मैं जरूर चलूँगी। ''मार्ग के खतरों से डरकर न चलूँ-इस भरोसे मत रहना।''

सच बात यह है कि इस उम्र में वह मुझे अकेले जाने देना नहीं चाहती। घर पर रहेगी तो दिन रात उसे मेरी ही चिन्ता लगी रहेगी। वह मेरी हिफाजत के लिए चलना चाहती है। यह बात अलग है कि कल ही गोमती में वह खुद तो गिरी ही थी, मुझे भी गिराया था। लेकिन उसे समझाना व्यर्थ है। वह चलेगी जरूर।

एक बार परिक्रमा के दौरान परकम्मावासियों का एक दल मिला था। उसमें दो बहनें भी थीं। युवा ही थीं। मैंने उनसे पूछा, ''रास्ते में कोई तकलीफ?''

''कैसी तकलीफ! मैया ने हमें फूल की तरह रखा है।''

माँ नर्मदे! इस जिद्दी औरत को भी फूल की ही तरह रखना!

डिंडौरी से महाराजपुर (मंडला)

हम सभी दोपहर की कड़ी धूप में डिंडौरी पहुँचे। सीधे नर्मदा-तट पर स्थित नीमाबाई की धर्मशाला गये। मेरे साथी मेरे यात्रा-वृत्त में नीमाबाई की 'पवित्र मुस्कान' के बारे में पढ़ चुके थे और उससे मिलने को बहुत उत्सुक थे। मुझे डर था कि उसे देखकर कहीं वे यह न कह दें कि मैंने अतिशयोक्ति की है और मेरा वर्णन सत्य से परे है। मेरी विश्वसनीयता दाँव पर लगी थी। मुझे यह देखकर बहुत खुशी हुई कि मेरे साथी नीमाबाई से मुझ से भी ज्यादा प्रभावित हुए। ठाकर इतना अधिक कि उस पर एक छोटी वीडियो फिल्म करने का मन बना चुके हैं। नीमाबाई और उसकी बहन दोनों ही विधवा और निस्संतान हैं। दोनों ने अपना-अपना खेत बेचकर यह धर्मशाला बनवायी है और परकम्मावासियों को भोजन भी कराती हैं। हम सभी को तुरन्त भोजन करने बिठा दिया।

यद्यपि मार्च का मध्य है लेकिन रात को बहुत ठंड पड़ती है। कमरा बड़ा था फिर भी 16 लोगों के लिए थोड़ा छोटा था। पास-पास सोये। रात में जब नींद खुली तो देखा भयंकर आवाजें आ रही हैं। ध्यान से सुना तो पता चला कि वे भट्टाचार्य के खर्राटे थे। वे राग भीमपलासी प्रस्तुत कर रहे थे। अजीब संगीत-सभा थी-गायक ऊँघ रहा और श्रोता सो रहे!

शान्तिनिकेतन के आदि-पर्व में वहाँ दीनूबाबू रहते थे—दिनेन्द्रनाथ ठाकुर, गुरुदेव रवीन्द्रनाथ के परम प्रिय भतीजे और रवीन्द्र-संगीत के भंडारी। उनका घर सड़क के किनारे था। रात को वहाँ से निकलने वाले गाड़ीवानों की कोशिश रहती कि उनके घर के सामने से आधी रात तक निकल जाएँ। आधी रात के बाद उनके खर्राटे शुरू हो जाते और गाड़ीवानों का कहना था कि उनके खर्राटों को शेर की दहाड़ समझकर हमारे बैल मारे डर के इधर-उधर भागने लगते थे।

भट्टाचार्य ने दीनूबाबू की परम्परा को न केवल जीवित रखा है बल्कि आगे बढ़ाया है, क्योंकि वे आधी रात होने का इन्तजार नहीं करते, सोते ही शुरू हो जाते।

उनके खर्राटे थरथराहट से शुरू होते और गड़गड़ाहट से होते हुए घरघराहट में खत्म होते। फिर नीरव शान्ति छा जाती। लेकिन थोड़ी देर बाद फिर विस्फोट होता। पूरी रात में इनकी कुल प्रसारण-अवधि एकाध घंटे से अधिक न होती लेकिन ज्यों ही खर्राटों की एक खेप खत्म होती तो मन में यह धुकधुकी लगी रहती कि अगली खेप आयी कि आयी। इसी आशंका में शेष रात बीतती। वैसे, उन खर्राटों में एक सांगीतिक अनुशासन था। शुरू का गर्जनभरा निनाद बाद में लयात्मक ध्वनि में बिखर जाता। यह सच है कि खर्राटे हम सभी लेते थे—इस दौड़ में महिलाएँ भी शामिल थीं। लेकिन उनके खर्राटों की काट हम में से किसी के पास भी न थी। हमारे खर्राटे तो बस यूँ आए और यूँ गये।

सबेरे शरद ने मुझ से कहा कि आप दल के मुखिया हैं, आपको भट्टाचार्य जी के खर्राटों पर पाबन्दी लगाने के लिए अध्यादेश जारी करना चाहिए। इस प्रस्ताव को खारिज करते हुए मैंने कहा कि इससे अभिव्यक्ति की स्वतन्त्रता के मौलिक अधिकार का हनन होगा। इसलिए इस विषय में मैं कुछ नहीं कर सकता।

भट्टाचार्य और दीप्ति की आँखों में एक-दूजे के लिए शुभ्र स्नेह के अलावा और कुछ नहीं। लेकिन जब हम भट्टाचार्य के खर्राटों की महिमा बखानते हैं तो दीप्ति उनका पक्ष न लेकर हम लोगों के दल में शामिल हो जाती है और बढ़-चढ़कर हिस्सा लेती है। बुरा मानना तो दूर, भद्र पुरुष भट्टाचार्य हमारी बातों में रस लेते और मुस्करा देते। वे प्राय: विश्व-शान्ति की बात करते हैं, उनका यह प्रिय विषय है। रात्रि की शान्ति भंग करने वालों को कम से कम विश्व-शान्ति की बात नहीं करनी चाहिए।

रात को कुछ चतुर सुजान अच्छी खासी ठंड के बावजूद कमरे में न सोकर बाहर बरामदे में सोये। किन्तु कान्तिभाई भट्टाचार्य के पास ही सोये। वे जरा बहरे हैं, खर्राटे उनका कुछ नहीं बिगाड़ सकते। कान्तिभाई के पास शरद सोया। दरअसल ये दोनों भी इसी ध्वनि-सम्प्रदाय के सदस्य हैं। कभी-कभार इन तीनों के खर्राटे समूह-गान का रूप ले लेते तो उस त्रिवेणी संगम में स्नान करके हम धन्य हो जाते।

नर्मदा-पदयात्राएँ शुरू करने से पहले मैं डिंडौरी कई बार आया हूँ। यहाँ नर्मदा को पैदल पार करते ग्रामीण खूब देखने को मिलते थे। साप्ताहिक बाजार के दिन तो उनका ताँता लगा रहता। सिर पर लकड़ियों का गट्ठर उठाये आदिवासी महिलाएँ, बाजार से सौदा लेकर घरों को लौटते ग्रामीण अथवा मुख्य प्रवाह आने पर एक दूसरे का हाथ पकड़कर नदी पार करती स्त्रियाँ-स्केच करने के लिए कितने बढ़िया विषय थे। कभी किसी का पैर डगमगाता और वह गिर पड़ता, लेकिन दूसरे ही क्षण हँसता हुआ खड़ा हो जाता और गीले कपड़ों में ही आगे बढ़ता। मनुष्य और नदी के बीच

की इस रस्साकशी में कैसा रोमांच था! ग्रामीणों के चुस्त-चपल अंगों को और उनके सौष्ठव को अपने चित्रों में ला सकूँ तो कितना अच्छा हो। नदी पार करते ग्रामीणों के कारण नदी सजीव हो उठती। छोटे-छोटे टापुओं पर उग आयी ऊँची घास की आड़ में स्त्रियाँ नहातीं और कपड़े बदलतीं। हर बार मैं यहाँ के अनुपम सौन्दर्य की अमिट छाप लिए घर लौटता।

किन्तु इनमें से अब कुछ भी नहीं रहा। नदी के एक ओर है चेकडेम (नदी के लिए मानो 'रास्ता बन्द!'), दूसरी ओर है बड़ा पुल और यहाँ पक्का लम्बा घाट। अब यहाँ सीमेन्ट कंक्रीट का बोलबाला है। लोगों को सुविधा जरूर हो गयी है लेकिन नर्मदा का सौन्दर्य छिन्न-भिन्न हो गया है। पहले हम प्रकृति से संस्कृति में आए। यह बहुत अच्छा हुआ। लेकिन अब संस्कृति को विज्ञान के बुलडोजर से रौंदते हुए विकृति की ओर जा रहे हैं। ऐसा करने से तो पृथ्वी का अस्तित्त्व ही संकट में पड़ जाएगा।

भोर की नर्मदा को देखते ही मेरा मन आनन्द से भर उठा। हम सभी ने नर्मदा-स्नान किया, उगते सूर्य को प्रणाम किए और नर्मदा के आशीर्वाद का पाथेय लेकर 16 लोगों का हमारा दल 17 मार्च 2004 को सुबह-सवेरे, नर्मदा-तट की आगे की पदयात्रा के लिए चल पड़ा।

पथरीली पगडंडी से जा रहे थे। दुर्भाग्य से भट्टाचार्य का पैर पत्थर पर पड़ते ही पत्थर सरक गया और मजबूत कद-काठी के भट्टाचार्य लहरा कर धम्म से बैठ गये। थोड़ी देर तक वैसे ही बैठे रहे। जब पीड़ा कम हुई तो हमारे साथियों ने उन्हें सहारा देकर उठाया। उनका सामान दूसरों ने ले लिया। किसी ने अपनी लाठी उनके हाथ में थमा दी। हालाँकि वे धीरे-धीरे लँगड़ाते हुए चल रहे थे, फिर भी उन्होंने अपनी यात्रा बदस्तूर जारी रखी।

नदी के साथ-साथ चलने के कारण दो दिन से हमें कोई गाँव देखने नहीं मिला था। इसलिए सोचा कि दोपहर तक नदी के साथ चलेंगे, इसके बाद ऊपर से चलेंगे ताकि किसी गाँव में रात बिता सकें। दोपहर के बाद जब ऊपर चढ़े तो सूखी-कँटीली झाड़ियों से पाला पड़ा। सभी के शरीर पर जगह-जगह खरोंचें आयीं। अन्ततः ऊँचे पठार पर आ गये। मरवारीघाट पहुँचते शाम हो गयी। पेड़ों के नीचे बने चबूतरों पर सोये।

दूसरे दिन सँकरीटोला पहुँचे। गिनती के घर। मंगल सिंह पोसाम का घर जरा बड़ा था, उसी में रुके। इसमें पाँच भाइयों का परिवार साथ रहता है। घर में प्रायः सभी तरह के जानवर थे। घोड़ा, गाय, बैल, बकरी, सूअर, मेमने, कुत्ते और बिल्ली। आँगन में मुर्गे-मुर्गियाँ कुड़कुड़ करते घूमते रहते। एक मुर्गा बड़े घमंड से अकड़-

अकड़ कर चल रहा था मानो इस घर का मालिक वही हो। जहाँ हमने खाना बनाया, वह बकरी बाँधने की जगह थी और जहाँ हम सोये, वह गाय बाँधने की। गायें बकरी से थोड़ी ही बड़ी होती हैं। पास के गाँव में सौ से भी अधिक गायें हैं लेकिन दूध 5 लीटर भी नहीं होता। कहीं हरियाली नहीं, कंकरीली-पथरीली बंजर जमीन। आदमी को ही खाने को नहीं, जानवर को कहाँ से खिलाये।

रात को खाना खाने बैठे। ढिबरी का प्रकाश पर्याप्त नहीं था। कहीं से एक बिल्ली आयी और मेरी थाली में से रोटी उठाकर ले गयी। यह तो सरासर ज्यादती थी। अगर वह मुझसे माँगती, तो क्या मैं इनकार करता? अपनी दरियादिली दिखाने के लिए मैंने उसकी ओर एक रोटी और फेंकी। उसने नहीं ली। शायद उसके स्वाभिमान को ठेस पहुँची हो।

ये पशु-पक्षी आखिर हमारे छोटे भाई-बहन ही तो हैं। जब ऋषि ने 'वसुधैव कुटुम्बकम्' कहा था, तब इस कुटुम्ब में उन्होंने पृथ्वी के समस्त पशु-पक्षियों को भी शामिल किया होगा।

रात का घुप्प अँधेरा, जबर्दस्त सन्नाटा। हौले से उठा और बाहर आया। अँधेरे में चारों ओर की पहाड़ियाँ अपने वास्तविक आकार से कहीं बड़ी लग रही थीं। मैं इन पहाड़ियों की रूप रेखा को बड़ी तन्मयता से देखता रहा। पहाड़ी के पीछे से आधा चाँद निकला। पहाड़ियों ने उसकी अगवानी की। इन पहाड़ियों के साथ तो उसका रोज का उठना-बैठना है।

दिन चढ़ा तो आगे बढ़े। हवा गरम और ठहरी हुई थी। दोपहर होते-होते सूरज दहकने लगा। सभी के चेहरे काले पड़ गये थे। भट्टाचार्य ने दीप्ति को छेड़ा, "तुम्हारी सूरत बड़ी डरावनी लग रही है।"

"सुना दीदी, क्या कहा इन्होंने। कल मुझे शेरनी कहा था, आज डरावनी कह रहे हैं, कल शायद भुतनी कहें। अरे, तुम्हें ऐसी बातें करनी चाहिए या मुझे चन्द्रमुखी कहकर हौसला बढ़ाना चाहिए?"

कान्ता ने कहा, "दीप्ति, तुम नानी बन चुकी हो। नानियाँ कहीं चन्द्रमुखी होती हैं?"

"तो क्या डरावनी होती हैं?"

दीप्ति की बातें मजेदार होती हैं। हिन्दी वह बंगला लहजे में बोलती है। उसकी हिन्दी में बंगला का छौंक रहता है।

मौलिका, शरद और कान्तिभाई कन्हारी सबसे पहले पहुँचे। मालोबाई ने अपने यहाँ रहने की इस शर्त पर अनुमति दी कि आप मैया की परकम्मा कर रहे हैं, इसलिए पहले मैं आपके पाँव पखारूँगी, फिर रहने दूँगी। शरद ने कहा कि आप

जैसी भोली और निष्पाप महिला के पाँव तो हम लोगों को पखारना चाहिए। यह बहस चल ही रही थी कि हम लोग भी पहुँच गये। मैंने कहा, "देखो, हम लोग 15-16 जनें हैं, किस-किस के पाँव पखारोगी? ऐसा करो, हमारे दल में यह जो कन्या है, तुम उसी के पैर पखारो। कुँआरी कन्याएँ वैसे ही पूजनीय मानी जाती हैं।"

आखिर वह इस बात पर राजी हो गयी। लेकिन मौलिका नहीं मानी। उसे समझाने का काम पूनम बहन को सौंपा गया। पूनम बहन अपनी भतीजी को बेटी से कम नहीं चाहतीं। मौलिका कभी-कभी उनकी गोद में सिर रखकर सो जाती और पूनम बहन बड़ी मृदुता से उसके बालों को सहलातीं। मौलिका उनका कहना टाल न सकी। उस आदिवासी नारी ने बड़ी श्रद्धा से मौलिका के पाँव पखारे, तब कहीं हमें वहाँ रहने को मिला। हमारा आटा खत्म हो गया था। मालोबाई ने हमें आटा दिया। गाँवों में घर तो छोटे होते हैं, पर उनमें बहुत ज्यादा प्यार होता है। रोज हमें नये-नये ग्रामीणों का स्नेह-स्पर्श मिलता तथा इन्हीं स्वजनों के कारण हमारा दिन आलोकित हो उठता।

रात को गीत संगीत का कार्यक्रम हुआ। भजनों की अगुआई फगनूददा ने की। मालोबाई ने रीना गीत सुनाए। दूसरे दिन जाने लगे तो रास्ता दिखाने दूर तक चली।

सारसडोली ज्यादा दूर नहीं, जल्दी ही पहुँच गये। गाँव का नाम इतना भा गया कि यहीं रह गये। कहते हैं, पहले यहाँ सैकड़ों सारस आते थे, इसी से इसका नाम सारसडोली पड़ा। किन्तु अब एक भी सारस नहीं। सभी आदमी के पेट में चले गये। गाँव में कुछेक छोटी-छोटी दुकानें हैं। एक दुकानदार के पास फोन भी है। कान्ति भाई की बाँछें खिल गयीं। घड़ी-घड़ी फोन करने चले जाते। कहते—यहाँ फोन बहुत सस्ता है!

नर्मदा कल भी नहीं मिली थी, आज भी नहीं मिली। दो दिन से कुएँ पर स्नान हो रहा है। नर्मदा का तट इतना विकट है कि हमें मजबूरन छोड़ना पड़ा। किन्तु यहाँ से कोई पाँच किलोमीटर दूर सलैयाघाट में नर्मदा है। मार्ग बहुत कठिन है, लेकिन हमें खाली हाथ ही तो जाना है। तीसरे पहर तक भी निकलें, तो भी शाम तक वापस आ सकते हैं। वहाँ जाने के लिए कुल सात लोग तैयार हुए—फगनूदादा, भट्टाचार्य, दीप्ति, पूनम बहन, शरद, कान्ता और मैं।

पगडंडी पहले तो बहुत आसान रही, लेकिन ज्यों-ज्यों आगे बढ़ते गये, हमारी मुश्किलें बढ़ती गयीं। मार्ग कई मोड़ों पर घूमता, बल खाता जाता था। हम चट्टानों से होते हुए एक छोटी-सी-घाटी में उतर रहे थे—जमे हुए कदमों से और एक के पीछे एक। पत्थरों के कारण फिसलने का अन्देशा हरदम बना रहता था। यहाँ चलना मुश्किल और गिरना आसान था। मैं बराबर सोचता रहा कि लँगड़ा कर चलते

भट्टाचार्य को यहाँ लाकर मैं नादानी कर बैठा हूँ। किन्तु पगडंडी जितनी कठिन-कठोर होती गयी, भट्टाचार्य की दृढ़ता उतनी ही बढ़ती गयी। काफी देर तक चलने के बाद दूर पहाड़ों के मध्य में नदी का एक छोटा-सा टुकड़ा दिखायी दिया। हमारे लड़खड़ाते कदम सँभल गये। पैरों में नयी ताकत आ गयी।

एकाएक नर्मदा तक पहुँच गये। मानो किसी नाटक का परदा खुल गया हो। तीखे मोड़ के कारण नदी मानो दुहरी हो गयी है। ऐसा लगा मानो कोई बच्चा अपने पैर का अँगूठा मुँह में लेने की चेष्टा कर रहा हो। नदी इतनी धीमी बहती है, मानो है ही नहीं। उड़ते-उड़ते चिड़िया अपने डैनों को स्थिर कर लेती है फिर भी उड़ान जारी रहती है, उसी प्रकार नदी ने अपने प्रवाह को स्थिर कर लिया है फिर भी बह रही है। पहाड़ों ने नर्मदा को इतना छिपाकर रखा है कि बाहरी दुनिया उससे प्रायः अनजान रह जाती है। लगा, यहाँ जरूर किसी ऋषि ने तपस्या की होगी। हम उन्हें भले ही साक्षात न देख पाएँ, लेकिन एक सुगन्ध के रूप में वे आज भी विद्यमान हैं। हमारी आत्मा एक अकथनीय तृप्ति से भर उठी। महिलाओं ने कहा कि यहाँ आने में उन्होंने जो जोखिम उठाया था, वह बिलकुल सही था।

यहाँ की मूक अभिव्यंजना ने हमें बाँध लिया। यहाँ कोई नहीं था—इक्का-दुक्का मछुआरा तक नहीं। हाँ, नदी-तट पर चिता की अधजली लकड़ियाँ जरूर पड़ी थीं। ऐसा भव्य निबिड़ एकान्त या तो टाकिनघाट में था, या यहाँ है। यहाँ श्मशान की सुविधा भी है जो वहाँ नहीं थी। दोनों ही स्थान आध्यात्मिक एकान्तवास के लिए सर्वथा उपयुक्त हैं। तभी सिर से पैर तक काला लिबास पहने एक आदमी दिखायी दिया। कहीं मुर्दे जलाने वाला डोम तो नहीं! लेकिन वह तो था एक युवा परकम्मावासी। हमने तो नदी का किनारा छोड़ दिया था लेकिन वह बिलकुल नदी के किनारे-किनारे कूदता-फाँदता चला आ रहा था। वह कौन है, कहाँ से आया है, हम यह सब जानना चाहते थे, पर वह बात करना नहीं चाहता था, चुपचाप आगे निकल गया। नदी का तट उसने इस बीहड़ में भी छोड़ा नहीं था। कुछ लोग होते हैं जो जान हथेली में लेकर परिक्रमा करते हैं, प्रायः अकेले।

नर्मदा की इस वीथिका में से बाहर जाने का मन नहीं कर रहा। लेकिन घाटी पर शाम उतर रही थी, देर करना ठीक नहीं। फिर भी महिलाएँ अपने आपको रोक नहीं पायीं, तीनों ने स्नान किया और गीले कपड़ों में ही चल दीं। पथरीली पगडंडी और सीधी चढ़ायी। अँधेरा घिरने से पहले हम पगडंडी के खतरनाक हिस्से को पार कर लेना चाहते थे। अपने को ठेलते हुए से निस्तब्ध घाटी में बिना बोले जा रहे थे, गूँगों की तरह। शब्द कितने अनावश्यक थे।

हम आधी दूर भी नहीं पहुँचे थे कि सूरज डूब गया और अँधेरा छाने लगा। अँधेरा कितना ही घना क्यों न हो, पूरा अन्धकार कभी नहीं होता। अँधेरी से अँधेरी रात में भी तारों का कोमल प्रकाश रहता ही है। इसी प्रकाश में हमें अपनी पगडंडी का अहसास हो जाता था। फिर पगडंडी का खतरनाक हिस्सा पार करके सपाट मैदान में भी आ गये थे। अब पगडंडी समतल, सीधी और थोड़ी चौड़ी भी हो गयी थी। हमने कदम तेज कर दिए। जब पड़ाव पर पहुँचे तो देखा कि हमें लेकर हमारे साथी काफी चिन्तित थे और टॉर्च और लाठी के साथ हमारी खोज में निकलने ही वाले थे कि हम पहुँच गये।

दूसरे दिन घंटे डेढ़ घंटे में मेंहदवानी पहुँच गये। रहने के लिए एक घर में बढ़िया जगह मिल गयी। यह बड़ा गाँव है, यहाँ साप्ताहिक बाजार भरता है और बस भी आती है।

यात्रा के प्रायः आरम्भ से ही भट्टाचार्य मोच की परवाह किए बिना लाठी के सहारे लँगड़ाते हुए चल रहे थे। एक क्षण के लिए भी उनके मन में वापस जाने का विचार नहीं आया। लेकिन कल से दीप्ति भी लँगड़ा कर चल रही है। सुबह उठते ही भट्टाचार्य ने कहा, ''आज हम लोगों ने घर जाने का निर्णय लिया है। मुझे अपनी चिन्ता नहीं। लेकिन दीप्ति के पैर में भी मोच आ गयी है और उसकी तकलीफ बढ़ती जा रही है। इसलिए हमें जाना ही होगा।'' हमें उनकी बात ठीक लगी। मोच की उपेक्षा करना ठीक नहीं। यहाँ से उन्हें बस भी मिल जाएगी। तभी दीप्ति आ गयी। कान्ता का हाथ अपने हाथ में लेकर बोली, ''दीदी, जाना जरा भी अच्छा नहीं लग रहा। पर क्या करूँ, और आगे चलना सम्भव नहीं।'' कहते-कहते वह रो पड़ी, आँखों में आँसू छलछला आए।

''यह क्या दीप्ति, तुम रो रही हो?''

''नहीं, मैं रो नहीं रही।'' उसने आँसू पोंछते हुए कहा और दोबारा रो पड़ी। आँसू कान्ता की आँखों में भी थे। दोनों ने झिलमिलाते आँसुओं के पार एक-दूसरे को देखा। हठात् कान्ता ने उसे अपनी बाँहों में भर लिया। ''अपना ख्याल रखना। घर जाने के बाद मिलने आती रहना। अब तुम दोनों हमारे परिवार के सदस्य हो।''

उन्हें विदा करने के बाद हम लोग भी चल पड़े। थोड़ी देर में ठेलाघाट आ गये। ऊँची पहाड़ी पर स्थित जिस कुटी में मैं रात रहा था, वह खंडहर हो चुकी थी। यहाँ से नर्मदा की जो शोभा दिखायी दे रही थी, वह स्तब्ध कर देनेवाली थी। हमारी ओर पहाड़ हैं, लेकिन सामने तट पर एक स्वच्छ घाटी फैली हुई थी। हरे भरे खेत थे और दूर पहाड़ भी थे। जब भी कोई अत्यन्त सुन्दर दृश्य देखता तो सोचता, सदा के लिए इसे अपने मन के परदे पर अंकित कर लूँ। लेकिन थोड़ी ही देर में उससे भी

सुन्दर दृश्य दिखायी देता और फिर उससे भी सुन्दर! तब सोचता, मैं तो सौन्दर्य के खलिहान में आ गया हूँ, यहाँ सौन्दर्य के एक-एक दाने का क्या हिसाब।

कभी नदी के पाट में से चलते, कभी खड़ी चढ़ाई चढ़ते, तो कभी तीखी ढलानों से उतरते नर्मदा के संग-संग चल रहे थे। उतार-चढ़ाव और खाई-खन्दक ज्यादा से ज्यादा आ रहे थे लेकिन दृश्य भी एक से एक सुन्दर आ रहे थे। नर्मदा पहाड़ों और चट्टानों से लड़ती-भिड़ती जरूर है, पर उनके प्रति उसके मन में सम्मान का भाव भी है। ये पहाड़ उसे बहलाते हैं, लाड़ करते हैं और चकित भी करते हैं। नर्मदा को भी पहाड़ी अवरोधों से जूझना खूब आता है।

बिसवानी में नन्हेलाल के घर रहे। पहुँचते शाम हो चली थी फिर भी नर्मदा नहाने गये। कल सलैयाघाट में काले लिबास में जो परकम्मावासी मिला था, वह यहाँ भी मिला लेकिन बात यहाँ भी नहीं हुई। वह किनारे-किनारे ही आया होगा, पथ कितना ही दुर्गम क्यों न हो।

सुबह चलने के लिए तैयार हो रहे थे। पास की झोंपड़ी के युवा पति-पत्नी हमें कौतूहल से देख रहे थे। पास में उनका छोटा बेटा खेल रहा था। नन्हेलाल ने हमसे कहा, ''बाजू की झोंपड़ी में इसकी बूढ़ी माँ अकेली रहती है। बहू-बेटे उसके साथ अच्छा व्यवहार नहीं करते, खास तौर से बहू, इसलिए अलग रहती है। इसे अपना खाना तो बनाना ही पड़ता है, कुएँ से पानी भी लाना पड़ता है। बड़ी दुखियारी है। आप इन्हें समझाइए, शायद आपके कहने का असर हो।''

संयोग से तभी वह वृद्धा अपनी झोंपड़ी से बाहर निकली। छोटा-सा सूखा शरीर, झुर्रियों भरा चेहरा, बिखरे बाल। उसकी रीढ़ की हड्डी असाधारण रूप से झुक गयी थी। उसे देखकर लगा मानो उसकी जिन्दगी में से सभी रस सूख चुके थे। वह उदास, निर्विकार नजरों से हमें देखने लगी। देखकर दुख हुआ, पर उसके बहू-बेटे को हम भला क्या समझाते।

हमारे दल के सदस्यों के पास टॉफी थी। गाँव के बच्चों को बाँटते रहते थे। एक ने टॉफी देने के लिए बच्चे को अपने पास बुलाया। वह डरता-सहमता आया। टॉफी लेकर जानेवाला था कि मैंने उसके हाथ में दस रुपये का नोट रख दिया। वह दौड़कर गया और नोट अपनी दादी को दे दिया! दादी ने उसे अपनी गोद में ले लिया।

हम भीतर तक द्रवित हुए। बेटे ने भले ही माँ को त्याग दिया हो, पोते ने अपनी दादी को नहीं त्यागा। दुखियारी दादी की एकमात्र खुशी यह पोता ही है। उसके चेहरे पर झुर्रियाँ मानो कम हो गयीं, आँखों में चमक आ गयी और क्षीण-सी मुस्कान भी आ गयी।

इस पावन दृश्य के प्रभाव से बेटा भी अछूता न रह सका। माँ को अपनी बाँहों

में भर लिया। ''माँ, आज से तुम हमारे साथ रहेगी, हमेशा हमेशा के लिए।'' हमें कुछ कहना नहीं पड़ा। उस अबोध बालक ने हमारा काम कहीं अधिक प्रभावशाली ढंग से कर दिया था, अपने भटके हुए माँ-बाप को सही राह पर ला दिया था।

बंजारों की तरह चल दिए। बादल बिखर गये थे और हवा शान्त थी। रात गोरखपुर में रहे। यहाँ से रास्ता आसान है। आसान इसलिए है क्योंकि हमने नर्मदा का किनारा छोड़ दिया है। वह बहुत ज्यादा दुर्गम है। वैसे यह रास्ता भी बीच-बीच में सुरम्य वन-प्रदेश में से जाता है। जगह-जगह महुआ के फूलों की गन्ध हमारा स्वागत करती। सिंगारपुर होते हुए शाम को देवगाँव पहुँचे। यहाँ नर्मदा और बुढ़नेर का संगम है। रास्ते में हम जो सेवक लेते थे, वे आते-जाते रहते थे। जीवन कब का चला गया था। लेकिन अधेड़ बुद्धूलाल और युवा गोविन्दा यहाँ तक आए थे। बुद्धूलाल को बराबर सन्देह रहता कि उठाने के लिए उसे सबसे भारी गठरी दी गयी है, इसलिए वह दूसरों से अदला-बदली करता रहता। लेकिन थोड़ी ही देर में उसे लगता कि इससे तो पहला वाला बोझा ही हल्का था। उसे हमेशा अपना बोझा भारी और दूसरों का हल्का लगता।

सोचता हूँ, मैं ही बुद्धूलाल से कौन कम हूँ! मुझे हमेशा अपने दुखों की गठरी भारी और दूसरों की हल्की लगती है। अगर इनकी अदला-बदली हो सकती होती तो समझ में आ जाता कि इन सब में तो मेरी गठरी ही हल्की है!

संगम पर पक्की और बड़ी धर्मशाला है, रात इसी में रहे। सुबह-सबेरे बुढ़नेर ओस में धुली पँखुड़ी जैसी लग रही थी। वह चट्टानों में से बह रही थी। सुन्दरता के लिए कितना कम चाहिए-नदी और चट्टानें, बस!

बुढ़नेर पार करके झुरझुरी रेत पर चले। फिर रेतीले कछार पर चले जहाँ किसानों ने टमाटर लगा रखे थे। फिर खेतों में से चले। शाम को रामनगर पहुँचे। कभी यह गोंड राजाओं की राजधानी रहा। यहाँ नर्मदा-तट पर गोंड राजा हृदयशाह द्वारा 17वीं शताब्दी में निर्मित महल है। अब वह खाली पड़ा है। महल के बाहर नर्मदा-तट पर हर मंगलवार को साप्ताहिक बाजार भरता है। संयोग से कल मंगलवार है, कल यहीं रहेंगे, परसों जाएँगे। हाट की छपरी जैसी दुकानें खाली पड़ी थीं—साफ-सुथरी, लिपी-पुती। इन्हीं में से एक में रह गये। दुकानदार कल दोपहर को आएगा, तब तक तो रह ही सकते हैं।

मंडला यहाँ से 22 किलोमीटर दूर है और शाम तक पहुँचना जरूरी है। इसलिए साप्ताहिक बाजार देखे बगैर ही चल पड़े। आगे जाने पर एक अकेला पहाड़ दिखायी दिया। वह 'काला पहाड़' है। हमें जल्दी न होती तो वहाँ जरूर जाते। दिन भर नीरस और उबाऊ सड़क पर चलते रहे। धूप अलग चमड़ी उधेड़ रही थी।

हरियाली नाममात्र को नहीं। दरअसल डिंडौरी से ही हम प्रायः सूखी, चटकी, बंजर जमीन पर से चल रहे हैं। लेकिन मंडला के पास आते ही हरियाली शुरू हो गयी। रास्ता अब सघन अमराई में से है। खेतों में गन्ना और कछार में साग-सब्जी। चारों ओर हरियाली।

महिलाओं की ऊर्जा पर मैं विस्मित हूँ। निर्जन क्षेत्रों में लम्बी-लम्बी दूरियाँ तय कीं। थककर निढाल हुईं फिर भी खाना बनाने के कार्य में जुट गयीं और सबको खिलाकर बाद में खाया। स्त्रियाँ अपने अनुमान से कहीं अधिक कर सकती हैं। इस यात्रा से स्वयं महिलाओं का अपने शक्ति-सामर्थ्य में विश्वास सुदृढ़ हुआ।

जब हम महाराजपुर (मंडला) पहुँचे तब सूरज बादलों में छुप गया था और नदी की ओर से ठंडी हवाएँ चल रही थीं। हमने बंजर पार की और बंजर और नर्मदा के संगम में स्नान किया। मंडला सामने तट पर है, नाव से जाएँगे, लेकिन तभी जोरों से पानी बरसने लगा और हवा के कारण नदी में लहरें उठने लगीं। जो लड़का नाव खेता था, मैं उससे बात कर चुका था—प्रति सवारी दो रुपये और अगर मामा-भानजे हों तो ग्यारह-ग्यारह रुपये। मैं इसके लिए भी तैयार था क्योंकि मेरा भानजा आनन्द मेरे साथ था। लेकिन इस अन्धड़ में वह लड़का भाग गया था। अगर होता तो भी मौसम के इस बिगड़े मिजाज में हम उसकी छोटी-सी नाव में बैठकर नदी पार करने का साहस न करते। आखिर सड़क से नर्मदा पार की।

रात को घर आ गये। एक राष्ट्रीय टी.वी चैनल हमारी पदयात्रा के समाचार जरा विस्तार से देना चाहता था। उसका संवाददाता और कैमरामेन हमें हमारे पिट्ठुओं के साथ नर्मदा-तट ले गये और वहाँ हमें ऊबड़-खाबड़ चट्टानों पर चलते फिल्माया। फिर प्रश्न पूछे। कान्ता से पूछा, "वेगड़जी तो नर्मदा के प्रति लगाव के कारण ये यात्राएँ कर रहे हैं। आप क्यों चल रही हैं?"

"वेगड़जी को नर्मदा से लगाव है तो मुझे वेगड़ जी से लगाव है।"

दुर्भाग्य से यह वाक्य रिकार्ड नहीं हो पाया तो उसने यही प्रश्न दोबारा पूछा। इस बार उसने कहा, "सीता अगर राम के पीछे चौदह बरस तक वन में चलीं, तो मैं चौदह दिन तो चलूँ।"

ये उस नारी के शब्द थे, जिसने पिछले 48 वर्षों से मुझे बनाने-सँवारने में अपना सब कुछ होम कर दिया है। और ये उस नारी के शब्द भी हैं, जिसे साथ ले चलने में मैं हीले-हवाले कर रहा था।

निस्सन्देह मैं अच्छा पति नहीं। लेकिन इस देश में केवल अच्छी पत्नियाँ ही होती हैं, अच्छे पति नहीं। राम से लेकर गाँधी तक कोई भी तो अच्छा पति नहीं था। फिर मैं अकेला ही कहाँ से कसूरवार ठहरता हूँ!

जबलपुर से हंडिया

राहु एक चंचल बिलौटा है और पूनम का चाँद खीर का कटोरा। मौका पाते ही वह उस पर झपटता है। (लुटेरे भला कहाँ नहीं!) क्षीर-ग्रहण की यह कोशिश ही चन्द्र-ग्रहण है। आज शरद पूर्णिमा है, चन्द्र-ग्रहण है और आज ही हम लोग नर्मदा-परिक्रमा पर निकल रहे हैं। लेकिन बादलों के कारण हमें यह शायद ही देखने मिले।

17 अक्टूबर 2005 को हम सभी ग्वारीघाट में एकत्र हुए। दिन भर रुक-रुक कर बूँदा-बाँदी होती रही। इस कारण तीसरे पहर ही निकल पाए। नाव से नर्मदा पार करके दक्षिण-तट पर आए और 'नर्मदे हर!' के घोष के साथ चल पड़े। रात तिलवारा घाट में रहे। सुबह चले।

थोड़ी देर में भेड़ाघाट आया, सबसे पहले धुआँधार आया। नर्मदा का सबसे सुन्दर और सबसे प्रसिद्ध प्रपात। आज हम उसे दूसरी ओर से देख रहे हैं। पानी की दहाड़ तो दूर से ही सुनायी दे रही थी। पूरी तेजी से गिरते पानी का विकल उन्माद तो बस, देखते ही बनता था। नीचे खड्ड में पानी भयंकर रूप से मथा जा रहा था। वह मन में उल्लास भी जनमा रहा था और भय भी पैदा कर रहा था। हवा चलती तो प्रपात से फुहार उड़ने लगती और हमें भिगो देती। जिस खड्ड में पानी गिरता है, उसका आकार कटोरे जैसा है। लगता है संगमरमर की चट्टानों ने नर्मदा के आगे अपना भिक्षापात्र रखा है। नर्मदा उसे ऐसा छलका देती है कि वह भिक्षापात्र न रहकर अक्षयपात्र बन जाता है।

धुआँधार के बाद नर्मदा की भिड़न्त संगमरमर की चट्टानों से होती है। इनमें घुसने के लिए नर्मदा इतनी सिमट-सिकुड़ जाती है कि लगता है नर्मदा संगमरमरी सुरंग में से बह रही है। और चट्टानें ऐसी सफेद जैसे मक्खन लगी हुई हों। नर्मदा जहाँ सर्वाधिक सँकरी हो गयी है, उसे बन्दरकूदनी कहते हैं। यहाँ नर्मदा का सर्वथा नया रूप देखने मिलता है। धुआँधार में नदी बोलती ही नहीं, गरजती भी है। लेकिन यहाँ गरजना तो दूर, वह बोलती तक नहीं। नीरव, नि:शब्द बहती है। एक अफ्रीकी

कहावत है—निस्तब्धता को सुनो। तुम पाओगे कि वह संगीत है। इस संगीत को सुनने के बाद ही हम आगे बढ़े।

सरस्वतीघाट में भेड़ाघाट समाप्त। यहाँ से नर्मदा पुनः चौड़ी हो जाती है।

नर्मदा की सहायक नदी बुढ़नेर की विकट पदयात्रा में प्रदीप पूरी यात्रा में साथ रहा। मंजू से यह कहकर आया था कि मैं केवल 4 दिनों के लिए जा रहा हूँ। सच बोलता तो आने न मिलता। हम चाहते थे कि इस बार भी वह पूरी यात्रा में साथ रहे। प्रदीप भी यही चाहता था। लेकिन मंजू दोबारा गफलत नहीं कर सकती। वह चली ही इसलिए है कि प्रदीप जाने न पाए। सुबह हम लोग चले ही थे कि नदी तट पर एक नाव दिखायी दी। मंजू को इसी की प्रतीक्षा थी। प्रदीप और दोनों बच्चों को लेकर नाव में बैठ गयी। सामने तट से कोई न कोई वाहन मिल ही जाएगा। बेचारा प्रदीप! वैसे मंजू गलत न थी। कामकाजी महिलाओं की अपनी समस्याएँ होती हैं। उसे घर देखना है, नौकरी करनी है और बच्चों की पढ़ाई पर भी ध्यान देना है। पिता तो पितृ-दायित्व से बच सकता है, किन्तु माता मातृ दायित्व से कैसे बच सकती है?

रास्ते में थोड़े समय के लिए एक संन्यासी का साथ हो गया। यह उनकी चौथी परिक्रमा है। पहली परिक्रमा 10 वर्ष की आयु में अपने दादा के साथ की थी। कहने लगे, जब तक पैर में काँटा न गड़े, मजा नहीं आता। काँटे के गड़ने में जो मजा ले सकते हैं, वे अगर दुःख की चादर में लिपटे होंगे, तो वहाँ भी उन्हें खुशी की घंटियाँ बजती सुनायी देंगी।

शाम को धरतीकछार पहुँचे। यहाँ धर्मशाला नहीं है, सभी परकम्मावासी पेड़ के नीचे बने बड़े चबूतरे पर रात बिताते हैं। हम भी यहीं रहे। लेकिन सोये ही थे कि बादल गड़गड़ाये, बिजली कड़की और झमाझम पानी बरसना शुरू हो गया। भागकर पास के मकान के बरामदे में शरण ली।

दूसरे दिन शाम को बेलखेड़ी पहुँचे। टेकसिंह पटेल के घर रहे। उन्होंने एक आपबीती सुनायी- कोई आठ बरस पहले की बात है। आँखों में बड़ी तकलीफ थी। उसके कारण भयंकर सिरदर्द रहता था। जबलपुर के डॉक्टरों ने मुझे भगा ही दिया। बोले, अब मत आना, इसका कोई इलाज नहीं। हारकर इंदौर गया। वहाँ के डॉक्टर ने कहा कि तुम्हारी दोनों आँखें निकालनी पड़ेंगी, वर्ना तुम पागल हो जाओगे। मुझे लगा, सारा ब्रह्मांड मुझ पर ढह पड़ा है। अन्धा होकर जीने के बजाय तो मर जाना बेहतर। घर जाकर सीधे नर्मदाजी गया। डुबकी लगाकर बोला—माँ, या तो मेरी आँखें ठीक कर दे या मुझे उठा ले। मुझे नहीं जीना। रोज नर्मदा-स्नान करता और यही प्रार्थना करता। धीरे-धीरे आँखें ठीक होने लगीं और दो महीने में बिलकुल ठीक हो गयीं।

थोड़ा रुककर बोला–उस दिन मैं मरने पर उतारू था। उस दिन की प्रार्थना मेरे शरीर के रोम-रोम से निकली थी। वह प्रार्थना नहीं, आर्तनाद था। वैसी जबरदस्त प्रार्थना मैं आज नहीं कर सकता। उस दिन की बात ही और थी।

जो असम्भव था, आस्था के कारण सम्भव हुआ। उत्कट प्रार्थना और छद्म प्रार्थना में यही तो फर्क है। प्रार्थना आवेदन हैं। उसे स्वीकारना या नकारना प्रभु की इच्छा पर निर्भर है। लेकिन यह हमारे ऊपर निर्भर है कि हमारी प्रार्थना ही ऐसी निर्मल हो कि प्रभु से उसे स्वीकार किए बिना रहा ही न जाए।

यहाँ से हमारे छह सदस्य चले गये, फिर भी हम सात बचे हैं। मीनल फडणीस इन्दौर से आयी हैं और हम लोगों के साथ पहली बार चल रही हैं। उन्होंने मेरी दोनों परिक्रमा पुस्तकों का मराठी में सुन्दर अनुवाद किया है और पुणे से सुन्दर ढंग से प्रकाशित इन पुस्तकों का महाराष्ट्र में बड़ा स्वागत हुआ है। मीनल बहन स्वयं भी बहुत सुन्दर हैं—65 वर्ष की आयु में भी अत्यन्त सुन्दर। अगर जवानी में कोई सुन्दर है, तो वह भगवान की देन है। लेकिन कोई अगर अधेड़ावस्था या वृद्धावस्था में भी सुन्दर है तो यह उसकी खुद की कमाई है। इसका अर्थ यह है कि वह नियम संयम से रहा है, उसने सात्त्विक जीवन जीया है और भलाई के काम भी किए हैं।

शरद हम लोगों के साथ दो पदयात्राओं में चल चुका है। जितना विनोदी, उतना ही सेवाभावी। वह हमारा स्थायी कोषाध्यक्ष भी है। मीनल बहन, शरद, कान्ता, मैं और हमारे तीन सेवक–इस प्रकार अभी भी हम सात हैं।

रास्ता प्राय: नदी के पाट में से है। पीछे से एक दंडी स्वामी आए। उन्होंने भी ग्वारीघाट (जबलपुर) से परिक्रमा उठायी थी, हम लोगों से बहुत पहले नवरात्र में, फिर भी पीछे रह गये थे। मैंने पूछा, इतने पीछे कैसे रह गये तो बोले, ''मैं कोई बैल नहीं जो खेत जोतता फिरूँ।''

''आपने ग्वारीघाट से ही परिक्रमा क्यों उठायी?''

''हमारी मौज।''

वे हमें कल भी मिले थे लेकिन बात नहीं हुई थी। ट्रांजिस्टर लेकर चले थे जो निरन्तर बजता रहता था। लेकिन अभी बन्द था। पूछा, ''ट्रांजिस्टर कैसे बन्द है?''

''अभी मैं खुद बज रहा हूँ। नर्मदा के तार से तार मिलाकर चल रहा हूँ।''

क्या ही चुटीले जवाब थे! वे आगे निकल गये। आकाश में शरद ऋतु के रूई-से सफेद बादल हैं। मैं पहाड़ों पर पड़ती उनकी परछाइयाँ देखता रहता। पानी जिस पात्र में रखा जाता है, उसी का आकार ग्रहण करता है। उसी प्रकार बादलों की परछाइयाँ भी जिन पर पड़ती हैं, उन्हीं के अनुरूप हो जाती हैं। पहाड़ों के आरोह-अवरोह परछाइयों के आरोह-अवरोह बन जाते हैं। बादलों की परछाइयाँ चढ़ायी चढ़

जाती हैं, खाई में कूद जाती हैं और नदी के पानी पर सीधी–सपाट लेट जाती हैं। मानो आकाश में बैठे बादल अपनी परछाइयों के माध्यम से नीचे धरती पर अपना कठपुतली नाच दिखा रहे हों।

शाम को करहैया पहुँचे। रहने की व्यवस्था फौलादसिंह के खलिहान में हुई। उन्होंने एक नौकर से कहा कि आप लोगों को सदाव्रत दो। हमें उसकी आवश्यकता नहीं थी। लेकिन वे बड़े रौब–दाब वाले व्यक्ति थे और जिस तख्त पर बैठे थे, वहाँ बन्दूक भी रखी थी। हमें बन्दूक की नोक पर सदाव्रत लेना पड़ा।

सुबह आगे बढ़े। रास्ते में एक महिला मिली जो गेहूँ पिसवाने सामने तट जा रही थी। 3 किमी. जाना और उतना ही आना। नाव में उतराई भी लगेगी। ''वैसे तो एक आदमी से पाँच रुपये लेते हैं, लेकिन हम लोग साल भर के लिए चार कुड़ा अनाज दे देते हैं, इसलिए हमें पैसे नहीं देने पड़ते।'' गाँवों में वस्तु–विनिमय युग के अवशेष आज भी शेष हैं। इतनी मेहनत से पिसवाकर जो आटा ले जाएगी, परकम्मा–वासियों को सदाव्रत भी उसी में से देगी।

आगे छोटा धुआँधार पड़ा। नदी में कई छोटे–छोटे प्रपात हैं। पानी एक से दूसरी चट्टान पर छलाँग लगाता हुआ बह रहा था। पानी की इस उछल–कूद के कारण जल में चेतना आ गयी थी। नदी का जुझारू रूप हमेशा ही देखने योग्य होता है।

शाम को घूरपूर पहुँचे। साहबसिंह के घर रहने की व्यवस्था हो गयी। रात में पास के गन्ने के खेतों से सियारों की 'हुआँ–हुआँ' सुनायी देने लगी। साहबसिंह ने कहा, ''किसान पहले सोयाबीन बोते थे, लेकिन अब गन्ना लगाते हैं। गन्ना लगाते ही उसमें रहने के लिए सियार आ गये।''

पड़ोस में देर रात तक महिलाएँ झाँझ और ढुलकिया के साथ भजन गाती रहीं। बीच–बीच में गन्ने के खेतों से सियार जिस तरह लम्बी–लम्बी तानों में 'हुआँ–हुआँ' करते रहे, उसका मतलब 'वाह वाह! वाह वाह!' ही हो सकता है।

सुबह आगे बढ़े। सामने से एक आदमी सिर पर लकड़ी का गट्ठर लिए आ रहा था। उससे थोड़ी बातें हुईं। शरद ने कहा कि गट्ठर घर रख आओ और चलो हमारे साथ। उसने तुरन्त गट्ठर नीचे पटका और बैठ गया। बोला, ''मैं हर किसी से बात नहीं करता। आप लोग मेरे लायक जान पड़े, इसलिए गट्ठर फेंका और बैठ गया।'' उसके गट्ठर में कुछेक लकड़ियाँ टेढ़ी–मेढ़ी गठान वाली थीं। शरद ने कहा, ''ऐसी लकड़ियों को बचाकर रख लिया करो, शहरों में कला के नाम पर अच्छे दामों में बिक जाएँगी।'' उसने तपाक से कहा, ''पैसे कमाने का मुझे शौक नहीं।'' था तो लकड़हारा, पर मिजाज से शहंशाह था।

उसकी बात सुनकर मुझे एक कहानी याद आयी। एक आदमी पेड़ के नीचे लेटा था। किसी ने कहा, "यहाँ बेकार पड़े हो। जाओ, जंगल से लकड़ी काटकर ले आओ और शहर में जाकर बेचो। दो पैसे मिलेंगे।" "फिर?" "फिर जब दो पैसे हो जाएँ, तब एक गधा खरीद लेना। ज्यादा लकड़ी आएगी, ज्यादा पैसे मिलेंगे।" "फिर?" "फिर तुम टिम्बर मर्चेंट बन जाओगे।" "फिर?" "फिर तुम लखपति बन जाओगे।" "फिर?" "फिर तुम करोड़पति बन जाओगे।" "फिर?" "अरे फिर क्या, फिर तुम ऐश करोगे।" "वह तो मै अभी कर रहा हूँ।"

शाम को छोटी बरमान पहुँचे। रात में सोयाबीन के काले कीड़ों ने बहुत परेशान किया। झुँड के झुँड बिजली के बल्ब के नीचे मँडराते रहते। फर्श पर मरे हुए कीड़ों की पर्त बिछ गयी। चलना-फिरना मुश्किल हो गया। जब हम उनकी अवहेलना (और अवमानना भी) करना सीख गये, तभी खाना खा सके।

मीनल बहन बुरी तरह से थक गयी थीं और दो दिन से उन्हें हलका बुखार भी था। उन्होंने घर जाने का निर्णय लिया। सामने तट से उन्हें बस मिल जाएगी। वादा करके गयीं कि अगली बार आऊँगी, तो वजन कम करके आऊँगी। तब चलने में आसानी रहेगी।

ऐसा कम ही होता है कि एक लेखक और उसके अनुवादक कई-कई दिनों तक एक साथ पैदल चलें। इस विषय में मैं बहुत भाग्यवान हूँ। पहले मेरी पुस्तकों के बंगला अनुवादक तपेन भट्टाचार्य साथ चले-पत्नी दीप्ति के साथ-और अब मराठी अनुवादिका मीनल बहन चलीं। लेकिन अब उनमें ताकत का एक रेशा तक नहीं रह गया था। हमने भी उनके निर्णय का समर्थन किया। उन्हें छोड़ने हम दोनों नाव तक गये। जब लौटे तो लगा मानो बेटी को बिदा करके आए हों।

एक दुख के बाद दूसरा दुख आ पहुँचा। शरद के मोबाइल पर समाचार आया कि ज्ञानपीठ पुरस्कार विजेता लेखक निर्मल वर्मा नहीं रहे। सुनकर मन बैठ गया। निर्मल जी ने मेरी पुस्तक 'अमृतस्य नर्मदा' की अत्यन्त सुन्दर प्रस्तावना लिखी थी। उन्होंने गिनती की प्रस्तावनाएँ लिखी हैं, शायद तीन या चार, उनमें से एक मेरी है। उनसे प्रत्यक्ष मिलने का अवसर मुझे कभी नहीं मिला। उनसे मिलने की बड़ी इच्छा थी, वह सदा के लिए अधूरी रह गयी। यह भी कैसा संयोग कि उनके देहावसान का समाचार मुझे नर्मदा-तट पर ही मिला।

नर्मदा के निर्मल जल में खड़े होकर, पूर्व की ओर मुँह करके और अँजुरी में जल भरकर, मैंने निर्मलजी को श्रद्धापूर्वक अर्घ्य दिया।

सुबह की सुनहरी धूप का आनन्द लेते, नदी में डोंगियाँ खेते मछुआरों को देखते, खाई-खड्ड पार करते अथवा काँटेदार झाड़ियों के बीच से निकलते हम

जल्द ही यात्रा की लय ताल में खो गये। जहाँ मन करता सुस्ताने बैठ जाते। एक जगह विश्राम करने बैठे तो एक ग्रामीण अपने गुरु के बखान करता हुआ बोला, ''बड़े विकट हैं मेरे गुरु। नाम ही है—हर हर बाबा महादुष्ट। न कंठी,न माला, न गुरिया। न दाढ़ी, न मूँछ, पर जटा शंकर जैसी। उनका कहना है कि ''पुरुष का गुरु स्त्री है और स्त्री का गुरु पुरुष। पुरुष को शक्ति की उपासना करनी चाहिए—दुर्गा या नर्मदा की। वह स्वयं पुरुष है इसलिए उसे पुरुष देवता की उपासना करने की जरूरत नहीं।'' स्त्रियों को राम या हनुमान की उपासना करनी चाहिए। स्त्रियों को देवी या शक्ति की उपासना करने की जरूरत नहीं।

कितना निर्मम तर्क!

फिर बोला, ''उन्होंने छोटा दो-मंजिला मकान बनवाया। नौकर के लिए साइकिल खरीदी। एक बार वे नागपुर गये हुए थे। सूने में कोई साइकिल चुरा ले गया। किसी ने उन्हें फोन से बताया कि नीचे की मंजिल का ताला तोड़कर कोई आपकी साइकिल ले गया है। उन्होंने कहा कि उसे जरूरत होगी इसलिए ले गया। अगर तुम्हें किसी चीज की जरूरत हो तो ऊपर की मंजिल का ताला तुम तोड़ो और तुम्हें जो चाहिए, उसे तुम ले जाओ! ऐसे फक्कड़ हैं मेरे गुरु।''

एक गाँव के बाहर एक अधजले साँप को देखा। वह मृत्यु के कगार पर पड़ा था। यह उसका दुर्भाग्य ही था कि वह जिन्दा था।

तीसरे पहर भटेरा पहुँचे। घाट पर स्थित मन्दिर जाते समय पहले गाँव की पाठशाला पड़ी। शाला-प्रांगण के चारों ओर कँटीले तारों की बाड़ लगी थी और फाटक पर ताला लगा था, जबकि अन्दर बच्चे पढ़ रहे थे। मुझे आश्चर्य हुआ। पूछने पर एक ग्रामीण ने बताया कि यहाँ के सरपंच बहुत सख्त हैं। स्कूल लगते ही उनका नौकर आकर फाटक बन्द करके उस पर ताला लगा जाता है और शाम को छुट्टी के समय खोलता है ताकि कोई भाग न सके-न छात्र, न शिक्षक!

ऐसा सरपंच हर गाँव को मिले। ऐसा सरपंच हर विधानसभा को मिले! लोकसभा को भी मिले!

नर्मदा-तट के मन्दिर के बाबा का सिंगार देखते ही बनता था। रुद्राक्ष की बड़ी-बड़ी गुरियों वाली माला के अलावा छोटी-छोटी गुरियों वाली मालाएँ। बीच-बीच में मूँगे की गुरियाँ। जटा में भी भाँति-भाँति की मालाएँ। कान में कुंडल, हाथ में कड़े और मालाएँ। चन्दन अलग। कहीं किसी प्रकार की कोई कसर नहीं छोड़ी थी। खासे मोटे थे, इसलिए यह सिंगार उन पर फबता भी खूब था। सदाव्रत के लिए पूछा तो वह हम लोगों के पास था। भोजन बनाने लगे तो बोले, ''क्या मुझे भी भोजन मिलेगा?''

उनकी आवाज मन्दिर के घंटे की तरह खनकती-सी थी। मैंने खुश होकर कहा, ''क्या आप हमारा भोजन स्वीकार करेंगे?''

''जात-पाँत पूछे नहीं कोई, हरि को भजे सो हरि का होई। जरूर लूँगा।'' नौकर की ओर इंगित करके बोले, ''यह दो नम्बर का बाबा है। यही मेरा भोजन बनाता है।''

''क्या इसका भोजन भी बनाएँ?''

''नहीं, मैं अकेला भोजन करूँगा। शाम को वह घर चला जाता है। उसका घर है, मेरा घर नहीं।''

''आपका मन्दिर है।''

''मन्दिर भगवान का है।''

दोपहर को शोकलपुर की संस्कृत पाठशाला में विश्राम किया। दीवाली की छुट्टियाँ चल रही हैं इसलिए वहाँ केवल तीन विद्यार्थी थे। उनमें से एक मेरी पुस्तक पढ़ चुका था। बोला, ''मेरे मामा जबलपुर से लाए थे। लेकिन अब दोबारा पढ़ूँगा। अब चूँकि आपसे मिल चुका हूँ, इसलिए इसमें एक नया ही रस मिलेगा।''

पीपरपानी पहुँचते दिन ढल चुका था। गाँव पार कर चुके थे। गाँव का आखिरी मकान था। दरवाजे पर खड़े सज्जन ने मुझसे 'नर्मदे हर!' कहा तो मैंने भी 'नर्मदे हर!' कहा और आगे बढ़ लिया क्योंकि अँधेरा घिरने लगा था और सोनादहाड़ अभी आधा किलोमीटर दूर था। सबसे अन्त में शरद था। उन्होंने शरद से पूछा, ''क्या वेगड़जी जा रहे हैं?''

शरद को आश्चर्य हुआ। उसने मुझे पुकारा तो मैं वापस आया। सज्जन ने कहा, ''नरसिंहपुर में नर्मदा पर आपका भाषण सुना था। इसी से पहचान गया। कृपया आप हमारे घर पर ही रुकिए।'' वहीं रह गये। उनके नब्बे वर्षीय पिताजी से बातें करके बेहद खुशी हुई। कहने लगे-बुढ़ापा गरीब होता है। आपके पास अटूट पैसा है लेकिन शरीर से तो लाचार हो जाते हैं। तब पैसा खास कुछ कर नहीं पाता। संगी-साथी एक-एक करके चले जाते हैं, आप अकेले पड़ जाते हैं और जिन्दगी से ऊबने लगते हैं।

थोड़ा रुककर बोले-मान लीजिए परिक्रमा के दौरान आपने किसी से कुछ माँगा और उसने मना कर दिया। हो सकता है अपमान भी कर बैठे। तो इसे भी प्रेम से लेना, इससे अहंकार नष्ट होता है। परिक्रमा इसीलिए तो की जाती है। दूसरे, आप एक या दो किलोमीटर नंगे पाँव जरूर चलें। नर्मदा तट की मिट्टी में ऐसा कुछ है कि इससे नसों में खून दौड़ने लगता है और आँखों की ज्योति भी बढ़ती है।

चलते समय मैंने उनके पाँव छुए। ''यह आपने क्या किया! आप परकम्मावासी

हैं, आपकी पदवी ऊँची है। इसमें उम्र नहीं देखी जाती। मुझे आपके पाँव छूने चाहिए।'' वे छूने भी लगे लेकिन मैंने उन्हें रोक दिया। उनके आशीष लेकर आगे बढ़े।

खेतों से लगी सँकरी पगडंडी से जा रहे थे। हमारे चारों साथी आगे थे, हम दोनों थोड़ा पीछे थे। तभी हमने देखा, हमारे चारों साथी पगडंडी छोड़कर नीचे खेत में उतर गये हैं। कान्ता मुझ से आगे थी। ज्यों ही वह उनके पास पहुँची, शरद ने कहा, ''वहीं रुकिए।'' उसके हाथ में मोबाइल था। बीच-बीच में फोटो लेता रहता था। मैं भी पहुँच गया। हम समझे कि अपने मोबाइल से वह हमारा फोटो लेना चाहता है। मैंने सिर से गमछा उतार दिया, ताकि चेहरा ठीक से दिखायी दे। कान्ता ने अपना पल्लू ठीक किया। तभी उसी खेत में से निकलकर एक लम्बा साँप पगडंडी पर आया और दूसरी ओर के खेत में घुस गया। तो शरद हम लोगों का नहीं, साँप का फोटो ले रहा था!

साँप को सबसे पहले कमलेश ने देखा था। उसने गरीबा को बताया। गरीबा ने कहा, वह साँप नहीं, केंचुल है। तभी साँप आगे बढ़ा। उस सुन्दर साँप का शरद फोटो लेना चाहता था लेकिन खेत में कटे धान के ठूँठ थे, उनमें ठीक से दिखायी न देता। तब गरीबा और कमलेश ने अपनी लाठियों की ठक-ठक से उसे पगडंडी पर आने को विवश कर दिया। शरद उसका फोटो लेने जा रहा था, तभी हम लोग आ गये। गरीबा ने कहा कि वह धामन साँप था जो बहुत जहरीला होता है। उसका अंगविन्यास देखते ही बनता था।

अगर साँप थोड़ी देर रुक जाता, उसके साथ हमारा फोटो खिंच जाता, तो यह हमारे लिए कितने बड़े गौरव की बात होती! तब हम लोगों से कहते कि हमारी नर्मदा परिक्रमा से प्रसन्न होकर एक नागदेवता ने न केवल हमें दर्शन दिए, बल्कि हमारे साथ फोटो भी खिंचवायी! उसने हमें ऐसा कह पाने के सुख से वंचित कर दिया। आजकल परोपकार की भावना रही ही कहाँ!

दूधी पार की और आगे बढ़े। दोपहर तक सांडिया पहुँच गये। नर्मदा और अंजन के संगम में स्नान किया। यहाँ से शरद चला गया। अब हम पाँच बचे हैं—दो हम और तीन सेवक। शाम तक माछा पहुँच गये। यज्ञशाला में रात रहे। यहाँ एक परकम्मावासी किसी से कह रहा था, ''लोग मैया को एक सूखा नारियल चढ़ाते हैं और बदले में लाखों की सम्पत्ति चाहते हैं!''

कुब्जा में बहुत कँपा था। राइन को पार करना आसान रहा। रात ईशरपुर में रहे। सुबह चले तो पलकमती पड़ी। साफ-सुथरी रूपवती नदी। यहाँ कई परकम्मावासी संगम स्नान कर रहे थे। हमने भी स्नान किया और कान्ता ने दीप भी प्रवाहित किया।

एक कौए की नजर दीये के घी पर थी। उसने दीये पर मँडराना शुरू किया। पास आता लेकिन लौ से डर कर भाग जाता, फिर पास आता, फिर भाग जाता। अगर वह पंचतन्त्र के कौए का सच्चा वंशज होता, तो अपनी चोंच में पानी भरकर दीये पर डालता, दीया बुझ जाता और उसे घी मिल जाता। मैंने कहा, ''जरा सोच, घड़े में कंकड़ फेंकने पर तेरे पूर्वज को केवल पानी मिला था, तुझे तो घी मिलेगा! तेरे इस कार्य से तेरे यशस्वी पूर्वजों की कीर्त्ति में चार चाँद लग जाएँगे।'' लेकिन उस मन्दबुद्धि ने ऐसा कुछ नहीं किया तो मैंने हताश होकर कहा, ''यह कौआ अपने कुल पर कलंक है।'' तभी उसने दीये के निकट आकर जरा जोर से पँख फड़फड़ाये। इसमें दीया बुझ गया। अब वह घी भी खा रहा था और मेरी मन्दबुद्धि पर हँस भी रहा था!

इस साल मारू में बाढ़ नहीं आयी थी, इसलिए उसमें कँपा नहीं था, आसानी से पार कर गये। सांगाखेड़ा खुर्द में स्नानार्थियों की भारी भीड़ थी। बात यह है कि आज दीवाली है और वे पर्व का स्नान करने आये थे। वे अपने पशुओं को तो नहला ही रहे थे, अपनी मोटर-साइकिलों और ट्रैक्टर तक को नहला रहे थे। भीड़ से बचने के लिए हम आगे गये। वहाँ तीन-चार लोग नहा रहे थे। नदी का बहाव बेहद तेज था। एक वृद्धा ने मुझसे कहा भी कि खूब सँभल कर नहाना, कमजोर को नदी बहा ले जाती है।

नहाकर आगे बढ़े। रास्ते में गरीबा ने कान्ता से कहा, ''अम्मा, आज दीवाली है।'' थोड़ी देर बाद कमलेश बोला, ''अम्मा, आज दीवाली है।'' जब शिवदीन ने भी यही बात कही तो कान्ता ने हँसकर कहा, ''हाँ बेटा, आज दीवाली है। अगर गाँव में दूध मिल जाएगा, तो खीर खाकर दीवाली मनाएँगे।''

शाम को बछवाड़ा पहुँचे। धर्मशाला गाँव के मध्य में सड़क के किनारे थी। दीवाली के कारण चहल-पहल थी और पटाखे भी चल रहे थे। यहाँ खाना कैसे बनाएँगे। इसी उधेड़बुन में थे, तभी एक सज्जन आये और हाथ जोड़कर बोले, ''मेरा घर पड़ोस में ही है। आप सोयें चाहे यहाँ, लेकिन भोजन हमारे आँगन में ही बनायें। चाहें तो चलकर देख लें।'' देखते ही मन प्रसन्न हो गया। लिपा-पुता, साफ-सुथरा बड़ा आँगन, पास में हैंड-पम्प। कमरे में से एक बढ़िया चूल्हा निकालकर रख दिया। ''इसमें केवल सप्तमी के दिन भोजन बनता है।'' लकड़ियों का ढेर लगा दिया। दरी बिछा दी। और क्या चाहिए!

कान्ता ने कहा, ''आज दीवाली है, दूध मिल जाता तो खीर बनाकर दीवाली मनाते।'' उन्होंने कहा, ''हमारी गाय तीन दिन पहले ही कूद गयी है।'' उसका पड़ोसी खड़ा सुन रहा था। वह धीरे से खिसक लिया और थोड़ी देर में एक गिलास

में दूध ले आया। इतने से दूध से खीर कैसे बने। फिर भी हमने दूध रख लिया। थोड़ी देर में एक और ग्रामीण छोटे से लोटे में दूध ले आया। फिर तीसरा चौथा, छठा! थोड़ी देर में हमारे पास इतना दूध हो गया कि खीर में हमें चावल के दाने ढूँढ़ने पड़ेंगे। किसी गाँव के लोगों से वहाँ के राजा ने रात के अँधेरे में तालाब में एक लोटा दूध डालने के लिए कहा था। सबेरे तालाब पानी से भर गया। अगर यही बात उस राजा ने इस गाँव के लोगों से कही होती, तो तालाब दूध से ही भरता।

खीर के लिए कान्ता ने चावल निकाले तो वृद्धा माँ सूपा भरकर चावल ले आयी। "अपने चावल रख लो। इसे लो, नए चावल की खीर बढ़िया बनेगी। खीर में थोड़ा नमक डालना। स्वाद आएगा।" एक भाई के घर से सूपा भरकर आटा आया। खाना खाने बैठे तो बड़े भाई की पत्नी एक बड़े थाल में गुलाबजामुन, मावे की बर्फी, बेसन की बर्फी और ढेर सारा चिवड़ा लेकर आयी। इतनी ही सामग्री छोटे भाई की पत्नी भी दे गयी। माताजी गरम-गरम पूड़ियाँ ले आयी। एक लड़की तले हुए पापड़ रख गयी। बड़े भाई की पत्नी गरम भजिए दे गयी। खाद्य-पदार्थों की ऐसी लहाछेह वर्षा पहले कभी नहीं हुई थी। और हम भी भुक्खड़ों की तरह सब चट कर गये! मीनल बहन और शरद यात्रा के सबसे मधुर हिस्से से वँचित रह गये। शरद परसों ही तो गया था।

बड़े भाई की पत्नी ने आँगन में जो रँगोली बनायी थी, वह किसी कलाकृति से कम नहीं थी। उसका मायका मालवा में है, यह कला वह वहाँ से लायी है।

सुबह चल दिए। साँगाखेड़ा खुर्द से नर्मदा छूट गयी। वह पाट बदलकर दूर चली गयी है। परकम्मावासी पुराने पाट को नहीं लाँघते। हमने भी यही किया। बूढ़ी नर्मदा के संग-संग आगे बढ़े। शाम को बीकोरी पहुँचे। एक ग्रामीण अपनी दादी से मिलवाने हमें अपने घर ले गया। उसकी 85 वर्षीय दादी परिक्रमा कर चुकी थी। बोली, "मेरी देवरानी मुझे बहुत चाहती थी। कहने लगी—दीदी, अकेले मत जाओ। मैं चली तो रोती हुई वह भी चली। उसकी एक ही रट थी—अकेली मत जाओ। किसी तरह वापस नहीं जा रही थी। तब मैंने डपटकर कहा—या तो मेरे साथ परिक्रमा में चल या घर लौट जा, नहीं तो ढेला फेंककर मारुँगी। तब कहीं गयी।"

"क्या आप अकेली ही गयीं?"

"नहीं, मेरे दामाद का छोटा भाई और उसकी माँ हमारे साथ चले। और भी लोग चले। कुल नौ लोग थे। लेकिन कुछ दिन बाद चार लौट गये। सवा तीन साल बाद जब घर लौटी तब देवरानी भगवान के घर जा चुकी थी। न वह मेरे साथ चल सकी, न मैं उसके साथ जा सकी। मेरी देवरानी तो मेरी माँ थी।"

सुबह नहर के साथ चले। नहर ही हमारी पथप्रदर्शक है। धानसी में नर्मदा फिर

मिल गयी। सूरजकुंड होते हुए गोरा पहुँचे। नदी-तट पर एक बाबा ने एक छोटा-सा मन्दिर बनवाया है। पति-पत्नी यहीं रहते हैं और परकम्मावासियों की सेवा करते हैं।

निस्सन्तान हैं। एक गाय, एक कुत्ता और एक तोता ही उनके संगी-साथी हैं। अँधेरा गहराने के साथ-साथ सर्दी भी बढ़ती जा रही थी। बाहर खुले में सोना सम्भव नहीं था। सोने के लिए उन्होंने अपनी रसोई दे दी। सर्दी के कारण तोते के पिंजड़े को घर के अन्दर रख लिया था। सुबह बाबा की पत्नी पिंजड़े को बाहर ला रही थी तभी तोते ने उसे काट खाया। डपट कर बोली, ''सीताराम, सीताराम तो बोलता नहीं, उलटे मुझे काट खाया। ठहर, आज तेरी अच्छी पिटायी करूँगी। खाने को कुछ नहीं दूँगी।''

थोड़ी देर बाद देखा तो उसका लाड़ला चने की दाल खा रहा था!

''आप अभी ही तो कह रही थीं कि तुझे खाने को कुछ नहीं दूँगी। फिर यह क्या!''

हँसकर बोली, ''अभी बच्चा है, तीन महीने का भी नहीं हुआ। जब आया था तब चिड़िया बराबर था। इतना नादान है कि अपने ही रोंएँ उखाड़ फेंकता है। बिलकुल अस्थि-पंजर था।'' इस नन्हे-मुन्ने पक्षी से बाबा की पत्नी को बेहद प्यार है।

बाबा ने कहा, ''मैया के तीरे-तीरे ही जाइए। खेतों वाला रास्ता छोटा जरूर है लेकिन जगह-जगह किसानों ने पानी छोड़ा है इसलिए कीचड़ होगा।''

सामने तट का पहाड़ बिलकुल पास आ गया था। चट्टानें नदी से सटती चली जा रही थीं। आगे तवा आयी। तवा जरा बड़ी नदी है। उसे पार करना कान्ता के लिए मुश्किल होगा, लेकिन उसने इसे पार कर ही लिया। संगम में स्नान किया और आगे बढ़े। यहाँ से नर्मदा के तीरे-तीरे जाते तो होशंगाबाद पास पड़ता लेकिन हम बान्दराभान होते हुए सड़क से चले ताकि मेरे साथी सड़क के बाईं ओर तवा को आती हुई और दाहिनी ओर नर्मदा को जाती हुई देख सकें। किन्तु यह रास्ता बहुत लम्बा था और सड़क खत्म होने का नाम नहीं ले रही थी। दोपहर का सूरज बदन को झुलसा रहा था और रेत ढोते ट्रक धूल उड़ाते रहते थे।

चलते-चलते कान्ता परेशान हो उठी। श्रान्त-क्लान्त और पसीने से तर-बतर कान्ता मुझ पर बहुत बिगड़ी। ''आपको हम लोगों का कोई ख्याल है भी या नहीं? आज तो ये लड़के तक चलते-चलते थक गये हैं। हम लोग कब तक चलते जाएँगे?''

वैसे उसका गुस्सा अकारण नहीं था। सारा दिन केवल मूँगफली और खजूर खाकर चलती है। चातुर्मास के कारण रात में केवल एक बार खाना खाती है।

मूँगफली-खजूर खत्म हो गये थे, आज उसे कुछ भी नहीं मिला था। 70 वर्ष की आयु में, चिलचिलाती धूप में, खाली पेट, 25 किलोमीटर चलना आसान तो नहीं। उसका गुस्सा बेवजह नहीं था।

आखिर गोपीनाथ घोष के घर पहुँचे। खूब खुश हुए। "मेरे घर ही रहिए।" मैंने कहा, "नहीं, हम पाँच हैं। धर्मशाला में ही रहेंगे।" उन्होंने कहा, "मेरा घर किसी धर्मशाला से कम नहीं है।" लेकिन हम नहीं माने। तय हुआ कि वे शाम को हम घाट पर आकर मिलेंगे। पुनः पदयात्रा!

आखिरकार हम लोग पहुँच ही गये। प्रायः 275 कि.मी. की इस पदयात्रा में हमें एक भी पक्का घाट नहीं मिला था। यहाँ का विशाल सेठानीघाट देखकर मन प्रसन्न हो गया। बनाने वालों के मन में पूरे घाट की सुस्पष्ट कल्पना रही होगी, तभी तो वे इतने सुव्यवस्थित सुन्दर घाट बना सके। संयोग से घाट पर ही दो बहनें मिल गयीं जो मेरी किताब की बड़ी प्रशंसक थीं और यहाँ संगीत की कक्षायें चलाती थीं। हम लोगों से मिलकर बेहद खुश हुईं। तय हुआ कि शाम को उनकी छात्राएँ हमें भजन भी सुनाएँगी और भोजन भी कराएँगी।

घाट पर बैठे देर तक नर्मदा की शोभा देखते रहे। गोपीनाथ आ गए। फिर जया और उनकी बहन के विद्यालय गये। उनकी छात्राओं ने कई सुन्दर भजन सुनाये। जब उनका कार्यक्रम समाप्त होने को आया तब मैंने कहा, "हमारा कमलेश भी थोड़ा-बहुत गा लेता है। आप कहें तो वह भी कुछ सुनाए।"

"जरूर, कमलेश्वर, तुम जरूर सुनाओ।"

कमलेश बड़ा संकोची है, आसानी से तैयार नहीं होता। लेकिन जब उसने गाना शुरू किया तो सभी डोल उठे। ऐसी मिठास, ऐसा दर्द! वह गा रहा था—

मोरी नरबदा मैया, दुखियन की दुख हरैया
तोरी सेवा न जानूँ मैया, मैं खेती-किसानी करैया।

सबको इतना मजा आ गया कि कोई खंजरी बजाने लगा तो कोई ढोलक। उसकी सुरीली तान और मधुर धुन ने उस विद्यालय के वातावरण में मानो जान डाल दी। उसने और भी गीत सुनाये। दोनों बहनों ने और उनकी छात्राओं ने जी भरकर कमलेश की तारीफ की। अवसर मिला होता तो वह बड़ा गायक हुआ होता। हमारे देश में कितने ही हीरे बिना तराशे व्यर्थ नष्ट हो जाते हैं।

भोर की सर्दी और धुँधलका। स्नान-ध्यान करते लोग। हालाँकि ठंड के कारण मैं रोज दोपहर को नहाता था, लेकिन आज हमें जाना है इसलिए मैंने भी

सुबह-सवेरे स्नान कर लिया। विश्राम पाकर कान्ता तरोताजा हो गयी थी और स्नान के बाद तो एकदम ताजादम लग रही थी। बोली, "जी चाहता है घर न जाकर ओंकारेश्वर तक चले जाएँ?"

मैंने कहा, "चल सकते हैं, लेकिन एक शर्त पर। वादा करो कि रास्ते में मुझ पर गुस्सा नहीं करोगी।"

उसने कहा, "मैं ऐसा कोई वादा नहीं कर सकती।"

"तो चलो घर! बीच बाजार में डाँट खाने से घर के कोने में डाँट खाना अच्छा।"

क्या कीजै, प्यार में ऐसी ज्यादतियाँ और झिड़कियाँ तो रहती ही हैं!

जब होशंगाबाद में यात्रा समाप्त करके घर गये थे, तब हमें यह कल्पना कैसे हो सकती थी कि पूरे तीन साल के बाद ही हम यहाँ आ पाएँगे।

कोई 25 वर्ष पूर्व मेरे पैर में मोच आयी थी। यहाँ से घर जाने के बाद ठीक उसी जगह मोच आयी। यानी वह लोप हुई थी, गयी नहीं थी। किसी तरह ठीक हुई कि फिर वहीं मोच आयी। मानो किसी ने मोच की पुरानी किताब खोल दी हो। इसी में दो साल तक यात्रा में नहीं जा पाये। जीवन में कभी-कभी सबसे छोटी चीज सबसे कठिन समस्या खड़ी कर देती है।

इस बार हम बारह हैं, लेकिन इनमें से अधिकांश हमें छोड़कर चले जाएँगे। नए सदस्यों में बोहिता है जो अपनी बड़ी माँ दमयन्ती बहन के साथ आयी है। हाल ही में उसकी सगाई हुई है। एक बार हम लोगों के साथ मुम्बई की गार्गी बहन चली थी-अपनी होनेवाली बहू के साथ। क्या ही अच्छा होता अगर बोहिता अपनी होने वाली सास को लेकर आती। बाकी सदस्य पुराने हैं—कान्ति सोलंकी, प्रदीप गुप्ता, शरद चौहान, शैलेन्द्र, उनके भतीजे शर्माजी, हमारे तीन सहायक, कान्ता और मैं।

सुबह निकले। शाम को खोकसर आ गये। यहाँ गौरीशंकर महाराज की समाधि है। वे कमल भारतीजी के शिष्य थे। सारा जीवन नर्मदा की परिक्रमा करते रहे। उनकी जमात में सैकड़ों साधुओं के अलावा हाथी, घोड़े और ऊँट भी रहते थे।

यहाँ से आगे बढ़े। रास्ते में इन्द्रावती नदी पड़ी। इसे पार करने में काफी कठिनाई का सामना करना पड़ा। सामने तट पर एक डोंगी थी और वहाँ दो लड़के भी थे। उनसे डोंगी लाने के लिए कहा, लेकिन 'माँगी नाव न केवट आना।' हमें देखकर वे उलटे भाग गये। हमारे साथी तैरना जानते थे। थाह लेने के लिए शर्माजी कच्छा लगाकर नदी में उतरे। उतरते ही घुटनों तक कीचड़ में धँस गये। आगे बढ़ते ही कमर

तक पानी में जा पहुँचे। वे इससे भी ज्यादा के लिए तैयार थे। आहिस्ता-आहिस्ता उस पार पहुँच गये, फिर वापस आए। मतलब बिना डोंगी के नदी पार की जा सकती है। सभी एक-दूसरे का हाथ पकड़कर, साँकल बनाकर, नदी पार करेंगे। बोहिता पानी से बहुत घबराती हैं। थोड़ी-बहुत हाय-तोबा के बाद वह पानी में उतरी और कीचड़ में कुछ ज्यादा ही धँस गयी। दमयन्ती बहन नाटे कद की हैं। पानी उनके कन्धे तक आ गया। मैं चिन्तित हुआ-कहीं 'अत्र लुप्ता दमयन्ती' न हो जाए। शरद ने कहा कि चिन्ता की कोई बात नहीं, दमयन्ती बहन बहुत अच्छी तैराक हैं। सामने तट पर फिर कीचड़ था। सभी कीचड़ से लिथड़ गये। उस कीचड़-भरे किनारों वाली नदी को पार करने का रोमांच मेरे मन में देर तक बना रहा।

रास्ते में ही सूरज डूब गया। आगे नर्मदा-तट पर एक कुटी पड़ी। वहाँ पहुँचे तो रात घिर आयी थी। वयोवृद्ध बाबा वहाँ अकेले रहते हैं, रात में कुटी का फाटक खोलते ही नहीं। लेकिन जब उन्होंने देखा कि हमारे साथ महिलाएँ भी हैं, तो उन्होंने फाटक खोल दिया। एक बार रात में कुछ शराबियों ने आकर बड़ा उत्पात मचाया था। तब से वे फाटक बन्द रखने लगे हैं।

आश्रम के चारों ओर सागौन के बड़े-बड़े पेड़ हैं। कुछ गायें और मोर भी हैं। इस निर्जन एकान्त में ये ही बाबा के साथी हैं।

दिन चढ़ते ही आगे बढ़े। दोपहर को बावरीघाट में मैं जहाँ नहा रहा था, वहाँ छह-सात भैंसें पहले से ही नहा रही थीं। घुटे सिर वाले दो ग्रामीण आए और प्लास्टिक की थैली में से खारी नदी में उड़ेल दी, फिर थैली भी बहा दी। एक मोटर-साइकिल वाला आया और उसने नदी में मोटर-साइकिल धोना शुरू किया। इतना मानो कम था तो दो ट्रक और तीन ट्रैक्टर वाले आए और उन्होंने अपने-अपने वाहनों को धोना शुरू किया। काश, दुर्वासा की तरह नदी शाप देना जानती होती।

शाम को चाँदगढ़ कुटी पहुँचे। रात को भजन-मंडली बैठी। कमलेश बहुत अच्छा गाता है। उसने जो भजन सुनाए तो श्रोता झूम उठे। उन लोगों ने कमलेश से कहा कि तुम तो यहीं रह जाओ, बाकी को जाने दो। सुनकर कितना अच्छा लगा। दिन में भले ही कमलेश हमारा बोझा उठाने वाला साधारण श्रमिक हो, रात में वह कलाकार है और हम साधारण श्रोता।

दूसरे दिन तीसरे पहर अर्चनागाँव पहुँचे। यहाँ से शरद, उसकी पत्नी निशा और प्रदीप घर लौट गये। कल शरद के पिताजी 75 वर्ष पूरे कर रहे हैं, इसलिए बहू-बेटे का घर में होना जरूरी है। लेकिन प्रदीप के साथ तो ऐसी बाध्यता नहीं। हम लोग हैरान थे कि आज सबेरे तक जो प्रदीप हंडिया तक साथ चलने की बात कर रहा था, आज इतनी आसानी से घर जाने को कैसे तैयार हो गया? बाद में एक साथी ने

बताया कि प्रदीप के मोबाइल पर पत्नी मंजू का फोन आया था। फोन जरा तगड़ा था, इसी से जाना पड़ा।

इस संसार में पति-परायण पत्नियाँ तो अनेक हैं, पर प्रदीप जैसे पत्नी-परायण पति बिरले ही मिलेंगे। मंजू कितनी भाग्यवान है जो उसे प्रदीप जैसा पति मिला। शरद हमारा कोषाध्यक्ष था। उसके जाने के बाद शैलेन्द्र ने यह कमान सँभाली।

रात गोदागाँव में रहे। यहाँ तीन नदियों का संगम हैं—नर्मदा, गंजाल और गोमती। संगम पर बने जिस मन्दिर में हम ठहरे थे, उसके पुजारी जी ने हमें बताया कि यहाँ लाल मुँह वाले ढाई सौ बन्दर हैं, खाने की चीजें उठा ले जाते हैं। शाम को चले गये थे लेकिन सुबह आ गये। गोमती पार करते ही महन्तों की छतरियाँ आयीं। पास में एक मन्दिर है। मन्दिर के बरामदों और खम्भों पर लकड़ी की नक्काशी का काम आश्चर्य में डाल देनेवाला था। अधिकांश आकृतियाँ पक्षियों और बेलबूटों की थीं। वे इतनी सफाई से उकेरी गयी थीं कि लकड़ी पर कसीदाकारी जैसी लगती थीं। इतनी उत्कृष्ट काष्ठ-कलाकृतियाँ बहुत कम देखने में आती हैं। चूँकि यह शिल्प मन्दिर के अन्दर है, इसलिए मौसम की मार से बदरंग नहीं हुआ। गोदागाँव जैसे छोटे-से गाँव में कैसी अद्‌भुत कृतियाँ देखने मिलीं। मुझे अचरज इस बात का है कि अपनी पहली पदयात्रा के दौरान मुझे ये क्यों नहीं दिखायी दीं।

मूर्तिकारों ने पत्थर नहीं मिला तो लकड़ी और लकड़ी नहीं मिली तो मिट्टी से मूर्तियों का सृजन किया। उसी प्रकार चित्रकारों ने चट्टान, दीवार, ताड़पत्र, कपड़ा और कागज-जब जो मिला उसी पर चित्र बनाए। साधन के अभाव में कलाकार की साधना कभी रुकी नहीं।

छीपानेर के बाद बजरंग कुटी पड़ी। इसकी स्थापना बाबा बजरंगदास ने की थी। उनके शिष्य स्वामी तिलक का अँग्रेजी, स्पैनिश और पोर्चुगीज पर समान अधिकार था। अँग्रेजी में कई किताबें लिखीं। केवल पचपन वर्ष की आयु में स्पेन में एक सड़क दुर्घटना में उनका आकस्मिक निधन हुआ। अन्तिम वर्षों में जापानीज सीख रहे थे। अभी जो आश्रम की देखभाल कर रहे हैं, उनका नाम स्वामी नित्य चैतन्य है। वे केरल के हैं, यहाँ चालीस वर्षों से हैं। उन्होंने हमें आश्रम का विशाल पुस्तकालय बताया। रुकने का बड़ा आग्रह किया लेकिन इन्दौर के दिनेश कोठारी हम लोगों के साथ चलने के लिए हंडिया से पैदल आ रहे हैं। इसलिए रुक न सके।

हम लोग लछोरा में मिल गये। वे नया कैमरा खरीदकार ला रहे हैं। उसका उद्घाटन नर्मदा-तट पर करना चाहते हैं। अगर वे सुबह आ गये होते तो गोदागाँव के मन्दिर की काष्ठकला के कई फोटो ले सकते थे। वैसे कान्ति ने तो फोटो लिए ही थे।

शाम को जलोदा पहुँचे। धर्मशाला नदी-तट पर है। नदी में कई छोटे-छोटे

टापू निकल आए हैं। बरसात में डूब जाते हैं लेकिन नदी के दुर्बल होते ही सिर उठाते हैं।

सुबह शर्मा जी ने कान्ति भाई से कहा, चलिए 'भिक्षां देहि!' कर आएँ। इस सांकेतिक भाषा का मतलब है—चलिए, चाय पी आएँ। लेकिन छोटे से गाँव में चाय की कोई दुकान नहीं। एक ग्रामीण ने कहा, चलिए मेरे घर। उसने चाय तो बनायी लेकिन दूध फट गया। उसने कहा, चिन्ता की कोई बात नहीं। उसने आँगन में खड़ी बकरी को दुहा और धारोष्ण दूध की चाय पिलायी। बकरी जैसा उदारमना पशु शायद ही कोई हो। जब चाहो, दुह लो!

सुबह झटपट तैयार हुए और आगे बढ़े। ज्यों-ज्यों हंडिया पास आता गया इन्दिरा सागर बाँध के बारे में तरह-तरह की बातें सुनने को मिलने लगीं। हंडिया से आगे का परम्परागत मार्ग इन्दिरा-सागर की डूब में आ गया है। जोगा का किला और धावड़ीकुंड के प्रपात भी डूब गये हैं। परकम्मावासी अब सड़क से जाते हैं।

हमने जो बातें सुनीं थी, वे सच निकलीं। हंडिया से ओंकारेश्वर तक सड़क से ही जाना होगा। नर्मदा दिखेगी तक नहीं। जब महेश्वर बाँध बन जाएगा तब महेश्वर बाँध का पानी ओंकारेश्वर बाँध के पानी को छुएगा और ओंकारेश्वर बाँध का पानी इन्दिरा सागर बाँध के पानी को छुएगा। इसमें नर्मदा को खोजना मुश्किल होगा। हम महेश्वर तक जाना चाहते थे, लेकिन अब नहीं जाएँगे। जब नर्मदा ही नहीं दिखेगी, तो कैसी परिक्रमा। इन झीलों के किनारे जब नया मार्ग बन जाएगा, तब परकम्मावासियों को सड़क से नहीं जाना पड़ेगा।

(यह ठीक है कि बाँधों के कारण नदी का प्रवाह अवरुद्ध हो गया है और वह आधी नदी आधी झील होकर रह गयी है, फिर भी मैं बाँध का विरोध नहीं करूँगा। दरअसल आबादी के विस्फोट ने ही बाँधों को जन्म दिया है। या तो बाँध बनें या करोड़ों लोग भूख और प्यास से तड़प-तड़पकर मर जाएँ। बाँध हमारी मजबूरी है।)

हमने हंडिया में ही अपनी पदयात्रा समाप्त कर दी। हंडिया के सामने है नेमावर, नर्मदा का नाभिस्थान। वहाँ हम नाव से गये। नदी के मध्य में बने छोटे-से मन्दिर को दिखाते हुए नाविक ने कहा—वह है नर्मदा का नाभि-स्थान। उसने हमें सिद्धनाथ मन्दिर के पास उतारा। मन्दिर को देखने के बाद हम नानी के घर चल दिए जो पास में ही था। मैं अपने साथियों को नानी और उनकी बेटी शारदा बहन से मिलवाने के लिए बहुत उत्सुक था। ग्यारह वर्ष पूर्व मैं इनके घर रुका था, तब भी नानी काफी वृद्ध थीं, अब तो शायद खाट पकड़ ली हो। वहाँ कान्ता पहले गयी। उसने शारदा बहन और उनकी दो बेटियों सुशीला और अलका के नाम लिए तो नानी गद्‌गद हो गयीं। ''अरे, तू तो घर की छोरी है। कहीं नहीं जाना, यहीं रहना।'' मुझे देखते ही पहचान गयीं। मुझे यह देखकर सुखद आश्चर्य हुआ कि नानी पहले से

ज्यादा स्वस्थ थीं। शारदा बहन ने बताया कि सुशीला और अलका की शादी हो गयी है। उन्होंने मोबाइल पर सुशीला से मेरी बात करवा दी। उसे सब याद था। दोनों बहनें मेरी किताब भी पढ़ चुकी थीं। उसने मुझे तो प्रणाम कहे ही, जब मैंने कहा कि मेरी पत्नी कान्ता भी आयी है तो उसने कहा, ''माताजी को भी मेरे प्रणाम कहें।''

सुशीला की प्रशंसा करते हुए मैंने कहा, ''नानी, आपकी नातिन के संस्कार कितने अच्छे हैं। उसने मुझे तो प्रणाम कहे ही, मेरी पत्नी को भी प्रणाम कहे।'' नानी ने कहा, ''नर्मदा की नहायी छोरी है, संस्कार अच्छे कैसे नहीं होंगे!''

मेरे बारे में भी कुछ ऐसा ही कह दो न, नानी!

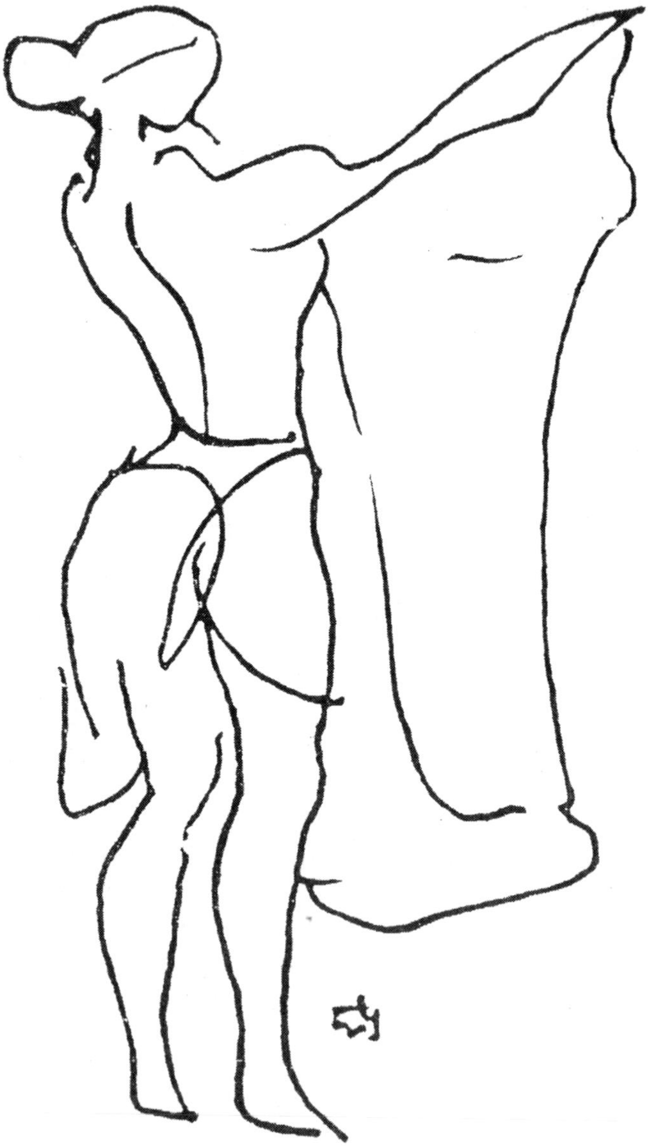

बूढ़ी नदी और बूढ़ा यात्री

नर्मदा की सहायक नदी : बुढ़नेर

पता नहीं सहस्रबाहु था या नहीं, लेकिन हर बड़ी नदी सहस्रबाहु होती है। अनगिनत नदियाँ आकर उसमें मिलती हैं और उसे पुष्ट करती हैं। बड़ी नदियों में जो पानी होता है, उसमें उनकी सहायक नदियों की भागीदारी कम नहीं होती। बड़ी नदी सूर्य है और उसकी सहायक नदियाँ उसके ग्रह-उपग्रह। बगैर सौरमंडल के सूर्य कैसा!

बड़ी नदी कहती है—मैं समुद्र से मिलने जा रही हूँ, कोई चलना चाहे तो चले। और सैकड़ों नदियाँ उसके साथ हो लेती हैं। वे सोचती हैं, अपने बल-बूते समुद्र जाना सम्भव नहीं। जाएँगी तो भटके बच्चे की सी स्थिति हो जाएगी। रास्ते में ही सूख जाएँगी या बालू में खो जाएँगी। वे बड़ी नदी के साथ हो लेती हैं। और बड़ी नदी उसे सीने से लगाकर कहती है—बहन, मेरे साथ चलने के लिए तुमने तो अपना अस्तित्त्व ही समाप्त कर दिया!

मनुष्य की तरह नदी भी समाज में रहना पसन्द करती है—अपने समाज में। उनकी रचना अकेले रहने के लिए नहीं हुई। दो नदियाँ मिलकर जिस तरह एक रंग एक रूप हो जाती हैं, वैसा एकात्म मिलन केवल एक और पदार्थ का होता है और वह है आग। एक द्रव तो दूसरा वायु। किसी ठोस पदार्थ में यह क्षमता नहीं। इसलिए हमारे ऋषियों ने कहा कि जिस प्रकार नदी समुद्र में मिलती है, या एक ज्योति दूसरी ज्योति में मिलती है, उसी प्रकार आत्मा परमात्मा से मिलती है। उन्होंने कभी किसी ठोस पदार्थ की उपमा नहीं दी।

नर्मदा बड़ी नदी नहीं। वह सहस्रबाहु भले ही न हो, अष्टभुजा तो है। उसकी आठ सहायक नदियाँ ऐसी हैं जिनकी लम्बाई 125 कि.मी. से ज्यादा है। हिरन 188 कि.मी., बंजर 183 कि.मी. और बुढ़नेर 177 कि.मी. लम्बी है। नर्मदा की सभी सहायक नदियों को हमने केवल संगम पर ही देखा था, फिर भी मैं बुढ़नेर के प्रति विशेष रूप से आकर्षित हुआ था। कोई 25 बरस पहले अपनी प्रथम नर्मदा परिक्रमा

के दौरान उसे पहली बार देखा था, तो देखते ही भा गयी थी। मैंने कहा भी था—इतनी सुन्दर नदी और नाम बुढ़नेर! इसका नाम तो युवनेर होना चाहिए। छह माह पूर्व जब उसे दोबारा देखा तो सोचा, क्यों न इस बाँकी बुढ़नेर की ही परिक्रमा की जाए। अब तो हर पदयात्रा में कान्ता साथ रहती है। यह एक नए ही ढंग की सप्तपदी है।

बुढ़नेर की पदयात्रा करने जा तो रहे हैं लेकिन हमारे पास उसके बारे में कोई भी जानकारी नहीं थी। वह कहाँ से निकली है, किन-किन गाँवों से होकर बहती है, उसकी लम्बाई कितनी है, इन सब के बारे में कुछ भी पता नहीं था। यह पानी की गहराई जाने बिना उसमें छलाँग लगाने जैसा था। यह जोखिम तो हमें उठाना ही पड़ेगा। मोटे तौर पर इतना अन्दाज जरूर था कि वह एक सुनसान आदिवासी-बहुल पहाड़ी इलाके से होकर बहती है जो आधुनिकता की सीमाओं से कोसों दूर है।

इस बार हमारे साथ एक नया सदस्य चल रहा है—प्रदीप गुप्ता। प्रदीप तो पिछली यात्रा में ही साथ चलना चाहता था, लेकिन हमारे दल में पहले से ही 17-18 सदस्य हो गये थे। नया सदस्य लेने की स्थिति में हम नहीं थे। विवश होकर उसका नाम प्रतीक्षा-सूची में रखना पड़ा। इस बार तुरन्त ले लिया। फगनू दादा हमें देवगाँव में ही मिल जाएँगे। मंडला से कोई 30 कि.मी. की दूरी पर है देवगाँव। वहीं बुढ़नेर नर्मदा से मिलती है। इसलिए उसे देवगाँव संगम भी कहते हैं।

यहाँ पक्की और बड़ी धर्मशाला है, रात उसी में रहे। यहाँ के बाबा मूलतः तमिलनाडु के हैं। सुबह फगनू दादा आ गये। हमारे पास बहुत अधिक सामान है, गरीबा और कमलेश उठा न पाएँगे। इतना अधिक सामान लेकर चलना हमारी मजबूरी है। हमें वीरान सुनसान इलाके में से जाना होगा, जहाँ छिटपुट गाँव तो होंगे, लेकिन दुकान एक न होगी। इसलिए पन्द्रह दिनों का राशन लिया था और उतना ही सूखा नाश्ता। फिर हमारे ग्रामीण सहायकों की खुराक वैसे ही ज्यादा होती है, लेकिन हमारे फगनू दादा का तो जवाब नहीं। चार आदमी की खुराक अकेले उदरस्थ कर जाते हैं। उनके कारण राशन बहुत जल्द खत्म होने लगता है। वे 70 के हैं लेकिन उनकी बाँहों की मछलियाँ बहुत मजबूत हैं और शरीर गठा हुआ। ऐसे शरीर की खुराक भी तो उसी के अनुरूप होगी। बोझ बढ़ता हो तो बढ़े, एक सहायक और ले लेंगे लेकिन फगनू दादा के बगैर तो हम जा ही नहीं सकते। ज्यादा सहायक के लिए ज्यादा राशन, ज्यादा राशन के लिए ज्यादा श्रमिक। बोझ के कारण श्रमिक बढ़ते हैं, फिर श्रमिक के कारण बोझ बढ़ता है।

हम एक सहायक को ढूँढ़ने लगे। गाँव के लोग धान की कटाई में लगे हैं, इसलिए कोई मिल नहीं रहा था। आखिर दोपहर तक एक दर्जी साथ चलने को तैयार हो गया। नाम था रमेश। साही के काँटों की तरह बाल, बढ़ी हुई हजामत और ढीले-

ढाले पहनावे के कारण पूरा भोंदू लग रहा था। लेकिन था हट्टा-कट्टा, काफी सामान उठा लेगा। उसके आने से दल के सदस्यों की संख्या आठ हो गयी।

14 अक्टूबर 2004 के तीसरे पहर 'नर्मदे हर!' के घोष के साथ चल पड़े। पदयात्रा भले ही बुढ़नेर की हो, नाम तो नर्मदा का ही चलेगा।

संगम के निकट एक बाबा कह रहा था, "मैं परिपूर्ण हूँ। परिपूर्ण इसलिए हूँ क्योंकि तपोभूमि नर्मदा में रहता हूँ।" जीवन में पहला आदमी मिला जो कह रहा था कि मैं परिपूर्ण हूँ और मुझे किसी से कुछ नहीं चाहिए।

चट्टानों के बिछावन पर लेटी और सुबह की कोमल धूप में झिलमिलाती बुढ़नेर कितनी सुन्दर दिखायी दे रही थी! इसके साथ ही मन में एक दुष्ट विचार भी आ गया। क्या वह आगे भी इतनी ही सुन्दर होगी या नर्मदा की आँखों में सुन्दर दिखायी देने के लिए थोड़ी देर पहले ही सजी-सँवरी है?

रात रयगाँव-इन्द्रा की पाठशाला में रहे। नवरात्र शुरू हो गये हैं। पाठशाला के प्रांगण में देर रात तक रामलीला होती रही। दूसरे दिन दोपहर को मोहगाँव पहुँचे। यह जरा बड़ा-सा गाँव है। यहाँ प्रदीप ने कोरे कागज की एक नोटबुक और सस्ता-सा डॉट-पेन खरीदा। मेरी देखादेखी उसने भी स्केच करना शुरू कर दिया। (और एक चित्रकार का जन्म हुआ।)

रात गुप्तगंगा में रहे। सुबह कुकरा नाला पड़ा। वह गहरा था। उसे शेखर ढीमर की डोंगी में बैठकर पार किया। उसने टोका, "इतना सामान लादकर चले हो, पर असली सामान तो लिया ही नहीं। ढपली कहाँ है?" (मतलब संगीत कहाँ है? कला कहाँ है?)

रोटी, कपड़ा, मकान और ढपली-ये चार हैं हमारी मूलभूत आवश्यकताएँ। पहली तीन शरीर के लिए, चौथी मन के लिए। कितनी बड़ी बात कही उस अनपढ़ नाविक ने!

शाम को ठेभा पहुँचे। यहाँ भी रामलीला का कार्यक्रम था। काफी दर्शक एकत्र हुए थे। मुख्य मंच के निकट एक मंच और बना था जो काफी ऊँचा था। गायक और वादक इसी ऊँचे मंच या मचान पर आसीन थे। आज का विषय था नारद-मोह। एक सुन्दरी के सौन्दर्य से आकर्षित होकर नारद उसके स्वयंवर में गये। सुन्दरी का ध्यान आकर्षित करने के लिए बीहड़ हरकतें करने लगे। उचक-उचक कर उसकी ओर देखते। नारद की इस उछल-कूद ने दर्शकों को बहुत हँसाया। मंच साधारण था, अभिनेता साधारण थे और उनकी वेशभूषा भी साधारण ही थी, लेकिन दर्शकों की खुशी असाधारण थी। वे पेट पकड़कर हँस रहे थे। दर्शकों के अभिनन्दन से उत्साहित नारद और भी ज्यादा उछल-कूद करने लगे। दुर्भाग्य से नारद की उछल-कूद काम न

आयी। सुन्दरी (सही शब्द होगा 'सुन्दरे', क्योंकि लड़का ही लड़की बना था।) ने किसी दूसरे के गले में वरमाला रोप दी। ऐसे आयोजन ग्रामीणों के शुष्क जीवन को रसीला बनाते हैं।

दूसरे दिन शाम को पांडकला पहुँचे। पाठशाला में रहे। यहाँ आदिवासी लड़कियों के लिए भी एक छात्रावास है। रामलीला यहाँ भी होती है। बच्चों ने प्रांगण को खूब सजाया था। बाहर खुले में खाना बना। जब तक खाकर उठे, हमारे आसन ओस से भीग गये। मुश्किल से सात या साढ़े सात बजे होंगे। रात भर ठंड में ठिठुरे। सुबह इतना घना कुहरा था कि पास में खड़ा आदमी दिखायी नहीं देता था। कुहरे ने छँटने में काफी देर कर दी तो हम लोग दूधिया धुँध में ही चल पड़े।

आगे सामने तट पर एक गाँव दिखायी दिया। वहाँ से मंडला के लिए बस मिलती है। परिहार जी भला कब चूकने वाले थे! उन्हें इसी तट पर बस की मादक गन्ध आने लगी थी। हम लोगों को बुढ़नेर के हवाले करके वे नाव से उस पार चले गये। देवगाँव से चले आज चौथा दिन था। उनके लिए चौथा दिन हम लोगों से छिटकने का दिन है।

भले ही चार दिन के लिए चलें लेकिन चलें जरूर। परिहार जी हमारे लिए अपरिहार्य जी हैं।

आगे लाटो के पास बुढ़नेर में कई छोटे-छोटे प्रपात देखने को मिले।

ऊँची पहाड़ी चढ़कर, खेतों में से होते हुए बिजौरा पहुँचे। पंचायत भवन में रहे। पास के घर में जो पति-पत्नी रहते हैं, वे ही इसकी देखभाल करते हैं। मना करने पर भी सदाव्रत दिया। उनके घर गये। वहाँ एक बच्चा खेल रहा था। बड़ा ही सुन्दर चेहरा, बड़ी-बड़ी आँखें। हम लोगों की ओर कौतूहल से देखने लगा। महिला ने कहा, "यह मेरे देवर का बेटा है। इसने अपने बाप का मुँह नहीं देखा। उसके मरने के दो महीने बाद पैदा हुआ। ढाई साल का हो गया है, पर कुछ भी नहीं बोलता।"

कान्ता ने कहा, "कुछ बच्चे देर से बोलना सीखते हैं।"

"सारा दिन हमीं लोगों के पास रहता है। उसकी माँ खेत पर गयी है।"

इस गाँव में पानी की भारी दिक्कत है। बहुत दूर से लाना पड़ता है। इसी में खाना बनाने और खाने में काफी देर हो गयी। इस ओर बहुत ठंड है, रात भर ठिठुरे। सुबह चलने लगे तो कान्ता ने उस महिला के हाथ में सौ रुपये का नोट रखा। "नहीं, हम रुपये नहीं लेंगे।" किसी तरह नहीं ले रही थी तो कान्ता ने कहा, "यह तुम्हारे लिए नहीं, बच्चों के लिए है। बच्चों को मिठाई ले देना।"

सुनते ही वह फूट-फूटकर रोने लगी। कान्ता घबरा गयी, पता नहीं उससे कौन सी चूक हो गयी। तभी वह बोली, "इसी की तो कमी है अम्मा। हमारे बच्चे

नहीं हैं।'' उसका रुदन रुकता ही न था। उसका चेहरा आँसुओं से भीग गया। कान्ता ने उसे अपनी बाँहों में भर लिया और उसे चुप कराते-कराते खुद भी रोने लगी। लेकिन थोड़ी देर में अपने आप पर काबू पा लिया। ''मैं तुम्हारा दुःख समझती हूँ, बहन। धीरज रखो। भगवान किसी को बच्चे देर से देते हैं।'' उसके हाथ में जबर्दस्ती रुपये ठूँस दिए। इतना अच्छा है कि वह पास के गाँव की आँगनबाड़ी में काम करती है, इसलिए दिन भर छोटे-छोटे बच्चों का साथ रहता है।

वहाँ से भारी मन से चले। आज भी उसकी आँखों में उफनती पीड़ा का चित्र आँखों के सामने उभरता है तो मन करुणा से भर उठता है।

रमेश देखने में भले ही भोंदू-सा लगता हो, लेकिन थोड़े ही दिनों में हमने पाया कि वह एक छोटा-मोटा दार्शनिक ही है। उसकी भाषा विद्वानों जैसी शुद्ध थी। गरीबा और कमलेश उसके चेले बन गये थे, नाना प्रकार के प्रश्न पूछते रहते थे और एक सन्त के धैर्य के साथ रमेश उनके उत्तर देता। एक बार उन्होंने स्वर्ग और नरक के बारे में पूछा तो रमेश ने कहा—स्वर्ग और नरक ऊपर आकाश में नहीं होते। सज्जनों के आसपास स्वर्ग होता है और दुर्जनों के इर्द-गिर्द नरक। स्वर्ग और नरक की उसकी इस व्याख्या को सुनकर मैं भी उसके चेलों की जमात में शामिल हो गया। अवसर मिलता तो वह बहुत बड़ा दार्शनिक होता। लेकिन वह गाँव में दर्जी है और चालीस रुपये रोज भी नहीं कमा पाता। पता नहीं हमारे देश में ऐसी कितनी ही प्रतिभाएँ या तो मरु-पथ में खो जाती हैं या एकान्तवास की सजा काट रही हैं।

शाम को झूँझर-महगाँव पहुँचे। गाँव तो नदी से दूर है लेकिन नदी के निकट तीन-चार झोंपड़ियाँ हैं। इसे नदी-टोला कहते हैं। यहाँ सुखपाल के घर रुके। पास के गाँव में साप्ताहिक बाजार भरा था। उसकी पत्नी वहाँ गाजर बेचने गयी थी, थोड़ी देर में आ गयी। केवल तीन या चार किलो गाजर बिके थे। 'बाजार में किसी ने बताया कि तुम्हारे घर पाहुने आए हैं तो जल्दी आ गयी।'

दो कमरों की छोटी-सी झोंपड़ी थी। रात को सोने के लिए एक कमरा हमें दे दिया। एक कोने में मुर्गियाँ थीं और दूसरे कोने में बछड़ा बँधा था। छोटा-सा कमरा, दब-सिकुड़ कर सोये। सबेरे देखा तो सुखलाल और उसका बेटा कड़ाके की ठंड में बाहर खुले में सोये थे। वे बाहर सोये ताकि सर्वथा अपरिचित लोग कमरे की गरमाहट में सो सकें। 'अतिथि देवो भव' का शाब्दिक अर्थ मैं जानता था लेकिन उसे कार्य करते अपनी इन पदयात्राओं के दौरान ही देखा।

कितना रोमांचक होता है नदी के संग-संग चलना! हर स्थान नया, हर भोर नयी! इन पदयात्राओं ने मेरे लिए प्रकृति-सौन्दर्य के कितने ही बन्द दरवाजों को खुलवाया। सोयी हुई नदी को, जागते तारों को, मँडराते बादलों को, निस्तब्ध वनों

को, लहराते खेतों को, पशुओं के खुरों की छाप को, पत्तों पर पड़ती ओसकणों की थाप को, मछुआरों की नावों को, नदीतट के गाँवों को–इन सभी को देख–देखकर मैं विस्मय–विमुग्ध होता रहता। इससे अधिक आनन्दमय और क्या हो सकता है? लेकिन संसार के यथार्थ की मार के कारण लोग कहाँ चल पाते हैं!

दोपहर को मैनपुरी पहुँचे। यह गाँव बुढ़नेर के निकट बसा है और बड़ा भी है। कच्चे घरों के बीच से एक रास्ता हमें नदी तक ले गया। स्नान करते समय एक सज्जन से बातें होने लगीं तो आगे का रास्ता दिखाने वे बड़ी खुशी से हम लोगों के साथ चलने को तैयार हो गये। नाम था सोनूलाल धुर्वे। वे मलेरिया स्वैच्छिक कार्यकर्त्ता के पद पर कार्यरत हैं और इस सिलसिले में गाँवों में जाते रहते हैं।

यहाँ से आगे बढ़े। चलते–चलते बातें होने लगीं। बोले, ''आपके साथी ने मुझे बताया कि आप लेखक हैं। तो क्या आप मैथिलीशरण गुप्त जैसे लेखक हैं? क्या आपके लेखन में 'तुहिन–कण' जैसे शब्द आते हैं?'' और उन्होंने—

चारु चन्द्र की चंचल किरणें, खेल रही थीं जल–थल में
स्वच्छ चाँदनी बिछी हुई थी अवनि और अम्बर–तल में।

कविता सुना दी। मुझे सुखद आश्चर्य हुआ। मैंने कहा, ''गुप्त जी बहुत बड़े कवि थे। वे पद्य लिखते थे, मैं गद्य लिखता हूँ। 'तुहिन–कण' की जगह मैं ओस लिखना पसन्द करता हूँ।''

''जी, कठिन शब्दों को अगर पाठक समझेंगे ही नहीं, तो उनमें उन्हें रस कहाँ से मिलेगा? तो क्या प्रेमचन्द जैसे लेखक हैं?''

''प्रेमचन्द बहुत बड़े उपन्यासकार थे। वे उपन्यास और कहानियाँ दोनों लिखते थे। मैं केवल निबन्ध लिखता हूँ। कभी आप जबलपुर आएँगे तो मैं आपको अपनी नर्मदा–पदयात्रा की दोनों पुस्तकें सहर्ष भेंट करुँगा।''

''मैंने कभी सोचा भी न था कि दूरदराज के इस पहाड़ी प्रदेश में मुझे किसी लेखक के साथ चलने का मौका मिलेगा। घर जाकर अपने बच्चों से कहूँगा कि आज मैं एक लेखक से मिला था और उसके साथ कोई आधा दिन पैदल चला था।''

एक लेखक से मिलकर वह जितना खुश था, उससे कहीं अधिक खुश मैं उस जैसे साहित्यानुरागी व्यक्ति से मिलकर था। उसकी वाणी में बड़ी मिठास थी। उसमें कुछ था जो उसके प्रति आदर का भाव जगाता था।

शाम को भरखी पहुँचे। उसे पहाड़ी पगडंडी से 5 किलोमीटर दूर स्थित अपने गाँव भी लौटना था। फिर भी वह हमारे रहने की व्यवस्था करने में लग गया। मना

करने पर भी नहीं माना। मैंने कहा, "रास्ते में अँधेरा हो जाएगा। अँधेरे में आप कैसे जाएँगे?"

"अँधेरा कहाँ है? अष्टमी का चाँद है। फिर यह मेरा जाना-बूझा इलाका है, मजे से चला जाऊँगा।"

आज की दुनिया में लोग इतने व्यस्त हो गये हैं कि दूसरों के लिए समय नहीं निकाल पाते। इस भले आदमी ने हमारे लिए न केवल समय निकाला, बल्कि रात के अँधेरे में अकेले जाना स्वीकार किया। वह चला गया और मेरे मन पर अपनी अमिट छवि छोड़ गया।

भरखी पठार पर स्थित है। हम लोगों को देखकर बहुत-से बच्चे आ गये। प्रदीप बड़ा ही मिलनसार है। उसने बच्चों को तरह-तरह के खेल सिखाये और उनके साथ खुद भी खेला। खुश होकर बच्चों ने लकड़ियों का ढेर लगा दिया। आटा खत्म हो चुका था इसलिए रोटियाँ नहीं बनीं।

दिन पर दिन बुढ़नेर छोटी होती जा रही है। शाम को एक अलग-थलग से घर के सामने यह सोचकर बैठ गये कि यहाँ रहने को जगह मिल ही जाएगी। लेकिन घर की स्त्री ने कहा कि घर में जगह नहीं है। सम्भवत: घर में वह अकेली थी इसलिए हमें न ठहराने का उसका निर्णय बिल्कुल वाजिब था। इसलिए आगे बढ़े और रात खितौली की पाठशाला में रहे।

दिन निकलते ही चल दिए। दोपहर के बाद शाल-वन शुरू हो गया। दोपहर तक हरे-भरे खेत थे, अब हरा-भरा वन है। प्रकृति में हरे रंग का प्राधान्य है। मूल रंग तीन हैं—लाल, पीला और नीला। इसमें हरा रंग कहीं नहीं। न हो, लेकिन प्रकृति का लाड़ला तो हरा ही है। धरा के रोम-रोम में फूटता है हरा।

जंगल घना होता गया। दूर-दूर तक कोई दिखायी नहीं देता। आगे एक नाला पड़ा। उसे पार करते समय कान्ता का एक पैर अचानक दलदल में गहरे तक धँस गया। ऊपर तो सूखी पपड़ियाई धरती थी लेकिन नीचे दलदल था। ज्यों-ज्यों वह उसे निकालने की कोशिश करती, त्यों-त्यों तरल कीचड़ में और धँसता। उसे लगा उसे कोई नीचे से खींच रहा है। चारों ओर घना सघन वन, निर्जन एकान्त और वह अकेली, बुरी तरह से डर गयी। उसकी घबराहट भरी चीख सुनते ही मैं उसकी ओर दौड़ा। गरीबा भी आ गया। हमने उसे सहारा दिया तो उसने अपना कीचड़ से लथपथ पैर बड़ी कठिनाई से निकाला। उसकी घबराहट देर तक बनी रही। अभी तक वह भयभीत थी, अब क्रोधित। मुझे आड़े हाथों लिया, "आप मेरी जरा भी परवाह नहीं करते, बस अपनी ही धुन में चलते रहते हैं। पीछे मुड़कर देखते तक नहीं कि मैं आ रही हूँ या नहीं।" जब वह क्रोधित हुई, तो मैं भयभीत हुआ। आत्मरक्षा में एक शब्द

नहीं बोला, उलटे माफी ही माँगता रहा। उसे किसी पर तो अपनी खीझ निकालनी ही थी। मैं ही सबसे उपयुक्त पात्र था।

जब उसका गुस्सा शान्त हुआ तो मैंने ईश्वर को धन्यवाद दिया, "हे सर्वव्यापी, तुम्हें कोटि-कोटि धन्यवाद!"

भले ही वाल्मीकि ने न लिखा हो, भले ही तुलसी ने न लिखा हो, पर ऐसा हो नहीं सकता कि चौदह वर्ष के वनवास में प्रभु श्रीराम को एक बार भी सीता जी की डाँट न खानी पड़ी हो! यह कोई अमूर्त्त कल्पना नहीं। यह मैं अपने स्वयं के अनुभव से कह रहा हूँ।

कहते हैं एक बार रास्ता भटकने से अच्छा है दो बार रास्ता पूछ लिया जाए। लेकिन कोई हो तब तो पूछें। आगे एक बड़ी सी नदी आयी तो बुढ़नेर समझकर हमने उसे पार नहीं किया, जबकि वह बुढ़नेर की सहायक नदी संजारी थी और हमें उसे पार करना था। इसी में भटक कर नदी से बहुत दूर दामीतितराही पहुँच गये। गाँव की पाठशाला बन्द हो चुकी थी और शाला को ताला लगाकर शिक्षक अपने गाँव चले गये थे। भाग्य से स्कूल से लगा टूटा-फूटा खंडहर सा मकान खुला पड़ा था। उसके फर्श में कई गड्ढे थे और दरवाजे-खिड़कियों में पल्ले नहीं थे। इसी काँजी हाउस में सोने के सिवा कोई चारा न था। कड़ाके की ठंड थी। चादरें टाँगकर खिड़कियों को बन्द किया। ठंड की नाकेबन्दी करने से कुछ तो बचाव हुआ। फिर भी खंजर-सी सर्द हवा जब खिड़कियों में से घुस आती तो हम सिहर उठते। उस रात हम जागे ज्यादा, सोये कम।

सवेरा होते ही बाहर जाकर धूप में बैठा। धूप भी कैसी ठंडी-ठंडी थी! लेकिन ज्यों-ज्यों सूरज चढ़ता गया, धूप बलवान होती गयी। जब शरीर में पर्याप्त गर्मी आयी तो चल पड़े। वापस संजारी आए, उसे पार किया और आगे बढ़े। पास के गाँव में रात भर रामलीला देखकर दो ग्रामीण लौट रहे थे। हमारे अनुरोध पर आगे का रास्ता दिखाने वे हमारे साथ चले।

रोज नए-नए दृश्य सामने आते रहते हैं लेकिन आज डगौना में जो दृश्य देखा, वह अविस्मरणीय था। चौड़ी-उथली बुढ़नेर एकाएक सँकरी होकर, शान और दबदबे के साथ घुमावदार चट्टानी दर्रे में प्रवेश करती है। मानो नदी ने धरती में चाकू से गहरा चीरा लगाया हो। थोड़ी-थोड़ी दूरी पर छोटे-छोटे प्रपात उसकी खूबसूरती में चार चाँद लगाते हैं।

डगौना की सँकरी बुढ़नेर भेड़ाघाट की संगमरमरी चट्टानों के बीच से बहती नर्मदा की याद दिलाती है। करीब-करीब वैसा ही दृश्य है। तो क्या बुढ़नेर ने यहाँ नर्मदा की नकल की है? नहीं! ग्रेट माइंड्स थिंक अलाइक! यह बुढ़नेर का स्वतन्त्र

सर्जन है।

हमारे पथप्रदर्शक साथी ने बताया कि कुछ बरस पहले बुढ़नेर को पार करते समय एक स्त्री का अचानक पैर फिसला और नदी की तेज धार ने उसे लील लिया। उसी दिन उसके पिता के दशगात्र का कार्यक्रम था और वह दोने-पत्तल के लिए पत्ते तोड़कर लौट रही थी। उसके साथ और भी लोग थे, मैं भी था, पर बहाव इतना तेज था कि वह पलक झपकते बह गयी। उसका शव तक ढूँढ़ा न जा सका। पहाड़ी नदियों का यही स्वभाव है—न उफनते देर, न सूखते।

आगे पहाड़ की तराई में बसा बैगाओं का छोटा-सा गाँव पड़ा। बैगाओं ने अपने कच्चे घरों को बल्लियों की बाड़ से घेर रखा था। यहाँ लकड़ी की कोई कमी नहीं।

यहाँ से वनाच्छादित पहाड़ की चढ़ाई शुरू। पहाड़ तो पिछले तीन-चार दिनों से रोज ही चढ़ रहे हैं लेकिन आज का पहाड़ +सबसे ऊँचा और सबसे कठिन सिद्ध हुआ। खड़ी चढ़ाई और पथरीली पगडंडी। पत्थरों के कारण पैर फिसलते थे। पगडंडी कई जगह झाड़-झंखाड़ में छिपी रहती। एक पहाड़ चढ़ते तो दो और सिर उठाते। हर पहाड़ पिछले पहाड़ से उग्र। अच्छी बात यह थी कि हमारे ऊपर शाल वृक्षों का शामियाना था। हम लोग बहुत धीरे-धीरे चढ़ रहे थे, फिर भी मेरी साँस फूल गयी और गला सूख गया।

एक जगह दोने-पत्तल के लिए पत्ते तोड़ने आया बैगा स्त्री-पुरुषों का एक दल मिला। उन्हें देखकर हम लोगों को बड़ी खुशी हुई। बातें होने लगीं तो कान्ता ने कहा कि जरा पत्तल बनाकर दिखाओ। उन्होंने पत्तलें बनायीं तो एक कुशल मेजबान की तरह कान्ता ने उन्हीं पत्तलों पर उन्हें नाश्ता कराया।

बड़ी मुश्किल से पहाड़ खत्म हुआ। पहाड़ पर से जब नीचे पसरा गाँव और दूर तक फैला मैदान दिखायी दिया तो राहत की साँस ली। ढलान उतरकर नीचे आ गये। आगे जाने पर कच्ची सड़क मिली। यह हमें चाँड़ा तक ले जाएगी। अब भूलने-भटकने का सवाल नहीं। यहाँ से लखनदास चला गया। अगर वह न होता तो हम उन पहाड़ों में से शायद ही निकल पाते। आज हम लोग प्रायः 25 किलोमीटर चले थे और आधे से ज्यादा दिन तो पहाड़ चढ़ते-उतरते बीता था।

जब चाँड़ा पहुँचे तो बैगाओं के इस गाँव पर सन्ध्या उतर रही थी। बैगाचक का यह प्रमुख गाँव है, यहाँ वन विभाग का रेस्ट हाउस है और बस भी आती है। बुढ़नेर का उद्‌गम यहाँ से 5 किलोमीटर दूर है। रेस्ट हाउस में एक बड़ा-सा कमरा मिल गया। हम कमरे के बाहर छपरी में खाना बना सकते हैं। पास में ही बुढ़नेर—जरा सी बुढ़नेर-बहती है। चारों ओर खूब पेड़ हैं। रेस्ट हाउस के चौकीदार ने बताया कि

सागर विश्वविद्यालय के छात्रों का एक दल अपने अध्यापक के साथ सात-आठ दिनों से यहाँ आया हुआ है और पास में ही ठहरा है।

मैं बुढ़नेर देखने चला गया।

रमेश पानी भरकर आ रहा था। रमेश को देखकर अध्यापक और अध्यापक को देखकर रमेश चकित रह गये। दोनों देवगाँव की पाठशाला में साथ पढ़े थे!

सुबह बुढ़नेर के उद्‌गम के लिए चल दिये।

थोड़ी देर बाद एक छोटा उथला खेतनुमा तालाब आया। उसमें काफी घास उग आयी थी और घास के कारण कई जगह पानी छिप-सा गया था। इसी में से बुढ़नेर एक क्षीण धारा के रूप में प्रवाहित होती है। यही है बुढ़नेर का 'जन्मस्थान'। तो हम इस छोटी-सी अज्ञातकुलशीला नदी के मोहपाश में बँधे उसके उद्‌गम तक आ गये थे!

किसी कली का चटक कर फूल बनना, किसी पौधे का धरती फोड़कर बाहर निकलना या किसी पानी का तालाब से नदी बनकर बहना-ये सभी प्रसन्नता के स्रोत हैं। किन्तु यहाँ प्रसन्नता से भी कुछ अधिक है। समझ में नहीं आ रहा कि वह आह्लाद है अथवा आह्लाद से भी कुछ अधिक। यहाँ हम सभी ने बड़े ही भक्ति-भाव से लोटे से स्नान किया। रमेश गरीबा से कह रहा था, "अनेक सूक्ष्म धाराओं के सम्मिश्रण से यह धारा बनी है और नदी की देह धारण करके अपनी यात्रा प्रारम्भ करती है।"

क्या भाषा बोलता है! विश्वास नहीं होता कि दसवीं कक्षा में ही पढ़ाई छोड़ देने वाला कोई व्यक्ति इतनी सुसंस्कृत भाषा बोल सकता है। हमने सर्वसम्मति से रमेश को अपना राजपुरोहित मान लिया और उससे कहा कि हमारी ओर से पूजा-अर्चना तुम ही करो। उसने नारियल और अन्य सामग्री के चढ़ावे और मन्त्रोच्चार के साथ पूजा की। हम सभी ने दीप प्रवाहित किए। फिर नदी से लगी पगडंडी से चल दिए। एक किलोमीटर चलने के बाद एक बाबा की कुटी मिली। बाबा मूलत: बिहार के हैं और इस बियाबान में 30 वर्षों से अकेले रहते हैं। वे 70 वर्ष के, ऊँचे-पूरे थे और गेरुआ वस्त्रों में शान्ति की प्रतिमूर्ति लग रहे थे। इस तट पर पगडंडी है इसलिए वापस आने में परेशानी नहीं हुई।

बैगा शहर के लोगों से दूर भागते हैं क्योंकि शहरी लोग केवल मुसीबतें लेकर ही आते हैं। तभी तो औरतें कान्ता से बिन्दियाँ, चूड़ियाँ आदि लेने में हिचकिचा रही थीं। वे सोच रही थीं कि यह हमारी कोई चाल है और बाद में हम पैसे माँगेंगे। लेकिन जब उन्हें मालूम हुआ कि ऐसा नहीं है तो उन्होंने वे चीजें खुशी-खुशी ले लीं। उन्होंने कान्ता को अपने घरों में झाँकने की अनुमति भी दी। कान्ता एक बैगा के बरामदे में गयी तो बैठने के लिए बैगा ने एक बोरा बिछा दिया। कान्ता बैठी नहीं,

खड़ी ही रही। यह सोचकर कि वह इसलिए नहीं बैठ रही है क्योंकि बोरा मैला और फटा है, उसने अपनी शाल ही बिछा दी जिसे वह ओढ़े था और उस पर बैठने के लिए कहा। कान्ता समझ गयी, तुरन्त बोरे पर बैठ गयी। भीतर एक बच्चा रो रहा था। कान्ता ने कहा, ''बच्चे को चुप क्यों नहीं कराते? कब से रो रहा है।''

''वह चुप नहीं होगा। वह भूखा है।''

''तो उसे खाना दो।''

''खाना नहीं है।''

''हमारे पास है। हम देते हैं।''

''नहीं, आप आज खाना देंगी, कल कौन देगा? उसे भूखा रहना सीखना होगा। उसे भूखा रहने की आदत डालनी होगी।''

मैं स्तब्ध रह गया। ऐसे अभाव की तो हमने कल्पना भी नहीं की थी। अपने सीने पर कितना बड़ा पत्थर रखकर अपने कलेजे के टुकड़े से उसने यह कहा होगा। उनकी 'गरीबी को भी मात करने वाली गरीबी' का अन्दाज हमें था। पर यह तो कल्पना से परे था। पलकें बरबस भीग गयीं।

दूसरे दिन बस के लम्बे सफर के बाद शाम को घर आ गये। घर के बाहर आँगन में मँझली बहू रेखा खड़ी मिली। उसे देखते ही कान्ता उससे लिपट कर फूट-फूट कर रोने लगी। चेहरा आँसुओं से भीग गया। ''उम्मीद नहीं थी कि तुम लोगों को देखने जिन्दा लौट सकूँगी।'' तब तक घर के और सदस्य भी आ गये थे। छोटे वंशज को तो उसने छाती से चिपका लिया। यात्रा के दौरान वह दलदल में बुरी तरह धँस गयी थी। बहू-बेटों को देखकर उसे इसी की याद हो आयी थी और उसकी रुलाई फूट पड़ी थी। (कैसी अजीब बात है कि खतरों के समय तो हम अपने आँसुओं को दबाये रख सकते हैं, संयत व्यवहार भी कर सकते हैं, लेकिन बाद में जब अपने प्रियजनों को देखते हैं तो हमारे हृदय का बाँध टूट जाता है और आँसू रोके नहीं रुकते।)

मेरे लिए यह दृश्य सर्वथा अप्रत्याशित था। मैं अपने आपको अपराधी-सा अनुभव करने लगा। मेरे ही कारण उसे इतनी मुसीबतें झेलनी पड़ीं। उदास भाव से उसे देखता रहा। वैसे रोकर उसने ठीक ही किया। किसी दुखद स्मृति को दिमाग से निकाल फेंकने का यह उत्तम तरीका है। इसके बाद उसने इस घटना का जिक्र फिर कभी नहीं किया।

कान्ता आसानी से रोने वाली नारी नहीं। इसी से अनुमान लगाया जा सकता है कि इस बार की यात्रा कितनी कठिन रही।

यह ठीक है कि परिवार के सदस्यों को देखकर उसकी रुलाई फूट पड़ी थी

लेकिन यह भी सच है कि वह सारा दिन चलती रही, खड़ी चढ़ाइयाँ चढ़ी, कीचड़ में धँसी, विकट चट्टानों के बीच से निकली और शाम को जब मैं भूख से बेहाल और थककर निढाल हो जाता तब वह खाना बनाने के काम में जुट जाती। उसी ने मुझसे कहा था कि प्रदीप भले ही घर लौट जाए, हम लोग उद्गम से संगम तक वापस जाएँ और बुढ़नेर की पूरी परिक्रमा करके ही घर लौटें। लेकिन मैं ही तैयार नहीं हुआ था। उसने साहस, आस्था और जीवट का जो उदाहरण प्रस्तुत कियां था, उसे देखकर मैं चकित था।

आठ माह बाद हमारी शादी को 50 बरस पूरे हो जाएँगे। कान्ता की प्रारम्भिक कोमलता परिपक्व होकर कब आत्मविश्वास में बदल गयी, मुझे आहट तक न हुई। इसका पहला पता मुझे हमारी इस सबसे कठिन पदयात्रा में चला। कान्ता को पूरे ओज पर मैंने इसी यात्रा में देखा। बुढ़नेर! मैं सदैव तुम्हारा कृतज्ञ रहूँगा।

नदी-तट की हमारी पदयात्राएँ एक तरह की आवारागर्दी ही हैं—सांस्कृतिक आवारागर्दी। अनुभव से मैंने पाया है कि नदियों में, पहाड़ों में, वनों में-समूची प्रकृति में ऐसा कुछ है जो आत्मा के विकास में योग देता है। यहाँ आने पर भीतर का अँधेरा थोड़ा कम होता है।

निकलना तो चाहते थे 20 मार्च 2006 को, लेकिन निकल पाये 20 अप्रैल को। स्नेहीजनों ने कहा भी कि गरमी बहुत बढ़ गयी है, न जाएँ तो ही अच्छा। मैंने उन्हें आश्वस्त किया कि बुढ़नेर के उद्गम से अमरकंटक ज्यादा दूर नहीं, वहाँ उतनी गरमी नहीं पड़ती। फिर वहाँ घना शाल वन भी है। चिन्ता की कोई बात नहीं।

डिंडौरी होते हुए शाम तक चाँड़ा पहुँच गये। बैगाचक का यह प्रमुख गाँव है। रात यहीं रहे। ठिठुराने वाली रात थी। लोगों को चाहिए था कि हमें गरमी से नहीं, ठंड से डराते। दूसरे दिन सवेरे ठाड़पथरा गये। बुढ़नेर का उद्गम इसी गाँव के पास है।

खेत जैसे जिस उथले तालाब से हमने बुढ़नेर को निकलते देखा था, वहाँ कुछ नहीं था, सूखी धरती थी। हम इसी सूखी बुढ़नेर के साथ-साथ चले। कोई आधा किलोमीटर बाद बुढ़नेर में पानी दिखायी दिया। उसका उद्गम आधा किलोमीटर नीचे खिसक आया था। ज्यों-ज्यों गरमी बढ़ेगी, वह और नीचे खिसकता चला जाएगा। छोटी-मोटी नदियों के ऐसे ही उड़नछू उद्गम होते हैं।

आज शुक्रवार है और शुक्रवार के दिन चाँड़ा में साप्ताहिक बाजार भरता है। बैगा स्त्री-पुरुष या तो कुछ खरीदने या कुछ बेचने वहीं जा रहे हैं। हमें भी वापस

चाँड़ा जाना होगा क्योंकि बुढ़नेर चाँड़ा से होकर बहती है। एक लड़का बहँगी में बोझा लादे जा रहा था। बीच-बीच में सुस्ताने के लिए बहँगी नीचे रख देता था। हमारे साथी कान्तिभाई ने कहा, लाओ, थोड़ी देर के लिए इसे मैं उठाता हूँ, ताकि तुम्हें थोड़ा आराम मिले। जब उठाने लगे तो वह उनसे उठी ही नहीं! फिर भी, पूरी ताकत लगाकर उठा तो ली, पर दो कदम में ही लड़खड़ाने लगे। अगर ज्यादा देर तक उठाते तो कान्तिभाई को इसी बहँगी में बिठाकर अस्पताल ले जाना पड़ता। बैगा दुबले-पतले होते हैं पर मजबूत कद-काठी के होते हैं और बड़े मेहनती भी।

चाँड़ा के बाजार में हमें आसपास से आए कई बैगा स्त्री-पुरुष देखने को मिले। तभी एक लम्बा आदमी जाने कहाँ से प्रकट हुआ और सहसा मेरे पैर छुए। मैं अचरज में पड़ गया। दूर-दराज के इस छोटे-से वनग्राम में मेरी पहचान का भला कौन हो सकता है! देखा तो चेहरा परिचित-सा लगा पर पहचान नहीं पाया। वह बोला, 'मैं नर्मदा प्रसाद।'

"अरे नर्मदाप्रसाद, तुम! तुम्हें देखकर बड़ी खुशी हुई। यहाँ कैसे?"

"आजकल मैं यहीं पदस्थ हूँ।"

"कल सवेरे से आगे बढ़ेंगे। तुम भी चलो हमारे साथ।"

यहाँ नर्मदाप्रसाद के बारे में थोड़ा बताना जरूरी है। कोई 4 बरस पहले एक चिट्ठी आयी। वह आज भी मेरे पास है। उसे ज्यों की त्यों दे रहा हूँ—

शुभ स्थान चाँड़ा 18.8.02
परम श्रद्धेय गुरुवर जी,
चरण-स्पर्श, दंडवत प्रणाम।

माह फरवरी, वर्ष 1992 महाशिवरात्रि, स्थान अमरकंटक। एक धार्मिक पुस्तक-विक्रेता के पास अनेकों पुस्तकों के मध्य हीरा जैसा चमकता हुआ, आपकी अपनी लेखनी को देदीप्यमान करता हुआ, आपकी अनुपम कृति 'सौन्दर्य की नदी नर्मदा' देखा। पुस्तक-विक्रेता से पुस्तक माँगा। उसने कहा—यह पुस्तक आपकी समझ में नहीं आएगी। तभी मैंने जोर से कहा—यदि मेरी समझ में नहीं आयी तो हिन्दुस्तान में किसी की भी समझ में नहीं आएगी। बात बढ़ता हुआ जानकर विक्रेता को राशि दिया और पुस्तक ले लिया। पुस्तक एक बार नहीं, कई बार पढ़ा। पढ़ते-पढ़ते मुझे भी माँ नर्मदे के दर्शनार्थ भ्रमण करने की इच्छा हुई और मैं चल पड़ा। प्रथम वर्ष मेरा एक साथी था। द्वितीय वर्ष अकेला रहा। तृतीय एवं चतुर्थ वर्ष में मेरी जीवनसंगिनी साथ रही। अन्त में आपके परिवार के सभी सदस्यों को दंडवत प्रणाम।

त्वदीय पाद पंकजं नमामि देवी नर्मदे।

—नर्मदा प्रसाद यादव

फिर तो आगे की यात्रा में जाने से पहले पति-पत्नी दोनों हमारे घर आए। उसी नर्मदा प्रसाद को यहाँ देखकर मन प्रसन्न हो गया। अब तो वह हमारे साथ चलेगा।

रात को पंचायत भवन में सोये। मुँह अँधेरे उठकर बाहर आया तो सामने शाल के विशाल वृक्ष। मैं मुग्ध भाव से इन्हें निहार रहा था तभी एक कोयल कूकने लगी कु...हू...कु...हू। किसी ने जवाब नहीं दिया तो विलम्बित से द्रुत में आ गयी। फिर भी कोई जवाब नहीं। लगता है, वह निपट एकाकी है, उसका कोई संगी-साथी नहीं।

सुबह होते ही नर्मदा प्रसाद आ गया। हमारे पास सामान ज्यादा था। बोझा उठाने के लिए दो लड़कों को बुलाया था, वे भी आ गये तो हम लोग चल पड़े। प्रात:कालीन नभ कुछ ज्यादा ही नीलाभ था। नयी पत्तियों से लदे शाल वृक्ष धूप में मुस्करा रहे थे। सँकरी हरी घाटी में से बलखाती बुढ़नेर बह रही थी। यह प्रदेश शेष संसार से बिलकुल कटा-सा लग रहा था, मानो एक नयी दुनिया ने अपने द्वार हमारे लिए खोल दिए थे।

मैं यहाँ के अक्षय, अनछुए एकान्त पर मुग्ध हूँ। कान्ता शाल के वृक्षों के फूलों की महक पर मुग्ध है।

हम लोग शाल के वृक्षों के बीच से जा रहे थे। पेड़ों में नए पत्ते हैं, जमीन पर सूखे पत्तों का मोटा गलीचा बिछा है। एक तो यहाँ पगडंडी वैसे ही नहीं है, जो थोड़ी-बहुत है, वह इन पत्तों से ढँकी होने के कारण दिखायी नहीं देती। नीचे के गोल-मटोल पत्थर भी नजर नहीं आते। इसी में एक जगह मेरा पैर फिसला और लद्द से गिरा। ऐसा गिरा कि उठते ही नहीं बना। साथियों ने हाथ पकड़कर उठाया, लेकिन खड़े होते न बना तो फिर पाँव पकड़कर बैठ गया। (शायद इसे ही धोबीपछाड़ कहते हैं।)

चाहे मोच हो, चाहे हड्डी तड़की हो, इस बियाबान से तो बाहर निकलना ही होगा। चलने के सिवा कोई चारा न था। साथियों ने हिम्मत बँधायी तो लाठी के सहारे उठा और धीरे-धीरे चला।

थोड़ी ही देर में समझ में आ गया कि मैं ज्यादा दूर तक नहीं चल सकता, अगले पड़ाव तक तो जा ही नहीं सकता। हमारे युवा साथी रुद्र ने कहा, "आप जरा भी चिन्ता न करें, मैं आपको अपनी पीठ पर लादकर ले चलूँगा।" जहाँ पथ दुर्गम होता, 80 किलो वजन वाला रुद्र मुझे खिलौने की तरह उठा लेता। चाहे जितना हल्का-फुल्का क्यों न होऊँ, किसी पर लदना है बड़े शर्म की बात। वैसे यह लदान

3 या 4 मिनट से ज्यादा की न होती।

कोई एक या डेढ़ किलोमीटर चलने के बाद हम लोग जंगल के बाहर आ गये। वन विभाग की कच्ची सड़क मिल गयी। बुढ़नेर भी मिल गयी। चाँड़ा से यह सड़क प्रायः बुढ़नेर के संग-संग, कभी इस तट से तो कभी उस तट से होती हुई, डगौना तक जाती है। इस पर रेत ढोने वाले इक्का-दुक्का ट्रक निकलते थे। एक ट्रक में बैठकर हम लोग डगौना आ गये। यहाँ की एकमात्र कुटी सामने तट पर है। परिक्रमा तो भंग हो ही गयी थी। बुढ़नेर पार करके सामने तट पर चले गये। साध्वी हमें तुरन्त पहचान गयीं, बहुत खुश हुईं। पिछली यात्रा में उन्होंने रुकने का बड़ा आग्रह किया था। भाग्य हमें पुनः यहाँ ले आया था। इस बार तो रुकने के लिए ही आए हैं।

रात को कान्ता ने पैर की सिकायी की, नमक और हल्दी का लेप लगाया तो सुबह आराम लगा। बुढ़नेर बिल्कुल पास है, नहाए बगैर रहा न गया। जाने लगा तो साध्वी जी ने कहा, ''बूढ़ी माई से कहो कि मैया, मैं तेरी परकम्मा कर रहा हूँ, मुझे तकलीफ क्यों दे रही हो? मैं परिक्रमा कैसे करुँगा? जाओ, माताजी से लड़ो।''

जिसमें मैया के प्रति अटूट आस्था और अडिग विश्वास हो, वही उससे लड़ सकता है। मैं अभागा ऐसी प्रगाढ़ श्रद्धा कहाँ से लाऊँ।

डगौना में बुढ़नेर बहुत सुन्दर है। यहाँ वह चट्टानों की खोखल में छिप गयी है, इसलिए उसका सौन्दर्य ढका-मुँदा सौन्दर्य है। ऊपर से बिल्कुल साधारण, लेकिन नीचे झाँक कर देखो तो अद्भुत। चट्टानों को तराशकर अजीबोगरीब कन्दरायें बनायी हैं। उसका प्रवाह जटिल और घुमावदार है और थोड़ी-थोड़ी दूर पर तीन या चार प्रपात भी हैं। साध्वी ने कहा, ''आप इसे एक डग में पार कर लें, इसलिए डगौना। लेकिन गहरी इतनी कि चार खटियों की रस्सी डाली गयी फिर भी थाह न मिली।'' नाम नदी के मिजाज के अनुरूप ही है। इस सुन्दर स्थान को टूरिस्ट स्पॉट के रूप में विकसित किया जा सकता है। लेकिन तब इसका विलक्षण और नाजुक वातावरण सुरक्षित नहीं रह पाएगा। क्या ऐसा नहीं हो सकता कि सैलानी यहाँ आएँ भी और यहाँ का सौन्दर्य भी अविकृत रहे?

शाम को कान्तिभाई नर्मदाप्रसाद के साथ पास के गाँव चले गये। फोटोग्राफी के लिए यहाँ उन्हें पर्याप्त सामग्री मिल रही है। वहाँ से लौटकर नर्मदाप्रसाद ने कहा—वहाँ किसी ने बताया कि यहाँ चाँड़ा की एक लड़की है। स्वाभाविक उत्सुकता हुई कि वह कौन है। घर गये तो मुझे पहचान गयी। मैंने पूछा, यहाँ कैसे, तो शरमा गयी। पता चला कि वह यहाँ शिवरात्रि के मेले में आयी थी। इस गाँव के एक लड़के को वह भा गयी तो वह उसे भगा ले आया। तब से वह यहीं है। 'भगा

ले जाने' का शाब्दिक अर्थ न लें। इसमें जोर-जबर्दस्ती नहीं होती। यह काम दोनों पक्षों की सहमति से होता है। यहाँ तक कि मान लीजिए चार लड़के हैं और चारों को एक ही लड़की पसन्द आयी, तो वे आपस में लड़ेंगे नहीं। लड़की जिस लड़के को पसन्द करेगी वह उसी की होगी और बाकी तीनों लड़के उस लड़की को भगा ले जाने में लड़के की मदद करेंगे। ईर्ष्या या द्वेष का कोई भाव नहीं। बैगाओं में दहेज प्रथा जरा भी नहीं। उलटे लड़के के पिता को लड़की वालों को शराब पिलानी पड़ती है। लड़की ने मुझसे कहा—हमारी शादी अगले माह होगी। शादी में मेरे पिता मेरे ससुर से चार पीपा शराब माँग रहे हैं। इसमें 80 किलो महुआ लगेगा जो करीब 1000 रुपये का होगा। मेरे ससुर की इतनी हैसियत नहीं। मेरे पिता से कहिये कि इतनी अधिक शराब न माँगे।

लड़की की ओर से नर्मदाप्रसाद को इतनी पैरवी तो करनी ही होगी। सोचा, कहाँ ये 'असभ्य' बैगा और कहाँ दहेज के लिए अपनी बहुओं को जलाता हमारा 'सभ्य, सुसंस्कृत' समाज! सभ्य बने रहने के लिए बीच-बीच में हमें इन असभ्य लोगों के बीच जाना चाहिए।

बैगाओं के रिवाज के अनुसार पहले लड़के वाले शराब लेकर लड़की के घर जाते हैं। वहाँ सब मिलकर नाचते-गाते हैं, खाना-पीना होता है, फिर लड़की वाले लड़की को लेकर लड़के के घर आते हैं। शादी लड़के के घर पर होती है। लड़की महीनों पहले से लड़के के घर रहती है। इस बीच अगर उसे लगा कि लड़का मेरे लायक नहीं तो वापस पिता के घर आ जाएगी और शादी नहीं होगी।

यात्रा अधूरी छोड़कर घर जाने के सिवा कोई चारा न था। यहाँ से आठ कि.मी. दूर पक्की सड़क है। वहाँ बस आती है, दिन में एक बार, सुबह आठ बजे। कान्तिभाई रामप्रसाद को साथ लेकर सुबह पाँच बजे चल दिए। नर्मदाप्रसाद और चाँड़ा से आये लड़के भी चले गये। मेरा पैर कुछ ठीक हो तो हम लोग भी जाएँ।

नहाकर लौटे तो कान्ता का ध्यान कोने में रखे स्कूटर पर गया। स्कूटर पुराना था और मौसम की मार से बदरंग हो गया था। देखकर लगता था, एक मुद्दत से चला न हो। स्कूटर रामप्रसाद का था और चालू हालत में था। कान्ता ने कहा कि अगर रामप्रसाद आपको स्कूटर से 8कि.मी. दूर पक्की सड़क तक पहुँचा दे तो बाकी के हम पैदल आ जाएँगे। मैंने रामप्रसाद से बात की तो वह खुशी-खुशी तैयार हो गया। बाकी लोग उसकी पत्नी और भानजे के साथ आएँगे। वे रास्ता तो दिखाएँगे ही, हमारा बोझा भी उठाएँगे। कल सुबह पाँच बजे चल देंगे। रामप्रसाद को पैसे दिए तो वह पास के गाँव से दर्जी की दुकान से एक डिब्बे में पेट्रोल ले आया। किराने की दुकान में भी डिब्बे में पेट्रोल मिल सकता है, लीटर और आधा लीटर के डिब्बों में।

सोने से पहले रात के पहले पहर में, आकाश के नीले गुम्बद को निहारने बैठ गया। यहाँ के स्वच्छ वायुमंडल में तारे कितने बड़े लग रहे थे, शहर के तारों से डेढ़ गुना बड़े!

कितने सारे तारे! (आकाश की तिजोरी में बहुत रुपया है, भाई!) क्या कोई इनका हिसाब-किताब भी रखता होगा? स्टॉक-वेरिफिकेशन होता होगा? इनका मालिक अपना खजाना खुला छोड़कर जाने कहाँ चला गया है!

ठंड बढ़ गयी तो तारों को देखते-देखते नींद में समा गया। यहाँ जाड़े जैसी ठंड है और हम खुले आँगन में सोये हैं।

सुबह पाँच बजे हम लोग जाने के लिए तैयार थे। रामप्रसाद ने स्कूटर को खुद दौड़ते हुए बहुत दौड़ाया, तब जाकर स्टार्ट हुआ। रामप्रसाद बैठा, फिर मैं बैठा लेकिन मेरे बैठते ही बन्द हो गया! हम लोग उतर गये। रामप्रसाद ने किकों की झड़ी लगा दी। स्कूटर फिर फड़फड़ाया, मेरे बैठते ही शान्त हो गया! तीसरी बार भी यही हुआ। चौथी बार हरकत में आया और मेरे बैठते ही भड़ाक से चल पड़ा। अगर मैंने उसे कसकर पकड़ा न होता तो छिटककर दूर जा गिरता। देहाती कच्ची सड़क पर स्कूटर अपने अलबेले अन्दाज में चला जा रहा था। तभी एक सूखा नाला आया। उसमें गोल-मटोल पत्थरों की भरमार थी। बिना आगा-पीछा सोचे रामप्रसाद ने उसी पर स्कूटर हाँक दिया। मेरी जान साँसत में थी। स्कूटर उसे किसी तरह पार कर गया। लेकिन थोड़ी देर बाद तो पूरी सड़क ही गोल-मटोल पत्थरों से छितर गयी थी। राम कहाँ रुकने वाला था। स्कूटर लहराता-धड़धड़ाता चल रहा था। स्कूटर और मेरे हृदय के बीच एक तालमेल स्थापित हो गया था। जितनी तेजी से स्कूटर धड़धड़ाता, उतनी ही तेजी से मेरा हृदय फड़फड़ाता।

तभी स्कूटर फिसला और हम दोनों गिरे। मेरे समूचे शरीर में भय की लहर दौड़ गयी। गिरने के साथ ही राम ने दोनों पैर जमीन पर रोप दिए थे, इसलिए हमें चोट नहीं आयी। हाँ, गिरते समय शरीर का वजन मोच वाले पैर पर ही आया था। अब स्कूटर था जो स्टार्ट ही नहीं हो रहा था। राम ने उसे फुसलाने की हर कोशिश की, पर सब बेकार। उसकी एक भी युक्ति सही नहीं उतर रही थी। तब तक पैदल चल रहे हमारे साथी आ गये। उन्होंने स्कूटर को धकेला तो स्टार्ट हो गया। हम लोग बैठे तो झटके के साथ चल पड़ा। इस बार का झटका जरा तगड़ा था। स्कूटर गोल-मटोल पत्थरों पर आग्नेय नृत्य करता हुआ जा रहा था। थोड़ी देर में चढ़ाई आयी। स्कूटर रोककर राम ने कहा कि आप यहीं रुकिए, इसे घसीटकर ऊपर छोड़ आता हूँ, फिर आपको पीठ पर लादकर ले जाऊँगा। वह हर स्थिति से निबटने को तैयार था। लौटकर उसने मुझे अपनी पीठ पर लादा और विक्रम और बेताल चल पड़े।

गिरने का तो अभी शुभारम्भ ही हुआ था। आगे फिर गिरे, फिर-फिर गिरे। सोचा, इससे तो पैदल चलना अच्छा। अधिक से अधिक हड्डी दरक जाएगी और प्लास्टर आएगा। लेकिन इस तरह से जाने पर तो मेरी धज्जियाँ उड़ जाएँगी। यहीं किसी मोड़ पर बिखर जाऊँगा। लेकिन राम है कि मुझे बस तक पहुँचाकर ही मानेगा—जिन्दा या मुर्दा!

मुझे भय व्यापे रहता। मन में बुरी-बुरी बातें आतीं, पर कुछ बोल न पाता। और कोई चारा भी न था। स्कूटर के गिरते ही राम पैर टिका देता और हम चोट से बच जाते। उसका स्कूटर थोड़ा टेढ़े मिजाज का जरूर था, लेकिन था भरोसेमन्द। देखने में जितना फटा-पुराना था, चलने में उतना ही तेज। अनुकूल सड़क मिलते ही अपनी चाल दिखाने लगता। सुनसान पहाड़ियों की ऊबड़-खाबड़ सड़क पर रोड़ों पर फिसलता-ठुमकता चलता रहता। रास्ता खत्म ही नहीं हो रहा था। एक-एक किलोमीटर दस-दस किलोमीटर के समान लग रहा था। हमें धचके लगते और शरीर जैसे आप से आप अगले धचके के लिए स्वयं को तैयार कर लेता। तो इन खतरों का सामना करने के लिए शरीर कमर कस रहा था! मुझे उसका साथ देना चाहिए। मुझे इस स्कूटर से, इस सड़क से तालमेल बिठाना होगा। इस खतरनाक यात्रा के आतंक को अपने ऊपर हावी न होने देने की कोशिश करनी होगी।

मैंने अपने आपको सँभाला। अभी तक मैं भय की सुनता रहा, अब भय मेरी सुनेगा! स्कूटर को कसकर पकड़ा, तनकर बैठा। अब घबराहट का स्थान संकल्प ने ले लिया। विजय भरी मुस्कान के साथ बोला-मैं स्कूटर पर थोड़े ही बैठा हूँ, मैं तो रथ पर बैठा हूँ! मैं अर्जुन हूँ और मेरे सारथी कृष्ण हैं! बस, यह युक्ति काम कर गयी। जल्दी ही मैं अपने आपको पूर्वापेक्षा सबल अनुभव करने लगा। न केवल मेरा भय कम हो गया, बल्कि मैं अपनी ही दुर्गति का मजा भी लेने लगा। यहाँ तक कि बीच-बीच में वनाच्छादित पहाड़ियों के सुरम्य सौन्दर्य का रसास्वादन भी कर लेता! आतंक आह्लाद में बदल गया था। पहले मैं खतरनाक जगहों पर स्कूटर धीमा चलाने के लिए कहता, अब सड़क के रोड़ों और भयंकर मोड़ों को देखकर कहता-नो प्राब्लम!

पक्की सड़क तक पहुँचे ही थे कि बस आ गयी। लेकिन हमारे साथी नहीं आए थे, इसलिए छोड़ देनी पड़ी। यहाँ से 4 कि.मी. दूर बम्हनी है, वहाँ दो बजे बस मिलेगी। वहाँ जाने के सिवा कोई चारा नहीं। थोड़ी देर में हमारे साथी आ गये। इस बार मेरे पीछे रुद्र भी बैठा। बाकी के लोग पैदल आएँगे।

सड़क पक्की थी लेकिन बीच में एक टुकड़ा कच्चा था। वहाँ रोड़े बिछे थे। और मजदूर उस पर मुरम डाल रहे थे। सड़क के बाजू में एक सँकरी पट्टी छूटी थी

जिस पर रोड़े नहीं थे। राम ने उसी पर स्कूटर चला दिया। किन्तु वह इतनी सँकरी थी कि स्कूटर भचकता हुआ बोल्डर पर चढ़ गया, फिसला और हम तीनों गिरे। रुद्र ने मुझे थाम लिया। आसपास के मजदूर दौड़कर आ गये। भाग्य से किसी को भी चोट नहीं आयी थी।

स्कूटर पर राम बैठा, राम का नाम लेकर मैं बैठा और रुद्र के बैठते ही हल्की-सी उछाल मारकर स्कूटर पुनः चल पड़ा। आखिरकार उस बदरंग से स्कूटर ने हमें बम्हनी पहुँचा ही दिया। तो बच ही गया आखिर! इस यात्रा ने मेरे प्राण तो नहीं लिए लेकिन पसीने जरूर छुड़ा दिए। राम वापस गया ताकि कान्ता को ला सके। लेकिन कान्ता की जगह मारुत को ले आया। पूछने पर बताया कि ला तो माताजी को रहा था, लेकिन थोड़ा ही चले थे कि वे स्कूटर से गिर गयीं। इसी से डर गयीं और बैठने से मना कर दिया। सबके साथ पैदल आ रही हैं।

स्कूटर के बारे में मैं कुछ नहीं जानता। लेकिन रुद्र ने बताया कि उसके स्कूटर में दो ही गीयर थे। तभी तो एकदम स्पीड पकड़ता था और ढलान हो या तीखे मोड़, एक-सी तेजी से भागता था। ब्रेक तो थे ही नहीं! वह उसे जमीन पर पैर रगड़कर रोकता था। यात्रा इतनी बीहड़ रही कि जिन्दगी भर भुला न सकूँगा। इस 'भीषण आह्लाद' को दोबारा लेना न चाहूँगा। मैं सही-सलामत रह सका तो इसलिए कि भाग्य मुझ पर कृपालु रहा।

राम मितभाषी था और उसका स्वभाव मृदु था। जितना संकोची, उतना ही साहसी। उसकी बाँहें एकदम मजबूत थीं और वह बड़े आत्मविश्वास के साथ स्कूटर चलाता था। वह न तो घबराया और न प्रयास छोड़ा। जाने किस मिट्‌टी का बना था। मुझे यहाँ तक पहुँचाने में उसने कुछ भी उठा न रखा। उसके इस करुणा भरे कृत्य से मैं गहरे तक प्रभावित हुआ। वह जब जाने लगा तो मेरा गला भर आया। मैं उसे विदा तक न कह सका। मैंने उसे गले लगा लिया। राम, उसकी पत्नी और उसका भानजा-तीनों इसी स्कूटर पर इसी रास्ते से वापस जाएँगे। राम को अपने अड़ियल स्कूटर पर बड़ा नाज था। वे इक-दूजे के लिए बने थे।

आज जब पलट कर देखता हूँ तो मेरी स्कूटर यात्रा किसी पहाड़ी नाले में अचानक आयी बाढ़ जैसी लगती है। आई, उफन पड़ी और अपनी राह चली गयी।

खड़खड़ाती देहाती बस ने हमें डिंडौरी पहुँचा दिया। वहाँ से हमें जबलपुर के लिए आखिरी बस मिली। हालाँकि हमें बैठने के लिए अच्छी जगह मिली थी, लेकिन उसमें जितने लोग बैठे थे, उससे तीन गुना खड़े थे और रास्ते में जो भी सवारी मिलती, कंडक्टर उसे भी इसी दोजख में ढकेल देता। एक तो गरमी, उस पर इतनी भीड़। इसमें हुआ यह कि आधी दूर ही पहुँचे थे कि कान्ता का रक्तचाप बढ़

गया और नाक से खून बहना शुरू हुआ। इतना बहा कि दो बार तौलिया बदलनी पड़ी। मैं बुरी तरह से घबरा गया। जब कोई घंटे भर बाद खून का निकलना बन्द हुआ तो जान में जान आयी।

अब समझ में आया कि मोच अकारण नहीं आयी थी। अगर न आयी होती तो हम दूर-दराज के वीरान इलाके में चल रहे होते और तब कान्ता की नाक से खून बहना शुरू होता तो हम कहाँ जाते और क्या करते। साफ समझ में आया कि इस बड़े संकट से बचाने के लिए ही वह छोटा संकट आया था। मोच ईश्वर के विधान का ही अंग थी।

कान्ता को बहू-बेटे बस अड्डे से सीधे अस्पताल ले गये। उसे वहाँ दो दिन रहना पड़ा लेकिन ठीक हो गयी। मुझे दूसरे अस्पताल ले गये-हड्डियों के डॉक्टर के पास। केवल मोच ही थी लेकिन उसे ठीक होने में दो महीने लगे। बहू-बेटों ने कहा—बस, अब और परिक्रमा नहीं। हम भी मान गये हैं। अब हम बूढ़े हो गये हैं। इसलिए सुर में सुर मिलाकर कह रहे हैं—और परिक्रमा नहीं, अगले अक्टूबर तक तो हर्गिज नहीं!

बंजर तो कान्हा की राधा है

नर्मदा की सहायक नदी : बंजर

''आपको बंजर की परिक्रमा नहीं करनी चाहिए। वह कान्हा नेशनल पार्क में से होकर बहती है। वहाँ के घने जंगलों में शेर, जंगली भैंसा और जंगली सूअर जैसे खतरनाक जानवर छुट्टा घूमते हैं। रात में बंजर का पानी पीने आते हैं। और आप चले हैं उसी की परिक्रमा करने! आपको वहाँ जाने की अनुमति ही नहीं मिलेगी।''

''अनुमति मिल गयी है। वन-रक्षक हमारे साथ चलेंगे और जंगल का खतरनाक इलाका हमें सुरक्षित पार करा देंगे। फिर मैं अकेला थोड़े ही हूँ, हम आठ हैं, पत्नी कान्ता भी है।''

''यानी आप अपनी जान तो जोखिम में डालेंगे ही, औरों के लिए भी मुसीबत खड़ी करेंगे।'' मित्र इस तरह बोल रहे थे मानो मैं मरने के लिए तैयार बैठा हूँ। मैंने कहा, ''हम नर्मदा की एक और सहायक नदी बुढ़नेर की परिक्रमा कर चुके हैं। मैंने पाया है कि मौसी का प्रेम माँ के प्रेम से कम नहीं होता।''

फिर भी उनका विचार था कि मैं बहुत बड़ी मूर्खता करने जा रहा हूँ।

साथ चलने के लिए दुर्ग से फोटोग्राफर कान्ति सोलंकी और उनकी मित्र विद्या गुप्ता आये हैं। कान्ति तो पहले भी हमारे साथ चल चुके हैं, लेकिन विद्या पहली बार चलेगी। सदाबहार शरद के बिना तो हमारी यात्रा हो ही नहीं सकती। बोझा उठाने वाले तीन गोंड युवक भी हैं।

बंजर मंडला में नर्मदा से मिली है। हम सभी नर्मदा और बंजर के संगम पर पहुँचे। यहाँ हम लोगों ने स्नान किया, स्नेही मित्रों से विदा ली और चल पड़े। तारीख थी 8 अप्रैल 2008। मजे की बात यह थी कि जिस नदी की परिक्रमा करने जा रहे थे, उसके बारे में हमे कोई जानकारी नहीं थी। हम उस सैनिक की तरह हैं जो बिना गोला-बारूद के ही जंग के मैदान में पहुँच जाए।

रात हिरदेनगर में रहे। बंजर में खड़े ट्रकों में रेत भरी जा रही थी। बंजर में पानी

बहुत कम है, पर रेत बहुत है। बंजर की मुख्य पैदावार रेत है। शाम को गाँव की महिलाओं ने हमें पुराने ढंग का एक भजन सुनाया—

यम के दूत ठहरो तो जरा।
रामनाम भजने तो दो।

हम में से कोई भी इस तथ्य को झुठला नहीं सकता कि यम के दूत ने हमें पर्याप्त समय दिया था, प्रभु का नाम लेने के लिए, लेकिन उस समय को हमने दूसरे ही मद पर खर्च कर दिया और अब नया अनुदान माँग रहे हैं।

रात कातामाल की पाठशाला में रहे। सोने जा रहे थे, तभी तीन ग्रामीण आए। एक बोला, ''सुना है आप बंजर मैया के उद्गम तक पाँव पैदल जा रहे हैं। आप हमारे गाँव पधारे, हम धन्य हो गये। कृपया कल भी रुकिए।''

''नहीं भाई, कल सवेरे हम चल देंगे। बहुत दूर जाना है।''

''कल आप कैसे जा सकते हैं? हमें आपका स्वागत करने का मौका तो दीजिए। देखिये, किस धूमधाम से हम आपका स्वागत करते हैं। फिर परसों बाजे-गाजे के साथ आपकी विदाई करेंगे। आप अपनी मर्जी से आए हैं, अब हमारी मर्जी से जाएँगे।''

उसकी भक्ति इतनी आक्रामक थी कि समझ में नहीं आया कि क्या कहूँ। वह नशे में था। बड़ी मुश्किल से उस भक्त से पिंड छुड़ाया।

मोचा से ही कान्हा के जंगल का बफर जोन शुरू हो जाता है। यह कोर जोन के लिए ढाल का काम करता है। कोर जोन यानी मुख्य जंगल। इसी में हिंस्र पशु छुट्टा घूमते हैं। इसमें बिना अनुमति के कोई नहीं जा सकता।

आखिर हम कान्हा आ गये। नामदेव जी ने हमारे रहने की व्यवस्था पहले से ही कर दी थी। शाम को छोटा बेटा नीरज और उसका दोस्त शकरगायें गले में कैमरे लटकाये आ गये। सुबह जिप्सी में बैठकर चार घंटे तक उद्यान के सघन वनक्षेत्र (कोर जोन) में घूमते रहे। घना शाल-वन किसी विशाल देवालय सा लग रहा था। यहाँ सड़कें हैं और उन पर पर्यटकों को लेकर जिप्सियाँ घूमती रहती हैं। इस उद्यान में शेर परम पवित्र माना जाता है। शेर ही नहीं, जंगली भैंसा (बाइसन), जंगली सूअर, बारहसिंगा, चीतल, लंगूर तथा बहुत से अन्य जीवों का यह उद्यान अनुपम नन्दनकानन है। बारहसिंगा तो केवल कान्हा में ही पाया जाता है। जंगली भैंसे में गजब की ताकत होती है। दो-तीन शेर मिलकर ही उसे मार सकते हैं। और जंगली सूअर जितना हिम्मती शायद ही कोई जानवर हो। अगर कोई उसे ललकारे तो फिर

सामने कितने ही बड़े डील-डौल का पशु क्यों न हो, वह उससे भिड़ जाता है। मैदान छोड़ना तो उसने सीखा ही नहीं। चीतल इस वन का सबसे निरीह प्राणी है और आसानी से दूसरे जानवरों का शिकार हो जाता है। इनके लिए बीच-बीच में खुले चरागाह छोड़ दिए गये हैं। ये समूचे क्षेत्र को एक सहज सौन्दर्य प्रदान करते हैं।

हमें बताया गया कि हम लोग चुप रहें, या बहुत धीमे बोलें। आसपास की शान्ति से तालमेल रखते हुए चारों ओर बड़ी उत्सुकता से देख रहे थे कि कहीं शेर या जंगली भैंसा (बाइसन) दिखायी दे जाए। अपना राजसी मुकुट धारण किए बारहसिंगे दिखायी दे जाते। चीतल के तो झुँड के झुँड दिखे। गाइड हमें उन रास्तों पर भी ले गया, जहाँ शेर प्राय: दिख जाते हैं पर व्याघ्र-दर्शन न होना था न हुआ। कोई बूढ़ा, मुश्किल से चल-फिर सकने वाला सेवानिवृत्त शेर भी दिखाई दे जाता तो भी हम सन्तोष कर लेते। वन में व्याघ्र-दर्शन देव-दर्शन के समान होता है। लेकिन उस दिन किसी को भी बाघ नहीं दिखा। हाथी पर बैठे सैलानियों को भी नहीं।

दीमक की कई बाँबियाँ देखने को मिलीं। नन्हीं-सी जान, पर अपनी तुच्छ काया के अनुपात में हजार गुना ऊँचा भवन बना सकती है—बिना किसी साजो-सामान के। यह उनका अभेद्य दुर्ग है। एक जगह तो दीमकों की कालोनी ही थी। एक जगह बाँस टूटकर गिर गये थे और सड़ रहे थे। पूछने पर वन-रक्षक ने बताया कि पूरे उद्यान में जो चीज जैसी है, वैसी ही रहेगी। यहाँ प्रकृति से जरा भी छेड़छाड़ नहीं की जाती।

यह प्रकृति की सम्प्रभुता का सम्मान था। प्रकृति को अगर अक्षुण्ण रखना है तो हर चीज को उसकी प्राकृत अवस्था में ही रहने देना होगा।

एक अधिकारी ने हमें बताया कि यहाँ इतने अधिक पर्यटक आने लगे हैं और इतनी अधिक जिप्सियाँ दौड़ने लगी हैं कि इनसे त्रस्त होकर एक दिन सारे शेर गायब हो जाएँगे।

यहाँ आने वाले पर्यटक शेर और बाइसन देखने के फेर में यहाँ के सघन शाल-वन के सौन्दर्य को प्राय: अनदेखा कर देते हैं। दुर्भाग्य से मनुष्यों की निरन्तर बढ़ती आबादी के कारण जंगल सिमट गये हैं।

विद्या का रंग श्याम है। उसे डर है कि धूप में चलने के कारण उसकी त्वचा काली पड़ जाएगी। इसलिए पूरे मनोयोग से अपनी त्वचा की सार सम्भाल में लगी रहती। कई तरह के लोशन तथा धूप से बचने वाली क्रीम लगाती रहती। छज्जेवाली टोपी पहने रहती। अपने आपको सिर से पैर तक कपड़ों में लिपटाये रहती। वस्त्रों की इस अभेद्य दीवार से टकराकर धूप बेचारी लौट जाती। लेकिन तीन या चार दिन के बाद वह धूप को सहजता से लेने लगी।

रात सरेखा में रहे। सुबह चले तो तीन वन-रक्षक हमारे साथ चले। खापा से जंगल का कोर जोन शुरू हो गया। अपने इस रोमांचक अभियान को लेकर हम सभी उत्तेजित हैं—अब हम असली जंगल से भिड़ने जा रहे हैं! बहुत डर भी लग रहा था और बहुत मजा भी आ रहा था। मन ही मन मना रहे थे कि अब व्याघ्र-दर्शन न हो! हाँ, बंजर में स्नान करते गजराज जरूर दिखे! सघन शाल-वन में से बहती बंजर पर दोनों ओर के वृक्ष पंखा झल रहे थे। इस मोहक, सुकुमार, सुन्दर नदी को देखकर लगा, बंजर तो कान्हा की राधा है!

मवाला नाका निकल चुका था। साथ चल रहे वन-रक्षकों ने अचानक तेज दौड़ लगा दी। हम कुछ समझे नहीं। कहीं शेर तो नहीं आ गया! तभी दूर धुआँ दिखायी दिया, फिर लपटें। तो इन लोगों ने आग बुझाने के लिए दौड़ लगायी थी। उन्हें शायद धुएँ की गन्ध आ गयी थी। (ये घास में होने वाली हल्की से हल्की सरसराहट भी सुन सकते हैं। शेर की दहाड़ सुनकर वे जान सकते हैं कि वह भूखा है, उदास है, या बस यों ही बेवजह दहाड़ रहा है।) आग बुझाने का उनका तरीका बहुत आसान था। आग वृक्षों के नीचे पड़े सूखे पत्तों में लगती है। जहाँ-जहाँ आग होती, उसके पास के पत्तों को एक डगाल से बुहार का दूर कर देते। आग पत्तों रहित इस खाली पट्टी पर आकर रुक जाती, फिर अपने आप बुझ जाती। हमारे दल के सदस्य भी इसी काम में लग गये। वनरक्षकों के पास वायरलेस-सेट रहता है। पास की चौकी में खबर कर दी, तो वहाँ से भी लोग आ गये। वनरक्षकों ने आग बुझाने में जो तत्परता दिखायी थी, उसे देखकर हम चकित थे। वे सच्चे अर्थों में इन वनों के प्रहरी हैं।

जब आग बुझ गयी तो हम लोग आगे बढ़े। शकरगायें आगे था। एक जगह झुककर फोटो ले रहा था। पास जाकर देखा तो शेर के पंजों के ताजे निशान थे। आध घंटे के बाद पुनः उकडू बैठकर बड़े मनोयोग से कैमरे को किसी चीज पर फोकस कर रहा था। पास जाकर देखा तो शेर की लीद थी! शेर न सही, उसकी विष्टा ही सही!

(मेरे मित्र गौतम का नागपुर के पास एक फार्म है। जंगली सूअरों के उपद्रव से वे परेशान थे। वैसा ही फार्म उनके फार्म से लगा हुआ था, लेकिन वहाँ सूअरों का जरा भी उपद्रव नहीं। फार्म के मालिक का नाम था वाघमारे! तो क्या यह उनके नाम का प्रताप था? पूछने पर उन्होंने बताया, "नागपुर के चिड़ियाघर से मैं बाघ की विष्टा और मूत्र ले आता हूँ और फार्म में जहाँ-तहाँ बिखेर देता हूँ। बस, इसी गन्ध के कारण सूअर नहीं आते।" गौतम ने भी ऐसा ही किया तो सूअरों का आना बन्द हो गया। वाघमारे ने सूअरों को कैसा बुद्धू बनाया!)

किवाड़-डबरा चौकी पहुँचते ही शाम हो गयी। रात में चलना खतरे से खाली नहीं, इसलिए वहीं रह गये। पास में ही बंजर बह रही थी। चारों ओर भयभीत करने वाली निस्तब्धता थी। हर रात एक चमत्कार लेकर आती है—तारों भरा आकाश! मुझे लगा, आकाशगंगा तारों का कोर जोन है, बाकी का बफर जोन!

सुरमई काली रात थी। मोमबत्ती की मद्धम रोशनी के सिवा और कोई प्रकाश न था। तभी तेज रोशनी से अँधेरे को चीरती एक गाड़ी आकर खड़ी हो गयी। मैं आशंकित हो उठा। गाड़ी से दो अधिकारी उतरे। डपटकर बोले, "आप लोग यहाँ कैसे रह गये? मुक्की में आपकी प्रतीक्षा की जा रही है। बड़े साहब नाराज हो रहे हैं। चलिए, आपको इसी समय चलना होगा।"

"जंगल में आग लगी थी। उसे बुझाने में ही देर हुई, वर्ना हम लोग शाम तक मुक्की पहुँच गये होते।"

"ठीक है, लेकिन अब चलना होगा।"

"देखिए, हम लोग बंजर की परिक्रमा कर..."

"कोर जोन में कोई रात नहीं रह सकता, चलिए।" यह आदेश था, इसका पालन तो होना ही था। मेरा फड़फड़ाना बेकार था। यहाँ हमें रात रहने देने का जोखिम वे नहीं उठा सकते। न जाने क्या अघट घट जाए। हमें मानो कड़े पहरे में ले जाया जा रहा था। लेकिन यह हमारी ही सुरक्षा के लिए था। मैं अँधेरे में आँखें गड़ा-गड़ाकर देख रहा था—शायद शेर दिखायी दे जाए! मुक्की छह किलोमीटर दूर था। वहाँ पहुँचते ही मैंने अपने साथियों से कहा—आइए, अब हम साथ बैठकर रोयें।

लेकिन एक उपाय सूझा। भोर होते ही रेंजर रजनीश सिंह से कहा, "हम लोग बंजर की परिक्रमा कर रहे हैं। केवल छह किलोमीटर के लिए हमारी परिक्रमा खंडित हो गयी। अगर आप अपनी गाड़ी में हमें पुनः वहीं पहुँचा दें, तो हम वहाँ से पैदल आएँगे और हमारी परिक्रमा खंडित होने से बच जाएगी।" वे तुरन्त मान गये। सामान वहीं रहा। हम लोग उसी गाड़ी में बैठकर पुनः किवाड़-डबरा गये। सुबह की धूप में वनाच्छादित बंजर सौन्दर्य की मूर्ति लग रही थी। कितना रोमांचक था यहाँ नहाना! फिर नदी से लगी बजरी वाली सड़क से चलकर वापस मुक्की आए।

जो भी हो, हमारी परिक्रमा खंडित होने से बच गयी। इसके साथ ही हमारा कान्हा के कोर जोन का सत्र समाप्त हुआ।

जंगल के खोल से निकलकर बंजर खुले मैदान में आ गयी है। जंगल की वर्दी उतरते ही वह साधारण लगने लगती है। लगता है उसकी हैसियत कम हो गयी है।

अब उसमें वैसा सम्मोहन उत्पन्न करने की क्षमता नहीं रही। जंगल की बंजर और मैदान की बंजर मानो दो अलग-अलग नदियाँ हों।

जब तक जंगल में थे, लगता था मानो हम भगवान के देश में हैं। जो कुछ भी देखते थे, स्वयं भगवान का बनाया था। खूब हरा-भरा महूसस कर रहे थे। मुक्की से चले तो धीरे-धीरे वनप्रान्त पीछे छूटता गया। जंगल झाड़ियों में बदल गये और फिर झाड़ियाँ भी पीछे छूट गयीं। आगे मैदान में शाल का एक अकेला पेड़ इस तरह खड़ा था, मानो उसे जंगल से खदेड़ दिया गया हो।

आज रामनवमी है। देहाती डगर पर जाती सजी-सँवरी ग्रामनारियों के दल के दल मिले। वे किसी मन्दिर से लौट रही थीं। यद्यपि यह कोई शोभायात्रा नहीं थी, फिर भी हम उनके आनन्द-उल्लास से अछूते न रह सके और देर तक उन्हें देखते रहे।

शाम को बहराखार पहुँचे। दिन जितना गर्म होता है, रातें उतनी ही ठंडी। रात में ठंड के मारे सभी का बुरा हाल रहा। दूसरे दिन दोपहर को पल्हेरा पहुँचे। स्वामी मैत्रेय के मित्र यशवन्त पटले हमारा इन्तजार कर रहे थे। उन्होंने हमारे निवास की व्यवस्था पहले से ही कर रखी थी। यहाँ से विद्या, नीरज और शकरगायें घर लौट गये।

उनके जाने के बाद यशवन्त हमें रानीधार दिखाने ले गये। वहाँ बंजर के पानी को एक कुंड में रोककर रखा है। यहाँ से उसे पाइप-लाइन द्वारा मलाजखंड पहुँचाया जाता है जहाँ भारत सरकार की ताँबे की खदानें हैं। पहली बार बंजर में डुबकी लगाने लायक पानी मिला। आसपास के गाँवों की बहुत सी महिलाएँ जवारे सिराने आयी थीं। कान्ति के पौ बारह थे। उनके कैमरे की क्लिक की आवाज बार-बार सुनायी देती। वापस आते-आते रात हो आयी। तब तक स्वामी मैत्रेय वहाँ आ चुके थे। वे मलाजखंड के पास दमोह नामक कस्बे में रहते हैं। बड़े ही प्रकृतिप्रेमी हैं। इस ओर उनका अच्छा प्रभाव है। कुछ समय पहले जबलपुर आए थे, तब पहली बार भेंट हुई थी। उन्होंने कहा कि अगर आप बंजर की परिक्रमा करेंगे तो कई जगह आपके रहने की व्यवस्था मैं करुँगा। उन्होंने अपना वादा निभाया।

रात बिठली में रहे। अब छत्तीसगढ़ शुरू हो गया है। दोपहर तक बहेराखार आ गये। यहाँ बंजर की सहायक नदी पर एक बाँध बना है। बोर्ड पर लिखा है— बहेराखार मध्यम जलाशय। वैसे वह काफी बड़ा है और इस गर्मी में भी उसमें काफी पानी है। इसका पानी बंजर में जाता है ताकि बंजर में पर्याप्त पानी रहे और मलाजखंड को पानी की आपूर्ति बराबर होती रहे। इसे देखकर मुझे लगा, बाँध कहीं नदी के पेड़ पर लगे मधुमक्खी के छत्ते तो नहीं! (लेकिन इतने भी न हों कि पेड़ ही

दिखायी न दे। दुर्भाग्य से नर्मदा के साथ आज यही हो रहा है।)

इस जलाशय में हम लोगों ने स्नान किया। किन्तु जिस नदी पर यह बाँध बना है, उसके नाम का पता न चला। हर जगह लिखा था—बंजर की सहायक नदी। बाद में स्वामी मैत्रेय ने बताया कि इस नदी का नाम है कसई डोबरानार।

रात खारा में रहे। जिसके घर रुके हैं उसका नाम रामप्रसाद है। उसकी बेटी ने प्रथम वर्ष की परीक्षा दी है। मैंने कहा, ''प्रथम वर्ष की अनिवार्य हिन्दी की पाठ्य-पुस्तक में मेरा एक निबन्ध है—सौन्दर्य की नदी नर्मदा। तुमने पढ़ा होगा।'' मुझे पता था कि यह छत्तीसगढ़ है लेकिन यह पाठ्य-पुस्तक मध्यप्रदेश और छत्तीसगढ़ दोनों में चलती है।

उसने कहा, ''मेरे पास पाठ्य-पुस्तक नहीं है। कुंजी से ही काम चलाया।''

''अच्छा, वही ले आओ।''

दरअसल वह कुंजी भी नहीं थी। पिछले कुछ वर्षों के प्रश्न और उत्तर थे। जिस प्रकार खोटा सिक्का सच्चे सिक्के को चलन से बाहर कर देता है, उसी प्रकार कुंजी पाठ्य-पुस्तक को चलन से बाहर कर देता है।

इस ओर के गाँवों के घर बड़े ही साफ-सुथरे, लिपे-पुते और पंक्तिबद्ध होते हैं। एक-दूसरे से सटे और मिट्टी की लम्बी दीवारों वाले इन घरों में बाहर की ओर कोई खिड़की नहीं होती। एक बहुत बड़ा बिना किवाड़ का दरवाजा भर होता है—इतना बड़ा कि उसमें से बैलगाड़ी चली जाती है।

बंजर शान्त नदी है, उसे किसी बात की जल्दी नहीं। वह प्राय: पेड़-पौधों से रहित मैदानों और खेतों में से बहती है। दूर-दूर तक ऐसा कुछ भी नहीं, जहाँ दृष्टि अटक सके। खेतों की फसल कट चुकी थी, इसलिए वे भी सूने पड़े थे। भूदृश्य हालाँकि एकरस था, फिर भी अपने उजाड़ और निर्जन विस्तार के कारण एक अलग तरह का आकर्षण लिए था।

आगे जाकर सड़क छोड़ दी क्योंकि वह बंजर के उस पार जाती थी। यहाँ से पगडंडी पकड़ी। पहले तो पगडंडी मैदान में से रही, लेकिन बाद में खेतों की ऊँची और बेहद सँकरी मेंड़ों पर से थी। खाँड़े की धार पर चलने जैसा था। शाम हो गयी थी। सन्ध्या तारा भी निकल आया था। गहराते अँधेरे में चलना और भी मुश्किल था।

हम बंजारपुर पहुँचे तब तक रात हो चुकी थी। छत्तीसगढ़ के राजनान्दगाँव जिले के इस अलग-थलग से गाँव के तालाब से निकली है बंजर, इसलिए गाँव का नाम बंजारपुर। आश्रय खोजने में खासी परेशानी हुई। आखिर एक ग्रामीण ने हमें अपने आँगन में रहने की अनुमति दी।

सोने से पहले आँगन में लेटा-लेटा देर तक तारों भरे आकाश को देखता रहा।

यह कितनी अजीब बात है कि वहाँ आकाश में–जहाँ कोई भी नहीं रहता–इतने सारे तारे हैं, और यहाँ धरती पर–जहाँ हमें प्रकाश की जरूरत है—एक भी तारा नहीं! इधर हमें दीये जलाने पड़ते हैं, उधर तारों का उजाला बेकार जाता है।

फिर भी, अगर ये तारे न होते तो आकाश कैसा बंजर लगता!

सवेरा होते ही सीधे तालाब गये। न पहाड़, न जंगल, साधारण–सा श्रीहीन तालाब। इसी तालाब में बंजर का बीजारोपण हुआ और यहीं से वह अपनी यात्रा शुरू करती है। अगर आत्मा परमात्मा का ही अंश है तो हर वो तालाब जिसमें से कोई नदी निकलती है, मानसरोवर का ही अंश है। हमने बड़े ही भक्तिभाव से इसमें स्नान किया और उस दिन को किसी पर्व की तरह मनाया। जब कोई नदी, चाहे वह कितनी ही छोटी क्यों न हो, कुंड या तालाब से बाहर निकलती है, तो उसमें एक प्रकार की विजय होती है।

यहाँ से हमारी वापसी यात्रा शुरू हुई। रात सालेटेकरी में रहे। दूसरे दिन तपती तिपहरिया में दमोह पहुँचे। उस दिन वहाँ का साप्ताहिक बाजार था। खासी भीड़ थी। हम खरीद–फरोख्त का दिलचस्प नजारा देख रहे थे, तभी मेरा ध्यान ऊँचे कद की एक आदिवासी युवती की ओर गया। इस युवती के हाव–भाव में एक राजसी झलक थी। हँसती तो चेहरा लुभावनी मुस्कराहट से खिल उठता। चलती तो हवा में एक हिलोर–सी आ जाती–जैसी हंसिनी के तैरने से पानी में आती है। उसका मुख्य आकर्षण उसकी मृदु, मन्थर, लहराती चाल में था। उसमें एक ऐसा सम्मोहन था कि ओर–छोर, उपमा–उदाहरण कुछ मिलता ही नहीं। थोड़ी देर में वह भीड़ में खो गयी। सौन्दर्य की एक बदली आयी और बरसकर चली गयी।

जबलपुर से दीप्ति और तपेन भट्टाचार्य आए। वे पहले भी हमारे साथ चल चुके हैं। तपेन ने मेरी दोनों परिक्रमा पुस्तकों का बँगला में अनुवाद किया है। तड़के ही चल पड़े। मलाजखंड सुन्दर जगह है। यहाँ भारत सरकार की ताँबे की खदानें हैं—हिन्दुस्तान कॉपर लिमिटेड। स्वामीजी का कहना है कि ये लोग अपना जहरीला पानी जिस नाले में बहाते हैं, वह बंजर में मिलता है और बंजर नर्मदा में। इसी के खिलाफ आवाज उठाने वे जबलपुर आए थे और तभी हमारी भेंट हुई थी।

शाम को मंजीटोला पहुँचे। यहाँ बीच जंगल में एक रिसोर्ट बन रहा है। अनिल भाई ने हमारे रहने की व्यवस्था इसमें की थी। पास में ही बंजर बह रही है। यहाँ वह एक साध्वी की विनीत और मन्थर चाल से बहती है।

शाम होते ही बालाघाट से अरुण आ गये। वे हमारे साथ चलेंगे। साथ में

उनकी बड़ी गाड़ी भी चलेगी। हम पगडंडी से चलेंगे, गाड़ी सड़क से आएगी। सामान उसी में रहेगा।

यहाँ सोने के लिए गद्दे और ओढ़ने के लिए रजाइयाँ थीं। रजाइयाँ इतनी मोटी कि दीप्ति ने कहा कि मैं तो इसके नीचे दबकर मर जाऊँगी। सुबह अखबारों में लोग पढ़ेंगे–रजाई से दबकर एक महिला की मौत!

सुबह एक ग्रामीण ने कहा कि सड़क से न जाकर जंगल से जाएँगे तो अगला पड़ाव काफी पास पड़ेगा। हमने ऐसा ही किया। लेकिन आगे जाने पर बैलगाड़ी का रास्ता खत्म हो गया, फिर पगडंडी भी खत्म हो गयी! हम लोग बिना रास्ते के ही चलते रहे।

इस निर्जन वन में राह दिखाने वाला कोई नहीं। हम बिल्कुल अपने भरोसे थे। गरीबा और कमलेश स्काउट के तौर पर आगे जाकर देख आए पर कहीं कोई रास्ता नहीं। काफी देर बार फिर गड़वाट मिल गयी और जंगल से बाहर भी आ गये।

हम लोग नौ बजे घुसे थे, दो बजे बाहर निकले–ठीक वहीं, जहाँ से घुसे थे! कोल्हू के नौ बैल!

फिर भी बाहर निकलने पर हमने हर्षनाद किया। क्योंकि हम जानते थे कि भूलना–भटकना हमारी यात्रा का हिस्सा है। जिस सड़क से हम कतरा रहे थे, अब उसी सड़क से जाने के सिवा और कोई चारा न था। सूरज दहक रहा था, होंठ झुलस रहे थे, गला सूख रहा था, फिर भी हम बराबर चलते रहे। सुरवाही में एक ग्रामीण के घर विश्राम करने के लिए रुके। दो दिन बाद उसके बेटे की शादी होगी। बेटे–बहू के लिए लीप–पोत कर उसने जो कमरा तैयार किया था, वही हमें दे दिया।

जब डुड़गाँव पहुँचे तब सूरज छिप चुका था। अँधेरे में हम आश्रय ढूँढ़ रहे थे पर मिल नहीं रहा था। तभी एक ग्रामीण ने कहा कि चलिए, मेरे घर ही चलिए। मेरा घर छोटा है पर आपको कोई असुविधा नहीं होगी। वह आग्रहपूर्वक अपने घर ले गया।

जब पहुँचे तब उसकी पत्नी अपने दो छोटे–छोटे बच्चों को खाना खिला रही थी। छोटे–से घर में सहसा नौ अजनबियों को देखकर उसने जरा भी नाक–भौं नहीं सिकोड़ी। उलटे हँसकर स्वागत किया। दीप्ति ने कहा, ''हम लोग तो बिन बुलाये मेहमान हैं।''

''बिना बुलाये मेहमान तो भगवान का रूप होते हैं।'' उसने सहज भाव से कहा। मेरा रोम–रोम पुलकित हो उठा। बोला, ''तुम्हारा नाम क्या है, बेटी?''

''राजेश्वरी।''

''और पति का नाम?'' फिर अपनी भूल सुधारते हुए बोला, ''पति का नाम

तो तुम बोलोगी नहीं।''

''बोल दूँगी!'' वह बोलने जा ही रही थी, तभी शरद ने कहा, ''अर्जुन सिंह।''

लेकिन मैं उसके मुँह से सुनना चाहता था। पति का नाम लेते समय उसके चेहरे पर लज्जा का जो भाव उभरता, उसकी कूजती आवाज में जो मिठास उतरती, उसे अनुभव करना चाहता था। इसलिए शरद की बात को अनसुना करके बोला, ''और पति का नाम?''

उसने मेरी आँखों का भाव पढ़ा। मुस्कराकर बोली, ''वही, जो भैया ने बताया!''

उसने हमें अपनी छोटी सी रसोई दे दी। आज हम लोग तीस किलोमीटर से भी ज्यादा चले थे, अंग-अंग दुख रहा था, फिर भी कान्ता और दीप्ति खाना बनाने के काम में लग गयीं। इन दोनों ने अपने आपको काफी मजबूत साबित किया था।

सुबह सामान समेटा और चल पड़े। रास्ते में तन्नोर नदी पड़ी लेकिन उसमें पानी नहीं था। तीसरे पहर जबलपुर से मेरा भानजा विजय आ गया।

रात नारपा-झाँगुल में रहे। गाँव में इतनी शादियाँ हो रही थीं कि रैनबसेरा बड़ी मुश्किल से मिला। दूल्हे राजा को ट्रैक्टर पर बिठाया जाता है, बाराती पैदल चलते हैं। सुबह चले तो रास्ते में भी खूब शादियाँ देखने मिलीं।

टाटरी में सुस्ताने बैठे थे। तभी सुडौल चेहरे और बड़ी-बड़ी मूँछों वाला एक अधेड़ आया। आते ही हम लोगों से घुल-मिल गया। बोलता तो उसकी आँखें नाचने लगतीं। हँसता तो भौंहें फड़कने लगतीं। हँसता भी खूब था। बीच-बीच में अपनी मूँछों के सिरों को मरोड़ता रहता। वह बालों में मेहँदी लगाता था, शायद मूँछों और गलमुच्छों पर भी। बोला, ''मेरा नाम प्रमोद यादव है लेकिन मजाक में लोग मुझे लाल बाबा कहते हैं क्योंकि मेरे सिर में है डाई, और बालों में शिकाकाई।''

वह शीघ्र-कवि था, हर बात का जवाब बड़े विनोदपूर्ण ढंग से कविता में देता था। यह ठीक है कि उसकी तुकबन्दी में कोई साहित्यिक गुण नहीं था, लेकिन हमारे कवि-सम्मेलनों की कविताओं में ही कौन सा साहित्यिक गुण होता है? दरअसल उसके भीतर एक खुशमिजाज विदूषक रहता था। हम सभी के भीतर छिपे बचपन को बाहर निकालने की उसमें अद्‌भुत क्षमता थी। वह अथक मसखरा था, हँसी का पिटारा। बच्चों जैसे कौतूहल से हम उसकी बातें सुनते रहे और हँसते रहे। और हमें इतनी खुशी देने के बदले उसने एक दमड़ी भी नहीं ली। यह विनोदवृत्ति ही हमारे जीवन को भुरभुरा होने से बचाती है।

दोपहर कामता की पाठशाला में बितायी। वनवासी सेवा मंडल की इस

पाठशाला की स्थापना कभी ठक्करबापा ने की थी। आज स्थिति यह है कि आठ महीने से शिक्षकों को वेतन नहीं मिला। हमारे देश में शुभ संकल्प से शुरू की गयी सार्वजनिक संस्थाएँ कुछ बरस तक तो ठीकठाक चलती हैं, लेकिन बाद में कबाड़ी का माल बन जाती हैं। यहाँ के शिक्षक वीरेन्द्र सिंह ने कहा कि आज रात मेरे घर रहिये। उनका गाँव यहाँ से छह-सात किलोमीटर दूर है और हमारे रास्ते पर ही है। हम उनके साथ जंगल के रास्ते से गये, गाड़ी सड़क से आएगी। अधिकांश पेड़ तने से कटे हुए थे। आसपास ईंटों के कई भट्ठे हैं। जहाँ ईंट-चूने के भट्ठे होंगे, वहाँ के पेड़ों का यही हश्र होगा।

दिन ढले शिक्षक के घर पहुँचे। कभी यह पहलवानों का गाँव था। यहाँ के पहलवान लोहे के मुग्दर भाँजा करते थे, इसलिए गाँव का नाम मुग्दरा। खुले आँगन में सोये।

सुबह चल दिए। दोपहर को मंडला पहुँच गये। सीधे संगम गये। यहाँ बंजर का पाट बहुत चौड़ा है, लेकिन धारा बहुत पतली है, मानो म्यान में सूई रखी हो। (लेकिन इसी बंजर को कोई तीन माह बाद भरी बरसात में देखने का अवसर मिला था। तब उसमें इतना पानी था कि नए आदमी के लिए यह समझना मुश्किल होता कि इनमें कौन नर्मदा है और कौन बंजर। इस बार म्यान में तलवार रखी थी!) संगम में सभी ने तबीयत से स्नान किया क्योंकि रानीघाट के छोटे-से कुंड को छोड़कर बंजर में कहीं भी घुटने से अधिक पानी नहीं था।

पैर की मोच के कारण यह यात्रा पूरे दो साल के अन्तराल के बाद हो पायी थी। मोच अभी भी थोड़ी-बहुत बनी हुई है। इसलिए इस बार कैनवास के जूते पहनकर चला था। फिर भी भरोसा नहीं था कि उद्‌गम तक जा पाऊँगा। लेकिन वहाँ तक तो पहुँचे ही, वापस संगम भी आ गये। कड़ी धूप में उन्नीस दिन में पौने चार सौ किलोमीटर चले। इतना हम पहले कभी नहीं चले थे। मैं 80 का हूँ और कान्ता 72 की। इतनी ताकत हम में कहाँ से आयी?

बंजर मैया! (मार्फत नर्मदा मैया!) तुम्हीं ने तो हमें घोड़ों जैसी ताकत दे रखी थी!

रिक्तकुम्भ शक्कर

नर्मदा की सहायक नदी : शक्कर

बादलों के मन को दो ही चीजें जीत सकती हैं—ऊँचे पहाड़ और सघन वन। इन दोनों के प्रति बादलों के मन में सम्मान का भाव होता है। इन्हीं से आकर्षित होकर वे आकाश से नीचे उतरते हैं। पहाड़ और जंगल के कारण ही वर्षावतरण होता है, साल-दर-साल। लेकिन हमने अधिकांश जंगल काट डाले। इससे पानी कम बरसता है और नदियाँ सूख जाती हैं।

नदियाँ क्यों सूख रही हैं? क्या समुद्र सूख गया है? क्या बादल नहीं आ रहे? समुद्र भरपूर भरा है और बादल भी आ रहे हैं। बादलों का कारवाँ सुदूर समुद्र से पानी लेकर आता है लेकिन उसका दोस्त जंगल न रहा। इसी से वे बिना बरसे चले जाते हैं।

नदी यानी बेल-धरती पर पसरी पानी की बेल। जंगल काटकर हमने उसकी जड़ को ही काट डाला।

नर्मदा की जिस सहायक नदी की पदयात्रा करने हम आए हैं, उसमें पानी की एक बूँद नहीं। शक्कर सूख गयी थी। नदी से पानी अलोप हो चुका था। पानी की कलकल ध्वनि की जगह सन्नाटा था। लोगों ने कहा, शक्कर को पहली बार सूखते देखा। संगम पर जो थोड़ा-सा पानी था, वह नर्मदा का घुस आया पानी था। स्वयं नर्मदा में बहुत कम पानी था।

शक्कर गाडरवारा से प्राय: 20 किलोमीटर दूर नर्मदा से मिली है। हम सीधे संगम गये और वहाँ से भरी दोपहर में यात्रा शुरू की। तारीख थी 21 मार्च 2009। धूप की परवाह किए बगैर सारा दिन चलते रहे। अधिकांश खेत खाली पड़े थे। प्रकृति में अत्यधिक रूखापन था। नदी की तो मानो हड्डियाँ निकल आयी थीं। चुपचुप और मुरझायी-मुरझायी नदी को देखकर दिल दुखता था।

शाम का धुँधलका अँधेरे में डूब चला, पर डमरूघाटी न आयी। वहाँ पहुँचते

रात हो आयी। यहाँ एक बड़ा मन्दिर है। जिस ऊँचे प्लेटफार्म पर मन्दिर बना है, उसका आकार डमरू जैसा है, इसलिए जगह का नाम है डमरूघाटी। पास में शक्कर है और उस पार है गाडरवारा। वैसे तो नया साथी कोई नहीं, पर शैलेन्द्र का परिचय कराना जरूरी है। शैलेन्द्र अधेड़ उम्र में भी चुस्त और फुर्तीले हैं। मैंने उनसे पूछा कि आप अपनी पत्नी को क्यों नहीं ले आए तो उन्होंने कहा कि बहुओं ने उसे जरूरत से ज्यादा सुख दिया। उसे सोफा पर बिठा दिया और हाथ में रिमोट पकड़ा दिया। नतीजा यह हुआ कि उसके लिए चलना-फिरना मुश्किल हो गया है। अगर नीचे बैठ जाए तो बिना सहारे के उठ नहीं सकती।

कुछेक सुख दुखदायी होते हैं। इनमें प्रमुख है टीवी का सुख।

शैलेन्द्र ने दाहिने हाथ पर अपना पूरा नाम मय पते के गुदवा रखा है। मकान नम्बर तक है। कारण पूछने पर बोले, ''नौकरी के दौरान मुझे मंडला के जंगलों में रहना पड़ा। रात में प्रायः जीप से यात्रा करनी पड़ती। दो-एक बार तो शेर जीप के साथ-साथ दौड़ा। सोचा, ऐसे में कहीं मर-मरा गया तो लोगों को पता कैसे चलेगा कि लाश किसकी है? इसलिए पूरे ठौर-ठिकाने के साथ नाम गुदवा लिया।'' मैंने यह नहीं पूछा कि शेर अगर दाहिना हाथ ही खा जाता तो? खैर, चुनाव आयोग अगर इस गुदना-पद्धति को अपना ले, वयस्क होते ही मतदाता के दाहिने हाथ पर उसका नाम और जन्म की तारीख गुदवा दिया करे तो जाली मतदान बिल्कुल बन्द हो जाए।

साथ में छोटा बेटा नीरज भी है। पहले भी चल चुका है। पेशे से वकील है, पर उसका मन वकालत में नहीं। फोटोग्राफी के पीछे पागल है। पक्षियों की फोटोग्राफी उसे विशेष प्रिय है। पक्षियों से बढ़कर उसका कोई मीत नहीं। जाने कहाँ-कहाँ से तरह-तरह के पक्षी उसे दिखायी दे जाते हैं। पेड़ के खोखल में छिपे पक्षी तक उसे दिख जाते। नदी प्रायः सूखी पड़ी थी, केवल किसी गड्ढे में ही पानी रहता।

सुबह चल दिए। दूर-दूर तक गेहूँ के खेत फैले थे। कुछेक खेतों की फसल सुनहरे समुद्र सी लगती, कुछेक की फसल अभी हरी थी तो कुछेक खेतों की फसल कट चुकी थी। एक जगह हमारी ओर का तट बहुत ऊँचा था लेकिन सामने का तट नीचा था। बरसात में नदी का पानी सामने के मैदान में भर जाता है। वहाँ इतनी अच्छी फसल होती है कि खलिहान छोटे पड़ जाते हैं। वैसे भी यहाँ की काली मिट्टी बेहद उपजाऊ है। नरसिंहपुर समृद्ध जिला है। यहाँ कितने लोग हमारी मेजबानी करना चाहते हैं। कहते हैं, ''शक्कर की परिक्रमा कोई नहीं करता। हमारे धन्य भाग्य जो आप हमारी नदी की परकम्मा कर रहे हैं। आइए, हमारे घर रहिए।'' कोई रास्ता दिखाने दूर तक साथ चलता।

शाम को नदी–तट पर एक किसान मिला। उसकी दाढ़ी बढ़ी थी। उसके चौड़े चेहरे पर दोस्ती का भाव था। बोला, ''चलिए, आज मेरे घर रहिए।'' नाम है हाकमसिंह कौरव। इधर कौरव बहुत हैं। उसने एक मजेदार बात कही। ''रामायण में कहीं भी लक्ष्मण और हनुमान के बीच संवाद नहीं हुआ। यहाँ तक कि हनुमान संजीवनी बूटी ले आए, जिसके कारण लक्ष्मण के जीवन की रक्षा हुई, तब भी लक्ष्मण की हनुमान से कोई बात नहीं हुई! है न अचरज की बात!''

गाँव का साधारण–सा किसान भी कैसे–कैसे सवाल कर सकता है। हाकमसिंह विनोदी है। भोजन बनाने में थोड़ी देर हुई। तब तक शैलेन्द्र सो गये थे। कोई उन्हें जगाने लगा तो हाकमसिंह बोले, ''सोते शेर को जगाते नहीं!''

एक तो दिन भर की प्रचंड भूख, दूसरे लकड़ी की आग में पका भोजन, इतना स्वादिष्ट कि पूछिये मत। भूख किसे कहते हैं, स्वाद किसे कहते हैं, यह इन पदयात्राओं में समझ में आता है। घरों में हम बिना भूख लगे खाते हैं, यहाँ खाने पर भूखे भेड़िये की तरह टूट पड़ते हैं।

सुबह आगे बढ़े। एक गाँव में शैलेन्द्र के परिचित रहते थे। उनके घर गये। उनसे बातें कर रहे थे तभी घर के अधखुले दरवाजे में से एक सुन्दर गौरववर्ण नारी बाहर निकली और चहक कर बोली, ''चाचाजी, मैं मयूरा!''

शैलेन्द्र ने उसके माथे पर हाथ रखा और आशीर्वाद दिया। मुझ से बोले, ''यह लड़की मेरे सामने बड़ी हुई। हमारे पड़ोस में रहती थी। पड़ोस में एक लड़का भी रहता था। अठारह बरस पूरे होते ही इसने उस लड़के से अन्तरजातीय विवाह कर लिया। उस दिन से इसके माता–पिता ने इससे सम्बन्ध तोड़ लिया। लेकिन हम लोगों ने नहीं तोड़ा। यह आज भी हमारी बेटी है। इसका पति सॉफ्टवेयर इंजीनियर है। इसके माता–पिता अगर अपने समाज में लड़का ढूँढ़ते, तो इतना अच्छा लड़का शायद ही मिलता। लड़की सुखी है और उसके प्यारे–प्यारे दो बच्चे भी हैं।''

एक न एक दिन उसके माँ बाप उसे जरूर अपना लेंगे। मयूरा ने कान्ता से कहा, ''माताजी, अन्दर आइए।'' यह उसके सास–ससुर का घर है। अभी बच्चों की छुट्टी है, इसलिए यहाँ आयी है।

उसके ससुर रास्ता दिखाने साथ चले। बघौरा पहुँचे तो दिन ढल चला था। नदी किनारे अलस भाव से पसरी छोटी–सी बस्ती है बघौरा। यहाँ भगवानदास के घर हमारे रहने की व्यवस्था करके वे लौट गये। भगवानदास की पत्नी ने हमें खाना बनाने नहीं दिया, खुद ने हम सभी के लिए साग–पूड़ी बनायी। केवल दो व्यंजन वाला यह खाना किसी दिव्य भोज से कम न था।

सुबह भगवानदास ने कहा कि शक्कर पास में ही है और उसमें पानी भी बह

रहा है। हम वहाँ गये। भले ही सूखी-सिकुड़ी, लेकिन वह बह रही थी। हम सभी ने शक्कर की छिछली धारा में स्नान किया और आगे बढ़े।

मैं खुश था कि हमारी पदयात्रा ठीक-ठाक चल रही है। हम रोज 17-18 किलोमीटर चलते। इस ओर चट्टान तो क्या कंकड़ तक नहीं। पहाड़ भी नहीं। हमारी घुमावदार पगडंडी चढ़ाई-उतराई वाले रेत के बड़े-बड़े टीलों पर से है। हम निरन्तर चढ़ते-उतरते रहते।

वज्रपात सर्वथा आकस्मिक था। कल शाम तक उसके आने का कोई संकेत न था। आज सवेरे से ही मुझे साँस लेने में कठिनाई हो रही थी। चढ़ाई चढ़ते समय जोर-जोर से हाँफता। थोड़ी देर बाद तो सपाट मैदान पर चलने पर भी हाँफने लगा। कई जगह उड़ावनी हो रही थी। गर्म हवा के तेज झोंकों के कारण भूसे के बारीक कण मेरे नथुनों और श्वास-नली में घुस गये थे और मुझे ठीक से साँस नहीं लेने दे रहे थे। इस ओर बारीक पाउडर जैसी धूल है, वह भी गयी होगी। इनहेलर काम नहीं कर रहा था। मेरा दमा उखड़ा था।

मैं ठीक से चल नहीं पा रहा था। मैं लाठी नहीं लेता, कान्ता लेती है। मैंने उसकी लाठी ले ली। मुझे उसके सहारे की जरूरत थी। खाँसी अलग परेशान कर रही थी। दमे और खाँसी के मणिकांचन योग के कारण अब मुझे हर पन्द्रह मिनट पर सुस्ताने के लिए रुकना पड़ता था। कान्ता का उद्वेग मैं देख रहा था। उसका बस चलता तो मेरी सारी पीड़ा पी जाती।

कल शाम से हम जिन पहाड़ियों को दूर से देखते आ रहे थे, वे पास आ गयी थीं। इसी की तलहटी में है किसी गोंड राजा की ढाई सौ साल पुरानी गढ़ी। जब वह बिल्कुल पास आ गयी तो मेरे घिसटते पाँवों में जान-सी पड़ गयी। रोज की अपेक्षा आज हम कम चले थे, फिर भी 10-12 किलोमीटर तो चले ही थे। हम वहाँ पहुँचे तब सूरज आग बरसा रहा था। किसी ने परित्यक्त गढ़ी की मरम्मत करवा कर उसे रहने लायक बना दिया है। जिस गढ़ी या महल में कभी राजा-रानी रहते थे, उसमें अब कुछ बाबा रहते हैं। हम भी उसी के एक कमरे में रहे। मैं बेजान-सा पसर गया। शान्त और एकान्त जगह है यह।

घर लौटने के सिवा कोई चारा न था। मुझे दुख था कि मेरे कारण मेरे साथियों की यात्रा भी अधूरी रह गयी।

यहाँ गोंड राजा ने 52 कुएँ खुदवाए थे, लेकिन अब दो ही बचे हैं। एक गड्ढे में पानी इकट्ठा किया गया है, ताकि रात में जंगली जानवर आकर अपनी प्यास बुझा सकें। प्यास के कारण उनका भी बुरा हाल है। पहाड़ी पर सागौन के पेड़ हैं लेकिन पत्ते न होने के कारण निरे ठूँठ लग रहे थे। उन पर जो कौए बैठे थे, वे भी मौन थे।

अनासक्त भाव से मैं यह सब देख रहा था।

दोपहर की दहकती गर्मी में एक बाबा अपने चारों ओर कंडों की छोटी-छोटी ढेरियाँ लगाकर उनके बीच पद्मासन लगाकर बैठा। फिर उसने उन ढेरियों में आग लगायी। फिर ध्यान मुद्रा में बैठा। वह 'पंचतप' कर रहा था। बीच-बीच में चमीटे को तलवार की तरह भाँजता। हर ढेरी को हौले से छुलाता। आग बुझने के साथ ही उसने शंख फूँका। यह अनुष्ठान पूरा होने की घोषणा थी। यहाँ छह-सात बाबाओं को छोड़कर कोई नहीं रहता। लगता था, वह एकान्त साधना कर रहा है।

एक दुबला-पतला दुहरी दाढ़ी वाला बाबा भी था। उसके पोपले चेहरे पर भक्ति का भाव था। उसने कहा, ''मैं एक सम्पन्न परिवार से हूँ। एक बड़े ज्योतिषी ने मुझ से कहा कि तुम साठ बरस से ज्यादा नहीं जिओगे। आज 92 का हूँ और मुझे बुखार तक नहीं आया।''

यात्रा का अन्त एक टीस लेकर आया। इस बार मैं परीक्षा में पूरा न उतर सका। मैंने यात्रा शुरू की थी मस्ती के साथ, और वह चल भी रही थी बड़े ठाठ से, किन्तु उस मस्ती को मैं बनाए न रख सका। पिटे हुए पहलवान की तरह मुझे बीच से ही लौटना पड़ा।

एक बात साफ समझ में आ रही है, अब गरमियों में चलना सम्भव नहीं। जो दमा अभी तक नरमी से पेश आ रहा था, अब सख्ती दिखाने लगा है। मुझे अपनी पदयात्राओं के अन्त की आहट सुनायी दे रही है। एक उम्मीद फिर भी है। शायद दिवाली के समय चल सकूँ। आशावादी होने में क्या हर्ज है, दमे से हाँफ तो कभी भी सकता हूँ।

अन्तिम पदयात्रा : बरमान घाट से जबलपुर

नर्मदा के आप्रवासी पंछी हैं हम। आते हैं, उड़ जाते हैं, फिर आते हैं। इस बार हम 30 हैं। इतने अधिक कभी नहीं चले। जब मित्रों को पता चला कि यह मेरी आखिरी पदयात्रा है, तो साथ चलने के लिए वे दूर-दूर से आए। बहू-बेटों ने हमें इसी शर्त पर जाने की अनुमति दी है कि साथ में गाड़ी चलेगी। हम पगडंडी से चलेंगे, सामान गाड़ी से आएगा।

4 नवम्बर 2009 की सुबह हम बरमानघाट आ गये। यहाँ से जबलपुर तक की प्राय: 125 किलोमीटर की पदयात्रा करेंगे। दिन भर नदी तट पर घूमते रहे। दूसरे दिन सवेरे नदी में स्थित द्वीप गये। नाविक बाँस से ही नाव खे रहा था। नदी में पानी बहुत कम था। वहाँ से लौटकर नदी के साथ-साथ आगे बढ़े।

दोपहर तक छोटा धुआँधार पहुँच गये। यहाँ नर्मदा में छोटे-छोटे कई प्रपात हैं। प्रपातों में ही नदी की सबसे प्यारी छटा देखने मिलती है। लहरों के फेन की सफेद झालर बनाती नदी मधुर गीत भी गा रही थी। इन प्रपातों को देखकर लगा मानो नर्मदा रस्सी टाप रही है। यहाँ एक मछुआरे ने मुझे बताया कि किसी समय यहाँ खूब मछलियाँ थीं, पर अब नहीं। किसानों के जहरीले कीटनाशक और रासायनिक खाद बहकर नदी में आते हैं और मछलियों को मार डालते हैं।

रात गुरसी में रहे।

यहाँ से आगे बढ़े। रास्ते में एक गाँव पड़ा-गोकला। यहाँ के तीन छात्र केरपानी पढ़ने जा रहे थे। इनके गाँव से केरपानी 7 किलोमीटर दूर है। आने-जाने में 14 किलोमीटर। अगर वे साल में 200 दिन भी स्कूल जाते हैं, तो एक साल में प्राय: पौने तीन हज़ार किलोमीटर चलते हैं। ग्यारहवीं पास करते-करते वे प्राय: 18,000 किलोमीटर पैदल चल चुके होते हैं। तीनों स्कूल की साफ-सुथरी वर्दी पहने थे। गीता सातवीं में थी और उसका भाई और उसका साथी ग्यारहवीं में थे। हमें भी केरपानी जाना था। हम दोनों उनके साथ हो लिए। हमारे लिए बच्चों ने अपनी

चाल धीमी कर दी। बातें करते जा रहे थे। तभी गीता ने कान्ता से पूछा, "अम्मा, सीताफल खाओगी?"

मैं अवाक रह गया। उस बच्ची ने सोचा होगा, इन परकम्मावासियों को भला मैं क्या दे सकती हूँ? तभी उसे याद आया कि खाने के लिए उसकी माँ ने उसे एक सीताफल दिया है। बस्ते में से निकालकर उसने वह हमें दे दिया। मेरी आत्मा एक अकथनीय स्नेह से भर उठी। हमने उसे श्रद्धा के भाव से लिया। उसके भाई ने कहा, "चारों ओर जो पहाड़ियाँ हैं, वे सब सीताफल के पेड़ों से लदी हैं। केरपानी में आपको खूब सीताफल मिलेंगे।"

केरपानी पहुँचते ही उनका स्कूल पड़ा। तीसरी और नौवीं हिन्दी की पाठ्यपुस्तकों में मेरे पाठ हैं। इसलिए शिक्षक मेरे नाम से परिचित थे। कहने लगे, हमारे छात्र कभी किसी लेखक से नहीं मिले, अतः वे आपसे मिलना चाहते हैं। कृपया दो शब्द भी कहें। स्कूल में कोई बड़ा कमरा नहीं था, इसलिए मुझे तीन भाषण देने पड़े। नौवीं कक्षा में बोला–बच्चो, नदी केवल हमारे लिए नहीं है। मछलियों के लिए भी है। मछलियाँ भी हमारी तरह साँस लेती हैं। पानी में जब प्रदूषण बढ़ जाता है, तो ऑक्सीजन कम हो जाता है। तब दम घुटने से मछलियाँ मर जाती हैं। नदियों को साफ रखना बहुत बड़ी देश सेवा है।

दसवीं में बोला–बच्चो, भारत का नक्शा उठाकर देख लो, हमारे देश की सभी प्रमुख नदियाँ पूरब की ओर बहकर बंगाल की खाड़ी में गिरती हैं। बड़ी नदियों में एकमात्र नर्मदा ही एक ऐसी नदी है जो पश्चिम की ओर बहकर खम्भात की खाड़ी में गिरती है। अपनी बिरादरी के नियम को तोड़कर पश्चिम की ओर बही और हमें–पूरे पश्चिमी भारत को–मालामाल कर दिया। हम नर्मदा के इस उपकार को कभी न भूलें। उसे गन्दी कदापि न करें। नदी सबके लिए है लेकिन उसके लिए नहीं जो उसे गन्दा करे।

ग्यारहवीं कक्षा के छात्रों से कहा—हमारी पृथ्वी को सौर-मंडल में सबसे अच्छी जगह मिली है। अगर वह सूर्य के पास होती तो इतनी गर्म होती कि वहाँ केवल भाप होती। अगर सूर्य से दूर होती, तो इतनी ठंडी होती कि वहाँ केवल बर्फ होती। हालाँकि भाप और बर्फ पानी के ही प्रकार हैं लेकिन जीवन वहीं सम्भव है, जहाँ पानी है। और पानी केवल पृथ्वी के पास है। इसीलिए पृथ्वी पर जीवन है। हमें अधिकांश पानी अपनी नदियों से मिलता है। लेकिन हम हैं कि अपनी नदियों को चौपट करने पर तुले हुए हैं। अगर नदियाँ रहेंगी, तो हम रहेंगे। बच्चो, नदी प्रकृति का बहुत बड़ा वरदान है। हम उसका दुरुपयोग न करें। नदी को गन्दा न करें। बाद में चाहे जितना साफ करें, गन्दगी के घाव रह जाते हैं।

इसके साथ ही 'लेखक से मिलिए' कार्यक्रम पूरा हुआ। पारिश्रमिक के रूप में हमें डाल के पके बढ़िया सीताफल मिले! वहाँ से धर्मशाला गये तो देखा हमारे साथियों ने सीताफल की एक बड़ी टोकरी ही खरीद ली थी और प्रदीप गुप्ता के नेतृत्व में कुछेक साथी सीताफल खाने में प्राणपण से जुटे थे! एक नगर में भाजी के भाव मिठाई मिलती देखकर एक चेले ने अपने गुरु का साथ छोड़ दिया और वहीं रह गया। यहाँ सीताफल इतने अच्छे और सस्ते हैं कि मन करता है, यहीं रह जाऊँ। फिर जो दशा चेले की हुई थी, वही मेरी होती हो तो हो।

यहाँ की धर्मशाला बहुत छोटी थी। तभी एक ग्रामीण आया, नाम था तेजबल विश्वकर्मा। बड़े आग्रह से हमें-जिन्हें उसने कभी देखा तक न था—अपने घर ले गया। इस तरह हमारा रेवड़ उसके घर जा पहुँचा। उसके घर का बरामदा बहुत बड़ा था। एक कोने में लोहारखाना था। अभी बन्द पड़ा था पर कभी यहाँ घन की लयबद्ध चोटों की गूँज सुनायी देती होगी।

यहाँ से हम लोग पुत्तलीखोह देख आये। वहाँ प्रागैतिहासिक चित्र हैं।

हम लोग प्राय: 30 हैं और तेजबल के घर में भी प्राय: इतने ही सदस्य हैं। रात को 60 लोगों का भोजन बना और साथ बैठकर खाया। सुबह नाश्ते का समय हुआ तो प्रदीप ने कहा, ''परसों की बाटी, कल की रोटी और आज के पोहे दो!'' मेरे साथियों का कहना था कि प्रदीप काजू-किशमिश लेकर चला है लेकिन निकाल नहीं रहा। वह कहता है कि वे मैंने आड़े वक्त के लिए बचाकर रखे हैं।

पाँव-पैदल चलने में कितना आनन्द है। हर कदम जो हम उठाते थे, हर साँस जो हम लेते थे, उससे हमें नयी स्फूर्ति मिलती थी। आगे कछार में किसान सिंचाई कर रहे थे। कीचड़ हो गया था। कोई दलदल में धँसा, किसी का पाँव फिसला, कोई गिरा तो कोई गिरते-गिरते बचा। एक जगह लोग नदी में नहा रहे थे। हमारे साथी अपने को रोक नहीं पाए और पानी में कूद गये। कुछेक ने पूरे शरीर पर गीली मिट्टी लगायी तो कुछ उत्साहियों ने गीली मिट्टी में लोट लगायी। फिर देर तक नहाते और तैरते रहे। नदी का स्नान राजसी स्नान होता है। बाथरूम का स्नान तो मटका-स्नान है। मानो घड़े में बैठकर नहा लिया-चलताऊ स्नान!

दूसरे दिन दोपहर तक गुरुगुफा पहुँच गये। यहाँ जमीन के नीचे एक गुफा है और उसमें एक सुरंग से होकर ही जाया जा सकता है। सुरंग बहुत सँकरी है। हम कुछ लोग टॉर्च के सहारे सिमटते-सिकुड़ते अन्दर गये और स्तब्ध रह गये। नर्मदा-तट कैसे-कैसे खजानों से भरा हुआ है! मानो सौन्दर्य का एक झरोखा हमारे सामने खुला हो। गुफा की छत तथा दीवारों से अद्भुत आकृतियाँ उभरी हैं और जौहरी के बारीक काम-सी जान पड़ती हैं। वेणियों की तरह लटकती चट्टानें और दीवारों से

उभरती महीन नक्काशी वाली आकृतियाँ देखकर हैरान रह गये। निकलने का मन नहीं हो रहा लेकिन गुफा इतनी छोटी है कि हम जब बाहर निकलेंगे, तभी दूसरे आ सकेंगे।

रात्रि-विश्राम नर्मदा और हिरन के संगम पर स्थित आश्रम में रहा। आश्रम की देखरेख करने वाली महिला ने अपना नाम रखा है माँ प्रेममयी। लेकिन सभी उसे नानी कहते हैं तो हम भी यही कहने लगे। अपनी हर बात बड़े जोश-खरोश के साथ कहती थी। किसी भी बात का पैना जवाब उसके पास हर समय तैयार रहता था। वह दूसरों को कुछ भी कहने का मौका दिए बिना लगातार बोलती रहती थी। अपने मन की बात को मन में दबाना वह जानती ही नहीं। जो सोचती है खुलकर कहती है। वह एक जगह स्थिर खड़ी नहीं होती थी, हँसी की कोई बात कहकर चली जाती और एक छोटा चक्कर लगाकर वापस आ जाती। 76 की थी, लेकिन अबाबील की तरह फुदकती रहती थी। खुशमिजाजी उसके खून में थी। वह हँसी-मजाक करती रहती थी और खूब हँसती-हँसाती थी। वह निडर और निर्भीक महिला है, किसी से नहीं डरती, मौत से भी नहीं। सामने श्मशान में जब मुर्दे जलते हैं, तो वह चाव से देखती है।

नानी को पेंशन मिलती है। वह किसी पर आश्रित नहीं। अपने बच्चों पर भी नहीं। अन्याय को सहन नहीं कर सकती। उसके पति हाईस्कूल में प्राचार्य थे। एक बार वह उनसे मिलने गयी। वे स्कूल में नहीं थे। वह ब्लैकबोर्ड पर बड़े अक्षरों से लिख आयी-प्राचार्य नदारद! नीचे तारीख और समय भी लिख दिया।

नानी में अजीब विरोधाभास है। अकड़ी-अकड़ी भी रहती है और गौरैया की सी हल्की देह में चहकती-फुदकती भी रहती है। एक क्षण गुस्से से उबल पड़ती, तो दूसरे ही क्षण ठठाकर हँसती। नानी अपने ही तरह की महिला है—बाहर से भी साफ, भीतर से भी साफ।

आज रास्ता लम्बा जरूर था, पर सारे दिन आकाश में बादल छाये रहे। चलने में आराम रहा।

हमारा हर दिन खुशी से भरा होता। हर दिन दिलचस्प और मजेदार गपशप में गुजरा। हमारे साथी अपनी दौड़ती-भागती जिन्दगी को सर्वथा भूल गये थे और दिन भर हँसते-खिलखिलाते रहते थे। जब हँसी की कोई बात न होती तो सभी मिलकर 'हा-हा-हा' हँसते! यह हँसी बहुत कुछ घोड़ों के हिनहिनाने जैसी होती।

यात्रा में किसी के पैर में मोच आयी, किसी को हल्का बुखार, किसी को काँटा गड़ा तो किसी की चप्पल दगा दे गयी। लेकिन सभी का उत्साह इस कदर उफान पर था, कि किसी ने भी इन बातों पर ध्यान नहीं दिया।

अप्रिय दृश्य भी देखने मिले। नदी में जगह–जगह ट्रकों के काफिले खड़े थे। नदी में से मशीनों से रेत निकाली जा रही थी। मुझे लगा, मानो नदी की छाती में कोई चाकू घोंप रहा है।

प्रकृति ने कभी किसी को धोखा नहीं दिया। लेकिन प्रकृति तब से धोखा खाती रही है जब से आदमी पैदा हुआ।

तीसरे पहर नदी के कछार में से निकल कर ऊपर आ गये। कुछ खेतों में ज्वार लहरा रही थी तो अधिकांश खेतों में गेहूँ और चने के अंकुर निकल रहे थे। आज दिन निकले से दिन ढले तक चले। झलौन में मेरे स्नेही मित्र बृजेश गोंटिया के यहाँ रहे। सभी परकम्मावासी यहीं रहते हैं।

आधी रात में मुझे बुरी तरह से खाँसी उठी। खाँसी के दौरों से छाती फटी–सी पड़ रही थी। शैलेन्द्र उठे, पानी गरम करके लाए और पीने को कहा। अपने डिब्बे में गरम पानी भरा और डिब्बे को छाती पर रखने के लिए कहा। इससे बड़ी राहत मिली। खाँसी तुरन्त बन्द हो गयी। फिर भी मैंने तय किया कि यहाँ से मैं घर लौट जाऊँगा। कहीं मेरा दमा न उखड़े। बाकी लोग आगे बढ़ेंगे।

मैं घर आता तो कान्ता भी आती। हो सकता है बा–बापू (सभी साथी हमें बा–बापू कहने लगे थे।) के बिना शायद पूरा दल ही यात्रा स्थगित कर देता। लेकिन रात से ही वर्षा शुरू हो गयी थी। सवेरे अच्छा पानी बरस रहा था। ऐसे में चलना सम्भव नहीं। किसी का भी नर्मदा–तट छोड़ने का मन नहीं था। (जो पहली बार चल रहे थे, उन पर भी नर्मदा के सौन्दर्य का जादू चल गया था।) लेकिन खराब मौसम के कारण यात्रा अधूरी छोड़नी पड़ी। इस प्रकार यात्रा को खंडित करने का ठीकरा मेरे सिर पर नहीं फूटा। वर्षा ने ही हमारी यात्रा की लड़ी तोड़ी थी।

सभी हमारे घर आये। घर में भंडारा हुआ, यानी सभी ने साथ बैठकर भोजन किया। आखिर जुदाई की घड़ी आयी। राजीव ने घुटनों के बल बैठकर हम दोनों के पाँव छुए। किरीट रो पड़े। सभी की आँखों में आँसू थे। मेरे तो बोल ही नहीं फूट रहे थे।

अभी ठीक से मिले भी नहीं थे कि बिछुड़ने की घड़ी आ पहुँची। यह एक नयी बिरादरी थी, खून–नाल के रिश्ते से अलग और अनोखी। सभी चले गये। घर खाली हो गया। मैं गुमसुम बैठा रहा। एक गहन विषाद ने मुझे लपेट लिया।

याद आया, बहुओं ने बड़े प्यार से सभी के लिए भोजन बनाया था। यह व्यवस्था उनकी अपनी थी, हमें इसका पता तक न था। तीन बरस के पौत्र मानस ने आदि शंकराचार्य का नर्मदाष्टक सुनाकर सभी को चकित कर दिया था। अपने कॉलेज के वार्षिकोत्सव के लिए पौत्री नेहा निमाड़ी लोकगीत 'रेवा तारो पानी

निर्मल, खलखल बहतो जाय' पर अपना नृत्य तैयार कर रही थी। नहीं, मुझे उदास नहीं होना चाहिए। हमारा नर्मदा-प्रेम हमारे परिवार में जड़ें जमा चुका है। हम रहें न रहें, इस घर के दरवाजे नर्मदा प्रेमियों के लिए सदा खुले रहेंगे।

मोरी नरबदा मैया

नदी को उसका पाट तैयार नहीं मिला। पृथ्वी पर जब पहले-पहल वर्षा शुरू हुई होगी, तब पानी चारों ओर फैल जाता होगा और दलदल हो जाता होगा। लेकिन पानी को पाँव-पाँव चलना आता था। कीचड़ के उस पारावार में से उसने रास्ता बनाना शुरू किया। बाढ़ का उन्मत्त जल कर्णभेदी गरज के साथ समुद्र की ओर चल पड़ा। बड़े-बड़े पहाड़ और घने जंगल उसे रास्ता देने लगे क्योंकि पानी की ताकत को वे जानते थे। यही एकजुट पानी सशक्त होता गया, पूर्ण होता गया और अन्त में नदी बन गया। पानी के सामने जब तक लक्ष्य नहीं था, वह दलदल था। लक्ष्य मिलते ही नदी बन गया! नदी में समुद्र से जा मिलने की सहज प्रवृत्ति होती है, मानो उधार ली हुई चीज वापस देने जा रही हो। बाढ़ के समय नदी कितनी खुश और शक्तिशाली होती है! बाढ़ के पानी ने ही मुख्य रूप से नदी का पाट बनाया। ऐसा नहीं कि पहले घर बना, फिर गृहप्रवेश हुआ। प्रवेश पहले हुआ, गृह बाद में बनता चला गया।

साहस और शौर्य का जैसा इतिहास नदियों ने रचा है, वैसा प्रकृति के और किसी घटक ने नहीं रचा। नदियाँ मानो हमसे कहती हैं—राही! राह कहीं नहीं होती। राह बनाने से बनती है।

आदिमानव गुफा से निकलकर बाहर आया और नदियों के किनारे रहने लगा। वह शिकारी से किसान बना। नदियों के किनारे एग्रिकल्चर आया तो इसके साथ ही कल्चर भी आया। संसार की सभी प्राचीन सभ्यताओं का जन्म नदियों के तट पर हुआ। ऋषियों के आश्रम भी नदी-तट पर ही होते थे।

हजारों वर्षों तक नदियाँ स्वच्छ, सुन्दर और पवित्र रहीं। किन्तु कोई सौ सवा सौ साल पहले औद्योगिक सभ्यता आयी और इसी के साथ नदियों की दैत्य-दशा शुरू हो गयी। जो नदियाँ बरसात में उफन पड़ती थीं, तटबन्ध तोड़कर बाहर आ जाती थीं, चौड़े पाट भी जिन्हें कम पड़ते थे, उन्हीं नदियों की धारा अब टिमटिमा

रही है। जंगल कट जाने से नदियाँ कुपोषण का शिकार हो गयी हैं। थकी-हारी नदियाँ आज शहरों और कारखानों की गन्दगी ढोने का काम कर रही हैं। उनका जल विषाक्त हो गया है। नदियों के प्रति हमारा व्यवहार अगर ऐसा ही अमानवीय रहा तो सौ साल बाद नदियाँ सूख जाएँगी। पानी दुर्लभ हो जाएगा और पानी के एक गिलास के लिए लोग चोरी करेंगे। बादलों का अपहरण आम बात होगी। बादलों का जो रेवड़ किसी एक देश को जा रहा होगा, कोई दूसरा देश उसे रास्ते में ही रोक लेगा और अपने देश हाँक ले जाएगा।

पहले कितने तालाब थे। अब अधिकांश पूर दिए गये हैं और वहाँ कालोनियाँ बन गयी हैं। अब बारी नदियों की है। नदियाँ रहेंगी, तो हम रहेंगे। लेकिन हम तो नदियों को लपेट-सपेटकर कूड़ेदान में फेंक रहे हैं। नदियों को बेदखल करके उनके घरों में नालों को बसा रहे हैं। आबादी का विस्फोट इस सुन्दर देश को नरक बना रहा है।

यह ठीक है कि हमने नर्मदा के प्रति वैसी क्रूरता नहीं दिखायी है जैसी गंगा और यमुना के प्रति। (वे दोनो आई.सी.यू. में पड़ी कराह रही हैं। उनमें पानी नहीं, रासायनिक घोल बह रहा है।) फिर भी अपनी पहले वाली नर्मदा, जिसे मैंने 25-30 साल पहले देखा था, और आज की नर्मदा को देखता हूँ तो वेदना होती है। हम तरह-तरह से नर्मदा को गन्दा कर रहे हैं। नदी से उसका पानी तो निचोड़ते ही हैं, उसकी रेत भी निकाल रहे हैं—मशीनों से। नदी जितना दे सकती है, उससे अधिक खसोट रहे हैं। कुछ ही वर्षों में नदी का खाली खोल रह जाएगा। जो मनुष्य कभी प्रकृति के प्रति संवेदनशील था, उसके प्रति पूज्यभाव रखता था, वही आज उसका हत्यारा बन गया है। मनुष्य के खूँखार पंजों से नदी को डर लगने लगा है। काश, ये लोग जान पाते कि नदी के दिल पर क्या बीत रही है।

पहले हमारी जितनी अपेक्षा होती थी, नदी उससे हमेशा ज्यादा देती थी। लेकिन हमारी अपेक्षाएँ आसमान छूने लगी हैं। नदी उन्हें पूरा नहीं कर सकती।

ऐसा नहीं कि स्थिति निराशाजनक है। हाँ, गम्भीर अवश्य है। और यदि इसे बदलने के लिए कुछ नहीं किया, तो यह निराशाजनक भी हो सकती है। दुर्भाग्य से बाँध का सर्वाधिक प्रहार नर्मदा को ही झेलना पड़ा है। छोटी-सी नदी पर इतने सारे बाँध! हमने नर्मदा को पिंजड़ों में बन्द कर दिया है। इन्दिरा सागर बाँध की औसत चौड़ाई 10 किलोमीटर है। (एक जगह तो उसकी चौड़ाई 50 किलोमीटर है।) सामने का किनारा दिखायी ही नहीं देता। बाँधों के कारण नदी अपने मूल तत्त्व को—प्रवाह को खो बैठी है। नदी नदी नहीं रही। बाँध यानी ठहरा हुआ पानी। परकम्मावासी को यह अनुभूति कैसे होगी कि वह बहते हुए पानी के साथ—नदी के

साथ—चल रहा है। कहीं नर्मदा परिक्रमा की परम्परा बन्द न हो जाए।

अगर ऐसा होता है तो वह अत्यन्त दुर्भाग्यपूर्ण होगा। जैसी भी हो परिक्रमा चलती रहे। बल्कि और भी फले, फूले और महके। इस बहाने हम प्रकृति से जुड़ते हैं। हम शहरों की भीड़भाड़ वाली जिन्दगी जीने को बाध्य हैं। हमें छोटी-बड़ी समस्याएँ घेरे रहती हैं। किसी न किसी चक्कर में पड़े रहते हैं। अगर समय निकालकर हम प्रकृति के बीच जाएँगे, प्रकृति के अनुपम सौन्दर्य का आनन्द लेंगे, तो यह यात्रा हमारे जीवन की एकरसता को सहने योग्य बना देगी।

जितने दिन मैंने नर्मदा-तट की पदयात्राओं में बिताये, वे मेरे जीवन के सबसे अच्छे दिन थे। नर्मदा के किनारे खूबसूरतियों और खुशियों से भरे पड़े हैं। हाँ, इसके लिए हमें घर से बाहर निकलना होगा और रास्ते के झरनों, वृक्षों या पहाड़ों के सौन्दर्य को देखने के लिए पल भर रुकना होगा। उनका आनन्द लेने और उन्हें सराहने की ललक हमारे भीतर होना चाहिए।

हर आदमी में बालपन छिपा रहता है। अवसर मिलते ही मानव-हृदय में बैठा शिशु बाहर आ जाता है। नर्मदा की गोद में जाते ही मेरा बचपन लौट आता। विस्मय की भावना प्रबल हो उठती और वहाँ का सौन्दर्य तो मुझे अवाक कर देता।

नर्मदा की पदयात्राओं ने मेरे जीवन में हमेशा के लिए जगह बना ली है। इन यात्राओं से ही मेरे लेखों और कोलाजों को आकार मिला है।

लेखन में दिमाग और हाथ की जुगलबन्दी होती है। दिमाग जो कहता है, हाथ वही लिखता है। इसलिए बड़े लेखक को सिद्धहस्त लेखक कहा जाता है। मेरे लेखन में यह जुगलबन्दी दिमाग और पैर की रही। अगर पैर 4000 किलोमीटर से अधिक न चलता तो दिमाग क्या कहता और हाथ क्या लिखता। मैं सिद्धहस्त लेखक भले ही न होऊँ, आपादमस्तक लेखक तो हूँ!

नर्मदा ने मेरी झोली छलका दी, मेरी योग्यता से कहीं अधिक दिया। मैं स्वयं को बहुत भाग्यशाली और ईश्वर का विशेष कृपापात्र मानता हूँ। लेकिन अब और चलना मेरे लिए सम्भव नहीं। अपनी नौका के पाल मैंने उतार लिए हैं।

पता नहीं पुनर्जन्म होता है या नहीं। अगर होता है तो मैं चाहूँगा कि मेरा जन्म नर्मदा-तट के ही किसी गाँव में हो, मेरे उन्हीं माता-पिता के घर जो इस जन्म में थे; और कुछ वर्ष बाद कान्ता का जन्म हो और जब हम वयस्क हो जाएँ, हमारी शादी हो जाए और जब बच्चे बड़े हो जाएँ, तब हम दोनों नर्मदा परिक्रमा पर निकल जाएँ। हमारा उजियारा, हमारा सुख सब नर्मदा-तट पर है।

अगर पचास या सौ साल बाद किसी को एक दम्पत्ति नर्मदा परिक्रमा करता दिखायी दे, पति के हाथ में झाड़ू हो और पत्नी के हाथ में टोकरी और खुरपी; पति

घाटों की सफाई करता हो और पत्नी कचरे को ले जाकर दूर फेंकती हो, और दोनों वृक्षारोपण भी करते हों, तो समझ लीजिए कि वे हमीं हैं—कान्ता और मैं।

कोई वादक बजाने से पहले देर तक अपने साज का सुर मिलाता है, उसी तरह इस जन्म में तो हम नर्मदा–परिक्रमा का सुर ही मिलाते रहे। परिक्रमा तो अगले जन्म से करेंगे।

परिशिष्ट

नर्मदा मेरी प्रेरणा स्रोत

नर्मदा की आत्मकथा

मेरे पति

सातवें आसमान पर हूँ!

कंचन बरसे मेह

नर्मदा मेरी प्रेरणास्त्रोत

अर्जुन कोई सबसे बड़ा पांडव नहीं था। युधिष्ठिर और भीम के बाद उसका नम्बर तीसरा था। फिर भी भगवान कृष्ण के मुख से गीता सुनने का सौभाग्य उसको ही मिला था। नर्मदा सबसे बड़ी नदी नहीं है। हमारे देश की नदियों में उसका स्थान पाँचवाँ है। फिर भी भक्तों की परिक्रमा पाने का सौभाग्य केवल नर्मदा को ही मिला है। पांडवों में जो स्थान अर्जुन का है, हमारे देश की नदियों में वही स्थान नर्मदा का है। और दोनों का प्रण एक ही है—न दैन्यम्, न पलायनम्।

जिस पथ पर सैकड़ों वर्षों से हजारों परकम्मावासी चलते आये हैं, उसी पथ पर मैं चल सका, यही मेरा परम भाग्य है। निकला तो था नर्मदा-सौन्दर्य की नयी-नयी सरहदें छूने, लेकिन केवल सतह को ही छू पाया। चला तो था मोती बीनने, पर अपनी अयोग्यता के चलते ये सीपियाँ ही ला सका। यदि ये भी आपको सुन्दर लगी हों, तो कल्पना करके देखें कि नर्मदा-सौन्दर्य के मोती कितने सुन्दर होंगे!

नर्मदा मुझे दो कारणों से विशिष्ट लगी है। एक तो यह कि नर्मदा अत्यन्त सुन्दर नदी है। गंगा भी सुन्दर है, लेकिन हरिद्वार तक। इसके बाद तो वह सुदूर समुद्र तक सपाट मैदानों में से नहर की तरह बहती है; जब कि नर्मदा ओर से छोर तक बहती है पहाड़ों में से, जंगलों में से, घाटियों में से, एक से एक सुन्दर प्रपातों का निर्माण करती। अगर कभी भारत की नदियों की सौन्दर्य-प्रतियोगिता होगी, तो सर्वोत्तम पुरस्कार नर्मदा को ही मिलेगा। इसलिए मैंने अपनी हिन्दी पुस्तक का नाम रखा-सौन्दर्य की नदी नर्मदा।

मैंने शुरू से ही तय किया था कि मुझे नर्मदा-पुराण या रेवा-माहात्म्य नहीं लिखना है। इस युग में उसकी आवश्यकता भी नहीं। मुझे नर्मदा की जीवनी लिखनी है—सचित्र, प्रामाणिक जीवनी। इसके लिए मैंने वही तरीका अपनाया जो आमतौर से जीवनी लेखक अपनाते हैं—जिनकी जीवनी लिखनी हो, उनसे बार-बार मिलना, साक्षात्कार लेना, बातों को संक्षेप में लिख लेना; सम्बन्धित स्थानों की

यात्राएँ करना, चित्र लेना, तब इन तथ्यों पर आधारित जीवनी लिखना। मैंने ठीक यही किया है। नर्मदा से बार-बार मिला हूँ,उसके संग-संग चला हूँ, उससे बातें की हैं, स्केच किए हैं, उसके सौन्दर्य को अपनी आँखों से देखा है और तब यह पुस्तक लिखी है। मेरी नर्मदा 'आँखिन देखी' नर्मदा है।

नर्मदा के किनारे-किनारे 1977 से 1988 के दौरान मैं 1800 कि.मी. पैदल चला था। इसका वृत्तान्त मैंने अपनी पुस्तक 'सौन्दर्य की नदी नर्मदा' में दिया हैं। नर्मदा की लम्बाई 1312 कि.मी. है। दोनों तट मिलाकर परकम्मावासी को 2624 कि.मी. चलना चाहिए। मैं 1800 कि.मी. चला था। किन्तु उत्तर तट के प्राय: 800 कि.मी. बाकी रह गये थे।

नौ बरस बीत गये। नौ वर्षों के लम्बे अन्तराल के बाद 1996 से 1999 के दौरान मैंने नर्मदा के उत्तर तट की बाकी बची परिक्रमा भी पूरी की।

मेरी नर्मदा परिक्रमा पूरी हो चुकी थी। किन्तु 2002 में ज्यों ही मुझे 75वाँ वर्ष लगा, नर्मदा परिक्रमा मैंने दोबारा शुरू कर दी! मानो नर्मदा पदयात्री के रूप में मेरा पुनर्जन्म हुआ। इस बार कान्ता भी साथ चली। सवा हजार किमी. वह भी चली। मैं कुल चार हजार किमी. चला।

विशाल आकार की मूर्तियों की ढलाई खंडों में की जाती है। फिर उन्हें सफाई से जोड़ दिया जाता है। मेरे लिए नर्मदा-परिक्रमा के ढाई हजार से भी अधिक किलोमीटर एक साथ चलना सम्भव नहीं था। इसलिए मैंने ये यात्राएँ खंडों में कीं। टुकड़ों में बँटी इस लम्बी यात्रा को मैंने इन पुस्तकों में जोड़ दिया है। वैसे खंड-यात्राओं का यह तरीका मेरे लिए बिलकुल सही था। घर आकर मैं यात्रा-वृत्तान्त लिख लेता, कोलाज (चित्र) बना लेता, विश्राम पाकर तरोताजा हो जाता और आगे की यात्रा के लिए नई शक्ति पा लेता।

इन यात्राओं में मैंने अकूत सौन्दर्य बटोरा। उसी को व्यक्त करने का मेरा प्रयास रहा है—कभी रेखाओं में, कभी रंगों में, तो कभी शब्दों में।

यह ठीक है कि मैं चित्रकार हूँ और लेखक भी हूँ, लेकिन मैं साधारण चित्रकार हूँ और लेखक भी साधारण ही हूँ। पहले मैं प्राय: सोचता था कि क्या ही अच्छा होता, भगवान मुझे केवल चित्रकार बनाता, लेकिन उच्च कोटि का चित्रकार। या सिर्फ लेखक बनाता, लेकिन मूर्द्धन्य कोटि का लेखक। भगवान ने मुझे आधा इधर आधा उधर, आधा तीतर आधा बटेर क्यों बनाया।

किन्तु आज सोचता हूँ कि यदि भगवान ने मुझे केवल चित्रकार बनाया होता-भले ही श्रेष्ठ चित्रकार, तो! नर्मदा के बारे में लिखता कौन? और केवल लेखक बनाया होता-भले ही प्रकांड लेखक, तो नर्मदा के चित्र कौन बनाता? नर्मदा को

असाधारण लेखक या असाधारण चित्रकार के बजाय एक ऐसे आदमी की जरूरत थी, जिसमें ये दोनों बातें हों-फिर वह साधारण ही क्यों न हो।

मैं ही वह साधारण चित्रकार-लेखक हूँ। इसका सबसे बड़ा फायदा यह है कि जब मुझे लगता कि नर्मदा के अमुक सौन्दर्य को मैं शब्दों में ठीक से व्यक्त नहीं कर पाऊँगा, इसके लिए रंग और रूपाकार ही ठीक रहेंगे, तब मैं उसे चित्रों में व्यक्त करता। और जब लगता कि इसके लिए शब्द ठीक रहेंगे, तब शब्दों में कहता। विधाता ने मुझे आधा चित्रकार और आधा लेखक बनाया, यह कोई उसकी सनक नहीं थी, बल्कि उसकी दूरदर्शिता थी। इसलिए विधाता ने मुझे एक ऐसे पिता के घर जन्म दिया, जिन्हें प्रकृति से प्यार था और जिन्हें पैदल चलने का शौक था। इसीलिए विधाता ने बचपन में मुझे कुछ वर्षों के लिए गुजरात भेजा, जहाँ से हम लोग आए थे, ताकि मैं गुजराती में भी लिख सकूँ। रहने के लिए जबलपुर दिया, जिसके निकट से नर्मदा बहती है। इससे बचपन से ही नर्मदा से लगाव हो गया और हिन्दी मातृभाषा सदृश हो गयी। पाँच वर्षों के लिए शान्तिनिकेतन भेजा, यहाँ मुझे अपने ऋषितुल्य गुरुओं से सौन्दर्य देखने की दृष्टि मिली। पहले मैं अपने ठठरी जैसे शरीर पर कुढ़ता था। अब लगता है कि परिक्रमा के लिए यह हलका-फुलका शरीर ही ठीक रहा। कान्ता ने मुझे सदैव बल प्रदान किया और बेटों ने मुझे सभी सांसारिक कार्यों से मुक्त कर दिया ताकि मैं अपना पूरा समय नर्मदा-कार्य को दे सकूँ। यदि इस लम्बी श्रृंखला की एक भी कड़ी न होती, तो मेरा कार्य त्रुटिपूर्ण रह जाता। विधाता मानो शुरू से ही मुझे मेरे भावी जीवन के लिए तैयार कर रहा था। ये सारी बातें आकस्मिक नहीं, बल्कि उसकी सुनियोजित,पूर्वनिर्धारित योजना का अंग थीं। मैं तो उसके निर्देशों का पालन भर कर रहा था।

फिर भी, नर्मदा के राशि-राशि सौन्दर्य में से मैं अँजुरी भर सौन्दर्य ही ला सका हूँ। मेरा यह प्रयास एक साधारण व्यक्ति का निर्बल प्रयास है। सच तो यह है कि आज तक मैं नर्मदा के सौन्दर्य की थाह नहीं पा सका। कोई असीम को कैसे समेट सकता है? इसलिए जो लाया हूँ, वह 'चिड़ी का चोंच भर पानी' ही है।

एक असन्तोष मन में जरूर है—कि मुझे सौ साल पहले जनम लेना चाहिए था जब प्रकृति का सौन्दर्य अक्षुण्ण था, जब हमने नर्मदा-तट के पावन जंगलों को काटा नहीं था, जब अनेक जंगली जानवर और असंख्य पक्षी इन जंगलों में निवास करते थे, जब मनुष्य ने प्रकृति को क्षत-विक्षत नहीं किया था और जब नर्मदा अबाध गति से प्रवाहित होती थी। तब मुझे नर्मदा का तमाम ऐश्वर्य उसकी पूरी गरिमा में देखने मिलता। इस धरती पर मुझे फैक्स या ई-मेल से आना चाहिए था, जब कि आया डाक से!

एक बात और हो सकती थी। नर्मदा पदयात्रा का आरम्भ मैंने अपनी आयु के 50 वें वर्ष से शुरू किया था। यही कार्य मैं 10 वर्ष पहले शुरू कर सकता था। ये दस वर्ष मैंने व्यर्थ गँवा दिए। किन्तु, ऐसे बहुत कम लोग होंगे, जिन्हें अपने जीवन के कुछ (या कई) वर्ष बट्टे खाते में न डालने पड़ते हों।

मैंने परिक्रमा के ढाँचे को थोड़ा तोड़ा जरूर है। इस अर्थ में नहीं कि मैंने पूरी परिक्रमा एक साथ नहीं की, या नंगे पैर नहीं चला, या भिक्षा नहीं माँगी। नहीं, यह तो मेरी मजबूरी थी, मेरी अयोग्यता थी। बल्कि इस अर्थ में कि पहली बार मैंने यह परिक्रमा धार्मिक दृष्टि से नहीं बल्कि सौन्दर्य की दृष्टि से की, कला और साहित्य की दृष्टि से की। जो परिक्रमा साधु-संन्यासियों, परिव्राजकों, मानता-मनौती वालों या ग्रामीणों तक ही सीमित थी, उसे मैं कलाप्रेमियों और साहित्यप्रेमियों तक ले गया। मेरी परिक्रमा धार्मिक नहीं, सांस्कृतिक थी।

अपनी रचना-प्रक्रिया के बारे में भी थोड़ा बता दूँ। मैं एक मरियल-सा लेखक हूँ। एक दिन पैदल चलता हूँ तो उसका वृत्तान्त लिखने में मुझे पाँच या कभी छह दिन तक लगते हैं। मेरा लेखन गरीब के छप्पर जैसा है। पानी बरसता है एक घंटा, वह टपकता है दस घंटा! चला एक दिन, लिखा सात दिन। लेखन मेरे लिए एक प्रकार की पदयात्रा ही है। जल्दबाजी को मैं बुरा समझता हूँ। मेरे लिए लिखना कड़ी मेहनत का काम है। एक ही लेख को कई बार लिखता हूँ। काट-छाँट निर्ममता से करता हूँ। शब्दों की मितव्ययिता पर पूरा ध्यान देता हूँ। मैंने जल्दी ही यह भेद जान लिया कि अनावश्यक शब्द, आवश्यक शब्द को कमजोर कर देता है। मैं यह भी जान गया हूँ कि उपमा-अलंकार संख्या में जितने कम होते हैं, उतने ही ज्यादा सुन्दर दिखते हैं। वे जब खतरे के निशान से ऊपर बहने लगते हैं, तो पढ़ने वाले को बड़ी घबराहट होती है, क्योंकि तब वे मूल कथ्य का ही शोषण करने लगते हैं।

मेरे पास दो भाषाओं की नागरिकता है। हिन्दी में लिखता हूँ तो उसका गुजराती करते समय नए विचार, नई उपमाएँ या नई कल्पनाएँ सूझती है। तब हिन्दी लेख पिछड़ जाता और उसका पुनर्लेखन आवश्यक हो जाता। लेकिन ऐसा करते समय फिर कुछ नया सूझता। तब गुजराती लेख फीका पड़ जाता। उसे नए सिरे से लिखना आवश्यक हो जाता। दोनों भाषाओं के लेख मानो एक दूसरे को निर्देश देते रहते कि अपनी बात ऐसे नहीं, ऐसे कहो।

दो भाषाओं में लिखना मेरे लिए लाभदायक सिद्ध हुआ है। दोनों भाषाओं के लेख एक दूसरे को पुष्ट करते रहे हैं। किन्तु है यह अत्यन्त श्रमसाध्य और समयसाध्य कार्य। इन्हें लिखने में मैंने क्या कम कष्ट भोगे हैं! लेकिन उसे छोड़ भी नहीं सकता था। अजीब-सी परवशता के साथ सारी यातना सहन करता रहता। लेकिन इसके

बाद जो लेख तैयार होता, तो सारी मेहनत सार्थक लगने लगती। लगता कि लेखन में केवल यातना ही नहीं, अपार सुख भी है।

कभी मुझे लगता कि जो काम हृदय से होना चाहिए था, दिमाग से हो रहा है। फिर ख्याल आता, हृदय तो अपना काम कर चुका, अब दिमाग उसकी पड़ताल कर ले, उसमें रह गये खर-पतवार निकाल दे, तो और भी अच्छा। हृदय कुँआरी लड़की की तरह उड़ा-उड़ा फिरता है, दिमाग घर की सयानी बुआजी की तरह उस पर थोड़ा अंकुश रखता है, उसे बहकने नहीं देता। दिल और दिमाग मिलकर लेखन की गृहस्थी चलाएँ तो क्या कहना!

और प्रेरणा! चतुर चोर की तरह प्रेरणा कब आती है, अपना काम करके कब खिसक लेती है, आती भी है या नहीं, कुछ पता नहीं चलता। प्रेरणा की प्रतीक्षा नहीं की जा सकती। मेहनत दिहाड़ी मजदूर है। हमारा सच्चा साथी वही है। सर्जक को श्रमजीवी होना चाहिए, प्रेरणाजीवी नहीं। इससे प्रेरणा का महत्त्व जरा भी कम नहीं होता। वह कुछ ही क्षणों के लिए आती है, परन्तु वे क्षण अमूल्य होते हैं। श्रम की सौ हथौड़ी के बाद प्रेरणा का एक हथौड़ा चल जाए, तो पूरी कृति में जान पड़ जाती है। किन्तु हमारे हाथ में सिर्फ हथौड़ी है; हथौड़ा प्रेरणा ने अपने पास रखा है।

अन्त में सुन्दर अक्षरों से उसकी साफ नकल बनाता। मैं हर बार हाथ से लिखता हूँ। सफेद कागज पर काली स्याही से लिखे अक्षर मुझे अपने बच्चों की तरह प्यारे लगते हैं। टाइप के अक्षरों में वह स्पन्दन कहाँ, जो हाथ से लिखे अक्षरों में होता है। फिर टाइप-राइटर की क्या मजाल कि मेरे मोती जैसे अक्षरों की बराबरी कर सके!

संक्षेप में, मैं जानता हूँ कि मैं लेखक नहीं, इसलिए मुझे लेखकों की तुलना में सौ गुना ज्यादा मेहनत करनी चाहिए।

यह ठीक है कि पाठकों और विद्वानों ने मेरी पुस्तक को सराहा है। हो सकता है, उस महान नदी की महत्ता का कुछ अंश मेरी पुस्तक में आ गया हो। लोगों ने कहा कि मेरा वर्णन काव्यात्मक है। लेकिन नर्मदा का संस्पर्श तो किसी को भी कवि बना सकता है। बल्कि मुझे प्रायः लगा है कि यह पुस्तक मैंने कहाँ लिखी। नर्मदा ने मेरे कान में जो कहा, वही मैंने कागज पर उतार दिया। नर्मदा लिखाती गयी और मैं लिखता गया। (अगर मुझे खुद लिखना आता होता, तो मेरी 20-25 पुस्तकें और न होतीं?) अधिक से अधिक मैं नर्मदा का स्टेनो हूँ। और इस देश में दो ही तो स्टेनो हुए हैं—व्यास के स्टेनो गणेश और नर्मदा का स्टेनो मैं!

मित्रों ने मेरे बारे में एक खूबसूरत किंवदन्ती चला रखी है। उनका कहना है कि लोग जब मुझे चित्रकार मानने से इनकार कर देते हैं तो मैं लिखने लगता हूँ और

जब लेखक मानने से मना कर देते हैं तो मैं चित्र बनाने लगता हूँ।

चित्रकार या लेखक होने का दावा मेरा कभी नहीं रहा। हाँ, मैं नर्मदा का सांस्कृतिक संवाददाता जरूर हूँ—नर्मदा सौन्दर्य का सांस्कृतिक संवाददाता। इस पद से मुझे हटाना जरा मुश्किल होगा। इस पद पर तो मैं आजीवन बना रहूँगा—शायद मरणोपरान्त भी।

नर्मदा की आत्मकथा

हमारा देश आज जैसा है, सदा वैसा ही नहीं रहा। आज जहाँ हिमालय है, करोड़ों वर्ष पूर्व वहाँ उथला समुद्र था। किसी भूकम्प ने उसे हिमालय में बदल डाला, हालाँकि इसमें लाखों वर्ष लगे।

इसी तरह आज जहाँ मैं हूँ, वहाँ चार करोड़ वर्ष पूर्व अरब सागर का एक सँकरा हिस्सा लहराता था। इसीलिए मेरी घाटी में दरियाई घोड़ा, दरियाई भैंसा, राइनोसरस जैसे समुद्री पशुओं के जीवाश्म पाए गये हैं। मेरे ही तट पर मानव के विलुप्त पूर्वजों के अस्थि-पंजर भी पाए गये हैं।

उम्र के हिसाब से मैं गंगा से बड़ी हूँ क्योंकि जब गंगा नहीं थी, मैं तब भी थी। जब हिमालय नहीं था, विन्ध्य-सतपुड़ा तब भी थे। विन्ध्य शायद भारत भूमि का सबसे प्राचीन प्रदेश है।

लेकिन यह पुरानी, बहुत पुरानी बात है।

यह ठीक है कि मेरे तट पर मोहन जोदड़ो या हड़प्पा जैसे 5,000 वर्ष प्राचीन नगर नहीं रहे, लेकिन मेरे ही तटवर्ती प्रदेश होशंगाबाद और भीमबेटका में 20,000 वर्ष पुराने प्रागैतिहासिक चित्र पाए गये हैं।

और उतने बड़े नगर मेरे तट पर हो भी कैसे सकते थे। मेरे दोनों ओर दंडकारण्य जैसे घने जंगलों की भरमार थी। इन्हीं जंगलों के कारण वैदिक आर्य तो मुझ तक पहुँचे ही नहीं। बाद में जो आए, वे भी अनेक वर्षों तक इन जंगलों को पार कर दक्षिण में जाने का साहस न कर सके। इसलिए मैं आर्यावर्त की सीमारेखा बनी। उन दिनों मेरे तट पर आर्यावर्त या उत्तरापथ समाप्त होता था और दक्षिणापथ शुरू होता था।

मेरे तट पर मोहन जोदड़ो जैसी नागर संस्कृति नहीं रही, लेकिन एक आरण्यक संस्कृति अवश्य रही। भारतीय संस्कृति मूलतः आरण्यक संस्कृति है। मेरे तटवर्ती वनों में मार्कंडेय, भृगु, कपिल, जमदग्नि आदि अनेक ऋषियों के आश्रम

रहे। यहाँ की यज्ञवेदियों का धुआँ आकाश में मँडराता रहता था। ऋषियों का कहना था कि तपस्या तो बस नर्मदा-तट पर ही करनी चाहिए। इसलिए मुझे 'तपोभूमि नर्मदा' कहा गया।

इन्हीं ऋषियों में से एक ने मेरा नाम रेवा रखा। रेव् यानी कूदना। उन्होंने मुझे चट्टानों में कूदते-फाँदते देखा, तो मेरा नाम रेवा रखा। एक अन्य ऋषि ने मेरा नाम नर्मदा रखा। नर्म यानी आनन्द। उनके विचार से मैं सुख या आनन्द देनेवाली नदी हूँ, इसलिए उन्हें नर्मदा नाम ठीक जान पड़ा।

मैं भारत की सात प्रमुख नदियों में से हूँ। गंगा के बाद मेरा ही महत्त्व है। हजारों वर्षों से मैं पौराणिक गाथाओं में स्थान पाती रही हूँ। पुराणों में मुझ पर जितना लिखा गया उतना और किसी नदी पर नहीं। स्कन्दपुराण का रेवा-खंड तो पूरा का पूरा मुझको अर्पित है। पुराण कहते हैं कि जो पुण्य गंगा में स्नान करने से मिलता है, वह मेरे दर्शन मात्र से मिल जाता है। मेरा प्रदेश सौन्दर्य की दृष्टि से अद्वितीय है।

भारत की अधिकांश नदियाँ पूर्व की ओर बहती हैं, मैं पश्चिम की ओर। अमरकंटक में मेरा और सोन का उद्‌गम पास-पास है। लेकिन मैं पश्चिम में बहती हूँ और सोन पूर्व में-बिलकुल विपरीत दिशाओं में। इसे लेकर पुराणों में एक सुन्दर कहानी है। उसके अनुसार मेरा और सोन (यानी शोणभद्र, जिसे उन्होंने नद माना है।) का विवाह होने वाला था। पर शोण मेरी दासी जुहिला पर ही आसक्त हो बैठा, तो मैं नाराज हो गयी। कभी विवाह न करने के संकल्प के साथ पश्चिम की ओर चल दी। लज्जित और निराश शोण पूर्व की ओर गया। मैं चिरकुमारी कहलायी। इसलिए भक्तगण मुझे अत्यन्त पवित्र नदी मानते हैं और मेरी परिक्रमा करते हैं। यह परिक्रमा भिक्षा माँगते हुए नंगे पैर करनी पड़ती है। और नियमानुसार करने पर इसमें 3 वर्ष, 3 महीने और 13 दिन लगते हैं। पुरुषों के अलावा स्त्रियाँ भी यह कठिन परिक्रमा करती हैं।

मेरे तट पर कभी शक्तिशाली आदिम जातियाँ निवास करती थीं। मेरा तट गिरि, जन और वन जातियों की प्राचीन लीला-भूमि रहा। आज भी मेरे तट पर बैगा, गोंड, भील आदि माटी से जुड़ी जनजातियाँ निवास करती हैं। इनकी जीवन-शैलियों, नृत्यों तथा अन्य प्रथाओं ने दूर-दूर के लोगों को आकृष्ट किया है।

जीवन में मैंने सदा कड़ा संघर्ष किया। सरल मार्ग छोड़कर कठिन मार्ग चुना। कठिनाइयों में से रास्ता निकालना मेरा स्वभाव हो गया है। अमरकंटक से जो एक बार चली, तो खड्‌डों में कूदती, निकुंजों में धँसती, चट्टानों को तराशती और वन-प्रान्तरों की बाधा तोड़ती भागती चली गयी। न जाने कौन-सी अक्षय शक्ति मुझे पहाड़ी ढलानों, घाटियों, वनों या पथरीले पाटों में बिना थके दौड़ते रहने की प्रेरणा

देती है। अपनी सारी शक्ति से, जिसे मैंने अपना अन्तिम लक्ष्य माना, उसी ओर चलती रही–दिन और रात, रात और दिन!

मैं एक हूँ, पर मेरे रूप अनेक हैं। जब मूसलाधार वृष्टि होती है, तब मैं उफन पड़ती हूँ। वसन्त में मैं मन्थर गति से बहती हूँ और गरमियों में तो बस, मेरी साँस भर चलती है। प्रत्येक नदी का सर्वाधिक मूल तत्त्व पानी होता है। लेकिन यही मेरा सबसे कमजोर तत्त्व है। बरसात में तो उफन पड़ती हूँ, पर गरमी में सूखकर काँटा रह जाती हूँ।

बड़ी अप्रत्याशित नदी हूँ मैं–आज कुछ, कल बिलकुल दूसरी। कब चौड़ी में से सँकरी, द्रुत में से विलम्बित,गहरी में से उथली या नन्हीं–नाजुक में से जुझारू हो जाऊँ कुछ कहा नहीं जा सकता। हल्ला–गुल्ला मुझे पसन्द है, नाम ही रेवा है, पर कोमल और शान्त बनते भी देर नहीं लगती। सच तो यह है कि मैं खुद भी नहीं जानती कि अगले क्षण मैं क्या करने वाली हूँ।

मैं प्रपात–बाहुल्या नदी हूँ। मेरे उद्गम स्थल अमरकंटक में दो प्रपात हैं— कपिलधारा और दूधधारा। जबलपुर के पास धुआँधार मेरा सबसे सुन्दर प्रपात है। यहाँ से चट्टानी बाधाओं को काटती मैं संगमरमर की सँकरी घाटी में सिमट जाती हूँ। नौकाविहार करते दर्शकों को मेरा संगमरमरी सौन्दर्य अनायास बाँध लेता है। मेरे और किसी स्थान ने लोगों को इतना सम्मोहित नहीं किया।

धावड़ीकुंड के प्रपातों का सौन्दर्य भी कम नहीं। यहाँ से निकले शिवलिंग सारे देश में पूजे जाते हैं।

ओंकारेश्वर मेरे तट का सबसे बड़ा तीर्थ है। महेश्वर ही प्राचीन माहिष्मती है। यहाँ के घाट हमारे देश के सर्वोत्तम घाटों में से हैं। इसके बाद शूलपाण की झाड़ी। नाम झाड़ी, पर एक पेड़ नहीं। नंगी पहाड़ियों वाला यह प्रदेश आबादी से प्राय: शून्य है। मार्ग इतना टेढ़ा–मेढ़ा है कि जहाँ एक कदम से मेरा काम चल सकता था, वहाँ मुझे सात कदम भरने पड़ते हैं। यहाँ के गरीब भील आदिवासी किसी तरह अपना अस्तित्त्व बनाए हुए हैं।

मेरे मुहाने पर स्थित भरूच ही भृगुकच्छ था। कभी यह पश्चिम भारत का सबसे बड़ा बन्दरगाह था। सौदागरों और जहाजियों की यहाँ भीड़ लगी रहती थी। मेरे जिस पाट में कभी सैकड़ों जहाजों का आना–जाना लगा रहता था, वही पाट आज खाली पड़ा है।

अब मैं खम्भात की खाड़ी में अरब सागर से मिलने ही वाली हूँ। मुझे याद आया, अमरकंटक में मैंने मामूली–सी शुरुआत की थी। वहाँ तो एक बच्चा भी मुझे लाँघ जाता और यहाँ मेरा पाट 20 किलोमीटर चौड़ा है। यह तय करना कठिन है कि

कहाँ मेरा अन्त है और कहाँ समुद्र का आरम्भ।

आज मेरे तटवर्ती प्रदेश काफी बदल गये हैं। मेरी वन्य एवं पार्वतीय रमणीयता बहुत कम रह गयी है। मुझे दु:ख है कि मेरे घने जंगल जड़ से काट डाले गये हैं। पहले इन जंगलों में जंगली जानवरों की गरज सुनायी देती थी, अब पक्षियों का कलरव तक सुनायी नहीं देता। उन दिनों मेरे तट पर पशु–पक्षियों का राज्य था, लेकिन उसमें आदमी के लिए भी जगह थी। अब आदमी का राज्य हो गया है, लेकिन उसमें पशु–पक्षी के लिए कोई जगह नहीं।

मेरा पानी भी उतना निर्मल और पारदर्शी नहीं रहा।

फूलों और दूर्वादलों से सुवासित स्वच्छ हवा भी नहीं रही।

इन दिनों मुझ पर कई बाँध बाँधे जा रहे हैं। बाँध में बँधना भला किसे अच्छा लगेगा। फिर मैं तो स्वच्छन्द हरिणी–सी हूँ, मेरे लिए तो यह और भी कष्टप्रद है। इससे मेरी आदिम युग की स्वच्छन्दता चली जाएगी।

किन्तु, जब अकाल–ग्रस्त भूखे–प्यासे लोगों को, पानी और चारे के लिए तड़पते पशुओं को, और बंजर पड़े खेतों को देखती हूँ, तो मेरा मन रो उठता है। आखिर मैं माँ हूँ, अपनी सन्तान को तड़पता कैसे देख सकती हूँ। इसलिए मैंने इन बाँधों को स्वीकार कर लिया है। अभी तक मैं दौड़ के आनन्द के लिए दौड़ती थी। अब धरती की प्यास बुझाने के आनन्द के लिए दौडूँगी भी और ठहरूँगी भी। सरोवर बनाऊँगी। नहरों के माध्यम से खेतों की प्यास बुझाऊँगी। धरती को सुजला–सुफला बनाऊँगी।

कुछ लोग मुझ पर बन रहे बड़े बाँधों का विरोध कर रहे हैं, लेकिन अगर आबादी इसी तरह बढ़ती रही, तो ये तो क्या, आपको इनसे भी बड़े बाँध बनाने पड़ेंगे।

एक मन की बात बताती हूँ। थोड़ी हिचकिचाहट के साथ ही कहती हूँ। कभी–कभी मैं अपनी तुलना गंगा और यमुना से करती हूँ। सोचती हूँ, गंगा में विवेक ज्यादा है और भावुकता कम। यमुना में भावुकता ज्यादा है और विवेक कम। मेरा विचार है कि मुझ में विवेक और भावुकता का सही अनुपात है। इसका कारण शायद यह हो कि मेरे तट पर उत्तर के आर्यों की विचार–प्रधान संस्कृति और दक्षिण के द्रविड़ों की आचार–प्रधान संस्कृति का समन्वय हुआ था। फिर भी यह कोई दावा नहीं है।

लोगों ने मुझे खूब स्नेह दिया। मुझे माँ कहा, मेरे जल को अमृत माना, मेरे तट पर तपस्या की, आश्रम बनाए, तीर्थ बनाए। मेरे तट के छोटे से छोटे तृण और छोटे से छोटे कण न जाने कितने परिव्राजकों, ऋषि–मुनियों और साधु–सन्तों की पदधूलि से

पावन हुए। मुझे चिरकुमारी कहा। मेरी परिक्रमा करने की परम्परा चलायी। इस देश के करोड़ों निवासियों के लिए मैं केवल नदी नहीं, माँ हूँ।

जाते-जाते एक बात कहना चाहती हूँ। याद रखो, पानी का कोई विकल्प नहीं। ऊर्जा के अनेक विकल्प हैं—कोयला, पेट्रोल, डीजल, गैस, सौर ऊर्जा आदि। लेकिन पानी का एक भी विकल्प नहीं। न दूध, न शहद, कोई नहीं। पानी का विकल्प पानी है। पानी की हर बूँद एक चमत्कार है। हवा के बाद पानी ही मनुष्य की सबसे बड़ी आवश्यकता है। किन्तु पानी दिन पर दिन दुर्लभ होता जा रहा है। नदियाँ सूख रही हैं। उपजाऊ जमीन ढूहों में बदल रही है। आए दिन अकाल पड़ रहे हैं। मुझे खेद है, यह सब मनुष्यों के अविवेकपूर्ण व्यवहार के कारण हो रहा है। अभी भी समय है। वन-विनाश बन्द करो। बादलों को बरसने दो। नदियों को स्वच्छ रहने दो। एक कड़वी बात भी कहूँगी। सुनो, मुझे तुम्हारी जरूरत नहीं है, तुम्हें मेरी जरूरत है। पर्यावरण को तुम्हारी जरूरत नहीं है, तुम्हें पर्यावरण की जरूरत है। हमें स्वच्छ और सुरक्षित रखना तुम्हारे हित में है। हमें नुकसान पहुँचाकर अपने ही पैरों पर कुल्हाड़ी मत मारो। केवल मेरे प्रति ही नहीं, समस्त प्रकृति के प्रति प्यार और निष्ठा की भावना रखो। यह मैं इसलिए कह रही हूँ क्योंकि मुझे तुमसे बेहद प्यार है। खुश रहो मेरे बच्चो!

मेरे पति

कान्ता वेगड़

अधिकांश कहानियों में, और फिल्मों में तो विशेष रूप से, ज्यों ही प्रेमी-प्रेमिका की शादी हो गयी कि कहानी समाप्त। रोमांस खत्म तो कहानी खत्म। इसके बाद उनके जीवन में कहने लायक रहता भी क्या है!

यह कहानी रोमांस की नहीं, प्रेम की है। शादी हो जाने के बाद की है। शादी से पहले तो हम एक-दूसरे को जानते तक नहीं थे। रोमांस की तुलना में हमारा यह प्रेम फीका और शान्त जान पड़ेगा, लेकिन है यह सच्ची प्रेम कहानी।

इनके माता-पिता इनके लिए लड़की ढूँढ़ने निकले थे। किसी ने हमारे बारे में बताया, तो हमारे यहाँ आए। उन्हें मैं भा गयी। सगाई की बात चलायी।

हम लोग मूलतः गुजरात के कच्छ प्रदेश के हैं। कच्छ में एक ही गाँव के हैं। उनके माता-पिता जिस प्रकार मध्यप्रदेश के जबलपुर में बस गये, उसी प्रकार मेरे माता-पिता झारखंड के चाईबासा में बस गये। चाईबासा जमशेदपुर के पास है। वहाँ से उड़ीसा और बंगाल दोनों पास है।

उन दिनों हम लोगों की आर्थिक स्थिति बहुत अच्छी थी। हमारी मेंगनीज की खदानें थीं। इनकी स्थिति सामान्य थी। लेकिन हम लोग एक ही समाज के थे, एक ही गाँव के थे और जाना-पहचाना परिवार था, इसलिए मेरे पिता इनके साथ मेरी सगाई करने के लिए तैयार हो गये। पिता ने स्वीकृति दे दी, मेहमान ने तार करके अपने बेटे को बुलाया। परदे के पीछे से मैंने उन्हें देखा-बढ़ी हुई हजामत, आँखों पर चश्मा, ऊँचा पाजामा और रबर के सस्ते काले जूते! मुझे वे खास पसन्द नहीं आए।

लेकिन जब पता चला कि वे शान्तिनिकेतन में पढ़े हैं और शिक्षक हैं, तो मैं सगाई के लिए राजी हो गयी। मेरी बंगाली सहेलियों से मैंने शान्तिनिकेतन की खूब तारीफ सुन रखी थी। सहेलियों ने कहा, शिक्षक तो गुरु होता है, तुम गुरु-पत्नी बनोगी।

परन्तु वे तैयार नहीं हुए। कहा, मैं और लड़कियाँ देखना चाहता हूँ। उनके माता-पिता को और उनकी बड़ी बहन को मैं बेहद भा गयी थी, लेकिन वे उन पर कोई दबाव डालना नहीं चाहते थे, इसलिए हमारे यहाँ से चले गये।

लेकिन दूसरी लड़कियाँ देखने के बाद उन्हें लगा कि इन सबसे तो मैं ही अच्छी थी। इसलिए मेरे साथ ही सगाई हुई। मुझे एक कहावत याद हो आयी-लौट के बुद्धू घर को आए!

सगाई के एक साल बाद, 1955 में हमारी शादी हुई। मेरा मायका और मेरा बचपन चाईबासा में छोड़कर मैं ससुराल आ गयी। मैं ब्याह कर आयी इसके दूसरे ही दिन वे गेंती, फावड़ा और तसला लेकर घर के सामने की नाली खोदने लगे! उनका यह रूप देखकर मैं हैरान रह गयी। घर में अभी शादी का ही माहौल था, मेहमान अभी गये नहीं थे, तभी इन्होंने यह श्रम-यज्ञ शुरू कर दिया!

मेरी बड़ी ननद ने कहा, ''जरा इस मूढ़मगज को तो देखो! घर में बड़े घर की बेटी आयी है और यह लगा है नाली खोदने!'' ननद ने उनको धमकाया और इस प्रकार उनका श्रम-यज्ञ अधूरा रहा। धीरे से बोले, ''जहाँ यज्ञ होता है, वहाँ राक्षस आ ही जाते हैं!''

शादी के दस दिन बाद उनके परम मित्र राममनोहर भाई ने हमें खाने पर बुलाया। रामभाई भी शान्तिनिकेतन के छात्र थे। दोनों आचार्य नन्दलाल बसु के शिष्य हैं। उनका घर हम लोगों के घर से 3 कि. मी. दूर था। मैं सोचती थी कि वे मुझे रिक्शे से ले जाएँगे। लेकिन अब मैं उन्हें थोड़ा-बहुत समझने लगी थी। इसलिए मन से यह आशा निकाल दी। और यही हुआ। बीच बाजार से हम 3 कि.मी. पैदल गये और 3 कि.मी. पैदल आए। और अभी तो मैं नववधू थी!

एक दिन सबेरे क्या देखती हूँ कि वे मेरी सास के साथ बैठकर चक्की पीस रहे हैं! मेरे ससुर पक्के गाँधीवादी थे। सास-ससुर दोनों खादी पहनते थे। ससुर की दरी और मच्छरदानी तक खादी की होती थी। वे हाथ से पिसे आटे की ही रोटी खाते थे। पहले मेरे ससुर खुद चक्की पीसते थे। जब वे शान्तिनिकेतन से आ गये, तो मेरे ससुर को इस काम से छुट्टी मिली और माँ-बेटे चक्की पीसते। जब मैं आयी, तो मैंने अपनी सास की चक्की बन्द करवायी। अब हम दो पीसने लगे।

मेरे पूज्य सास-ससुर तो अब नहीं रहे, लेकिन यह नेम आज भी निभ रहा है। वे भी हाथ से पिसे आटे की रोटी खाते हैं। हम दोनों आज भी चक्की पीसते हैं। पीसते-पीसते मेरा चेहरा लाल हो आता तो वे कहते है, ''तुम कितनी सुन्दर लगती हो!'' मैं कहती, ''रहने दो। मुझसे काम निकलवाने की तुम्हारी यह तरकीब मैं खूब समझती हूँ।''

शादी के कोई पन्द्रह दिनों बाद मेरे भाई मुझे लेने आए। यहाँ उन्होंने मुझे सारा दिन काम करते देखा। घर में फर्नीचर भी नहीं था, रेडियो तक नहीं। रास्ते में मुझे दिलासा देने लगे तो मैंने कहा, ''लेकिन मुझे किसी बात का दु:ख नहीं। मैं हर तरह से सुखी हूँ।'' युवा प्रेमियों की आवश्यकताएँ कितनी सीमित होती हैं!

कोई दो महीने बाद वे मुझे लेने आए। रात को आए थे, इसलिए आँगन में बने गेस्ट-रूम में सो जाना पड़ा। सबेरे मेरे भाइयों को जमशेदपुर जाना था, इन्हें भी साथ ले गये। रात को आने में देर हुई इसलिए फिर गेस्ट-रूम में सोना पड़ा। सबेरे भाइयों को उड़ीसा में स्थित मेंगनीज की खदान जाना था। इन्हें भी साथ ले गये। रात को वही गेस्ट-रूम! दो दिनों तक हम दोनों की मुलाकात ही न हो सकी! मेरे पिता के समय घर में कठोर नियमों का पालन करना पड़ता था। पुरुष घर के अन्दर के हिस्से में न आते और स्त्रियाँ बाहर न आतीं। लेकिन तीसरे दिन प्रोटोकोल के सारे नियम तोड़कर वे घर के अन्दर आ गये!

शादी के बाद हम लोग एक दूसरे को पत्र लिखने लगे, किन्तु उनका पत्र सबसे पहले मेरी बहन गौरी के हाथ में आता। वह बेहद शरारती थी, मुझसे केवल दो बरस छोटी, इसलिए मुझे तो वह कुछ समझती ही नहीं। लिफाफा खोलकर चिट्ठी पढ़ती। फिर उसका सार्वजनिक पाठ करती, शृंगारिक पंक्तियों को रस ले-ले कर पढ़ती, बार-बार पढ़ती, इसके बाद ही पत्र मुझे देती! श्रोताओं में मेरी तीनों बड़ी भाभियों के अलावा मेरी माँ भी रहतीं। मुझे कितनी लज्जा आती! लेकिन मन ही मन खुश भी होती कि वे मुझे कितना चाहते हैं!

वे शान्तिनिकेतन में पढ़े थे। बंगाली लड़कियाँ कानों में रिंग पहनती हैं। मेरे कानों में गुजराती ढंग के फूल थे। वे मेरे कानों में रिंग देखना चाहते थे। इसलिए तनख्वाह में से थोड़े-थोड़े पैसे बचाने लगे। रिंग लेने लायक पैसे इकट्ठे हुए तो हम लोग गहनों की दुकान गये। हम दोनों का प्रेम देखकर दुकानदार ने दाम कम किए। मुझे रिंग पहनायी, यही नहीं मेरे कई स्केच भी किए।

खाना मैं अच्छा ही बनाती हूँ। बढ़िया इडली डोसा भी बना लेती हूँ। लेकिन वे कहते हैं—''माँ जैसा ढोकला बनाती थीं, वैसा तुम नहीं बना पाती।'' हर माँ की एकाध चीज ऐसी होती है, जो उसकी सन्तान को अत्यन्त प्रिय होती है और उसका विश्वास होता है कि इसे तो मेरी माँ के सिवा दुनिया में और कोई नहीं बना सकता।

वे बहुत भावुक हैं। करुण प्रसंग आते ही उनका गला भर आता है, आँखें गीली हो जाती हैं। फिर वे न पढ़ सकते हैं, न बोल सकते हैं। मेरे आसानी से आँसू नहीं आते, सहज ही रोना नहीं आता।

उनके साथ रहते-रहते मैं भी उनके रंग में कितना रंग गयी हूँ, इसकी एक

घटना सुनाती हूँ। शादी हुए 40 बरस हो चुके थे। हमारे जबलपुर में नर्मदा के तीन प्रमुख घाट हैं—ग्वारीघाट, तिलवाराघाट और भेड़ाघाट। भेड़ाघाट तो बहुत प्रसिद्ध है। तिलवाराघाट में मकर संक्रान्ति पर बड़ा मेला भरता है। एक दिन कहने लगे, ''संक्रान्ति का मेला देखने मैं तिलवाराघाट जा रहा हूँ।''

मैंने कहा, ''मैं भी चलूँगी।''

''लेकिन मैं तो पैदल जाऊँगा।''

''मैं भी पैदल चलूँगी।''

हमारे घर से तिलवाराघाट प्रायः 10 कि.मी. दूर है। मैं उनके साथ पैदल गयी। संक्रान्ति की ठंड का क्या कहना। फिर भी मैंने नर्मदा-स्नान किया। लौटते समय बस या टेम्पो में आने की बात थी। लेकिन उन पर यात्री ऐसे टूट रहे थे कि चढ़ने की कोशिश करते तो कुचले जाते। इसलिए पुनः पदयात्रा! आधे से अधिक आ गये, तब बड़ी मुश्किल से एक रिक्शा मिला। उस दिन मैं प्रायः 16 कि.मी. पैदल चली थी, उम्र 60 बरस! उनकी दूसरी परिक्रमा में उनके साथ गयी। तब 1250 कि.मी.से भी अधिक पैदल चली।

पैदल चलना हमारे जीवन की लय का भाग बन गया है।

हमारे बीच मतभेद नहीं है, ऐसा नहीं। कभी झगड़ते भी हैं। लेकिन इससे प्रेम में कोई अन्तर नहीं पड़ता। छोटी-छोटी बातों से ऊपर उठकर जीना हम लोगों ने सीख लिया है। अपनी-अपनी पहचान गँवाए बिना हम एक दूसरे को चाहते हैं।

वैसे तो वे चित्रकार हैं, पर लिखने का भी उन्हें शौक है। हिन्दी और गुजराती दोनों में समान अधिकार से लिखते हैं।

पोशाक के मामले में ढीले-ढाले हैं, किन्तु लेखन या चित्रांकन के मामले में चौकस हैं। स्कूटर, फ्रिज, टीवी या पलंग ख़रीदना हो तो कभी बाजार नहीं जाएँगे। लेकिन कागज, लिफाफे , ड्रांइग-पेपर या स्याही खरीदना हो, तो खुद जाएँगे। लेख या चिट्ठी सुघड़ स्वच्छ अक्षरों से लिखते हैं और स्वयं डाक में डालते हैं।

मेहनत भी खूब करते हैं। प्रत्येक लेख पाँच या छह बार लिखते हैं। काट-छाँट बहुत करते हैं। कहते हैं, जिस प्रकार मेरे शरीर में चरबी नहीं है, उसी प्रकार मेरे लेखों में भी चरबी नहीं है। चित्रों पर भी वैसी ही मेहनत करते हैं। चालीस वर्षों से केवल कोलाज बना रहे हैं। कोलाज यानी कुछ भी चिपकाकर बनाया गया चित्र। इनके पेपर कोलाज हैं, केवल कागज चिपकाकर चित्र बनाते हैं। छोटा-सा कोलाज बनाने में कभी-कभी एक महीना तक लग जाता है। बात यह है कि वे उसमें काफी उलटफेर करते रहते हैं। नर्मदा परिक्रमा के उनके कोलाज काफी प्रसिद्धि पा चुके हैं।

1977 से उन्होंने नर्मदा-तट की पदयात्राएँ शुरू की थीं। पहली यात्रा जबलपुर

से मंडला तक की थी। साथ में उनके तीन छात्र भी थे। घर से गये कोई दस दिन होने को आए, लेकिन कुशल-क्षेम के कोई समाचार नहीं आए। मैं आँगन बुहार रही थी। मेरे ससुर सुबह का अखबार पढ़ रहे थे। अचानक बोले, ''लो, इसे पढ़ो।''

मंडला के निकट जंगल में दो परकम्मावासियों को शेर खा गया था। गुरु-शिष्य थे। ज्यों ही यह समाचार मैंने पढ़ लिया तो बोले, ''बहू, तुमने उसे जाने क्यों दिया? तुमने इजाजत दी तभी वह जा सका। इस उम्र में मेरे लिए यह कितनी चिन्ता की बात है।'' मैं भी बहुत डर गयी, पर ऊपरी हिम्मत दिखाते हुए बोली, ''अगर वे कोई अच्छा काम करते हैं, तो मैं कैसे आड़े आ सकती हूँ? उन्हें कुछ नहीं होगा। माँ नर्मदा उनकी रक्षा करेगी।''

दिन तो मैंने किसी तरह काट लिया, पर रात को नींद नहीं आयी। सबेरा होते ही एक परिचित उनके कुशल समाचार लेकर हमारे घर आए तो जान में जान आयी। दूसरे दिन उनका पत्र भी आ गया। पत्र पहले लिखा था, आया देर से।

उन्होंने मुझे नर्मदा के अनेक स्थान पर दर्शन कराए हैं। इन्दौर में उनके चित्रों की प्रदर्शनी थी, तब मुझे महेश्वर और ओंकारेश्वर ले गये थे। होशंगाबाद का सुप्रसिद्ध सेठानीघाट दिखाया। एक बार बरमानघाट ले गये थे। अमरकंटक, डिंडौरी और मंडला हम लोग एक मित्र की कार में गये थे। गुजरात में नर्मदा-तट के प्रायः सभी प्रमुख स्थान दिखाए। नर्मदा जहाँ समुद्र से मिलती है, वह मीठीतलाई भी दिखायी।

कोलकाता, मुम्बई, दिल्ली में उनके चित्रों की प्रदर्शनियाँ हुईं। कहीं अकेले नहीं गये। सभी जगह मुझे साथ ले गये। शान्तिनिकेतन मुझे दो बार ले गये। वहाँ का कोना-कोना बड़े प्यार से दिखाया। अन्त में कलाभवन का कुआँ दिखाकर बोले, ''यहाँ से जब अन्तिम विदा ली, तब उस आखिरी दिन इस कुएँ पर खूब नहाया। बालटी भर-भर कर नहाता ही रहा। उस पानी में आँखों का पानी भी कम नहीं मिलाया।''

मैं शरद और अर्चना को लेकर कच्छ गयी थी। लौटते समय हम लोग सूरत जानेवाले थे। मुझसे कहा, ''सूरत में विष्णुप्रसाद त्रिवेदी जी से मिलने जरूर जाना। उन्हें मेरा प्रणाम कहना।'' त्रिवेदी जी गुजराती साहित्य के मूर्द्धन्य विद्वान थे। उन्होंने इनकी गुजराती पुस्तक की बड़ी प्रशंसा लिख भेजी थी जो बाद में प्रस्तावना के रूप में छपी।

त्रिवेदी जी की बेटी ने हम लोगों का स्वागत किया। त्रिवेदी जी लेटे हुए थे, हम लोगों को देखकर उठ बैठे। शरद ने कहा कि हम लोग जबलपुर से आए हैं। मेरे पिताजी का नाम अमृतलाल वेगड़ है। इतना सुनते ही वे बोले, ''आप तो कान्ता

बहन हैं न!'' पास में ही उनके परिक्रमा लेख रखे हुए थे, बताकर बोले, ''खूब अच्छा लिखा है। बार-बार पढ़ता हूँ।''

मुझे कितनी खुशी हुई थी! इनके लेखों के कारण मुझे कितनी प्रसिद्धि मिली थी! मैं यहाँ आयी, इसके पहले मेरा नाम यहाँ आ चुका था। शाहजहाँ ने पत्नी मुमताज की याद में ताजमहल बनवाया और उसे अमर कर दिया। पर मुमताज को तो इसका पता नहीं चला! मुमताज तो उसकी खुशी या उसका गौरव न ले सकी। मैं कितनी भाग्यवान हूँ जो मुझे यह सुख जीते जी मिल रहा है।

नर्मदा पदयात्रा के प्रथम लेखों के प्रकाशन के रोमांच को वे आज भी भूले नहीं हैं। 1977 में जबलपुर से मंडला तक की अपनी पहली पदयात्रा से लौटने के बाद उन्होंने जलरंगों में चित्र बनाना छोड़ दिया और कोलाज बनाने लगे। कोलाज यानी रंगीन कागज काटकर, चिपकाकर बनाया गया चित्र। सभी ने उनके कोलाजों को खूब सराहा। उन दिनों 'धर्मयुग' का बड़ा बोलबाला था। उनकी बड़ी इच्छा थी कि उनके कोलाज 'धर्मयुग' में छपें। 1978 की गरमी की छुट्टी में मुम्बई गये। भाग्य ने और मित्रों ने साथ दिया, प्रकाशन के लिए 8-10 कोलाज स्वीकृत हो गये। लल्लाजी ने कहा, ''केवल कोलाज तो छपेंगे नहीं, साथ में यात्रा-वृत्तान्त भी दीजिए। विस्तार से लिखिए, हम दो अंकों में छापेंगे।'' उन्हें भला और क्या चाहिए!

घर आकर दो लेख भेज दिए। लेकिन जब तक अंक छपकर आता, दशहरे-दीवाली की छुट्टियाँ शुरू हो गयीं और वे मंडला से अमरकंटक तक की पदयात्रा के लिए चल दिए। रास्ते में 'धर्मयुग' मिलने का सवाल ही नहीं था। कोई बीस दिन बाद अमरकंटक पहुँचे। उन दिनों कल्याण आश्रम में कुछ झोंपड़ियाँ भर थीं। वहीं ठहरे। बाबा कल्याण दास को अपना परिचय दिया और कहा कि हमारी पिछली पदयात्रा का वृत्तान्त 'धर्मयुग' में आनेवाला था, शायद आया भी है।

बाबा ने शान्ति से कहा, ''मैंने वह पढ़ लिया है।''

''एक अंक में या दो अंकों मे?'' वे जैसे चिल्ला उठे। उन्हें डर था कि उनके लेखों को काट-छाँट कर एक न कर दिया हो।

''दो अंकों में, रंगीन चित्रों के साथ।''

आश्रम की लाइब्रेरी से एक शिष्य दोनों अंक ले आया। मारे उत्तेजना के वे समझ न पाए कि पहले कौन-सा अंक खोलें। इसलिए दोनों अंकों को 'ले उर कंठ लगायो!'

1978 में जब उन्हें कोई जानता तक न था और जब 'धर्मयुग' लाखों में बिकता था, तब उसके दो अंकों में ढाई-ढाई पृष्ठों के दो लेख, साथ में रंगीन

कोलाज–क्या खूब! उनकी खुशी देखकर बाबा बोले, ''हम लोग जब प्रवचन करते हैं, तो हम लोगों को भी अपने प्रवचन के टेप सुनना बड़ा मधुर लगता है।''

वे कहते हैं, ''लेख छपने पर आज भी कम खुशी नहीं होती, पर उस प्रथम पुत्र–रत्न की प्राप्ति की बात ही कुछ और थी!''

अपनी सभी उपलब्धियों का श्रेय वे अपने शान्तिनिकेतन को देते हैं। ''अगर मैंने वहाँ शिक्षा न पायी होती, तो न ये यात्राएँ होतीं, न ये चित्र, न ये पुस्तकें।'' मैंने कहा, ''शान्तिनिकेतन से अब तक हजारों छात्र पढ़कर निकल चुके होंगे। क्या सभी ने परिक्रमा की या पुस्तकें लिखीं?''

उन्होंने कहा, ''यह तर्क नहीं, कुतर्क है।''

मैंने कहा, ''आज मुझे कुतर्क ही कर लेने दीजिए। बीज आप में था। शान्तिनिकेतन ने उसे खाद–पानी दिया। अगर बीज न होता तो खाद–पानी क्या करते? श्रेय दोनों को है।''

बोले, ''शास्त्रार्थ में कोई शंकराचार्य ही तुमसे जीत सकता है।''

मैंने कहा, ''यह तर्क नहीं, कुतर्क है!''

और वे अच्छे वक्ता भी हैं। माइक की ओर इस तरह बढ़ते हैं मानो स्वयंवर मंडप में जा रहे हों। कम ही बोलते हैं, छह या सात मिनट, पर इतना अच्छा बोलते हैं कि लोग सुनते ही रह जाते हैं। शिखर सम्मान लेते समय बोले थे—

नर्मदा को मैं सौन्दर्य की नदी मानता हूँ। अपनी पुस्तक को मैंने यही नाम दिया है। आप जानते ही हैं, यह सौन्दर्य प्रतियोगिताओं का युग है। अगर भारत की नदियों की सौन्दर्य प्रतियोगिता हो तो सर्वोत्तम पुरस्कार नर्मदा को ही मिलेगा। नर्मदा–सौन्दर्य का प्रचार–प्रसार करना यही मेरे जीवन का एकमात्र व्रत है। मेरे सामने उद्देश्य महान है और मेरी शक्ति सीमित। हो सकता है मुझे इसमें सफलता न मिले, मैं असफल रहूँ। लेकिन अच्छे कार्य में असफल होना भी अच्छा होता है। सीता का हरण करने में रावण सफल हो गया था, उसे रोकने में जटायु असफल। लेकिन जटायु की असफलता रावण की सफलता से हजार गुना श्रेयस्कर है।

श्रोताओं में विनोद कुमार शुक्ल भी थे। इनके भाषण की प्रशंसा करते हुए बोले, ''लगता था कि 'सौन्दर्य की नदी नर्मदा' का लेखक बोल रहा है।''

हमारे शहर की जिस हाईस्कूल में वे पढ़े थे, उसके भूतपूर्व छात्र हर साल शिक्षक–दिवस के अवसर पर एक बृहद् आयोजन करते हैं। भूतपूर्व छात्रों में अनेक प्रसिद्ध डॉक्टर, इंजीनियर और उद्योगपति हैं। एक बार इन्हें मुख्य अतिथि बनाया तो अपने भाषण का आरम्भ उन्होंने इस प्रकार किया–

आज मैं बहुत खुश हूँ। खुश इसलिए कि इस भव्य आयोजन में आपने मुझे

बुलाया,अपना मुख्य अतिथि बनाया। और बहुत खुश इसलिए कि इस आयोजन में मेरी पत्नी भी उपस्थित हैं। बात यह है कि मेरी पत्नी मुझे बुद्धू समझती हैं। मेरा तो विचार है कि हर पत्नी अपने पति को बुद्धू समझती है। आज मेरी पत्नी आँखें खोलकर देखे कि घर के बाहर मेरी कितनी इज्जत है। आज से उसे मुझे बुद्धू समझना बन्द कर देना चाहिए। यह अध्यादेश तत्काल प्रभाव से लागू होता है!

सभी खूब हँसे। एक ने कहा, ''लोग हँसना भूल गये हैं। आपने उन्हें हँसना सिखाया।''

एक पदयात्रा से लौटने के बाद उन्होंने अखबार पढ़ना छोड़ दिया।(अखबार छोड़ना उनके लिए बहुत आसान है। पहले भी दो बार छोड़ चुके हैं।) कहते हैं, ''तीर्थस्थान में किसी चीज को छोड़ने की हमारे यहाँ परम्परा है। मैंने अखबार छोड़ा। अखबार से अरूचि पैदा होने लगी है। उसमें गन्दगी और घोटालों के सिवा रहता ही क्या है।''

देश में जब 'शिक्षक दिवस' मनाने का शुभारम्भ हुआ तो हमारे शहर में कैसा उत्साह था! अधिकांश स्कूलों के छात्र और शिक्षक एक बड़े सभागार में एकत्र हुए। वक्ताओं में बड़े-बड़े लोग थे। इन्होंने अपना भाषण इस प्रकार शुरू किया-महाभारत का युद्ध शुरू होने ही वाला है। सूर्योदय की प्रतीक्षा की जा रही है। तभी युधिष्ठिर के धनुष से एक बाण चला। लोग हैरान रह गये। धर्मराज और ऐसा अधर्म! बाण पितामह भीष्म के चरणों में गिरा। पितामह समझ गये। प्रसन्न होकर उन्होंने भी बाण चलाया। वह युधिष्ठिर के मस्तक पर से निकल गया। ऐसा ही गुरु द्रोण के साथ हुआ। पहला बाण प्रणाम का था, बाद का आशीर्वाद का। सज्जनो, महाभारत के युद्ध का प्रथम दिवस संसार का पहला शिक्षक दिवस था। हो सकता है कभी गुरु से मतभेद हो जाए, हो सकता है कभी गुरु से युद्ध करना पड़े, लेकिन पहले गुरु के चरणों में मस्तक होगा, फिर युद्ध।

पहले तो लोग समझ नहीं पाए कि ये बोलना क्या चाहते हैं, लेकिन जब अन्तिम वाक्य बोले तो भवन तालियों की गड़गड़ाहट से गूँज उठा।

जब उन्हें उनकी गुजराती पुस्तक 'सौन्दर्यनी नदी नर्मदा' के लिए दिल्ली में अकादमी पुरस्कार दिया गया तो उन्होंने अपना भाषण इस प्रकार शुरू किया-जब समाचार आया कि मुझे 50 हजार का अकादमी पुरस्कार मिला है, तो बेहद खुशी हुई। लगा, जैसे मैं चूहे से शेर बन गया हूँ। लेकिन जब कान्ता ने कहा कि इसमें से आधी रकम मेरी होगी। मैं आपकी अर्धांगिनी हूँ, परिक्रमा में साथ चलती हूँ, तो सज्जनो, मैं शेर से पुन: चूहा बन गया। और समापन इस तरह से किया-कोई तीस साल से मैं नर्मदा-सौन्दर्य की छड़ी मुबारक लिए घूम रहा हूँ और आगे भी यही करता रहूँगा। अगर नर्मदा मेरे जीवन में न आती, तो मैंने नौकरी की होती, रिटायर

हो गया होता और मर गया होता। लेकिन अब ऐसा नहीं होगा। मरने के साथ ही नहीं मरूँगा मैं। कैलेंडर में भले ही मर जाऊँ, अपनी किताबों में मैं जिन्दा रहूँगा। कम से कम कुछ वर्ष तो रहूँगाा ही। अथवा, यह भी हो सकता है कि जब तक नर्मदा रहे, तब तक मैं भी रहूँ!

जब उन्हें वाराणसी में पं. विद्यानिवास मिश्र स्मृति सम्मान मिला, तो आयोजन की अध्यक्षता कवि केदारनाथ सिंह कर रहे थे। अपने अध्यक्षीय भाषण में उन्होंने कहा, ''ऐसा लगा, हम कुछ न बोलें, केवल वेगड़ जी ही बोलते रहें। इतना अच्छा बोलते हैं ये।''

एक बार मेरे मायके चाइबासा (झारखंड) के रोटरी क्लब ने इनका सम्मान किया। श्रोताओं में मेरे मायके के प्राय: सभी सदस्य उपस्थित थे। इन्होंने कहा—अनेक शहरों में मेरा सम्मान हो चुका है। लेकिन ससुराल का एक सम्मान दूसरी जगहों के सौ सम्मान के बराबर होता है।

जब हमारी शादी को 60 साल पूरे हुए तो बहू-बेटों ने घर में एक बड़ा आयोजन किया। सभी स्नेही आए थे। इन्होंने कहा—मुझे अनेक पुरस्कार मिल चुके हैं—राष्ट्रीय पुरस्कार। लेकिन मेरे जीवन का सबसे बड़ा पुरस्कार कान्ता है। कान्ता मेरे हृदय की धड़कन को 300 किमी. दूर से सुन सकती है। यह क्षमता या तो मेरी माँ में थी, या कान्ता में है। हमारी शादी खूब अच्छी चल रही है। बस एक ही गड़बड़ हुई है—श्री राधा जी की शादी श्री सुदामा जी के साथ हो गयी है।

मैंने तुरन्त कहा—ऑब्जेक्शन माई लॉर्ड!

60 वर्षों के वैवाहिक जीवन में मैंने उनके विविध रूप देखे। मैंने उन्हें खुश देखा, नाराज देखा, उदास और दु:खी देखा, रोते देखा और खिलखिलाकर हँसते-हँसाते देखा। मन के दृढ़ नहीं हैं। अतिशयोक्ति बहुत करते हैं, आत्मप्रशंसा उससे भी अधिक। मैं रोकती हूँ तो कहते हैं, मैं किसी की निन्दा तो नहीं करता। परनिन्दा से आत्मप्रशंसा अच्छी! ऐसे हैं मेरे पति-सीधे और सरल, भावुक और नाजुक। डरपोक-से लगने वाले इस इनसान को देखकर मन में यही बात आती है कि नर्मदा-तट की 4000 कि.मी. से भी अधिक की कठिन और खतरनाक पदयात्रा इन्होंने कैसे की होगी।

मुझे जब 80 वर्ष पूरे हुए तो जन्मदिन की बधाई देते हुए बोले, ''आज भी तुम्हारा सौन्दर्य कम नहीं हुआ। बस, वह तुम्हारे चेहरे से उतरकर तुम्हारे दिल में आ गया है।''

मैंने कहा न, अतिशयोक्ति उनका प्रिय अलंकार है!

एक बार मुझसे बोले, ''अगर मैं पहले जाऊँ, तो तुम बिलकुल वैसी ही

रहना, जैसी आज रहती हो। बिन्दी, चूड़ी, मंगलसूत्र, रंगीन साड़ी–सब कुछ ज्यों का त्यों। अगर तुम इनमें से एक भी चीज छोड़ दोगी, तो मेरी आत्मा को अपार कष्ट होगा। और अगर तुम पहले जाती हो, तो मुझे तो कुछ छोड़ना है नहीं।''

कोई नहीं जानता कि मौत कब आएगी। हम नहीं जानते कि हम दो में से पहले कौन जाएगा। मैं चाहती हूँ कि 'लेडीज फर्स्ट' के मुताबिक मैं पहले जाऊँ। हर भारतीय नारी सुहागन रहते मरना चाहती है। वे कहते हैं, ''मजाल है मौत की जो मेरे रहते तुम्हें ले जाए!'' खैर, यह तो हँसी की बात हुई पर इतना तय है कि अगले जनम में और हर जन्म में—मेरा पता यही रहेगा—कान्ता वेगड़, मार्फत अमृतलाल वेगड़!

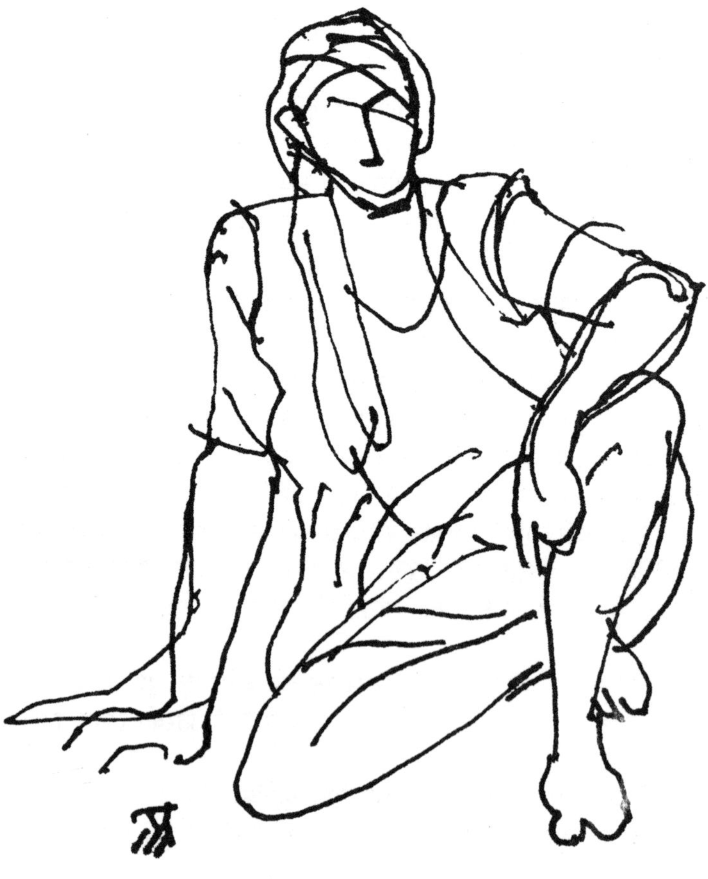

सातवें आसमान पर हूँ!

विश्वास नहीं था कि इतना जिऊँगा। इसलिए जब नौकरी में था और पचपन पार कर गया तो भगवान से विनती करने लगा—प्रभु, इतनी उम्र देना कि कुछेक बरस पेंशन का सुख भोग सकूँ।

साठ पूरे होने पर रिटायर हो गया और पेंशन लेते भी 29 बरस हो गये।

अभी सन् 2017 चल रहा है और मैं भी चल रहा हूँ। इतना बेशर्म नहीं कि माँगता ही चला जाऊँ। और कुछ नहीं माँगूगा। बस, अब एक ही चाह है—मेरे चित्रों का एलबम छप जाये!

मैं नर्मदा-व्रती चित्रकार लेखक हूँ। नर्मदा परिक्रमा के मेरे लेख प्रायः सभी प्रमुख पत्रिकाओं में छपे। बाद में पुस्तक रूप में भी छपे। नर्मदा परिक्रमा के मेरे कोलाज चित्रों की कई एकल प्रदर्शनियाँ आयोजित हुईं। मध्यप्रदेश शासन का प्रतिष्ठापूर्ण शिखर सम्मान भी मिला। लेकिन जिस प्रकार मेरे लेखों को पुस्तक रूप में स्थायित्व मिला, उस प्रकार मेरे कोलाजों का कोई एलबम नहीं छपा। विभिन्न पत्र-पत्रिकाओं में खूब छपे, लेकिन तिरोहित भी हो गये।

कोई प्रकाशक तो उसे छापेगा नहीं। सोचता हूँ, खुद ही छापूँ। एलबम तो छप जाएगा लेकिन उसे खरीदेगा कौन? खपाऊँगा कहाँ? इन दिनों यही मेरी चिन्ता का विषय है। लेकिन जहाँ चाह, वहाँ राह। पढ़िये इस आमन्त्रण को—

मान्यवर,

आगामी 3 अक्टूबर 2017 को मैं आयु के 90वें वर्ष में प्रवेश करूँगा। (सच तो यह है कि मन में था, इतना जिऊँगा भी या नहीं। लेकिन साल दर साल बीतते चले गये और मैं यहाँ तक आ गया।) इस खुशी में मेरे परिवारजनों ने हमारे आवास पर उस दिन सायं 7 बजे से प्रीतिभोज का आयोजन किया है। आप इस कार्यक्रम में सादर आमन्त्रित हैं। कृपया किसी भी प्रकार का कोई उपहार न लाएँ। कोई आधी शताब्दी

की सुदीर्घ कला–साधना के बाद मैंने अपने श्रेष्ठ कोलाज चित्रों का एक एलबम छपवाया है। बढ़िया आर्ट–पेपर पर ऑफसेट से छपे बड़े आकार के 80 बहुरंगी चित्रों के इस एलबम की कीमत केवल आठ सौ रुपये रखी गयी है। किन्तु इस अवसर पर केवल छह सौ रुपये में दिया जाएगा। कृपया इसे जरूर खरीदें।

—अमृतलाल वेगड़

नोट:

1. एलबम की कम से कम 250 प्रतियों के बिकने पर ही प्रीतिभोज प्रारम्भ हो सकेगा।
2. इससे कम प्रतियाँ बिकीं तो प्रीतिभोज का स्थान स्वल्पाहार लेगा।
3. इससे भी कम प्रतियाँ बिकीं तो आपको निराहार भी जाना पड़ सकता है।
4. एक तरकीब से आपको यह एलबम बिल्कुल मुफ्त पड़ सकता है। अभी खरीदें, जी भरकर देखें, बाद में इसे किसी को विवाह के अवसर पर उपहार में दे दें। लेने वाला इसे दूसरे को और दूसरा तीसरे को दे सकता है। अपनी नापसन्द साड़ियों को महिलाएँ इसी तरह ठिकाने लगाती हैं।

मुझे आशा है आप सभी के सहयोग से एलबम की पर्याप्त प्रतियाँ बिकेंगी और किसी को भी निराहार नहीं जाना पड़ेगा। कृपया एलबम खरीदकर सिद्ध कर दें कि आप एक जीवित और सुसंस्कृत समाज के सदस्य हैं। (तीन लाख रुपये की लागत से इसे छपवाकर मैं यह सबूत पहले ही दे चुका हूँ।)

मित्रों का कहना है कि इन शर्तों को रखकर मैंने आमन्त्रण को पेचीदा बना दिया है। जबकि मुझे लगता है मैंने आमन्त्रण में एक नया रोमांच भर दिया है। वे कहते हैं कि इसे पढ़कर जो आता होगा, वह भी नहीं आएगा। (मित्रों के भारी दबाव के कारण मुझे तीसरे नम्बर की धारा निकाल देनी पड़ी।) चलो, मान लिया कि तुम्हारे एलबम की सौ, सवा सौ प्रतियाँ बिक गयीं, बाकी का क्या करोगे? उन्हें रद्दी में बेचकर ही पीछा छुड़ा पाओगे। या फिर दीमक ही उनका उद्धार करेंगी।

मित्र ठीक कह रहे हैं। पहले हल्ले में जो एलबम बिक गये सो बिक गये। शेष प्रतियों को दीमक की शरण में ही जाना होगा। लेकिन इसमें नया कुछ नहीं। लेखक और दीमक का सम्बन्ध रामायण–काल से ही चला आ रहा है। घोर तपस्या के कारण रामायण के रचयिता महर्षि वाल्मीकि के शरीर पर दीमक की बाँबियाँ बन गयी थीं। दीमक को संस्कृत में वल्मीक कहते हैं। तभी से वे वाल्मीकि कहलाये। वैसे दीमक की पहली पसन्द लेखक की पुस्तक है, न कि खुद लेखक। (पुस्तकों में भी उनकी पहली पसन्द है सरकारी गोदामों में रखी सरकारी किताबें। इनके पहाड़

वहाँ बरसों पड़े रहते हैं और टस से मस होने का नाम नहीं लेते। दूसरे स्थान पर खुद लेखकों द्वारा प्रकाशित पुस्तकें आती हैं।) और अपना काम वे किस खूबसूरती के साथ करती हैं! एब्स्ट्रेक्ट पैटर्न वाले दीमक खाए इन पन्नों को सजाकर, मढ़वाकर उनकी प्रदर्शनी लगायी जाए तो मॉडर्न आर्ट भी शरमा जाए। कला-जगत में एक नए युग का सूत्रपात होगा।

खैर, मैं हिसाब जोड़ने लगा। अगर 50 एलबम भी बिके, तो आएँगे 30,000 रुपये और लागत लगी 65000! (पैंतीस हजार भोज के, और तीस हजार एलबम के)। इस घाटे को कैसे पूरा किया जाए? एलबम की क्वालिटी से मैं कोई समझौता नहीं कर सकता। भोज में ही कटौती की जा सकती है। यदि अंकुरित अनाज, सत्तू, केले और बेल का शरबत रहे तो? दरअसल एक परकम्मावासी की पार्टी में ये ही चीजें होनी चाहिए। इस स्वास्थ्य-वर्धक भोज को लोग आसानी से भुला न पाएँगे। किन्तु मेरे परिवार के लोग इस सात्त्विक भोज के लिए तैयार न हुए। 25 से 30 हजार का घाटा निश्चित है। क्या मैं इसे झेल पाऊँगा? या इस विचार को ही त्याग दूँ?

उफ! इतनी भी क्या जल्दी है। उस शुभ दिन को आने में अभी काफी देर है। समय स्वयं ही अनेक समस्याओं का समाधान कर देता है। हो सकता है, इस लेख के कारण अभी से मेरे एलबम की एडवान्स-बुकिंग शुरू हो जाए और मनीऑर्डरों का ताँता लग जाए!

ताँता लगना तो दूर, छिट-पुट मनीऑर्डर भी नहीं आए, तो मैं समझ जाऊँगा कि हवा का रुख किधर है। तब मैं एलबम तो छपवाऊँगा लेकिन अफवाह यह फैलाऊँगा कि एलबम नहीं छपा। कहीं लोगों को पता चल जाए कि एलबम छपा नहीं है, न ही हमें खरीदना पड़ेगा (और उपहार लाना मना है।) तो भारी भीड़ भी उमड़ सकती है! यही तो मैं चाहता हूँ! चाहता हूँ कि इस खुशफहमी में अधिक से अधिक लोग आएँ और आकर देखें कि यहाँ तो...

आगे का वृत्तान्त एक पत्रकार की कलम से-

पत्रकार

पार्टी में आए मेहमान हैरान थे कि एलबम तो वहाँ बिक्री के लिए रखे हुए थे! मुखबिर से उन्हें पक्की सूचना मिली थी कि वह नहीं छपा। इस खुशफहमी के कारण जो भीड़ उमड़ी थी और बेहद खुश नजर आ रही थी, वही अब सहमी-सहमी लग रही है। वेगड़ जी प्रवेशद्वार पर खड़े हैं—प्रकट में तो मेहमानों की अगवानी करने के लिए, लेकिन वास्तव में यह सुनिश्चित करने के लिए कि कोई भी बिना एलबम खरीदे निकल न पाए। उनका ध्यान आनेवाले मेहमानों पर कम, जाने वाले

मेहमानों पर ज्यादा है। वे यजमान कम, गश्त पर तैनात सिपाही ज्यादा लग रहे हैं। इस कड़ी नाकेबन्दी के बाद भी कुछ लोगों ने एलबम नहीं ही खरीदे। उनका विश्वास है कि जो-जो चीजें उधार माँगी जा सकती हैं, उन्हें खरीदना नहीं चाहिए।

काउन्टर वेगड़ जी के उन दोस्तों ने सँभाल लिया है जो शुरू में एलबम छपवाने से उन्हें रोक रहे थे। उन्होंने तो यहाँ तक कहा था कि तुम स्वयं अपने सबसे बड़े दुश्मन हो। लेकिन जब एलबम छप ही गये तो वे भरसक कोशिश कर रहे हैं कि अधिक से अधिक एलबम बिकें और कम से कम घाटा हो। ऐसी गहरी मित्रता आजकल कम ही मिलती है।

एक कोने में दो दोस्तों के बीच बड़ा दिलचस्प वार्तालाप हो रहा था। बढ़िया कपड़े पहने स्थूलकाय दोस्त कह रहा था—वेगड़ जी अपना शौक हम लोगों के पैसों से पूरा कर रहे हैं। दूसरे ने कहा—मैं ऐसा नहीं सोचता। वे किसी भी प्रकार की भेंट नहीं ले रहे हैं। फिर उनका निमन्त्रण सम्मान है, सम्मन नहीं। न आते। उल्टे तुम तो भाभी जी और तीन बच्चों को लेकर आए हो। पाँचों डटकर खाओ और बिना एलबम खरीदे मूँछों पर ताव देते निकल जाओ।

मोटा दो पल चुप रहा ताकि मुँह में पान की लुगदी को इधर से उधर ले जा सके। फिर बोला, "मैं मूँछें नहीं रखता। ताव कैसे दे सकता हूँ?" दूसरे ने समझाया, "मूँछों पर ताव देने के लिए मूँछों का होना जरूरी नहीं। यह एक प्रतीकात्मक क्रिया है, बिना मूँछों के भी हो सकती है। फिर भी तुम्हारा मन न मानता हो तो एक काम करो-मेरी मूँछों पर ही ताव दे लो! आखिर तुम मेरी पत्र-पत्रिकाएँ ले ही जाते हो, मेरे फोन का उपयोग भी करते हो, आज मूँछें सही!"

तभी भीड़ का एक रेला आया और आगे क्या हुआ, मैं देख न सका।

वेगड़ जी ने सोचा था, एलबम पर लोग टूट पड़ेंगे। टूटे जरूर, पर खाद्य-सामग्री पर, एलबम पर नहीं। कैसी भीड़ उमड़ी थी। प्रायः 300 लोग आए थे। पर एलबम 100 भी नहीं बिके। इनमें से कई तो उधारी में ले गये थे।

वेगड़ जी को कम से कम दो लाख का घाटा हुआ होगा। मुझे उनके लिए असीम दुख है। लेकिन मैंने उनसे दूर रहने में ही बुद्धिमत्ता समझी। उनसे बात करने जाता तो वे मुझी से कहते-भई, तुम्हीं दस-पाँच एलबम बिकवा दो। उन्होंने नर्मदा की चार हजार कि.मी. से भी अधिक की पैदल परिक्रमा की और बच निकले। हम नहीं जानते कि इस हादसे को वे झेल पाएँगे या नहीं। शायद उनकी पत्नी कुछ बता सकें—

कान्ता

जब एलबम छपकर आया था तो वे इतने उत्साहित थे कि अपने आप पर नियन्त्रण नहीं कर पा रहे थे। उनका उल्लास देखते ही बनता था। लेकिन अब उनका विषाद देखा नहीं जाता। जो एलबम उनके अपार सुख का कारण बना था, वही अब दारुण दुख का निमित्त बन गया है। खाली-खाली आँखों से एलबमों से अँटी अलमारियों को घंटों निहारते रहते हैं। बाहर निकलने से कतराते हैं। कोलाज बनाना भी छोड़ दिया है। एक ही बात उनके मन को खाये जा रही है—यह एलबम मेरी सारी बचत को खा गया।

मैं कहती हूँ—एक बार तुम्हीं तो कह रहे थे कि अपनी कला के लिए मैं अपनी जान तक दे सकता हूँ। और अब जरा-से घाटे के पीछे इतना परेशान हो रहे हो? इतना घाटा हम सह सकते हैं। हम तबाह नहीं हो गये, न ही हमारी अर्थव्यवस्था चौपट हो गयी है। वे कहते हैं—बात घाटे की नहीं है। लोगों में बुक-कल्चर पैदा क्यों नहीं हो रहा? लोग किताबें खरीदते क्यों नहीं? मैंने कहा—अगर वे नहीं खरीदते तो क्या तुम उनकी जान लोगे? या अपनी जान दोगे? हम जानते थे कि यही होगा। इस परिणाम का हमें पूर्वानुमान था। हम एक ऐसा नाटक खेल रहे थे, जिसका अन्त हमें पहले से मालूम था। जरा सोचो, तुम्हारी वर्षों की साध पूरी हुई, तुम्हारे कोलाजों को स्थायित्व मिला, यह क्या कम है? समय आने पर बाकी एलबम भी बिक जाएँगे। धीरज से काम लो। आशावादी बनो। आशा की लौ को बुझने मत दो। हमने खोया कम, पाया ज्यादा है। लेकिन वे मेरी सुनें तब न!

उनका दुख देखा नहीं जाता। वे न खाएँ तो मैं खा नहीं सकती। वे न सोएँ तो मैं सो नहीं सकती। वे बाहर न जाएँ तो मैं भी कहीं नहीं जाना चाहती। हे भगवान, मुझे सहारा दो कि मैं फिर से उन्हें खुशी से चहकता देख सकूँ।

पत्रकार

बुरी खबर आना तो अभी बाकी थी। वेगड़ जी को दिन की तन्द्रा में और रात की निद्रा में बिन-बिके एलबमों के ही विचार आते रहे। उन्हें लगा, इन्हें बेचने में पूरी उम्र लग जाएगी। अब तो उन पर धूल की पतली परत भी चढ़ चुकी है। इस कबाड़ ने आखिर वेगड़ जी को अस्पताल पहुँचा ही दिया। घाटा बढ़कर दो लाख से भी अधिक हो गया है। तभी एक अप्रत्याशित घटना घटी। हालाँकि इन दिनों भाग्य की चर्चा दकियानूसी मानी जाती है, पर जीवन में भाग्य की भूमिका होती जरूर है। अचानक वेगड़ जी को विदेश से इस एलबम की 1500 प्रतियों का ऑर्डर मिला। पहले तो उन्हें अपनी इस खुशकिस्मती पर विश्वास ही नहीं हुआ। पत्र को कई बार

पढ़ने के बाद उन्हें लगा कि यह सपना नहीं, हकीकत है। कल तक जो कबाड़ी का माल था, आज एकाएक कला की धरोहर बन गया। वे चमत्कारिक ढंग से ठीक हो गये। अवसाद की कालिमा दूर हो गयी, खुशी की लालिमा छा गयी।

कान्ता

मैं भी इस खुशखबरी को सुनकर डोल उठी। वेगड़ जी ने दुनिया को दिखा दिया कि वे सम्मान और सराहना के योग्य हैं, केवल बूढ़े पेन्शनर नहीं। किन्तु प्रभु! उन पर इतनी अधिक कृपा भी न करो कि वे बहक जाएँ! कभी घोर आशा तो कभी घनघोर निराशा–उन्हें इन दो अन्तिमों के बीच जीना सिखाओ, प्रभु!

वेगड़

मुझे कुछ सुनायी नहीं दे रहा। मैं अभी सातवें आसमान पर हूँ!

कंचन बरसे मेह

मैं और किसी ऐसे लेखक-यात्री को नहीं जानता, जिसने एक नदी को अपने सृजनात्मक प्रयत्न और जीवन का केन्द्र बनाया हो। नर्मदा की कितनी ही आवाजें, छवियाँ, मर्म और रस, प्रवाह और उच्छलता वेगड़जी के शब्दों से मिलती हैं। हिन्दी में ऐसी नदी-गाथा दूसरी नहीं है। हिन्दी हमेशा ही वेगड़जी की ऋणी रहेगी। वे न होते और न लिखते-उकेरते तो हम नर्मदा की अपार सौन्दर्य-गाथा से वंचित रह जाते। **—अशोक वाजपेयी, नयी दिल्ली**

अमृतलाल वेगड़ ने नर्मदा के बीहड़ और विकराल किनारों को पकड़ कर उसकी सम्पूर्ण यात्रा की है। उसका वृत्तान्त अत्यन्त रोमांचक और रुचिर है। वेगड़ की यात्रा में साहसपूर्ण अभियान, आध्यात्मिक अनुभव, जगत, प्रकृति और मानव के उत्तेजक साक्षात्कार का तात्त्विक चिन्तन है तथा विराटता और गहनता का भाव है। **—श्रीलाल शुक्ल, लखनऊ**

ऐसा सजीव, लोक जीवन से सम्पृक्त मार्मिक यात्रा-विवरण हिन्दी में कोई दूसरा है—मैं नहीं जानता। नर्मदा की यह परिक्रमा कोई सैर नहीं, एक संकल्प है। इसमें धार्मिक उत्साह उतना नहीं है जितनी व्याकुलता अपनी धरती, नदी और जीवन से आत्मीय सम्बन्ध स्थापित करने की है। इसमें नदी जैसी सरलता, प्रवाह, उछाह, पारदर्शिता, संकुलता और उदात्तता है। कहीं यह कविता लगता है, कहीं सचेत सामाजिकता, व्यंग्य की धार और कहीं एक तत्त्वदर्शी लोक-चिन्तन। पहली पुस्तक पर ही मुग्ध था। ये लेख उस मुग्धता को और गहराते हैं। यह वृत्तान्त हिन्दी की एक धरोहर है। **—प्रभाकर श्रोत्रिय, दिल्ली**

'सौन्दर्य की नदी नर्मदा' मैं इतनी बार पढ़ चुका हूँ कि वह परिक्रमा मुझे अपनी लगने लगी है। मैं तो शायद ही आपके साथ परिक्रमा पर कुछ दूर भी जा सकूँ लेकिन आप सदा यही समझें कि मैं आपके पीछे-पीछे हूँ।

—विष्णु खरे, दिल्ली

ये कृतियाँ वेदों की ऋचाओं की तरह प्रकृति के बीच जीवन-व्यापार की

कवितायें हैं। हिन्दी में इतना सार्थक सौन्दर्य, इतना मधुर और कल्याणकारी अंकन दुर्लभ है। इनके लेखक वेगड़जी लेखकों के बीच किंवदन्ती पुरुष हो गये हैं।

—कमला प्रसाद, भोपाल

'सौन्दर्य की नदी नर्मदा' जब से पढ़ी थी, तब से मैं अभिभूत था। देशज सौन्दर्य की सांस्कृतिक पीठिका और अनुभव का यह ऐसा आख्यान है जो स्मृति में अंकित हो जाता है। कभी मैंने एक अधूरा प्रयास किया था—'संस्कृति की महाधारा—गंगा'...वह काम रह गया, तो 'नर्मदा' ने उसे बेहतर तरीके से पूरा कर दिया। आपके यात्रा-वृत्तान्तों ने हिन्दी के रचना अनुभव को गरिमा और विस्तार दिया है।

—कमलेश्वर, नयी दिल्ली

समझ में नहीं आता कि क्या लिखूँ। आपकी अनूठी उपमाओं की स्तुति करूँ या सहज सरल शैली की सराहना करूँ। आपकी चित्रात्मक भाषा की दाद दूँ या आपके रेखांकनों की प्रशंसा करूँ। आपकी पुस्तकें पढ़कर जो अनुभूति हुई है, जो उपलब्धि हुई है, उसे शब्दों में उतार पाना मेरे बस का नहीं है। बस, यही समझ लीजिए कि आपने मुझे नर्मदा परिक्रमा करवा दी। प्रत्यक्ष करती तो शायद इतना आनन्द न ले पाती। तब रास्ते के कष्ट ही ज्यादा याद आते। पर अपने कमरे में बैठकर आपकी कलम के सहारे मैंने परिक्रमा का पुण्य लूट लिया। आजन्म ऋणी रहूँगी।

—मालती जोशी, भोपाल

नर्मदा सम्बन्धी आपका काम अभिभूत करने वाला है। पढ़ते हुए लगता है कि नर्मदा का स्पर्श कर रहा हूँ।

—हेमन्त कुकरेती, दिल्ली

वेगड़ जी की टोली में शामिल हो नर्मदा के किनारे पाँच दिन चलने के बाद यह महसूस हुआ कि नर्मदा की ध्वनि और वेगड़जी के शब्दों में किस कदर सामंजस्य है। सुर और ताल की इस लयबद्धता का चश्मदीद गवाह होना अपने आप में एक जीवन जी लेना है। उन्होंने नर्मदा पर अद्वितीय लेखन किया है और लिखते, सोचते, स्केच बनाते और परिक्रमा करते वे स्वयं नर्मदा हो गये हैं।

—राजीव मित्तल, लखनऊ

आपका गद्य इतना जीवन्त और अद्वितीय है कि उसे यात्रा-वृत्तान्त की परिधि में रखना उसे इरादतन सीमित कर देने जैसा है। एक महाकथा और महाकाव्य के सभी गुण इस यात्रा वृत्तान्त में हैं। वे मानवीय ऊष्मा से इतने भरे हैं कि साहित्य की अनेक विधाओं को एक साथ स्पर्श करते हैं। नर्मदा-यात्रा की हुलास भी जगाते हैं आपके शब्द। हिन्दी साहित्य को यह एक अनूठा उपहार है। आपकी

पुस्तक के साथ परेशानी यह है कि जहाँ से खोलो, पढ़ना शुरू करो, वहीं से अच्छी लगने लगती है। **—कुमार अम्बुज, भोपाल**

कहीं पढ़ा था कि यात्राएँ हमें नये अनुभव देती हैं, नये और दिलचस्प लोगों से मिलवाती हैं। आप की परिक्रमा पुस्तकें पढ़कर मैंने भी यह सब पा लिया। नदी भले ही बूढ़ी हो गयी हो, पर यह यात्री अभी बूढ़ा नहीं हुआ। आप की प्रेरणास्रोत जीवनसंगिनी आपके साथ आपकी सांस्कृतिक आवारागर्दी में शामिल हुई, यह बड़ी बात है। **—प्रदीप पन्त नयी, दिल्ली**

गुजराती की पुरस्कृत कृति 'सौन्दर्यनी नदी नर्मदा' के लेखक अमृतलाल वेगड़ को साहित्य अकादमी सभागार में सुनना एक विरल अनुभव था। वेगड़ की बतरस में तो मानो समूचा उपस्थित समाज बह गया जब उन्होंने दो भाषाओं-गुजराती और हिन्दी की निर्मल धारा और परम्परा को एकाकार कर दिखाया। अपने गँवई ठाठ में नर्मदा के इस यात्री ने बड़ी सादगी से अपने लेखन, सौन्दर्य-बोध, मस्ती तथा पदयात्रा में अर्जित महक का महीन से महीन ब्यौरा और निचोड़ पेश कर दिया। **—प्रताप सिंह, दिल्ली**

बस बह रही हूँ जब से 'सौन्दर्य की नदी' को पढ़ा है। इसे तो मैं पढ़ती ही रहती हूँ। न जाने कितनी ही बार अन्तिम पृष्ठ तक पहुँचती और फिर भागकर प्रथम पृष्ठ पर आ जाती। पहली बार पढ़ा तो कुछ विशेष अंशों को रेखांकित किया। अगली बार फिर वही; बाद में देखा तो सारी की सारी पुस्तक रंग चुकी थी। कितने ही अंश मैंने रट लिए हैं ताकि जब पुस्तक सामने न हो तो उन्हीं से रस पा सकूँ। **—प्रतिमा एस. मैथ्यू, भोपाल**

ऐसा लगता है जैसे इस परिक्रमा में मैं भी तो था आपके साथ। सच मानिये, आपकी यह नर्मदा परिक्रमा इन पुस्तकों के माध्यम से निरन्तर चलती रहेगी और मेरे जैसे यात्री जब चाहें तब आपके साथ शामिल हो जाया करेंगे।

—ब्रजेश शर्मा, इन्दौर

'सौन्दर्य की नदी नर्मदा' और 'अमृतस्य नर्मदा' पर शोध करने का मुझे अवसर मिला है। मेरी पत्नी ममता अँग्रेजी में एम.ए है। वह 'मेरे पति' लेख को बार-बार पढ़ती है और आनन्द लेती है। **—नन्दकिशोर महावर, कोटा**

पुस्तकें पढ़ते-पढ़ते ही उमर हो गयी। कुछ पुस्तकें बार-बार पढ़ने की इच्छा होती है पर 'सौन्दर्य की नदी नर्मदा' का तो पाठ करने की इच्छा है। इसे पढ़कर तो व्यक्ति में सौन्दर्य का झरना ही फूट पड़ता है। मेरा बस चलता तो मैं इन

पुस्तकों की हजारों प्रतियाँ छात्रों और पाठकों में बँटवा देता।

—रामशंकर द्विवेदी, उरई

'अमृतस्य नर्मदा' की एक-एक बूँद मन-प्राण में उतरती चली गयी। वेगड़जी की कलम में जादू है, एक आत्मीय सम्मोहन है। वे लिखते हैं "मेरा चादर बदलने का समय पास आ गया है।" आगामी 20 वर्ष वे अपनी चादर न बदलें...अभी यह बहुत धवल है। पदयात्रा पर, बीहड़ों में, कान्ताजी को आप के साथ देखकर अत्यन्त सुखद अनुभूति हुई। **—शैवाल सत्यार्थी, ग्वालियर**

देशभर में ऐसा दूसरा कलासाधक नहीं जो एक पवित्र नदी की साधना के बहाने प्रकृति और पर्यावरण की रक्षा में अपने को न्यौछावर कर रहा हो। अपने जीवन के 82वें वर्ष में प्रवेश कर चुके वेगड़ की संकल्प-चेतना और उद्यम का कोई दूसरा विकल्प नहीं है। **—किशन कालजयी, दिल्ली**

श्री वेगड़ सतत यात्री हैं। नर्मदा के बाद उन्होंने उसकी सहायक नदियों की खोज-खबर लेनी शुरू कर दी है। आप दोनों नर्मदा को खँगाल कर ही छोड़ेंगे। बुढ़नेर संगम से उद्गम तक नयी पगडंडियों का निर्माण करते चले जा रहे हैं—चरैवेति,चरैवेति। **—सरयूकान्त झा, रायपुर**

'अमृतस्य नर्मदा' मात्र यात्रा-वृत्तान्त नहीं बल्कि आपके अनुभवों ने उसमें कवित्त्व का संस्पर्श देकर उसे एक क्लासिक ग्रन्थ बना दिया है। कान्ता बहन के आलेख में इतने मार्मिक स्थल और अनुभवों के मर्मपूर्ण वर्णन आए हैं जिन्हें पढ़ते समय, पता नहीं क्यों, मैं बार-बार रोया। उनका पूरा आलेख पारिवारिक आचार-संहिता की कवित्वपूर्ण धरोहर बन गया है।

—राजेश्वर वर्मा ललित, धनबाद

आपने अपनी दोनों ही पुस्तकों में कहीं हँसाया तो कहीं रुलाया। मैं सच में आश्चर्यचकित हूँ कि आपने कितनी कुशलता से पाठकों को नर्मदा के साथ अपने से भी जोड़े रखा है। **—आभा, वाराणसी**

बयासी बरस का यह बूढ़ा बालक/चिर कुआँरी नर्मदा माँ का मानस पुत्र/परिक्रमा कर रहा अपनी माँ की उछाह-भरा। यौवन इससे शरमाता/इसकी रगों में नर्मदा का रक्त दौड़ रहा/मृत्यु के आगे खड़ा यह निर्भीक वृद्ध शिशु/इसके साथ है इसकी जन्मान्तरों की सखी। राधा, जिसे मैं कान्ता बहन के रूप में जानता हूँ।

—देवव्रत जोशी, रतलाम

यह केवल यात्रावृत्तान्त नहीं। परिक्रमा की डायरी नहीं। धार्मिक-पौराणिक

कथाओं का संग्रह नहीं। यह इन सबसे आगे की पुस्तक है। एक विलक्षण जादुई सांस्कृतिक यात्रा है। नर्मदा तट का जनजीवन, भौगोलिक चित्रण, सांस्कृतिक विशेषता, लेखक के मन में उठते विचार-तरंग, इन सभी का अत्यन्त प्रवाही, हृदयग्राही कोलाज है। किसी भोले बालक ने लिखा हो, ऐसी उनकी शैली है, तो कभी गम्भीर दार्शनिक जैसा भी लिखते चलते हैं। अत्यन्त सहज, सरल और बार-बार पढ़ने का मन करे, ऐसी पुस्तक। बार-बार आनन्द की अनुभूति कराती पुस्तक। **—सुधीर सेवेकर, पूना**

वेगड़ जी की परिक्रमा का लक्ष्य मात्र अपने लिए पुण्य अर्जित करना नहीं है। उनके लेखन और चित्रों के माध्यम से दुनिया भर के अनगिनत लोग नर्मदा परिक्रमा कर चुके हैं। गुजराती भाषी वेगड़ जी के लिए नर्मदा के समान हिन्दी भी उपास्य हो गयी है। उनके हृदय का काव्य रस और काव्य प्रवाह उनके गद्य में छलक आता है। **—शारदा पाठक, जबलपुर**

आपकी पुस्तक 'सौन्दर्य की नदी नर्मदा' से प्रेरणा पाकर हमने नर्मदा पदयात्रा का संकल्प लिया है। हम सभी साथी नौकरी-पेशा होने से आपके पदचिह्नों पर चल रहे हैं। प्रत्येक वर्ष के नवम्बर में दस-दस दिन तक चलने का संकल्प है। प्रथम चरण में हंडिया से खलघाट तक चल चुके हैं। आपके समय के कई मार्ग विलुप्त हो चुके हैं। **—रवीन्द्र कुमार अम्बाड़कर, भोपाल**

'सौन्दर्य की नदी नर्मदा' पढ़ने के बाद हम निकल पड़े परकम्मा पर। 'अमृतस्य नर्मदा' ने तो आग में घी का काम किया। अब तक चार छोटी-छोटी पदयात्राएँ कर चुके हैं। यात्राएँ नेमावर और महेश्वर के बीच रहीं। अधिक से अधिक 20 लोग सम्मिलित हुए। सभी विवेकानन्द युवा मंडल, इन्दौर से जुड़े हैं।

—रविशंकर भाटिया, इन्दौर

'बूढ़ी नदी और बूढ़ा यात्री' पढ़कर गद्‌गद हो गया। मैं 23 वर्षीय छात्र हूँ। किसी यात्रा में आपके साथ चलना चाहता हूँ। मुझे नर्मदा का किनारा और आपका साथ एक साथ मिल जाएगा और आपको एक युवा वजन उठाने वाला भी मिल जाएगा। **—अभिमन्यु सिंह लोधी, ग्वालियर**

आप छोटे-छोटे सरल वाक्यों में इतने जीवन-मर्म, इतने प्रकृति-दृश्य और इतने मानवीय प्रसंग पिरो देने में सक्षम हैं कि अचरज-सा होता है। आपके अनूठे गद्य का मैं शुरू से प्रशंसक रहा हूँ। आपकी पुस्तकों से मैंने बहुत कुछ पाया है।

—प्रयाग शुक्ल, नयी दिल्ली

आपकी किताबों ने मुझे भीतर से नहा-धुआ दिया। इतनी निर्मल किताब, महात्मा गाँधी की आत्मकथा के बाद, अब आयी है।

—अजातशत्रु, उल्हासनगर

मीनल, हम साहित्य किसे कहते हैं? जो पुस्तक हमें नयी दृष्टि दे, हमारे अनुभवों को विस्तार दे, हमारे मन में छोटा ही सही दीप जलाये, वही पुस्तक सच्चा साहित्य है। अमृतलाल जी को मेरे आशीर्वाद देना।

—निर्मला देशपांडे, मुम्बई

आपके गद्य में रची-बसी पवित्रता, निश्छलता देखकर यह लगता भी है कि जैसे आप जन्म-जन्मान्तर से नर्मदा की परिक्रमा कर रहे हैं। वरना क्या सिर्फ एक जन्म में ही नर्मदा जी के अन्त: स्थल में ऐसा प्रवेश सम्भव है?

—शत्रुघ्न चतुर्वेदी, सागर

मैं मुग्ध हो गया। बुरी तरह से! बस, नर्मदा में तैर रहा हूँ...हाँ, यह भी कहना चाहिए कि अगले वर्ष के हमारे हिन्दी पाठ्यक्रम में 'सौन्दर्य की नदी नर्मदा' के कुछ चुने हुए अंश सम्मिलित होंगे, ताकि हमारे छात्रों को भी डुबकी लगाने का आनन्द मिले।

—रूपर्ट स्नेल, लन्दन (रीडर, हिन्दी विभाग, लन्दन विश्वविद्यालय)

अमृतलाल वेगड़ के लेखन में जो पवित्र समर्पण, विनम्रता और पूजा भाव है वही उनके संस्मरणों का प्राण है। यह उनकी भाषा की सहज लय में धड़कता है। नर्मदा वेगड़जी के लिए नदी नहीं, उनका जीवन है।

—विश्वनाथ प्रसाद तिवारी, गोरखपुर

वेगड़जी के अन्तरतम में नर्मदा प्रवाहित हो रही है। जो नदी बाहर है, उससे कहीं अधिक बड़ी और जीवन्त नदी उनके भीतर है। वह अपनी भाषा के सौन्दर्य से एक दूसरी ही नदी की रचना कर देते हैं। वेगड़जी को पढ़ने के बाद नर्मदा को देखने का ढब बदल जाएगा। यह किसी भी लेखक के लिए सर्वोत्तम उपलब्धि है कि वह पाठक को उसकी दृष्टि से देखने के लिए विवश कर दे।

—ऋतुराज

वेगड़जी को पढ़ते समय पाठक का निजत्व खत्म होता है, वह विराट से जुड़ता है। सृष्टि के पावन तत्त्वों का स्पर्श करता है। वेगड़जी के संस्मरणों को पढ़ता हूँ बार-बार, लगातार, क्योंकि ये महज संस्मरण नहीं, मनुष्य के मन को सृष्टि, प्रकृति और मानवीय गुणों से जोड़ने के सेतु हैं। **—हरिवंश, राँची**

आपकी यात्राएँ मर्म का रोमांच हैं। लोगों ने भी आपको भारतीय भाषाओं में खूब पढ़ा है। और अब विश्व भाषा में भी आप प्रकट हुए हैं। काश हमारे यहाँ इस प्रकार का साहित्य विपुल होता। आप अकेले और निरन्तर इस काम को कर रहे हैं। आपको और कान्ताजी को सलाम। **—ज्ञानरंजन, जबलपुर**

नर्मदा के दोनों तटों पर हजारों साधु-संन्यासी अपनी-अपनी साधना में अपनी जीवनचर्या जी रहे होंगे, किन्तु अकेले वेगड़ दम्पती ने उन सभी तपस्याओं के समानान्तर अपनी कलम से एक बड़ी लकीर खींच दी।

—बालकवि बैरागी, नीमच

ये तीनों पुस्तकें आपने लिखी नहीं हैं, वे आपके भीतर से प्रकट हुई हैं। आपने ऋषि की दृष्टि से नर्मदा को देखा है। इसलिए मैं आपको कवि-परम्परा में नहीं, ऋषि-परम्परा में रखता हूँ। **—अरुणेश नीरन, देवरिया**

राम सीता की यह जोड़ी, वन-वन डोलने की जगह एक नदी की परिक्रमा के लिए अपनी इच्छा से निकली है। वेगड़जी ने अपने शब्दों में वह सब कुछ कह दिया है जो हम वहाँ जाए बिना नहीं देख सकते थे। काश, ये जोड़ी बार-बार नये-नये रूप में जन्म लेती रहे। **—नासिरा शर्मा, दिल्ली**

इतनी जोखिम भरी यात्रा; मगर, साँप, पागल, शराबियों का सामना करती यात्रा! आपके ही बूते की बात थी। आपकी उपमाएँ बेजोड़ हैं। संस्कृत की छात्रा रही हूँ। उपमा कालीदासस्य के बाद बार-बार उपमा वेगड़स्य कहने का मन करता है। **—शची आर्य, अलवर**

नर्मदा जी मेरे जीवन में भी पूरी तरह से रची-बसी हैं। मैंने आपके लेख बड़ी प्रसन्नता से पढ़े हैं। तभी से आप से मिलने की इच्छा रही है। हमारा बचपन मंडला, कान्हा—किसली, ककैया में बीता। सालों बाद विदेश में भी स्मृतियाँ अमिट, अमर, सक्रिय हैं। अगले साल फिर देश आने की योजना है, आपसे मिलना है। **—रज़ा, पैरिस**

आपके यात्रा-संस्मरणों और रेखांकनों का मैं मुरीद हूँ। बड़े सम्मान से आपको पढ़ता, स्मरण करता हूँ। मन में है, उस भाषा और आपके कृतित्व को अत्मसात कर सकूँ ताकि कभी कुछ लिख सकूँ। **—लीलाधर मंडलोई, दिल्ली**

'रविवारी' में आपके संस्मरण और चित्रों को पाठकों ने बहुत पसन्द किया। इस बीच आपकी पुस्तक मैंने पूरी पढ़ ली। एक बार तो इस तरह नर्मदा की परिक्रमा मैं भी कर पाया। **—ओम थानवी, दिल्ली**

नर्मदा की परकम्मा जैसे मैं भी आपके साथ कर रहा हूँ। कौओं का प्रसंग बड़ा रोकच है। प्रकृति और संस्कृति का भेद आपने बड़ी कुशलता से समझाया है। हिन्दी में नदियों पर ऐसे यात्रा-विवरण नहीं हैं। आप इस क्षेत्र में अद्वितीय हैं।

—डॉ. कान्ति कुमार जैन, सागर

आपको दादा न कहकर यदि यात्री-दादा कहूँ तो ज्यादा उपयुक्त होगा क्योंकि आप न केवल बाहरी बल्कि भीतरी यात्रा ज्यादा गहरी करते हैं। आप जहाँ विस्तार में जाते हैं, बहुत अच्छी व्याख्या करते हैं। जैसे काल की बात को लें। काल का-समय का-आरम्भ कब हुआ, जब से पृथ्वी ने सूर्य की परिक्रमा शुरू की तब से—बहुत खूबसूरत निबन्ध है। **—हरि भटनागर, भोपाल**

नर्मदा के तटवर्ती जीवन का आपने जो निरूपण किया है, उसे नोबेल पुरस्कार विजेता रूसी उपन्यासकार मिखाइल शोलोखोव की कृति 'धीरे बहो दोन' की याद दिला दी। दोन नदी के किनारे बसे कजाक और नर्मदा के किनारे बसे भील-एक रूप, एक रंग हो गये। पुस्तक पढ़कर शीतलता का ही नहीं, शुचिता का भी अनुभव किया। **—दिनेश ठाकुर, काँकेर**

आपसे प्रेरणा लेकर हम लोग शिवनाथ नदी के साथ एक यात्रा करने की सोच रहे हैं। नर्मदा को अपने पुत्र पर गर्व जरूर होगा। **—कनक तिवारी, दुर्ग**

आपने अपनी नर्मदा लेखमाला का सृजन करके इस कथन को सार्थक कर दिया कि जीवन में एक काम ऐसा अवश्य कर देना चाहिए, जिसे दूसरे न कर पाए हों। नर्मदा की परिक्रमा तो हजारों करते हैं, परन्तु किसी ने अपने अनुभवों को साहित्यिक पुस्तक का रूप नहीं दिया था। ये यात्राएँ एक कलाकार को लेखक भी बना गयीं। **—रमेश नैयर, रायपुर**

आपके लेख क्या हैं, मानो संस्कृति के विराट भित्तिचित्र हैं।

—धर्मपाल अकेला, हापुड़

क्या बताऊँ, वेगड़जी का पदयात्रा वृत्तान्त पढ़कर अचानक आँखों से झड़ी लग गयी। पहले मेरी समझ में नहीं आया कि मैं रोई क्यों? बाद में बूझ पड़ा, वह तो नर्मदा का पवित्र जल मेरी आँखों से प्रवाहित हुआ था। ऐसी सशक्त रचना है यह। **—सुधा, पांडिचेरी**

बहुत रस है इसमें। नर्मदा का सौन्दर्य हिलोर मारता है। आपने हिन्दी साहित्य के लिए निश्चय ही अत्यन्त सार्थक कार्य किया है। बहुत दिनों तक याद रहेगा।

—सुरेश कर्ण, सहरसा

वेगड़जी का पदयात्रा-वृत्तान्त तो गद्य में कविता की ही दूसरी उपस्थिति है।

—एकान्त श्रीवास्तव, विशाखापट्टनम

'वागर्थ' में छपे आपके यात्रा-वृत्तान्त को बार-बार देख तो रहा था, लेकिन समयाभाव के कारण पढ़ने की इच्छा को टालते हुए। मगर उसे पढ़े बगैर रह तो लेता, सो नहीं पाता। लेकिन इसे पढ़कर भी सो न सकूँगा। सपने में भी आपको और आपकी सौन्दर्य-सरिता को ही देखूँगा। **—खालिद, गुना**

आपकी लेखनी में बड़ी संजीवनी है। आपका यात्रा-वृत्तान्त नदी किनारे का सांस्कृतिक इतिहास है। **—अनूप सेठी, मुम्बई**

'सौन्दर्य का मोती ब्यूटी-पार्लर की चहारदीवारी में नहीं, श्रम की सीप में उत्पन्न होता है' ऐसा वाक्य दुर्द्धर्ष पदयात्री की अजस्र-अप्रतिहत लेखनी से ही निकल सकता है। **—रामबदन राय, गाजीपुर**

इतनी समर्थ पर इतनी सहज भाषा कम ही देखने में आती है। मेरी नानी आपकी पुस्तक को उसी मनोयोग से पढ़ रही है, जिस मनोयोग से कोई रामचरित मानस पढ़ता है। **—आलोक पुराणिक, दिल्ली**

आपका यात्रा-वृत्तान्त कहीं गुदगुदाता है तो कहीं रुलाता है।

—कृष्ण कुमार सोन्थलिया, कोलकाता

मैंने आपकी पुस्तक का जिक्र डॉ. विजय बहादुर सिंह से किया था तो उन्होंने लिखा, "वेगड़जी का लेखन सन्तों की वाणी जैसा सुन्दर होता है।"

—जया नरगिस, होशंगाबाद

एक बार धुआँधार और बन्दरकूदनी देखने का मौका मिला था। 'वागर्थ' में आपका लिखा वर्णन पढ़ा तो लगा, तब तो सिर्फ देखना हुआ था; जानना, समझना तो आज हुआ। **—सुशील कान्ति, कांचनपाड़ा (प.बंगाल)**

रसूल हमजातोव के 'मेरा दागिस्तान' के बाद केवल आपकी पुस्तक ने मुझे दीवानगी की हद तक प्रभावित किया है। आपसे बेहद ईर्ष्या है और बेहद प्यार भी! **—रामस्वरूप किसान, हनुमानगढ़**

वेगड़जी ने स्कूटर सवारी का वर्णन इस तरह से किया है मानो रथ की सवारी कर रहे हों! दुःख में मस्ती! **—प्रकाश दुबे, नागपुर**

सूर के लिए जैसे कृष्ण, तुलसी के लिए राम, मीरा के लिए नटनागर, अमृतलाल वेगड़ के लिए वैसी ही नर्मदा। वेगड़ को पढ़ते हुए हम यह भूल ही जाते हैं

कि यात्रा-वृत्तान्त पढ़ रहे हैं। नर्मदा अब वेगड़ के लिए ही नहीं, हमारे लिए भी आँखिन देखी हो गयी है। यह उनकी लेखनी की ही ताकत है।

नर्मदा में पानी नहीं अमृत बहता है। वेगड़जी ने जैसी अभिव्यक्ति दी है, उससे हमारी हिन्दी भाषा भी अमृतमयी हो उठी है।

—विजय बहादुर सिंह, भोपाल

अमृत-कान्ता का यह पद-पर्यटन क्या है—अनन्त गीतों के सिवा, असंख्य शब्द-छन्दों के सिवा, भाषा की कुलबुली कमनीयता के सिवा और एक नदी की धारा में प्रवहमान एक समृद्ध संस्कृति की प्राणगाथा के सिवा! वे गुजराती भाषी हैं, लेकिन हिन्दी के श्रेष्ठ यात्रा-गद्यकार बनकर उभरे हैं। एक व्यक्ति जिसकी कवि, कथाकार, नाटककार किसी रूप में पहचान नहीं है, वह केवल एक विधा को अपना कर ऐसा उत्कृष्ट रच सकता है कि हमारे समय के श्रेष्ठतमों में से एक बन जाए। **—रमेश दवे, भोपाल**

❑❑❑